霍松林 古诗文鉴赏集

霍松林 著

陕西师范大学出版总社

图书代号　SK18N0102

图书在版编目（CIP）数据

霍松林古诗文鉴赏集/霍松林著.—西安:陕西师范大学
出版总社有限公司，2018.1
　　ISBN 978-7-5613-9787-9

Ⅰ.①霍…　Ⅱ.①霍…　Ⅲ.①古典诗歌—鉴赏—
中国　②古典散文—鉴赏—中国　Ⅳ.①I206.2

中国版本图书馆CIP数据核字（2018）第020350号

霍松林古诗文鉴赏集

HUO SONGLIN GU SHI WEN JIANSHANG JI

霍松林　著

责任编辑	杨　杰	
责任校对	庄婧卿	
出版发行	陕西师范大学出版总社	
	（西安市长安南路199号　邮编 710062）	
网　　址	http://www.snupg.com	
印　　刷	西安市建明工贸有限责任公司	
开　　本	710mm×1030mm　1/16	
印　　张	34.5	
插　　页	4	
字　　数	478千	
版　　次	2018年1月第1版	
印　　次	2018年1月第1次印刷	
书　　号	ISBN 978-7-5613-9787-9	
定　　价	280.00元	

读者购书、书店添货或发现印刷装订问题，请与本公司营销部联系、调换。
电话：（029）85307864　85303629　传真：（029）85303879

目 录

先唐诗鉴赏

关　雎

《诗经·周南》

关关雎鸠，在河之洲。

窈窕淑女，君子好逑。

参差荇菜，左右流之。

窈窕淑女，寤寐求之。

求之不得，寤寐思服。

悠哉悠哉，辗转反侧。

参差荇菜，左右采之。

窈窕淑女，琴瑟友之。

□□□□，□□□□。

□□□□，□□□□。

参差荇菜，左右芼之。

窈窕淑女，钟鼓乐之。

　　《关雎》作为《诗经》的第一篇，流传久远，影响很大。但或说是讽刺诗，或说是赞美诗，或说是爱情诗，或说是举贤诗，或说是抢婚背景下的贵族有关婚姻问题的教育诗，或说是祝贺新婚的诗，真可谓众说纷纭，莫衷一是！至于它的篇幅，汉代以来流传的都是二十句。《毛传》分为三章：首章四句，后二章各八句。郑玄分为五章：每章四句。今人多分为四章：首章四句，次章八句，后二章各四句。近来有研究者认为原诗应为三章，每章各八句，共二十四句；第三章前面大约由于脱简之类的原因，丢了四句。我们现在按三章的结构分段抄写，再结合孔子"《关雎》之乱"的话来考虑，便感到这种"脱简"的说法是很有道理的。孔子曾说："师挚之始，《关雎》之乱，洋洋乎盈耳哉！""乱"是副歌，即每唱一遍都要重复的部分。就《关雎》看，"参差荇菜"等四句反复出现三次，文字基本相同，就是所谓"乱"。由此可见孔子看见的《关雎》共分三章，每章后都有"乱"。我们看到的第三章只有"乱"，可能是在流传过程中丢失了与第一、第二两章相对应的前四句。

当然，原诗二十四句的说法仅仅可供我们参考。现存的只有二十句，就只能按这二十句分析。先看余冠英先生的今译：

> 水鸟儿呱呱叫嚷，在河心小小洲上。
> 好姑娘苗苗条条，哥儿想和她成双。
>
> 水荇菜长短不齐，采荇菜左右东西。
> 好姑娘苗苗条条，追求她直到梦里。
>
> 追求她成了空想，睁眼想闭眼也想。
> 夜长长相思不断，尽翻身直到天光。
>
> 长和短水边荇菜，采荇人左采右采。
> 好姑娘苗苗条条，弹琴瑟迎她过来。
>
> 水荇菜长长短短，采荇人左拣右拣。
> 好姑娘苗苗条条，娶她来钟鼓喧喧。

看起来，余先生是把《关雎》理解为爱情诗而加以翻译的。按照这样的译法，那当然是一首很出色的古代爱情诗。

头两句的景物描写："雎鸠鸟儿关关唱，双双对对河洲上。"这显然是抒情主人公的眼前景。有人会问："原文中没有双双对对的字样，你为什么要说双双对对？"是啊！这样的字面的确是没有的；然而"关关"却是雌雄二鸟相互和答的鸣声，"双双对对"就从这"关关"中表现出来了。由此可见，原文两句，只有八个字，却写景如在眼前，而且还有声有色。声，当然是"关关"和鸣；色呢？"雎鸠"有色，"河"有色，"洲"上总有沙石草木之类，不用说色彩很丰富。而作为这一切背景的，大约还有蓝天、白云和红艳艳的阳光哩！

值得注意的是：头两句以写景发端，但不单纯是写景，而是"起兴"。

"兴"和"赋"、"比"，都是《诗经》的重要表现手法。所谓"兴"，按照朱熹在《诗集传》里的解释，即"先言他物以引起所咏之词"也。以"他物"引起"所咏之词"，其情况相当复杂。大致说来，一种是用"他物"比拟或象征"所咏之词"；一种是用"他物"为"所咏之词"渲染气氛；还有一种，仅仅用同韵的句子引起下文，别无深意。那么，《关雎》开头的"兴"究竟属于哪一种？据闻一多在《诗经通论》里的说法：雎鸠这种鸟儿雌雄相爱，情真专一，如果一只先死，另一只便忧伤不食，憔悴而亡。因此，用雎鸠象征夫妇、象征男女爱情，就十分恰当。当看到"关关雎鸠，在河之洲"，便自然联想到"窈窕淑女，君子好逑"了。

那么，"淑女"在哪里呢？原来就在眼前，就在"关关"和鸣的雎鸠附近。你看，她正在那河边采荇菜呢。时而朝左边采，时而朝右边采，姿态多美！又多么勤劳！那的确是很理想的配偶啊！于是乎，那"君子"便一见钟情，想向她求婚了。

有人说："这首诗描写了抒情主人公对一位少女邂逅、追求、相思并同她完婚的全过程。"细读全诗，便看出情况并非如此。这首诗的妙处，恰恰不在于像记流水账似的写出从邂逅到完婚的全过程，而在于以眼前景起兴，只正面描写了抒情主人公的江边一瞥。那一瞥的内容，就是那位少女采荇菜的美好身影："参差荇菜，左右流之。"至于"关关雎鸠，在河之洲，"当然也是一瞥的内容，但那相对于少女来说，则只是起象征、联想作用的"他物"。实际上，抒情主人公首先被采荇菜的姑娘迷住了，在内心深处发出"窈窕淑女"的赞美声，再经过"关关雎鸠"的触媒，就想入非非，一厢情愿地认定那位"淑女"正是他这位"君子"的"好逑"。既然认定她是"好逑"，就要"求"。在现场是否面对面地"求"过，怎样"求"的以及有什么反应，诗中都未明写，写了的只是回到家里以后的"单相思"。所谓"寤寐求之"，是说他不论是醒来还是梦中，都在痴心地想念她、追求她。所谓"求之不得"，是说他在梦中或者想像中的追求遭到拒绝。所谓"悠哉悠哉，辗转反侧"，是说他左思右想，翻来覆去，整夜睡不好觉。而当他苦思冥想、神驰魄跃的时候，那江边一瞥的美好情景，就一再重现眼前。

有人会问："琴瑟友之"，"钟鼓乐之"，这不是分明在写两人完婚吗？回答是否定的。因为这是想象中的情景，并非真有其事。如前所说，诗中所写的实景主要是抒情主人公的江边一瞥。"窈窕淑女，君子好逑"，已经是由此一瞥引起的心理活动。从"寤寐求之"以下，除"辗转反侧"一句写表情而外，其余全是写心理活动，即"辗转反侧"，也是用外部表情表现内心活动，或者说是内心活动的外现。用大量篇幅写心理活动，是这篇作品的主要艺术特点之一。写心理活动也独出心裁，即并非平铺直叙，而是波澜起伏，引人入胜。"求之不得"、"辗转反侧"，似乎已经绝望了，也因而陷入痛苦的深渊，不能自拔了。然而峰回路转，又朝好处想，以至于想到求之既得，想到"琴瑟友之"、"钟鼓乐之"的欢快场景，那"窈窕淑女"，终于成了他这"君子"的"好逑"了。然而这毕竟不是事实，一转念之后，又会想到什么呢？诗人再不曾写，也用不着写，让读者玩味去吧！这是这首诗的主要艺术特点之二。还有一个很突出的艺术特点：写心理活动虚中有实，虚实结合，给人以具体感。这不仅在于写了"辗转反侧"的外部表情，而且在于让那江边一瞥反复浮现，成为导致心理活动波澜起伏的契机。

《诗经》中的大部分诗篇都运用了重章的手法，既具有音韵、节奏之美，又让读者在反复咏唱中达到意象的妙合，完成意境的创造。《关雎》不是重章诗，但以"参差荇菜"开头的四句反复出现了三次，文字基本相同，具有与重章诗类似的反复咏唱的特点。如果说这就是孔子所说的《关雎》之"乱"的话，那么它那"洋洋乎盈耳哉"的音乐美连孔子这位音乐家都赞不绝口，而它的意境美，也就从那"洋洋盈耳"的音乐美中得到了完美的体现。

如前所说，对于《关雎》的理解是很有分歧的。这里把它作为爱情诗（即使作为爱情诗，各家的具体解释也不尽相同），谈了一些个人的体会，仅供参考。

桃　夭

《诗经·周南》

桃之夭夭，灼灼其华。

之子于归，宜其室家。

桃之夭夭，有蕡其实。

之子于归，宜其家室。

桃之夭夭，其叶蓁蓁。

之子于归，宜其家人。

《诗序》解此诗云："桃夭，后妃之所致也。不妒忌，则男女以正，婚姻以时，国无鳏民也。"这当然很荒谬。但今人断为祝贺新婚的诗，也嫌笼统。统观全篇，乃是祝贺女子出嫁的诗，预祝她出嫁后婚姻美满，家庭幸福。

诗分三章，层层逼进，愈进愈深。每章前两句触景起兴，比拟、象征，引出后两句。兴象玲珑，情味渊永。

各章首句，《传》以为指桃树，"夭夭"，形容桃树"少壮"。今人钱锺书痛驳其非，其《管锥编》引《说文》、《湘绮楼日记》及有关"花笑"诗句，认为："'夭'即是'笑'。""'夭夭'乃比喻之词，亦形容花之娇好，非指桃树之少壮。"并且联系下句解释说："既曰花'夭夭'如笑，复曰花'灼灼'欲燃，切理契心，不可点烦。"说"夭夭"可形容花笑，当然很确当。但说"桃之夭夭"句非指桃树少壮，而指桃花如笑，却颇难契心，更不切理。从语法上讲，"桃之夭夭"中的"桃"作主语，"灼灼其华"、"有蕡其实"（fén 坟，圆大的状态）、"其叶蓁蓁"（zhēn 真，茂盛的样子）中的"其"都是代词，代主语"桃"。如果把"桃"解作"桃花"，那么一、二、三章的第二句便成了"桃花"的"华"、"实"、"叶"如何如何，怎能讲通？从情理上讲，把"桃之夭夭"解作桃花夭夭如笑，在第一章里还勉强可以说得过去，第二章就遇到麻烦，桃花与桃实，哪能并存于一树呢？看来《传》解"桃"为桃树，还是对的。"夭夭"，通常解作"美盛貌"，亦与《传》解"少壮"相通。

"之子于归"（这位姑娘出嫁），分见于三章诗的主要位置，乃全篇主干。"桃之夭夭"，分见于三章诗的开端，以生气勃勃、枝条娇嫩多姿的桃树比拟"之子"的整体美。第一章紧承"桃之夭夭"写桃花盛开，用了"灼灼"一词，实在很精彩。《文心雕龙·物色》在讲"诗人感物，联类不穷"，"写气图貌，既随物以宛转；属采附声，亦与心而徘徊"的时候，首先举了这个例子，认为以"灼灼"状桃花之鲜，可谓"以少总多，情貌无遗"。"灼"的本义是燃烧，把"灼"字重叠起来，描状盛开的桃花就像正在燃烧的烈火那样光焰夺目，对于两千数百年前的古人来说，这不能不算是种创造。后代诗人写花的名句，如庾信《奉和赵王隐士》"山花焰火然"，杜甫

《绝句二首》其二"山青花欲燃"等等，都是从这里得到启发的。而且，"灼灼其华"的妙处不仅在于善写桃花，还在于异常生动地兴起"之子于归"。读此句，一位容华美艳的姑娘便与灼灼桃花同时闪现，相映增辉。崔护的名句"人面桃花相映红"，未必不是从此脱胎。更有进者，"夭夭"、"灼灼"，又不独妙在形容，其热情赞美之意，亦溢于言表。后两句，即由赞美而导向祝贺：这样的好姑娘嫁过去，理应受到欢迎、得到幸福，她的家庭，必将是和乐美好的。

不难看出，赞美立足于现实，而祝贺则包含着推想和期望。第二、三两章的进一步祝贺，正是推想和期望的延伸。在当时社会中，如果美而无子，必然受到冷遇；相反，如果出嫁之后，很快生儿育女，即使红颜已衰，仍会"宜其家人"。所以进一步的祝贺自然是祝贺她"早生贵子"，然而直白说出，必落俗套。此诗的好处是：祝贺之意俱见"兴"句，出之以比拟象征，含蓄蕴藉，而又有连贯性和必然性。这里起关键作用的是诗人叠用"夭夭"之"桃"以起兴。对生机旺盛的桃树来说，由桃花红艳而桃子盈枝、而桃叶满树，不正是必然的发展趋势吗？

杜牧《叹花》诗云："自恨寻芳到已迟，往年曾见未开时。如今风摆花狼藉，绿叶成阴子满枝。"其主题与《桃夭》迥异，也未见有人把它同《桃夭》联系起来，然而从艺术构思上考虑，其蛛丝马迹，也是灼然可见的。

汉　广

《诗经·周南》

南有乔木，不可休思。

汉有游女，不可求思。

汉之广矣，不可泳思。

江之永矣，不可方思。

翘翘错薪，言刈其楚。

之子于归，言秣其马。

汉之广矣，不可泳思。

江之永矣，不可方思。

翘翘错薪，言刈其蒌。

之子于归，言秣其驹。

汉之广矣，不可泳思。

江之永矣，不可方思。

　　《诗序》释此诗云："汉广，德广所及也。文王之道被于南国，美化行乎江汉之域，无思犯礼，求而不可得也。"这显然不合诗意。齐、鲁、韩《三家诗》则认为此诗写江、汉女神，《韩诗外传》甚至把女神传说讲述得很完整：郑交甫游于汉皋台下，遇二女。郑请二女赠珮，即解珮赠之。交甫大喜，藏于怀中，超然而去。去十余步，探怀中，珮却不见了。回头看二女，也杳无踪影。《神仙传》里也有这个故事。后世文人因而多喜征引，如曹植《洛神赋》"感交甫之弃言兮，怅犹豫而狐疑"，阮籍《咏怀诗》其二"交甫怀环珮，婉娈有芬芳"等，不胜枚举。如果按照这种记述，那么《汉广》的主题，便是人神恋爱。方玉润《诗经原始》另立新说，认为《汉广》乃"江干樵唱"，即江畔樵夫之歌，而歌唱的内容是什么，却不曾讲清。现在研究者，多认为是民间情歌。余冠英指出"这诗写求女失望之情"（《诗经选译》，作家出版社1956年版），大致是不错的。

　　全诗三章，每章八句。其艺术特点是触景生情，引发联想，反复比况，反复唱叹，把求女不得的怅惘之情抒发得淋漓尽致，动人心魄。

　　这是一首抒情诗，无意写景。然而所抒之情，乃至抒情所用的联想、比况，全由眼前景物所发。综合那些景物，则主人公的动作、神态以及目之所注的环境和由此激起的情感波涛，便一一浮现于读者眼前。

　　主人公可能是江汉之间的樵夫，打樵疲倦了，想在树下休息，歌唱即由此开始。"南有乔木"，当是眼前景。"乔木"，高树也。树高固然好，但树下少凉阴，主人公于是叹息说："不可休思！""思"，助词，下同，这首诗的韵脚都在语尾助词之前，"休"字起韵。

　　主人公此时望见汉水，于是由"乔木不可休"联想到"汉女不可求"，发出更深沉的慨叹。"汉有游女"，《齐诗》、《鲁诗》和《韩诗》都说那是神女，即郑交甫所遇者。主人公所说的"游女"，可能是现实生活中的意中人，她曾游于汉水，被他看见了，爱上了。然而追求毫无结果。也可能是所谓"汉皋神女"，当然不曾看见，只是从传说中知道的。假如是后者，那他便是用神女比况他的意中人，即二、三两章所说的"之子"，言外之意是：

> 汉江的姑娘啊，就像神女那样好！
> 神女没法求，姑娘也求不到！

果真是这样，那么诗意就更加深婉了。此后的四句诗，又触景生情，引发联想，反复比况，唱叹不已：

> 浩荡汉水宽又宽，想要渡过难上难！
> 汪洋江水长又长，想要绕过是枉然！

眼前的江、汉不可逾越，意中的汉女也无法追求啊！

第二章前四句，从打樵生发，想入非非。主人公心之所念，神之所驰，不离求女。所以眼前出现小树林，便把"错薪"（丛杂的小树）看作一般的女子，不屑一顾，而把"翘翘"特出的"楚"（又名"荆"，落叶灌木）看作他追求的好姑娘，一心要"刈"到手（"言"，助词）。那"楚"当然被他拿到了，便以为那位姑娘也被他求到了，高兴地唱：

> 姑娘爱我愿出嫁，喂饱马儿去接她。

然而这不过是一时的幻想，及至冷静下来，仍然陷入求女不得的怅惘。看看汉水那么宽，江水那么长，又反复比况，唱叹不已。

比起第二章来，第三章只是换"楚"为"蒌"，换"马"为"驹"，其余全同。换"马"为"驹"，仅仅为了押韵。换"楚"为"蒌"，却不无深意。主人公继续打樵，目之所视，忽生幻觉，又把"蒌"条当作心爱的姑娘，想入非非，从而重现了第二章所写的心灵震颤。

魏源《诗古微》云："《三百篇》言取妻者，皆以析薪取兴。盖古者嫁娶必以燎炬为烛，故《南山》之'析薪'，《车辖》之'析柞'，《绸缪》之'束薪'，《豳风》之《伐柯》，皆与此'错薪'、'刈楚'同兴。"然而相互比较，《南山》之"析薪如之何，匪斧不克"，只是为了引起"取妻如之何，匪媒不得"，其他数例，亦与此相类。而《汉广》则由"刈楚"而"刈蒌"，见得主人公确在砍樵；"南有乔木"也应该是砍樵之地的实景。方玉润"江干樵唱"之说，还是很有见地的。

《诗经》中的民歌多用复沓联章的形式。例如《周南·芣苢》，三章诗只有六个字不同，然如《诗经原始》所说："读者试平心静气涵咏此诗，恍听田家妇女，三三五五，于平原绣野，风和日丽中群歌互答，余音袅袅，若远若近，忽断忽续，不知其情之何以移，而神之何以旷，则此诗可不必细绎而自得其妙焉。"这篇《汉广》，仅首章前半与后文不重复，各章后四句全同，二、三章前四句只两字之异，基本上采用复沓联章结构。正因为这样，才把那种求女不得、眷恋无休的绵绵情思，于反复唱叹中和盘托出。至今读之，其人宛在，其声其情，依然弥漫于山陬水涯。

野 有 死 麕

《诗经·召南》

野有死麕，白茅包之。

有女怀春，吉士诱之。

林有朴樕，野有死鹿。

白茅纯束，有女如玉。

舒而，脱脱兮！

无感我帨兮！无使尨也吠！

《诗序》云："野有死麕，恶无礼也。天下大乱，强暴相陵，遂成淫风。被文王之化，虽当乱世，犹恶无礼也。"《正义》对此详加疏解，大意是：这篇诗中的女主人公是一位"贞女"，因"被文王之化"，所以虽当乱世，但她还是憎恨男子无礼相犯，而坚持与男子以礼相会。细读全诗，便知诗意并非如此。因为所谓"礼"，主要指"媒氏导之"，而诗中并无媒人，男女两方却已经好上了。

男子看来是一位猎人。"野有死麕（jūn军，兽也，即獐），白茅包之"，并不是说那野地里原来就有白茅包裹的死獐，而是暗示猎人打死一头獐，又割来白茅把它包好。目的是什么？没有说。闻一多《诗经新义》认为："古人婚礼纳征，用鹿皮为贽。"近世一些少数民族，也还保留这样的风俗：男子爱上女子，猎取野兽作为赠礼；女方如愿接受，即表示她同意了男方的请求。既然是这样，那么前两句和后两句之间就有了联系。"有女怀春，吉士诱之"，拿什么去"诱"她呢？就是那用洁白的茅草精心包好的獐子啊！

第一章称男方为"吉士"，含有赞美的意思。"吉士者，善士也"，即"好小伙子"。第二章说"有女如玉"，赞美之意尤其明显。这样好的一对儿碰在一起，一个正在"怀春"，一个拿礼品来"诱"，当然一拍即合。更何况在第二章里，礼品又增加了新内容！"死鹿"，大约仍指第一章里刚猎获的獐，獐子本来很像小鹿。改"麕"为"鹿"，由于一、二两章押不同的韵，正如《汉广》第二章用"马"，第三章用"驹"一样。"白茅"，大约也是第一章已经割到的。当然，如果先打死一头獐，后打死一头鹿，先后两次割茅草来包獐、包鹿、束薪，一股脑儿赠送女方，也只有好处，没有坏处。从树林里砍来"朴樕"（樕，sù 速，小树），这无疑是新礼品。不管是獐还是鹿，烧熟才好吃，而这是需要柴薪的。"吉士"猎来兽又砍来柴，真周到！

第三章妙极了！"而"、"兮"都是语气词，所以第一句应作两句读。"脱（duì 兑）脱"，轻缓；"感"，通"撼"，动也；帨（shuì 税），佩巾，围腰；"尨"（máng 忙），多毛的狗。用现代汉语翻译，便是：

缓缓地啊！
轻轻地啊！
别弄得我的佩巾摇啊！
别惹得那个狗儿叫啊！

第一句无动词，只说缓缓地、轻轻地，不知缓缓地、轻轻地干什么。第二句只说别动"我"的佩巾，未说该如何对待"我"。第三句干脆舍人讲狗。这些话，全是女方嘱咐男方的，灵心慧口，出神入化。她一切都未明说，但一切都可意会。正如大画师画山，全用树木点染、烟云烘托，而奇峰幽壑，已令人目不暇接。

在我国文学作品中，写男女私情而涉及狗，这是"首创"。李商隐《题二首后重有戏赠任秀才》结句"羡杀乌龙卧锦茵"，当从此化出，却别饶新意。"乌龙"，黑狗也。不是正在幽会的人想了什么法子不让狗子叫，而是狗子也是个多情种，不仅乖乖地卧在草地上不吭声，还羡慕人家呢！王实甫《西厢记》第一本第四折写张生追求莺莺，跪在佛殿上祷告："只愿得红娘休劣、夫人休焦，犬儿休恶。佛啰，早成就了幽期密约！"他竟把"犬儿"和夫人、红娘并列，看作他成其好事的障碍，却想不出有效的法子去对付它，只寄希望于佛爷保祐。寥寥数语，涉笔成趣，便把那个"傻角"的傻劲儿表露无遗。再回头看那位"吉士"，姑娘既然信任他、嘱咐他，那么他必然有办法"无使尨也吠"，绝不会求神。

静 女

《诗经·邶风》

静女其姝，俟我于城隅。

爱而不见，搔首踟蹰。

静女其娈，贻我彤管。

彤管有炜，说怿女美。

自牧归荑，洵美且异。

匪女之为美，美人之贻。

《诗序》云："静女，刺时也。卫君无道，夫人无德。"所谓"卫君无道"，指卫宣公强占儿媳的丑事。卫宣公为他的儿子伋娶齐国女，将成婚，闻女美欲自娶，便于黄河边上建造新台，待齐女初入卫境，即将她截留，据为己有。细看《静女》所写，全与此事无涉；而紧接《静女》之后的《新台》，则确系讽刺此事的诗篇。

《静女》共三章，每章四句，是以男子口吻写幽会之乐的民间情歌。

第一章写男子赴约。"静女其姝，俟我于城隅"两句，就时间说，包含从前与现在；就内容说，包含约言与实践。就是说，那位娴静而姝丽的姑娘事前跟"我"约好：她准时在城角等我。"我"准时来赴约，那位姑娘果然已在那儿相待。一个赶来了，一个已在等，一下子扑上去，效果如何？下面又怎样写？要知道，诗人才写了两句啊！

"文似看山不喜平"。爱情呢？有点跌宕才更有味。于是，"静女"和诗人，都用了"跌宕法"。"爱而不见"中的"爱"，旧注多解为"喜爱"。"静女"既然"俟我于城隅"，"我"又那么"喜爱"她，为什么会看"不见"？看来遵照旧注，显然讲不通。查《鲁诗》，此字作"薆"，隐蔽也；这就顺畅了。"静女"是想考验一下男方呢？还是单纯和他开玩笑？一时弄不清。总之，她故意躲藏起来了。小伙子左看右看看不见，疑心她变了卦，直急得一面"搔首"，一面"踟蹰"（转来转去）。"静女"偷看到这情景，当然很开心，也就出来了。

如果说第一章用了跌宕法，那么第二章便用了简省法。诗文忌平也忌全，把什么全写出来，不仅浪费笔墨，而且了无余味。当然，简省是有原则的。有高度艺术水准的简省，是指某些重要的东西虽然没有明写，却可以从已经写出的东西中得到暗示。《静女》第一章经过戏剧性的跌宕，男女突然相会，其惊喜、狂欢的情景是不难想见的，然而在第二章里，却只写了姑娘给小伙子赠彤管，岂不是太简了？不错，的确简略些，但简得很得当。因为寓繁于简，简中见繁。姑娘对小伙子的态度已经很明朗：始而约会，继而践约，幽会之时又赠礼物，情意缠绵。那么，诗人未写的许多东西，不是都可以任凭读者去冥思默想，得其仿佛吗？更何况，这篇诗是用男主人公把玩礼物、睹物思人、追求幽会经过的形式展现出来的，所以只提姑娘赠物就够了，别的什么都无需说，要说也不好意思说。

第三章便写睹物思人。第二章里姑娘所赠的"彤管"究竟是什么，古今学者聚讼纷纭。因为笔有笔管，乐器中也有管乐器，而"彤"的意思就是"红"，所以有人说"彤管"就是红管笔，有人说它是红色的管乐器，朱熹《诗集传》则说"未详何物"，态度很谨慎，对于"彤管"的解释，还涉及对于"静女"身份的评估。郑《笺》认为"静女"有德，可"为人君之配"，换掉卫宣公的那位"无德"的"夫人"（原来的儿媳妇）。现代研究者中，也还有人认为"静女"属于贵族，其根据，就是她有红管笔。她是贵族，那么接受她的红管笔的男子，也就不可能是平民。其实，如果联系第三章，问题就很简单。第二章"贻我彤管"和第三章"自牧归荑"，本来是一回事。"贻"和"归"（kuì，通"馈"），都是赠送。"荑"是初生的茅草，红色。第二章称"彤管"，是为了和"娈"协韵，第三章改称"荑"，是为了和"异"、"贻"押韵。实际上，它不过是"静女"顺手摘来的一株红草。

摘茅草赠情人，似乎太寒伧；然而物微正为了表现情重。爱情，诗情，俱从此升华。"我"初得赠品，便把它拟人化，亲热地称"女"（同"汝"，你也。下同），赞美说："草儿啊草儿红光闪，你这么美啊我喜欢。"分别以后，先是称赞那株草儿真是美，美无比，接着又解释说："不是你草儿美无比，只因为你是那美人亲手赠我的。"《尚书大传·大战》云："爱人者，爱其屋上之乌。"这里表现的正是这种感情。如果"静女"的礼物本身很珍贵，那么这种睹物思人、物以人重的情感也就相对削弱了。

桑　中

《诗经·鄘风》

爱采唐矣，沬之乡矣。

云谁之思？美孟姜矣。

期我乎桑中，要我乎上宫，

送我乎淇之上矣。

爱采麦矣，沬之北矣。

云谁之思，美孟弋矣。

期我乎桑中，要我乎上宫，

送我乎淇之上矣。

爱采葑矣，沬之东矣。

云谁之思，美孟庸矣。

期我乎桑中，要我乎上宫，

送我乎淇之上矣。

《诗序》云："桑中，刺奔也。卫之公室淫乱，男女相奔，至于世族在位，相窃妻妾，其于幽远。……"《左传·成公二年》记巫臣之言云："子有三军之惧，而又有'桑中'之喜，宜将窃妻以逃者也。"对《桑中》的理解与《诗序》相同。在过去，这是著名的"淫诗"。称男女幽期为"桑中之约"，称幽会之地为"桑中"、"上宫"，乃是诗文中常见的。现代研究者多认为这是民间情诗，自然可资参考。然而如朱熹《诗集传》所说，诗中女性孟姜（孟是排行第一，姜是姓）、孟弋、孟庸，都是贵族姓。男方呢？当然也是贵族。

此诗三章，每章七句，用重章形式，各章所不同的只有几个字。

全诗用第一人称口吻写成。每章前四句，妙在设为问题，两问两答，显得很跳脱，活画出主人公洋洋得意的神情。前面的一问一答，兴中有比，引出后面的一问一答；合起来看，又有"互文足意"的特点，词约而意丰。比如第一章的前四句，略作翻译，便是：

> 你问我采唐向哪方？沫乡的唐啊不寻常！
> 你问我心上把谁想？孟姜那女人真漂亮！

"采唐"（唐，高亨以为"当读为棠，梨的一种"。下文"葑"，萝卜），暗喻寻欢。"唐"与"孟姜"对应，唐、姜谐音。"采唐"讲出了地点"沫之乡"。何处去会孟姜，却没有说。"互文足意"，则会孟姜也自然在"沫（mèi 妹）之乡"。后三句中的"桑中"、"上宫"和"淇之上"，也都在沫乡的范围之内。

三章诗的后三句完全相同。这位主人公想孟姜，孟姜就在桑中等他，邀他到上宫幽会，临别，又恋恋不舍地把他送到"淇之上"。想孟弋、想孟庸，结果也是一样。

孟姜、孟弋、孟庸，姓氏不同，旧注都认为指三个女人。清人许伯政《诗深》另立新说："《诗》中孟庸、孟弋及齐姜、宋子之类，犹世人称所美曰'西子'耳。"今人顾颉刚、俞平伯都认为孟姜、孟弋、孟庸实是一人（见《古史辨》第三册）。余冠英基本赞成，他说"孟姜、孟弋、孟庸不一定是分指三个人，变换字面不过是为了押韵"（《诗经选译》）。钱锺书则认为《桑中》写"一男有三外遇，于同地幽会"。并且说：西洋文学中善诱妇女的典型名荡荒，"历计所狎，造册立表"；《桑中》之"我"，便是"此类角色之草创"，乃"恶之贯而未盈者"（《管锥编》第一册，中华书局1979年版，第88页）。

如果说孟姜、孟弋、孟庸实是一人，那么同一内容重复三章，有何必要？旧注姜、弋、庸为三姓，分指三人，还是可取的。

诗中的"我"，是诗人根据所见所闻创造的一个角色。其艺术上的成功之处，在于作者不曾露面，只让这个角色以第一人称的身份出现纸上，津津有味地、不厌其详地炫耀他的猎艳史，以见其身手不凡。那些漂亮女人，什么孟姜呀、孟弋呀、孟庸呀，一个个都是他的猎获物。他想要谁，谁就趋之若鹜，等他，邀他，送他。之所以连写三章，就是为了让这个角色尽情地自鸣得意，做最充分的自我表演、自我暴露。至于这个角色的灵魂如何，行径如何，该做怎样的评价，那是读者的事；作者连一句话都不曾说，也不屑说。

这样的写法，这样的角色，《儒林外史》里有，然而出现于《诗经》时代，其作者的独创精神，却不能不令人惊叹。

垓 下 歌

项 羽

力拔山兮气盖世，时不利兮骓不逝。
骓不逝兮可奈何？虞兮虞兮奈若何！

这首歌见于《史记·项羽本纪》，《汉书·项籍传》因之，均无题目。此后各书所收无异文，却另加题目：宋人郭茂倩《乐府诗集》卷五十八题为《力拔山操》，朱熹《楚辞后语》卷一题为《垓下帐中之歌》，明人冯惟讷《古诗纪》卷十二题为《垓下歌》。此后各选本所载，都以《垓下歌》命题。"垓下"，古地名，在今安徽省灵璧县东南。项羽（前232—前202）于秦二世元年（前209）起义抗秦，在巨鹿之战中摧毁秦军主力。秦亡，自立为西楚霸王，大封诸侯。在长期的楚汉战争中逐渐由优势转为劣势。汉高祖五年，即公元前202年，项羽被汉军包围于垓下，唱出了这首悲壮苍凉的歌。其歌唱的情境氛围，司马迁在《史记·项羽本纪》里是这样描写的：

> 项王军壁垓下，兵少食尽，汉军及诸侯兵围之数重。夜闻汉军四面皆楚歌，项王乃大惊曰："汉皆已得楚乎？是何楚人之多也！"项王则夜起，饮帐中。有美人名虞，常幸从；骏马名骓，常骑之。于是项王乃悲歌慷慨，自为诗曰："……"歌数阕，美人和之。项王泣数行下，左右皆泣，莫能仰视。

破空而来的第一句，以惊天动地的豪迈语言作自我评价，为第二句大幅度的逆转作好了强有力的反衬。司马迁在《项羽本纪》的开头写项羽"长八尺余，力能扛鼎，才气过人"，大约是符合实际的。如今把"力能扛鼎"提升到"力拔山"，把"才气过人"提升到"气盖世"，读者可能认为太夸张。然而只要结合项羽的赫赫战功剖析他当时的心态，便知他作出这样的自我评价并非有意夸张，而是用诗的语言总结过去，毫不掩饰地抒发他的自豪感与自信心。这从他唱出《垓下歌》之后所说的"吾起兵至今八岁矣，身七十余战，所当者破，所击者服，未尝败北，遂霸有天下"一段话可以得到证明。仅就巨鹿之战看，秦军围巨鹿，"诸侯军救巨鹿下者十余壁，莫敢纵兵。及楚击秦，诸侯皆从壁上观。楚战士无不一以当十，楚兵呼声动天，诸侯军无不人人惴恐。于是已破秦军，项羽召见诸侯将，入辕门，无不膝行而前，莫敢仰视。项羽由是始为诸侯上将军，诸侯皆属焉"。回忆身经七十余战，所向无敌，"霸有天下"的战斗历程，作出"力拔山兮气盖世"的自我评价，这既符合历史，又符合他当时的心态。由此可见，这句发自项羽内心的诗，不仅气势雄伟，而且内涵深广，他的强大优势，光辉战史，连同他的致命弱点，都得到了准确生动的体现。弱点是什么，史学家已有定论。仅就异常同情他的司马迁所指出的，就有"自矜功伐"、"奋其私智"、"欲以力征经营天下"、"不觉悟"、"不自责"以及谬谓"天亡我，非战之罪"等等。而这一切，不都是他自我评价的心理根据吗？正因为这样，面对兵少食尽，重重被围的严峻形势，便把这一切归因于"天亡我"，由衷地唱出了第二句。

"时不利兮骓不逝"中的"时"，自然指"天时"。"天时"对他"不利"而对刘邦有利，这便是他多次重复的"天亡我"。这一句中的"时不利"与"骓不逝"，不是并列关系，而是因果关系。因为"时不利"，所以连他心爱的千里马乌骓，也跑不动了。有人把"骓不逝"解释为作者"怨恨"他的"战马也不向前奔跑"，并说"项羽就用怨恨天时、怨恨骏马的方式来表达他极为复杂的心理状态"，这似乎并不符合这句诗的原意。十分明显的一点是：项羽唱歌之后，"乃上马骑，麾下壮士骑从者八百余人，直夜溃围南出，驰走"，直到仅剩二十八骑的时候，项羽还"大呼驰下，汉军皆披靡"，"溃围、斩将、刈旗"，突显"拔山"之"力"与"盖世"之"气"，用以证明"非战之罪"，这能说"战马也不向前奔跑"吗？在自刎乌江之前，项羽对劝他渡江的乌江亭长说："吾骑此马五岁，所当无敌，尝一日行千里，不忍杀之，以赐公！"这怎能说他在"怨恨骏马"？比较合理的解释是：项羽用他心爱的骏马不能像往日一样长驱直入，日行千里，来表现深陷重围，兵少食尽的艰危处境。这般处境，他认为乃是"时不利"造成的。如果这样的解释合乎原意，那么从艺术角度说，"骓不逝"三字，就极富表现力，并且自然流露了体贴乌骓的深厚感情。司马迁渲染项羽慷慨悲歌的氛围，特写"有美人名虞，常幸从；骏马名骓，常骑之"，乃是有意用美人、骏马皆无出路作衬托，来强化项羽这位盖世英雄从成功的顶峰坠入失意的深渊而无力自拔的深沉悲哀。

三、四两句，乃是第二句的延伸。"可奈何"，是在束手无策的情况下发出的绝望之词，意译便是通常说的"无可奈何"，直译则是"有什么办法？"既然乌骓已不能作为残兵的先导突出重重包围，那么，又将怎样为他的美人安排妥善的出路呢？"奈若何"中的"若"，是人称代词，相当于"你"，指虞姬。"奈若何"，直译便是：对你的不幸又有什么办法！

从"力拔山兮气盖世"转向"骓不逝兮可奈何？虞兮虞兮奈若何！"这中间的落差太大了！然而这不是玩弄艺术技巧，而是如实地抒写亲身经历。震撼人心的艺术力量，即从这反映历史真实的极大落差中迸发出来，不仅使追随他多年的将士们一个个哭泣得"莫能仰视"，千载之下的读者，也不禁为之歔欷感叹，不能自已。

唐人张守节《史记正义》引《楚汉春秋》所载虞姬的和诗是："汉兵已略地，四面楚歌声。大王意气尽，贱妾何聊生！"宋人王应麟《困学纪闻》卷十二收录，作为汉初已有五言诗的证据，然前人或以为出于伪托。姑且提一下，供读者参考。

孟子早就说过："天时不如地利，地利不如人和。"（《孟子·公孙丑》）项羽却把他陷于困境的原因全归于"时不利"。结合《史记·项羽本纪》的全部记载读这首《垓下歌》，是会在歔欷感叹中吸取深刻的历史教训的。

大　风　歌

刘　邦

大风起兮云飞扬，
威加海内兮归故乡。
安得猛士兮守四方！

这首歌最早见于《史记·高祖本纪》。其写作背景是这样的：

> 十二年，十月，高祖已击布军会甄，布走，令别将追之。高祖还归，过沛，留。置酒沛宫，悉召故人父老子弟纵酒，发沛中儿得百二十人，教之歌。酒酣，高祖击筑，自为歌诗曰："大风起兮云飞扬，威加海内兮归故乡。安得猛士兮守四方！"令儿皆和习也。高祖乃起舞，慷慨伤怀，泣数行下。

这里说的"十二年"，即刘邦入关，立为汉王以后的第十二年，打败项羽、即皇帝位之后的第七年，公元前195年。这时候，他击败了淮南王黥布的叛军，命别将追杀，自己则便道回乡，召父老兄弟欢聚。酒酣之时，一面击筑（一种弦乐器）伴奏，一面唱出了这首歌，又挑选出一百二十个青年人合唱。他情感激动，"乃起舞，慷慨伤怀……"这一切，对于了解他当时的心态，从而领会这首歌的内涵，是很有帮助的。

这首歌，后人的评价很高。例如朱熹在《楚辞后语》里便说："千载以来，人主之词，亦未有若是壮丽而奇伟者也。呜呼雄哉！"然而具体解释起来，却仁者见仁，智者见智。萧统把这首歌编入《文选·杂歌》，李善注云："风起云飞，以喻群凶竞逐而天下乱也。威加四海，言已静也。夫安不忘危，故思猛士以镇之。"而李周翰的注却与李善注恰恰相反。他说："风喻己，云喻乱也。已平乱还故乡，故思与贤才共守之。"日本渡边昭氏所藏《文选集注》引陆善经的解释既与李善不同，又与李周翰有异：

> 风起，喻初越（"越"，是"起"字之误）事时；云飞扬，喻从臣；守四方，思镇安之也。

可以看出，理解的分歧主要集中于第一句。李善认为"大风起兮"比喻秦末群凶并起，"云飞扬"比喻因群凶并起而引起的天下大乱。总之，这里面不包括刘邦本人，而是刘邦加"威"的对象。李周翰则认为："大风起兮"的"风"是刘邦自喻，"云飞扬"的"云"指天下大乱。陆善经对"风"的理解与李周翰一致，认为"大风起兮"是比喻刘邦初起事，对"云飞扬"的理解，则与李善、李周翰都不同，认为那也指刘邦方面，是比喻

"从臣"的。

日本学者吉川幸次郎在《汉高祖的〈大风歌〉》（见章培恒等译《中国诗史》，安徽文艺出版社1986年版）里引了我国古书中关于"大风"的几个例句，说明"大风"是贬义词，刘邦不可能用来比喻自己；又说"'云'是一个容易与'乱'联系起来的意象"，刘邦当然也不愿意用来比"从臣"。因此，他断言"李周翰及陆善经之说最为拙劣"。他以李善的解释为基础而加以发挥，认为第一句所表现的是"天意的无常"，"天意的支配"，"可怕地降临的暴风是不可知不可抗的天意无常的产物"。因此，他认为"这是一首感慨于环境突然变得幸福了的歌，所以反过来也就会忧虑幸福的丧失"。

另一位日本学者小川环树则认为第一句所写的大风骤起、浮云蔽空的形象已经暗示了刘邦的不安，而在那行踪不定的浮云里，又寄托了对自己或儿子将来命运的忧虑。因而他认为这首歌是"感伤文学的起源"。

我们细读这首歌，总会感到把第一句作李善、吉川、小川那样的解释，实在不很妥贴，主要原因是如果作那样的解释，就与第二句缺乏顺理成章的联系。而在事实上，它们的联系却十分紧密。第二句"威加海内"紧承第一句而来，而第一句的"大风起"正是渲染一种足以扫荡一切的"威"力和足以征服一切的"威"势。如果是这样的话，那么李周翰和陆善经对于"大风起"的解释就不算错。既以"大风起"比喻自己起事后的威力、威势，则李周翰把"云"解释为被扫荡的对象，也是合情合理的。问题只在于把"飞扬"解释为"散亡"，缺乏训诂学上的根据。而陆善经的解释，却是有训诂学上的根据的。

吉川幸次郎只注意到"大风"是贬义词的用例，只注意到"云"可与"乱"联系，而没有考虑其他。《易·乾》以"云从龙，风从虎"说明同类相感，后世因而常以"风云"比喻遭际遇合。《后汉书·耿纯传》："以龙虎之姿，遭风云之时，奋迅拔起，期月之间，兄弟称王。"常衮《授李抱玉开府制》："风云所感，挺此人杰，文武相济，弼于朕躬。"《大风歌》的第一句，正是用比兴手法描绘渲染了刘邦及其"从臣"乘时崛起、所向披靡的磅礴气势，因而第二句继之以"威加海内"，便有"水到渠成"之妙。"大风起兮云飞扬"一句兼用比兴手法，既渲染气势，又具有明显的比拟象征作用。至于"风"与"云"各比拟象征什么，原不必细加区分。如果硬要区分的话，那么"云飞扬"从属于"大风起"，"风"是主，"云"是从。所以李周翰认为"风喻己",陆善经认为"云喻从臣",都是说得通的。

从章法上看,第一句"大风起兮云飞扬"乃是为第二句的"威加海内"蓄积气势、渲染气氛。它所展现的,不正是一种所向无敌的"威"势、"威"力吗?而这种风起云扬的威势、威力既然比拟、象征着君臣遇合,乘时崛起,那么这种"威"势、"威"力之所以能够加于海内,当然包含着"从臣"的功劳。刘邦在唱出这首歌的一、二两句时是估计到这一点的。既然如此,如果那些"从臣"都健在,都忠于他,岂不是用不着发愁没有猛士守四方吗?可是摆在他眼前的事实又是什么呢?帮他打天下的功臣诸如韩信、彭越等人都已经被他诛杀了;在破项羽于垓下的战斗中立下赫赫战功的黥布,因韩、彭被诛而惧祸及己,举兵反叛;刘邦在平叛中身中流矢(半年后疮口恶化致死),他是带着严重疮伤回到故乡的;这时候,他已经六十二岁,太子(后来的惠帝)懦弱无能,黥布之叛尚未彻底平定,而从吕后所说的"诸将与帝为编户民,今北面为臣,此常怏怏"来看,想反叛的还大有人在。明乎此,就不难理解这首起势雄壮的《大风歌》为什么以"安得猛士兮守四方"的感叹收尾,就不难理解他在唱这首歌的时候为什么"慷慨伤怀,泣数行下"。沈德潜《古诗源》评此歌云:

> 时帝春秋高,韩、彭已诛,而孝惠仁弱,人心未定。思猛士,其有悔心耶?

刘邦对他诛杀功臣是否真有"悔心",这很难说;但沈德潜所分析的形势无疑乃是刘邦所意识、所焦虑的。以"从臣"如"云"而"威加海内"的刘邦最终以发出"安得猛士兮守四方"的慨叹而走向死亡,不管他对诛杀功臣有无"悔心",终归是可悲的。当然,有"悔心"要好得多,如果像吕后那样,刘邦一死便担心诸将谋反而密谋全部族灭,认为不如此便"天下不安",那就更糟糕。郦将军的分析是正确的:如果尽诛诸将,则"陈平、灌婴将十万守荥阳,樊哙、周勃将二十万定燕代,此闻帝崩,诸将皆诛,必连兵还乡以攻关中,大臣内叛,诸侯外反,亡可翘足而待也"(《史记·高祖本纪》)。幸而这番议论受到重视而采取了"大赦天下"的措施,才消除了人心的"不安"。

刘邦当然是个天命论者,但他唱《大风歌》时感到的"不安"却直接来自活生生的现实，而不是直接来自对于"天意无常"的认识。要不然，他就用不着思得猛士以改变现实，从而违反"天意"了。

《文中子·周公篇》云："《大风》，安不忘危，其霸心犹存。"宋阮逸解释道："'安得猛士守四方'，此不忘武备，心在杂霸也。"钟惺在《古诗归》中评此歌，却针锋相对地说："妙在杂霸习气一毫不讳，便是真帝王，真英雄。"很显然，王通和钟惺只在对于"杂霸"的评价上有分歧，而从"以德服人者王，以力服人者霸"的观点出发，认为《大风歌》"安不忘危"，"不忘武备"，则是完全一致的。然而如在前面所分析，《大风歌》表现了刘邦的"不安"，"安不忘危"云云，其实不曾搔着痒处。吉川幸次郎看出了"这首歌里有不安"，却不从现实方面、人事方面探究产生"不安"心理的主要根源，而把这种"不安"完全归因于"认识到自己的成功是由于天意的无常，也就会担心，无常的天意会向其他方向转移"，也未必是十分中肯的。

青青陵上柏

《古诗十九首》

青青陵上柏，磊磊涧中石。

人生天地间，忽如远行客。

斗酒相娱乐，聊厚不为薄。

驱车策驽马，游戏宛与洛。

洛中何郁郁，冠带自相索。

长衢罗夹巷，王侯多第宅。

两宫遥相望，双阙百馀尺。

极宴娱心意，戚戚何所迫？

这首诗与《古诗》中的另一首《驱车上东门》（见后）在感慨生命短促这一点上有共同性，但艺术构思和形象蕴涵却很不相同。《驱车上东门》的主人公望北邙而生哀，想到的只是死和未死之前的生活享受；这首诗的主人公游京城而兴叹，想到的不止是死和未死之时的吃好穿好。

开头四句，接连运用有形、有色、有声、有动作的事物作反衬、作比喻，把生命短促这样一个相当抽象的意思讲得很有实感，很带激情。主人公独立苍茫，俯仰兴怀：向上看，山上古柏青青，四季不凋；向下看，涧中众石磊磊，千秋不灭。头顶的天，脚底的地，当然更其永恒；而生于天地之间的人呢，却像出远门的旅人那样，匆匆忙忙，跑回家去。《文选》李善注引《尸子》、《列子》释"远行客"："人生于天地之间，寄也。寄者固归。""死人为'归人'，则生人为'行人'。"《古诗》中如"人生寄一世"，"人生忽如寄"等，都是不久即·"归"（死）的意思。

第五句以下，写主人公因感于生命短促而及时行乐。"斗酒"虽"薄"（兼指量少味淡），也可娱乐，就不必嫌薄，姑且认为厚吧！驽马虽劣，也可驾车出游，就不必嫌它不如骏马。借酒销忧，由来已久；"驾言出游，以写我忧"（《诗经·邶风·泉水》），也是老办法。这位主人公，看来是两者兼用的。"宛"（今河南南阳）是东汉的"南都"，"洛"（今河南洛阳）是东汉的京城。这两地都很繁华，何妨携"斗酒"，赶"驽马"，到那儿去玩玩。接下去，用"何郁郁"赞叹洛阳的繁华景象，然后将笔触移向人物与建筑。"冠带"，顶冠束带者，指京城里的达官显贵。"索"，求访。"冠带自相索"，达官显贵互相探访，无非是趋势利、逐酒食，后面的"极宴娱心意"，就明白地点穿了。"长衢"（大街）"夹巷"（排列大街两侧的胡同），"王侯第宅"，"两宫"，"双阙"，都不过是"冠带自相索"，"极宴娱心意"的场所。主人公"游戏"京城，所见如此，会有什么感想呢？结尾两句，就是抒发感想的，可是歧解纷纭，各有会心，颇难作出大家都感到满意的阐释。有代表性的解释是这样的：

一云结尾两句，都指主人公。"极宴"句承"斗酒"四句而来，写主人公享乐。

一云结尾两句，都指"冠带"者。"是说那些住在第宅、宫阙的人本可以极宴娱心，为什么反倒戚戚忧惧，有什么迫不得已的原因呢？""那些权贵豪门原来是戚戚如有所迫的，弦外之音是富贵而可忧，不如贫贱之可乐"（余冠英《汉魏六朝诗选》）。

一云结尾两句，分指双方。"豪门权贵的只知'极宴娱心'而不知忧国爱民，正与诗中主人公的戚戚忧迫形成鲜明对照"（《两汉文学史参考资料》）。

从全诗章法看，分指双方较合理，但又绝非忧乐对照。"极宴"句承写

"洛中"各句而来，自然应指豪门权贵。主人公本来是因生命短促而自寻"娱乐"，又因自寻"娱乐"而"游戏"洛中的，结句自然应与"娱乐"合拍。当然，主人公的内心深处未尝不"戚戚"，但口上说的毕竟是"娱乐"，是"游戏"。从"斗酒"、"驽马"诸句看，特别是从写"洛中"所见诸句看，这首诗的主人公，其行乐有很大的勉强性，与其说是行乐，不如说是借行乐以销忧。而忧的原因，也不仅是生命短促。生当乱世，他不能不厌乱忧时，然而到京城去看看，从"王侯第宅"直到"两宫"，都一味寻欢作乐，醉生梦死，全无忧国忧民之意。自己无权无势，又能有什么作为，还是"斗酒娱乐"，"游戏"人间吧！"戚戚何所迫"，即何所迫而戚戚。用现代汉语说，便是：有什么迫使我戚戚不乐呢（改成肯定语气，即"没有什么使我戚戚不乐"）？全诗内涵，本来相当深广，用这样一个反诘句作结，更其余味无穷。

今日良宴会

《古诗十九首》

今日良宴会，欢乐难具陈。
弹筝奋逸响，新声妙入神。
令德唱高言，识曲听其真。
齐心同所愿，含意俱未伸。
人生寄一世，奄忽若飙尘。
何不策高足，先踞要路津？
无为守穷贱，轗轲常苦辛。

这首诗写得很别致。全诗十四句，是主人公一口气说完的，这当然很质直。所说的内容，不过是在宴会上听曲以及他对曲意的理解，这当然很浅近，然而细读全诗，便发现质直中见婉曲，浅近中寓深远。且看他是怎么说的，说了些什么：

今天的宴会啊，真是太棒了！那个欢乐劲，简直说不完。光说弹筝吧，弹出的声调多飘逸！那是最时髦的乐曲，妙极了！有美德的人通过乐曲发表了高论，懂得音乐，便能听出真意。那真意，其实是当前一般人的共同心愿，只是谁也不肯明白地说出；那就让我说出来吧："人生一世，有如旅客住店；又像尘土，一忽儿便被疾风吹散。为什么不捷足先登，高踞要位，安享富贵荣华呢？别再忧愁失意，辛辛苦苦，常守贫贱了吧！"

这段话，是兴致勃勃地说的，是满心欢喜地说的，是直截了当地说的。中间用了不少褒义词、赞美词。讲"宴会"，用"良"，用"欢乐"，而且"难具陈"。讲"弹筝"，用"逸响"，用"新声"，用"妙入神"，用"令（美）德"，用"高言"。讲抢占高位要职，也用了很美的比喻：快马加鞭，先踞要津。那么，主人公是真心宣扬那些时人共有的心愿呢，还是"似劝（鼓励）实讽"，"谬悠其词"呢？

主人公是在听"弹筝"，而不是在听唱歌。钟子期以"知音"著称，当伯牙弹琴"志在流水"的时候，也不过能听出那琴声"洋洋乎若江河"，并不曾译出一首《流水歌》。这位主人公，究竟是真的从筝声中听出了那么多"高言"、"真意"呢？还是由于"齐心同所愿，含意俱未伸"，因而假托听筝，把那些谁也不便明说的心里话和盘托出呢？

人生短促，这是事实。力求摆脱"穷贱"、"辗轲"和"苦辛"，这也不能不说是人所共有的心愿。既然如此，又何必"讽"！"讽"，又有什么用！然而为了摆脱它们而求得它们的对立面，每个人都争先恐后，抢夺要位，那将出现什么情景！既然如此，便需要"讽"，不管有用还是没有用。由此可见，这首诗的确很婉曲、很深远。它含有哲理，涉及一系列人生问题、社会问题，引人深思。

驱车上东门

《古诗十九首》

驱车上东门，遥望郭北墓。
白杨何萧萧，松柏夹广路。

下有陈死人，杳杳即长暮。

潜寐黄泉下，千载永不寤。

浩浩阴阳移，年命如朝露。

人生忽如寄，寿无金石固。

万岁更相送，圣贤莫能度。

服食求神仙，多为药所误。

不如饮美酒，被服纨与素。

这首诗是用抒情主人公直抒胸臆的形式写出的，表现了东汉末年大动乱时期一部分生活充裕但在政治上找不到出路的知识分子的颓废思想和悲凉心态。

东汉京城洛阳，共有十二个城门。东面三门，靠北的叫"上东门"。郭，外城。汉代沿袭旧俗，死人多葬于郭北。洛阳城北的邙山，便是丛葬之地；诗中的"郭北墓"，正指邙山墓群。主人公驱车出了上东门，遥望城北，看见邙山墓地的树木，不禁悲从中来，便用"白杨何萧萧，松柏夹广路"两句写所见、抒所感。萧萧，树叶声。主人公停车于上东门外，距北邙墓地还有一段路程，怎能听见墓上白杨的萧萧声？然而杨叶之所以萧萧作响，乃是长风摇荡的结果；而风撼杨枝、万叶翻动的情状，却是可以远远望见的。望其形，想其声，形成通感，便将视觉形象与听觉形象合二而一了。还有一层：这位主人公本来是住在洛阳城里的，并没有事，却偏偏要出城，又偏偏出上东门，一出城门便"遥望郭北墓"，见得他早就从消极方面思考生命的归宿问题，心绪很悲凉。因而当他望见白杨与松柏，首先是移情入景，接着又触景生情。"萧萧"前用"何"（多么）作状语，其感情色彩何等强烈！写"松柏"的一句似较平淡，然而只有富贵人墓前才有广阔的墓道，如今"夹广路"者只有松柏，其萧瑟景象也依稀可想。于是由墓上的树木想到墓下的死人，用整整十句诗反复诉说：

人死去就像堕入漫漫长夜，沉睡于黄泉之下，千年万年，再也无法醒来。

春夏秋冬，流转无穷，而人的一生，却像早晨的露水，太阳一晒就消失了。

人生好像旅客寄宿，匆匆一夜，就走出店门，一去不返。

　　人的寿命，并不像金子石头那样坚牢，经不起多少跌撞。

　　岁去年来，更相替代，千年万岁，往复不已，即便是圣人贤人，也无法超越，长生不老。

　　主人公对于生命的短促如此怨怅，对于死亡的降临如此恐惧，那将得出什么结论呢？结论很简单，也很现实：神仙是不死的，然而服药求神仙，又常常被药毒死，还不如喝点好酒，穿些好衣服，只图眼前快活吧！

　　生命短促，人所共感，问题在于如何肯定生命的价值。即以我国古人而论，因生命短促而不甘虚度光阴，立德、立功、立言以求不朽的人史不绝书。不妨看看屈原：他有感于"日月忽其不淹兮，春与秋其代序"而"乘骐骥以驰骋兮，来吾导夫先路"，力求奔驰于时代的前列；有感于"老冉冉其将至兮"而"恐修名之不立"，砥砺节操，热爱家国，用全部生命追求崇高理想的实现，将人性美发扬到震撼人心的高度。回头再看这首诗的主人公，他对人生如寄的悲叹，当然也隐含着对于生命的热爱，然而对生命的热爱最终以只图眼前快活的形式表现出来，却是消极的，颓废的。生命的价值，也就化为乌有了。

孟冬寒气至

《古诗十九首》

孟冬寒气至，北风何惨慄。

愁多知夜长，仰观众星列。

三五明月满，四五蟾兔缺。

客从远方来，遗我一书札。

上言长相思，下言久离别。

置书怀袖中，三岁字不灭。

一心抱区区，惧君不识察。

　　这是妻子思念丈夫的诗。丈夫久别，凄然独处，对于季节的迁移和气候的变化异常敏感，因而先从季节、气候写起。

孟冬，旧历冬季的第一月，即十月。就一年说，主人公已在思念丈夫的愁苦中熬过了春、夏、秋三季。冬天一来，她首先感到的是"寒"。"孟冬寒气至"，一个"至"字，把"寒气"拟人化，它在不受欢迎的情况下来"至"主人公的院中、屋里乃至内心深处。主人公日思夜盼的是丈夫"至"，而不是"寒气至"。"寒气"又"至"而夫犹不"至"，怎能不加倍地感到"寒"！第二句以"北风"补充"寒气"，"何惨栗"三字，如闻主人公寒彻心髓的惊叹之声。

时入孟冬，主人公与"寒气"同时感到的是"夜长"。对于无忧无虑的人来说，一觉睡到大天亮，根本不会觉察到夜已变长。"愁多知夜长"一句，看似平淡，实非身试者说不出；最先说出，便觉新警。主人公经年累月思念丈夫，夜不成寐；一到冬季，"寒"与"愁"并，更感到长夜难明。

从"愁多知夜长"跳到"仰观众星列"，中间略去不少东西。"仰观"可见"众星"，暗示主人公由辗转反侧而揽衣起床，此时已徘徊室外。一个"列"字，押韵工稳，含义丰富。主人公大概先看牵牛星和织女星怎样排"列"，然后才扩大范围，直到天边，反复观看其他星星怎样排列。其观星之久，已见言外。读诗至此，必须联系前两句。主人公出户看星，直到深夜，对"寒气"之"至"自然感受更深，能不发出"北风何惨栗"的惊叹？但她仍然不肯回屋而"仰观众星列"，是否在看哪些星是成双成对的，哪些星是分散的、孤孤零零的？是否在想她的丈夫如今究竟在哪颗星下？

"三五"两句并非写月，而是展现主人公的内心活动。观星之时自然会看见月，因而又激起愁思：夜夜看星星、看月亮，盼到"三五"（十五）月圆，丈夫没有回家；又挨到"四五"（二十）月缺，丈夫还是没有回来！如此循环往复，月复一月，年复一年，丈夫始终没有回来啊！

"客从"四句，不是叙述眼前发生的喜事，而是主人公在追想遥远的往事。读后面的"三岁"句，便知她在三年前曾收到丈夫托人从远方捎来的一封信，此后再无消息。而那封信的内容，也不过是"上言长相思，下言久离别"。不难设想：主人公在丈夫远别多年之后才接到他的信，急于从信中知道的，当然是他现在何处、情况如何、何时回家，然而这一切，信中都没有说。就是这么一封简单之至的信，她却珍而重之。"置书怀袖中"，一是让它紧贴身心，二是便于随时取出观看。"三岁字不灭"，是说她像爱护眼睛一样爱护它。这一切，都表明了她是多么的温柔敦厚！

结尾两句，明白地说出她的心事：我"一心抱区区（忠爱）"，全心全意地忠于你、爱着你，所担心的是，我们已经分别了这么久，你是否还知道我一如既往地忠于你、爱着你呢？有此一结，前面所写的一切都得到解释，从而升华到新的境界，又余音袅袅，余意无穷。

"遗我一书札"的"我"，乃诗中主人公自称，全诗都是以"我"自诉衷曲的形式写出的。诗中处处有"我"，"我"之所在，即情之所在、景之所在、事之所在。景与事，皆化入"我"的心态，融入"我"的情绪。前六句，"我"感到"寒气"已"至"，"北风惨慄"；"我"因"愁多"而"知夜长"；"我"徘徊室外，"仰观众星"之罗列，感叹从"月满"变月缺。而"我"是谁？"愁"什么？观星望月，用意何在？读者都还不明底蕴，唯觉诗中有人，深宵独立，寒气彻骨，寒星伤目，愁思满怀，无可告语。及至读完全篇，随着"我"的心灵世界的逐渐袒露，才对前六句所写的一切恍然大悟，才越来越理解她的可悲遭遇和美好情操，对她产生无限同情。

日暮秋云阴

无名氏

日暮秋云阴，江水清且深。
何用通音信？莲花玳瑁簪。

《古绝句四首》，最早见于南朝梁、陈诗人徐陵所编《玉台新咏》卷十。"绝句"之名，始见于南朝宋，到徐陵编《玉台新咏》时，五言四句的小诗已很流行，而且有不少已加上"绝句"的题目，因此他把这类诗单独编为一卷，而以《古绝句四首》冠首。这四首诗，大约是汉代民歌，《玉台新咏》的笺注者吴兆宜说它们是"杂曲歌辞"。明代胡应麟《诗薮·内编》卷六云："汉诗载《古绝句四首》，当时规格草创，安得此称？盖歌谣之类，编集者冠以唐题。""盖歌谣之类"，这是对的，认为题目乃编集者所加，也没有错。但编集者徐陵是南朝人，怎能冠以"唐题"？实际上，徐陵不过认为这四首诗很像当时的"绝句"，而产生的时代较"古"，故称"古绝句"，以见

"今"绝句渊源有自罢了。

这首诗押平声韵，与近体绝句相合。从平仄看，一、二两句稍有不合，三、四两句，则与近体绝句完全一致。

"日暮秋云阴，江水清且深"两句，只写景，未叙事，亦未言情，而情与事俱含其中。什么情？什么事？必须弄清什么人才能理解，而这里并没有直接写出人来。然而读完三、四句，一、二句中的人就清晰可见了。诗中的主人公是一位女性，她伫立江边，在凝眸远望，在痴心等待。开头的"日暮"，不宜轻易滑过。对于孤独者来说，"日暮"是最感寂寞，最易思念亲友或者情人的时候。这是第一层。但在这里，"日暮"不仅点时间，而且是写景，是借景抒情。按照《说文》的解释："暮"本作"莫"，日将冥也。秦观《踏莎行》"杜鹃声里斜阳暮"，不少人指责"斜阳"与"暮"重复，正由于不懂"暮"字的确切含义。由"斜阳"而"暮"，表现的是太阳逐渐西移，以至西沉的动景。苏轼的"回首斜阳暮"，周邦彦的"雁背夕阳红欲暮"，都是绝好的例证，不能说都犯了重复的错误。这首诗开头的"日暮"，正是女主人公独立江边远望，于等待中怵目惊心之动景。她于斜阳之时来到江边，甚或更早，自不必说死。但她在这里已经等了很久，眼看太阳逐渐西移以至西沉，则是毫无疑义的。既然如此，这里就不仅有景，而且有情、有事、有人。人是谁？就是"日暮"的观注者、感受者。即诗中的抒情主人公。情是什么？就是她目睹太阳西移以至西沉而逐渐增加的焦灼、疑虑和怅惘。事是什么？就是她来到江边，不是散步，不是游览，而是等人，而所等的人却一直不见踪影。正因为这样，她才不断举头望日（犹如今人不断看表），直看到"日暮"。

紧接"日暮"的"秋云阴"，更情景交融，意味深长。先看词儿的搭配："秋"属季，"暮"属时，按照常规，先季后时，应写为"深秋日暮"。然而第一，这已经用了四个字，下面还要写"云"写"阴"，五字句已无法容纳；如果写为"秋日暮"，又不合五言诗句上二下三的节拍。第二，"日暮"置于"秋"后，就只限于表明时间，前面所讲的那种含情无限的动景没有了。第三，从宋玉悲秋以来，诗人们惯用"秋"来烘染悲凉气氛，对于思念亲人或者情人的孤独者来说，就更像吴文英词中所说的"何处合成愁，离人心上秋"，一见"秋"，愁绪也就同时弥漫无垠。这里既用"日暮"，又用"秋"，其表现悲秋的效果自然更其强烈。然而主人公在等人，牵动她的愁绪的首先是"日暮",所以便以"日暮"开头。五言诗句的节拍通常是上二下三。"上二"既是"日暮",那么"秋"字如何安置?作者毫不费力,把"秋"作为"云"的定语,构成"秋云"一词,再加上"阴","下三"就完成了,何等自然!试作语法分析:"日暮"是主谓结构,"秋云阴"又是主谓结构。一句诗,等于两个句子,句与句之间的停顿自然十分明显,从而层次分明地表现了前后衔接的两种情境。当然,这和作者的匠心有关,而古汉语词儿搭配组合的灵活性,无疑起了十分重要的作用。

"日暮"所表现的既然是太阳西移以至西沉的动景,那么,女主人公初来江边之时并非阴天。她在江边等人直到日暮而被等的人还没有来,已经够焦急了。如今,天际乌云翻滚,天全变阴了。日暮天阴,就会落雨,被等的人能来的希望自然减弱。江淹《拟休上人》诗"日暮碧云合,佳人殊未来",表现的便是这种情景。更何况从女主人公视野中涌现的"云"乃是"秋"云!秋天是多雨的季节,"日暮"更易落雨。不妨设身处地想一想:当女主人公等人直至"日暮",又眼看"秋云"愈聚愈多,以至天气完全变"阴"的时候,她的心中究竟是什么滋味!

首句写高处远处,次句写低处近处。不论是高低远近,其所写之景都是主人公目之所视,心之所系,因而景中寓情,意余象外。"江水清且深",多么耐人寻味!女主人公期待的那个人,大约是要从江上来的,"清"江白帆,老远就能看见,然而一直没有帆影!去找他吗?日暮天阴,江水既清且深,又没有船,简直毫无办法。这真像张衡《四愁诗》所说:"我所思兮在桂林,欲往从之江水深,侧身南望涕沾襟"啊!

第三句是从前两句引发的,又唤起第四句。日暮天阴而人犹未至,去找他又不可能,便想到"通音信"。"何用通音信"呢?回答是"莲花玳瑁簪"。就事态发展的过程而言,三、四句是一、二句引发的。就诗情诗意而言,三、四句又赋一、二句以灵魂,使之筋摇脉动,通体皆活。要不是三、四两句表明主人公要用"莲花玳瑁簪"这种女性的首饰"通音信",我们又凭什么能对一、二两句作那么多解释呢?

第四句乃是全诗的聚焦点。玳瑁(dài mào),海龟的一种,背甲可制工艺品。"莲花玳瑁簪",即用玳瑁做的莲花形头簪。女主人公兴冲冲赶到江边,本来打算把它赠给前来赴约的情人,作为爱情的信物;可他没有来!她似乎毫无怨恨,而是痴情更浓,就像眼前的江水,既清澈透明,又深不见底。她心中盘算：人既没有来，能把簪子带给他，岂不同样可以传达爱情的信息吗？然而又有谁能把它带去，交在他的手中呢？

这首诗，乍读似乎很平淡。然而仔细揣摩，便觉诗中有人，低回俯仰，既以情观景，又触景生情。其时间的推移，景物的变换，无一不牵动主人公的情绪，也无一不触动读者们的心弦。其根本原因，在于诗中所写，乃是作者的亲身体验，故能如此真切，如此感人，令人玩味想象于无穷。

酌贪泉诗

吴隐之

古人云此水，一歃怀千金。
试使夷齐饮，终当不易心。

吴隐之作此诗，有一段故事。《晋书》卷九一《吴隐之传》里的记载是这样的："广州包带山海，珍异所出，一箧之宝，可资数世……故前后刺史，皆多黩货。"吴隐之素以廉洁出名。任晋陵太守时，"在郡清俭，妻自负薪"。晋安帝隆安（397—401）时期，"朝廷欲革岭南之弊"，便任吴隐之为广州刺史。"未至州二十里，地名石门，有水曰'贪泉'，饮者怀无厌之欲。隐之既至，语其亲人曰：'不见可欲，使心不乱。越岭丧清，吾知之矣。'乃至泉所，酌而饮之。因赋诗云：'古人云此水，一歃怀千金。试使夷齐饮，终当不易心。'乃在州，清操逾厉，常食不过菜及干鱼而已。"

一、二两句，以"古人云（说）"领起，概括当地传说。译为现代汉语，那就是：

古人说："这泉水啊！
喝一口便起贪心，想发大财。"

歃（shà），以口微吸也。一歃，是说只喝一点，极言其少。千金，并非具体数字，极言钱财之多。怀，思也。思得千金，便是贪。《论语·里仁》："小人怀惠。"朱熹解释说："怀惠，谓贪利。"可见"怀千金"便是贪图千金，紧扣题目中的那个"贪"字。"一"与"千"对照，强化"贪泉"之"贪"。只喝一口，便贪图千金，多喝几口，不用说更贪得无厌。

前两句，把"古人"所说的"贪泉"能使人"贪"强调到极点，从艺术技巧的角度看，这是为下两句蓄势，即为提出相反意见作好了铺垫。广州出明珠沉香、奇珍异宝，去广州做官的都巧取豪夺，受贿枉法，无一不贪。人们把从京城到广州的必经之处，离广州只有二十里的这眼泉水叫做"贪泉"，是饶有意味的。从人民群众方面说，其目的是戒贪，即希望经过此地到广州上任去的官员知道这是"贪泉"，便决意不饮，从而敦品励行，做个清官。然而对于那些贪官来说，却可由此找到借口，一旦贪行败露，便说他是误饮贪泉，情有可原。"那泉水真厉害啊！一歃怀千金，我走渴了，误喝了一大碗，不贪由不得我！"三、四两句，就伯夷、叔齐立论，对"贪泉"的传说进行了驳斥，从而揭穿了以此寻找借口的虚伪性。据《史记·伯夷列传》记载："伯夷、叔齐，孤竹君之二子也。父欲立叔齐。乃父卒，叔齐让伯夷。伯夷曰：'父命也。'遂逃去。叔齐亦不肯立而逃之。国人立其中子。"连掌管国家的大权都不肯要，还会贪图钱财吗？像伯夷、叔齐这样的高人，即使吸尽"贪泉"，他们的廉洁之心，也绝不会改变。

"试使夷齐饮，终当不易（改变）心。"虽出之以议论，却情、理兼胜，具有强烈的艺术震撼力。这艺术震撼力，来自对于人的主体意识的充分信任，来自对于人的崇高品质的热情赞扬。廉与贪，取决于人的精神境界的高下，的确与是否饮用贪泉之水无关。读完后两句，关于"贪泉"的传说也就不攻自破了。

当然，金银财宝对于人的诱惑也是不可忽视的。吴隐之路过"贪泉"时所说的几句话也值得注意："不见可欲，使心不乱。越岭丧清，吾知之矣。""可欲"，就是可以引起贪欲的东西。广州多的是奇珍异宝，"一箧之宝，可资数世"，的确可以引起人们的贪欲。所以从京城来广州上任的官员，一"越岭"便"丧清"。当然，他们原来也未必"清"，然而宝物的诱惑，也无疑是"丧清"的外因。吴隐之特意喝了贪泉之水，作诗自励，所以即使到了广州，日见"可欲"，仍然以廉洁著名，使风俗为之一变。晋王朝表扬他"处可欲之地，而能不改其操。……革奢务啬，南域改观"，这是符合实际的。《晋书》的作者把他的事迹写入《良吏传》，也极有史识。

送 别 诗

无名氏

> 杨柳青青着地垂，杨花漫漫搅天飞。
> 柳条折尽花飞尽，借问行人归不归？

崔琼《东虚记》说这首诗作于隋炀帝大业（605—618）末年。一、二、四句"垂"、"飞""归"押平声韵，平仄完全符合近体七绝的要求，是一首很成熟的七言绝句。明人胡应麟《诗薮·内编》卷六说："庾子山《代人伤往》三首，近绝体而调殊不谐，语亦未畅。惟隋末无名氏'杨柳青青……'，至此七言绝句音律，始字字谐合，其语亦甚有唐味。右丞'春草年年绿，王孙归不归'祖之。"

题目是《送别》，全诗借柳条、杨花的物象寄寓惜别、盼归的深情，凄婉动人。柳丝飘飘摇摇，饶有缠绵依恋的情态，《诗经》中，已将杨柳与惜别联系起来：《小雅·采薇》中的"昔我往矣，杨柳依依"，历代传诵，脍炙人口。"柳"，又与"留"谐音，折柳赠别以寓挽留之意，从汉代以来便成为一种风俗，形于歌咏。北朝乐府民歌中的《折杨柳歌辞》"上马不捉鞭，反折杨柳枝。蹀座吹长笛，愁杀行客儿"，已饶有情韵。在南朝，梁简文帝、梁元帝、刘邈等人的《折杨柳诗》，也各有特色。然而在唐代以前的咏柳惜别之作，还要数隋末无名氏的这一篇最完美。

首联上句写柳条，下句写杨花（柳絮），读起来流畅自然，有如天造地设，略无人工雕琢痕迹。然而稍作分析，便发现词性、音调、意象、情思，又无一不对，实在是异常工丽的对偶句。看来作者已懂得调整平仄，上句开头之所以不用"柳条"、"柳枝"、"柳丝"，是因为第二字应是仄声。改用"杨柳"，"柳"是仄声，却未能表现"柳条"。而继之以"青青着地垂"，则万丝千条，便展现于读者眼前。"着地"，状柳条之长，把读者的视线由树梢引向地面。"垂"，表静态，以见风和日暖。"青青"，既写柳色，亦点时间。柳色由鹅黄而嫩绿而"青青"，则时间不断流逝，而今已是暮春了。

上句用"青青着地"状柳条之"垂"，下句用"漫漫搅天"状杨花之

"飞"。杨花十分轻盈，如果风力较猛，便向一个方向急飞；如果风力甚微，便无依无傍，忽高忽低，飘来飘去。这里所写的正是日暖风和之时的景象。"漫漫"，写杨花飘荡，无边无际。"搅天"，写仰望所见。天空都被搅乱，则杨花之多，不言可知。由此联系上句，便知"青青"杨柳，并非三株五株，而是夹路沿河，傍亭拂桥，处处可见。于是，合一、二句看：由上而下，所见者无非柳条青青着地，由下而上，所见者无非杨花漫漫搅天。而离愁别绪，也随之弥漫于整个空间。

第三句，紧承前两句，双绾"柳条"与"杨花"，却来了个出人意外、惊心动魄的转折："柳条折尽花飞尽！"杨花再多，终归要"飞尽"的，这是自然规律。而万树柳丝，即使天天折，又怎能"折尽"？这两者合起来，无非是通过时间的推移，表现离别之苦、怀人之切。联系第四句，则无限情景，都可于想象中闪现于读者眼前。

"借问行人归不归？"这一问，并不是面对"行人"提出的。怎见得？首先，第一、二两句与第三句之间，分明有一段时间距离。送行之时，即使俄延很久，也不可能把"青青着地"的"柳条"一股脑儿"折尽"，更不可能一直等到"漫漫搅天"的"杨花"全部"飞尽"。其次，临别之时，只能问行人"几时归"，怎好问他"归不归"？那么，又该如何理解呢？不妨先看王维的《山中送别》：

> 山中相送罢，日暮掩柴扉。
> 春草明年绿，王孙归不归。

前两句写送行之后回到家中，后两句写回家之后的心理活动或自言自语：明年草绿，他能不能回来呢？

胡应麟说隋末无名氏的这首诗，王维的"春草明年绿，王孙归不归""祖之"，确有见地。当然，"祖之"不等于照搬。按照王维的思路读无名氏的诗，可以理解为前两句写送行时情景，后两句写送行后的心理活动或自言自语，等到"柳条折尽花飞尽"之时，行人能不能回来呢？这也算讲通了，然而时间太短，才送走不久（顶多不过二十来天），就盘算他"归不归"，在现实中完全有可能，而形诸诗歌，就缺乏艺术魅力。优美的诗章，一般能够使人从已经写到的东西联想到没有写到的东西，即所谓"言外之意"、"象外之象",五、七言绝句之类的小诗,更有这样的特点。细玩无名氏的这首诗,送别应在去年(或者更早),送别之时,柳色初青,于是折柳相赠,约定明年此时归来。好容易盼来归期,天天到送别之处去等,眼看柳条由初青而"青青着地",杨花由初绽而"漫漫搅天",又眼看"柳条"被那些送行者今天折,明天折,以至于折尽,"杨花"又逐渐落地入池,以至无踪无影,而"行人"还不见归。至此,不禁从内心深处发出疑问:行人啊!你究竟回来呢还是不回来。

如果这样理解符合诗意的话,那么这便是一首"怀人"诗。《送别诗》这个题目是别人加上去的,无名氏的诗,往往有这种情况。

唐诗鉴赏

野　望

王　绩

东皋薄暮望，徙倚欲何依！
树树皆秋色，山山唯落晖。
牧人驱犊返，猎马带禽归。
相顾无相识，长歌怀采薇。

　　此诗写山野秋景，景中含情，朴素清新，流畅自然，力矫齐梁浮艳板滞之弊，是王绩的代表作之一。

　　首联叙事兼抒情，总摄以下六句。首句给中间两联的"望"中景象透入薄薄的暮色；次句遥呼尾句，使全诗笼罩着淡淡的哀愁。颔联写薄暮中的秋野静景，互文见义，山山、树树，一片秋色，一抹落晖。萧条、静谧，触发诗人彷徨无依之感。颈联写秋野动景，于山山、树树，秋色、落晖的背景上展现"牧人驱犊返，猎马带禽归"的画面。这画面，在秋季薄暮时的山野间具有典型性。既然是"返"与"归"，其由远而近的动态，也依稀可见。这些牧人、猎人，如果是老相识，可以与他们"言笑无厌时"（陶潜《移居》），该多好！然而并非如此，这就引出尾联："相顾无相识"，只能长歌以抒苦闷。王绩追慕陶潜，但他并不像陶潜那样能够从田园生活中得到慰藉，故其田园诗时露彷徨、怅惘之情。

　　此诗一洗南朝雕饰华靡之习，却发展了南齐永明以来逐渐律化的新形式，已经是一首比较成熟的五律，对近体诗的形成颇有影响。

送杜少府之任蜀川

王　勃

城阙辅三秦，风烟望五津。

与君离别意，同是宦游人。

海内存知己，天涯若比邻。

无为在歧路，儿女共沾巾。

　　江淹的《别赋》，以"黯然销魂者，唯别而已矣"开头，描写了各种各样的离愁别绪，然后归结起来说："是以别方不定，别理千名，有别必怨，有怨必盈，使人意夺神骇，心折骨惊。虽渊、云之墨妙，严、乐之笔精，金闺之诸彦，兰台之群英，赋有凌云之称，辩有雕龙之声，谁能摹暂离之状、写永诀之情者乎！"说"别方不定，别理千名"（别离的地方没有一定，别离的原因也千差万别），这是对的，生活中的实际情况本来如此。但说"有别必怨，有怨必盈"，不管什么样的离别都"使人意夺神骇，心折骨惊"，这就不对了。《别赋》里用以领起下文的"别虽一绪，事乃万族"，也不符合客观实际。既然"事乃万族"（别离之事各不相同），怎能说"别虽一绪"（别离的情绪只有一种，那就是"怨"）呢？

　　然而读《别赋》，看作者所写的各种各样的离别，又的确能使人"黯然销魂"。当读到"春草碧色，春水渌波，送君南浦，伤如之何"的时候，总难免引起心灵的共鸣。平日相处，相亲相爱，这是人们常有的美好情操。相亲相爱而一旦分别，哪能没有惜别之情！更何况乱离之世失意的、不得已的离别呢？就诗歌创作领域看，从过去称为"苏李赠答诗"实则出于东汉末年文人之手的那些作品开始，直到初唐以前的许多送别诗，包括《文选》"祖饯"类所收各篇，如曹植的《送应氏》、沈约的《别范安成》等等，都抒发了"黯然销魂"的情绪。就乱离之世的离别而言，这是一种典型情绪，带有特定的时代色彩。因此，江淹所说的"有别必怨，有怨必盈"，又是符合那个特定时代的典型环境的。

　　然而，曹植的组诗《赠白马王彪》，其第六首却稍有不同：

　　　　心悲动我神，弃置莫复陈。丈夫志四海，万里犹比邻。恩爱苟不亏，在远分日亲。何必同衾帱，然后展殷勤？忧思成疾疢，无乃儿女仁！仓卒骨肉情，能不怀苦辛？

　　《三国志·魏志·陈思王传》引《魏氏春秋》说："植及白马王彪还国，

欲同路东归，以叙隔阔之思，而监国使者不听，植发愤告离而作此诗。"前五首，都极其悲痛，第六首"丈夫志四海"等句，似抒豪情，实则强为宽解，而其情愈悲。结尾两句，即倾吐了虽欲宽解而实在无法宽解的忧愤。这样，从全诗的感情基调看，仍没有超出"有别必怨，有怨必盈"的范围。

王勃的《送杜少府之任蜀川》，却为传统的送别诗开拓了新的领域，输入了另一个时代的新鲜血液。

王勃（650—675）处于大唐帝国经过贞观（627—649）之治走向繁荣富强的时期。比起东汉末年的动乱和三国、两晋、南北朝的分裂来，这是新时代。当时的统治者打破了自曹魏以来由世族高门垄断政治的局面，通过科举考试，广泛地选拔人才，从而使社会地位低下的青年文人一般都具有乐观向上、积极进取的精神。王勃十五岁的时候，就上书右相刘祥道，条陈国家大事。十七岁应幽素举，及第，拜朝散郎，任沛王府修撰。次年，奉敕撰《平台秘略》。他在《平台秘略论》里说："故文章经国之大业，不朽之能事。而君子等役心劳神，宜于大者远者，非缘情体物，雕虫小技而已。"这既表现了他改革诗文的卓识，也抒发了他经国济世的壮志。遗憾的是"诸王斗鸡，互有胜负"，他戏作了一篇代沛王鸡檄英王鸡的文章，高宗怒斥他挑拨沛王与英王之间的关系，逐出王府，断送了政治前途，使他的宏伟抱负无由实现。这篇《送杜少府之任蜀川》，从内容上看，应是被逐之前留居长安时的作品，当时他不到二十岁，风华正茂，意气昂扬。他所送的杜少府正要到蜀川去做官，也显然不是失意之士。国家是统一的，社会是安定的，彼此的前途，都充满着希望。这就使得他写出了这首别开生面的送别诗，称得上"豪情壮志谱骊歌"。

这首诗的题目，张逊业《校正王勃集》作《杜少府之任蜀州》，《文苑英华》则作《送杜少府之任蜀州》，于"州"字后注云："集作'川'。"据《元和郡县图志》，唐武周垂拱二年（686）设置蜀州，而王勃死于高宗上元二年（675），可见张本"蜀州"是"蜀川"之误。杜少府不知是谁，但"少府"是唐代对县尉的美称，其地位低于县令，从这一点及其与王勃的友谊看，大约也是一位与王勃年龄差不多的青年。

首联"城阙辅三秦，风烟望五津"，属于"工对"中的"地名对"，极精整，极壮阔。《说文》云："阙，门观也。"又引何注昭公二十五年《公羊传》："天子外阙两观，诸侯内阙一观。"说明"城阙"并非专指天子所居。

有的同志从这一点出发，引曹学佺《蜀中广记》云："成都本治赤野街，张仪徙置少城内，广营府舍，修整里阓，市张列肆，得与咸阳同制。此即'城阙辅三秦'之意。"从而断言，这里的"城阙"不指长安而指成都，首联"两句诗，正是对蜀地风物形胜的高度概括"。这其实是错误的。第一句《文苑英华》于"辅三"后注云："集作'俯西'。""俯西秦"的"城阙"，无疑不指成都而指长安。那么，这里的"阙"，就专指皇宫门前两相对峙、上有金凤的望楼，即王维名句"云里帝城双凤阙，雨中春树万人家"中的"双凤阙"。"三秦"，与"西秦"义近。项羽灭秦，三分关中，以封秦国降将，总称"三秦"。"辅"是护卫的意思。"城阙辅三秦"，本意是"三秦辅城阙"，但一则为了调谐平仄，更重要的是为了突出"城阙"而将它提前，因而变换句式。在这里，"三秦"不是"辅"的宾语，而是"辅"的补语，前面省略了介词"以"。杨炯《送丰城王少府》中的"长天照落霞"，宋之问《奉和圣制立春剪彩花应制》中的"金阁妆仙杏"，李峤《侍宴甘露殿》中的"云窗网碧纱"，张说《广州萧都督入朝过岳州宴饯》中的"孤城抱大江"，都是这种句式。用通常的说法，应该是"落霞照长天"，"仙杏妆金阁"，"碧纱网云窗"，"大江抱孤城"。把补语看作宾语，那就错了。有的选注本把"辅三秦"，解释为"拱卫三秦"，就犯了这种错误。"辅"是个动词，有的选注本释"辅三秦"为"以三秦为畿辅"，既混淆了"三秦"与"畿辅"两个内涵不同的地理概念，也搞错了"辅"的词性。

第一句，"城"、"阙"并提，写凤阙入云、城垣高耸的京都长安，"辅"以辽阔的"三秦"，视野宏远，气势雄伟，同时又点明送别之地。次句"风烟望五津"中的"五津"，指蜀中岷江的五个大渡口白华津、万里津、江首津、涉头津和江南津，泛指"蜀川"，点杜少府即将宦游之地。而"风烟"字、"望"字，又将相隔千里的秦、蜀两地连在一起。自长安"城阙"遥望蜀川"五津"，视线为迷濛的"风烟"所遮，微露伤别之意，已摄下文"离别"、"天涯"之魂。

首联对仗工整，为了避免板滞，次联以散调承之，文情跌宕。"与君离别意"，紧承首联，写惜别之感，妙在欲吐还吞。翻译一下，那就是："跟你离别的意绪啊！……"那意绪到底怎么样，没有说；因为一说出，就未免使双方特别是对方有点感伤，于是立刻改口，来了个转折，用"同是宦游人"一句来宽慰和鼓励。离开家乡在异地做官，叫"宦游"。主张"城阙"指成都的同志认为王勃在京城任沛王府修撰，不能叫"宦游"，因而说此诗作于因写檄鸡文被逐，旅寓巴蜀，后来又离蜀任虢州参军之时。这其实是缺乏根据的。"宦游"一词，见于《史记·司马相如列传》。司马迁在叙述了司马相如"事孝景帝，为武骑常侍"，后来又回到成都老家之后写道："（王）吉曰：'长卿久宦游不遂，而来过我。'"可见离家在京城里做官，也叫"宦游"。王勃是绛州龙门人，在长安做官，为什么"不能说是'宦游'"呢？这句诗的意思是：你和我既然同样是出门做官，想干一番事业的人，那就免不了各奔前程，哪能没有分别呢？

三联"海内存知己，天涯若比邻"，推开一步，奇峰突起。从构思方面看，很可能受了曹植《赠白马王彪》"丈夫志四海，万里犹比邻；恩爱苟不亏，在远分日亲"的启发，但高度概括，自铸伟词，情调又积极乐观，能够给人以鼓舞力量，因而千百年来，万口传诵。张九龄《送韦城李少府》中的"相知无远近，万里尚为邻"，高适《别董大》中的"莫愁前路无知己，天下谁人不识君"，都与此一脉相承。这一联，包含两层意思。上下句紧密结合，具有因果关系：你和我互为知己，心心相连，因而即使一在天涯，一在海角，远隔千山万水，而感情交流，也像近在比邻一样，何必为离别而发愁！这是一层意思。张九龄的"相知无远近，万里尚为邻"，即由此脱胎。这一联又并非明显的"流水对"，上句与下句，可以有相对独立的意义。上句是说：四海之内，天地广阔，英才众多，走到哪里都会遇到知己，你就高高兴兴地到蜀川去吧！高适的"莫愁前路无知己，天下谁人不识君"，即由此生发。下句是说：男儿志在四方，心胸开阔，视"天涯"犹如"比邻"。仅五个字，就概括了曹植"丈夫志四海，万里犹比邻"两句诗的内容。"天涯"极远，"比邻"极近，而视"天涯"如"比邻"，充分表现了"北海虽赊，扶摇可接"的壮志豪情。

尾联"无为在歧路，儿女共沾巾"，紧接三联，收束全篇。"歧路"，岔路。古人送别，常至大路分岔处分手，所以把临别称为"临歧"。孙楚《征西官属送于陟阳侯作诗一首》，一开头即说："晨风飘歧路，零雨被秋草，倾城远追送，饯我千里道。"这里的"歧路"，与《列子·说符》"歧路亡羊"的"歧路"是两码事。有的注本引《列子》的原文解释"无为在歧路"，引申说："他也意识到他的前面会出现歧路，但他觉得，遇到歧路应以积极向上的精神来对待，不可悲观失望，做儿女之态，痛哭流涕。"这是不完全符合诗意的。三联"海内存知己，天涯若比邻"已将"黯然销魂"的离愁别怨一扫而空，所以尾联劝慰杜少府，让他欣然启程，慷慨赴任，不要像缺少英雄气概的小儿女那样哭哭啼啼，难舍难分。交情很深的朋友总是不愿分离的，然而"儿女情长"，就难免"英雄气短"。这两句诗，既曲折地表现了双方的惜别之情，又用"无为"两字屏除了"儿女情长"，鼓舞对方的英雄之气。全诗一洗悲酸之态，意境雄阔，风格爽朗，不愧名作。至今脍炙人口，并非偶然。

"别方不定，别理千名"，而"别方"、"别理"，又受历史环境的制约，具有时代的特点。唐代诗人，大都是通过科举进入仕途的知识分子，因而送友人"之任"（上任做官），就成为常见的题材。而王勃的这首《送杜少府之任蜀川》，则是首先以积极乐观的态度反映这一题材，鼓励友人建功立业的优秀作品。这篇作品，可以说为传统的送别诗开拓了新的领域。此后，以积极乐观的态度送人赴任、送人从军、送人出使、送人去干其他有利于国计民生之事的诗作，就大量涌现，其中有不少名篇。仅就五律而言，如王维的《送梓州李使君》：

> 万壑树参天，千山响杜鹃。
> 山中一夜雨，树杪百重泉。
> 汉女输橦布，巴人讼芋田。
> 文翁翻教授，不敢倚先贤。

这是送友人去做梓州刺史的。起四句神韵俊逸，高调摩云，结尾勉励友人发扬文翁化蜀的优良传统，不要倚赖先贤治绩而无所作为。又如陈子昂《送魏大从军》：

> 匈奴犹未灭，魏绛复从戎。
> 怅别三河道，言追六郡雄。
> 雁山横代北，狐塞接云中。
> 勿使燕然上，唯留汉将功。

这是送友人从军的，勉励友人驰驱沙场，消除边患，为国立功。意气豪迈，格调雄浑。又如杜甫《送翰林张司马南海勒碑》：

> 冠冕通南极，文章落上台。
> 诏从三殿去，碑到百蛮开。
> 野馆浓花发，春帆细雨来。
> 不知沧海上，天遣几时回？

堂皇绵邈，高华俊朗。胡应麟《诗薮》（内编卷四）推为"饯送"诗的代表作。

杜甫更用五古和排律表现这类题材，创作了《送樊二十三侍御赴汉中判官》、《送长孙九侍御赴武威判官》、《送从弟亚赴河西判官》、《送韦十六评事充同谷防御判官》、《奉送郭中丞兼太仆卿充陇右节度使三十韵》、《送杨六判官使西蕃》等鸿篇巨制，融叙事、抒情、议论于一炉，或极意鼓舞，或出谋画策，勉励被送者尽心竭力，扶颠持危。感慨悲壮，沉郁顿挫，把送别诗的艺术水平推向空前的高度。

杨炯在《王子安集原序》中曾说王勃针对当时"争构纤微，竞为雕刻……骨气都尽，刚健不闻"的诗风，"思革其弊，用光志业"，其结果是"长风一振，众萌自偃"。这虽然有点夸张，但王勃改革诗风毕竟是有成绩的，他在发展七言古诗、完成五言律诗、试作七言绝句等方面都做出了贡献。仅就这首《送杜少府之任蜀川》在开拓送别诗的创作领域方面所产生的积极影响而言，也值得重视。

这首诗在章法上有个特点，那就是首联用"的对"（也称"工对"），次联不用对句。《诗人玉屑》（卷二）讲"偷春体"云："其法颔联（第二联）虽不拘对偶，疑非声律；然破题（指首联）已的对矣。谓之'偷春格'，言如梅花偷春色而先开也。"所举的例子是杜甫的《一百五日夜对月》："无家对寒食，有泪如金波。斫却月中桂，清光应更多。仳离放红蕊，想像颦青蛾。牛女漫愁思，秋期犹渡河。"五言律诗（七律也一样）的定例是中间两联用偶句，首尾两联不拘。所谓"偷春格"，就是将第二联的对偶提前到首联。王勃的这一首，正是这样。五律在形成的过程中因为还没有定型，所以更容易出现这种情况。例如梁简文帝的《夜听妓诗》，首联"合欢蠲忿叶，萱草忘忧条"对偶，次联"何如明月夜，流风拂舞腰"不对偶。王勃的五律，一般是中间两联对偶的，基本定型了。这一首，因为首联两句分写送别之地与被送者的目的地，适于对偶。而首联既用工对，第二联若是仍用对句，就难免流于板滞，因而以散调承接，恰切地表现了由惜别转向慰勉的情感变化。那时候，并无"偷春格"的说法，作者并不是有意套"偷春格"的框框。当然，王勃及其同时和以后的不少诗人，都写过前三联（乃至包括第四联）都用偶句的律诗，不见得都板滞，其中还有不少佳作。但那就要在对偶的腾挪变化上下功夫。例如前面所引王维的《送梓州李使君》，第二联就用了"流水对"，因而化板为活，也收到了极好的艺术效果。

长 安 古 意

卢照邻

长安大道连狭斜，青牛白马七香车。

玉辇纵横过主第，金鞭络绎向侯家。

龙衔宝盖承朝日，凤吐流苏带晚霞。

百丈游丝争绕树，一群娇鸟共啼花。

游蜂戏蝶千门侧，碧树银台万种色。

复道交窗作合欢，双阙连甍垂凤翼。

梁家画阁中天起，汉帝金茎云外直。

楼前相望不相知，陌上相逢讵相识？

借问吹箫向紫烟，曾经学舞度芳年。

得成比目何辞死，愿作鸳鸯不羡仙。

比目鸳鸯真可羡，双去双来君不见？

生憎帐额绣孤鸾，好取门帘帖双燕。

双燕双飞绕画梁，罗帏翠被郁金香。

片片行云着蝉鬓，纤纤初月上鸦黄。

鸦黄粉白车中出，含娇含态情非一。

妖童宝马铁连钱，娼妇盘龙金屈膝。

御史府中乌夜啼，廷尉门前雀欲栖。

隐隐朱城临玉道，遥遥翠幰没金堤。

挟弹飞鹰杜陵北，探丸借客渭桥西。

俱邀侠客芙蓉剑，共宿娼家桃李蹊。

娼家日暮紫罗裙，清歌一啭口氛氲。

北堂夜夜人如月，南陌朝朝骑似云。

南陌北堂连北里，五剧三条控三市。

弱柳青槐拂地垂，佳气红尘暗天起。

汉代金吾千骑来，翡翠屠苏鹦鹉杯。

罗襦宝带为君解，燕歌赵舞为君开。

别有豪华称将相，转日回天不相让。

意气由来排灌夫，专权判不容萧相。

专权意气本豪雄，青虬紫燕坐春风。

自言歌舞长千载，自谓骄奢凌五公。

节物风光不相待，桑田碧海须臾改。

昔时金阶白玉堂，即今惟见青松在。

寂寂寥寥扬子居，年年岁岁一床书。

独有南山桂花发，飞来飞去袭人裾。

题为《长安古意》，实则借汉京人物写唐都现实，极富批判精神。

自开篇至"娼妇盘龙金屈膝"，铺写统治集团上层人物寻欢作乐、穷奢极欲的生活情景。首句展现长安大街深巷纵横交错的平面图，接着描绘街景：香车宝马，络绎不绝，有的驶入公主第宅，有的奔向王侯之家。"承朝日"、"带晚霞"，表明这些车马，从朝至暮，川流不息。接着写皇宫、官府的华美建筑：在花、鸟、蜂、蝶、游丝、绿树点缀的喧闹春光里，千门、银台、复道、双阙、画阁、金茎以及"交窗作合欢"、"连甍垂凤翼"的特写镜头连续闪现，令人眼花缭乱。而这，正是统治集团上层人物活动的大舞台。接下去，集中笔墨描状豪门歌儿舞女的生活和心境。憎绣孤鸾，自帖双燕，表现这些"笼中鸟"也有自己的爱情追求。"得成比目何辞死，愿作鸳鸯不羡仙"，则是追求恋爱自由的坚决誓言，成为历代传诵的名句。

从"御史府中乌夜啼"到"燕歌赵舞为君开"，以娼家为中心，写各色特殊人物的夜生活，妙在先以掌弹劾的御史和掌刑法的廷尉门庭冷落作陪衬，然后描写从杜陵到渭城，从南陌到北里，整个长安，在夜幕笼罩下变成颠狂、放荡的游乐场。那些目无法纪的王孙公子，或"挟弹飞鹰"，或"探丸借客"，邀约身带宝剑的侠客"共宿娼家"。娼家燕歌赵舞，花天酒地，招来的贵客远不止此。翠幰没堤，红尘暗天，各类声势显赫的人物都向这里聚集；最有讽刺意味的是"汉代金吾千骑来"，连禁卫军的军官们也成群结队，来此寻欢！

从"别有豪华称将相"至"即今惟见青松在"，写权臣倾轧，得意者横行一时，有"转日回天"之力，自以为荣华永在，但不久即灰飞烟灭。

在长安，还有与上述各色人物迥乎不同的另一类人物，那就是失意的知识分子。而作者，正是这类人物的代表，于是以穷居著书的扬雄自况，结束全篇。

第一段先用浓墨重彩描绘车马络绎奔向权门的多种画面，去干什么，却一字未提，给读者拓开驰骋想象的空间。次用极少笔墨写到几种建筑，然而复道、双阙、金茎等等，都是京城长安的主要标识，故可由局部联想整体。然后用较多文字表现歌儿舞女物质享受的奢华与精神生活的贫苦，未写他们的主子，而那些权豪势要之家的骄奢淫逸，也不难推想。

前三段所写的场景、人物既各有特点，又相互补充，合拢来便可窥见京城长安的轮廓和上层集团各色人物活动的概况。结尾用南山桂花烘托出自甘寂寞、治学著书的知识分子与上述争权夺利、寻欢作乐的各色人物作强烈对照，便可引发读者的无限联想。

全诗长达六十八句，以多姿多彩的笔触勾勒出京城长安的全貌。抑扬起伏，悉谐宫商，开合转换，咸中肯綮。既体现了大唐帝国的繁荣昌盛，又暴露了长安这座繁华都市肌体中的脓疮。在同类题材的作品中，不仅左思的《咏史（济济京城内）》、唐太宗的《帝京篇》无法比拟，就是骆宾王的《帝京篇》和王勃的《临高台》，在思想性和艺术性上也略逊一筹，可说是初唐划时代的力作。难怪胡应麟极口称赞："七言长体，极于此矣！"（《诗薮·内编》卷三）

登幽州台歌

陈子昂

前不见古人，后不见来者。
念天地之悠悠，独怆然而涕下！

陈子昂少怀壮志，关心国计民生。入仕伊始，对武则天任用酷吏及重大政治、军事问题，屡陈己见，却屡受打击，乃至入狱。万岁通天元年（696）从武攸宜征讨契丹，任随军参谋，力图报国立功，一展抱负。次年，先头部队大败，时武攸宜大军驻渔阳（今天津蓟县），闻讯震恐，不敢进军。子昂屡提批评与建议，并请自领万人，冲锋陷阵，但得到的却是降职处分。他满腔悲愤，出蓟门，观燕国旧都；登幽州台，思燕昭王"卑身厚币以召贤者……乐毅自魏往，邹衍自齐往，剧辛自赵往，士争趋燕"（《史记·燕召公世家》），终于转败为胜的往事，作《蓟丘览古七首》。又"泫然涕下"，作《登幽州台歌》。读《蓟丘览古》，对理解《登幽州台歌》很有帮助，且看其中的《燕昭王》："南登碣石馆，遥望黄金台。丘陵尽乔木，昭王安在哉？霸图怅已矣，驱马复归来。"由"遥望黄金台"而登上黄金台，则《燕昭王》一诗的内涵，正是引发《登幽州台歌》的契机。然而这毕竟是各有特点的两首诗，后者的雄阔境界和深远意蕴，远非前者可比拟。

全诗突如其来，如山洪暴发，又戛然而止，如大河入海。诗人立足于幽州台这个时间与空间的交汇点，眼观天地，空间无边无际，而个人何其渺小！神游今古，时间无始无终，而一生何其短暂！如何德配天地、功垂今古，变渺小为伟大，化短暂为永恒，这正是诗人所感"念"、所思考的人生哲理。然而放眼历史长河：回头看，包括燕昭王、乐毅在内的一切明君贤臣、英雄豪杰已一去不返，追之弗及，望而不见；向前看，像燕昭王、乐毅那样的一切明君贤臣、英雄豪杰尚未出现，盼望不及，等待不来。于是一种沉重的孤立无援，独行无友的孤独感袭上心头，不禁怆然而涕下！

"独"字承上启下，"念"字统摄全篇。反复吟诵，一位独立苍茫、思索人生课题的抒情主人公形象便跃然纸上，而浩浩无涯的时空背景，也随之展现。诗人所"念"的人生课题带有普遍性与永恒性，兼之全诗直吐胸臆，气势磅礴，意境阔大，格调雄浑，具有震撼人心的艺术魅力，故千百年后，犹能引发读者的思考，激起读者的共鸣。

《登幽州台歌》是体现陈子昂诗歌主张的代表作。它的出现，标志着齐梁浮艳、纤弱诗风的影响已一扫而空，盛唐诗歌创作的新潮即将涌现。明人胡震亨以陈涉比陈子昂："大泽一呼，为众雄驱先。"（《唐音癸签》卷五）这是很有见地的。

赠 乔 侍 御

陈子昂

> 汉庭荣巧宦，云阁薄边功。
> 可怜骢马使，白首为谁雄。

陈子昂少怀经邦治国、匡时济民的远大理想。武周垂拱二年（686）春，金微州（故址在今蒙古人民共和国肯特省一带）都督仆固始叛乱，南下掳掠，生灵涂炭。陈子昂义愤填膺，以麟台正字参加了北征的西路军，担任幕僚之职。他的诗友左补阙乔知之（即诗题中的乔侍御），以代理侍御史的身份担任西路军监军。他们从洛阳出发，随军涉陇坂，经张掖折向西北，抵边塞重镇同城（今内蒙古自治区额济纳旗境内的黑城废墟），沿途所经多冰雪、沙漠之地，艰苦备尝。叛军很快被击溃，首领也被杀。然而不仅陈子昂未记寸功，就连年近五十的乔知之，也未得到应有的奖赏，反而遭人谗毁，心情抑郁。秉性刚直的陈子昂为此十分愤慨，写下了《赠乔侍御》这首诗。

这是一首借古讽今的诗，表面上议论汉朝的人和事，实际上辛辣地讽刺了当时的最高统治者武则天。寓意深广，寄慨遥深。

"汉庭荣巧宦，云阁薄边功"两句，夹叙夹议，从"荣"字落笔，以"薄"字作反衬，将两句诗所叙的事件，作了鲜明的对比。"巧宦"，指善于投机取巧、谄上压下的官僚。"云阁"，即云台阁，汉明帝将辅助汉光武中兴汉室的邓禹等二十八将画像于云台阁，表扬他们的战功。很明显，在朝廷受到荣宠的不应该是"巧宦"，而如今却"荣巧宦"；在"云阁"上受到表扬的应该是驰骋疆场的为国立功的名将，而如今却"薄边功"。两句诗，互文见义，正反相形，将赏罚不明、是非颠倒的昏暗现象揭露无遗。

第三句用"可怜"叫响，以引起读者的高度注意和同情，并用感喟、深沉的调子道出"可怜"的对象——骢马使，极富感染力。"骢马使"指东汉桓典。他曾任侍御史，为人刚直不阿，因常乘骢马，故称"骢马使"。京师权贵，都惧怕他，他也因此得不到重用（见《后汉书·桓典传》）。乔知之此时为代侍御史，故以桓典比他。

第四句"白首为谁雄"，诗人感情的波涛臻于顶峰，用不平而又无可奈何的语气说，正直不阿的骢马使，你白首沉沦，不为世用，空有雄才，又能为谁发挥呢？

这首诗以"荣巧宦"、"薄边功"概括朝政昏暗，以"骢马使"比乔知之而叹其"可怜"，然后以"白首为谁雄"的反诘语作结，蕴含深广，余味无穷。

独　不　见

沈佺期

卢家少妇郁金堂，海燕双栖玳瑁梁。
九月寒砧催木叶，十年征戍忆辽阳。
白狼河北音书断，丹凤城南秋夜长。
谁为含愁独不见，更教明月照流黄。

此诗写久别相思之苦，主人公为一少妇，"卢家"不过是用典。首联以居室之华贵反衬内心之凄凉，以海燕之双栖反衬己身之独处。所谓以乐景写哀，倍增其哀。次联闻捣衣之声，兴念远之情。古时裁衣必先捣帛，深秋裁衣，寄征人御寒。故六朝以来诗赋中多借砧声以写闺思。此诗亦然，而其新创之处，乃在用"寒"用"催"，将砧声拟人化，酿出木叶摇落、秋气袭人的萧瑟氛围，烘托女主人公对丈夫的关切与思念。其夫"十年征戍"，远在"辽阳"，思念已非一日，而"寒砧催木叶"之时，思念尤殷。三联分写思妇与征夫，而出发点仍在思妇。"白狼河北音书断"，非客观叙事，乃思妇的内心独白。连音书都没有，是生是死，反复思量，深宵不寐，故感到秋夜特别漫长。上句是因，下句是果，词语对偶，意脉单行，有流走回环之妙。尾联拓开一步，又逼进一层。思夫而不得见，已极悲凉；更何况一轮明月，偏偏又透过帏帐，照出她的孤独身影！

此诗起、结警挺，中间两联对仗工丽，通篇色彩鲜妍，气势飞动，情景交融，声韵和谐，是七律初创阶段出现的最佳作品，有示范意义。胡应麟认为它是"初唐七律之冠"（《诗薮·内编》），沈德潜认为它"骨高，气高，色泽、情韵俱高"（《说诗晬语》），姚姬传甚至认为它"高振唐音，远包古韵，此是神到之作，当取冠一朝矣"（《五七言今体诗钞》）。

春江花月夜

张若虚

春江潮水连海平，海上明月共潮生。
滟滟随波千万里，何处春江无月明。
江流宛转绕芳甸，月照花林皆似霰。
空里流霜不觉飞，汀上白沙看不见。
江天一色无纤尘，皎皎空中孤月轮。
江畔何人初见月？江月何年初照人？
人生代代无穷已，江月年年只相似。
不知江月待何人，但见长江送流水。
白云一片去悠悠，青枫浦上不胜愁。
谁家今夜扁舟子，何处相思明月楼？
可怜楼上月徘徊，应照离人妆镜台。
玉户帘中卷不去，捣衣砧上拂还来。
此时相望不相闻，愿逐月华流照君。
鸿雁长飞光不度，鱼龙潜跃水成文。
昨夜闲潭梦落花，可怜春半不还家。
江水流春去欲尽，江潭落月复西斜。
斜月沉沉藏海雾，碣石潇湘无限路。
不知乘月几人归，落月摇情满江树。

此诗兼写春、江、花、月、夜及其相关的各种景色，而以月光统众景，以众景含哲理、寓深情，构成朦胧、深邃、奇妙的艺术境界，令人探索不尽，玩味无穷。

全诗可分前后两大段落。"长江送流水"以前是前一段落，由春、江、花、月、夜的美景描绘引发关于宇宙、人生的哲理思考。发端两句，展现了

"春江潮水连海平，海上明月共潮生"的辽阔视野。一个"生"字，将明月拟人化，一个"共"字，又强调了春江与明月的天然联系。江流千万里，月光随波千万里；江流绕芳甸，月照花林皆似霰。总而言之，月光、江波互相辉映，有春江处，皆有明月，何等多情！诗人立于江畔，仰望明月，不禁产生了"江畔何人初见月？江月何年初照人"的疑问。对于这个涉及宇宙生成、人类起源的疑问，诗人自然无法回答。于是转入"人生代代无穷已，江月年年只相似，不知江月待何人，但见长江送流水"的沉思。宇宙永恒，明月常在。而人生呢，就个体而言，生命何其短促！然而就人类整体而言，则代代相传，无穷无尽，因而能与明月共存。所以虽然不知"江月何年初照人"，但从"初照"以后，照过一代人，又照一代人。诗人对比明月的永恒，对人生的匆匆换代不无感慨，然而想到人类生生不已，自己也被明月照耀，又油然而生欣慰感。由此又作进一步探求：一轮"孤月"，永照长江，难道是期待她的意中人而至今尚未等到吗？于是由江月"待人"产生联想，转入后一段落。"孤月"尚且"待人"，何况游子、思妇？诗人于是驰骋想象，代抒游子、思妇两地相思、相望之情。诗人想象"谁家今夜扁舟子"，正经过江边的"青枫浦"，目睹"白云一片去悠悠"而生飘泊无定的旅"愁"，于是相思"何处明月楼"。从"应照离人妆镜台"的那个"应"字看，"可怜楼上月徘徊"以下数句，都是诗人想象中的"扁舟子"想象妻子如何思念自己之词：妻子望月怀人而人终不至，因而怕见月光，但她可以卷起"玉户帘"，却卷不去月光，可以拂净"捣衣砧"，却拂不掉月色。"此时相望不相闻"，而普照乾坤的月华是能照见夫君的，因而又产生了"愿逐月华流照君"的痴想。追随月光照见夫君，当然不可能，于是又想按照古代传说托鸿雁、鲤鱼捎书带信，然而鸿雁奋飞，也飞不出明月的光影，鲤鱼腾跃，也只能激起水面的波纹。接下去，诗人想象中的"扁舟子"思念家妻，由想象而形诸梦寐。他在梦中看见落花，意识到春天已过去大半，而自己还未能还家。眼睁睁地看着"江水流春去欲尽，江潭落月复西斜"，时光不断消逝，自己的青春、憧憬也跟着消逝，然而碣石、潇湘，水远山遥，怎能乘月归家？以"落月摇情满江树"结束全篇，情思摇曳，动人心魄。自"白云一片"至此，写游子、思妇的相思而以春、江、花、月、夜点染、烘托，想象中有想象，实境中含梦境，心物交感，情景相生，时空叠合，虚实互补，从而获得了低徊婉转、缠绵悱恻、言有尽而意无穷的艺术效果。全诗三十六句，每四句换韵，平、上、去相间，抑扬顿挫，与内容的变化相适应，意蕴深广，情韵悠扬。

这篇诗受到明清以来诗论家的高度赞扬。胡应麟《诗薮·内编》卷三云："张若虚《春江花月夜》流畅婉转，出刘希夷《白头翁》上。"钟惺《唐诗归》云："将春、江、花、月、夜五字炼成一片奇光，真化工手！"陆时雍《唐诗镜》云："微情渺思，多以悬感见奇。"王尧衢《古唐诗合解》云："情文相生，各各呈艳，光怪陆离，不可端倪，真奇制也！"闻一多《宫体诗的自赎》更誉为"诗中的诗，顶峰上的顶峰"。

感　遇（选二）

张九龄

兰叶春葳蕤，桂华秋皎洁。
欣欣此生意，自尔为佳节。
谁知林栖者，闻风坐相悦。
草木有本心，何求美人折。

江南有丹橘，经冬犹绿林。
岂伊地气暖，自有岁寒心。
可以荐嘉客，奈何阻重深！
运命唯所遇，循环不可寻。
徒言树桃李，此木岂无阴？

张九龄（673—740），字子寿，韶州曲江（今广东省曲江县）人，唐中宗景龙年间中进士，又以"道侔伊吕科"策高第，为左拾遗。累官至中书侍郎同平章事，迁中书令。唐玄宗的"开元之治"，史家曾认为可以比隆"贞观"，而张九龄，就是"开元"后期著名的"贤相"。他矜尚直节，敢言得失，注意援引"智能之士"，对安禄山的狼子野心，也早有觉察，建议唐玄宗及早剪除，未被采纳。终因受到李林甫等权奸的诽谤排挤，被贬为荆州刺史。他远贬之后，李林甫等人更受宠信，所谓"开元盛世"，也就一去不返。杜甫把《故右仆射相国张公九龄》作为组诗《八哀》之殿，是大有深意的。

《感遇》十二首，就是张九龄谪居荆州时所作，含蓄蕴藉，寄托遥深，对扭转六朝以来的浮艳诗风起过作用，历来受到评论家的重视。例如高棅在《唐诗品汇》里就曾指出："张曲江公《感遇》等作，雅正冲淡，体合《风》、《骚》，骎骎乎盛唐矣。"这里只谈其中的第一首和第七首。

第一首，把"兰"和"桂"作拟人化的描写。"兰叶春葳蕤，桂华秋皎洁"两句，互文见义：兰在春天，桂在秋季，它们的叶子多么繁茂，它们的花儿多么皎洁。正因为写兰、桂都兼及花叶，所以第三句便以"欣欣此生意"加以总括，第四句又以"自尔为佳节"加以赞颂。一般选注本未注意"互文"的特点，认为写兰只写叶，写桂只写花，未必符合诗意。三、四两句，一般都作了这样的解释："春兰秋桂欣欣向荣，因而使春秋成为美好的季节。"而这样解释的根据是把"自尔为佳节"中的"自"理解为介词"从"，又转变为"因"，把"尔"理解为代词"你"、"你们"，用以指兰、桂。这是值得商榷的。第一，头两句尽管有"春"、"秋"二字，但其主语分明是"兰叶"和"桂花"，怎能把"春"、"秋"看成主语，说什么"春秋因兰桂而成为美好的季节"？第二，作这样的解释，就与下面的"谁知"两句无法贯通。第三，统观全诗，诗人强调的是不求人知的情操，怎么会把兰桂抬高到"使春秋成为美好季节"的地步？联系上下文看，"自尔为佳节"的"自"，与杜甫诗"卧柳自生枝"（《过故斛斯校书庄》）、李华诗"芳树无人花自落"（《春行寄兴》）、陈师道诗"山空花自红"（《妾薄命》）中的"自"同一意义。"尔'，显然不是代词，而是副词、形容词的词尾，与"卓尔"、"率尔"中的"尔"词性相同。"佳节"，在这里也不能解释为"美好的季节"，而应该理解为"美好的节操"。诗人写了兰叶桂花的葳蕤、皎洁，接着说：兰叶桂花如此这般的生意盎然、欣欣向荣，自身就形成一种美好的节操。用"自尔"作"为"的状语，意在说明那"佳节"出于本然，出于自我修养，既不假外求，也不求人知。这就自然而然地转入下文："谁知林栖者，闻风坐相悦。草木有本心，何求美人折？"

不难看出，"草木有本心"一句，和"欣欣此生意，自尔为佳节"一脉相承，"何求美人折"一句，与"谁知林栖者，闻风坐相悦"前后呼应。既然如此，有的选注本把"谁知"两句，解释为"不料隐逸之士慕兰、桂的风致，竟引为同调"，也未必确切。"谁知"并不等于"谁料"，而近似于"谁管"。兰桂自为佳节，自有本心，自行其素，自具欣欣生意，不求美人采择；

"林栖者"是否"闻风",是否因闻风而相悦,谁知道呢?谁管它呢?

当然,不求人知,并不等于拒绝人家赏识,不求人折,更不等于反对人家采择。从"何求美人折"的语气看,从作者遭谗被贬的身世看,这正是针对不被人知、不被人折的情况而发的。"不以无人而不芳","不吾知其亦已兮,苟余情其信芳",乃是全诗的命意所在。八句诗句句写兰桂,都没有写人。但从那完整的意象里,我们却可以看见人,看见封建社会里某些自励名节、洁身自好之士的品德。

前一首,是对"兰桂"的颂歌,后一首,则是对"丹橘"的颂歌。

有歌颂的正面,就有歌颂的反面。兰桂葳蕤皎洁,"美人"应该采择。如果不采兰桂而采萧艾,那"美人"也就不那么美。在前一首中,诗人用"何求美人折"歌颂了兰桂的自为佳节,自有本心,对"美人"的态度则含而不露,以致不太细心的读者会以为只写兰桂而与"美人"无涉。然而从"何求美人折"的自白里,不也可以听出"美人"不折的感慨吗?"美人"既然不折兰桂,他又折些什么?

"美人"一词,究竟何所指。翻唐诗的选注本,则说"美人"指"林栖者"。这恐怕未必符合诗人的原意。这首诗命意遣词,都有取于屈原的作品,而在屈原的《九章》里,就有一篇《思美人》,其中的"美人"指顷襄王。把张九龄被贬到荆州时所作的这首诗和屈原被放逐到江南所作的《思美人》联系起来读,也许会有更深一层的体会。

对"美人"的态度,如果说在前一首里含而不露,那么在后一首里,就有点露,尽管相当委婉。

屈原生于南国,橘树也生于南国,他的那篇《橘颂》一开头就说:"后皇嘉树,橘来服兮。受命不迁,生南国兮。"其托物喻志之意,灼然可见。张九龄也是南方人,而他的谪居地荆州的治所江陵(即楚国的郢都),本来是著名的产橘地区。他的这首诗一开头就说:"江南有丹橘,经冬犹绿林。"其托物喻志之意,尤其明显。屈原的名句告诉我们:"嫋嫋兮秋风,洞庭波兮木叶下。"可见即使在"南国",一到深秋,一般树木也难免摇落,又哪能经得住严冬的摧残?而"丹橘"呢,却"经冬犹绿林"。一个"犹"字,充满了赞颂之意。"丹橘"经冬犹绿,究竟是由于独得地利呢,还是出乎本性?如果由于独得地利,与本性无关,也就不值得赞颂。诗人抓住这一要害问题,以反诘语气排除了前者。"岂伊地气暖"——难道是由于"地气暖"的缘故吗？这种反诘语如果要回答的话，只能作否定的回答，然而它照例是无须回答的，比"不是由于地气暖"之类的否定句来得活。以反诘语一"纵"，以肯定语"自有岁寒心"一"收"，跌宕生姿，富有波澜。"自有岁寒心"的"自"也就是"自尔为佳节"的"自"。"岁寒心"，本来是讲松柏的。《论语·子罕》："岁寒然后知松柏之后凋也。"那么，张九龄为什么不是通过松柏，而是通过丹橘来歌颂耐寒的节操呢？这除了他谪居的"江南"正好"有丹橘"，自然联想到屈原的《橘颂》而外，还由于"丹橘"不仅经冬犹绿，"独立不迁"，而且硕果累累，有益于人。作者特意在"橘"前着一"丹"字，就为的是使你通过想象，在一片"绿林"中看见万颗丹实，并为下文"可以荐嘉客"预留伏笔。

汉代《古诗》中有一篇《橘柚垂华实》，全诗是这样的：

> 橘柚垂华实，乃在深山侧。闻君好我甘，窃独自雕饰。委身玉盘中，历年冀见食。芳菲不相投，青黄忽改色。人倘欲知我，因君为羽翼。

作者以橘柚自喻，表达了不为世用的愤懑和对终为世用的渴望。张九龄所说的"可以荐嘉客"，也就是"历年冀见食"的意思。"经冬犹绿林"，不以岁寒而变节，已值得赞颂，结出累累硕果，只求贡献于人，更显出品德的高尚。"嘉客"是应该"荐"以佳果的，"丹橘"自揣并非劣果，因而自认"可以""荐嘉客"，然而为重山深水所阻隔，到不了"嘉客"面前，又为之奈何！读"奈何阻重深"一句，如闻慨叹之声。

从全诗的构思看，从作者的遭遇看，把这一首中的"嘉客"和前一首中的"美人"看成同义词，大概不至于有什么错。那么，构成"荐嘉客"的阻力是什么，下文"徒言树桃李"中的"桃李"和"树桃李"者究竟何所指，也就可以意会了。

"运命"两句，不能被看成宣扬"天命观"。"运命唯所遇"，是说运命的好坏，只是由于遭遇的好坏。就眼前说，不就是由于有"阻重深"的遭遇，因而交不上"荐嘉客"的好运吗？"奈何阻重深"中的"奈何"一词，已流露出一寻究竟的心情，想想"运命唯所遇"的严酷现实，就更急于探寻原因。然而呢，"循环不可寻"，寻来寻去，却总是绕着一个圈子转，仍然弄不清原因，解不开疑团。于是以反诘语气收束全诗："徒言树桃李，此木岂无阴？"——人家只忙于栽培那些桃树和李树，硬是不要橘树，难道橘树不能遮阴，没有用处吗？在前面，已写了"经冬犹绿林"，是肯定它有"阴"，又说"可以荐嘉客"，是肯定它有实。不仅有美阴，而且有佳实，而"所遇"如此，这到底为什么？《韩非子·外储说左下》里讲了一个寓言故事：

> 阳虎去齐走赵，简主问曰："吾闻子善树人。"虎曰："臣居鲁，树三人，皆为令尹。及虎抵罪于鲁，皆搜索于鲁也。臣居齐，荐三人，一人得近王，一人为县令，一人为侯吏。及臣得罪，近王者不见臣，县令者迎臣执缚，侯吏者追臣至境上，不及而止。虎不善树人。"
>
> 主俯而笑曰："树橘柚者，食之则甘，嗅之则香，树枳棘者，成而刺人。故君子慎所树。"

只树桃李而偏偏排除橘柚，这样的"君子"，总不能说"慎所树"吧！

这首诗句句写"丹橘"，构成了完整的意象，与"我心如松柏"之类的简单比喻不同。其意象本身，既体现了"丹橘"的特征，又有一定的典型意义。读这首诗，当我们看到"丹橘"经冬犹绿，既有甘实供人食用，又有美阴供人歇凉的许多优点的时候，难道不会联想到具有同样优点的一切"嘉树"吗？当我们看到"丹橘"被排除，而桃李却受到精心栽培的时候，难道不会联想到与此相类的社会现象吗？

就作者的创作动机说，显然是以"丹橘"之不为世用比自己之远离朝廷，以桃李之得时比李林甫、牛仙客等小人之受宠得志，但用于创造出具有典型性的意象，所以其客观意义，已远远超出了简单比喻的范围。杜甫在《八哀·故右仆射相国张公九龄》一诗中称赞张九龄"诗罢地有余，篇终语清省"。后一句，是说他的诗语言清新而简练，前一句，是说他的诗意余象外，给读者留有驰骋想象和联想的余地。诗人评诗，探骊得珠，是耐人寻味的。

湖口望庐山瀑布水

张九龄

万丈红泉落，迢迢半紫氛。

奔流下杂树，洒落出重云。

日照虹霓似，天清风雨闻。

灵山多秀色，空水共氤氲。

——《四部丛刊》影明本《张曲江集》卷四

张九龄早年受宰相张说器重，誉为"后出词人之冠"，擢任中书舍人。开元十四年，张说被劾罢相，九龄被牵连贬为太常少卿，旋又出为冀州刺史。他以母亲年老需要照顾为由，固请改授江南一州。玄宗优制许之，改为洪州都督。这首诗，当即写于任洪州都督之时。诗中所流露的喜悦之情是和此时的心境一致的。

湖口为鄱阳湖通长江之口，故名。唐代归洪州大都督府管辖。其位置在今九江市隔江之东。庐山，古名南嶂山，又名匡山，总称匡庐。林木葱郁，景观鳞次栉比，尤以瀑布奇景驰名天下。《太平御览》卷四一引远法师《庐山记》曰："（庐山）西南有石门，似双阙，壁立千余仞，而瀑布流焉。"其位置，在今九江市南。诗题《湖口望庐山瀑布水》，首先标出"望"的立脚点，然后标明"望"的对象，是颇费匠心的。必须弄清立脚点与"望"的对象的位置，才好准确地阐明"望"中景。根据湖口与庐山的位置加以分析，便知诗人在东而视线向西，先呈仰角，从山顶顺瀑布下移。从全诗看，天气晴朗，时当清晨，日光从东向西，斜射于庐山瀑布。因此，诗人首先"望"见的是"万丈红泉落，迢迢半紫氛"。"万丈"，极言其高；"红泉"，状朝阳照耀下的瀑布红艳夺目；"落"字本来很平常，但与"万丈红泉"相联系，便显出奔腾直下的磅礴气势。"红泉"从"万丈"高峰跌落，溅沫跳珠，腾起水汽，与阳光相融，远望非云非雾非霞，而又似云似雾似霞。诗人用"紫氛"二字作宏观把握扣诗题，想到诗人正从湖口仰望庐山瀑布，便知所谓"迢迢半紫氛"者，乃仰望中的远景：远远的庐山高处，紫氛弥漫半空。那么另一"半"呢，是蓝天？是绿树？是苍崖？是碧峰？给读者留下了驰骋想象的空间。总之，"紫氛"所占的一"半"与想象中的另一"半"虚实相生，丰富了画面，增强了层次感。次联写"红泉"继续下"落"景象。"红泉"下"落"，时而经过"杂树"，时而经过"重云"。"杂树"是明晰的，所以远望可见"奔流"直"下"。"重云"实际上是清晨浮动于山间的层层雾霭。诗人从湖口遥望，瀑布为雾霭所遮，便只见雾霭，接着又见瀑布从雾霭间"出"现，就像是从"云"中"洒落"。"下杂树"而用"奔流"，"出重云"而用"洒落"，便展现了两个迥不相同的镜头。而"重云"一词中的那个"重"字，又引发读者的想象，使你想到那两个镜头是交互出现的：在"云"与"云"之间的若干空档里，诗人望见的不就是"奔流下杂树"吗？

前面的四句诗，已把庐山瀑布从山顶直写到山脚，还有什么可写呢？有的，前四句用的是分镜头，这里何妨再作整体描绘。"日照虹霓似"一句，便以庐山前侧以及衬托庐山的天空为背景，以"日照"为光源，摄下了由山顶到山脚的瀑布全貌。在李白眼中，庐山瀑布的全貌是："飞流直下三千尺，疑是银河落九天。"在徐凝眼中，庐山瀑布的全貌是："今古长如白练飞，一条界破青山色。"他们只见一片银白，原因是：他们看瀑布，都不在朝阳初升之时。张九龄不然，他选择了初日斜照庐山的独特时机和自东向西仰视的独特角度，便摄下了彩虹丽天的独特镜头。而"日照"一词的运用，不仅说明了庐山瀑布为什么像"虹霓"，也对前面的"红泉"之所以"红"、"紫氛"之所以"紫"，作出了应有的阐释。前面展现的是各种视觉形象，第六句则诉诸听觉。徐凝《庐山瀑布》诗以"奔雷入江不暂息"写其声；张九龄立于湖口，是否闻其声虽不得而知，但他用"天清风雨闻"加以描状，却精彩倍出。"天清"之时本无"风雨"，而遥望中飞瀑奔腾，水花激射之状，给人以"风雨"骤至的感觉。"风雨"是有声可"闻"的，不管诗人是否真"闻"，而借助"通感"，因形及声，更强化了艺术魅力。前三联着重写瀑布，故尾联补写庐山，表明全诗所写乃庐山瀑布。以"灵山"代庐山，一是避免与题目字面重复，二是庐山原系道家所说三十六小洞天之八，素有仙山之誉。此处则意在突出瀑布，言"灵山"之所以"多秀色"，就因为它有瀑布。而"空水共氤氲"一句，又从整体上描绘瀑布，描绘灵山秀色。"水"，即题目中的"瀑布水"；"空"，指水上浮起的"紫氛"；"共"，与也；"氤氲"，气盛貌。飞瀑与紫氛融会，何等璀璨，何等壮丽，不更为灵山增光添彩吗？

沈德潜《唐诗别裁》卷九选此诗，评云："任华爱太白《瀑布诗》，系'海风吹不断，江月照还空'二语，此诗正足相敌。"认为此诗足可与李白诗相敌，评价是很高的，但遗憾的是未指出此诗的主要特色。全诗以"万丈红泉落"开篇，气象万千。李白的"疑是银河落九天"，徐凝的"今古长如白练飞"，未必不从此化出。李白"日照香炉生紫烟"一句，用"日照"，用"紫烟"，也显然受到此诗的影响。而此诗的独特之处，乃在于始终置庐山瀑布于红日的斜照之中，从而使得各种镜头都色彩绚丽，光芒四射。诗贵独创，切忌雷同。张九龄已经用过"虹霓"的比喻，后人便另辟蹊径，从而出现了"银河"、又出现了'白练'，尤以"疑是银河落九天"脍炙人口，而张九龄的这一首反而鲜为人知。其实，就写出庐山瀑布在初日斜照下的独特风貌而言，张九龄的这首诗是独具特色，值得重视的。

登 鹳 雀 楼

王之涣

白日依山尽，黄河入海流。
欲穷千里目，更上一层楼。

沈括《梦溪笔谈》卷十五有云："河中府鹳雀楼三层，前瞻中条，下瞰大河。唐人留诗者甚多，唯李益、王之涣、畅当三篇能状其景。"而在这三篇中，王之涣的一首尤其脍炙人口。

全诗四句，每句都写"登鹳雀楼"的所见所感。

首句"白日依山尽"中的"依山"二字，是"尽"的状语，表现了登楼远眺中白日傍山而落，以至于"尽"的景象。这一景象，包含了时间推移的过程，不是静景，而是动景。这动景，是诗人望中所见，因而也体现了诗人望中所感。诗人登楼远眺，留连忘返，从白日当空望到白日依山，又望到依山而尽，在这个时间推移的过程里，对美好的时光、美好的景物，流露了恋恋不舍之情。"依山"的'依'，兼有依傍、依恋的意思。"白日"无知，朝出夕落，并不会有什么情感的波动。但在诗人眼中，它的确是依山而尽的，于是融情入景，寥寥五字，就展现了一幅景中含情的图画，使人联想起无限好的夕阳、美丽的晚霞和霞光里耸立的雄山峻岭，并对如此美好的时光、美好的景物，产生了不胜眷恋的情感。

"黄河入海流"与首句字字对偶，铢两悉称。"入海"二字，也是"流"的状语。伫立在鹳雀楼上，地势虽高，但决然望不见黄河入海，望见的只是黄河在楼下奔"流"。像杜诗"平野入青徐"中的"入"字一样，这个"入海"的"入"字，也来自基于生活经验和地理知识的艺术想象。而一用"入海"作为"流"的状语，就如同用"依山"作为"尽"的状语，把客观景物写活了。黄河此刻虽在鹳雀楼下奔"流"，距离大海尚有数千里之遥，但它的目标，它的理想，则是流入大海，而且终归要流入大海。这就赋予黄河以崇高的理想，从而也表现了诗人的阔大胸怀。同样，"入海流"不是静景，而是动景。看吧：晚霞映照，河面上飞溅起万点金光，这条黄色巨龙，咆哮着奔向遥远的大海，诗人的目光，也被带到遥远的东方。当然，黄河要流入的大海，还是看不见的，而心却早已飞向大海了。如果能够看见大海，那该有多好！于是水到渠成，转出三、四两句："欲穷千里目，更上一层楼。"

一二两句所展现的图景已经够阔大了，但诗人并不满足，还要"更上一层楼"，远眺更远更广的天地，饱览千里以外的自然景色。但"更上一层楼"之后究竟看见了什么，却没有写，也用不着写，给读者留下了驰骋想象的广阔空间。

这后两句诗还有更深刻的含意。不管作者的主观意图如何，它实际上体现了这样一种哲理：站得愈高，看得愈远。做任何事情，要从高处看、远处看，才能看得广阔，看得全面。"欲穷千里目，更上一层楼"之所以成为千古名句，原因就在这里。

让我们再看看李益和畅当的诗。畅当《登鹳雀楼》云："迥临飞鸟上，高出世尘间。天势围平野，河流入断山。"李益《同崔邠登鹳雀楼》云："鹳雀楼前百尺樯，汀洲云树共茫茫。汉家箫鼓空流水，魏国山河半夕阳。事去千年犹恨速，愁来一日即为长。风烟并起思归望，远目非春亦自伤。"这两首诗都很不错，但和王之涣的诗相较，就未免逊色，传诵不如王诗之广，并非偶然。王诗短短二十字，既写景，又抒情，情由景生，景以情显，给人以尺幅千里，意境壮阔的感受，使人于美的享受中开拓心胸，得到哲理的启示，受到精神的鼓舞。四句诗两两对偶，但由于意境阔大，气象浑成，因而既整丽，又流动，不见斧凿痕迹，在艺术上是十分成功的。

终南望馀雪

祖　咏

终南阴岭秀，积雪浮云端。
林表明霁色，城中增暮寒。

盛唐诗人祖咏是王维的诗友。历来传诵的那首《望蓟门》，算是边塞诗，但在他仅存的三十六首诗作中，写边塞题材的也只有这一首，其余的则以模山范水、描写自然景物为主。正像王维一样，他虽然也写了很出色的边塞诗，但就其基本倾向而言，则是属于田园山水诗派的诗人。

据《唐诗纪事》卷二十记载：《终南望馀雪》这首诗，是祖咏在长安应试时作的。按照规定，应该作成一首六韵十二句的五言排律，但他只写了这四句就交卷。有人问他为什么，他说"意尽"，即"意思已经完满了"！这真是无话即短，不必画蛇添足。祖咏确是懂得内容决定形式的道理，勇于打破艺术教条的铜枷铁锁的。

题目是望终南馀雪。从长安城中遥望终南山，所见的自然是它的"阴岭"（山北叫"阴"），惟其"阴"，才有"馀雪"。"阴"字下得很确切。"秀"，是望中所得的印象，既赞颂了终南山，又引出了下一句。"积雪浮云端"，就是"终南阴岭秀"的内容之一。这个"浮"字下得多生动！自然，"积雪"不可能"浮"在"云端"。这是说：终南山的"阴岭"高出"云端"，"积雪"未化，"云"，总不可能是完全静止的，而是相对流动的，高出"云端"的"积雪"又在阳光照耀下寒光闪闪，不正给人以"浮"的感觉吗？读者也许要问："这里并没有提到阳光呀？"是的，这里是没有提，但下句却作了补充。"林表明霁色"中的"霁色"，指的就是雨雪初晴之时的阳光给"林表"涂上的色彩。

"明"字当然下得好，但"霁"字更重要。作者写的是从唐王朝的京城长安遥望终南馀雪的情景。终南山距长安城南约六十华里，从长安城中遥望终南山，阴天固然看不清，就是在大晴天，一般看到的也是笼罩终南山的蒙蒙雾霭，只有在雨雪初晴之时，才能看清它的真面目。贾岛的《望（终南）山》诗里是这样写的："日日雨不断，愁杀望山人。天事不可长，劲风来如奔。阴霾一以扫，浩翠泻国门。长安百万家，家家张屏新。"久雨初晴，终南山翠色欲流，长安百万家，家家门前张开一面新崭崭的屏风，多好看！贾岛之时如此，现在仍然如此，久住西安的人，都有这样的经验。所以，如果写从长安城中遥望终南而不下一个"雾"字，却说望见"阴岭"的"馀雪"如何如何，那就违反了客观真实。

祖咏不仅用了"雾"，而且选择的是夕阳西下之时的"雾"。怎见得？他说"林表明霁色"，而不说"山脚"、"山腰"或"林下"明霁色，这是很费推敲的。"林表"承"终南阴岭"而来，自然在终南高处。只有终南高处的"林表"才"明霁色"，这表明"西山已衔半边日"，落日的余光平射过来，染红了"林表"，不用说也照亮了"浮"在"云端"的"积雪"，而结句的"暮"字，也已经呼之欲出了。

题目是《终南望馀雪》，当然要突出那个"望"字。前三句，都是写"望"中所见，属于视觉范围。"望"见"终南阴岭"的"积雪"仿佛在"云端"飘浮，"望"见从西山顶上平射过来的落日的余辉照亮了"林表"，照得那"积雪"寒光闪闪。题目就是限于写"望馀雪"，"望"见的不过如此，还有什么好写呢？诗人的高明之处，在于他抓住了视觉与触觉的"通感"，进一步以触觉的"寒"写视觉的"雪"，从而丰富了"望"的内容，提高了"望"的意境。俗谚说："下雪不冷消雪冷。"又说："日暮天寒。"一场雪后，只有"终南阴岭"尚有"馀雪"，其他地方的雪都正在融化，吸收了大量的热，自然要"寒"一些；日暮之时，又比白天"寒"。因此，诗人准确地用了"暮寒"二字。但这"暮寒"与"望终南馀雪"无关，重要的是诗人在"暮寒"之前加了一个"增"字。于"暮寒"之时，从长安"城中"遥"望"那"终南阴岭"，只见"积雪"皑皑，寒光闪闪，视觉的所见立刻通向触觉的所感，不禁打了一个寒颤，令人更"增"寒意。于是，那"望"中所见的"终南馀雪"，就不仅被写出"积"的形质、"浮"的动态、"明"的色彩，而且被赋予"寒"的性情，它远在"终南阴岭"，其威力却越过数十里的距离，作用于长安"城中"，使"城中"人一"望"而"增暮寒"。"终南望馀雪"的题目写到这种程度，意思的确完满了，何必死守程式，再凑几句呢？王士稹在《渔洋诗话》（卷上）中把这首诗和陶渊明的"倾耳无希声，在目皓已洁"，王维的"洒空深巷静，积素广庭宽"等诗句并列，称为咏雪的"最佳"作，不算过誉。

次北固山下

王　湾

> 客路青山外，行舟绿水前。
> 潮平两岸阔，风正一帆悬。
> 海日生残夜，江春入旧年。
> 乡书何处达，归雁洛阳边。

在十种唐人选唐诗中，有两种选了王湾的作品。《国秀集》只选一篇，题目为《次北固山下》，诗云："客路青山外，行舟绿水前。潮平两岸阔，风正一帆悬。海日生残夜，江春入旧年。乡书何处达，归雁洛阳边。"《河岳英灵集》卷下选了八首，其中有"海日生残夜，江春入旧年"一联的一首却题为《江南意》，诗云："南国多新意，东行伺早天。潮平两岸失，风正数帆悬。海日生残夜，江春入旧年。从来观气象，惟向此中偏。"《河岳英灵集》的编选者殷璠在王湾名下评介道：

> （王）湾词翰早著，为天下所称最者不过一二。游吴中，作《江南意》诗云："海日生残夜，江春入旧年。"诗人已来，少有此句，张燕公手题政事堂，每示能文，令为楷式。又《捣衣篇》云："月华照杵空随妾，风响传砧不到君"，所有众制，咸类若斯。非张、蔡之未曾见也，觉颜、谢之弥远乎！

两集所选，首尾两联各异，第二联也有异文。题目呢，一作《江南意》，一作《次北固山下》，在取材、命意上也各不相同。尽管第三联一字不差，但仔细玩味，应该说这是各有特色的两首诗，不宜混为一谈。"东行伺早天"一句告诉我们，《江南意》所写的是作者东去吴中的情景；而"客路青山外"及尾联告诉我们,《次北固山下》所写的则是作者自吴中回洛阳,舟次京口时的感受。

从艺术上看,《江南意》较质朴,《次北固山下》则风华俊朗,诗意盎然。胡应麟在《诗薮·内编》卷四里说:

> 李白《塞下曲》、《温泉宫》、《别宋之悌》、《南阳送客》、《度荆门》,孟浩然《岳阳楼》,王维《岐王应教》、《秋宵寓直》、《观猎》,岑参《送李大仆》,王湾《北固山下》,崔颢《潼关》,祖咏《江南旅情》,张均《岳阳楼晚眺》,俱盛唐绝作。视初唐格调如一,而神韵超玄,气概闳逸,时或过之。

此后如姚鼐《今体诗钞》、王士禛《唐贤三昧集》、沈德潜《唐诗别裁集》、孙洙《唐诗三百首》、高步瀛《唐宋诗举要》以及解放以来的各种唐诗选本,都舍《江南意》而选《次北固山下》,说明这两首诗的艺术水准自有高下之分,不难识别。

现在来看《次北固山下》。

题中的"次"是个动词,作"止宿"、"到达"讲。"北固山",在今江苏镇江市以北,三面临江。在当时,从这里北上邗沟,经通济渠,可以直达洛阳。在江南做客的作者,大约想于春节之前赶回故乡洛阳去。一路行来,水阔风顺,诗意盎然,当船至北固山下的时候,吟成了这首诗。

诗以对偶句发端,既工丽,又跳脱。"客路",指作者要去的路。"青山"点题,指的就是"北固山"。"客路"在"青山"之"外",言其遥远。北宋词人欧阳修的那篇名作《踏莎行》,其结句"平芜尽处是春山,行人更在春山外",很受读者的赞赏,从构思上看,说不定受了王湾诗句的启发。迢迢的"客路"在"青山"之外,诗人所乘的"行舟",正朝着展现在眼前的碧绿的江水前进,驶归故乡。这一联先写"客路"而后写"行舟",其人在江南旅途,而神驰洛阳故里,思家赶路的急切心情,已流露于字里行间,与末联的"乡书"、"归雁",遥相照应。

次联的上句究竟是作"潮平两岸阔"好,还是作"潮平两岸失"好,颇有争论。沈德潜说:"'两岸失',言潮平而不见两岸也。别本作'两岸阔',少味。"纪昀反驳说:"'失'字有斧凿痕,唐人不甚用此种字。归愚

（沈德潜）主之，未是。"用"失"用"阔"，都是表现"潮平"的结果。"潮平"二字，乃下文"汇春"之根，不宜轻易滑过。作者用"潮平"二字，意在表明：由于春到汇南，雪消雨降，因而江水上升，高与岸平了。既然江水高与岸平，那么严冬季节高出江面的两岸自然就消失不见了，船上人的视野也就开阔了。"两岸失"，是就江面高与岸平说的，"两岸阔"，是就船上人可以看见两岸之上无限空阔说的。用"失"字，可以联想到杜甫的名句"归云拥树失山村"，并不显得有什么"斧凿痕"，用"阔"字，可以联想到杜甫的名句"星垂平野阔"，也不见得"少味"。

"风正一帆悬"一句也很精彩。诗人不用"风顺"而用"风正"，是因为光"风顺"还不足以保证"一帆悬"。风虽顺，却很猛，那帆就鼓成弧形了。只有既是顺风，又是和风，帆才能够"悬"，船也驶得平稳。而那个"正"字，是可以兼包"顺"与"和"的内容的。风顺而和，一帆高挂，端端正正地"悬"在那里，写小景已相当传神。但还不仅如此。如王夫之所指出，这句诗的妙处，还在于它"以小景传大景之神"（《姜斋诗话》卷上）。可以设想，如果在曲曲折折的小河里行船，老是转弯子，这样的小景是难得出现的。如果在三峡行船，即使风顺而和，却仍然波翻浪涌，这样的小景也是难得出现的。所以，通过"风正一帆悬"的小景，就把平野开阔，大江直流，波平浪静等等的大景也表现出来了。

读到第三联，就知道作者是于岁暮腊残，连夜行舟的。潮平而无浪，风顺而不猛，近看可见江水的碧绿，远望可见两岸的空阔。这显然是一个晴朗的、处处透露着春天气息的夜晚。于是乎，顺顺当当，称心如意地继续航行，不觉已到残夜。这第三联，就是表现江上行舟，即将天亮时的情景的。

沈德潜说："诗不可不造句。江中日早，残冬立春，亦寻常意思，而王湾云：'海日生残夜，江春入旧年。'一经锤炼，便成警绝。"纪昀也说这"全是锻炼工夫"。"海日生残夜"，当然有"江中日早"的意思。"江中"为什么"日早"？"潮平两岸阔"一句已作了暗示。长江下游，江面宽阔，岸上也往往一望无际。所以，当残夜还未消退之时，一轮红日，已从东方碧空与海水相接处"生"了出来。"江春"指景物所表现的春意，"旧年"指行将逝尽的残冬，用一"入"字，让春意闯入残冬，诗意盎然。这一联诗之所以好，是由于炼字炼句服从于炼意。"日"代表光明，"夜"代表黑暗，不能并存。"春"与"冬"，也与此相类似。作者从炼意着眼，把"日"与

"春"提到主语的位置而加以强调，并且用"生"字和"入"字使之拟人化，赋予它们以人的意志和情思，结果就炼出了这两个警句——海日生于残夜，将驱尽黑暗；江春闯入旧年，将赶走严冬。不仅写景逼真，叙事确切，而且表现出具有普遍意义的生活真理，给人以乐观、积极、向上的艺术鼓舞力量。

这两句诗，不仅传诵当时，而且蜚声后代。晚唐诗人郑谷《卷末偶题三首》之一云：

> 一卷疏芜一百篇，成名未敢暂忘筌。
> 何如"海日生残夜"，一句能令万古传。

明代的著名学者胡应麟在《诗薮·内编》卷四中说：

> 盛唐句，如"海日生残夜，江春入旧年"，中唐句，如"风兼残雪起，河带断冰流"，晚唐句，如"鸡声茅店月，人迹板桥霜"，皆形容景物，妙绝千古，而盛、中、晚界限斩然。

胡氏把"海日"一联作为盛唐诗的代表，说它与中、晚唐的某些名句相比，尽管都很"妙"，但此联有盛唐气象，另两联则表现出中、晚唐特点，界限斩然。很显然，胡氏是看出了"海日生残夜，江春入旧年"所表现的豪迈意境和壮美风格的。有人根据《诗人玉屑》断定"海日"乃"海月"之误，实不足征信。如果真作"海月"，这一联诗也就不可能受到张说、郑谷、胡应麟、沈德潜等颇有艺术鉴赏力的诗人、学者们的赞扬了。

当然，这一联诗的好处还在于它作为全诗的有机组成部分，起了承前启后的作用。海日东升，春意萌动，诗人放舟于绿水之上，继续向青山之外的客路驶去。这时候，一群北归的大雁正掠过晴空。于是触景生情，托雁捎信：雁儿啊，烦劳你们飞过洛阳的时候，替我告诉家里人，就说在北固山下看见我，天晴风顺，山青水绿，我正在扬帆前进呢！不多久，也就可以到家了。就这样，紧承三联，遥应首联，结束了全篇。

这首五律虽然以第三联著名，但并非只有佳句，从整体看，也是相当和谐、相当优美的。

黄 鹤 楼

崔 颢

昔人已乘黄鹤去，此地空馀黄鹤楼。

黄鹤一去不复返，白云千载空悠悠。

晴川历历汉阳树，芳草萋萋鹦鹉洲。

日暮乡关何处是，烟波江上使人愁。

崔颢是盛唐时代享有盛名的诗人。他的七律《黄鹤楼》，在当时和后代都极受人们的赞扬。宋代诗论家严羽在《沧浪诗话·诗评》中甚至说："唐人七言律诗，当以崔颢《黄鹤楼》为第一。"

黄鹤楼旧址，在今湖北省武汉市长江大桥武昌桥头黄鹤矶上。《清一统志》云："黄鹤山在江夏县（今武昌）治西隅，一名黄鹄山。《府志》：'黄鹤山自高冠山西至于江，其首隆然，黄鹤楼枕焉。'"看来黄鹤楼是因黄鹤山而得名的。然而费文祎登仙驾鹤于此之说既见于《图经》，仙人子安乘黄鹤过此之说又见于《齐谐志》，可见黄鹤楼因仙人乘黄鹤而得名，早成为民间传说。崔颢于仕途失意，飘泊无依之际来登此楼，自有吊古伤今之感。而这种吊古伤今之感正好与这些传说合拍，于是触动灵感，写出了一气旋转的头两联，遂关千古登临之口。

"昔人已乘黄鹤去，此地空馀黄鹤楼。"楼，是以仙人乘黄鹤得名的，人与黄鹤俱去，空馀此楼，徒有黄鹤之名而已！吊古伤今之意，借鹤去楼留点出，何等超脱！鹤已去而楼空留，已可谓感慨淋漓，更出人意外的是诗人又就"黄鹤去"腾空飞跃，突进一层："黄鹤一去不复返，白云千载空悠悠。"黄鹤飞去时，白云悠悠，黄鹤一去不返，那么白云虽在，也只是"空悠悠"而已！四句诗，一气贯注，盘旋转折，"黄鹤"三见，"空"字重出，虽紧扣诗题"黄鹤楼"写楼的今昔变化，而诗人吊古伤今的情怀，已跃然纸上。

"晴川历历汉阳树，芳草萋萋鹦鹉洲"一联写登楼北望所见的景物。黄鹤楼与汉阳隔江相望，故先看到"晴川"，后看到汉阳树。"川"，指汉江。因为天气晴明，故隔江之汉阳树，历历如在目前。鹦鹉洲，在黄鹤楼东北长江中，诗人从黄鹤楼望去，但见洲上芳草萋萋，可能想到了《楚辞·招隐士》中"王孙游兮不归，春草生兮萋萋"的名句，引起了思乡之情，于是远望故乡，写出了尾联。

尾联"日暮乡关何处是，烟波江上使人愁"，紧承三联而来。作者的家乡汴州在武昌东北，三联写隔江看到汉阳树和鹦鹉洲，从这个方向极目远望，自然就想到家乡，因而抒发了乡愁，但这乡愁又借暮景作形象的表现，不流于概念化。登楼纵目，时光流逝，近处的江面上已是烟霭沉沉，远处呢，更显得暮色苍茫，家乡又遥隔千里，怎能望得见！于是发出了"何处是"、"使人愁"的感叹。

这首诗就内容说，只写登楼所见的景物和凭吊古迹、思念故乡的心情，说不上有什么重大意义。但这些情景，却很有普遍性，在旧时代尤其如此，而诗人把这些情景又表现得那么好，所以很能激起人们心灵上的共鸣。因此，这首诗就成了千古擅名之作。《唐才子传》（卷一）有云："崔颢游武昌，登黄鹤楼，感慨赋诗。及李白来，曰：'眼前有景道不得，崔颢题诗在上头。'无作而去，为哲匠敛手云。"（《唐诗纪事》卷二十一和《苕溪渔隐丛话》前集卷五所引《该闻录》，也有类似的记载。）这也许是传说，但也并不是没有根据。李白的确一再效法崔作，可见多么心折。其《鹦鹉洲》云："鹦鹉东过吴江水，江上洲传鹦鹉名。鹦鹉西飞陇山去，芳洲之树何青青！烟开兰叶香风暖，岸夹桃花锦浪生。迁客此时徒极目，长洲孤月向谁明？"前四句，摹仿之迹宛然。其《登金陵凤凰台》云："凤凰台上凤凰游，凤去台空江自流。吴宫花草埋幽径，晋代衣冠成古丘。三山半落青天外，二水中分白鹭洲。总为浮云能蔽日，长安不见使人愁。"此诗虽学崔作，但只用前两句便概括了崔作前四句的"鹤去云悠"之感，留出次联写吴晋陈迹，又以浮云蔽日的感慨作结，内容似较深厚。但论者仍认为"不及崔诗之超妙"。

不过，在章法上，崔颢也并非前无所承。沈佺期《龙池篇》的前四句是这样的："龙池跃龙龙已飞，龙德先天天不违。池开天汉分黄道，龙向天门入紫微。"四句中三句出现"龙"，与《黄鹤楼》前四句中三句出现"黄鹤"是一致的，当然崔作的句法更活、更灵动。

出　塞 (其一)

王昌龄

秦时明月汉时关，万里长征人未还。

但使龙城飞将在，不教胡马度阴山。

《出塞》，乐府《横吹曲》旧题。原作二首，这是第一首，明"后七子"首领李攀龙推为唐人七绝压卷。

"月"与"关"，屡见于边塞诗，并不新鲜。但与"秦""汉"结合，便构成新的意象，激起异常丰富的想象与联想。读"秦时明月汉时关"，一幅苍凉悲壮的历史画卷，便以雄关万道、蜿蜒起伏于崇山峻岭之间的万里长城为主线，在明月辉映下徐徐展开，每一道雄关，都有无数将士轮番戍守，望月思家，都爆发过无数次月夜激战，将士的安危生死，牵动着多少闺中少妇的心。

这幅历史画卷继续延展，吊古伤今，便发出"万里长征人未还"的感叹。当今的明月仍是秦、汉时代的明月，当今的雄关仍是秦、汉时代的雄关，当今的士卒也像大多数秦、汉时代的士卒那样离家万里，久戍边关，望月思家而不得还家。究其原因，乃在于当今的边患仍不异于秦、汉时的边患。那么怎么办？诗人熟知汉将李广守边、匈奴远避的历史，便由此转出三、四两句，以缅怀良将作结。

"但使（只要）龙城飞将在，不教胡马度阴山"，其切盼起用良将、解除边患之意跃然纸上，其批评将非其人、劳师竭力之意亦跃然纸上。全诗以秦、汉领起，兼包古今，归结到一点，便是希望结束秦、汉以来"万里长征人未还"的历史悲剧，边防巩固，黎庶安宁。

终　南　山

王维

太乙近天都，连山接海隅。

白云回望合，青霭入看无。

分野中峰变，阴晴众壑殊。

欲投人处宿，隔水问樵夫。

终南山又名南山、中南、太乙，因它雄峙于周、秦、汉、唐都城之南，巍峨壮丽，引人注目，所以自《诗·秦风·终南》以来，屡入诗人吟咏。唐人咏终南山的诗，尤其不胜枚举。王维的这一首，是其中的名篇之一，历代传诵，脍炙人口。

王维不仅是杰出的诗人，而且兼擅音乐、书法和绘画。在绘画方面，尤以"破墨"山水见长，被推为"南宗"山水画之祖，与此相联系，在诗歌方面，他把田园山水诗的创作提到了新的高度，成为盛唐时期田园山水诗派的代表。苏轼中肯地指出："味摩诘之诗，诗中有画；观摩诘之画，画中有诗。"这首《终南山》，就具有"诗中有画"的特点。

写终南山，可以有各种各样的写法。例如中唐诗人韩愈的《南山诗》，长达一百有二韵，"取杜陵五言大篇之体，摄汉赋铺张雕绘之工"，其特点是力求作全面而细致的描绘，于山水诗中别开生面。然而尽管如此，作者仍有"挂一念万漏"之憾。而评论家却已经嫌其"冗曼"，讥其"繁缛"。这里透露了一个消息：艺术创作，贵在以个别显示一般，而不宜罗列一般；贵在以不全求全，而不宜以全求全。刘勰所谓"以少总多"，司空图所谓"万取一收"，以及古代画论家所谓"意馀于象"，都是这个意思。有人画《孟尝君宴客图》，作左右两列，力求详尽；大画家陈洪绶却只画右边筵席，而走使行觞，意思尽趋于左，使人想见隔林长廊，有无数食客。以全求全与以不全求全的高下优劣，于此可见。作为"南宗"山水画的开山祖，王维很懂得"意馀于象"，以不全求全的艺术奥秘，因而能用只有四十个字的一首五言律诗，为偌大一座终南山传神写照。

首联"太乙近天都，连山接海隅"，先用夸张手法勾画了终南山的总轮廓。宗炳《画山水序》云："且夫昆仑山之大，瞳子之小，迫之以寸，则其形莫睹；迥以数里，则可围于寸眸。诚以其去稍阔，则其见弥小。"同理，终南山的总轮廓，只能得之于远眺，而不能得之于逼视。所以这一联显然是写远景。抓住了这一点，字句上的盘根错节就可以迎刃而解。

首句历来有不同的注释。"天都"，或以为指"帝都"，即唐天子的都城长安；或以为指终南山，因它"在天之中，居都之南"；或以为指"天帝所居之处，犹言天府"。"太乙"是终南山的主峰，又是终南山的别名，王维显然用的是后一义。因为，如果"天都"指帝都，则"太乙近天都"不过说明了终南山与长安城之间的大致距离而已，有何诗味？如果"天都"指终南山，则"太乙近天都"等于"终南山靠近终南山"，岂非梦呓！看起来，还是后一说比较合理。诗人将游终南，从远处走来，因而看见的是终南山的总轮廓。唐太宗《望终南山》云："重峦俯渭水，碧嶂插遥天"，"太乙近天都"，也就是"碧嶂插遥天"的另一种写法，极言终南山之高。终南虽高，去天甚遥，说它"近天都"，当然是艺术夸张。但这是写远景，从平地遥望终南，其顶峰的确与天连接，因而说它"近天都"，正是以夸张写真实。如果诗人已经站在山巅，还要极言其高，就得用"只有天在上，更无山与齐"之类的写法了。"连山接海隅"也是这样。终南山西起甘肃天水，东止河南陕县，远远未到海隅。说它"接海隅"，固然不合事实，说它"与他山连接不断，直到海隅"，又何尝不符合事实？然而这是写远景，从长安遥望终南，西边望不到头，东边望不到尾。所以岑参在《与高适、薛据同登慈恩寺浮图》诗里说："连山若波涛，奔凑似朝东。"韩愈在《南山诗》里说："东西两际海，巨细难穷究。"厎"连山接海隅"写终南远景，虽夸张而愈见真实。

有人说，首联未作细致刻画，缺乏形象的鲜明性，算不得佳句。这也是皮相之谈。王维《山水论》云："远人无目，远树无枝；远山无石，隐隐如眉；远水无波，高与云齐。"首联既是写"远"景，怎能作细致刻画！"远人无目"，非"无目"也，画远人不画目，却应该使人想见他的目。画远山亦然。只说终南山高"近天都"、远"接海隅"，而它的气势之雄伟、景物之繁富，已意在言外，而诗人急于入山一游的心理活动，也已经跃然纸上。

次联写近景，总可以作细致刻画了吧？韩愈的《南山诗》，就连用五十一个"或"字（"或连若相从，或蹙若相斗……或如帝王尊，丛集朝贱幼，虽亲不褒狎，虽远不悖谬……"），又连用十四叠字（"延延离又属，夬夬叛不遗……"），极力捕捉凭高纵目所见的种种形象。王维没有这样做，仍以不全求全。

"白云回望合"一句，古今注家作过种种解释，或说"四望出去，白云连接着"，或说"回望山顶，白云聚合，笼罩于终南山上"，似乎都不得要领。"回望"既与下句"入看"对偶，则其意为"回头望"，而不是"四望"。但又不是"回望山顶"。说"回望山顶"，意味着游山已毕，正在出山，但诗人此时却正在入山，直到结尾，还说"欲投人处宿"呢！李白《下终南山过斛斯山人宿置酒》有云："暮从碧山下，山月随人归。却顾所来径，苍苍横翠微。"这写的是下终南而"回望"，望的是"所来径"即刚走过的路。王维写的是入终南山而"回望"，望的也是"所来径"即刚走过的路。"白云"是"望"的宾语，把宾语提前，写成"白云——回望合"，分明已藏过一层，即：未"回望"之时，身边不见"白云"，它分了开来，退向两旁。而说"白云"分开，退向两旁，分明又藏过一层，即：前面较远的地方，"白云"聚合，不见其他。实际情况是，诗人身在终南山中，朝前看，白云弥漫，看不见路，也看不见其他景物，仿佛再走几步，就可以浮游于白云的海洋，然而继续前进，白云却继续分向两边，可望而不可即，回头看，分向两边的白云又合拢来，汇成茫茫云海。这种奇妙的境界，凡有游山经验的人都并不陌生，但除了王维，又有谁能够只用五个字就表现得如此真切呢？

所有好诗，都或多或少有点"言外之意"、"弦外之音"、"味外之味"。懂得了"白云回望合"的"言外之意"，再读李白的"却顾所来径，苍苍横翠微"，是不是会尝到一点"味外之味"，听出一点"弦外之音"呢？

所谓"白云"，实际上是白茫茫的雾气。"青霭"呢，也是雾气，只不过淡一些，因而不是"白"色，而是"青"色，或者有点儿"翠"。李白所说的"翠微"，也就是"青霭"，岑参的名句"五陵北原上，万古青濛濛"，所写的也是"青霭"。"青霭入看无"一句，与上句"白云回望合"是所谓"互文"，它们错综为用，互相补充，就是说，"青霭入看无"，"白云"也"入看无"，"白云回望合"，"青霭"也"回望合"。诗人走出茫茫云海，前面又是濛濛"青霭"，仿佛继续前进，就可以摸着那"青霭"了，然而走了进去，却不但摸不着，而且看不见，回过头去，那"青霭"又合拢来，濛濛漫漫，可望而不可即。

刘勰在《文心雕龙》的《隐秀》篇里说："文之英蕤，有秀有隐。隐也者，文外之重旨者也，秀也者，篇中之独拔者也。"又说："情在词外曰隐，状溢目前曰秀。"（此二句今本已佚，见宋人张戒《岁寒堂诗话》所引）所谓"秀"，也就是陆机所说的"一篇之警策"，梅尧臣所说的"状难状之景如在目前"；所谓"隐"，也就是陆机所说的"文外曲致"，梅尧臣所说的

"含不尽之意见于言外"。"秀"与"隐"，各有特点和优点，然而在卓越的艺术大师笔下，又未尝不可以做到完美的结合。即如王维的这一联诗，如在前面所分析，写云霭变灭，移步换形，真可以说"状溢目前"，但那"状溢目前"的外"秀"里还"隐"着内"秀"。终南山既然高"近天都"，远"接海隅"，则其中千岩万壑，苍松古柏，怪石清泉，奇花异草，值得观赏的景物必然目不暇接，美不胜收。诗人正是为观赏美景才来游山的。然而当他进入深山的时候，朝前看，却不是只见"白云"，就是只见"青霭"，一切都笼罩于茫茫"白云"、濛濛"青霭"之中，看不见，看不真切。这是不是有点扫兴呢？不。唯其看不见，看不真切，才更令人神往，使人揣猜，引人入胜，急于"入看"。"入看"而"白云"、"青霭"俱"无"，则其他景物就豁然呈现于眉睫之前。而呈现于眉睫之前的景物又围以"白云"，衬以"青霭"，岂不更显得美！然而这只是小范围里的美景，尝鼎一脔，自然还不解馋，于是就更急于进一步"入看"，看看那"白云"、"青霭"之中还"隐"着什么。另一方面，已经看见的美景仍使人留恋，不能不"回望"，"回望"而"白云"、"青霭"俱"合"，则刚才呈现于眉睫之前的景物或笼以青纱，或裹以冰绡，由清晰而朦胧，由朦胧而隐没，更令人回味无穷。这一切，诗人都没有明说，但他却在已经勾画出来的"象"里为我们留下了驰骋想象的广阔天地。

恽格在《瓯香馆集·画跋》里说："尝谓天下为人不可使人疑，惟画理当使人疑，又当使人疑而得之。""画理"如此，"文理"亦然。那"使人疑而得之"的东西，就是"象外之意"、"味外之味"、"弦外之音"。在"白云回望合，青霭入看无"这两句诗里，就蕴涵着"使人疑而得之"的丰富内容。

第三联高度概括，尺幅万里。首联写出了终南山的高和从西到东的远，这是从山北遥望所见的景象。当诗人游山之时，穿"白云"，出"青霭"，又惊叹终南从北到南的阔，于是用"分野中峰变"一句来表现它的阔。游山而有"分野中峰变"的认识，则诗人立足"中峰"，纵目四望之状已依稀可见。终南山东西之绵远如彼，南北之辽阔如此，只有立足于"近天都"的"中峰"，才能收全景于眼底，而"阴晴众壑殊"，就是尽收眼底的全景。所谓"阴晴众壑殊"，当然不是指"东边日出西边雨"，而是以阳光或浓或淡、或有或无来表现千岩万壑的千形百态。孟郊《游终南山》中的"高峰夜留景，深谷昼未明"一联，也许从这里得到启示而加以变化，既一脉相承，又各极其妙。

对于尾联，历来有不同的理解、不同的评价。有些人认为它与前三联不统一，不相称，从而持否定态度。王夫之辩解说：

> "欲投人处宿，隔水问樵夫。"则山之辽廓荒远可知，与上六句初无异致，且得宾主分明，非独头意识悬相描摹也。（《姜斋诗话》卷二）

沈德潜也辩解说：

> 或谓末二句与通体不配。今玩其语意，见山远而人寡也，非寻常写景可比。（《唐诗别裁集》卷九）

这些意见都不错，值得参考。然而"玩其语意"，似乎还可以领会到更多东西。第一，这首诗题为《终南山》，不少人便以为它只是客观地描写终南山而已，所以对字句乃至章法的解释，都搔不到痒处。其实它是写"游终南山"的，"欲投人处宿"这个句子分明有个省略了的主语"我"，因而有此一句，便见得"我"在游山，句句有"我"，处处有"我"，以"我"观物，因景抒情。第二，"欲投人处宿"而要"隔水问樵夫"，则"我"入山以来，穿"白云"，出"青霭"，登"中峰"，观"众壑"，始终未遇"人处"，已不言可知。始终未遇"人处"而不嫌寂寞，却留连竟日，还要留宿山中，明日再游，则山景之赏心悦目，诗人之避喧好静，也不难于言外得之。第三，诗人既到"中峰"，则"隔水问樵夫"的"水"实际上是深沟大涧，那么，他怎么会发现那个"樵夫"呢？"樵夫"当然不是游山的，而是砍樵的。既砍樵，就必然有树林，有音响。读"隔水问樵夫"一句，诗人侧耳静听，寻声辨向，从"隔水"的树林里欣然发现樵夫的情景，不难想见。既有"樵夫"，则在不太遥远的地方必然有"人处"，因而当诗人问何处有人家可以投宿的时候，"樵夫"口答手指，诗人侧首遥望的情景也不难想见。而遥指遥望之处，是云是霭？是阴是晴？抑或于云外林表，飘起袅袅炊烟？都足以"使人疑"，"疑"而有所"得"。第四，前六句写终南山，既无"人处"，又无声音。这里却实写有人——"樵夫"，虚写有声——不仅有问答之声，而且有砍樵之声。这是不是破坏了幽深寂静的意境呢？不是的。心理学上有所谓"同时反衬现象"。万籁俱寂而偶有音响作反衬，就更显得幽寂。王籍《入若耶溪》中的"蝉噪林逾静，鸟鸣山更幽"，常建《题破山寺禅院》中的"万籁此俱寂，但余钟磬音"，杜甫《题张氏幽居》中的"伐木丁丁山更幽"，都表现了这种意境。旷远荒凉而偶有动景作反衬，就更见其荒远。鲍照《芜城赋》中的"直视千里外，唯见起黄埃"，《还都道中作》里的"绝目尽平原，唯见远烟浮"，以及王维《使至塞上》中的"大漠孤烟直"，都表现了这种意境。《终南山》一诗，则将这两种意境融合无间：游山竟日，未逢"人处"，忽于深杯中遥见"樵夫"，游山竟日，杳无音响，忽闻"伐木丁丁"之声而"隔水"与"樵夫"问答。此情此景，不是很值得玩味的吗？

总起来看，这首诗的主要特点和优点是善于"以不全求全"，从而收到了"以少总多"、"意馀于象"的艺术效果。倘拿韩愈的《南山诗》作比较，这一特点和优点就更显得突出。

"意"尽管"馀于象"，却依然含于"象"。"象外"之"意"，只能从"象内"去领会，而不应该离开"象"去随意附会。据《唐诗纪事》记载，有人把《终南山》这首单纯的山水诗说成"议时之作"，"谓'太乙近天都，连山接海隅'，言势焰盘据朝野也；'白云回望合，青霭入看无'，言有表而无其内也；'分野中峰变，阴晴众壑殊'，言恩泽偏也；'欲投人处宿，隔水问樵夫'，言畏祸深也。'这些"象"外之"意"，其实是强加上去的，与"象"毫不相干。倘若当时的统治者据此给作者加上影射攻击的罪名，那就太冤枉了！清人王琦在驳斥这种谬论时说得好："右丞自咏终南山，于人何预？而或者云云若是。徒飞燕兴谗于太白，蛰龙腾谤于眉山，又可怪焉！"（赵殿成《王右丞集笺注·终南山》）

观　猎

王　维

风劲角弓鸣，将军猎渭城。

草枯鹰眼疾，雪尽马蹄轻。

忽过新丰市，还归细柳营。

回看射雕处，千里暮云平。

首联逆起，先写"风劲角弓鸣"而补写"将军猎渭城"，未见其人，已闻其声，突兀奇警。如用顺叙，便是凡笔。颔联与首句同为因果句：因为"风劲"，故拉弓放箭之声特别响亮；因为"草枯"，故猎鹰的目光更加敏锐；因为"雪尽"，故马蹄腾跃，轻快异常。而冬末春初，适于射猎的时令特征，亦随之点出。这三句，就字面看，只写弓、鹰、马而未写人，但稍加想象，便知纵鹰、驰马、拉弓者都是"将军"，而当苍鹰发现猎物，迅猛搏击之时，将军追踪而至，跃马放箭的英姿，亦跃然纸上。王维真不愧是既精诗艺，又谙画理的名家，寥寥几笔，便活画出一幅秦川冬猎图。

颈联承"马蹄轻"发挥。以"渭城"为中心，东至"新丰市"，西至"细柳营"，在广阔的原野上"忽过"、"还归"，纵横驰骋，其英风豪气与欢快心情，不言可知。"新丰"乃美酒产地，"细柳"乃亚夫军营，都能引起联想，凸现"将军"的豪迈气概和名将风度。

尾联近承"归"字，遥应"猎"字。人已"归"到营地，而出猎的得意场面，犹陶醉不已，因而"回看射雕处"，追忆仰射命中，猛禽下落，军士欢呼的情景。这是出猎的高潮，却于归营回望中补写，虚中见实，跌宕生姿。结句就"回看"展现远景，暮云千里，一望无际。"将军"的心胸亦随眼界扩展，浩茫无际。

这是体现"盛唐气象"的名篇之一。沈德潜《唐诗别裁集》称其起头"胜人处全在突兀"，结尾"亦有回身射雕手段"，全诗"章法、句法、字法俱臻绝顶，盛唐诗中亦不多见"，可谓知言。

送元二使安西

王　维

渭城朝雨浥轻尘，客舍青青柳色新。

劝君更进一杯酒，西出阳关无故人。

这是一首送别诗。在我国浩如烟海的古典诗歌中，送别诗多得难以数计，而这首诗却最负盛名，一脱稿，就被配上乐曲（称《渭城曲》、《阳关曲》或《阳关三叠》），到处传唱。白居易《晚春欲携酒寻沈四著作》诗的"最忆《阳关》唱，真珠一串歌"，《对酒》诗的"相逢且莫推辞醉，听唱《阳关》第四声"，刘禹锡《与歌者何戡》诗的"旧人唯有何戡在，更与殷勤唱《渭城》"，李清照《凤凰台上忆吹箫》词的"休休！这回去也，千万遍《阳关》，也则难留"，都告诉我们这首送别诗的影响多么深远。

全诗四句。一、二两句只写地点、时间和景物，而送行之意，已跃然纸上。"渭城"，即秦时的咸阳城，汉代改称渭城，在今西安市西北，渭水之阳，乃是汉唐时代从长安到祖国西北边疆去的必经之地，因而那里就有供旅人寄宿的"客舍"。元二奉命出使安西，当然是从长安出发的，作者那时也在长安作官。诗人不写长安，而写"渭城""客舍"，则送行之远，情意之殷，都见于言外。那个"朝"（早晨）字也不宜轻易放过。从长安到"渭城"，很有一段距离。送行之地是"渭城""客舍"，而时间则是早晨，表明诗人从长安送元二到渭城，还不忍分别，就在"客舍"里住了下来。住了多久，不得而知，但至少是一个夜晚，其依依惜别之情，见于言外。正像俗话所说，"送君千里，终须一别"，如今已是早晨，元二不得不趁早出发了！凑巧，一阵"朝雨"，压下了"轻尘"，"客舍"外面的杨柳经过雨洗，一片青翠，道路干净湿润，景物清新可喜，朋友们不就可以高高兴兴地分手了吗？可是不然。

三、四两句，抒写好友之间依依惜别的真挚情谊：使命在身，势难挽留，分手在即，此刻，诗人再也没有旁的话可说了，只好又斟上一盅酒来劝慰行人："老兄！再干一杯吧！"这儿妙在下了一个"劝"字和一个"更"字，说明对方早已推说不能再喝，而主人还在"劝"他喝，屡劝屡喝，最后，还"劝君更进一杯酒"。为什么？就因为"西出阳关无故人"啊！"阳关"，故址在今甘肃省敦煌县西南。《元和郡县志》说，因为它在玉门关之南，所以称"阳关"，它既是古代自中原赴西北边疆的必由之路，又是古人意念中的内地和边疆的一个地理分界。诗题为《送元二使安西》，安西，在今新疆维吾尔自治区库车附近，远在"阳关"之外。诗人不说"西至安西无故人"，却说"西出阳关无故人"，这就留下一大段"潜台词"：老兄，一出阳关，你便再碰不到旧相识了，更何况你还要越走越远，直到安西去呢……别离的凄苦，友谊的真挚，都得到了曲折的表现，令人回味无穷。

现在，再回到一、二两句上来。"渭城朝雨浥轻尘，客舍青青柳色新"，就景色而言，这是清新宜人的。表现离别的凄苦，一般用凄苦的景物加以烘托，杜甫的《新安吏》中的"肥男有母送，瘦男独伶俜。白水暮东流，青山犹哭声"，就是一例。王维在这里用了另外一种手法，即"以乐景写哀"。王夫之在《姜斋诗话》里说："以乐景写哀，以哀景写乐，一倍增其哀乐。"他举的"以乐景写哀"的例子是《诗经》中的名句："昔我往矣，杨柳依依。"王维此诗的一、二两句，在艺术构思上也许受了"杨柳依依"的启发，但又另有新意。"朝雨"初过，"轻尘"不起，柳色青青，景色如此清新宜人，那么朋友们在一起，该多好！然而元二却要远去，怎么能不平添惜别之情！这是一层意思。元二要到阳关之外的"安西"去，那里的景物又如何呢？王之涣的《凉州词》里是这样描写的："羌笛何须怨杨柳，春风不度玉门关。"那么，元二"西出阳关"，不仅是"无故人"，就连"朝雨浥轻尘"，"青青柳色新"的自然美景，也无法看到了！这是又一层意思，很清楚，正因为有"乐景"的烘托，下面抒写的惜别之情才格外感人。

元二其人，我们连名字都不知道，但《送元二使安西》这首诗，却经历了一千二百余年的考验，至今还脍炙人口，说明它有强大的艺术感染力。这首送别诗究竟凭什么打动了当时以至尔后那么多读者的心弦呢？明代李东阳在《怀麓堂诗话》中有段话可供我们参考。他说："作诗不可以意循辞，而须以辞达意。辞能达意，可歌咏，则可以传。王摩诘'阳关无故人'之句，盛唐以前所未道。此辞一出，一时传诵不足，至为三叠歌之，后之咏别者，千言万语，殆不能出其意外，必如是，方可谓之达耳。"

梦游天姥吟留别

李　白

海客谈瀛州，烟涛微茫信难求。

越人语天姥，云霞明灭或可睹。

天姥连天向天横，势拔五岳掩赤城。

天台四万八千丈，对此欲倒东南倾。

我欲因之梦吴越，一夜飞度镜湖月。

湖月照我影，送我至剡溪。

谢公宿处今尚在，渌水荡漾清猿啼。

脚著谢公屐，身登青云梯。

半壁见海日，空中闻天鸡。

千岩万转路不定，迷花倚石忽已暝。

熊咆龙吟殷岩泉，慄深林兮惊层巅。

云青青兮欲雨，水澹澹兮生烟。

列缺霹雳，丘峦崩摧。

洞天石扉，訇然中开。

青冥浩荡不见底，日月照耀金银台。

霓为衣兮风为马，云之君兮纷纷而来下。

虎鼓瑟兮鸾回车，仙之人兮列如麻。

忽魂悸以魄动，怳惊起而长嗟。

惟觉时之枕席，失向来之烟霞。

世间行乐亦如此，古来万事东流水。

别君去兮何时还？

且放白鹿青崖间，须行即骑访名山。

安能摧眉折腰事权贵，使我不得开心颜？

天宝三载（744）李白因受权贵排挤而被放出京。两年之后，告别东鲁，南游吴越，行前作此诗，诗题一作《别东鲁诸公》。全诗驰骋想象，助以夸张，通过梦游仙境的描绘抒发现实感慨。陈沆《诗比兴笺》认为"太白被放以后，回首蓬莱宫殿，有若梦游，故托天姥以寄意"，深中肯綮。

发端以瀛洲衬托天姥，迅速进入主题。以下先以"连天向天横"总写天姥，接着兼用夸张对比手法，突出其"拔五岳"、"掩赤城"、压天台的磅礴气势。说天姥"拔五岳"、"掩赤城"，已嫌其夸。用"四万八千丈"拔高天台，又让它拜倒在天姥脚下，更嫌其夸。天姥、五岳、赤城、天台，都非幻想世界的事物，而是祖国名山，有目共睹，不宜夸张失实。作者注意到这一点，所以不说天姥之高可"拔"可"掩"，而说其"势"可"拔"可

"掩"，不说天台已"倒"，而说"欲倒"。用"势"、用"欲"极见匠心。更其巧妙的是，如此描状，其根据不是亲眼所见，而是"越人"讲述。拈出"越人语"三字，便获得了夸张、渲染的极大自由，而经过夸张、渲染的天姥又引起畅游的梦想，于是以"我欲因之梦吴越"一句转入奇幻莫测的梦游世界。

自"飞度镜湖月"至"空中闻天鸡"写"一夜"之间的经历，行动轻灵，光景明丽。"千岩万转路不定，迷花倚石忽已暝"，写一日游历，奇境层出，应接不暇，恍忽迷离，不觉"已暝"。自"熊咆龙吟"至"丘峦崩摧"，写入夜以后出现的恐怖景象，为"洞天石扉，訇然中开"酝酿气氛。这几句，可与《楚辞·招魂》"君无上天些！虎豹九关，啄害下人些"共读。天界入口处，虎豹把守，很难接近。仙界入口处，熊咆龙吟，也不易闯入。"青冥浩荡不见底"至"仙之人兮列如麻"，写"洞天"中所见："日月照耀金银台"，何等辉煌！"虎鼓瑟兮鸾回车"，又令人惊惧。随之以"恍惊起而长嗟"结束梦游，回到现实。联想诗人供奉翰林的遭遇，则"洞天"内外种种幻象的现实根据和象征意蕴，便不难领悟。

末段因梦而悟，归到"留别"，以"安能摧眉折腰事权贵，使我不得开心颜"作结，表现了绝意仕途，蔑视权贵，向往自由的反抗精神和高尚情操。

全诗波澜迭起，夭矫离奇，不可方物。韵脚的变换与四、五、七言句式、骚体句式、散文句式的错综运用，又强化了天风海涛般的气势和自由奔放的激情。与《蜀道难》同为代表李白独特艺术风格的歌行体杰作。

金陵酒肆留别

李　白

风吹柳花满店香，吴姬压酒劝客尝。
金陵子弟来相送，欲行不行各尽觞。
请君试问东流水，别意与之谁短长。

留别，是留诗告别的意思。留别的场所是金陵酒店，题目已经标明，似乎不必再写了。但那是文，不是诗。试读第一句，分明仍是写那个酒店，却多么富于诗情画意。当然，诗不同于画，那画面，要通过读者的想象和联想去创造，关键在于诗人是否提供了引发读者想象和联想的充分条件。"风吹柳花满店香"，这是写店内，但你难道不会因此而想到店外吗？杨柳含烟，绿遍十里长堤，杨花柳絮，随着骀荡的春风，漫天飞舞，有一些，直飞到这个酒店里，送来春天的芳香，令人陶醉。有人挑剔道："柳花不可言香。"辩解者说：《唐书·南蛮传》里明说诃陵国以柳花椰子酿酒，这里的柳花，就是柳花酒，当然是香的。其实，这都有点儿隔靴搔痒。诗人在第二句里才说"酒"，第一句里的"柳花"即是柳絮，何必怀疑。时当暮春，地属江南，店外自然是"杂花生树"的芳菲世界。春风吹入店内，在送来柳絮的同时也送来花香，一个"香"字，把店内和店外连成一片，从而烘托出醉人的氛围，这是第一层。第二，这"香"字又和第二句的"酒"字密切相关。"吴姬压酒劝客尝"，只用七个字，就把那个吴姬写活了。她一见客人进店，就赶忙压榨新酒，又把压出的新酒捧过来，笑眯眯地说："快尝尝，这酒真香！"这期间，那新酒已经香气四溢，与风吹柳花带来的芳香融为一体，浑然莫辨。两句诗，展现了如此美好的境界，令人迷恋。而这，正是为下文抒发惜别之情作铺垫。所谓以乐景写哀，一倍增其悲哀。

第三句突转。金陵子弟一来，店内似乎更加热闹了，但他们是来送行的。店外春光明丽，风景宜人，店内新酒初熟，吴姬殷勤好客，金陵子弟又纷纷来送，意厚情深，这真可以说是"四美具，二难并"，怎忍舍此远行呢？惜别之情，于是油然而生，从而引出了以下三句。

"欲行不行各尽觞"一句，有人作了这样的解释："欲行的诗人固陶然欲醉，而不行的相送者也各尽觞。"这似乎不合原意。"欲行"而又"不行"，正表达了诗人不得不行而又无限依恋的矛盾心理。诗人不忍远行，相送者又何尝希望他马上就走，于是出现了"各尽觞"的场面。这里的"各尽觞"，当然不是彼此只干一杯。而是继续劝酒，继续干杯，甚至当诗人多次起身告别之时，相送者还多次"劝君更尽一杯酒"呢！

前人多认为"此诗妙在结语"，前面几句，一般人都作得出。其实，结语固妙，前面几句，也不能说不精彩。而且没有前面的烘托、铺垫、转折，结语之妙，又何从显现？读完前四句诗，已感到惜别的意绪，浩浩无涯，绵绵不尽。在此基础上再看结语，就觉得恰从诗中人物的肺腑中流出，一片真情，略无造作。正因为这样，才以情动情，感人肺腑。

当然，结语之妙，还可以从艺术表现上探求。惜别的意绪浩浩无涯，绵绵不尽，但这是抽象的。滚滚东流的江水，浩浩无涯，绵绵不尽，则是看得见，摸得着的。那座金陵酒店，也许正好面对大江，而诗人，也许告别之后即坐江船远去。当他与送行者"各尽觞"之时，遥望大江，心物交感，于是融别意于江水，给抽象以形象，从而强化了艺术感染力。就这一点而言，李白可能受到前人的启发。谢朓《暂使下都夜发新林至京邑赠西府同僚》中的"大江流日夜，客心悲未央"，阴铿《晚出新亭》中的"大江一浩荡，离悲足几重"，正与此同一机杼。李白的创新之处在于：他不用简单的比喻而出之以诘问。读"请君试问东流水，别意与之谁短长"两句，那诘问者的神情，听众们的反应，以及展现在远处的江流、平野，虽然未着一字，却都视而可见，呼之欲出。刘禹锡"欲问江深浅，应如远别情"，李后主"问君能有几多愁，恰似一江春水向东流"，都是从这里变化出来的。

送　友　人

李　白

青山横北郭，白水绕东城。
此地一为别，孤蓬万里征。
浮云游子意，落日故人情。
挥手自兹去，萧萧班马鸣。

王勃的《送杜少府之任蜀川》，一上来就以"城阙辅三秦，风烟望五津"一联分点送行之地与友人将去之地。王维的《送梓州李使君》，未提送别之地，只写李使君要去的梓州景物——"万壑树参天，千山响杜鹃。山中一夜雨，树杪百重泉。"李白的《送友人入蜀》，则由蜀道写到蜀城，写到在蜀城卖卜的严君平。这些诗写法各异，但异中也有同，那就是都或多或少地描述了被送者要去的地方。这因为被送者要去的地方是明确的，在题目中也作了明确的反映。被送者要到那个特定的地方去，并非偶然，因而送行之地可写可不写，但被送者要去的地方却不能不写，尽管可以有各种各样的写法。

李白的这首《送友人》却与此不同。

王维的"万壑树参天，千山响杜鹃"，以写景发端而不提送别，前人或评为"斗绝"，或赞以"逆起神韵超迈"。李白的"青山横北郭，白水绕东城"，同样以对偶句先写景，而不提送别，"斗绝"、"逆起神韵超迈"之类的评赞，也未尝不可以用。然而前者所写的是被送者要去之地的景，后者所写的是送别之地的景，命意谋篇，各有特色。王维把被送者要去的地方写得那么优美，意在鼓励他愉快地去做一番事业，所以用"文翁翻教授，不敢倚先贤"结束全诗。李白写送别之地山横水绕，则表明"此地"尚堪留恋，笔端饱含惜别之情，所以以下六句，全都是惜别之情的自然流露。

送别之地也就是与友人聚合之地。在山横水绕的地方与友人聚合，即使处境不那么得意，总还是不错的。可是如今呢，出于某种原因，不能不彼此分手了！当然，如果友人此去有一个较好的归宿，像王维所送的"李使君"那样在一个风景秀丽的地方去做官，那就不会有太多的惜别之情，重要的是要鼓励他做出成绩。李白送的这位"友人"却连一个明确的目的地也没有，他之所以要走，并不是已经有了什么归宿，而只是去寻找归宿。所以在送行之时，就充满了惜别之情。"此地一为别"一句，以"此地"指代"青山横北郭，白水绕东城"，滴水不漏。"一为别"中的"一"这个副词也用得很传神。在古汉语中，"一"与"则"前后呼应，表示前一种情况一出现，后一种情况就紧跟着出现。例如《史记·范雎蔡泽列传》中的"王一兴兵而攻荥阳，则其国断而为三"，就是这样的。这里用的正是"一……则"的格式，只由于诗的语言不同于散文的语言，下句里省略了"则"。"此地一为别"，就"孤蓬万里征"，一刹那就是截然不同的两种境界。"为别"的"为"字也值得玩味。"为别"略等于"作别"，兼包相互"道别"的双方，与下面的"孤蓬"形成强烈的对照。在"为别"之前乃至"为别"之时，两人尚在一起，即使是"蓬"吧，还不是"孤蓬"，而"一为别"，就成为"孤蓬"了。蓬草被风吹散，便飞转无定，古人常用以比喻飘流无定的游子。"一为别"就成"孤蓬"，亦自可伤，而"孤蓬"之"征"，遥遥"万里"，竟不知落脚何处，就更令人百感茫茫。当然，此时还在"为别"，"友人"并没有走；"孤蓬万里征"，只是想象中的情景。然而从"青山横北郭，白水绕东城"的"此地""一为别"想到即将出现的"孤蓬万里征"，其惜别之情不是已经见于言外了吗？朱超道《别席中兵》："扁舟已入浪，孤帆渐逼天"；王维《观别者》："车徒望不见，时见起行尘"；李白《送孟浩然之广陵》："孤帆远影碧空尽，惟见长江天际流"，都写的是目送行人远去的实景。"孤蓬万里征"在"为别"之时尚出于想象，然而"一为别"即成现实，目送友人远去之状也已经跃然纸上，和实写目送行人远去的诗句相比，似乎更多一些"虚实相生"，"馀味曲包"的妙处。

"浮云游子意，落日故人情"一联，通过"浮云"与"落日"表现"为别"之时双方的心理活动，情景交融。"浮云"乃"为别"之时所见。天空飘浮着白云，这是景。触景可以生情，而同一景对于不同的人又可以引起不同的心理活动。"游子"看见"浮云"，究竟有什么心理活动呢？作者是写了的，却写得很含蓄。"浮云"与"游子意"之间，没有任何关联词，使人不明确"游子"看见"浮云"到底产生了什么"意"，不能不认真地去想。一想，就会想出一些东西来。首先，"浮云"的"浮"与"游子"的"游"有相似之处。"浮云"没有根，随风飘浮，不由自主，也靡有定止。"游子"看见"浮云"，大概是联想到了与之相似的命运吧！"游子"与"浮云"之间还有一种联系，那就是《古诗》里所说的"浮云蔽白日，游子不顾返"。那么，在那"游子意"里，是不是也还包含这样的内容呢？"落日"也是"为别"之时所见的景，但又兼写时间。作者在"落日"与"故人情"之间也没有用任何关联词，给读者留下了吟味的余地。因为"一为别"就"孤蓬万里征"，所以尽量拖长"为别"的时间，直拖到红日西落，再无法俄延了！这是一层意思。陈后主《乐府》"思君如落日，无有暂还时"，诗句也许还可以包含这一层意思。总之，诗人没有直说"游子"有什么"意"，"故人"有什么"情"，只用"浮云"与"落日"触发读者的联想，手法很高明。这种把几个名词性的词组连缀一起，中间不用关联词而让读者自己去寻找彼此之间的内在联系的造句方式，也很值得注意。晚唐诗人温庭筠《商山早行》中的"鸡声茅店月，人迹板桥霜"一联，颇为后人所称道，尽管意境各别，但就造句的特点而言，却与此一脉相承。

以上两联都是写未别之时的惜别之情。惜别已到"落日"，不得不别，这才以"挥手自兹去，萧萧班马鸣"收束全诗。"兹"字近接"落日"，指"兹时"，遥承"首联"，指"此地"。在红日西落的"兹时"于"青山横北郭，白水绕东城"的"此地"互相"挥手"，而"挥手"之后紧跟着的就是

"孤蓬万里征"，何以为情！《诗经·邶风·燕燕》有云："瞻望弗及，泣涕如雨。"正面写离别之情，十分动人。李白在前面已经写了"游子意"和"故人情"，故不再从正面写人，而只从侧面写马。当"挥手自兹去"之时，连两位友人所骑的马都因彼此分奔而萧萧长鸣，倾吐离情别绪，那么，作为"万物之灵"的人又怎么样呢？

从"孤蓬万里征"和"浮云游子意"等句看，那位"友人"行踪无定，渺无归宿，所以题目只说"送友人"，而不说送友人到什么地方去。诗中也只能写送别之地，至于友人要去的地方，那是无法作具体描写的。

单纯从题目"送友人"看，送行者应该是"居人"，送走"友人"，他就回到山横水绕的城郭中去了。但从"此地一为别，孤蓬万里征"，"挥手自兹去，萧萧班马鸣"的语气看，又仿佛兼指自己，很有点"君向潇湘我向秦"的味道。《左传·襄公十八年》："邢伯告中行伯曰：'有班马之声，齐师其遁。'"杜注："夜遁，马不相见，故鸣。班，别也。"言"马"之"别"，见得它们本来是在一起的，彼此的主人自然也在一起。主人"挥手此兹去"，各成孤客，像"孤蓬"那样"万里征"，马呢，自然也各成孤马，驮着各自的主人踏上"万里"征程，而且还不知道何处可以托足！"萧萧班马鸣"一句，说它像"边马有归心"那样借马写人，当然是可以的。然而诗人很富有同情心，又安知他不是由人的命运想到马的命运，于是乎移情入马，代马抒情呢？当然，代马抒情，归根到底还是抒人之情。这和"树犹如此，人何以堪"的艺术手法很相似，所不同的是不说"人何以堪"，只写人各西东，耳畔犹闻马鸣，就戛然而止。沈德潜在《唐诗别裁集》里选了这首诗，评论说："苏、李赠言，多唏嘘语而无蹶蹙声，知古人之意在不尽矣。太白犹不失斯旨。""不尽"的特点，在这一首诗里的确表现得很突出。

送友人入蜀

李　白

见说蚕丛路，崎岖不易行。
山从人面起，云傍马头生。
芳树笼秦栈，春流绕蜀城。

升沉应已定，不必问君平。

全篇紧扣诗题，写"送友人入蜀"。

入蜀总得经过蜀道，所以一上来就描写蜀道。然而如今正在"送友人"，友人并未踏上蜀道，自己当然也不在蜀道，蜀道如何，都未目睹，怎么写法呢？

宋玉《高唐赋》和孙绰《游天台山赋》，侈说高唐，畅游天台，其实都未亲历，全出遐想。至于李白的《梦游天姥吟留别》，题中已点明"梦游"，在构思谋篇上，则以"越人语天姥"而激发游兴，因想生幻，转入梦游的描写，创造了瑰奇怪丽的神仙境界。《送友人入蜀》虽然是一首抒情小诗，却具有类似的特点。写蜀道，先以"见说"领起，雄浑无迹，显示出卓越的艺术技巧。"见说"就是"听别人说"。别人可以说少，也可以说多，可以说好，也可以说坏，可以如实介绍，也可以夸张乃至虚构。以"见说"冒下，就获得了随意抒写的自由。

"见说蚕丛路，崎岖不易行"中的"蚕丛"，原是传说中古代蜀国的一个国王，这里用来指蜀地。"蚕丛路"，就是蜀道，点题目中"友人入蜀"的道路。友人将"入蜀"，送别之时，当然应该祝愿他"一路平安"。为了他一路平安，认真地讲一下蜀道之难行，好让友人多加小心，还是必要的。从这一意义上说，以"见说"领起，就还有深意。不光是我说，别人也都说那"蚕丛路崎岖不易行"啊！弦外之音岂不是："你可得小心啊！"接下去，就具体地描写如何"崎岖不易行"。我们知道，作者的《蜀道难》一诗以"噫吁嚱，危乎高哉！"开头，对"蜀道之难，难于上青天"作了惊心动魄的描绘，归结到"嗟尔远道之人，胡为乎来哉！"这首诗是"送友人入蜀"，而不是劝阻友人入蜀，因而不必要大谈"其险也如此"，以免友人"听此凋朱颜"，所以只借"见说"，写了这样两句："山从人面起，云傍马头生。"别人哪能"说"出这样好的诗句，这当然是李白的独创，只不过归之于"见说"罢了。

关于山陡难登的情状，早在东汉人马第伯的《封禅仪记》里就有十分逼真的摹写："石壁窅窱，如无道径。……人相牵，后人见前人履底，前人见后人顶，如画重累人矣。"后人效法乃至抄袭者颇不乏人。如唐时升《游泰山记》云："若阶而升天，时临绝壁，俯视心动。……前行者当后人之顶上，后行者在前人之踵下，惴惴不暇四顾。"其中"前行者"两句，剽窃之迹宛然。至于袁中道《登泰岱》中的"前人踏皂帽，后侣戴青鞋"一联，则夺胎换骨，不乏兴象，但和李白的"人面"、"马头"一联相比，高下立见。有"人"有"马"，见得这是登山。那山如果壁立千仞，攀登之时就会出现马第伯、唐时升、袁中道等人摹写的情状。李白正是写山的壁立难登，却没有说"后人"、"前人"如何如何，只用"山从人面起，云傍马头生"十个字，就展示了一幅有情有景的登山图，还表现了山"起"、云"生"的动态。和前面所引的那些文字相较，既不那样着迹，又似乎毫不费力，真所谓"清水出芙蓉，天然去雕饰"。

前四句写"入蜀"之路难行，"友人"从何处"入蜀"，即作者在何处为"友人"送行，全未涉及。读到"芳树笼秦栈，春流绕蜀城"一联，才看出"友人"将从秦入蜀。这一联，以写为叙，而所写的又是想象中的情境。"友人"是要告别秦中到"蜀城"去的。由于对"友人"的出行十分关心，所以始而借"见说"蜀道之崎岖以引起"友人"的注意，继而身在秦中，心驰蜀道，先后出现了"芳树笼秦栈"、"春流绕蜀城"的特写镜头，而他所送的"友人"呢，也已经在想象中通过"芳树"笼罩的"秦栈"，到达"春流"环绕的"蜀城"。既然已经写到"蜀城"，以"问君平"作结，就显得水到渠成，天衣无缝。

"秦中自古帝王都"，唐王朝的京城长安也就在那里，而"入蜀"之路，却那么"崎岖不易行"。那么，那位"友人"不在长安求官或做官，偏偏要"入蜀"，究竟为什么？难道长安的"十二街"比"蜀道"还难行吗？看来那位"友人"的离秦"入蜀"，必有原因。这原因，作者是知道的，但在前面，却一点也没说，只在结尾作了些暗示："升沉应已定，不必问君平。"

据《汉书》卷七十二记载：蜀有严君平，卜筮于成都市，有问卜者，则依蓍龟为言利害。但他是汉朝人，到了李白的时代，其人与骨皆已朽矣，怎能向他"问"什么"升沉"？作者用这个故实结尾，一方面当然意在"点题"。君平在成都卖卜，说"问君平"，就等于说"友人"到了"蜀城"。更重要的一方面，则是既透露"友人入蜀"的原因，又抒发"送友人入蜀"时的情感。"升"、"沉"未定，还有"升"的希望，才去问卜；"升"、"沉"已定，只能接受既定的现实，还问它做甚！作者告诉友人说："关于政治上的'升沉'嘛，看来就是这么个样子了！你到了'蜀城'，就不必寻找像严君平那样的人去占卜算卦了吧!"

那么,究竟是谁的"升沉应已定"呢?从"友人"不得不"入蜀"看,当然是"友人"的,但也未尝不可以兼包作者自己的。"不必问君平",自然也可以兼包"不必替我问君平"这一层意思。

那么,究竟是"定"在"升"上呢,还是"定"在"沉"上?细味全诗,看来那是"定"在"沉"上的,"升沉"实际上是复词偏义。看样子,作者所"送"的是个失意的"友人",作者自己呢,也未见得多么得意,因而在为"友人"送行的时候不无牢骚,在诗里面也发了些牢骚。然而分明是说友人自秦入蜀的道路不管多么崎岖难行,却迎人面而起山,傍马头而生云,笼秦栈以芳树,绕蜀城以春流,使人不觉得险恶,却陶醉于诗情画意,以致被某些读者误认为那是"歌颂祖国的大好河山"。到了结尾,既不确指谁的升沉已定,又不点明是"升"是"沉",使"牢骚语抑遏不露"。正因为"不露",才更耐人寻味。

把写蜀道的部分和《蜀道难》合读,把发牢骚的部分和《梦游天姥吟留别》的结尾"安能摧眉折腰事权贵"等句对照,就不难看出李白诗歌风格的统一性和多样性。

早发白帝城

李　白

朝辞白帝彩云间,千里江陵一日还。
两岸猿声啼不住,轻舟已过万重山。

乾元二年(759),李白因永王璘事被流放夜郎,至白帝遇赦,归途作此诗。诗题一作《下江陵》。

盛弘之《荆州记》云:"惟三峡七百里中,两岸连山,略无缺处,重岩叠嶂,隐天蔽日,自非亭午夜分,不见曦月。至于夏水襄陵,沿溯阻绝,或王命急宣,有时朝发白帝,暮到江陵,其间千二百里,虽乘奔御风,不以急也。每至晴初霜旦,林寒涧肃,常有高猿长啸,属引凄异,空谷传响,哀转久绝。故渔者歌曰:'巴东三峡巫峡长,猿鸣三声泪沾裳。'"明人杨慎《升庵诗话》卷四引此文，评论道："太白述之为韵语，惊风雨而泣鬼神矣。"其实，李白此诗，并非述盛弘之文为韵语，而是即景抒情，戛戛独造。其艺术效果，也不是"惊风雨而泣鬼神"，而是轻快喜悦。

作者在流放途中所作的《上三峡》诗里说："三朝上黄牛，三暮行太迟。三朝又三暮，不觉鬓成丝。"如今忽然遇赦，乘船顺流而"还"，其重获自由的喜悦感、轻快感与江流之快，归舟之"轻"，水乳交融，便创造出这首千古名作，被王士禛推为"三唐压卷"。

前两句，似与《荆州记》"朝发白帝，暮到江陵"无异，实则后者只客观地写江行之"急"，前者则用一个"辞"字、一个"还"字托出抒情主人公的神采与心态。他不是经白帝西去夜郎，而是"辞"白帝东"还"江陵，已露喜悦之情。辞白帝于朝日照射的彩云之间，色彩绚丽，形象优美，又强化了喜悦之情。白帝既在"彩云间"，则高屋建瓴，江水奔泻，江陵一日可还之意已暗寓其中。"千里"极遥，"一日"极短，"千"与"一"对照，突出地表现了东"还"之快出乎意料，惊喜之情，见于言外。前两句已写完由"辞"到"还"，概括性极强而形象性不足，于是掉转笔锋，补写"一日"之间的见闻。就闻的方面说，"猿鸣三声泪沾裳"，这是行经三峡者的典型感受，诗人却以"两岸猿声"作铺垫，突现"轻舟"如飞的轻快感。就见的方面说，"千里"之间，景物繁富，一句诗如何写？诗人只用"已过"二字，而重山叠嶂、城郭村落等等扑面而来、掠舟飞退的奇景，已如在目前。

浦起龙《读杜心解》称《闻官军收河南河北》为杜甫"生平第一首快诗"。这首《早发白帝城》，也可以说是李白生平第一首快诗。

蒲 中 道 中

畅 当

苍苍中条山，厥形极奇魂。
我欲涉其崖，濯足黄河水。

蒲中，即蒲州，今山西永济县。畅当是蒲中人，此诗写在家乡道路上行走时的所见所想。

首二句写所见。中条山在蒲中东南,诗人行进在家乡的道路上,抬眼望去,见高峻磅礴的中条山拔地而起,由肺腑发出激赏:郁郁苍苍的中条山,你的形状,真是雄奇到极点,峻拔到极点!厥,同"其"。

次二句因见中条山而忽发奇想,壮话惊人。诗人说:我想爬上中条山,垂下双足,在黄河里洗个够。

这两句,可能从左思《咏史》诗"振衣千仞冈,濯足万里流"化出。但前者所讲的是并列的两件事,时而振衣于千仞高冈,时而濯足于万里洪流,尽管境界极其壮阔,气概极其豪迈,却是能够做到的。因而从写作方法上看,这是现实主义的。而后者,所讲的是上下贯通的一件事,高坐于中条山崖,垂下双腿,在万里黄河中洗脚,其境界同样壮阔,其气概同样豪迈,然而对于七尺之躯的人来说,却是不可能做到的。因而从写作方法看,这是浪漫主义的。正由于超脱现实,驰骋幻想,才创造出在"振衣千仞冈"的同时"濯足万里流"的奇特形象,表现了诗人热爱山水,拥抱宇宙的胸怀。

全诗前两句写景,景中有情,后两句抒情,情中有景。第三句中的"欲"字,表明后两句所写的只是一种愿望。"其"字代中条山,紧承前两句。而"欲涉"中条山之"崖"的目的乃是"濯足黄河水",从而自然而然地带出了黄河,表明万里黄河正从中条山下流过,补足了情中景。

寥寥二十字,既写出山之雄伟,又写出水之浩荡。而以"涉崖"、"濯足"的人物将山水结合起来,展现了情景交融的瑰奇意境,构思之巧妙,造语之凝练,都值得借鉴。

登 鹳 鹊 楼

畅 诸

迥临飞鸟上,高出世尘间。
天势围平野,河流入断山。

鹳鹊楼,故址在今山西永济县西黄河中的小岛上。在唐代,楼高三层,前瞻中条,下瞰黄河,为登览胜地,诗人多有题咏,而以王之涣诗和此诗最有名。

此诗作者,通行选本多作畅当,实误。李翰《河中鹳鹊楼集序》云:"前辈畅诸题诗上层,名播前后,山川景象,备于一言。"李翰生活于天宝后期,称畅诸为前辈,又据《登科记》卷七载畅诸登开元九年拔萃科,则畅诸和王之涣同时。而畅当,却是大历、贞元间人,与王之涣时代不相及,李翰安得称之为"前辈"?又据近出敦煌残卷,此诗作者亦作畅诸。

前两句写诗人登上鹳鹊楼最高层,凭栏俯瞰,在高空盘旋的飞鸟都在下方,环境十分阒寂,空气异常清新,人世间的紫陌红尘,都和这里隔绝。此时诗人高蹈的襟怀与高敞的景物相契合,大有飘然出世之感。

如果说前两句用短镜头摄近景,则后两句便是用长镜头摄远像:透过明净的空间,看到四围的远空,有如下垂的天幕,包围着平坦的大地;从天际奔泻而来的黄河,穿过中条山断裂处,有如脱缰的野马,呼叫飞驰而去。

这首诗,通过诗人的审美选择,从多角度对天地山川飞鸟以及自然环境作了具象的描绘,构成一幅境界开阔、精神超脱的生活画面。四句话,前两句和后两句,各成对偶,却自然流畅,生动而不板滞,是作者善于用准确、明快、形象的话言进行创作的原故。因之这首诗和王之涣的同名诗得以流传后世,雄视百代。成为脍炙人口的佳什。

燕 歌 行(并序)

高 适

开元二十六年,客有从御史大夫张公出塞而还者,作《燕歌行》以示适,感征戍之事,因而和焉。

汉家烟尘在东北,汉将辞家破残贼。

男儿本自重横行,天子非常赐颜色。

拟金伐鼓下榆关,旌旆逶迤碣石间。

校尉羽书飞翰海,单于猎火照狼山。

山川萧条极边土,胡骑凭凌杂风雨。

战士军前半死生,美人帐下犹歌舞。

大漠穷秋塞草腓,孤城落日斗兵稀。

身当恩遇恒轻敌,力尽关山未解围。

铁衣远戍辛勤久，玉箸应啼别离后。

少妇城南欲断肠，征人蓟北空回首。

边庭飘摇那可度，绝域苍茫更何有？

杀气三时作阵云，寒声一夜传刁斗。

相看白刃血纷纷，死节从来岂顾勋？

君不见沙场征战苦，至今犹忆李将军！

    高适于开元十五年（727）、二十年两次北上幽燕，对边塞实况、军中内幕多有了解，创作了《塞上》、《蓟门五首》等诗。据此篇小序，开元二十六年，有从张公出塞而还者作《燕歌行》给他看，他"感征戍之事"而作此诗。张公指张守珪，他于开元二十四年、二十六年率部讨奚、契丹，两次战败。高适从那位随张守珪出塞而还者的作品和口中得悉两次战败情况，结合他以前的生活经验进行艺术概括，创作了这篇盛唐边塞诗名篇。

    全诗生动地反映了一次战役的全过程。首句点战地，"烟尘在东北"，指奚、契丹侵扰。二、三、四句，写"汉将"声威；而"破残贼"、"重横行"，屡露轻敌之意，天子又"非常赐颜色"，助其骄气。五、六句写行军场面，用浩大声势烘托主将骄气。七句写羽书飞传，军情紧急，八句写敌军猎火照红狼山，见得并非"残贼"。以上八句是第一段，从主客观的对比中，已预示骄兵必败，而从辞家到榆关、到碣石、到瀚海、到狼山，长途跋涉，猝遇强敌，其战争胜负如何，更不难预料。

    "山川"、"胡骑"两句，写地形开阔，无险可守，而敌军铁骑，如狂风暴雨袭来。接着以"战士军前半死生"概括士卒拼杀之英勇，牺牲之壮烈，而以"美人帐下犹歌舞"作强烈对照，揭露轻敌恃宠的"汉将"并未亲冒矢石指挥战斗，而是躲在远离前线的帐中听歌看舞，寻欢作乐。下面四句，以"大漠穷秋"、"塞草"枯萎、"孤城落日"的阴惨氛围烘托"斗兵稀"的惨烈景象，又以主将"身当恩遇恒轻敌"与战士"力尽关山未解围"作强烈对照，其战败的罪责应由谁负，已不言而喻。

    以下八句是第三段，通过描写幸存士卒的处境和心境，进一步谴责主将。"铁衣远戍辛勤久"，一个"久"字，一个"远"字，已流露无限思家之情。接下去，不直写征人如何思家，却透过一层，写征人料想妻子从别离以后一直思念自己，双泪不干，其同情、怜爱妻子之情溢于言表，加倍感人。然而主将却没有这种伟大的同情心，因而"少妇"尽管"欲断肠"，"征人"依然"空回首"。而"边庭飘摇"，"绝域苍茫"，杀气作阵云，寒声传刁斗，其处境之艰危与心境之悲凉融合为一，将士卒之苦写到极致，也将主将之罪写到极致，为结尾作好了铺垫。

末段四句，前两句歌颂战士血染白刃，战死沙场，并未想到个人功勋。言外之意是：主将却是要拿士卒的鲜血、生命换取个人功勋的。后两句用"沙场征战苦"引出"至今犹忆李将军"作结，全篇的思想意义，顿时豁然开朗。怀念李广，说明今无李广。轻敌冒进，丧师辱国，以及征人少妇，备受痛苦等等，皆将非其人所致。

全诗的主题是慨叹将非其人，因而不像一般的边塞诗那样着重写民族矛盾，而是另辟蹊径，着重写军中矛盾。与此相适应，大量运用对比手法，加强了艺术表现力。最后以怀念李广作结，也是用爱惜士卒、英勇善战的名将作标尺，对比诗中所写的将领，给予无情的鞭挞。

全诗多用律句，又有不少对偶句，吸收了近体诗的优点。每四句换韵，平仄相间，蝉联而下，抑扬起伏，气势流走，又发挥了初唐歌行的特长。从反映现实的深度、广度和艺术表现的完美方面看，既是盛唐边塞诗杰作，也是盛唐歌行体名篇。

白雪歌送武判官归京

岑　参

北风卷地白草折，胡天八月即飞雪。
忽如一夜春风来，千树万树梨花开。
散入珠帘湿罗幕，狐裘不暖锦衾薄。
将军角弓不得控，都护铁衣冷难着。
瀚海阑干百丈冰，愁云惨淡万里凝。
中军置酒饮归客，胡琴琵琶与羌笛。
纷纷暮雪下辕门，风掣红旗冻不翻。
轮台东门送君去，去时雪满天山路。
山回路转不见君，雪上空留马行处。

此诗是岑参任安西、北庭节度判官时送人回京之作。紧扣诗题，以奇丽雪景烘托惜别之情。一、二两句"折"、"雪"押入声韵，声调急促，强化了风急雪骤的视觉形象与听觉形象。"白草折"，不仅状"北风卷地"的威力，为次句写"飞雪"作铺垫，而且暗示风中已经带雪。古今注家释"白草"，都认为草枯色白，"白"乃草色，其实作者正是以"白"点"雪"。未睹雪势，先闻风声，忽惊草"白"，继见雪飞。写得何等有层次、有声势！如果时当隆冬，这景象便无足惊异。可现在才是"八月"，初来西北边塞的人怎能不乍感惊奇！于是忽发奇想，以"忽如"领起，于浩荡"春风"中展开了"千树万树梨花开"的瑰丽世界。而"来"、"开"换平声韵，声韵开张舒徐，恰切地传达了陶醉于无边"春色"中的欢畅心声。此二句千古传诵，良非偶然。然而这毕竟是"忽如"，而不是"已是"，于是又回到白雪，写它"散入珠帘"之后带来的酷寒，巧妙地引出人物，向送别过渡。狐裘不暖，锦衾嫌薄，"将军角弓不得控，都护铁衣冷难着"，这是通过人物的触觉表现雪中酷寒，"瀚海阑干百丈冰，愁云惨淡万里凝"，这是通过人物的视觉表现雪中酷寒。万里乌云因奇寒而"凝"固不散，既与下文"暮雪纷纷"呼应，又把人物的视线引向武判官遥遥万里的归程，从而唤起了"愁"与"惨淡"的心理反应。经过一系列烘托，这才推出了送别的场景：中军帐内，包括"将军"、"都护"在内的戍边将士为武判官饯行，轮番进酒。"胡琴琵琶与羌笛"，只举三种西域乐器，却使人联想到急管繁弦，乐声大作，随着急速的旋律，不少人翩翩起舞。既是饯行，又在边地，不能没有离愁别绪，然而总的气氛还是热烈的。即使有悲，也是悲壮而非悲凉。行人即将出发，而向帐外望去，"纷纷暮雪下辕门"，大雪还没有停止的迹象，而辕门上的军旗，已冻成硬片，不能"翻"动。这，当然使行人发愁，使送行者担忧。然而诗人并未说"愁"说"忧"，而用特写镜头，以冰天雪地，弥望银白，反衬军旗的无比鲜"红"，正像前面视"北风"如"春风"，视雪景如春景一样，表现了诗人对边塞风光和军旅生活的热爱。"风掣红旗冻不翻"的奇丽形象，当然表现了边地严寒，但更主要的是体现了戍边将士不畏艰苦，昂扬勇毅的精神风貌。

　　结尾四句，仍以咏雪烘托送行。"雪满天山路"，其难行可知，然而行人依然按期启程。送行者目送行人远去，直到"山回路转"，人已无法望见，却还凝望留在雪上的马蹄印迹，言已尽而意无穷。

翁方纲《石洲诗话》称岑参诗风"奇峭"，而其"边塞之作，奇气益出"，方苞评此诗，谓"'忽如'六句，奇才、奇气、奇情逸发，令人心神一快"（高步瀛《唐宋诗举要》卷二引），都深中肯綮。

此诗发挥了歌行体特长，两句、四句换韵，平仄相间，跌宕生姿，随着迅速的换韵迅速地转换画面，令人眼花缭乱。句尾多用仄仄仄、平平平、仄平仄，有意避开律句，也不用对偶句，增强了音调的奇峭感，与景色的奇丽、气候的奇寒、人物的奇情水乳交融，相得益彰。

自京赴奉先县咏怀五百字

杜　甫

杜陵有布衣，老大意转拙。
许身一何愚！窃比稷与契。
居然成濩落，白首甘契阔。
盖棺事则已，此志常觊豁。
穷年忧黎元，叹息肠内热。
取笑同学翁，浩歌弥激烈。
非无江海志，潇洒送日月。
生逢尧舜君，不忍便永诀。
当今廊庙具，构厦岂云缺？
葵藿倾太阳，物性固莫夺。
顾惟蝼蚁辈，但自求其穴。
胡为慕大鲸，辄拟偃溟渤？
以兹误生理，独耻事干谒。
兀兀遂至今，忍为尘埃没？
终愧巢与由，未能易其节。
沉饮聊自遣，放歌破愁绝。
岁暮百草零，疾风高冈裂。
天衢阴峥嵘，客子中夜发。

霜严衣带断，指直不得结。

凌晨过骊山，御榻在嵽嵲。

蚩尤塞寒空，蹴踏崖谷滑。

瑶池气郁律，羽林相摩戛。

君臣留欢娱，乐动殷胶葛。

赐浴皆长缨，与宴非短褐。

彤庭所分帛，本自寒女出。

鞭挞其夫家，聚敛贡城阙！

圣人筐篚恩，实欲邦国活。

臣如忽至理，君岂弃此物？

多士盈朝廷，仁者宜战慄！

况闻内金盘，尽在卫霍室。

中堂舞神仙，烟雾蒙玉质。

暖客貂鼠裘，悲管逐清瑟。

劝客驼蹄羹，霜橙压香橘。

朱门酒肉臭，路有冻死骨。

荣枯咫尺异，惆怅难再述！

北辕就泾渭，官渡又改辙。

群冰从西下，极目高崒兀。

疑是崆峒来，恐触天柱折。

河梁幸未坼，枝撑声窸窣。

行旅相攀援，川广不可越。

老妻寄异县，十口隔风雪。

谁能久不顾？庶往共饥渴。

入门闻号咷，幼子饿已卒！

吾宁舍一哀，里巷亦呜咽。

所愧为人父，无食致夭折。

岂知秋禾登，贫窭有仓卒。

生常免租税，名不隶征伐。

抚迹犹酸辛，平人固骚屑。

默思失业徒，因念远戍卒。

忧端齐终南，澒洞不可掇。

杜甫字子美，生于唐睿宗先天元年（712），死于唐代宗大历五年（770），一生经历了大唐帝国由盛转衰的玄宗、肃宗、代宗三朝，是我国古代文学史上与李白并称、享有世界声誉的伟大诗人。

杜甫的诗歌创作，以安史之乱爆发（天宝十四年，公元 755 年）为界线，可分为前期和后期。《自京赴奉先县咏怀五百字》这篇长诗的出现，就是由前期转向后期的显明标志，在一定的深度和广度上反映了当时的黑暗现实，也比较集中地表现了作者的主导思想。

杜甫的远祖杜预，是西晋王朝的名将，精通儒家经典，自谓"有《左传》癖"，著有《春秋长历》、《春秋左氏经传集解》。祖父杜审言，武则天时做过膳部员外郎，是当时颇负盛名的诗人。父亲杜闲，做过兖州司马、奉天（今陕西省乾县）县令。杜甫自己说："自先君恕、预以降，奉儒守官，未坠素业。"又说："诗是吾家事"，"吾祖诗冠古"。可以看出，他出身于一个有着儒学传统和文学传统的官僚地主家庭，他也是以此自豪的。

杜甫青壮年时期，读书游历，过着"裘马清狂"的"快意"生活。正因为比较"快意"，所以尽管南游吴越，北游齐赵梁宋，跑了许多地方，却浮在社会的上层，没有深入人民生活，因而未能写出比较深刻地反映现实的作品。

累代"奉儒守官"，深受儒家思想熏陶的杜甫，自然要走"学而优则仕"，以实现儒家政治理想的道路。所以他"快意八九年，西归到咸阳"。天宝五年，来到唐王朝的京城长安，想通过考试进入仕途。他毫不掩饰地说："自谓颇挺出，立登要路津。致君尧舜上，再使风俗淳。"但事与愿违，"要路"难登。天宝六年，唐玄宗"诏天下"，有一技之长的人都可以到长安应试。杜甫抱着极大的希望参加了这次考试，满以为凭着他"读书破万卷，下笔如有神。赋料扬雄敌，诗看子建亲"的才学，从此可以脱颖而出，青云直上。不料主持这次考试的李林甫堵塞贤路，搞了个大骗局，连一个人也没有录取，却给唐玄宗上表贺喜，说什么"野无遗贤"。意思是，像我李林甫这样的宝贝早被求贤若渴的皇帝陛下一个不漏地弄到朝廷里来了，剩下的都是些大草包，不堪入选。这件事，使杜甫认识到被权奸李林甫之流把持着的朝政是多么黑暗！他在《奉赠鲜于京兆》一诗里愤慨地说："破胆遭前政，阴谋独秉钧。微生沾忌刻，万事益酸辛。"这时候，杜甫的家庭早已没落，他困处长安，不但不能"立登要路"，而且"朝叩富儿门，暮随肥马尘。残杯与冷炙，到处潜悲辛"，连生活也难于维持。到了后来，"长安苦寒谁最悲？杜陵野老骨欲折"，"饥卧动即向一旬，敝衣何啻联百结"，简直贫困到挨饿受冻的地步了！加上疾病的折磨，把当年"放荡齐赵间，裘马颇清狂"的杜甫，弄得"头白眼暗坐有胝，肉黄皮皱命如线"。就这样，他从社会的上层跌落下来，逐渐接触了人民的苦难，看到了"朱门务倾夺，赤族迭罹殃"的社会矛盾，思想感情也跟着发生了明显的变化。

杜甫在长安困处十年，直到天宝十四年他四十四岁的时候，才得到"右卫率府兵曹"的官儿，其职务是"掌武官簿书"，这对他的"致君尧舜"的宏伟抱负简直是莫大的讽刺！而且，上任不久，就感到这个小小官儿还不好做，必须趋炎附势，才能混下去。而这又不是他的特长，于是决意不干了，写了一篇《去矣行》："君不见鞲上鹰，一饱即飞掣。焉能作梁上燕，衔泥附炎热？野人旷荡无觍颜，岂可久在王侯间？未试囊中餐玉法，明朝且入蓝田山。"蓝田山有的是玉，但那东西究竟不能吃。所以他并没有到蓝田去，而是在这年十一月，跑到奉先县（今陕西省蒲城县）去看望寄居在那里的妻子，并写出著名的长篇五言古诗《自京赴奉先县咏怀五百字》。

这篇长诗可分三大段。从开头到"放歌破愁绝"是第一段，紧扣题中的"京"字，咏的是赴奉先县之前，多年来"许身稷契"、"致君尧舜"的壮怀。从"岁暮百草零"到"惆怅难再述"是第二段，叙"赴奉先县"的经历，咏的是旅途中的感怀。从"北辕就泾渭"至结尾是第三段，写到家以后的感受，咏的是对国家前途、人民命运的忧怀。

先看第一段。

"杜陵有布衣，老大意转拙"两句冒下，接着写"拙"的内容。当杜甫浮在社会上层之时，已有"所历厌机巧"的感慨。而"拙"正是与"机巧"对立的。所以这里的"拙"，原是愤激之词，是对于"机巧"的批判。"许身一何愚，窃比稷与契！居然成濩落，白首甘契阔。盖棺事则已，此志常觊豁。穷年忧黎元，叹息肠内热。"这正是"拙"的具体表现，因而自然引起了"同学翁"的耻笑。而他自己呢，尽管"取笑同学翁"，却"浩歌弥激烈"。你越耻笑，我越不肯放弃"自比稷契"的政治抱负，虽然"白首契阔"，穷愁潦倒，也是心甘情愿的。"同学"后加一"翁"字，外示尊敬，实含讽刺。作者在另一首诗里写过："同学少年多不贱，五陵衣马自轻肥。"人家正因为不"拙"不"愚"，善弄"机巧"，所以都早已官高爵显，衣轻乘肥，安得不尊之为"翁"！

"非无江海志，潇洒送日月。生逢尧舜君，不忍便永诀。"两联一纵一收，与前面的"盖棺事则已……"呼应。朝廷既不用我，我满可以放浪江湖，悠闲自在地消磨岁月，然而好容易碰上了唐玄宗这么个在开元时期曾经一度"励精图治"的"尧舜之君"，可以辅佐他实现我的拯救"黎元"的"稷契之志"，怎忍丢下他不管呢！"当今廊庙具，构厦岂云缺？葵藿倾太阳，物性固莫夺。"又一开一合，朝廷里充满了栋梁之材，难道还缺少我这块料？只是我对皇帝的忠诚出于天性，怎能使葵和藿的叶子不倾向太阳呢！"顾惟蝼蚁辈，但自求其穴"以下，又是几番转折，几番吞吐，批判了只顾私利的蝼蚁之辈，感慨于自己由于"独耻干谒"而"误"了"生理"，归结到"终愧巢与由，未能易其节"，又回到对于"稷契之志"的坚持上。"此志"既不能实现，又不肯放弃，就只好"沉饮聊自遣，放歌破愁绝"，借作诗饮酒，排除内心的忧思愤懑了。

关于"葵藿倾太阳"，《杜诗散绎》译为"向日葵生来就是随着太阳转的"，有的注本也把"葵"解为向日葵，不恰当。向日葵一名西番葵，一年生草本，原产美洲，十七世纪，我国才从南洋引进，杜甫怎会见到？杜甫所说的"葵"系锦葵科宿根草本，《花镜》说它"一名卫足葵，言其倾叶向阳，不令照其根也"。"藿"，指豆叶，也向阳。曹植《求通亲亲表》："若葵藿之倾叶，太阳虽不为之回光，然终向之者，诚也。臣窃自比葵藿，若降天地之施，垂三光之明者，实在陛下。"杜甫的这句诗，实取义于此，既表现自己"倾太阳"的忠诚，也包含"太阳不为之回光"却仍然希望其"回光"的复杂内容，与上文"生逢尧舜君，不忍便永诀"和下文"终愧巢与由，未能易其节"有内在的联系。而希望太阳回光，又是为了实现稷契之志。

这一段，抑扬顿挫，千回百折，表现了作者因"稷契之志"无法实现而引起的内心矛盾，"拙"、"愚"、"取笑"、"独耻"、"忍为"等词，充满了愤激之情。对当时的统治者虽没有正面揭露，但意在言外。说自己因"愚"、"拙"而"居然成濩落"、"取笑同学翁"，则同学翁"因"机巧"而爬上去，自不待言。说自己"独耻事干谒"，则不以"干谒"为耻的，自然大有人在，也不待言。至于称唐玄宗为"尧舜君"，称李林甫、杨国忠之流为

"廊庙具",也不是真心赞扬。那"尧舜君"、"廊庙具"究竟是什么货色，作者在第二段里作了相当生动的描写。

且看第二段。

前六句写从长安出发的情景。天寒岁暮，百草凋零，天衢阴森，疾风怒吼，作者就在这阴森冷酷的黑夜里从唐王朝的京城出发了。"霜严衣带断，指直不得结"，一路上，真把这位"敝衣百结"的"寒儒"冻得够呛！这六句，并非单纯写景，而含有明显的象征意味。在结构上，既反衬下面的"瑶池气郁律……"，又正映下面的"路有冻死骨"。以下"凌晨过骊山"至"霜橙压香橘"二十八句，写路经骊山时的所见所闻。按《唐书》记载：唐玄宗每年十月率领贵妃宠臣到骊山华清宫"避寒"。杜甫路过骊山之时，他们正在那里寻欢作乐，温泉之上，热气蒸腾，乐声大作，响彻天际。在羽林军的森严护卫下，有的在温泉里洗浴，有的在筵席上大嚼。那位"尧舜君"看见他的臣妾洗得漂亮，吃得肥胖，不禁龙颜大悦，赐以大量金帛。"窃比稷与契"、"穷年忧黎元"的杜甫怵目惊心，感慨万端。"彤庭所分帛，本自寒女出。鞭挞其夫家，聚敛贡城阙！圣人筐篚恩，实欲邦国活。臣如忽至理，君岂弃此物？多士盈朝廷，仁者宜战栗！""彤庭"、"寒女"对比鲜明；"鞭挞"、"聚敛"，揭露无余。这里的"多士"，也就是第一段里的"廊庙具"。这里的"圣人"，也正是第一段里的"尧舜君"。作者在措词上，着重指斥"多士"，而为"圣人"开脱，然而事实明摆在那里，"君臣留欢娱"，"赐浴皆长缨"，究竟是谁在"留"，谁在"赐"呢？不正是那位"圣人"自己吗！那么，谁在默许"鞭挞"，谁在纵容"聚敛"，也就昭然若揭了！浦起龙在《读杜心解》里说："'圣人'四句，言厚赐诸臣，望其活国，如共佚豫，便同弃掷矣。此以责臣者，讽君也。"这看法相当中肯。以下八句，又从所见联想到所闻，矛头直指唐玄宗的舅子杨国忠和姨子韩国夫人、秦国夫人、虢国夫人："况闻内金盘，尽在卫霍室。中堂舞神仙，烟雾蒙玉质。煖客貂鼠裘，悲管逐清瑟。劝客驼蹄羹，霜橙压香橘。"皇宫里的金盘都跑到外戚家里去了，大概也是"望其活国"吧！然而外戚的表现又如何呢？"中堂舞神仙"以下六句，对他们的骄奢淫逸作了无情的揭露，然后概括所见所闻的大量事实，写出了千古名句："朱门酒肉臭，路有冻死骨！"这两句，交互见义。上句以吃概穿，下句以穿概吃。"酒肉臭"，绫罗绸缎也必然堆积如山，穷得没衣穿以至"冻死"，饭也必然吃不饱。《岁宴行》里的

"高马达官厌酒肉，此辈杼柚茅茨空"，也是这种写法。"朱门"，包括普天下的朱门，"路"，也包括普天下的路，具有普遍性。但这又是通过个别表现一般的。在这里，"朱门"首先是前面所写的朱门，"路"也首先是作者这时所走的路。那"冻死骨"，正躺在作者前面。宫墙内外，咫尺之隔，却是截然不同的两个世界！于是诗人以"荣枯咫尺异，惆怅难再述"束上启下，继续走他的"路"，十分自然地过渡到第三段。

再看第三段。

从"北辕就泾渭"到"川广不可越"十句，写从骊山向北渡河奔赴奉先的艰苦旅程。"群冰从西下，极目高崒兀。疑是崆峒来，恐触天柱折。河梁幸未坼，枝撑声窸窣"等句，是写眼前景，也象征时局的不安，险象环生。王嗣奭说："'天柱折'乃隐语，忧国家将覆也。"这说法颇有见地。接着的四句点明此行的目的："老妻寄异县，十口隔风雪。谁能久不顾？庶往共饥渴。"二十字凄怆动人。老妻弱子，寄居异县，自己流寓长安，残杯冷炙，哪有余钱接济他们！这次探家，也没有携金带银（囊中只有"餐玉法"），只想和他们同饥共寒，作精神上的安慰罢了。然而可悲的是，"入门闻号咷，幼子饥已卒！"想和这个可怜的孩子一同挨饿受冻，也已经不可能了！"吾宁舍一哀，里巷亦呜咽"，和《羌村三首》中的"邻人满墙头，感叹亦歔欷"写法相似。"里巷"之所以"呜咽"，大概也由于他们有饿死孩子的遭遇吧！"岂知秋禾登，贫窭有仓卒"中的"贫窭"是指自己，也包括那些"呜咽"的邻人，包括普天下所有的穷人。秋禾丰收，穷人仍不免饿死，那么粮食到哪儿去了呢？回顾第二段所写的"聚敛贡城阙"等等，这问题就用不着再作回答了。结尾八句，推己及人，由近及远，"生常免租税，名不隶征伐，抚迹犹酸辛，平人固骚屑。"出身官僚家庭的杜甫享有免交租税、免服兵役的特权，总比平民百姓的日子好过些，然而还不免有饿死孩子的"酸辛"，那么负担租税、兵役的老百姓们的处境如何，也就可想而知。在结构上，又与第二段"彤庭所分帛，本自寒女出。鞭挞其夫家，聚敛贡城阙"呼应。"默思失业徒，因念远戍卒。忧端齐终南，澒洞不可掇！"由"平人固骚屑"扩展开来，默思那些"失业徒"和"远戍卒"怎样活下去。"失业徒"，是被繁重的租税逼得倾家荡产的平民，统治者的"鞭挞"、"聚敛"不断进行，"失业徒"的队伍也就不断扩大。"远戍卒"的灾难尤其深重："明皇时则尤苦戍边"，"其戍边者又多为边将苦使，利其死而没其财"。广

102

大人民有的已冻饿而死，活着的也挣扎在死亡线上，而那位"尧舜君"和他的"廊庙具"，却正在华清宫避寒，过着花天酒地、纸醉金迷的腐朽生活，毫不吝惜地挥霍着人民的血汗。诗人回顾出京以来所见所闻所遭所想，真感到了唐王朝的岌岌可危，而又徒唤奈何，于是以"忧端齐终南，澒洞不可掇"结束全篇。

"窃比稷与契"，"穷年忧黎元"，这是贯串全诗的主线，也是杜甫的主导思想。杜甫夸耀他的"奉儒守官"的家世，以"儒者"自居，他的理想，正是儒家的仁政主义。儒家的仁政主义，是以"仁民爱物"、"民胞物与"的"人性论"为其哲学基础的。孟子曾说：人们看到一个小孩将要掉进井里去，必然会产生"恻隐之心"，赶上去抢救他。这种"恻隐之心"，"人皆有之"，正是"仁之端也"。所以，不管什么阶级的人，都可以成为"仁者"，都可以爱一切人。他提出传说中治水的大禹和"教民稼穑"的后稷，称赞道："禹思天下有溺者，犹己溺之也，稷思天下有饥者，犹己饥之也。"杜甫完全接受了孟子的这些思想。"窃比稷与契"，实际是"窃比禹与稷"，不说禹而说契，是为了押韵的缘故。"许身"禹稷，就是要立志拯救天下的饥溺，使天下大治，而放眼一看，普天下的老百姓正处于饥溺之中，所以自然要为李唐王朝的长治久安担忧，要"穷年忧黎元，叹息肠内热"了。

儒家的仁政主义，是要通过"君"来实现的，所以杜甫不得不把希望寄托在"君"上。"生逢尧舜君，不忍便永诀"，"葵藿倾太阳，物性固莫夺"，当然表现了他的忠君思想。但当时的"君"，却越来越使他失望。杜甫在写于这篇《咏怀》之前的《奉赠韦左丞丈》中说："致君尧舜上，再使风俗淳。"这就是说：由于唐玄宗并不是"尧舜之君"，因而天下风俗不淳，他之所以要"立登要路"，正是为了把唐玄宗辅佐成"尧舜之君"，实行仁政，从而使天下风俗淳厚起来。在这篇《咏怀》中，尽管称唐玄宗为"尧舜君"，并且用"圣人筐篚恩，实欲邦国活"替他辩解，但在具体问题上，却毫不含糊。"御榻在嵽嵲"，这是说他率领臣子在骊山游幸，以下所写的骄奢淫逸生活，都是他带的头。杜甫在另一首诗里说过："天王行俭德，俊乂始盈庭。"正是说有什么君，就有什么臣，因而"责臣"，也正是"讽君"。

儒家是主张实行仁政的。自汉武帝罢黜百家，独尊儒术以来，历朝累代的封建统治者大都唱着"仁民爱物"、"爱民如子"之类的高调，但在实际上则往往是挂羊头卖狗肉。杜甫却真心相信那一套，一心想"致君尧舜"，实行"仁政","仁民爱物",因而困居长安，累碰钉子。他看得很清楚，杨国忠、李林甫之流的大小官僚，都不是在"致君尧舜"，而是在致君桀纣，没有一个是"忧黎元"的。唐玄宗本人也并不想行"仁政"。这样，杜甫的理想和当时的现实就发生了尖锐的矛盾，激起了内心的苦闷。在《咏怀》之前，已有"有儒愁饿死"、"儒冠多误身"，"儒术于我何有哉"的感慨。到了后来，则自我解嘲，说他是"乾坤一腐儒"。在这篇《咏怀》的第一段里，又说自己"老大意转拙"，"许身一何愚"，"取笑同学翁"。这一切，都反映了他的仁政思想和现实不相容而产生的矛盾心情。

与杜甫同时的诗人元结写过这么一首诗："往年在襄滨，襄人皆忘情。今来游襄乡，襄人见我惊。我心与襄人，岂有辱与荣？襄人异其心，应为我冠缨？昔贤恶如此，所以辞公卿。"这诗很能说明问题。元结未做官时到襄溪去，那里的人民对他很亲切。后来做了官，再到襄溪去，人民望见他佩带"冠缨"，官气十足，都吓跑了。杜甫从小受儒家教育，早已接受了"仁民爱物"的仁政思想。但当他三次"壮游"，浮在社会上层，过着"放荡"、"清狂"生活的时候，并没有从仁爱的观念出发，写出揭露社会矛盾，同情人民疾苦的鸿篇巨制。直到十年困居长安，仕途失意，生计维艰，饥寒交迫，从而思考了许多问题，才逐渐认识到朝政的黑暗，逐渐看到人民的苦难，逐渐把他的笔触伸入广阔的现实。这篇《咏怀五百字》，乃是他十年困居长安的生活体验和艺术思考的总结，不论就杜甫自己的创作生涯说，还是就我国五言古诗的发展历史说，都是具有划时代意义的杰作。

题中标出"自京赴奉先县"，说明这篇诗具有"纪行"性质，不能不运用叙事和写景手法，题中标出"咏怀"，说明这篇诗的重点是倾吐怀抱，不能不运用抒情和议论手法。而"自京赴奉先县咏怀"这个别开生面的题目，又要求在写法上别开生面，熔叙事、写景、抒情、议论于一炉。读完全诗，就知道作者正是这样做的，而且做得很出色。

当然，更重要的还在于"纪"什么"行"，"咏"什么"怀"。如果咏的是与祖国、与人民无关的个人哀乐，纪的是毫无社会意义的身边琐事，即使调动了各种艺术手法，也不能保证所写的就是划时代的杰作。

作者先从"咏怀"入手，抒发了许身稷契、致君泽民的崇高理想竟然"取笑"于时、无法实现的愤懑和"穷年忧黎元，叹息肠内热"的火一样的激情，其爱祖国、爱人民的胸怀跃然纸上。而正因为"穷年忧黎元"，所以尽管"取笑"于时，而稷契之志仍不肯放弃，这自然就把个人的不幸、人民的苦难和统治者的腐朽、唐王朝的危机联系起来了。而这种"咏怀"的特定内容，自然决定了"纪行"的特定内容，"纪行"的内容，又扩大和深化了"咏怀"的内容。

"纪行"有两个重点，一是写唐明皇及其权臣、宠妃在华清宫内的骄奢荒淫生活，二是写到家后孩子已被饿死的惨象，都具有高度典型性，而写法又各有特点。

华清宫内的一切，宫外的行路人无法看见，因而其叙述、描写，全借助于艺术想象和典型概括。这种出于艺术想象和典型概括的大段文字如果处理失当，就难免与"纪行"游离，成为全篇的赘疣。杜甫的高明之处，正在于他既通过艺术想象和典型概括深刻地反映了社会矛盾，又与前段的"咏怀"一脉相承，构成了"纪行"的主要内容。在前段，他已经提到了"当今"的"尧舜君"和"廊庙具"。而"黎元"的处境之所以使他"忧"、使他"叹息"，就和这"尧舜君"、"廊庙具"有关，他拯救"黎元"的稷契之志之所以无法实现，也和这"尧舜君"、"廊庙具"有关，他渴望实现稷契之志，百折不挠，又决定了他对"尧舜君"和"廊庙具"始终抱有幻想。所以当他"凌晨过骊山"之时，望见"羽林相摩戛"，听见"乐动殷胶葛"，那"尧舜君"与"廊庙具"在华清宫寻欢作乐的许多传闻就立刻在"比稷契"的思想火花和"忧黎元"的感情热流里同自己对于民间疾苦的体验联结起来，化为形形色色的画面，浮现于脑海，倾注于笔端，形成这一段不朽的文字。既具有高度的概括性，又未离开"纪行"的主线。

如果说写华清宫的一段，其特点是由所见联想到所闻所感，从而驰骋艺术想象，进行典型概括，那么写奉先家中的一段，其特点则是实写眼前情景，而这些眼前情景本身就具有很高的典型性。

这两段写法上各有特点，又有共同性。共同性在于就亲眼所见叙事、写景的文字都不多，更多的是抒情和议论。这是和"自京赴奉先县咏怀"这个独创性的题目相适应的。仇注引胡夏客曰："诗凡五百字，而篇中叙发京师、过骊山、就泾渭、抵奉先，不过数十字耳，余皆议论，感慨成文。"又曰："《赴奉先咏怀》，全篇议论，杂以叙事。《北征》则全篇叙事，杂以议论。盖曰'咏怀'，自应以议论为主，曰'北征'，自应以叙事为主也。"这看法相当中肯。然而以"五百字"的宏大篇幅竟然"全篇议论"，用于叙事、写景者"不过数十字"，这是找不到先例的。这种独创性，胡夏客却没有指出。

关于可不可以、需不需要"以议论为诗"的问题，长期以来颇有争论。早在南宋末年，严羽就在《沧浪诗话》中对宋代诗人"以议论为诗"进行了激烈的批评。明代的屠隆在《文论》里也说："宋人多好以诗议论，夫以诗议论，即奚不为文而为诗哉？"把"以诗议论"独归宋人，并以此否定宋诗，这意见很有普遍性，但并不恰当。清初的杰出诗论家叶燮在其论诗专著《原诗》中指出了这一点：

> 从来论诗者大约申唐而绌宋。有谓："唐人以诗为诗，主性情，于《三百篇》为近，宋人以文为诗，主议论，于《三百篇》为远。"何言之谬也！唐人诗有议论者，杜甫是也。杜五言古议论尤多，长篇如《赴奉先县咏怀》、《北征》及《八哀》等作，何首无议论？而独以议论咎宋人，何欤？彼先不知何者是议论，何者为非议论，而妄分时代耶？且《三百篇》中《二雅》为议论者正自不少，彼先不知《三百篇》，安能知后人之诗也？

叶氏指出《三百篇》中就有议论，杜甫《赴奉先县咏怀》等篇"议论尤多"，这是符合实际的。需要补充说明的是，抽象的、干巴巴的议论并不能构成动人的诗章。以抽象的、干巴巴的议论为诗，那是必须反对的。杜甫的《咏怀五百字》议论尤多，但并不是冷冰冰地，空空洞洞地发议论，而是带着"比稷契"的崇高理想和"忧黎元"的火热激情，对身历目睹，怵目惊心的生活现象进行艺术思维和审美评价。所以，那议论饱含着生活的血肉，洋溢着对不合理的社会现实的慨叹、谴责与控诉。是议论，也是抒情。或者说，是抒情性的议论。而这饱含着生活血肉的抒情性的议论，又和叙事、写景密不可分，因而具有鲜明的形象性。而这具有形象性、抒情性的议论，出自"咏怀"者之口，就构成了抒情主人公的形象。读这篇诗，一位忧国忧民的伟大人物就浮现于我们面前，抒发理想不能实现的愤懑，谴责朝政的昏暗和统治者的荒淫，倾吐对人民苦难、国家危机的焦虑，肝肠如火，涕泪横流。其强大的艺术力量，百世之后，犹足以震撼读者的心灵。

这篇诗前人多有评论。浦起龙在《读杜心解》里说："是为集中开头大文章，老杜平生大本领，须用一片大魄力读去。……通篇只是三大段，首明赍志去国之情，中慨君臣耽乐之失，末述到家哀苦之感。而起手用'许身'、'比稷契'二句总领，如金之声也。结尾用'忧端齐终南'二句总收，如玉之振也。其'稷契'之心，'忧端'之切，在于国奢民困。而民惟邦本，尤其所深危而极虑者。故首言去国也，则曰'穷年忧黎元'，中慨耽乐也，则曰'本自寒女出'，末述到家也，则曰'默思失业徒'，一篇之中，三致意焉。然则，其所谓'比稷契'者，果非虚语，而结'忧端'者，终无已时矣！"对全篇命意、布局的分析，都颇能抓住要领，值得参考。

　　这篇杰作是用传统的五言古诗的体裁写成的。五言古诗，是汉、魏、六朝以来盛行的早已成熟的诗体，在杜甫之前，已经产生了无数不朽的诗章，仅就"咏怀"之作而言，如阮籍的《咏怀》、左思的《咏史》、庾信的《咏怀》、陈子昂的《感遇》之类的组诗都各有特色，脍炙人口。"转益多师"的杜甫当然从汉、魏、六朝以来五言古诗的创作经验中吸取了营养。但把《咏怀五百字》和所有前人的五言古诗相比较，就立刻发现在体制的宏伟、章法的奇变、反映现实的广阔深刻和艺术力量的惊心动魄等许多方面，都开辟了新的天地，把五言古诗的创作提高到新的水平。正如杨伦在《杜诗镜铨》里所说："五古前人多以质厚清远胜，少陵出而沉郁顿挫，每多大篇，遂为诗道中另辟一门径。无一语蹈袭汉魏，正深得其神理。此及《北征》，尤为集内大文章，见老杜平生大本领，所谓'巨刃摩天'，'乾坤雷硠'者，惟此种足以当之。"

月　夜

杜　甫

今夜鄜州月，闺中只独看。

遥怜小儿女，未解忆长安。

香雾云鬟湿，清辉玉臂寒。

何时倚虚幌，双照泪痕干。

　　"建安七子"中的徐幹在著名的《室思》诗里说："寄身虽在远。岂忘君须臾。既厚不为薄，想君时见思。"对于分隔两地而互相关怀的亲人或友人来说，当自己思念对方的时候，就想到对方也在思念自己，即韩愈《与孟东野书》所说的"以吾心之思足下，知足下悬悬于吾也"。徐幹的这四句诗，就讲的是这种情况。但只说"想君时见思"而已，如何见思，却一字未提。杜甫的《月夜》，则纯从对方着想，写妻子如何独自望月，思念自己。笔情敏妙，别开生面。

先看写作背景，天宝十五载（即至德元年，公元756年）六月，安史叛军攻进潼关，杜甫带着妻小逃到鄜州（今陕西富县），寄居羌村。七月，肃宗即位灵武（今属宁夏回族自治区），杜甫于八月间离家北上延州（今延安），企图赶到灵武，为平叛效力，但当时叛军势力已膨胀到鄜州以北，杜甫出发不久，就被叛军捉住，送到沦陷后的长安。望月思家，杜甫于此际写下了《月夜》这首千古传诵的名作。

题为《月夜》，作者看到的是长安月。如果从自己方面落墨，一入手应该写"今夜长安月，客中只独看"。但他更加焦心的不是自己失掉自由，生死未卜的处境，而是妻子对自己的处境如何焦心。所以悄焉动容，神驰千里，直写"今夜鄜州月，闺中只独看"。这已经透过一层。自己只身在外，当然是独自看月。妻子尚有儿女在旁，为什么也独自看月呢？"遥怜小儿女，未解忆长安"一联作了回答。妻子看月并不是"赏月"，而是"忆长安"，而小儿女未谙世事，还不懂得"忆长安"啊！"解忆"固可悲，"不解忆"更可悲，又进一层。用小儿女的"不解忆"反衬妻子的"忆"，加重妻子的"忆"，突出那个"独"字，层层逼进，愈进愈深。

在这四句中，"怜"字，"忆"字，都不宜轻易滑过。而这又必须和"今夜"、"独看"联系起来去体会。明月当空，是月月都会看到的。特指"今夜"的"独看"，则心目中自然有往日的"同看"和未来的"同看"。未来的"同看"，留待结句点明。往日的"同看"，则暗含于前四句之中。"今夜鄜州月，闺中只独看。遥怜小儿女，未解忆长安。"——这不是分明透露出他和妻子有过"同看"鄜州月而共"忆长安"的往事吗？我们知道，安史之乱以前，作者困处长安达十年之久，有一段时间，是与妻子一起度过的。和妻子一同忍饥受寒，也一同观赏长安的明月，这自然就留下了深刻的记忆。当长安沦陷，一家人逃难到了羌村的时候，又增添了与妻子"同看"鄜州月而共"忆长安"的记忆。如今自己身陷叛军之中，妻子"独看"鄜州之月而"忆长安"，那"忆"就不仅充满了辛酸，而且交织着忧虑与惊恐。这个"忆"字，是含义深广，耐人寻思的。与妻子"同看"鄜州之月而"忆长安"，虽然百感交集，但尚有自己为妻子分忧。如今呢？妻子独看鄜州之月而"忆长安"，"遥怜"小儿女们天真幼稚，只能增加她的负担，哪能为她分忧啊！这个"怜"字，也是饱含激情，感人肺腑的。

第三联通过妻子独自看月的形象描写，进一步表现了"忆长安"。"香雾云鬟湿，清辉玉臂寒"，妻子望月的形象宛然在目；而望月之久，忆念之深，已从"湿"和"寒"的感受中曲曲传出，真所谓"语丽而情悲"。望月愈久而忆念愈深，甚至会担心她的丈夫是否还活着，怎能不热泪盈眶？而这又完全是作者想象中的情景。当想到妻子忧心忡忡，独自望月思夫，以至雾湿云鬟，月寒玉臂，犹不肯就寝的时候，自己也不免伤心落泪。两地看月而各有泪痕，这就不能不激起结束这种痛苦生活的希望，于是以表现希望的诗句作结："何时倚虚幌，双照泪痕干。""双照"而泪痕始干，则"独看"而泪痕不干，也就意在言外了。

这首诗借看月而抒离情，但所抒发的不是一般情况下的夫妇离别之情。作者在半年以后所写的《述怀》诗中说："去年潼关破，妻子隔绝久"；"寄书问三川（鄜州的属县，羌村所在），不知家在否"；"几人全性命？尽室岂相偶"！两诗参照，就不难看出"独看"的泪痕里浸透着天下乱离的悲哀，"双照"的清辉中闪耀着四海升平的理想。字里行间，时代的脉搏是清晰可辨的。

题为《月夜》，字字都从月色中照出，而以"独看"、"双照"为一诗之眼。"独看"是现实，却从对面着想，只写妻子"独看"鄜州之月而"忆长安"，自己的"独看"长安之月而忆鄜州，已包含其中。"双照"兼包回忆与希望：感伤"今夜"的"独看"，回忆往日的"同看"，而把并倚"虚幌"（薄帷）、对月舒愁的希望寄托于不知"何时"的未来，词旨婉切，章法紧密。如黄生所说："五律至此，无忝诗圣矣！"

北　征

杜　甫

皇帝二载秋，闰八月初吉。

杜子将北征，苍茫问家室。
维时遭艰虞，朝野少暇日。
顾惭恩私被，诏许归蓬荜。
拜辞诣阙下，怵惕久未出。
虽乏谏诤姿，恐君有遗失。
君诚中兴主，经纬固密勿。
东胡反未已，臣甫愤所切。
挥涕恋行在，道途犹恍惚。
乾坤含疮痍，忧虞何时毕！
靡靡逾阡陌，人烟眇萧瑟。
所遇多被伤，呻吟更流血。
回首凤翔县，旌旗晚明灭。
前登寒山重，屡得饮马窟。
邠郊入地底，泾水中荡潏。
猛虎立我前，苍崖吼时裂。
菊垂今秋花，石戴古车辙。
青云动高兴，幽地亦可悦。
山果多琐细，罗生杂橡栗。
或红如丹砂，或黑如点漆。
雨露之所濡，甘苦齐结实。
缅思桃源内，益叹身世拙！
坡陀望鄜畤，岩谷互出没。
我行已水滨，我仆犹木末。
鸱鸟鸣黄桑，野鼠拱乱穴。
夜深经战场，寒月照白骨。
潼关百万师，往者散何卒？
遂令半秦民，残害为异物。
况我堕胡尘，及归尽华发。
经年至茅屋，妻子衣百结。
恸哭松声回，悲泉共幽咽。
平生所娇儿，颜色白胜雪。

见耶背面啼，垢腻脚不袜。

床前两小女，补绽才过膝。

海图坼波涛，旧绣移曲折。

天吴及紫凤，颠倒在裋褐。

老夫情怀恶，呕泄卧数日。

那无囊中帛，救汝寒凛慄？

粉黛亦解包，衾裯稍罗列。

瘦妻面复光，痴女头自栉；

学母无不为，晓妆随手抹；

移时施朱铅，狼藉画眉阔。

生还对童稚，似欲忘饥渴。

问事竞挽须，谁能即嗔喝？

翻思在贼愁，甘受杂乱聒。

新归且慰意，生理焉得说？

至尊尚蒙尘，几日休练卒？

仰观天色改，坐觉妖氛豁。

阴风西北来，惨淡随回纥。

其王愿助顺，其俗善驰突。

送兵五千人，驱马一万匹。

此辈少为贵，四方服勇决。

所用皆鹰腾，破敌过箭疾。

圣心颇虚伫，时议气欲夺。

伊洛指掌收，西京不足拔。

官军请深入，蓄锐可俱发。

此举开青徐，旋瞻略恒碣。

昊天积霜露，正气有肃杀。

祸转亡胡岁，势成擒胡月。

胡命其能久？皇纲未宜绝。

忆昨狼狈初，事与古先别；

奸臣竟菹醢，同恶随荡析；

不闻夏殷衰，中自诛褒妲。

周汉获再兴，宣光果明哲。

桓桓陈将军，仗钺奋忠烈。

微尔人尽非，于今国犹活。

凄凉大同殿，寂寞白兽闼。

都人望翠华，佳气向金阙。

园陵固有神，洒扫数不缺。

煌煌太宗业，树立甚宏达。

《新唐书》卷二〇一《杜甫传》称赞杜甫：“善陈时事，律切精深，至千言不少衰，世号‘诗史’。”而《北征》，正是“善陈时事”，无愧“诗史”的鸿篇巨制。

我国古代没有流传下来像《伊里亚特》和《奥德赛》那样规模宏大的史诗作品。从先秦以来，除了《诗经》中记述周民族历史的《绵》、《公刘》、《生民》等篇而外，堪称“史”的著作，都用的是散文形式；而文人们的诗歌创作，一般都篇幅较小，偏于写景抒情。因此，要以“诗”为“史”，在空前的广度和深度上反映时代面貌，仅仅吸取诗歌传统中的创作经验是不够的，还必须向史传文学学习，极大地提高艺术表现力。而这样做，就必然给诗歌创作带来新的特点，那就是“以文为诗”。诗歌包含某些文的因素，那是古已有之的，但真正称得上“以文为诗”，则从杜甫开始。

对于“以文为诗”，从北宋以来，多数人持全面否定的态度，少数人持全面肯定的态度，相持不下。① 因为韩愈及受其影响的许多宋代诗人在“以文为诗”方面表现得比较突出，所以争论的双方，往往涉及对韩诗及宋诗的评价问题，而忽略了或者回避了杜甫。其实，杜甫的“诗史”之作都具有“以文为诗”的特点，而《北征》这篇不朽之作，在“以文为诗”方面更有代表性。

---

① 如陈师道《后山诗话》云：“退之（韩愈）以文为诗，子瞻（苏轼）以诗为词，如教坊雷大使之舞，虽极天下之工，要非本色。”又引黄庭坚云：“诗文各有体。韩以文为诗……故不工尔。”魏庆之《诗人玉屑》引魏泰《临汉隐居诗话》云：“沈括（存中）、吕惠卿（吉甫）、王存（正仲）、李常（公择），治平中同在馆下谈诗。存中曰：‘韩退之诗，乃押韵之语文耳。虽健美富赡，而格不近诗。’吉甫曰：‘诗正当如是。我谓诗人以来，未有如退之者。’正仲是（赞成）存中，公择是吉甫，四人交相诘难，久而不决。”这是北宋人争论的情况。

同样"以文为诗"、"以议论为诗",却既可以写出优秀诗篇,也可以写出毫无诗情画意的"语录讲义"、"押韵之文"。这两种情况,在韩愈的诗歌特别是宋代的诗歌中,不同程度上是并存的。而在杜甫的诗歌中,则只有前者,而无后者。从来否定"以文为诗"、"以议论为诗"的人否定韩诗和宋诗,而回避了杜诗,大概是由于他们只着眼于韩诗和宋诗的消极方面,以偏概全的缘故吧!

现在让我们讨论杜甫的《北征》。

当杜甫于天宝十四载十一月自长安赴奉先探家,写出"朱门酒肉臭,路有冻死骨"的诗句的时候,安史之乱已经爆发了。第二年(至德元年)五月,杜甫把家小由奉先迁往白水,"依舅氏崔少府",写出了"兵气涨林峦,川光杂锋镝","三叹酒食旁,何由似平昔"等诗句,已感受到这次战乱的严重性。不久,安禄山攻破潼关,长安失陷,唐玄宗逃往四川。杜甫又携带妻子,从白水逃到鄜州城北羌村。八月,他听说唐肃宗即位灵武,便单身前往,半途中被安禄山的乱军捉住,送往长安。杜甫在长安流浪了几个月,至德二年四月,终于伺机逃到凤翔,唐肃宗让他做左拾遗。五月,因上疏营救房琯,触怒了肃宗,险遭不测。从此,肃宗很讨厌他,闰八月,便命他离开凤翔,回鄜州羌村去探望家小。《北征》这篇五言长诗,便是通过备述这次回家经过及到家景况,深刻地反映了安史之乱时期的广阔的社会生活的作品。

《北征》是以纪行、叙事为主的鸿篇巨制。而要写好以纪行、叙事为主的长诗,仅用比、兴两法而不用赋,那是不可能的。与此相联系,以赋为主的长诗要避免平铺直叙的缺点,写得"阳开阴合,波澜顿挫",海涵地负,雄健有力,不吸收长篇散文在句法特别是章法等方面的优点,也是不可能的。宋朝人叶梦得就曾经指出:

> 长篇最难,魏、晋以前,诗无过十韵者,盖常使人以意逆志,初不以序事倾尽为工。至老杜《述怀》、《北征》诸篇,穷极笔力,如太史公纪、传,此固古今绝唱。[1]

---

[1] 《石林诗话》卷上。

"如太史公纪、传"，这不意味着《北征》等篇吸取了司马迁传记文学在句法特别是章法等方面的优点吗？

从章法上看，《北征》浑灏流转，波澜起伏，"有极尊严处，有极琐细处，繁处有千门万户之象，简处有急弦促柱之悲"。大致分析起来，全诗可分五个大段落。

从"皇帝二载秋"到"忧虞何时毕"二十句，是第一大段，写"诏许"探亲，临行时忧愤国事，不忍遽去的复杂心情。

全诗以准确地标明皇帝纪年的句子开头，显然吸取了史传文学的写法，特别是《春秋》笔法。宋朝人黄彻曾说："子美世号诗史。观《北征》诗云，'皇帝二载秋，闰八月初吉'……史笔森严，未易及也。"[1] 为什么这样开头就算"史笔森严"呢？黄彻没有解释。在我们看来，一开头就抬出皇帝，写明年月日，首先给人以严肃慎重的感觉，见得他这次"北征"，不单纯是个人的事情，而与皇帝有关，与时局有关，与国家大事有关，而尊王平叛之意，已包孕其中。这就为后面的叙事、描写、抒情、议论打开了广阔的天地。就章法上说，这个"以文为诗"的开头，既有效地服务于内容的需要，又决定了句法上的"以文为诗"，即在一定程度上"散文化"。

"杜子将北征，苍茫问家室"紧承上文。于"问家室"前加"苍茫"一词作状语，见得诗人在这个不平常的时候去探亲，思想是矛盾的，情绪是复杂的。以下各句，即婉转曲折地表现了这种思想情绪。"维时遭艰虞，朝野少暇日"，作为朝廷的官吏，在这样紧迫的情况下谁还顾得上去探亲？然而"顾惭恩私被，诏许归蓬荜"，分明是皇帝讨厌他，才打发他走开，他却把这说成对自己的"恩典"，自然带有讽刺意味。他只好走开，但作为一个"谏官"，他还想忠于职守，向皇帝提点意见。所以又"拜辞诣阙下，怵惕久未出"，终于又向皇帝开口了："虽乏谏诤姿，恐君有遗失。君诚中兴主，经纬固密勿。东胡反未已，臣甫愤所切。"话似乎吞吞吐吐，没有说完，大概是皇帝不想听下去吧！"挥涕恋行在，道途犹恍惚"，表明挥涕而出，心犹依恋皇帝，觉得要说的话还没有说完，因而虽已上路，心神还是恍惚不定。"乾坤含疮痍，忧虞何时毕！"这是他所关心的国家大事，也是他"挥涕恋行在"的主要原因。由于历史的局限，杜甫始终把希望寄托在皇帝身上，幻想着自

---

① 《蛩溪诗话》卷一。

已能在"致君尧舜上，再使风俗淳"方面发挥作用。在他看来，"东胡反未已"，其根源在于皇帝"有遗失"，而当前能否医治好乾坤的"疮痍"，消除掉朝野的"忧虞"，其关键仍在于皇帝能否做一个真正的"中兴主"。然而肃宗竟然拒谏饰非，不承认有任何"遗失"，诗人作为一个"谏官"，刚提了一点意见，就得到了打发他回家的惩罚。那么，"乾坤含疮痍，忧虞何时毕"呢？读诗至此，如闻诗人叹息之声。

这一大段，以记时开头，把个人"诏许归蓬荜"的遭遇和朝政得失、社会苦难结合起来，作尽情地抒写。没有"以彼物比此物"，也没有"先言他物以引起所咏之词"，完全用的是赋的方法，直叙其事，直抒其情。这与比、兴相对而言，是"直说"，然而它并不"平直"，而是千回百折；并不"粗浅"，而是沉郁顿挫；不是味同嚼蜡，而是情真意切，感人肺腑。从句法特别是章法上看，显然是吸收了文艺性散文的长处的，但不能说这是文，不是诗。

从"靡靡逾阡陌"到"残害为异物"三十六句，是第二大段，写旅途中的经历和感受。

"靡靡逾阡陌，人烟眇萧瑟。所遇多被伤，呻吟更流血"四句，承前段"乾坤含疮痍"，作进一步的具体描述。看到这些惨象，于是又想到他寄托希望的那位"中兴主"，用"回首凤翔县，旌旗晚明灭"两句，形象地抒写了"挥涕恋行在"的深挚感情。这两句写得很精彩：回望皇帝所在的凤翔，日光返照，旌旗在晚风里翻动，忽明忽灭。熔写景、抒情于一炉，又含有象征意味。

自"前登寒山重"至"益叹身世拙"，写路经邠郊所见的自然景物，于"敷陈其事而直言之"中兼用比、兴。"屡得饮马窟"，渲染出战争气氛，与前面的"所遇多被伤"、后面的"寒月照白骨"呼应。这一带在安禄山叛军攻入长安后曾一度失陷，后来又被唐军收复，一个个"饮马窟"，正是战争的见证。"猛虎立我前，苍崖吼时裂"两句，是纪实，也兼有比、兴。用夸张的手法写虎吼崖裂，极言环境的险恶可怖。"菊垂今秋花，石戴古车辙。……山果多琐细，罗生杂橡栗。或红如丹砂，或黑如点漆。雨露之所濡，甘苦齐结实"等句，赋、比、兴并用，于哀痛、恻怛、惊怖之时忽然见些幽景，心情稍觉舒畅。而山果能够结实，与"雨露之所濡"有关。显然，这里是有寄托的。诗人自己不是一直没有结出他所期望的果实吗？"坡陀望鄜畤"

以下至"残害为异物"是写所见所感。因为所感是由所见激发出来的，又与所见紧密结合，所以所发议论，饱和着生活血肉，又充满着生活激情。诗人从眼前的惨象联想到其他许多类似的惨象，追根溯源，对于潼关之败，异常愤慨，发出了"潼关百万师，往者散何卒"的责问。潼关一败，安禄山叛军长驱入关，"遂令半秦民，残害为异物"，在这里，诗人已把批判的矛头指向最高统治者。

这一大段，从人烟萧瑟，所遇被伤，呻吟流血，山寒虎吼，鸱鸣鼠拱，直写到月照白骨，勾出了一幅乾坤疮痍，生民涂炭的图画。这幅图画，是很有感染力的。如果诗人只以勾画这幅图画为满足，而没有后面的那四句议论，其艺术效果必将大大减弱。反过来说，如果不勾画出那幅具体的图画，只发议论，那就更谈不上什么艺术效果了。所谓形象思维，既不是只有思维，离开生活形象进行逻辑推理，也不是只有形象，排除对生活的感受、认识，只作现象罗列，而是要凭借生活形象进行思维，从感性认识上升到理性认识。既然如此，为什么不准诗人在形象地反映生活的时候抒发他对于生活的感受和认识，发一些议论呢？

从章法上看，第二大段与第一大段所写，各有重点，但又有内在的联系。第一大段以"乾坤含疮痍，忧虞何时毕"结束，第二大段即具体地展示了一幅"乾坤含疮痍"的图画。诗人对这一幅生活图画，感到"忧虞"，感到愤慨，从而联想到潼关之败及其政治原因，鞭挞了"遂令半秦民，残害为异物"的罪魁祸首，这又和第一大段里的"拜辞诣阙下，怵惕久未出。虽乏谏诤姿，恐君有遗失"等句前后呼应。

从"况我堕胡尘"到"生理焉得说"三十六句，是第三段，写到家以后悲喜交集的情景。

"况我堕胡尘，及归尽华发"，紧承上段，把笔触从国事转向个人。诗人这时并不老，只由于饱经忧患屡遭艰险，所以头发尽白。"经年至茅屋，妻子衣百结"，写离家以来妻子也历尽千辛万苦的状况。在这里写一进家门，一个是满头白发，一个是鹑衣百结，百感交集，从何说起？作者以"恸哭松声回，悲泉共幽咽"，恰当地表现了初见面时的情景。"平生所娇儿"以下，通过对家庭生活的描写，反映了时代的苦难，体现了深刻的思想内容。"平生所娇儿"如今却"垢腻脚不袜"，完全变了模样，"床前两小女"的穿戴呢？也是"海图坼波涛，旧绣移曲折。天吴及紫凤，颠倒在裋褐"，补丁压补丁的衣服只能护住膝盖，膝盖以下，就赤条条的。时已深秋，该设法为孩子们御寒，可是"那无囊中帛，救汝寒凛慄"，只能干着急。"老夫情怀恶"的原因很多，但这却是更直接的原因。然而诗人毕竟做了几天小小的官儿，回家时多少带了点东西，如衾裯（被头、帐子）之类，还有给老婆的"粉黛"——化妆品呢！这点东西一拿出来，就改变了家中的气氛："瘦妻面复光，痴女头自栉。学母无不为，晓妆随手抹。移时施朱铅，狼藉画眉阔。"而且小家伙们还争着"问事竞挽须"。这些惟妙惟肖，细致入微的描写，仅用"比、兴两法"，大概是无法办到的吧！

清人张裕钊曾说"叙到家以后情事"的这一段，"酣嬉淋漓，意境非诸家所有"①。就是说，这是有独创性的。这独创性表现在，诗人既发展了《诗经》以来诗歌创作（包括左思的《娇女诗》）中的赋的手法，又从《史记》等史传文学中吸取了丰富的创作经验，用来描写生活细节，刻画人物形象，展示人物复杂的内心世界。换句话说，就是"以文为诗"。

张氏所说的"酣嬉"，只着眼于表面现象。"乾坤含疮痍，忧虞何时毕？"这是诗人写这篇诗时的基本思想。还家以后，始而"恸哭松声回"，继而"老夫情怀恶"，直到面对孩子们的天真活泼，也未能"破涕为笑"。"生还对童稚，似欲忘饥渴。问事竞挽须，谁能即嗔喝？翻思在贼愁，甘受杂乱聒。"有类似生活经验的人读到这里，谁能不为之掉泪？"似欲忘饥渴"，实际上是忘不了饥渴。"谁能即嗔喝"，"甘受杂乱聒"，实际上是忧国忧民忧家，心烦意乱，受不了"杂乱聒"，因而很想"嗔喝"。然而对于和他们的母亲一起备受苦难，在自己回家之后才有了欢笑的无知的孩子们，"谁能即嗔喝"呢？这是以孩子们的"乐"写自己的愁，使人更感到愁。"翻思在贼愁"，因而就"甘受杂乱聒"，这是以"在贼"之愁衬今日之愁，以见今日虽愁，总比"在贼"时好一些。很显然，这不过是聊以自慰罢了！于是以"新归且慰意，生理焉得说"结束了关于家庭生活的描写，又回到国家大事上去。"乾坤含疮痍"，又哪能考虑个人的"生计"呢？

从"至尊尚蒙尘"到"皇纲未宜绝"二十八句，是第四段，结合时事，发表对实现"中兴"理想的意见。

诗人在"拜辞诣阙下"之时，本想针对皇帝的"遗失"进行"谏诤"，

---

① 转引自《唐宋诗举要》卷一。

但皇帝不想听，没法开口。回家途中目睹的悲惨现实和回家以来的困苦生活激起了汹涌澎湃的感情波涛。"阴风西北来，惨淡随回纥"至"圣心颇虚伫，时议气欲夺"，对借兵回纥表示不满，认为借兵越多，后患越大，但皇帝一意孤行地依赖外援，谁又敢于坚持己见？"官军请深入"等句，是说"官军"深入敌境，自可破贼，何必借用回纥之兵。"此举开青徐，旋瞻略恒碣"，对如何扫平安史之乱提出正面意见。青、徐二州，即山东、苏北，恒山、碣石，指河北一带。作者之意："官军"收复两京，便当乘胜直取安史老巢。"祸转亡胡岁"等语，照应首段"东胡反未已，臣甫愤所切"，从唐王朝的立场出发，指出天时人事都有转机，希望唐肃宗积极备战。

从"忆昨狼狈初"至结尾二十句，是第五段，承上段"皇纲未宜绝"，申述"未宜绝"的理由，抒写对重建"太宗业"的渴望。

"忆昨狼狈初"以下，举出以往的事实说明"皇纲未宜绝"。据史书记载，安史叛军长驱入关，唐明皇逃出长安，至马嵬驿被迫缢死杨贵妃，杀杨国忠等权奸，以平民愤。杜甫举出这些事实，说明唐明皇在"狼狈"之时，还能翻然改悔，是与古代的亡国之君如夏桀王、殷纣王等等不同的，从而证明"皇纲未宜绝"。"周汉获再兴，宣光果明哲"两句，又以周宣王、汉光武比唐肃宗，照应首段的"君诚中兴主"，说明有这样的皇帝，唐朝应该"中兴"。"桓桓陈将军"，以下四句，热情地赞扬倡义兵变的陈元礼。把"于今国犹活"归因于陈元礼杀杨国忠兄妹及其"同恶"而给予崇高的评价，是相当大胆的，但出发点仍然是忠君。"都人望翠华，佳气向金阙"两句，更从人心、气运方面说明"皇纲未宜绝"。最后从"园陵固有神"讲到唐太宗的"煌煌"大业，用以激励唐肃宗，希望他做一个像李世民那样"树立甚宏达"的好皇帝，早日医治好"乾坤"的"疮痍"，使唐王朝得到"中兴"。

这两大段，直抒胸臆，大发议论，更表现了"以文为诗"的特点。

各种文艺样式，是既有特性，又有共性的，不是各自孤立，而是互相影响、互相渗透的。把诗歌的特点绝对化，把诗歌和其他文艺样式完全对立起来，是不符合文艺创作的实践的。吸收诗歌的优点，把散文写得富有诗意，不是很好吗？吸收文艺性散文在章法、句法以及描写生活细节、刻画人物性格、展现人物内心世界等方面的长处，用以提高诗歌抒情达意，在更高的深度和广度上反映生活的能力，又有什么不好呢？

当然，"以文为诗"（包括以议论为诗），是可能写出味同嚼蜡的东西的，但这不是"以文为诗"的过错，难道"以诗为诗"，就保证能够写出好诗来吗？

有些人还把"以议论为诗"和"以文为诗"看成一码事而加以否定。明代的屠隆就说过："宋人多好以诗议论。夫以诗议论，即奚不为文而为诗哉？"① 他的意思是：只有在散文里才能发议论，在诗里是不能发议论的。当然，如果不是抒发对于现实生活的真情实感和深刻理解，而是发表抽象的议论，那是写不出好诗的，但不能因此就说在诗歌里不能发议论。从《诗经》以来，有无数好诗都是发议论的。

优秀诗篇中的议论与哲学论文、政治论文中的议论不同。它来自形象思维，来自对生活的强烈感受和深刻理解，常常与叙事、抒情紧密结合，不可分割。《北征》里的议论正是这样的。这不单纯是表现方式问题，而主要是深入生活问题和思想感情问题。杜甫的《北征》无愧"诗史"，正是和他深入生活，在思想感情上接近人民分不开的。他在十年困居长安的后期，已经接触到下层社会的生活，从长安到蒲城探望家小，旅途所见和到家后已经饿死了孩子的悲惨遭遇，扩大了他诗歌创作的视野。安史之乱爆发，在颠沛流离的生活过程中，他目睹了"遂令半秦民，残害为异物"的惨象，因而能够发出"乾坤含疮痍，忧虞何时毕"的感慨，把注意力集中到当时的政治、军事等国家大事上，考虑如何医治"乾坤"的"疮痍"。《北征》从题目上看，应该是一篇纪行叙事的诗歌，但由于诗人处处考虑着国家大事，所以表现在创作上，就不是单纯纪行、叙事，而是有抒情，有议论，时而揭露社会矛盾，时而发表政治主张，时而"忧虞"当前时局，时而展望未来好景。而这一切，都是被一条主线贯串起来的，那就是"乾坤含疮痍，忧虞何时毕"。

杜甫深入社会的生活实践和由此产生的忧国忧民的思想感情，是能够写出像《北征》这样的"诗史"的根本原因，但要写出这样的"诗史"，而不用赋的手法，不吸收文艺性散文的优点，也是不可能的。

《北征》作为"诗史"，对我们仍有认识意义。诗人为了创作"诗史"而从其他文艺样式的创作经验中吸取有用的东西，也对我们有借鉴意义。把

---

① 《由拳集》卷二三。

诗歌的特点绝对化，只强调比、兴，不加分析地反对"以文为诗"，并不是有利的。

送郑十八虔贬台州司户，伤其临老陷贼之故，阙为面别，情见于诗

杜　甫

郑公樗散鬓成丝，酒后常称老画师。

万里伤心严谴日，百年垂死中兴时。

苍惶已就长途往，邂逅无端出饯迟。

便与先生应永诀，九重泉路尽交期。

郑虔这个人，不仅以诗、书、画"三绝"著称，更精通天文、地理、军事、医药和音律，够得上个"全才"。道德呢？看来也无可非议。杜甫不是在称赞他"才过屈宋"的同时，特别强调他"道出羲皇"，"德尊一代"吗？然而他的遭遇却很"坎坷"。安史乱前始终未被重用，连饭都吃不饱。安史乱中，又和王维等一大批官员一起，被叛军劫到洛阳。安禄山给他一个"水部郎中"的官儿，他假装病重，一直没有就任，还暗中给唐政府通消息。可是当洛阳收复，唐肃宗在处理陷贼官员问题时，却给他定了"罪"，贬为台州司户参军。杜甫为此，写下了这首"情见于诗"的七律。

前人评这首诗，有的说："从肺腑流出"，"万转千回，纯是泪点，都无墨痕"。有的说："一片血泪，更不辨是诗是情"。这都可以说抓住了最本质的东西。至于说它"屈曲赴题，清空一气，与《闻官军收河南河北》同是一格"，则是就艺术特点而言的；说它"直可使暑日霜飞，午时鬼泣"，则是就艺术感染力而言的。

评论家多曾指出，首联刻画了郑虔的音容笑貌，但表现了作者的什么呢？却都没有说。浦起龙认为这是"题前"的话，不知他是怎样理解的。我们知道，杜甫和郑虔是"忘形到尔汝"的好朋友。郑虔的为人，杜甫最了解，他陷贼的表现，杜甫也清楚。因此，他对郑虔的受处分，就不能不有些看法。第三句中的"严谴"，不就是他的看法吗？而一、二两句，则是这种

看法的依据。说"郑公樗散"，这是依据之一；说他"鬓成丝"，这是依据之二；说他"酒后常称老画师"，这是依据之三。

"樗"和"散"，见于《庄子》。惠子对庄子说："我有一棵大树，人家管它叫'樗'。大是够大的，却不中绳墨。匠人嫌它没用处，连看都不屑看一眼。"庄子告诉他："没有用处，就不会遭到砍伐，又发什么愁呢？"这是讲"樗"的。有个姓石的木匠往齐国去，碰上一株异常高大的栎树，很多人围着它看稀奇，而石木匠却说："那是'散木'啊！一点用处都没有。如果有啥用处的话，怎么会让它长那么大呢？"这是讲"散"的。至于把二者联合在一起构成"樗散"这么个词，则是杜甫的创造。创造这么个词用以自比，就可能是自谦或者发牢骚。如今却用来比拟自己的朋友，说郑公"樗散"，这究竟是什么意思呢？如果紧扣题目来理解的话，就不难看出这样的含意：郑虔不过是"樗散"那样的"无用之材"罢了，既无非分之想，又无犯"罪"行为，不可能是什么危险人物，又何况他已经"鬓成丝"了呢！第二句，即用郑虔自己的话作证。人们常说："酒后见真言。"郑虔酒后，有什么越理犯分的言论没有呢？没有。他不过常常以"老画师"自居而已，足见他并没有什么政治野心。既然如此，就让这个"鬓成丝"的"垂死"的老头子画他的画儿去，不就行了吗？

可以看出，一、二两句，不是"题前"的话，也不单纯是刻画郑虔的声容笑貌；而是通过写郑虔的人，为郑虔鸣冤。要不然，在第三句中，凭什么突然冒出个"严谴"呢？

次联紧承首联，层层深入，抒发了对郑虔的同情，表现了对"严谴"的愤慨，的确是一字一泪，一字一血。对于郑虔这样一个无罪、无害的人，本来就不该"谴"，如今却不但"谴"了，还"谴"得那样"严"，竟然把他贬到"万里"之外的台州去，真使人伤心啊！这是第一层。郑虔如果还年轻力壮，是可以经受那样的"严谴"的，可是他已经"鬓成丝"了，眼看是个"垂死"的人了，却被贬到那么遥远，那么荒凉的地方去，不是明明要早点弄死他吗？真使人伤心啊！这是第二层。如果不明不白地死在乱世，也就没啥好说；可是两京都已经收复了，大唐总算"中兴"了，该过太平日子了，而郑虔偏偏在这"中兴"之时受到了"严谴"，真使人伤心啊！这是第三层。

由"严谴"和"垂死"激起的情感波涛奔腾前进，化成后四句，真"不辨是诗是情"。

"苍惶"一联，紧承"严谴"而来，正因为"谴"得那么"严"，所以百般凌逼，不准延缓，作者没来得及送行，郑虔已经"苍惶"地踏上了漫长的道路。"永诀"一联，紧承"垂死"而来，郑虔已是"垂死"之年，而"严谴"又必然会加速他的死亡，不可能活着回来了，因而发出了"便与先生应永诀"的感叹。然而即使活着不能见面，仍然要"九重泉路尽交期"啊！情真意切，沉痛不忍卒读。诗的结尾，是需要含蓄的，但也不能一概而论。卢得水评这首诗，就说得很不错："末竟作'永诀'之词，诗到真处，不嫌其迫，不妨于尽也。"

杜甫当然是忠于唐王朝的，但他并没有违心地为唐王朝冤屈好人的做法唱赞歌，而是实事求是地斥之为"严谴"，毫不掩饰地为受害者鸣不平、表同情，以至于坚决表示要和他在泉下交朋友，这不是表现了一个真正的诗人应有的人格吗？有这样的人格，才会有"从肺腑流出"，"真意弥满"，"情见于诗"的艺术风格。

曲 江 二 首

杜 甫

一片花飞减却春，风飘万点正愁人。
且看欲尽花经眼，莫厌伤多酒入唇。
江上小堂巢翡翠，苑边高冢卧麒麟。
细推物理须行乐，何用浮荣绊此身？

朝回日日典春衣，每日江头尽醉归。
酒债寻常行处有，人生七十古来稀。
穿花蛱蝶深深见，点水蜻蜓款款飞。
传语风光共流转，暂时相赏莫相违。

曲江池遗址，在今西安市东南郊。汉武帝曾在这里建宜春苑，唐玄宗开元时期，整修扩建，面貌一新，池水澄明，花卉环列。其南有紫云楼、芙蓉苑，其西有慈恩寺、杏园，风光秀丽，景物宜人，是著名的游览胜地。杜甫有关曲江的诗很多，如《丽人行》、《曲江三章章五句》、《哀江头》、《曲江陪郑八丈南史饮》以及《曲江二首》，都是万口传诵的名篇。

《丽人行》是通过对杨国忠兄妹游曲江的生动描写揭露其荒淫骄奢的，《曲江三章章五句》以独创的艺术形式抒发了怀才不遇的愤懑，《哀江头》则写于陷贼时期，以"少陵野老吞声哭，春日潜行曲江曲。江头宫殿锁千门，细柳新蒲为谁绿"开头，转入"忆昔"，倾诉了兴亡盛衰之感。这些作品由于表现了重大主题，受到了今人的重视。但对于《曲江二首》，有些专家却持有不同看法。例如说："杜甫……作皇帝的供奉官左拾遗……从北城下朝回来，就是在春风荡漾的曲江头典衣买酒。他这时也写了一些关于曲江的诗，但这些诗与从前的曲江诗相比，既没有天宝末年《曲江三章》那样的凄苦，也没有《哀江头》那样的沉痛，他在一片花飞的暮春天气，只感到一个庸俗的道理：'细推物理须行乐，何用浮荣绊此身？'像'穿花蛱蝶深深见，点水蜻蜓款款飞'，'桃花细逐梨花落，黄鸟时兼白鸟飞'这些信手拈来、歌咏自然的诗句，若是在一般唐人的诗集里也许是很好的名句，可是在杜甫许多瑰丽而沉郁的诗篇中，只显得轻飘而悠扬，没有重量。"这种看法，看来很有代表性，新出的各种唐诗选本和杜诗选本都不入选，就是明证。

这不禁使人想起某些道学家的议论来。《二程遗书》（卷十八）里载有程颐的一段话。

> 某素不作诗，亦非是禁止不作，但不欲为此闲言语。且如今言能诗者无如杜甫，如云："穿花蛱蝶深深见，点水蜻蜓款款飞。"如此闲言语，道出做甚！某所以不常作诗。

文学艺术的社会功能是多方面的，人民群众的精神生活也应该是丰富多彩的。"歌咏自然的诗句"，如果的确写得好，就能给人以美的享受，从而丰富、提高其精神境界，怎能说"闲言语"！何况只要把杜甫的这两首七律作为有机的整体彻底弄懂，就会看出其中"歌咏自然的诗句"并不是单纯地"歌咏自然"。一切名家、大家的好诗，都是讲究字法、句法特别是章法的，不是杂乱无章的。诗歌欣赏，也必须建立于弄懂字法、句法、章法，从而了解全篇的基础之上。某些人竟提倡写诗歌欣赏的文章要"避免从作品的篇首至篇终按顺序对词意及艺术进行串讲或解释"，其结果只能脱离全篇的有机结构，孤立地抓住一点（美其名曰"重点"），大加称扬或随意贬斥。看来鲁迅"倘要论文，最好是顾及全篇"的忠告，至今仍没有过时。

现在还是让我们来看《曲江二首》的"全篇"。

第一首写在曲江看花吃酒，似乎平淡无奇，但布局何等出神入化！抒情何等感慨淋漓！

在曲江看花吃酒，王遇上"良辰、美景"，总该算"赏心、乐事"了吧！但作者却"别有怀抱"，一上来就表现出"无可奈何"的"惜春"情绪，读之令人惊心动魄。写"惜春"怎么会产生令人惊心动魄的艺术效果呢？这固然由于作者确有令人惊心动魂的真情实感，但也由于作者善于运用独创性的艺术手法把这种真情实感表现得活灵活现。作者一没有写他已经来到曲江，二没有写他来到曲江之时是什么节令，三没有写曲江周围"花卉环列"，只用"风飘万点"四字，就概括了这一切。而"风飘万点"，又不是客观地写景，缀上"正愁人"三字，其重点就落在见景生情、托物言志上。"风飘万点"，对于一个春风得意的人来说，也煞是好看，为什么一定是"正愁人"呢？作者面对的是"风飘万点"，但那"愁"却早已萌生于此前的"一片花飞"。因而用跌笔开头："一片花飞减却春"。历尽漫长的严冬，好容易盼到春天来了，花儿开了！这春天，这花儿，不是很值得人们珍惜的吗？然而"一片花飞"，又透漏了春天消逝的消息，敏感的特别珍惜春天的诗人，又怎能不"愁"！"一片"，并不是遮天盖地的一大片，而只是一朵花儿的"一瓣"。因一瓣花儿被"风"吹落，就感到春色已减，就暗暗地发愁，可是如今呢，面对着的分明是"风飘万点"的严酷的现实啊！行文至此，用上"正愁人"三字，非但没有概念化的毛病，简直是力透纸背，扣人心弦。辛弃疾《摸鱼儿》中的名句"惜春长怕花开早，何况落红无数"，在艺术构思上也许是从这里受到启发的。

"风飘万点"已成为无法改变的现实，剩下的尚未被"风"飘走的花儿就更值得爱惜。然而那"风"还在吹，剩下的，又"一片"、"一片"地被"风"飘走，眼看即将飘"尽"了！诗人用第三句表现了这番情景："且看欲尽花经眼。""经眼"之花"欲尽"，只能"且看"。"且"者，暂且也、姑且也。而当眼睁睁地看着枝头残花"一片"、"一片"地被风飘走，加入那"万点"的行列，心中又是什么滋味呢？于是来了第四句："莫厌伤多酒入唇"。吃"酒"为了浇"愁"。"一片花飞"已愁，"风飘万点"更愁，枝上残花继续飘落又继续添"愁"。因而"酒"已"伤多",还得继续"入唇"啊!

蒋弱六云:"只一落花,连写三句,极反复层折之妙。接入第四句,魂消欲绝。"这是颇有见地的。然而对于作者何以要如此"反复层折"地写"落花",以至"魂消欲绝",却没有一探其中的奥秘。

杜甫飘泊到成都的时候写过一首诗:"手种桃李非无主,野老墙低还是家。恰似春风相欺得,夜来吹折数枝花。"北宋诗人王禹偁被贬到商州的时候写过一首诗:"两株桃杏映篱斜,装点商山副使家。何事春风容不得,和莺吹折数枝花。"写风吹花折,分明是体兼比兴。那么,这首《曲江》诗如此"反复层折"地写"风"吹"花"落,究竟是仅仅感叹春光易逝,还是体兼比兴,致慨于难以直陈的人事问题呢?

第三联"江上小堂巢翡翠,苑边高冢卧麒麟",就写到了人事。或谓此联"更发奇想惊人",乍看确乎"奇"得出人意外,细想却恰恰在人意中。诗人"且看欲尽花经眼",目光随着那"风飘万点"移动:落到"江上",就看见原来住人的"小堂"如今却"巢"着"翡翠",何等荒凉;落到"苑边",就看见原来雄踞"高冢"之前的"麒麟"倒卧在地,不胜寂寞。经过安史叛乱的破坏,曲江往日的盛况还远远没有恢复,可是,好容易盼来的春天,眼看和"万点"落花一起,就要被风葬送了!这并不是什么"惊人"的"奇想",而是触景伤情。那么有什么办法呢?办法仍不外是"莫厌伤多酒入唇",只不过是换了一种说法,"行乐":

细推物理须行乐,何用浮荣绊此身?

难道"物理"就是这样的吗?如果只能如此,无法改变,那就只"须行乐",何必让"浮荣"绊住此身,失掉任何自由呢?

联系全篇来看,所谓"行乐",不过是他自己所说的"沉饮聊自遣",或李白所说的"举杯消愁愁更愁"而已,"乐"云乎哉!

"绊此身"的"浮荣",何所指?指的就是"左拾遗"那个"从八品上"的"谏官"。天宝十五载(756)六月,安史叛军攻进潼关,唐玄宗逃往四川,长安沦陷。七月,太子李亨(肃宗)即位于灵武,改元至德。杜甫把复兴的希望寄托在李亨身上,从羌村只身北上延州,投奔灵武,不幸在半路上被叛军捉住，送到长安。次年春天，他潜行曲江，在"胡骑尘满城"的"黄昏"吟成了凄怨动人的《哀江头》。四月，他冒着生命危险逃出长安，奔向凤翔，"麻鞋见天子"，被任命为左拾遗，接着就因疏救房琯触怒肃宗，被放回鄜州探视妻子。尽管如此，在《北征》里他仍然希望肃宗能够有所"树立"，结束"乾坤含疮痍"的局面。至德二载（757）九月，唐军收复长安，杜甫于十一月回京，仍任左拾遗。《曲江二首》，就是乾元元年（758）暮春任左拾遗时写的。杜甫"穷年忧黎元，叹息肠内热"，早就渴望"立登要路津"，以实现其"致君尧舜上，再使风俗淳"的政治理想。如今身为"谏官"，正好可以"致君"、"泽民"，却为什么把这看成"绊"身的"浮荣"，力求摆脱呢？从"明朝有封事"（《春宿左省》）、"避人焚谏草"（《晚出左掖》）之类的诗句看，他是给皇帝提了意见的。从"衮职曾无一字补，许身愧比双南金"（《题省中壁》），"每愁悔吝作，如觉天地窄"（《送李校书二十六韵》）之类的诗句看，他的意见不但没有被采纳，而且还蕴含着惹祸的危机。到了这年六月，果然受到处罚，被贬为华州司功参军。《曲江二首》是暮春写的，从暮春到六月，不过两个多月的时间。明乎此，就会对这首诗有比较明确的理解，不至于用"只感到一个庸俗的道理"之类的词句把它轻易地否定了。

第二首紧承"何用浮荣绊此身"而来。"荣"而曰"浮"，极言毫无实际意义。此后一年多，杜甫即主动弃官，到了秦州，发出了"唐尧真自圣，野老复何知"的感慨。肃宗既然"自"封为"圣人"，就只许臣民们捧他为"圣人"。力图"致君尧舜"的杜甫尽管"恐君有遗失"，却动辄得咎，忧谗畏讥，有"遗"不敢"拾"，自然就觉得"左拾遗"这个"谏官"有名无实，不过是"绊"身的"浮荣"，急想摆脱。他在同时期写的《曲江对酒》里就老老实实地说："懒朝真与世相违。""懒"得上"朝"，还得上朝，因而一上朝就只等"朝回"，跑到曲江吃酒遣闷。"朝回日日典春衣，每日江头尽醉归……"就表现了这种情感。

前四句一气旋转，而又细针密线。仇注："酒债多有，故至典衣；七十者稀，故须尽醉。二句分应。"就章法而言，大致是不错的。但把"尽醉"归因于"七十者稀"，对诗意的理解就流于表面化。时当暮春，长安天气，"春衣"才派上用场，即使穷到要典当衣服的程度，也应该先典冬衣。如今竟然"典"起"春衣"来，见得冬衣已经"典"光。这是透过一层的写法。

不是偶然"典",而是"日日典",大约连老婆的"春衣"都拿出来了。这是更透过一层的写法。"日日典春衣",读者准以为不是等米下锅,就是另有燃眉之急,然而读到第二句,才知道那不过是为了"每日江头尽醉归",真有点出人意外。出人意外,就不能不引人深思:为什么要"尽醉"呢?

诗人还不肯回答读者的疑问,又逼进一层:"酒债寻常行处有。""寻常行处"包括了曲江,又不限于曲江。行到曲江,就在曲江"尽醉",行到别的地方,就在别的地方"尽醉"。因而只靠"典春衣"买酒,无异于杯水车薪,于是乎由买到赊,以至"寻常行处",都有"酒债"。付出这样高的代价,只换得个醉醺醺,究竟为什么?

诗人终于作了回答:"人生七十古来稀。"对于这一句,有的专家在《杜甫嗜酒终身》的专文里解释说:"酒喝太多了,不伤身体吗?顾不了那么多,反正人活到七十岁是很少有的。"为了证明"杜老实在是拚命在喝酒"不过是一种"嗜好",又引了"纵饮久拼人共弃,懒朝真与世相违"两句,解释说:"为了'纵饮',便不惜抛开职务——'懒朝'。虚应故事,上朝应卯。"这实在是倒果为因了!诗人分明是有感于上朝无补实际,徒惹烦恼,才"懒朝",才"纵饮"的。"人生七十古来稀"者,意为人生能活多久,既然不得行其志,就"莫思身外无穷事,且尽生前有限杯"吧!这其实是愤激之言,联系诗的"全篇"和杜甫的"全人",是不难了解言外之意的。

"穿花"一联写"江头"景物,在杜甫诗集里也是别具一格的名句,讥为"闲言语"、"没重量",是不公允的。叶梦得就曾指出:"诗语固忌用巧太过,然缘情体物,自有天然工妙,虽巧而不见刻削之痕。老杜……'穿花蛱蝶深深见,点水蜻蜓款款飞','深深'字若无'穿'字,'款款'字若无'点'字,皆无以见其精微如此。然读之浑然,全似未尝用力,此所以不碍其气格超胜。使晚唐诸子为之,便当如'鱼跃练江抛玉尺,莺穿丝柳织金梭'体矣。"(《石林诗话》卷下)这一联"体物"有天然之妙,是有目共睹的。但不仅妙在"体物",还妙在"缘情"。"七十古来稀",人生如此短暂!而"一片花飞减却春,风飘万点正愁人",大好春光,又即将消逝,难道不值得珍惜吗?诗人正是满怀"惜春"之情观赏"江头"景物的。"穿花蛱蝶深深见,点水蜻蜓款款飞",这是多么恬静、多么自由、多么美好的境界啊!可是这样恬静、这样自由、这样美好的境界,还能存在多久呢?于是诗人"且尽芳樽恋物华",写出了这样的结句:

传语风光共流转，暂时相赏莫相违。

这两句，解者纷纭，有的没有说准，有的没有说透，原因在于没有和上文紧密地联系起来仔细玩味。例如王洙谓是"传语同舍郎，言风光难得而易失，欲其暂时相赏也"，简言之，即：传语同舍郎共同暂赏风光。这显然丢掉了眼前的水蜓花蝶，不符合全篇的艺术构思。"传语"犹言"寄语"，其对象就是"风光"，而不是什么"同舍郎"。"共"是个介词，其宾语承上省略了。这里的"风光"就是明媚的春光。"穿花"一联"体物"之妙，不仅在于写小景如画，而且在于以小景见大景。你读这一联，难道唤不起春光明媚的美感吗？蛱蝶、蜻蜓，正是在明媚的春光里自由自在地穿花、点水，深深见（现）、款款飞的。失掉明媚的春光，这样恬静、这样自由、这样美好的境界也就不复存在了。诗人以情观物，物皆有情，因而"传语风光"说："可爱的风光呀，你就同穿花的蛱蝶、点水的蜻蜓一起流转，让我欣赏吧，哪怕是暂时的；可别连这一点心愿也违背了！"（"相"这个副词在这里不表相互，而是偏指一方，有指代意味。"相赏"，即赏玩"穿花蛱蝶深深见，点水蜻蜓款款飞"；"赏"的对象和"共"的宾语是相同的。）

仇注引张綖云："二诗以仕不得志，有感于暮春而作。"言简意赅，深得诗人用心。因"有感于暮春而作"，故以"一片花飞减却春"发端，以"暂时相赏莫相违"收尾，惜春、留春之情，洋溢于字里行间。因"仕不得志"而有感，故惜春、留春之情饱含深广的社会内容，耐人寻味。

前人论此诗，多指出"奇"和"巧"的特点。如说"一片花飞减却春"，"语奇而意深"；"且看"一联，"句法亦新奇"；"江上"一联，"更发奇想惊人"等等，皆就"奇"而言。如说"酒债"一联，"八尺曰'寻'，倍'寻'曰'常'"，用"寻常"对"七十"（所谓"借对"），"对法变化"；"穿花"一联，"虽巧而不见刻削之痕"等等，皆就"巧"而言。说"奇"、说"巧"，都是不错的，但都不是这两首诗的总的特点。这两首诗的总的特点，用我国传统的美学术语说，就是"含蓄"，就是有"神韵"。范温指出："韵""生于有馀"；作品有"馀意"、"馀味"，"测之而益深"，"究之而益来"，这就是有"韵"（《永乐大典》卷八○七《诗》字下引《潜溪诗眼》）。姜夔《诗说》云："语贵含蓄。东坡云：'言有尽而意无穷者，天下之至言

128

也。'……若句中无馀字，篇中无长语，非善之善者也；句中有余味，篇中有馀意，善之善者也。"简言之，所谓"含蓄"，所谓"神韵"，就是留有馀地。抒情、写景，力避倾囷倒廪，而要抒写最典型、最有特征性的东西，从而使读者通过已抒之情和已写之景，去玩味未抒之情，想象未写之景。"一片花飞"、"风飘万点"，写景并不工细。然而"一片花飞"，最足以表现春色减褪，"风飘万点"，也最足以表现春暮景象。一切与此有关的景色，都可以从"一片花飞"、"风飘万点"中去冥观默想。比如说：从花落可以想到鸟飞，从红瘦可以想到绿肥……"穿花"一联，写景可谓工细；但工而不见刻削之痕，细也并非详尽无遗。例如只说"穿花"，不复具体地描写"花"，只说"点水"，不复具体地描写"水"，而花容、水态以及与此相关的一切景物，都宛然可想。

就抒情方面说，"何用浮荣绊此身"，"朝回日日典春衣……"，其"仕不得志"是依稀可见的，但如何不得志、为何不得志，却秘而不宣，只是通过描写暮春之景抒发惜春、留春之情；而惜春、留春的表现方式，也只是吃酒、只是赏花玩景、只是及时"行乐"。诗中抒情主人公"日日江头尽醉"，从"一片花飞"到"风飘万点"，已经目睹了、感受了春光消逝的全过程，还"传语风光共流转，暂时相赏莫相违"，真可谓"乐"此不疲了？然而仔细吟味，就发现言外有意，弦外有音，景外有景，情外有情，"测之而益深，究之而益来"。王嗣奭曾说他"初不满此诗。国方多事，身为谏官，岂人臣行乐之时？然读其'沉醉聊自遣'一语，恍然悟此二诗，盖忧愤而托之行乐者。""初不满此诗"，是由于他还没有抓住此诗"神馀象外"的艺术特点，后来悟出此诗"盖忧愤而托之行乐者"，就懂得一点"馀意"，尝到一点"馀味"，听到一点"馀音"了。

义 鹘 行

杜 甫

阴崖有苍鹰，养子黑柏巅。

白蛇登其巢，吞噬恣朝餐。

雄飞远求食，雌者鸣辛酸。

129

力强不可制，黄口无半存。

其父从西归，翻身入长烟。

斯须领健鹘，痛愤寄所宣。

斗上捩孤影，嗷哮来九天。

修鳞脱远枝，巨颡坼老拳。

高空得蹭蹬，短草辞蜿蜒。

折尾能一掉，饱肠皆已穿。

生虽灭众雏，死亦垂千年。

物情有报复，快意贵目前。

兹实鸷鸟最，急难心炯然。

功成失所往，用舍何其贤！

近经滴水涯，此事樵夫传。

飘萧觉素发，凛欲冲儒冠。

人生许与分，只在顾盼间。

聊为义鹘行，用激壮士肝。

唐肃宗乾元元年（758），杜甫在长安留居的最后阶段，写了一篇出色的寓言诗《义鹘行》。浦起龙说："读此而无动于衷者，全无心肝人也。"

这篇诗之所以能使一切有心肝的人都受感动，主要在于它异常生动地描写了一场"除暴安良"的英勇战斗，活画出雄姿飒爽的义鹘形象，并以满腔热情，歌颂了它的正义行为。

首段十二句，写苍鹰遇难。两只苍鹰在柏树之巅哺养鹰雏。残酷的白蛇为了满足它的贪欲，竟然趁雄鹰远出觅食的时机侵入鹰巢，恣意吞噬鹰雏，这真是罪不容诛！可是，这家伙十分凶恶，雌鹰眼睁睁看着"黄口无半存"而无力解救，除了辛酸的鸣叫，别无办法。还好，雄鹰回来了，它没有在敌我力量悬殊的情况下贸然投入战斗，却立刻翻身飞入烟云弥漫的长空，领来了健鹘，向它倾诉了冤愤。

这一段叙事明净，清楚地写出了事件发生发展的过程，勾勒出事件参与者的神态：白蛇的贪毒，雌鹰的辛酸，雄鹰的冤愤，其情其状，历历如绘。而诗人对毒蛇的憎恨，太苍鹰的同情，像火一样地从字里间喷薄而出，燃烧着读者的心灵！

中段十六句，前八句描写，后八句评论。不论描写或评论，都带有浓烈的感情色彩。

健鹘听了雄鹰的倾诉，见义勇为，毫不犹豫，陡然直冲九天，展翅回旋，瞄准白蛇，厉声激鸣，迅速地从高空猛扑下来，以"老拳"（指鹘的利爪）击破白蛇的额头。白蛇被击，从树梢蹭蹭下坠，脑裂、肠穿、尾折，一命呜呼了。这八句，真是"笔笔叫绝"！摹神写照，千载犹生，读之如有杀气阴风闪动纸上。而写健鹘的猛和狠，正是具体地表现了"义"，惩罚像白蛇那样不义的东西，是必须有这般猛劲和狠劲的。

接着的八句对毒蛇给以严厉的鞭打："生虽灭众雏"，暂时满足了贪欲，但其不义的行为和可耻的下场将遗臭"千年"。对健鹘则给以热情的赞扬：为报鹰仇，毅然而来，不避艰险；击毙毒蛇，飘然而去，不求报酬。多么英勇！多么光明磊落！

末段八句，写作诗的动机。诗人从长安城南的潏水边经过，听樵夫讲述这个事件，立刻心灵激荡，热血沸腾，觉得他那飘萧的白发，一根根直立起来，上冲儒冠。"人生许与分，只在顾盼间。"鸟类中尚且有义鹘，人类中不更应该有像义鹘那样见义勇为的义士吗！于是写了这篇《义鹘行》，用以激发壮士的肝胆。

以前的评论家，有的认为诗人"假事为比，用意在末"，有的则说诗人"自是闻此事而作……即物写照"。争论的双方各有一定的道理，但都不够全面。"此事樵夫传"，这故事很可能是劳动人民口头创作的寓言。仇兆鳌说："鹰能诉冤于鹘，其事甚奇"，"鹘能为鹰报仇，其事更奇"，"鹘能报复辄去，益见其奇"。其实，类似这样的"奇事"，寄寓了劳动人民的意愿，在民间寓言故事中，并不罕见。这篇诗之所以构思奇特，寓意深远，显然是和它的作者接近劳动人民，向人民创作学习分不开的。

当然，我们绝对不应该因为这篇诗写的是樵夫所传的故事而低估它的创造性。第一，同样听了这个故事，有些人也会漠然无动于衷，而杜甫则"飘萧觉素发，凛欲冲儒冠"，以致压抑不住汹涌澎湃的创作激情。可见，这首诗先和他除暴安良的思想情感有关。第二，仅仅听了这个故事，还不可能塑造出悲壮飞动的形象。而杜甫只用寥寥几笔，能把苍鹰特别是健鹘的情状活画出来，这同时决定于他对生活的精细观察和深厚的艺术修养。而对鹰鹘之类的飞禽作精细的观察，又是和杜甫的品格性情分不开的。在杜甫的诗集中，专写鹰、鹘的诗接近十篇，这绝非偶然。他在《画鹰》中写道："何当击凡鸟，毛血洒平芜！"在《杨监又出画鹰十二扇》中写道："为君除狡兔，会是翻鞲上。"在《王兵马使二角鹰》中写道："恶鸟飞飞啄金屋，安得尔辈开其群，驱出六合枭鸾分！"……不难看出，作者写这些诗，正和写《义鹘行》一样，其目的也是"用激壮士肝"的。

王嗣奭认为这篇诗"借端发议，时露作者品格性情"，的确有见地。吴山民进一步指出："子美平生，要借奇事以警世，故每每说得精透如此。诗说老鹘仁慈义勇，所以感动人情，而其慷慨激昂，正欲使毒心人敛威夺魄。"就探索作者的创作意图而言，这意见也值得参考。至于浦起龙所说的"奇情恣肆，与子长游侠、刺客列传争雄千古"，则是兼就思想倾向与形象塑造两方面而言的。从形象塑造的生动性方面说，这篇诗的确可与司马迁的《游侠列传》、《刺客列传》比美。但后者写的是历史人物，属于传记文学，前者写的是几种动物，属于寓言诗。我国的寓言散文，早在先秦时代就取得了很高的成就，而寓言诗呢，直到盛唐时代还不多见，也不很成熟。杜甫的这篇《义鹘行》，把寓言诗的创作提高到新的水平，对中唐时代白居易等人大量创作寓言诗，是发生过积极影响的。

石　壕　吏

杜　甫

暮投石壕村，有吏夜捉人。

老翁逾墙走，老妇出看门。

吏呼一何怒，妇啼一何苦！

听妇前致词，三男邺城戍。

一男附书至，二男新战死。

存者且偷生，死者长已矣！

室中更无人，惟有乳下孙。

有孙母未去，出入无完裙。

老妪力虽衰，请从吏夜归。

急应河阳役，犹得备晨炊。

夜久语声绝，如闻泣幽咽。

天明登前途，独与老翁别。

　　唐肃宗乾元元年（758）的秋天，杜甫因上疏营救房琯获罪，由左拾遗贬为华州（今陕西省华阴县）司功参军。到了冬末，他回到洛阳。这时，"安史之乱"的头子安禄山已被他的儿子安庆绪杀死，安庆绪由洛阳北走渡河，退保邺城（即相州，今河南省安阳县），正被郭子仪、李光弼、李嗣业等九节度使率领的六十万大军包围。杜甫认为形势已有好转，在洛阳写下了《洗兵马》那篇名作，表达了"安得壮士挽天河，净洗甲兵长不用"的愿望。但是昏庸的唐肃宗害怕九节度使"难相统属"，因而"不置元帅"，只用宦官鱼朝恩充当"观军容宣慰处置使"。这样，围攻邺城的六十万大军便陷于"进退无所禀"的无政府状态，以至"城久不下，上下解体"。而"安史之乱"的另一个头子史思明又在这时自魏州（故城在今河北省大名县东）率兵来救邺城。乾元二年三月初，两军战于安阳河北，"大风忽起，吹沙拔木，天地昼晦，咫尺不相辨"。唐军溃败，郭子仪引军断河阳桥退保洛阳，"战马万匹，只存三千，甲仗十万，遗弃殆尽"。留守崔园、河南尹苏震等南奔襄、邓，"诸节度使各溃归本镇"。杜甫便在"东京市民惊骇，奔散山谷"的时候离开洛阳，折回华州任所。途中就其所经所见所闻进行了高度的艺术概括，写成了著名组诗《三吏》、《三别》。《石壕吏》，就是《三吏》中的一篇。

　　"暮投石壕村，有吏夜捉人。老翁逾墙走，老妇出看门。"（最后一句"出看门"或作"出门看"、"出门首"等）这四句可看作第一段。

　　全诗的主题是通过对"有吏夜捉人"的形象描绘揭露官吏的横暴，反映人民的苦难。因此，一开头即截断众流，排除与此无关或关系不大的一切，只用一句诗为事件的发生、发展提供了典型环境。"暮投石壕村"，含义丰富，值得仔细玩味，不宜轻易放过。这里的"石壕村"，历来的注释者都说它就是河南陕县城东七十里的"石壕镇"，有的研究者还因此说"诗人投宿在一家招商小客店里"。既然如此，那么诗人为什么不用"镇"字，却偏偏要用一个"村"字呢？如果说仅仅为了押韵，显然没有说服力。五言诗（不论是古体或近体）的首句，一般不押韵。即如《新婚别》、《垂老别》、《无家别》、《新安吏》等等，就都是第二句起韵的。诗人用"村"字，应该是另有缘故。就通常情况说，分散、偏僻的农村是恶吏"捉人"的典型环境，而人烟密集的市镇却与此不同，此其一。市镇财物集中，又连接大路，比分散、偏僻、贫困的农村更容易受到乱军的抢掠，此其二。看起来，诗人是把离"石壕镇"不远的一个小村庄叫做"石壕村"的。谁都知道，镇上有"招商小客店"供旅客投宿，而离开大路的小村庄，却不是投宿的处所。同时，封建社会里，由于社会秩序不佳和旅途荒凉等原因，旅客们都"未晚先投宿"（"落日恐行人"这句诗从反面说明了这一点），更何况在兵连祸结的时代！而杜甫却于暮色苍茫之时才匆匆忙忙地投奔到一个小村庄里借宿，这种异乎寻常的情景就富于暗示性。可以设想，他或者压根儿不敢走大路，绕开了"石壕镇"；或者当赶到"石壕镇"的时候，镇子已荡然一空，无处歇脚，或者……总之，寥寥五字，不仅点明了投宿的时间和地点，而且和盘托出了兵荒马乱，鸡犬不宁，一切脱出常轨的时代气氛。包围在这种时代气氛里的一个小村庄已经被蒙蒙暮霭所吞噬，那么当黑沉沉的夜幕降落之后，将会发生什么呢？浦起龙指出这首诗"起有猛虎攫人之势"，这不仅是就"有吏夜捉人"说的，而且是就头一句的环境烘托说的。

"有吏夜捉人"一句，"吏"、"人"并举，而用一个"捉"字联系起来，点出了矛盾双方和矛盾的性质，从而也预示了情节发展的方向及其悲剧性的结局。不说"征兵"、"点兵"、"招兵"而说"捉人"，已于如实描绘之中寓揭露、批判之意。再用一个"夜"字作"捉"的时间状语，含意就更丰富。第一，表明官吏"捉人"之事时常发生，人民白天躲藏或者反抗，无法"捉"到。第二，表明县吏"捉人"的手段狠毒，于人民已经入睡的黑夜，来了个突然袭击。同时，诗人是"暮"投石壕村的，从"暮"到"夜"，已过了一段时间，这时当然已经睡下了，下面的事件发展，他是隔门听出来的。此后的"听妇前致词"、"如闻泣幽咽"，也已经在这里埋下了伏线。"老翁逾墙走，老妇出看门"两句，表明人民长期以来深受抓丁之苦，昼夜不安，即使到了深夜，仍然寝不安席，一听到门外有了响动，就知道县吏又来"捉人"，老翁立刻"逾墙"逃走，由老妇开门周旋。因为在当时，由于有"妇人在军中，兵气恐不扬"（《新婚别》）之类的迷信，抓兵一般是不抓妇女的——当然也有例外。

"吏呼一何怒！妇啼一何苦！听妇前致词，三男邺城戍。一男附书至，二男新战死。存者且偷生，死者长已矣！室中更无人，惟有乳下孙。有孙母未去，出入无完裙。老妪力虽衰，请从吏夜归。急应河阳役，犹得备晨炊。"
这十六句，可看作第二段。

　　"吏呼一何怒！妇啼一何苦！"两句，极其概括、极其形象地写出了"吏"与"妇"的尖锐矛盾。一"呼"、一"啼"，一"怒"、一"苦"，形成了强烈的对照；两个状语"一何"，加重了感情色彩，有力地渲染出县吏如狼似虎，叫嚣隳突的横蛮气势，并为老妇以下的诉说酝酿出悲痛的气氛。矛盾的两方面，具有主与从、因与果的密切关系。"妇啼一何苦"是"吏呼一何怒"逼出来的。"出看门"的老妇遇上的如果不是凶暴的县吏，而是像杜甫那样"穷年忧黎元"的客人就不会无端苦"啼"。很明显，"吏呼"是因，"妇啼"是果。在现实生活中，无风不起浪，但在高明的画家笔下，并不写风，只写波翻浪涌，其风自见。杜甫在这里正用了这种手法，他在用两句诗写出了矛盾的两个方面及其因果关系之后，不再写"吏呼"，全力写"妇啼"，而"吏呼"的情状也不难想见。"听妇前致词"一句承上启下。那"听"是诗人在"听"，那"致词"是老妇"苦啼"着回答县吏的"怒呼"。面对如此凶暴的县吏，老妇不可能主动地同他们谈家常。老妇的每一句回答，自然都针对着县吏的逼问，因而逼问的内容，都从回答中暗示出来。写"致词"内容的十三句诗，多次换韵，明显地表现出多次转折，暗示了县吏的多次"怒呼"、逼问。读这十三句诗的时候，千万别以为这是"老妇"一口气说下去的，还显得很健谈，而县吏则还懂得让人把话说完的道理，在那里洗耳恭听。完全不是这回事。实际上，"吏呼一何怒！妇啼一何苦！"不仅发生在事件的开头，而且持续到事件的结尾。从"三男邺城戍"到"死者长已矣"，是第一次转折。可以想见，这是针对县吏的第一次逼问啼诉的。在这以前，诗人已用"有吏夜捉人"一句写出县吏的猛虎攫人之势。等到"老妇出看门"，便扑了进来，贼眼四处搜索，却找不到一个男人，扑了个空。于是怒吼道："你家的男人都到哪儿去了？快交出来！"老妇泣诉说："三个儿子都当兵守邺城去了。一个儿子刚刚捎来一封信，信中说，另外两个儿子已经牺牲了……"泣诉的时候，也许县吏不相信，还拿出信来交县吏看。总之，"存者且偷生，死者长已矣！"处境是够使人同情的。她很希望以此博得县吏的同情，高抬贵手。不料县吏又大发雷霆："难道你家里再没有别人了？快交出来！"她只得针对这一点诉苦："室中更无人，惟有乳下孙。"这两句，也许不是一口气说下去的，因为"更无人"与下面的回答发生了明显的矛

135

盾。合理的解释是：老妇先说了一句："家里再没人了！"而在这当儿，被儿媳妇抱在怀里躲到什么地方的小孙儿，受了怒吼声的惊吓，哭了起来，掩口也不顶用。于是县吏抓住了把柄，威逼道："你竟敢撒谎！不是有个孩子哭吗?"老妇不得已，这才说了一句"惟有乳下孙"。在老翁逾墙逃走之后，"室中"实际上有三个人。老妇说"室中更无人"，意在藏过媳妇和孙子。如今孙子已被发现，则最关键的问题是如何藏过媳妇。所以在供认有个孙子时，特意用了"惟"字。"惟有"者，"只有"也，"更无"也。用"惟有"二字，其生怕儿媳妇被发现的心理活动已跃然纸上。与此同时，她又要强调孙子很小，所以用了"乳下"二字。满以为这样一说，媳妇和孙子就都可以保全，万没想到既凶又奸的县吏又从这一回答中抓住了把柄，追问道："'乳下孙'吃谁的'乳'？还不把她交出来？"老妇担心的事情终于发生了！她只得硬着头皮解释："孙儿是有个母亲，她的丈夫在邺城战死了，因为要奶孩子，没有改嫁。可怜她衣服破破烂烂，怎么见人呀！还是行行好吧！"（"有孙母未去，出入无完裙"两句，有的本子作"孙母未便出，见吏无完裙"。可见县吏是要她出来的。）但县吏仍不肯罢手。老妇生怕守寡的儿媳被抓，饿死孙子，只好挺身而出："老妪力虽衰，请从吏夜归。急应河阳役，犹得备晨炊。"老妇的"致词"，到此结束，表明县吏勉强同意，不再"怒呼"了。

"诗要字字作，也要字字读。"对于字字作出的好诗，必须字字玩味，囫囵吞枣，是谈不到艺术欣赏的。作诗要用形象思维的方法，读诗亦然。诗歌虽有形象性，但并不像电影之类的视觉艺术那样具有形象的可见性，因而在读诗的时候，必须根据自己的生活经验和历史知识，想象出作者所描写的那幅生活图画。诗的形象，有它的确定性，按照诗的形象所确定的范围去展开想象的翅膀，一般地说，是会加深对原诗的理解的。

"夜久语声绝，如闻泣幽咽。天明登前途，独与老翁别。"——最后一段只有四句，却照应开头，涉及所有人物，写出了事件的结局和作者的感受。"夜久语声绝，如闻泣幽咽。"表明老妇已被抓走，儿媳妇低声哭泣。"夜久"二字，承"有吏夜捉人"的"夜"字而来。入"夜"之时，吏来"捉人"，直到"夜久"，"语声"才"绝"。一个"久"字，反映了老妇一再哭诉，县吏百般威逼的漫长过程。"如闻"二字，一方面表现了儿媳妇因丈夫战死、婆婆被"捉"而泣不成声，另一方面也显示出诗人以关切的心倾耳细

136

听，通夜未能入睡。"天明登前途，独与老翁别"两句，收尽全篇，于叙事中含无限深情。试想昨日傍晚投宿之时，老翁、老妇双双迎接，而时隔一夜，老妇被捉走，儿媳妇泣不成声，只能与逃走归来的老翁作别了。老翁是何心情，诗人有何感想，给读者留下了想象的余地。而诗人"独"与老翁告"别"之后，在"前途"上又会遇见什么呢？翻一下杜甫的诗集，就知道他紧接着遇到的是"新婚别"、"垂老别"和"无家别"等一系列男男女女生离死别的人寰惨景。

这首诗只有二十四句，一百二十个字，却在如此惊人的深度与广度上反映了现实，这是和诗人同情人民，熟悉生活，善于运用典型化的手法分不开的。诗人写的是他耳闻目睹的事件，但有选择，有舍弃，有明写，有暗写，有提炼，有概括。一句话，他在塑造典型，而不是记流水账。有位研究者认为这首诗"完全是素描"，这是不确切的。和这样的认识相一致，那位研究者对作者提出的许多责难，也很难令人信服。例如他说："杜甫是站在'吏'的立场上的。《三吏》中所写的'吏'都不那么令人憎恨。'石壕吏'虽然比较凶，但只是声音凶而已。"很显然，这只抓住了"吏呼一何怒"一句，认为"吏"不过是进门之时吼了几声罢了。对于通过老妇的"前致词"对吏的一再威逼的暗写，是没有注意到的；对于通过"有吏夜捉人"的具体描述所表现的思想倾向性，是视而不见的；对于"妇"和"吏"的尖锐矛盾所具有的典型意义，更是不屑一顾的。又如说："诗人完全作为一个无言的旁观者，是值得惊异的。呼号很猛的差官没有惊动诗人，可以理解，因为只消表明身份是华州司功，就够了。"如在前面所分析，诗人并不在现场，所发生的一切，都是隔门"听"出来的，压根儿没有"旁观"。此其一。更重要的是：叙事诗中的"叙述人"，乃是一个艺术范畴。《无家别》的叙述人是"因阵败"而"归来寻旧蹊"的"我"。这个"我"显然不是作者，而是诗中的主人公。《石壕吏》的叙述人与此不同，他不是诗中的主人公"老妇"，而是"暮投石壕村"，"听"老妇"前致词"的"我"。这个"我"，可以被看成作者，但作为一个艺术范畴，为了叙述的方便，并不排除虚构和想象，不能把他和现实生活中的作者完全等同起来。比如杜甫在《石龛》诗中写道："熊罴咆我东，虎豹号我西，我后鬼长啸，我前狨又啼。天寒昏无日，山远道路迷。"其中的"我"当然是作者，但显然与实际生活中的作者有区别。要不然，有十个杜甫，也被野兽吃掉了。既然如此，为什么要把

《石壕吏》的"叙述人"和做着华州司功官儿的杜甫完全等同起来呢？按照那些研究者的意见，作者必须在诗里写出他以华州司功的官势赶走那"捉人"的悍吏，才算没有"站在'吏'的立场"。但用这样的要求搞文艺创作和文艺批评，恐怕是行不通的。须知杜甫是在写诗，而我们是在读诗啊！

有些研究者从"安史之乱是非正义性的"这个概念出发，说《石壕吏》塑造了一个自愿报名参军的老妇形象，表现了人民群众的爱国主义精神。显然，这是不合诗的原意的。细读全诗，那老妇何尝是自愿"急应河阳役"呢？她"应河阳役"，分明是迫不得已，她那么"急"，更分明是迫不得已。不"急"，就要发生更严重的后果啊！这些好心的研究者不顾特定环境中人物的心理活动，根据"请从吏夜归……"的"致词"肯定了"老妇"的爱国主义精神，总算没有"歪曲劳动人民的形象"，但这样一来，将置"逾墙走"的"老翁"于何地呢？由于安史叛军的杀戮、抢掠，人民希望平叛，由于希望恢复"开元盛世"，杜甫也要求平叛。但当时的统治者对待叛军，却那样腐朽无能；而对待希望平叛、甚至已经贡献出三个儿子的劳动人民，却如此残暴无情。诗人杜甫面对这一切，没有美化现实，向"圣明天子"献颂歌，却如实地揭露了政治黑暗，发出了"有吏夜捉人"的呼喊！这是难能可贵，值得高度评价的。抗日战争时期，国民党反动派一面鹰犬四出，乱"抓壮丁"，一面下令从中学《国文》课本中删去《石壕吏》，正说明这篇诗具有多么大的批判力量。

仇兆鳌在《杜少陵集详注》里说："古者有兄弟，始遣一人从军。今驱尽壮丁，及于老弱。诗云：三男戍，二男死，孙方乳，媳无裙，翁逾墙，妇夜往。一家之中，父子、兄弟、祖孙、姑媳，惨酷至此，民不聊生极矣！当时唐祚，亦岌岌乎危哉！"就是说，"民为邦本"，把人民整成这个样了，统治者的宝座也就岌岌可危了！这位"封建文人"的意见，对于我们领会杜甫写《石壕吏》的意图，还是不无帮助的。

在艺术表现上，这篇诗有许多特点值得注意；但最突出的一点则是精练。陆时雍称赞这篇诗"其事何长！其言何简"，就是指这一点说的。仅用一百二十个字，就写出了典型性很强的环境、人物和情节，在惊人的广度与深度上反映了生活中的矛盾与冲突，从而体现了同情人民的思想倾向，这的确是难能可贵的。

作者之所以能够达到这样高的艺术境界，当然和他"穷年忧黎元，叹息肠内热"的精神境界密不可分；但他的深厚的艺术修养和精湛的艺术技巧，无疑也起着重要作用。

一、寓褒贬于叙事。这篇诗句句叙事，无抒情语，亦无议论语，但实际上，却通过叙事抒了情，发了议论，爱憎十分分明，倾向性十分强烈。这强烈的倾向性，不是由作者说出来的，而是从情节和场面中自然流露出来的。这样，就既节省了许多笔墨，又避免了概念化的缺点。

二、高度概括与具体描写相结合。"有吏夜捉人"，这是对整个事件的高度概括。"吏呼一何怒！妇啼一何苦！"又对"捉人"的一方与被"捉"的一方的不同表现作了高度的概括。"吏呼一何怒"，这是不顾人民的死活，硬要"捉"；"妇啼一何苦"，这是对"吏"存有不切实际的幻想，力求免于被"捉"。经过这样的高度概括，矛盾冲突的性质已揭示得一清二楚，而矛盾冲突将如何发展，则紧扣人们的心弦，引起了读者的无限悬念。接下去，即对矛盾冲突的发展和结局展开了极富感染力的具体描写。

三、藏问于答。作者在用"吏呼一何怒！妇啼一何苦！"概括了矛盾双方之后，便集中写"妇"，不复写"吏"，而"吏"的蛮悍凶暴，却于老妇"致词"的内容、情节发展和结局中暗示出来。这里运用的表现手法是藏问于答。

在我国的古典诗歌中，藏问于答、从答见问的例子并不罕见。例如贾岛的《寻隐者不遇》：

> 松下问童子，言师采药去。
> 只在此山中，云深不知处。

只说"问童子"，没有说问了些什么，而问的内容，却从童子的回答中暗示出来。童子回答说他的老师采药去了，可见那省去的问话是："你的老师干什么去了？"诗的三、四两句，还暗示出诗人又省去了一句问话："上哪儿采药去了？"如果没有这一问，为什么会有"只在此山中，云深不知处"的回答呢？

《石壕吏》中间一段的写法正与此相类似。"吏呼一何怒！妇啼一何苦！"既然紧接"有吏夜捉人"而来，那么"吏呼"的内容，自然离不开"捉人"，而"老妇"的"致词"，自然是对"吏呼"的回答。杜甫的高明之处，在于他只用"一何怒"描绘了"吏呼"的情状，而让"吏呼"的具体内容从"老妇"的"致词"中暗示出来。如果把所有的暗写都变成明写，像前面的分析那样，一问一答交互进行，中间再穿插上表情、动作和心理活动的描写，那么其结果必然是"其事甚长，其言甚繁"，读起来就没有余味了。

四、善于剪裁，言外见意。一开头，只用一句写投宿，立刻转入"有吏夜捉人"的主题。而写投宿的那一句，文字又十分洗炼。只说"暮投石壕村"，并没有说投宿在哪一家，更没有写投宿时的情景，而细读全诗，读到"独与老翁别"的时候，就知道他正是投宿在那个"老翁"家里的，而投宿之时，"老翁"是和"老妇"一同接待他的。又如只写"老翁逾墙走"，未写他何时归来；只写"如闻泣幽咽"，未写泣者是谁；只写老妇"请从吏夜归"，未写她是否被带走，却用照应开头、结束全篇，既叙事、又抒情的"独与老翁别"一句暗示读者，当"夜久语声绝"之后，老妇即被"捉"去，儿媳妇吞声饮泣，而老翁则于"天明"之前，回到家里。至于这一家的生计如何，尽管没有作正面描写，然而，既然三男当兵，二男战死，家中失去了主要劳力，连年轻的儿媳妇都"出入无完裙"，则"存者且偷生"的苦况也就可想而知了。

在我们的文艺界，颇有短篇小说嫌长的议论。当然，文艺作品的高下，主要决定于内容的是否健康、深厚、丰满，长而空不好，短而空也不好。对于篇幅虽长，但内容健康、深厚、丰满的作品，读者是欢迎的。然而内容同样健康、深厚、丰满，篇幅却相对的短一些，岂不更好吗？从这一意义上说，杜甫的这篇《石壕吏》，还是值得从事文艺创作的人认真借鉴的。

无　家　别

杜　甫

寂寞天宝后，园庐但蒿藜。

我里百余家，世乱各东西。

存者无消息，死者为尘泥。

贱子因阵败，归来寻旧蹊。

140

久行见空巷，日瘦气惨凄。

但对狐与狸，竖毛怒我啼。

四邻何所有？一二老寡妻。

宿鸟恋本枝，安辞且穷栖。

方春独荷锄，日暮还灌畦。

县吏知我至，召令习鼓鞞。

虽从本州役，内顾无所携。

近行止一身，远去终转迷。

家乡既荡尽，远近理亦齐。

永痛长病母，五年委沟溪。

生我不得力，终身两酸嘶。

人生无家别，何以为蒸黎？

　　《无家别》是《三吏》、《三别》的最后一篇。

　　叙事诗需要有事件的"叙述人"。《三吏》的"叙述人"是事件的目击者"我"。这个"我"，可以说是作者自己，但它是一个艺术范畴，不应该完全和作者等同起来，作机械的理解。这一点，在谈《石壕吏》时已经讲过了。《三别》在叙述的方式上又与《三吏》不同，其"叙述人"压根儿不是作者，而是诗中的主人公。浦起龙就曾指出这一点，他说："《三吏》夹带问答叙事，《三别》纯托送者行者之词。"又说："《新婚》，妇语夫；《垂老》，夫语妇；《无家》，似自语，亦似语客。"说得更清楚些，那就是：《新婚别》写新郎当兵，新娘子送别；《垂老别》写老汉当兵，向老妻告别；《无家别》的主人公则是又一次被征去当兵的独身汉，既无人为他送别，又无人可以告别，然而在踏上征途之际，依然情不自禁地自言自语，仿佛是对老天爷倾吐他无家可别的悲哀。

　　从第一句"寂寞天宝后"到"一二老寡妻"共十四句，总写乱后回乡所见。以"贱子因阵败，归来寻旧蹊"两句插在中间，将这一大段隔成两层。前一层，以追叙开头，写那个自称"贱子"的军人回乡之后，看见自己的乡里面目全非，一片荒凉，于是抚今追昔，概括地诉说了家乡的今昔变化。开头两句"寂寞天宝后，园庐但蒿藜"，正面写今，但背面已藏着昔。天宝以前是"开元盛世"，那时候我里百余家，"园庐"相望，鸡犬相闻，当然并不"寂寞"。"天宝后"则遭逢乱世，居人各自东西，"园庐"荒废，"蒿藜"丛生，自然就分外寂寞了。一开头用"寂寞"二字，渲染出满目萧条的景象，也表现出主人公触目伤怀的心情。"园庐但蒿藜"中的"但"字作"只"讲，"园庐"本来不是长"蒿藜"的地方，而现在，那里却只有"蒿藜"，其他什么都没有了！"世乱"二字与"天宝后"呼应，写出了今昔变化的原因，也点明了"无家"可"别"的根源。"存者无消息，死者为尘泥"两句，紧承"世乱各东西"而来，如闻"我"的叹息之声，而在写法上，与《石壕吏》中"存者且偷生，死者长已矣"很相似，强烈地表现了主人公的悲伤情绪。

这两层虽然都是写回乡后所见，但写法却有变化。前一层概括全貌，后一层则描写细节，而以"贱子因阵败，归来寻旧蹊"承前启后，作为过渡。"寻"字刻画入微，"旧"字含义深广。家乡的"旧蹊"走过千百趟，闭着眼都不会迷路，如今却要"寻"，见得已非"旧"时面貌，早被"蒿藜"淹没了。"旧"字追昔，应"我里百余家"；"寻"字抚今，应"园庐但蒿藜"。"久行见空巷，日瘦气惨凄。但对狐与狸，竖毛怒我啼。四邻何所有？一二老寡妻。"写"贱子"由接近村庄到进入村巷，访问四邻。前面写"园庐但蒿藜"，当然是接近村庄时所见，就距离说，用不着"久行"就可以进入村巷。"久行"承"寻旧蹊"而来，传"寻"字之神。距离不远而需"久行"，见得"旧蹊"极难辨认，"寻"来"寻"去，绕了许多弯路。"空巷"言其无人，应"世乱各东西"。"日瘦气惨凄"一句，用拟人化手法，触景生情，烘托出主人公"见空巷"时的凄惨心境。"但对狐与狸"的"但"字与前面的"空"字照应，也作"只"讲。当年"百余家"聚居，村巷中人来人往，笑语喧阗，狐狸哪敢闯入，如今却只与狐狸相对了。而那些"狐与狸"竟反客为主，一见"我"就脊毛直竖，冲着"我""怒"叫，好像在责怪"我"不该闯入它们的"园庐"。巷子里既没人影，便进入邻家去看，然而遍访四邻，也只有"一二老寡妻"还活着！与"老寡妻"相见，自然要互相问问别后情况特别是自己的家庭情况。遇到不善于剪裁的作者，很可能要写一长串。但杜甫却把这些全省略了，给读者留下了驰骋想象的空间。而当读到后面的"永痛长病母，五年委沟溪"时，就不难想见与"老寡妻"问答的内容和彼此激动的表情。

"宿鸟恋本枝，安辞且穷栖。方春独荷锄，日暮还灌畦。"——这在结构上自成一段，写主人公回乡后的生活。前两句以"宿鸟"为喻，表现了留恋乡土的感情。后两句写主人公怀着悲哀的感情又开始了披星戴月的辛勤劳动，希望能在家乡活下去，不管多么贫困和孤独！

　　从"县吏知我至"一直到末句"何以为蒸黎"，共十四句，为最后一段。这一大段写"无家"而又"别"离。"县令知我至，召令习鼓鼙"，波澜忽起，出人意外。"县吏"老爷一声"令"下，"我"的一点可怜愿望立刻破灭了，他不会没有愤激之情吧！但迫于形势，只能顺从，不能反抗。以下六句，层层转折。"虽从本州役，内顾无所携。"这是第一层转折：上句自幸，下句自伤。这次召"我"，据说只在本县操练，这当然比上一次远去前线好一些；然而上次出征，自己毕竟还有个家，这次虽然在本县服役，但内顾一无所有，既无人为"我"送行，又无人可以告别，怎能不令"我"伤心！"近行止一身，远去终转迷"，这是第二层转折。"近行"孑然一身，已令人伤感，但既然当兵，就得打仗，哪能老在本县操练！不难预料，将来终归要远去前线的。真是前途迷茫，未知葬身何处！"家乡既荡尽，远近理亦齐"，这是第三层转折。回头一想，家乡已经荡然一空，自己横竖无依无靠，走到哪里还不都是一样，"近行"、"远去"，又有什么关系！六句诗层层转折，愈转愈深，细致入微地描写了主人公听到"召令"之后的心理变化。如刘须溪所说："写至此，可以泣鬼神矣！"沈德潜在讲到杜甫"独开生面"的表现手法时指出：

　　　　……又有透过一层法。如《无家别》篇中云："县吏知我至，召令习鼓鼙。"无家客而遣之从征，极不堪事也，然明说不堪，其味便浅。此云"家乡既荡尽，远近理亦齐"，转作旷达，弥见沉痛矣。

　　"永痛长病母"以下四句，追述母亡，极写无家之惨。安史之乱起于天宝十四年（公元755年），到作者写这篇诗的乾元二年（公元759年），恰好"五年"。作者的构思是：安史乱起，"我"被征去当兵，家里留下了"长病"的母亲。"五年"后"我"战败回家，母亲早已不在人世了！说"委沟溪"，其意正在强调因"我"出征之故，"长病母"生前无人奉养，以致死去，死后又无人埋葬，以致丢弃山沟。所以紧接着就说："生我不得力，终身两酸嘶。"这四句诗，是血脉贯通的。"我""永痛"的事，就是"长病母""委沟溪"，"我""酸嘶"的事，就是生未能养，死未能葬。"终身"者，有生之年，未死之日也，与"永痛"相呼应，形成了感人至深的艺术力量。

前四句追述母亡，正所以写"无家"，极言母亡之痛，无家之惨。遭遇如此惨痛，可还要"召令习鼓鼙"！于是以反诘语作结：

人生无家别，何以为蒸黎？

"蒸黎"，百姓也；"何以"，怎样也。这两句诗的意思是："已整得人母亡家破，还要抓走，叫人怎样做老百姓呢？"就是说，这个老百姓没法做，做不下去了！

《三吏》、《三别》是杜甫"即事名篇"的时事乐府，既吸取了乐府民歌的精华，又融古于今，尽脱窠臼，具有高度的艺术创造性。这首《无家别》，又是其中比较突出的篇章，在艺术表现方面颇有可供借鉴之处。

一、层次清晰，结构谨严。

第一大段写乱后回乡所见，以主人公行近村庄、进入村巷划分层次，由远及近，有条不紊。远景只概括全貌，近景则描写细节。第三大段写主人公心理活动，又分几层转折，愈转愈深，刻画入微。题目是《无家别》，故第一大段写出"无家"及其原因，第三大段写出"无家"之"别"及其原因，而以中间四句作为过渡。

二、用简练、形象的语言，写富有特征性的事物。诗中"园庐但蒿藜"，"但对狐与狸"，概括性很强。"蒿藜"、"狐狸"，在这里是富有特征性的事物。谁能容忍在自己的房院田园中长满蒿藜？在人烟稠密的村庄里，"狐狸"又怎敢横行无忌？"园庐但蒿藜"、"但对狐与狸"，仅仅十个字，就把田园荒废、人烟灭绝的惨象活画了出来。其他如"四邻何所有？一二老寡妻"，也是富有特征性的。正因为是年老的"寡妻"，所以还能在那里苟延残喘。稍能派上用场的，如果不是事前逃走，就必然被统治者抓走。诗中的主人公不是刚一回村，就又被抓走了吗？

三、情景交融，将环境描写与人物塑造紧密地结合起来。诗中用第一人称，让主人公直接出面，对读者诉说他的所见、所遇、所感，因而不仅通过人物的主观抒情表现了人物的心理状态，而且通过环境描写也反映了人物的思想感情。几年前被统治者抓去当兵的"我"死里逃生，好容易回到故乡，满以为可以和骨肉邻里相聚了。然而事与愿违，看见的是一片"蒿藜"，走进的是一条"空巷"，遇到的是竖毛怒叫的"狐狸"……真是满目凄凉，百感交集！于是连日头看上去也消瘦了，"日"无所谓肥瘦，由于心情悲凉，因而看见日光黯淡，景象凄惨。正因为情景交融，人物塑造与环境描写结合，所以能在短短的篇幅里塑造出一个有血有肉的人物形象，通过这个战败归来、家乡荡尽仍不免于被捉去当兵的无家者的苦况，反映出当年战时人民的共同遭遇，对统治者的残暴，进行了有力的鞭挞。

四、作为《三吏》、《三别》的有机组成部分，以反诘语收束，提高了整个组诗的思想意义。

《无家别》是《三吏》、《三别》的最后一篇，从另一个极有典型性的侧面反映了唐王朝的危机。卢元昌指出："先王以六族安万民，使民有室家之乐。今'新安'无丁，'石壕'遣妪，'新婚'有怨旷之夫妇，'垂老'痛阵亡之子孙，至战败逃归者又复不免。河北生灵，靡有孑遗矣！"《无家别》写了"战败逃归者又复不免"的悲惨景象，从而补足了整个组诗所展现的时代画卷，并以结尾的反诘语收束整个组诗。浦起龙说得好：

> "何以为蒸藜？"可作六篇总结。反其言以相质，直可云："何以为民上？"

这话的意思是：把百姓逼到没法做百姓的境地，又怎样做百姓的主上呢？问而不答，引人深思。整个组诗对人民苦难的深刻反映由于有这最后的一问，其思想意义被提到了新的高度。

春 夜 喜 雨

杜 甫

好雨知时节，当春乃发生。
随风潜入夜，润物细无声。
野径云俱黑，江船火独明。

晓看红湿处，花重锦官城。

　　这首脍炙人口的五律，是写雨的名作。"喜雨"的"喜"在这里作定语，相当于"可喜的"，"令人喜爱的"。这首诗的突出特点，就是把"雨"人格化，赞美她如何可喜可爱。

　　雨可喜可爱，由于它"好"。所以一开头就用一个"好"字赞美"雨"，说它"知时节"，懂得满足客观需要。不是吗？春天是万物萌芽生长的季节，正需要下雨，雨就下起来了。你看它多"好"！

　　第二联，进一步表现雨的"好"。

　　雨之所以"好"，就好在适时，好在"润物"。而要起到"润物"的作用，就既要雨细，又要风和。春天的雨，一般是伴随着和风细细地滋润万物的。然而也有例外。有时候，它会伴随着狂风，下得很凶猛。这样的雨尽管下在春天，但不是典型的春雨，只会损物而不会"润物"。所以光有首联的"知时节"，还不足以完全表现雨的"好"。等到第二联写出了典型的春雨——伴随着和风的细雨，那个"好"字才落实了。

　　"随风潜入夜，润物细无声。"这仍然用的是拟人化手法。"潜入夜"和"细无声"相配合，不仅表明那雨是伴随和风而来的细雨，而且表明那雨有意"润物"，无意讨"好"。如果有意讨"好"，它就会在白天来，就会造一点声势，让人们看得见，听得清。唯其有意"润物"，无意讨"好"，它才选择了一个不妨碍人们工作和劳动的时间悄悄地来，在人们酣睡的夜晚无声地细细地下。

　　雨这样"好"，就希望它下多下够，下个通宵。倘若只下一会儿，就云散天晴，那"润物"就很不彻底。诗人抓住这一点，写了第三联。

　　在不太阴沉的夜间，小路比田野容易看得见，江面也比岸上容易辨得清。如今呢？放眼四望，"野径云俱黑，江船火独明"，只有船上的灯火是明的。此外，连江面也看不见，小路也辨不清，天空里全是黑沉沉的云，地上也像云一样黑。好呀，看起来，准会下到天亮。

　　尾联写的是想象中的情景。如此"好雨"下上一夜，万物就都得到润泽，发荣滋长起来了。最能代表春色的花，也就带雨开放，红艳欲滴。等到天明一看，整个锦官城（成都）杂花生树，一片"红湿"，一朵朵红艳艳，沉甸甸，汇成花的海洋。那么，田里的禾苗呢？山上的树林呢？一切的一切呢?

浦起龙说:"写雨切夜易,切春难。"这首《春夜喜雨》诗,不仅切夜、切春,而且写出了典型春雨也就是"好雨"的高尚品格,表现了诗人的也是一切"好人"的高尚人格。

诗人盼望这样的"好雨",喜爱这样的"好雨"。所以题目中的那个"喜"字,在诗里虽然没有露面,但"喜意都从罅缝里迸透"。诗人正在盼望春雨"润物"的时候,雨下起来了,于是一上来就满心欢喜地叫"好"。第二联所写,显然是听出来的。诗人倾耳细听,听出那雨在春夜里绵绵密密地下,只为"润物",不求人知,自然"喜"得睡不着觉。由于那雨"润物细无声",听不真切,生怕它停止了,所以出门去看。第三联所写,分明是看见的。看见雨意正浓,就情不自禁地想象天明以后春色满城的美景。其无限喜悦的心情,又表现得多么生动。

中唐诗人李约有一首《观祈雨》:"桑条无叶土生烟,箫管迎龙水庙前。朱门几处看歌舞,犹恐春阴咽管弦。"和那些"朱门"里"看歌舞"的人相比,杜甫对春雨"润物"的喜悦之情难道不是一种很崇高的感情吗?

茅屋为秋风所破歌

杜　甫

八月秋高风怒号,卷我屋上三重茅。
茅飞渡江洒江郊:高者挂罥长林梢,
下者飘转沉塘坳。
南村群童欺我老无力,忍能对面为盗贼!
公然抱茅入竹去,唇焦口燥呼不得!
归来倚杖自叹息。
俄顷风定云墨色,秋天漠漠向昏黑。
布衾多年冷似铁,娇儿恶卧踏里裂。
床头屋漏无干处,雨脚如麻未断绝。

自经丧乱少睡眠，长夜沾湿何由彻！

安得广厦千万间，大庇天下寒士俱欢颜，

风雨不动安如山。

呜呼！何时眼前突兀见此屋，

吾庐独破受冻死亦足。

　　唐肃宗乾元二年（公元 759 年）杜甫在从洛阳回华州途中写出了著名的组诗《三吏》、《三别》。回到华州以后，深感肃宗昏庸专断，"致君尧舜上，再使风俗淳"的政治理想濒于破灭，因而不愿做那个一筹莫展的华州司功参军的官儿了。他在《郑驸侍御》诗里说："恨无匡复姿，聊欲从此逝。"到了这年七月，便弃官西行，带着家小离开了饥民遍野的关中，往秦州（今甘肃天水）逃荒。"唐尧真自圣！野老复何知?"《秦州杂诗》里的这两句，充分表现了具有浓厚忠君思想的诗人对他要忠的那个君感到了极大的失望，从而不仅在生活上，而且在思想感情上进一步接近了苦难深重的人民群众。

　　由于衣食无着，诗人又由秦州而投奔同谷，由同谷而投奔成都。上元元年的春天，经过求亲告友，在成都浣花溪边盖起了一座茅屋，总算有了一个栖身之所。不料到了第二年七月，大风破屋，大雨又接踵而至。诗人长夜难眠，感慨万千，写下了感人至深的《茅屋为秋风所破歌》。

　　饱经战乱之苦的南宋爱国诗人郑思肖曾经画了一幅《杜子美〈茅屋为秋风所破歌〉图》并且题了一首诗：

雨卷风掀地欲沉，浣花溪路似难寻。

数间茅屋苦饶舌，说杀少陵忧国心。

　　写的是自己的数间茅屋，表现的是忧国忧民的情感。郑思肖对《茅屋为秋风所破歌》的理解是相当深刻的。

　　这首诗可划分为四节。

　　"八月秋高风怒号，卷我屋上三重茅。茅飞渡江洒江郊：高者挂罥长林梢，下者飘转沉塘坳。"——第一节五句，句句押韵，"号"、"茅""郊"、"梢"、"坳"，五个开口呼的平声韵脚传来一阵阵风声。一二句起势迅猛。"风怒号"三字，音响宏大，读之如闻秋风咆哮。一个"怒"字，把秋风拟人化，从而使下一句不仅富有动作性，而且富有浓烈的感情色彩。诗人"一岁四行役"，颠沛流离，间关万里，好容易盖了这座茅屋，刚刚定居下来，秋风这个怪物却故意与诗人作对，怒吼而来，"卷"起一层茅草，又"卷"起一层茅草，看来不"卷"光不肯住手，怎能不使诗人万分焦急？这两句，"敷陈其事而直言之"，是"赋"体，然而也可以说是"言在此而意在彼"或"以此物比彼物"，兼有"比"、"兴"的意味。"茅飞渡江洒江郊"，这是个单句，应该用冒号，冒下两句。"飞"字紧承上句的"卷"字，"卷"起的茅草没有落在屋旁，却随风"飞"过江去，这才分散地、雨点似地"洒"在"江郊"："高者挂罥长林梢"——很难弄下来；"下者飘转沉塘坳"——也很难收回来。"卷"、"飞"、"渡"、"洒"、"挂罥"、"飘转"，一个接一个的动态不仅组成一幅幅鲜明的图画，而且紧紧地牵动诗人的视线、拨动诗人的心弦。诗人的高明之处在于他并没有抽象地抒情达意，而是寓抒情达意于客观描写之中。我们读这几句诗，分明看见一个衣衫单薄、破旧的干瘦老头儿拄着拐杖，立在屋外，眼巴巴地望着怒吼的秋风把他屋上的茅草一层一层又一层地"卷"了起来，吹过江去，稀里哗啦地洒在江郊的各处；而他对大风破屋的焦灼和怨愤之情，也不能不激起我们心灵上的共鸣。

第二节五句。"南村群童欺我老无力，忍能对面为盗贼，公然抱茅入竹去，唇焦口燥呼不得"。这是前一节的发展，也是对前一节的补充。前节写"洒江郊"的茅草有的"挂罥长林梢"，有的"飘转沉塘坳"，眼看无法收回。是不是还有落在平地上可以收回的呢？有的，然而却被"南村群童"抱跑了！"欺我老无力"五字宜着眼。如果诗人不是"老无力"，而是有权有势有力量，自然不会受这样的欺侮。"忍能对面为盗贼"中的"能"字跟"恁"字相同，作"这样"讲。这一句翻译成现代汉语，就是：竟然忍心在我眼前如此这般地做贼！不过表现了诗人因"老无力"而受欺侮的愤懑心情而已，决不是真的给"群童"加上"盗贼"的罪名，要告到官府里去办他们的罪。所以，"唇焦口燥呼不得"，也就无可奈何了。用诗人《又呈吴郎》一诗中的话说，这正是"不因困穷宁有此"！诗人如果不是十分困穷，就不会对大风刮走茅草那么心急如焚，"群童"如果不是十分困穷，也不会冒着狂风抱那些并不值钱的茅草。这一切，都是结尾的伏线。"安得广厦千万间，大庇天下寒士俱欢颜"的崇高愿望，正是从"四海困穷"的现实基础上产生出来的。

"归来倚杖自叹息"这个单句，总收一、二两节。诗人用字的准确、生动、经济，不仅表现在个别字句的锤炼上，而且表现在前后文的补充、照应上。在第一节里只写秋风横暴，卷茅渡江，并没有写风向，而在第二节"南村"一句中只用一个"南"字，就把风向（由北而南）以及茅屋的位置（坐落在江北）点得一清二楚。同样，在第一节里，只用了一个"我"字，连"我"在屋内还是在屋外都没有涉及，而第二节末尾的"归来倚杖"句则"一身而二任"，告诉我们在"归来（回到屋里）"之前，诗人是拄着拐杖立在屋外的；大约是一听到北风狂叫，就担心盖得不够结实的茅屋发生危险，因而就拄杖出门，直到风吹屋破，茅草也无法收回，这才无可奈何地走回家中。"倚杖"，当然又与"老无力"照应。"自叹息"中的"自"字，下得很沉痛！诗人如此不幸的遭遇只有自己叹息，未引起别人的同情和帮助，则世风的浇薄，就意在言外了。按照诗人的逻辑，世风的浇薄其根源在于没有像"尧舜"那样的"明君"，所以他平生的理想是："致君尧舜上，再使风俗淳"。这一理想，早已在冷酷的现实面前一再碰壁，接近破灭了。而风俗浇薄的事实，则从"朝叩富儿门"以来见了不少："朱门酒肉臭，路有冻死骨"；"彤庭所分帛，本自寒女出，鞭挞其夫家，聚敛贡城阙"；"富家酒肉臭，战地骸骨白"；"高马达官厌酒肉，此辈杼柚茅茨空"……诗人由于受历史条件的限制，不可能用阶级观点来分析这些社会现象，但他的感受却是具体的、深刻的，因而他"叹息"的内容，也就十分深广！当他自己风吹屋破，无处安身，得不到别人的同情和帮助的时候，分明联想到类似处境的无数穷人（他在此后写的《遣遇》诗里说："丈夫死百役，暮返空村号。闻见事略同，刻剥及锥刀。贵人岂不仁？视汝如莠蒿！索钱多门户，丧乱纷嗷嗷。"也可与此相印证）。所以，如果认为诗人"叹息"的仅仅是自己的不幸，那就既不符合诗人的生活实践和思想实际，更无法准确地把握这首诗的完整形象和有机结构。有人认为这首诗的结尾五句是概念化的勉强安上去的"光明的尾巴"，就是由于没有找到前后文的有机联系的缘故。

第三节八句，写屋破又遭连夜雨的苦况。"俄顷风定云墨色，秋天漠漠向昏黑"两句，用饱蘸浓墨的大笔渲染出暗淡愁惨的氛围，从而烘托出诗人暗淡愁惨的心境，而密集的雨点即将从漠漠的秋空洒向地面，已在预料之中。"布衾多年冷似铁，娇儿恶卧踏里裂"两句，没有穷困生活体验的作者是写不出来的。值得注意的是这不仅是写布被又旧又破，而是为下文写屋破漏雨蓄势。成都的八月，天气并不"冷"，正由于"床头屋漏无干处，雨脚如麻未断绝"，所以才感到冷。"自经丧乱少睡眠，长夜沾湿何由彻"两句，一纵一收。一纵，从眼前的处境扩展到安史之乱以来的种种痛苦经历，从风雨飘摇中的茅屋扩展到战乱频仍，残破不堪的国家；一收，又回到"长夜沾湿"的现实。华州弃官之后，诗人曾写过"不眠忧战伐，无力正乾坤"的诗句。"自经丧乱"以来，就忧国忧民，经常失眠，加上"长夜沾湿"，又怎能入睡呢？"何由彻"和前面的"未断绝"照应，表现了诗人既盼雨停，又盼天亮的迫切心情。而这种心情，又是屋破漏雨、布衾似铁的艰苦处境激发出来的。于是由个人的艰苦处境联想到其他人的类似处境，水到渠成，自然而然地过渡到全诗的结尾。

杜甫是一位把自己的命运和国家民族的命运联系起来的迫切要求改造现实的伟大诗人。和这一点相关联，他在许多批判现实的诗篇的结尾，往往用"安得"二字引出他的理想和希望。例如《洗兵马》的结尾："安得壮士挽天河，净洗甲兵长不用！"《石笋行》的结尾："安得壮士掷天外，使人不疑见本根！"《石犀行》的结尾："安得壮士提天纲，再平水土犀奔忙！"《王兵马使二角鹰》的结尾："安得尔辈开其群，驱出六合枭鸾分！"《遣兴》的结尾："安得廉颇将，三军同宴眠！"《光禄坂行》的结尾："安得更似开元中，道路只今多拥隔！"《昼梦》的结尾："安得务农息战斗，普天无吏横索钱！"这首《茅屋为秋风所破歌》的结尾，则以"安得"二字直贯下面的三句。"安得广厦千万间，大庇天下寒士俱欢颜，风雨不动安如山"，前后用七字句，中间用九字句，句句蝉联而下，而表现阔大境界和愉快情感的词儿如"广厦"、"千万间"、"大庇"、"天下"、"欢颜"、"安如山"等等，又声音洪亮，从而构成了铿锵有力的节奏和奔腾前进的气势，恰切地表现了诗人从"床头屋漏无干处"，"长夜沾湿何由彻"的痛苦生活体验中迸发出来的奔放的激情和火热的希望。这种奔放的激情和火热的希望，咏歌之不足，故嗟叹之："呜呼！何时眼前突兀见此屋，吾庐独破受冻死亦足！"诗人的博大胸襟和崇高理想，至此表现得淋漓尽致。

别林斯基说："任何一个诗人也不能由于他自己和靠描写他自己而显得伟大，不论是描写他本身的痛苦，或者描写他本身的幸福。任何伟大诗人之所以伟大，是因为他们的痛苦和幸福的根子深深地伸进了社会和历史的土壤里，因为他是社会、时代、人类的器官和代表。"杜甫在这首《茅屋为秋风所破歌》里描写了他本身的痛苦，但当我们读完最后一节的时候，就知道他不是孤立地、单纯地描写他本身的痛苦，而是通过他本身的痛苦来表现"天下寒士"的痛苦，来表现社会的苦难、时代的苦难。如果说读到"归来倚杖自叹息"的时候，对他"叹息"的内容还理解不深的话，那么读到"呜呼！何时眼前突兀见此屋，吾庐独破受冻死亦足"，总该看出他并不是仅仅因为自身的不幸遭遇而哀叹，而失眠，而大声疾呼吧！在狂风猛雨无情袭击的秋夜，诗人脑海里翻腾的不仅是"吾庐独破"，而且是"天下寒士"的茅屋俱破！

优秀的文学艺术作品，总得具有典型性，总得写典型事物。如果"吾庐独破"，而普天下人都住在"广厦"之中，"风雨不动安如山"，那么，描写"吾庐独破"，仅仅为自己的痛苦而叹息，而怨愤，就没有多大的意义。从天宝后期，特别是从安史之乱以来，整个国家、整个社会都处于风雨飘摇之中，广大人民群众备受战乱、饥荒和暴政的侵凌，异常穷困，异常痛苦。只要读一下杜甫从《咏怀五百字》、《北征》、《羌村》、《三吏》、《三别》以来的编年诗，就知道他不仅反映了人民群众的痛苦，而且在探索痛苦的根源。《茅屋为秋风所破歌》里所写的个人的痛苦生活，也是有典型性的，他通过狂风破屋，布衾似铁，长夜沾湿等一系列生活现象的描写，反映了人民的痛苦，社会的痛苦，并且探索这种痛苦的根源，希望解除这种痛苦。"安得广厦千万间，大庇天下寒士俱欢颜，风雨不动安如山"呢？这问题是需要从政治上得到回答，得到解决的。诗人自己也不断提出解决的办法，诸如"众僚宜洁白，万役但平均"，"君臣节俭足，朝野欢呼同"等等。当然，由于受历史条件的限制，他开不出医治病根的药方，然而他忧国忧民的炽烈情感和迫切要求变革黑暗现实的崇高理想，千百年来却一直激动读者的心灵并发生过积极作用。

有人抓住"大庇天下寒士俱欢颜"一句中的"寒士"一词大作文章，硬说杜甫关心的只是"士"这一阶层，并没有关怀劳动人民。这未免太机械了。第一，杜甫此后在夔州所写的《寄柏学士林居》诗，以"几时高议排金门，各使苍生有环堵"收尾，与《茅屋为秋风所破歌》的结尾相似，但却用了"苍生"，说明杜甫关心的不限于"士"。这里所用的"寒士"与诗的音调有关。《茅屋为秋风所破歌》虽然是一篇古体诗，不像近体诗那样严格地讲平仄，但古体诗又有古体诗的特殊音调。在七律形成之后作七古，除了通篇押仄韵或分组换韵的作品可以用律句而外，一般要避免律句。杜甫、韩愈等为了避免律句，喜欢用一些特定句式，即"三字脚"（每句的末三字）处作"仄平仄"、"平仄平"、"仄仄仄"、"平平平"。如果用"平平平"，那么上一字一般要用仄声字。即如《茅屋为秋风所破歌》里的"卷我屋上三重茅"、"风雨不动安如山"和这句"大庇天下寒士俱欢颜"等，就都是这样的。寒，这是个平声字，它是从前面的一系列描写中概括出来的，不能更换；"俱欢颜"三字，又都是平声。所以，"寒"字下面如果不用仄声字"士"，而用平声字"人"，那就接连五字都是平声，全句的音节就不够响亮、和谐。白居易《新制布裘》诗的结尾："安得万里裘，盖裹周四垠？稳暖皆如我，天下无寒人。"这显然是受了《茅屋为秋风所破歌》的影响写成的，但他并没有用"寒士"，却用了可以包括劳动人民在内的"寒人"。很清楚，这和押韵有关，决不能据此说明杜、白的阶级立场有什么差异。王安石《子美画像》诗中赞扬杜甫的句子"宁令吾庐独破受冻死，不忍四海赤子寒飕飕"，直接吸取了《茅屋为秋风所破歌》的内容，却没有用"寒士"而是用了与"百姓"一词内容近似的"赤子"。很清楚，这和诗句的结构有关，决不能据此说明杜、王的阶级倾向有什么不同。第二，文学艺术作品的特点之一是通过个别表现一般。正像通过"茅屋为秋风所破"的描写来反映安史之乱以来的社会苦难一样，"安得广厦千万间，大庇天下寒士俱欢颜"，决不是希望盖些高楼大厦，让"士"们住进去享福，而是希望天下大治，物阜民康。不然，对于"朱门务倾夺"、"征伐诛求寡妇哭"之类的诗句，又作何解释呢？

闻官军收河南河北

杜　甫

剑外忽传收蓟北，初闻涕泪满衣裳。
却看妻子愁何在，漫卷诗书喜欲狂。
白首放歌须纵酒，青春作伴好还乡。
即从巴峡穿巫峡，便下襄阳向洛阳。

这首诗作于唐代宗广德元年（763）春天，作者五十二岁。

宝应元年（762）冬季，唐军在洛阳附近的横水打了一个大胜仗，收复了洛阳和郑（今郑州市）、汴（今开封市）等州，叛军头领薛嵩、张志忠等纷纷投降。第二年，即广德元年正月，史思明的儿子史朝义兵败自缢，其部将田承嗣、李怀仙相继投降。流寓梓州（今四川省三台县），正过着飘泊生活的杜甫听到这个消息，以饱含激情的笔墨，写下了这篇脍炙人口的名作。

自从天宝十四载（755）十一月，平卢、范阳、河东三镇节度使安禄山及其大将史思明发动叛乱以来，唐王朝与安、史及其余部进行了八年战争。安、史叛军野蛮残暴，到处烧杀抢掠，河北人民纷纷起来，结成一两万人的队伍，同安、史军对抗，但由于唐政府腐败，矛盾重重，指挥不一，长期无力消灭这一割据势力，给人民造成了深重的苦难。诗人杜甫也因此颠沛流离，旅食剑外，吃尽苦头，天天盼望唐军平定叛乱，实现统一。早在唐肃宗上元元年（760）作的《恨别》诗里说："洛城一别四千里，胡骑长驱五六年。草木变衰行剑外，兵戈阻绝老江边。思家步月清宵立，忆弟看云白日眠。闻道河阳新乘胜，司徒急为破幽燕。"这是他听到李光弼破史思明于河阳的捷报之后写的，希望李光弼乘胜前进，迅速攻克安史的根据地——幽燕，使他能够回到"一别四千里"的洛阳老家，与家人团聚。

把《恨别》与《闻官军收河南河北》联系起来看，可以更好地理解作者所表达的思想感情。

《闻官军收河南河北》以"便下襄阳向洛阳"结束全篇。作者在这句之下有一条自注："余田园在东京。"《恨别》则以"洛城一别四千里"发端，中间抒写了"思家""忆弟"的感情。很明显，《恨别》的主题是抒写因"兵戈阻绝"而飘泊剑外，不能回到洛阳老家的苦闷。《闻官军收河南河北》的主题是抒写忽闻叛乱已平的捷报，急于奔回老家的喜悦。

"剑外忽传收蓟北"，起势迅猛，恰切地表现了捷报的突然。"剑外"乃诗人所在之地，"蓟北"乃安史叛军的老巢，即《恨别》诗里希望收复的"幽燕"。诗人多年飘泊"剑外"，艰苦备尝，想回故乡而不可能，就由于"蓟北"未收，安史之乱未平。如今于"剑外"飘泊之地"忽传收蓟北"，真如春雷乍响，山洪突发，一下子冲开了郁积已久的情感闸门，惊喜的洪流，喷薄而出，涛翻浪涌，洋溢为以下各句。"初闻涕泪满衣裳"，就是这惊喜的情感洪流涌起的第一个浪头。

"初闻"紧承"忽传"。"忽传"表现捷报来得太突然，"涕泪满衣裳"则以形传神，表现突然传来的捷报在"初闻"的一刹那所激起的感情波涛。诗人当年从叛军攻陷的长安逃出，九死一生，投奔到临时政府所在地凤翔，作诗有云："喜心翻倒极，呜咽泪沾巾。"（《喜达行在所》）注家说这是"喜极而悲"、"悲喜交集"。如今竟然"涕泪满衣裳"，更是百倍的"喜极而悲"、"悲喜交集"。"蓟北"已收，战乱将息，乾坤疮痍，黎元疾苦，都将得到疗救，个人颠沛流离、感时恨别的苦日子，总算熬过来了，怎能不喜！然而痛定思痛，回想八年来的重重苦难是怎样熬过来的，又不禁悲从中来，无法压抑。可是，这一场浩劫，终于像恶梦一般过去了，自己可以返回故乡了，人们将开始新的生活了，于是又转悲为喜，喜不自胜。这"初闻"捷报之时的心理变化与复杂感情，如果用散文的写法，必将付出很多笔墨，而诗人只用"涕泪满衣裳"五个字作形象的描绘，就足以概括这一切，还不止这一切，那个"满"字的深广内涵，是可以作更多发掘的。

　　第二联以转作承，落脚于"喜欲狂"，这是惊喜的情感洪流涌起的更高洪峰。"却看妻子"，"漫卷诗书"，这是两个连续性的动作，带有一定的因果关系。当自己悲喜交集，"涕泪满衣"之时，自然想到多年来同受苦难的妻子，来了个"却看"。"却看"就是"回头看"。"回头看"这个动作的潜台词很丰富，它包含了想向妻子说些什么，但一部漫长的编年史，又不知从何说起等许多内容。而回头一看，立刻发现不需要说什么了，多年来笼罩全家的愁云不知跑到哪儿去了，妻儿们都不再是愁眉苦脸，而是笑逐颜开，喜气洋洋。妻子的喜反转来增加了自己的喜，再也无心伏案了，随手卷起诗书，与家人同享胜利的欢乐。

　　"白首放歌须纵酒，青春作伴好还乡"一联，就"喜欲狂"作进一步抒写。"白首"，点出人已到了老年。老年人难得"放歌"，也不宜"纵酒"，如今既要"放歌"，还须"纵酒"，正是"喜欲狂"的具体表现。这句写"狂"态，下句则写"狂"想。"青春"指春季，春天已经来临，在鸟语花香中与"妻子""作伴"，正好"还乡"。想到这里，又怎能不"喜欲狂"！

　　这一联，上句中的"白首"一作"白日"。如果作"白日"，就与下句中的"青春"显得重复，所以还是作"白首"较好。下句中的"青春作伴"，有人认为作者把"青春"拟人化，要以"青春"作为"还乡"的伴侣，似与原意不合。从上下句的对偶关系上看，上句既然是人在"白首"之时"放歌"，下句自然是人当"青春"之季"作伴"。从章法的前后呼应上看，前面既然写了"妻子"，那么后面的"作伴"还乡，正是承"妻子"而来，表现了结构谨严的特点。

尾联写"青春作伴好还乡"的狂想鼓翼而飞，身在梓州，而弹指之间，心已回到故乡。惊喜的感情洪流于洪峰迭起之后卷起连天高潮，全诗也至此结束。这一联包涵四个地名。"巴峡"与"巫峡"，"襄阳"与"洛阳"，既各自对偶（句内对），又前后对偶，形成工整的地名对，而用"即从"、"便下"绾合，两句紧连，一气贯注，又是活泼流走的流水对。再加上"穿"、"向"的动态与两"峡"两"阳"的重复，文势、音调迅急有如闪电，确切地表现了想象的飞驰。《九家集注杜诗》赵注引《寰宇记》云："渝州有三峡之名，曰西峡、巴峡、巫峡。"渝州郡治在巴县（今重庆市），杜诗所说的"巴峡"，当指巴县的"巴峡"，杜诗所说的"巫峡"，则应指巫山县的"巫峡"，与渝州的"巫峡"无涉。或引《三巴记》谓杜诗所说的"巴峡"应在嘉陵江上游，始与杜甫由梓州出发相合。然杜甫此时并未出发，只是抒发回乡的迫切心情。梓州、巴县的巴峡、巫山县的巫峡，其间的跨度与襄阳、洛阳之间的跨度大致对应。人在梓州，心驰洛阳，在想象中一步跨到巴峡，接着即出现了"即从巴峡穿巫峡，便下襄阳向洛阳"的画面，"巴峡"、"巫峡"、"襄阳"、"洛阳"，一个接一个地从眼前一闪而过。《水经注·江水》云："有时朝发白帝，暮到江陵，其间行二百里，虽乘奔御风，不以疾也。"李白《早发白帝城》云："朝辞白帝彩云间，千里江陵一日还。两岸猿声啼不住，轻舟已过万重山。"写江流湍急，舟行迅速，都给人以轻快喜悦的艺术享受。但这都是写实而加以夸张，杜甫的这一联则直写想象的飞越、情感的奔流，与前者同工而异曲，各有独创性。这里需要指出的是，诗人既展示想象，又描绘实境。从"巴峡"到"巫峡"，舟行如梭，所以用"穿"；出"巫峡"到"襄阳"，顺流急驶，所以用"下"；从"襄阳"到"洛阳"，已换陆路，所以用"向"。其用字的高度准确，也值得学习。

这首诗，有人说它"通首叙事"，并不确切。实际上，只有第一句叙事点题，其余各句，都是抒发忽闻胜利消息之后的惊喜之情。作伴还乡的路线与行程，全是设想，而非经历。事实上，这首诗于广德元年写于梓州，第二年才自梓州往阆州，回到成都草堂。永泰元年（765）五月离成都至云安，住了半年。此后又在夔州住了两年。大历三年（768）离夔州出峡之后，长时期飘泊于江陵、公安、岳州、潭州、衡州一带，直至大历五年卒于耒阳，始终未能回到洛阳。

这首诗的艺术特点，前人多有论述。顾宸说："杜诗之妙，有以命意胜者，有以篇法胜者，有以俚质胜者，有以仓卒造状胜者。此诗之'忽传'、'初闻'、'却看'、'漫卷'、'即从'、'便下'，于仓卒间写出欲歌欲哭之状，使人千载如见。"王嗣奭说："此诗句句有喜跃意，一气流注，而曲折尽情，绝无妆点，愈朴愈真，他人决不能道。"黄白山说："杜诗强半言愁，其言喜者，惟寄弟数首及此作而已。言愁者使人对之欲哭，言喜者使人对之欲笑。盖能以其性情达之纸墨，而后人之性情亦为之感动也。使舍此而徒讨论其格调，剽拟其字句，抑末矣。"浦起龙说："八句诗，其疾如飞，题事只一句，俱写情，得力全在次句。于神理妙在逼真，于文势妙在反振。三、四以转作承，第五仍能缓受，第六上下引脉，七、八紧申'还乡'，生平第一快诗也。"方东树说："此亦通篇一气，而沉着激壮，与他篇曲折细致者不同，题各有称也。起四句沉着顿挫，从肺腑流出，故与流利轻滑者不同。后四句又是一气，而不嫌直致者，用意真，措语重，章法断结曲折也。"这些意见，都值得参考。

江南逢李龟年

杜　甫

岐王宅里寻常见，崔九堂前几度闻。

正是江南好风景，落花时节又逢君。

杜甫于大历五年（770）飘泊湖湘，在潭州（今湖南长沙）遇李龟年，作此诗。从表面看，四句诗写得很轻松，只说过去在什么地方见过，如今又在什么地方、什么季节重逢，如此而已。然而岐王、崔九，乃是开元时代的名流，提到曾在"岐王宅里"、"崔九堂前"相遇，便会勾起对于开元盛世和青春年华的美好回忆，而"寻常见"与"几度闻"的有意重复，又拉长了回忆的时间，流露了无限眷恋之情。由回忆回到现实，看眼前的自然风光，"正是……好风景"，与当年相见时没有两样。然而地点则在"江南"，而不是京都。人呢？都老了！"君"不再是出入显贵之家的音乐大师，而是流落民间的白头艺人，自己呢？更贫病交加，孤舟漂流。以"落花时节又逢君"收尾，什么都没说，而往事今情，都从"又"字中逗出。"落花时节"，当然是以"落花"点时令，而青春凋谢、国运飘摇之类的象征意味，也是显而易见的。七绝到了李白、王昌龄手中，已完全成熟，形成了含蓄蕴藉，风神摇曳，婉曲唱叹，情韵悠扬等艺术特色。杜甫另辟蹊径，力求创新，形式上多用偶句、拗体，喜发议论，不避俗语，内容上扩展表现领域，形成了质直厚重的个人风格。在现存一百三十八首绝句中，这一类作品占大多数，历来褒贬不一，目为"别调"，但风神俊朗，情味隽永的佳作也不少，本篇即其中之一。黄生《杜工部诗说》称赞说："今昔盛衰之感，言外黯然欲绝。见风韵于行间，寓感慨于字里。即使龙标（王昌龄）、供奉（李白）操笔，亦无以过。"

过 三 闾 庙

戴叔伦

沅湘流不尽，屈子怨何深！
日暮秋风起，萧萧枫树林。

全诗写一"怨"字，比兴并用，风神摇曳。

因过屈原祠而凭吊屈原，便想到屈原之"怨"。《史记·屈原列传》云："屈平正道直行，竭忠尽智，以事其君，谗人间之，可谓穷矣！信而见疑，忠而见谤，能无怨乎？屈平之作《离骚》，盖自怨生也。""怨"，这是抽象的东西，如何写？诗咏屈原祠，诗兴自然由此祠触发。据《清一统志》，屈原祠在今汨罗县境，即屈原怀沙沉江之处。汨罗江是湘江支流，屈原在投江前作的《怀沙》里说："浩浩沅湘，分流汩兮。修路幽蔽，道远忽兮。"在《离骚》里也说："济沅湘以南征兮，就重华而陈词。"在这些提到"沅湘"的诗句中，抒发了爱国爱民的情感和理想无法实现的哀怨。诗人徘徊于屈原祠畔，目送沅湘之水滔滔流逝，屈原的遭遇，屈原的诗歌，便一一涌向心头，化为此诗的前两句："沅湘流不尽，屈子怨何深？"这两句综错成文，义兼比兴。屈子之"怨"有似沅湘之水，万古长流，无有尽期；屈子之"怨"异常深重，故沅湘之水日夜奔流，也流它不尽。

"不尽"二字，引出下联。有些鉴赏家认为此诗的妙处在于以景语结尾，如李锳《诗法易简录》云："三、四句但写眼前之景，不复加以品评，格力尤高。"这看法当然不错，但未和前两句联系起来，终隔一层。诗咏三闾庙，沅湘、枫林，皆眼前景。目望沅湘而感叹屈子的哀怨"沅湘流不尽"，那么"流不尽"的哀怨还体现于什么呢？于是诗人的目光从沅湘移向庙内及其附近的枫林，又想起了屈原的诗句："嫋嫋兮秋风，洞庭波兮木叶下。"（《九歌·湘夫人》）"湛湛江水兮上有枫，目极千里兮伤春心。魂兮归来哀江南。"而结尾景语，即从此化出："日暮秋风起，萧萧枫树林。"深秋日暮，落日斜照下的枫林在嫋嫋秋风里萧萧低吟，仿佛为屈原传"怨"。

杨逢春《唐诗偶评》云："此亦取逆势之格。上二逆偷下意，空中托笔。起二用逆笔提，三四方就庙中之景写'怨'字。首句所云'流不尽'者，此也。首作透后之笔，后却如题缩住，斯为善用逆笔。"其对章法的分析，可谓独具慧眼。

云阳馆与韩绅宿别

司空曙

故人江海别，几度隔山川。
乍见翻疑梦，相悲各问年。
孤灯寒照雨，深竹暗浮烟。
更有明朝恨，离杯惜共传。

安史乱后，杜甫诗中屡写乍逢倏别情景。如《赠卫八处士》"今夕复何夕，共此灯烛光。……明日隔山岳，世事两茫茫"，《羌村三首》"世乱遭飘荡，生还偶然遂。……夜阑更秉烛，相对如梦寐"，《送路六侍御入朝》"童稚相亲四十年，中间消息两茫然。更为后会知何地？忽漫相逢是别筵"，如此等等，都情真意切，蕴含深广，感人至深。大历诗人受此影响，其反映行旅聚散之诗，虽不如杜诗兼写社会乱离，然亦曲尽情理，真挚动人。司空曙的这首五律，便是其中的代表作。

首联写与故人在飘零江海的过程中"几度"重逢，才逢又别，为山川阻隔，不通音讯。在章法上，反跌次联的"乍见"，遥呼尾联的"更有"。在"几度隔山川"与"更有明朝恨"的夹缝中，偶然而又短暂的相逢，形成了似梦似幻的感觉。"乍见"之后的谈话只写了一句："相悲各问年。"老朋友的年龄，应该是彼此清楚的，明知故问，由"相悲"引起。彼此形容俱变，各显老态，与前度相逢时判若两人，故"相悲"而各问年龄，其阔别之长久，经历之辛酸，俱蕴含其中。这一联，与郎士元《长安逢故人》"马上相逢久，人中欲认难"，李端《喜见外弟又言别》"问姓惊初见，称名忆旧容"，同为大历名句。后两联写驿馆黯然相对，共传离杯的情景。"孤灯寒照雨"，由室内写到窗外。坐对孤灯，暗示彻夜未眠。灯光通过窗口照见绵绵夜雨，暗示主人公的目光不时投向窗外，因为明朝都要赶路。"深竹暗浮烟"是主人公隔窗所见的雨中景。灯光微弱，约略可见摇曳于寒雨里的竹林浮起蒙蒙雾气，"孤"字、"寒"字、"深"字、"暗"字，写"灯"、写"雨"、写"竹"、写"烟"，同时也烘托出主人公低沉凄婉的心绪。坐对孤灯，当然要共话衷曲，这一点没有明说，但共传离杯，则由尾联补出。尾联的"更有"遥应首联的"几度"。由于明朝"更有"和已往"几度"一样的别离之恨，别后又将飘零江海，远隔山川，因而珍惜短暂的相聚，相互劝酒。"离杯惜共传"的那个"惜"字，含无限深情。"大历十才子"多擅长五律，其佳作的共同优点是脉理深细，声律精严。司空曙的这一首亦然，不仅有"乍见"一联警句而已。

游　子　吟

孟　郊

> 慈母手中线，游子身上衣。
> 临行密密缝，意恐迟迟归。
> 谁言寸草心，报得三春晖。

题下作者自注云："迎母溧上作。"作时当为贞元十六年（800）。孟郊出身贫寒，其父孟庭玢早卒，母亲裴氏受尽千难万苦，抚养三个儿子成人。孟郊多次辞家，奔走衣食，直到五十岁才被授予溧阳（今属江苏）县尉的小官。当他迎养老母时，以往辞家别母的情景浮现眼前，情不自禁地写出这篇《游子吟》。

"慈母手中线，游子身上衣"，由于中间省掉"缝"字而留给第三句补出，便成为两个词组，从而使二者的关系更其紧密，恰切地表现了母子相依为命的骨肉之情。第三句"临行"上承"游子"；"缝"上承"线"与"衣"；"密密缝"三字，将慈母手眼相应、行针引线的神态及其对儿子的爱抚、担忧、祝愿和希冀，和盘托出，扣人心弦，催人泪下。这"密密缝"的情景是"游子""临行"之际亲眼看见的，他从那细针密线中体会出慈母的心意：她切盼儿子早早归来，又生怕儿子迟迟不归，衣服破了，拿什么换？所以才"密密缝"。"意恐迟迟归"的那个"意"，既出于儿子的意想，也正是慈母的真意，慈母的爱心与儿子的孝心交融互感，给"迟迟归"倾注了无声的情感波涛：母亲怕儿子"迟迟归"，当然有复杂的心理活动，儿子体贴母亲，下决心要早早归，然而世路难行，谋生不易，万一"迟迟归"呢？

后两句突用比喻作结，出人意表。然而仔细玩味，实由"意"字引发。如果儿子毫无孝心，便不会把慈母缝衣放在眼里，甚至嫌弃那衣服土气。诗里写的这个儿子则不然：慈母为他缝衣，他在一旁静观默想，当他体会出老母心意之时，便被那博大、深厚、温馨的母爱所打动，心潮汹涌，终于化为"谁言寸草心，报得三春晖"的心声。"寸草心"，极微小，"三春晖"，博大而温暖。二者的关系是：没有"春晖"普照，"寸草"不能成长；而"寸草"之"心"，又无以报答"春晖"的恩情。这两句用通俗而形象的比喻，赞颂了春晖般普博温厚的母爱，寄托了区区小草般的儿女欲报母爱于万一的炽热深情，用反诘语气，更强化了感人的力量。因而成为万口传诵的名句，并被浓缩为"春晖寸草"的成语，感发普天下人子的孝心。

苏轼《读孟郊诗》云："诗从肺腑出，出辄愁肺腑。"这一首真是从肺腑中流出的。写的是最普通的慈母缝衣场景，选的是最常见的阳光照耀小草的比喻，用的是朴实无华、通俗如话的语言，歌颂的是人人都感受过的母爱，但由于这是从一个渴望报答母爱于万一的好儿子的肺腑中流出的，所以感人肺腑。

这首诗与孟郊的《游终南山》一类诗的风格截然不同。真诚地赞颂母爱，用不着硬语盘空，验语惊人。

秋 怀（其二）

孟 郊

秋月颜色冰，老客志气单。

冷露滴梦破，峭风梳骨寒。

席上印病文，肠中转愁盘。

疑怀无所凭，虚听多无端。

梧桐枯峥嵘，声响如哀弹。

宋玉悲秋而作《九辩》，从谢惠连开始的《秋怀》诗皆以"摇落"自比，表现了今人所谓的"悲秋意识"。韩愈和孟郊各有《秋怀》组诗，都是五古，前者十一首，后者十五首，都很有名。方世举认为孟郊《秋怀》堪与韩愈《秋怀》"劲敌"，"且有过而无不及"（《昌黎诗集编年笺注》）。程学恂认为韩愈《秋怀》"当与东野所作同读，然亦难以轩轾，盖各有其至处"（《韩诗臆说》）。《唐宋诗醇》也说："《秋怀诗》抑塞磊落，所谓'寒士失职而志不平'者。昔人谓东野诗读之令人不欢，观昌黎此等作，真乃异曲同工，固宜有臭味之合也。"

孟郊的这一首，以"秋月"起兴引起"秋怀"。"颜色冰"的"冰"字读去声，变名词为形容词，既有色感，又有质感。写"秋月"而用"冰"字，使人不仅看见月色像冰一样惨白，而且感到它像冰一样寒冷。"冰"字的感觉者——这首诗的抒情主人公自称"老客"，一个"老"字便含无限感慨：出门作客多年，如今已经"老"了，但还在作客啊！少年之时，志在四方，不怕作客；如今呢，"老"成这个样子，作客的日子愈来愈不好过，当年的壮志也已消磨殆尽，望秋月之如冰，便感到"志气单"。一个"单"字，活现了孤零零、怯生生的情态。这组《秋怀》诗，是孟郊老年客居洛阳时写的。这时候，他在河南尹幕中充当下属僚吏，寄人篱下，贫病交加，孤立无援。秋天一来，使他感到冰冷，感到孤单的不仅是"秋月"，还有"冷露"、"峭风"与"枯桐"。且看他接下去怎么写。

"秋月"现于夜空，诗以"秋月"起兴，接下去当然继续写夜景。从下文看，诗人是躺在病床上的。本组诗的另一首诗里说："秋至老更贫，破屋无门扉。一片月落床，四壁风入衣。"可见他躺在屋子里照样可以望月。"冷露滴梦破，峭风梳骨寒"两句，为全诗划清了时间层次。"露"是后半夜才有的，深秋的后半夜当然比前半夜凉。"冷露"滴破了"老客"的梦，见得他躺在床上眼望"秋月颜色冰"而伤怀于"老客志气单"，好容易才入睡了，做梦了。梦见什么，没有说，只说那梦还没有做完，就被"冷露"滴破，已经够凄凉的，而梦破之后的现实又是什么呢？不是别的，乃是"峭风梳骨寒"啊！一个"梳"字，用得何等新奇，又何等传神！"梳"的本义是用梳子梳头发，如今说"峭风梳骨"，极言那位"老客"不仅瘦得皮包骨，简直是只剩下几根骨头了，尖峭的秋风梳来梳去，就不是一般的"寒"而是"寒"入骨髓。以下各句，进一步写"梦破"之后的环境氛围和精神状态。"席上印病文"一句写卧病之久。竹席是有"文"的，长期病卧竹席之上，辗转反侧，那席子便在病躯上印出无数花纹。"肠中转愁盘"一句写愁思之深。肠子是一盘一盘的，秋思满腹，好像在肠子里一盘一盘地旋转，没完没了。"疑怀无所凭，虚听多无端"两句中的"怀"和"听"都是名词，前面的"疑"和"虚"是形容词作定语。疑神疑鬼的情怀老像悬在空中，无所凭依，不时听见这样那样的声音，其实无端无绪，多属虚幻。这两句写由于内心极度空虚怯弱而产生的重重疑虑和种种幻觉，极尽久病神理。结尾"梧桐枯峥嵘，声响如哀弹"紧承"虚听"而兼写视觉。"峥嵘"，状"梧桐"之突兀高耸。"枯"字妙在模糊，是说桐叶枯了呢，还是说整个桐树全枯了呢？都可以。总之，因为它"枯"了，所以"峭风"吹过就发出"哀弹"似的声响，在"老客"的幻觉之中，像是传来哀怨的琴声。

　　洛阳的秋夜当然颇有"寒"意，何况"老客"久病，形单影只，住的"破屋"又没有窗扉门板，四壁透风，独自瑟缩于光席之上，也自然会感到"寒"，然而不管怎么说，何至于"冷"成那个样子，那毕竟还是秋天嘛！其实，那"冰"月，那"冷"露，那"寒风"，在很大程度上是"老客"主观感受的外射。他已看够冷眼，受够冷遇，饱尝人情世态的冷酷，因而对一切都感到心寒意冷。由于移情作用而感到月"冰"、露"冷"、风"寒"，这里面已经有错觉。所以发展下去，便"疑怀"重重，"虚听"种种，陷入了由疑生幻、因幻愈疑的精神困境。如此写"秋怀"，真写出了特色，真比韩

163

愈的同题组诗有过之而无不及。"冰"月、"冷"露、"寒"风既然在很大程度上是诗人主观体验的外射，那它们也就有了暗喻作用，暗喻诗人体验过千百次的人情世态的冷酷。至于结尾两句，寓意就更加明显了。那么"峥嵘"的"梧桐"，是制琴的好材料，如今它已经"枯"了，在寒风里不停发出声响，好像是弹奏琴曲，诉说哀怨。这里面，不也闪动着诗人的身影吗？元好问《论诗绝句》云："东野穷愁死不休，高天厚地一诗囚。江山万古潮阳笔，合在元龙百尺楼。"这是扬韩抑孟的。其实，孟、韩各有独到之处。孟郊本来有"穷愁"的遭遇，也的写穷愁之作，戛戛独造，又曲折地反映出封建社会对于人才的摧残，自有其价值在。明人高棅在《唐诗品汇》的《五言古诗叙目》中列韩愈、孟郊为"正变"，评孟郊云："东野之少怀耿介，龌龊困穷，晚擢巍科，竟沦一尉，其诗穷而有理，苦调凄凉，一发于胸中而无吝色。如古乐府等篇，讽咏久之，足有馀悲，此变中之正也。"这评价是相当中肯的。

游　终　南

孟　郊

> 南山塞天地，日月石上生。
> 高峰夜留景，深谷昼未明。
> 山中人自正，路险心亦平。
> 长风驱松柏，声拂万壑清。
> 即此悔读书，朝朝近浮名。

孟郊（751—814），字东野，湖州武康（今浙江省武康县人），在中唐诗坛，与贾岛同以苦吟著名，并称郊、岛；又极受韩愈的推崇，创作也属于同一流派，并称韩、孟。

韩愈在《荐士》诗里说孟郊的诗"横空盘硬语，妥帖力排奡"。这首五言古诗《游终南》，在体现这一特点上很有代表性。姚范在《援鹑堂笔记》里说它"奇出意表"，沈德潜在《唐诗别裁集》里说它"盘空出险语"，与《出峡》诗"上天下天水，出地入地舟""同一奇险"，也是就这一特点而言的。

"硬语"的"硬"指字句坚挺有力，其反面是疲软，这首诗里的一些句子，如"南山塞天地，日月石上生"，"长风驱松柏，声拂万壑清"，特别是其中的"塞"字、"生"字、"驱"字、"拂"字，都十分坚挺有力，给人以射石没羽的感觉。

"硬"容易流于"生"。"生硬"、"生涩"，乃是"妥帖"的反面。韩愈在肯定"横空盘硬语"的同时，又强调"妥帖力排奡"，就是为了避免"生"。孟郊的有些诗，是有"生硬"、"生涩"的缺点的，这首诗中的"硬语"，却还相当"妥帖"。

"硬"不一定"险"，但就这首诗看，其中的一些"硬语"却同时也是"险语"。这些"硬语"之所以"险"，在于夸张得险些儿"过理"，但仔细想来，仍然"合理"。《文心雕龙·夸饰》云："夸过其理，则名实两乖。"如果夸张得"过理"而不"合理"，那就不是"奇险"，而是"怪诞"了。

鉴赏这首诗，必须紧扣诗题中的那"游"字，要处处注意，诗人不是远望终南，而是正在终南山里"游"。

一开头的"南山塞天地，日月石上生"，实质上是写终南山既高且大。洪亮吉《北江诗话》云："游山诗能以一二句隐括一山者最寡，孟东野诗云：'南山塞天地，日月石上生。'善状终南山矣。"然而王维《终南山》的首联"太乙近天都，连山接海隅"，也是写终南山既高且大，其写法又何以如此不同呢？这固然由于作者的创作个性各异，但更重要的一点是：孟郊已在终南山中，而王维还在远处遥望。从长安城郊遥望终南，即使高度夸张，也只能说它高"近天都"，远"接海隅"，而不能说它"塞"满"天地"，因为环视四周，分明是"八百里秦川"；也不能说"日月"从终南山的"石上生"，因为日月分明从东方天际升起，终南却在南边。然而一旦深入终南山中，就会是另一番景象。

就实际情况说，终南尽管高大，但远远没有塞满天地。"南山塞天地"，的确是"硬语盘空"，"险语惊人"。但这是作者写他"游"终南山的感受，所以与王维《终南山》首联写终南远景截然不同。身在深山，仰望，则山与天连；环顾，则视线为千岩万壑所遮，压根儿看不见山外还有什么空间。用"南山塞天地"概括这种独特的感受，虽"险"而不"怪"，虽"夸"而非"诞"，简直可以说是"妥帖"得不能再"妥帖"了！

"日月"当然不是"石上生"的，更不是同时从"石上生"的，"日月石上生"一语，的确"硬"得出奇，"险"得惊人。然而这也是作者写他"游"终南山的感受。"日""月"并提，不是说"日""月"并生，而是说作者来到终南，既见日升，又见月出，已经度过了几个昼夜。终南之大，作者游兴之浓，也于此曲由传出。身在终南深处，朝望日，夕望月，都从南山高处初露半轮，然后冉冉升起，这不就像从"石上生"出来一样吗？张九龄的"海上生明月"，王湾的"海日生残夜"，杜甫的"四更山吐月"，都与此同一机杼。孤立地看，"日月石上生"似乎"夸过其理"，但和作者"游"终南山的具体情景、具体感受联系起来，就觉得它虽险而不怪，虽夸而非诞。当然，险硬的风格，使他不可能有"四更山吐月"那样的情韵。

　　"高峰夜留景，深谷昼未明"两句，大约从谢灵运《石门新居》中的"早闻夕焱急，晚见朝日暾"化出，其风格仍然是"奇险"。在同一地方，"夜"与"景"（日光）互不相容，作者硬把它们统一起来，怎能不给人以"奇"的感觉？但细玩诗意，"高峰夜留景"，不过是说在其他地方已经被夜幕笼罩之后，终南的高峰还留有落日的余晖。极言其高，又没有违背真实。从《诗经·大雅·崧高》"崧高维岳，峻极于天"以来，人们习惯于用"插遥天"、"出云表"之类的说法来表现山峰之高耸。孟郊却避熟就生，抓取富有特征性的景物加以夸张，就在"言峻则崧高极天"之外，另辟蹊径，显得很新颖。在同一地方，"昼"与"未明"（夜）无法并存，作者硬把二者拉在一起，自然给人以"险"的感觉。但玩其本意，"深谷昼未明"，不过是说在其他地方已经洒满阳光之时，终南的深谷里依然一片幽暗。极言其深，很富有真实感。"险"的风格，还从上下两句的夸张对比中表现出来。同一终南山，其"高峰"高到"夜留景"，其"深谷"深到"昼未明"。一高一深，悬殊若此，似乎"夸过其理"。然而这不过是借一高一深表现千岩万壑的千形万态，于此见终南山高深广远，无所不包。究其实，略同于王维的"阴晴众壑殊"，只是风格各异而已。

　　"长风驱松柏"，"驱"字下得"险"。然而山高则风长，"长风"过处，千柏万松，枝枝叶叶，都向一边倾斜，这只有那个"驱"字才能表现得形神毕肖。"声"既无形又无色，谁能看见它在"拂"？"声拂万壑清"，"拂"字下得"险"。然而那"声"来自"长风驱松柏"，"长风"过处，千柏万松，枝枝叶叶都在飘拂，也都在发声。说"声拂万壑清"，就把视觉形象和听觉形象统一起来了，使读者于看见万顷松涛之际，又听见万壑清风。

这六句诗以写景为主，给人的感受是：终南自成天地，清幽宜人。插在这中间的两句，则以抒情为主。"山中人自正"里的"中"是"正"的同义语。山"中"而不偏，山里人自然就"正"，而不邪；联系"地灵人自杰"的原则，因山及人，抒发了赞颂之情。"路险心亦平"中的"险"是"平"的反义词。山里人既然"正"而不邪，那么，山路再"险"，心还是"平"的。以"路险"作反衬，突出地歌颂了山里人的心地平坦。当然，那"路"含有"比"义，既指"山路"，又指"世路"。

事物都有对立面。赞美终南的万壑清风，就意味着厌恶长安的十丈红尘，赞美山里的"人正"、"心平"，就意味着厌恶山外的人邪心险。硬语横空，险语惊人，也还有言外之意耐人寻味。以"即此悔读书，朝朝近浮名"收束全诗，这种言外之意就表现得相当明显了。

山　石

韩　愈

山石荦确行径微，黄昏到寺蝙蝠飞。
升堂坐阶新雨足，芭蕉叶大栀子肥。
僧言古壁佛画好，以火来照所见稀。
铺床拂席置羹饭，疏粝亦足饱我饥。
夜深静卧百虫绝，清月出岭光入扉。
天明独去无道路，出入高下穷烟霏。
山红涧碧纷烂漫，时见松枥皆十围。
当流赤足踏涧石，水声激激风吹衣。
人生如此自可乐，岂必局束为人鞿？
嗟哉吾党二三子，安得至老不更归！

韩愈不仅是卓有贡献的散文家，而且是极有影响的诗人。清人赵翼在《瓯北诗话》卷三里说：

韩昌黎生平所心摹力追者，惟李、杜二公。顾李、杜之前，未有李、杜，故二公才气横恣，各开生面，遂独有千古。至昌黎时，李、杜已在前，纵极力变化，终不能再辟一径，惟少陵奇险处，尚有可推广，故一眼觑定，欲从此辟山开道，自成一家，此昌黎注意所在也。然奇险处亦自有得失，盖少陵才思所到，偶然得之，而昌黎则专以此求胜，故时见斧凿痕迹，有心与无心异也。其实昌黎自有本色，仍在文从字顺中，自然雄厚博大，不可捉摸，不专以奇险见长。

这些评论相当中肯。韩愈在诗歌创作的天地里，的确于李白、杜甫各大家开辟的领域之外，另辟蹊径，戛戛独造，自成一家。他追求奇险的风格，有得有失，需要就具体的作品作具体的分析。但笼统地以"奇险"或"险怪"概括他的诗风，却不合实际。赵翼指出："昌黎自有本色，仍在文从字顺中，自然雄厚博大，不可捉摸，不专以奇险见长。"这的确是在全面研究韩诗之后作出的确切估价。例如历代传诵的《山石》，就不以奇险见长，而是文从字顺，不假雕琢，雄厚博大，俊伟清新。

看来诗人并不是先拟好题目再作诗，而是作好诗之后，才沿用《诗经》"首句标其目"的老例，取首句的头两个字"山石"作题目，所以，题曰"山石"，诗却并不是歌咏山石的，而是叙写游踪的。我们在赏析杜甫的《北征》时曾讲过韩愈"以文为诗"的问题。韩愈是诗人，又是杰出的散文家。他善于在保持诗文各自特质的前提下使它们互相渗透，互相汲取营养。这篇《山石》，就汲取了散文中有悠久传统的游记文的写法，按照行程顺序，叙写从攀登山路，"黄昏到寺"，"夜深静卧"到"天明独去"的所见、所闻和所感，是一篇游记体的诗。

按照时间顺序依次记述游踪，很容易弄成流水账。《山石》的可贵之处在于它是按照时间顺序依次记述游踪的，却并不像记流水账，而是像电影摄影师选好外景，人物在前面活动，摄影机在后面推、拉、摇、跟，一个画面接着一个画面，在我们眼前出现。每一画面，都有人有景有情，构成独特的意境。全诗主要记游山寺，一开头，只用"山石荦确行径微"一句，概括了到寺之前的行程，而险峻的山石，狭窄的山路，都随着诗中主人公的攀登而移步换形。你也许要说："这一句没有写人嘛！"是的，是没有写，但第二句

"黄昏到寺蝙蝠飞"中的"到寺"二字，就补写了人。"到寺"有个省去了的主语，谁到寺呢？那就是来游的诗人。他从哪里来？就从那"山石荦确"的"行径"上来。而说第一句没写人，那只是说没有明写，实际上，那"山石"的"荦确"和"行径"的细"微"，都是主人公从那里经过时看到的，感到的，正是通过这些主观感受的反映，表现他正在爬山。爬了多久，不得而知，但黄昏之时，才到了山寺，当然经过了一段艰苦行程。"黄昏"，怎么能够变成可见可感的清晰画面呢？有办法。我们的摄影师很高明，他选取了一个"蝙蝠飞"的镜头，让那只有在黄昏之时才会出现的蝙蝠在寺院里盘旋，就立刻把诗中的主人公和他刚刚进入的山寺，统统笼罩于幽暗的暮色之中。既然是"黄昏到寺"，就先得找寺僧安排食宿，所以就出现了主人公"升堂"的镜头。然而主人公是来游览的，游兴很浓，"升堂"之后，立刻退出来坐在堂前的台阶上，欣赏那院子里的花木，"芭蕉叶大栀子肥"的画面，也就跟着展开。"大"和"肥"，这是很寻常的字眼，但用在"芭蕉叶"和"栀子"花上，特别是用在"新雨足"的"芭蕉叶"和"栀子"花上，就凸出了客观景物的特征，增强了形象的鲜明性。正因为形象如此鲜明，所以尽管时已黄昏，却仍然很显眼，主人公也就情不自禁地要赞美它们的"大"和"肥"了。请看看，只有四句诗，却包含了多少层次，放映了多少画面！

"升堂坐阶新雨足"一句中的"新雨足"，那是和下句联系的，其作用是突出芭蕉叶的"大"和栀子花的"肥"，并为它们洗去灰尘，增强亮度。"升堂坐阶"，却有点费解。已经"升堂"了，又怎么"坐阶"？堂上哪有台阶呢？其实，如在前面所说，这的确是写主人公"到寺"之后，先穿过"蝙蝠飞"的院落，"升堂"去找住持，然后又转回来"坐阶"，欣赏那"芭蕉叶大栀子肥"的美景。看"僧言"以下四句，其意自明。因为已经找过住持，接着出现的画面上就有了僧人。时间在流逝，新雨之后的栀子花和芭蕉叶尽管很"肥"、"大"，但终于隐没于夜幕之中，在主人公眼前消失了。热情的僧人便凑过来助兴，夸耀寺里的"古壁佛画好"，并拿来火把，领客人去观看，一看，果然是罕见的艺术珍品。这当儿，菜饭已经摆上了，床也铺好了，连席子都拂拭干净了。寺僧们的殷勤，宾主感情的融洽，也都得到了形象的体现。请看看，只用三句诗，又放映了多少画面！"疏粝亦足饱我饥"一句，图画性当然不够鲜明，但这是必不可少的。它既与结尾的"人生如此自可乐，岂必局束为人靰"相照应，又说明主人公游山，已经费了很多时间，走了不少路，因而饿得够呛，连粗糙的饭菜都觉得挺好吃。那么，如果拍电影的话，主人公穿越"荦确"的"山石"，在小径上攀登的"跟镜头"，就应该"跟"得久一些，不宜浮光掠影，一晃而过。

写夜宿只用了两句。"夜深静卧百虫绝"，表现了山寺之夜的清幽。而这清幽的境界，是通过主人公静卧细听百虫鸣叫的镜头显示出来的。"夜深"而"百虫"之声始"绝"，那么在"夜深"之前，百虫自然在各献特技，合奏夜鸣曲，主人公也在欣赏夜鸣曲。正像"鸟鸣山更幽"一样，山寺之夜，百虫合奏夜鸣曲，就比万籁俱寂还显得幽寂，而细听百虫合奏的主人公，也自然万虑俱消，心境也空前清静。这镜头当然是朦胧的，但却是有声的，听觉形象掩盖了视觉形象。夜深了，百虫绝响了，接踵而来的则是"清月出岭光入扉"，主人公又兴致勃勃地隔窗赏月了。这月光，顿时照亮了画面，主人公寄宿的僧房是什么样子，他的床设在何处，从窗子里望出去，能够看见什么，都历历在目。他刚才静卧细听百虫鸣叫的神态，也在"清月出岭光入扉"的一刹那显现于我们眼前。

作者所游的是洛阳北面的惠林寺，同游者是李景兴、侯喜、尉迟汾，时间是唐德宗贞元十七年七月二十二日（公元 801 年 9 月 3 日）。农谚有云："二十一二三，月出鸡叫唤。"可见诗中所说的"光入扉"的"清月"，乃是下弦月，它爬出山岭，照进窗扉，已经鸡叫头遍了。主人公再欣赏一阵子，就该天亮了。写夜宿只两句，却不仅展现了几个有声有色的画面，表现了主人公深夜未睡，陶醉于山中夜景的情怀，而且水到渠成，为下面写离寺早行作好了过渡。"天明"以下六句，写离寺早行，跟着时间的推移和主人公的迈步向前，画面上的光色景物在不断变换，引人入胜。"天明独去无道路"一句，需要作些解释。第一，"独去"的"独"，是就寺僧没有远送而言，不是主人公独自去，因为他还有三位朋友作伴。这不仅有记载可查，而且下面诗句里的"吾党二三子"，正是指他们。第二，"无道路"并非无路可走，而是天刚破晓，雾气很浓，看不清道路。所以接下去，就是"出入高下穷烟霏"的镜头。"出入"两字，有的选本解释为"走出这个山谷，又进入那个山谷"，这是合乎情理的，但在文字上找不到根据。按照语法结构，这一句的大意应该是：出入于高高下下的烟霏之中，终于走完了烟霏——烟霏消尽了。"高下"，指山势忽高忽低；"烟霏"，指流动的雾气；"穷"，尽也。主人公"天明"出发，眼前是一片"烟霏"的世界，不管是山的高处还是低处，全都浮动着蒙蒙雾气。在浓雾中摸索前进，出于高处，入于低处，出于低处，又入于高处，时高时低，时低时高。此情此境，岂不是饶有诗味，富于画意吗？烟霏既尽，朝阳熠熠，画面顿时增加了亮度，"山红涧碧纷烂漫"的奇景就闯入主人公的眼帘，自然也闯入读者的眼帘。而"时见松枥皆十围"，既为那"山红涧碧纷烂漫"的画面添景增色，又表明主人公在继续前行，而随着他的视野移动的画面，也自然不断地变换内容。

诗人写入山，只用一句，看得出他是为详写出山预留地步的。写出山，虽然也只有几句诗，然而和写游山寺所用的笔墨相比，也已经够详了。尽管连续出现的画面都各有特色，很有吸引力，但那"跟镜头"总不能无休止地"跟"下去，直"跟"进洛阳城。如果直"跟"进洛阳城，就未免失于剪裁。诗人当然比我们更懂得这个道理，于是在映出"当流赤足踏涧石，水声激激风吹衣"的"全景"之后，就让它停在那里，唱起了"主题歌"。而那"赤足踏涧石"、清风飘衣襟的人物形象和从他脚下响起的激激水声，就长久地浮现于我们的眼前耳畔。

结尾四句，具有总结全诗的意义，所以姑且叫做"主题歌"。作者先用"人生如此"四个字概括了黄昏坐阶，寺僧陪游，疏粝充饥，夜深赏月，山中早行，光脚板踏涧石过溪水等此次出游的全部经历，然后用"自可乐"三字加以肯定。后面的三句诗，以"为人靰"的幕僚生活作反衬，表现了对山中自然美、人情美的无限向往，从而强化了全诗的艺术魅力。

总起来说，《山石》汲取了山水游记的特点，按照行程的顺序逐层叙写游踪，为传统的记游诗开拓了新领域。

逐层叙写，却不像流水账，而像《长江万里图》那样的长卷逐次展开，一个个清新的画面连续出现，更像旅游彩色记录影片，随着游人的前进，一个个有声有色有人有景的镜头不断转换。

那么，它在艺术表现方面的奥秘究竟何在呢？

第一，虽说是逐层叙写，仍经过严格的选择和精心的提炼。从"黄昏到寺"到就寝之前，实际上的所经所见所闻所感当然很多，但摄入镜头的，却只有"蝙蝠飞"、"芭蕉叶大栀子肥"、寺僧陪看壁画和"铺床拂席置羹饭"等殷勤款待的情景，因为这体现了山中的自然美和人情美，跟"为人靰"的幕僚生活相对照，使诗人萌发了"归"耕或"归"隐的念头，是结尾"主题歌"所以形成的重要根据。关于夜宿和早行，所摄者也只是最能体现山野的自然美和自由生活的那些镜头，同样是结尾的主题歌所以形成的重要根据。

第二，按行程顺序叙写，也就是按时间顺序叙写，时间不同，天气的阴晴和光线的强弱也不同。就时间说，主人公游寺在日暮，听虫赏月在夜间，离寺出山在早晨。而天气的主要特征，则是"新雨足"之后。这篇诗的突出特点，就在于诗人善于捕捉不同景物在特定时间、特定天气里所呈现的不同光感、不同湿度和不同色调。"黄昏到寺"之后，写的是暮景。先用"蝙蝠飞"带来暮色，又用"新雨足"表明大地的一切刚经过雨水的滋润和洗涤；这才写主人公于苍茫暮色中赞赏"芭蕉叶大栀子肥"，而那芭蕉叶和栀子花也就带着它们在雨后日暮之时所特有的光感、湿度和色调，呈现于我们眼前。接着写夜景。看壁画而以火照明，静卧无所见而听百虫鸣叫，都准确地表现出山中之夜的幽暗与恬静。写"月"而冠以"清"字，表明那是"新雨"之后的月儿，尽管它深夜出岭，已是"下弦"，却特别明净，所以照进窗扉，仍能引起主人公的兴趣。主人公隔窗遥望，就会看见翠岭似睡，碧空如洗，一钩残月，将仅有的清光洒向人间。写朝景，新奇而多变。因为他不是写一般的朝景，而是写山中雨后的朝景，他先以"天明独去无道路"一句，总括了山中雨雾，地面潮湿，黎明之时，浓雾弥漫的特点，然后用"出入高下穷烟霏"一句，画出了雾中早行图。"烟霏"既"穷"，阳光普照，就看见涧水经雨而更深更碧，山花经雨而更红更亮。于是用"山红涧碧"加以概括。夹在两山之间的流水叫"涧"，山红而涧碧，红碧相辉映，色彩已很明丽。但由于诗人敏锐地把握了雨后天晴，秋阳照耀下的山花、涧水所特有的光感、湿度和色调，因而感到光用"红"、"碧"还很不够，又用"纷烂漫"加以渲染，才把那"山红涧碧"的美景表现得鲜艳夺目。接下去，把描绘的重点移向人物。光看在激激水声中"赤足踏涧石"、清风吹衣襟的人物形象已经很迷人。但如果光看人物，而无视于他的背景，就未免辜负了作者的苦心。要知道，"踏涧石"的"涧"，正就是前面所写的"山红涧碧"的"涧"。这个人物以"山红涧碧纷烂漫"为背景，无怪乎逸趣盎然，忍不住要吐露"人生如此自可乐"的情怀了。

第三，这首诗篇幅不长，所展现的画面却如此丰富多彩，还由于诗人善于驾御祖国语言。仅就造句的高度凝练来说，正如方东树在评论这首诗时所指出："他人数语方能明者，此须一句，即全现出。"（《昭昧詹言》卷十二）例如"芭蕉叶大—栀子肥"，包含两个主谓结构；"水声激激—风吹衣"，包含一个主谓结构和一个主谓宾结构；"黄昏到寺—蝙蝠飞"，包含一个省略主语的状谓宾结构和一个主谓结构；"山红—涧碧—纷烂漫"，包含两个主谓结构，共带补语。这些诗句，每句都等于两个句子，而句法多变，无一雷同。又如"升堂—坐阶—新雨足"，包含两个省略主语的动宾结构和一个主谓结构，"铺床—拂席—置羹饭"，包含三个动宾结构，省略主语，这两句诗，各等于三个句子，而结构各异。因此，每一句诗都容量很大，表现力极强，而无单调之感。

第四，还有一点也值得一谈。自从律诗形成以后，有些诗人作七言古诗，喜欢用对偶句，在平仄声的处理上，也往往运用律句。如初唐四杰、高适、王维、白居易、元稹等人的一些作品，就都具有这样的特点。就优点说，多用偶句，会显得整丽；多用律句，会显得和谐。但偶句、律句太多，又可能流于圆熟和疲弱，失却古体诗的格调。所以杜甫的一些七古，有意避免偶句和律句，韩愈承流接响而加以发展，对后代很有影响。这篇《山石》，就全用单句。正因为全用单句，不求对偶，才能像前面所说的那样，所有诗句，结构各有特点，极综错变化之妙。就平仄说，全篇无一律句，其主要特点是有意识地运用了与律句相区别的三字脚："仄平仄"、"平仄平"、"仄仄仄"、"平平平"。正因为这样，所以虽然押的是平声韵，而且一韵到底，却无平板疲弱之感。

这篇诗极受后人重视，影响深远。苏轼与友人游南溪，解衣濯足，朗诵《山石》，慨然知其所以乐，因而依照原韵，作诗抒怀。原题是《二月十六日，与张、李二君游南溪，醉后，相与解衣濯足，因咏韩公〈山石〉之篇，慨然知其所以乐而忘其在数百年之外也。次其韵》，诗云："终南太白横翠微，自我不见心南飞。行穿古县并山麓，野水清滑溪鱼肥。须臾渡溪踏乱石，山光渐近行人稀。穷探愈好去愈锐，意未满足枵如饥。忽闻奔泉响巨碓，隐隐百步摇窗扉。跳波溅沫不可向，散为白雾纷霏霏。醉中相与弃拘束，顾劝二子解带围。褰裳试入插两足，飞浪激起冲人衣。君看麋鹿隐丰草，岂美玉轪黄金鞿。人生何以易此乐，天下谁肯从我归！"见《苏轼诗集》卷五。他还写过一首七绝："荦确何人似退之，意行无路欲从谁？宿云解驳晨光漏，独见山红涧碧时。"（《王晋卿所藏〈著色山〉二首》其二，见《苏轼诗集》卷三〇）诗意、词语，都从《山石》化出。至于元好问"拈出退之《山石》句"来对比秦观的"女郎诗"，以及由此引起的争论，更为人所熟知。此后高度评价《山石》的人还很多，就不必一一列举了。

有 所 思

卢 仝

当时我醉美人家，美人颜色娇如花。

今日美人弃我去，青楼珠箔天之涯。

娟娟姮娥月，三五圆又缺。

翠眉蝉鬓生别离，一望不见心断绝。

心断绝，几千里。

梦中醉卧巫山云，觉来泪滴湘江水。

湘江两岸花木深，美人不见愁人心。

含愁更奏绿绮琴，调高弦绝无知音。

美人兮美人！不知为暮雨兮为朝云！

相思一夜梅花发，忽到窗前疑是君。

元好问《论诗三十首》中有这样一首："万古文章有坦途，纵横谁似玉川卢？真书不入今人眼，儿辈从教鬼画符。"中唐诗人卢仝自号玉川子。这里的"玉川卢"，就是指卢仝。韩愈《赠卢仝》诗云："往年弄笔嘲仝异，怪词惊众谤不已；近来自说寻坦途，犹上虚空跨骡骖。"元好问"坦途"一词，即本此；"纵横"，则是"坦途"的对立面，元好问赋予它贬义，略同于所谓"险怪"及"鬼画符"。这首论诗绝句，意在批评卢仝的诗风。宗廷辅《古今论诗绝句》解释说："卢仝诗险怪，溺之者皆入于邪径。下二句，盖以狂草为譬。"这是符合元氏的原意的。

卢仝的诗，有一些的确很险怪，著名的《月蚀诗》，就是一例。但纵观他传世的全部诗作，属于"险怪"的也并不多，不应以点代面。更何况，"险怪"之作，也要作具体分析。朱熹就曾中肯地指出，"唐人玉川子辈，句语虽险怪，意思亦自有混成气象。"解放以来出版的几种文学史和其他有关论著，对于卢仝的诗，或以"险怪"否定，一笔带过，或压根儿不予论述，未免不够公允。让我们尝鼎一脔，读读他的《有所思》。

《有所思》，是汉铙歌十八曲之一。诗云："有所思，乃在大海南。何用问遗君？双珠玳瑁簪，用玉绍缭之。闻君有他心，拉杂摧烧之。摧烧之，当风扬其灰。从今以往，勿复相思！相思与君绝！鸡鸣狗吠，兄嫂当知之。妃呼狶，秋风肃肃晨风飑，东方须臾高知之。"夏敬观《汉短箫铙歌注》说这是"征南粤纪功之辞"，显然是错误的。从全诗看，分明表现一位痴心女子因其情人变心而打算与他决裂，却又下不了决心的矛盾心情，读之十分感人。至于此后文人们用这个乐府旧题所作的诗，包括李白的那首《古有所思》在内，尽管各有特色，但从内容与形式的完美结合所达到的艺术高度而言，似乎都不如卢仝的这一首。

有一位研究生写了研究贺铸《东山词》的毕业论文，颇有分量，因而获得了硕士学位。但说《小梅花》一词如何新颖，如何有创造性，却值得商榷。我在主持答辩时提出不同意见，却说服不了他，只好给他朗读卢仝的《有所思》，他全神贯注地听完，才频频点首。且看他高度评价的那首《小梅花》：

> 思前别，记时节，美人颜色如花发。美人归，天一涯，娟娟姮娥三五满还亏。翠眉蝉鬓生离诀，遥望青楼心欲绝。梦中寻，卧巫云，觉来珠泪滴向湘水深。　　愁无已，奏绿绮，历历高山与流水。妙通神，绝知音，不知暮雨朝云何山岑？相思无计堪相比，珠箔雕栏几千里。漏将分，月窗明，一夜梅花忽开疑是君。

不难看出，贺铸的这首词，是檃括卢仝的《有所思》而成的。既然如此，就不便说它如何新颖，如何有创造性。但如果不是互相比较而是抛开原作，则这首《小梅花》也的确很不错。夏敬观评贺铸的《六州歌头》，就说它与这首《小梅花》"同样功力，雄姿壮采不可一世"。龙榆生《唐宋名家词选》选词颇严，但也选了这首《小梅花》。说这首《小梅花》"雄姿壮采，不可一世"，未尝不可，但那"雄姿壮采"并非出自贺铸的艺术创造，而取自卢仝的《有所思》。而这正间接说明了卢诗的艺术成就。

把前人的某篇文或某篇诗檃括成一首词，不自贺铸始，贺铸之后，也还有人那样做（但一般都有说明，贺铸未说明，因而被误认为他的创作）。这有似于今天的"改编"。严肃的改编，是艺术上的再创造，可以大大超过原作。而贺铸改编卢仝《有所思》的《小梅花》，却逊于原作。仅比较两篇的结尾，就可以看出孰优孰劣。卢诗的结尾并非孤立的存在，而是全诗的层层波澜所激起的高潮。一开头，诗人即说"当时我醉美人家，美人颜色娇如花"。这"娇如花"的"美人颜色"，就成了触发全诗"有所思"的电纽；从结构上说，则是贯串首尾的锦带。接下去，由"当时"转向"今日"，触景怀人，波澜迭起，直写到"湘江两岸花木深"，又与开头呼应。因"美人颜色娇如花"，故见湘江两岸之花而思念美人，徒然思念而终不可见，故说"愁人心"，"泪滴湘江水"。白居易《长恨歌》有云："归来池苑皆依旧，太液芙蓉未央柳。芙蓉如面柳如眉，对此如何不泪垂！"其艺术构思，正与此同一机杼。写到见花不见美人，思念不已，似乎无法再写了。而作者出人意外地又掀起一层波澜，写弹奏"绿绮琴"以自遣。但弹琴不仅未能自遣，反而加深思念。原因是：弹琴，需要有知音欣赏，可如今呢？"调高弦绝无知音"啊！在这里，作者补写了思念美人的主要原因，也从而丰富了美人的形象塑造。"无知音"者，"美人不见"也。这美人既是他的知音，其心灵之美，自然是不言而喻的。"含愁更奏绿绮琴"，而知音的美人不在身旁，"调高弦绝"，又有谁同情呢？于是乎进一步"有所思"，彻夜不眠，从而逼出了结尾的警句，把相思之情推向高潮。

"相思一夜梅花发，忽到窗前疑是君"两句，词意新警。开头只说"美人颜色娇如花"，未说什么花。如果是桃花，虽然娇艳，却未免庸俗，如今落实到梅花，就显示了美人非凡的标格风韵。此其一。不说梅花凌寒自发，而于"梅花发"之前加上"相思一夜"，仿佛那寒梅由于受自己彻夜相思的感动，才开了花。而梅花，也就成了自己的"知己"。此其二。梅花不会忽然从别的地方走到窗前。事实是：窗外本有梅树，却还没有开花。窗内人怀念美人，辗转反侧，"相思"了"一夜"，窗纱上已有曙光，放眼一看，那忽然开放的梅花正在晓风中摇曳，就怀疑他彻夜相思的美人正向窗前走来。化静为动，化花为人，曲尽因渴望美人归来而想入非非、心神恍惚的情态。此其三。"疑是君"的"疑"反映了心理变化的过程：始而"疑"，继而就需要作出判断，判断的结果，那是不言自明的。只写到"疑是君"，与开头的"美人颜色娇如花"拍合，就戛然而止，言虽尽而意无穷。

再看贺铸据此改编的《小梅花》。第一，首尾照应的特点虽然有所保留，但中间绾合首尾、触景生情的"湘江两岸花木深"却丢掉了，只说"珠泪滴向湘水深"就显得概念化。第二，"奏绿绮"而说"绝知音"，就连那美人都不是他的"知音"了，还相思她干什么！第三，结尾多出了明月，当然是可以允许的，但"月窗明"乃夜间情景，月窗既明，窗前梅花夜间就可以看见，紧接着却说"一夜梅花忽开疑是君"，就不能表现出乍见生疑的神理。第四，原作把梅花忽发说成"一夜相思"的结果，构思新奇而含意丰富，改作却丢掉了这些精华。尽管保留了"一夜"，却把它加在"梅花忽开"之前，以致"一夜"与"忽"相碍，未免点金成铁。

元人贯云石有一首散曲小令《蟾宫曲》，题作《咏纸帐梅花》，结句云："夜半相思，香透窗纱。"题目中虽然有"梅花"，但曲文不提梅花而说"香透窗纱"，就显得突然，又和"夜半相思"联系起来，更有点费解。这只有熟读卢仝的《有所思》，能够背诵其结句的人，才能领会其中奥妙。"夜半相思"者，"相思一夜梅花发"也。梅花既发，而又"忽到窗前"，自然就"香透窗纱"了，从贺铸的《小梅花》和贯云石的《蟾宫曲》中透露了一个消息，卢仝的《有所思》，曾经是历久传诵、脍炙人口的。

卢仝的诗，可取的远不止一首《有所思》。我们对唐诗的研究，还局限于少数作家的少数作品，这种状况，是应该改变的。只有放开眼界，扩大领域，才能取精用宏，在更大范围、更高程度上做到"古为今用"。

登柳州城楼，寄漳、汀、封、连四州

柳宗元

城上高楼接大荒，海天愁思正茫茫。
惊风乱飐芙蓉水，密雨斜侵薜荔墙。
岭树重遮千里目，江流曲似九回肠。
共来百粤文身地，犹自音书滞一乡。

《登柳州城楼，寄漳、汀、封、连四州》，是用七律形式写成的抒情诗。赋中有比，象中含兴，展现了一幅情景交融的动人图画，而抒情主人公的神态和情怀，也依稀可见。这情怀是特定的斗争环境触发的，因而先弄清写作背景，就有助于鉴赏这首诗独特的艺术美。

公元 805 年，唐德宗李适死，太子李诵（顺宗）即位，改元永贞，重用王叔文、柳宗元等革新派人物，进行了一系列政治改革，这就是历史上所说的"永贞革新"。但由于保守势力的反扑，仅仅五个月，"永贞革新"就遭到了残酷的镇压。王叔文、王伾贬往外地，革新派的主要成员柳宗元、刘禹锡、韩泰、韩晔、陈谏、凌准、程异、韦执谊也分别被贬为远州司马。这就是历史上所说的"二王八司马"事件。就这样，保守派还不肯罢手，第二年，又杀害王叔文、逼死王伾；对八司马的迫害，也有增无已，凌准、韦执谊都死于贬所。整整过了十年，即唐宪宗元和十年（公元 815）年初，柳宗元与韩泰、韩晔、陈谏、刘禹锡五人（程异先被起用）才奉诏进京。但当他们千里迢迢，刚赶到长安的时候，朝廷又受保守派的唆使，把他们分别贬往更荒凉的边远州郡：韩泰为漳州（治所在今福建省漳州市）刺史，韩晔为汀州（治所在今福建省长汀县）刺史，陈谏为封州（治所在今广东省封开县）刺史，刘禹锡为连州（治所在今广东省连县）刺史，柳宗元为柳州（治所在今广西壮族自治区马平县）刺史。这首七律，就是这一年六月，柳宗元初到柳州之时写的。

唐人作诗，很讲究"制题"。"登柳州城楼"，已含触景生情，伤高怀远之意。"寄漳、汀、封、连四州"呢，只要设身处地，稍加思索，则诗人眼望何处，心想何事，苍茫百感，纷纭万象，无不奔赴眼底，叩击心弦。"制题"之妙，是首先值得注意的。

全诗先从"登柳州城楼"写起。结合题目，首句所谓"城上高楼"，当然就是"柳州城楼"。题中已写过"登"，故此处用不着再说"登"，而人已在城楼之上了。"城"高于地，"楼"高于城，登上城楼，已在高处，又于"楼"前着一"高"字，意在极言其高。为什么要极言其高呢？就因为立身愈高，所见愈远。作者长途跋涉，好容易才到柳州，应该稍事休息了，然而却急不可耐地爬上"城上高楼"，就为的是要遥望战友们的贬所，抒发难于明言的积愫。"接大荒"之"接"，有人解释为"目接"，即"看到"，似嫌牵强。从句法上看，分明是说"城上高楼"与"大荒"相"接"。人在楼上，楼与大荒相接，乃是楼上之人的眼中所见。因想遥望战友们的贬所而登"城上高楼"，这是"意在笔先"，因登"城上高楼"而望见"楼接大荒"，接下去就必然是"感物起兴","海天愁思正茫茫"一句，即由此喷涌而出，真可谓天然凑泊，有神无迹。

"城上高楼接大荒"，展现在眼前的是从自己的贬所远接战友们的贬所的辽阔而荒凉的空间。这空间望到极处，海天相连。这是景，是境。极海弥天，触景生情，因境见意，茫茫"愁思"，也从而充溢于辽阔而荒凉的空间，情与景，意与境，于是乎融合无间。试想，"登柳州城楼，寄漳、汀、封、连四州"，这是包涵了多么辽阔的境界和多么深广的情意的大题目，作者却似乎毫不费力地写出了这第一联，以如此深广的情景、辽阔的意境，摄诗题之魂，并为以下的逐层抒写展开了宏大的卷面。

起句中的"接"字极传神。楼"接"大荒，则楼上人的视野由近而远。先看近处，触景生情，由近而远，也触景生情。望极茫茫海天，"愁思"也随之弥漫于茫茫海天。这是总写，以下即逐层分写。第二联"惊风乱飐芙蓉水，密雨斜侵薜荔墙"，写的是近处所见，即近景。惟其是近景，见得真切，故写得细致。就细致地描绘风急雨骤的景象而言，这是"赋"。然而仔细玩味，"赋"中又兼有"比兴"。屈子《离骚》有云："制芰荷以为衣兮，集芙蓉以为裳。不吾知其亦已兮，苟余情其信芳。"又云："揽木根以结茝兮，贯薜荔之落蕊。矫菌桂以纫蕙兮，索胡绳之**纚纚**。謇吾法夫前修兮，非世俗之所服。"在这里，"芙蓉"与"薜荔"正象征着人格的美好与芳洁。登城楼而望近处，所见者自然不仅是"芙蓉"与"薜荔"，特意拈出"芙蓉"与"薜荔"，显然是"芙蓉"与"薜荔"在暴风雨中的遭遇触动了心灵的颤悸。"风"而曰"惊"，"雨"而曰"密"，"飐"而曰"乱"，"侵"而曰"斜"，客观事物已投射了诗人的感受。"芙蓉"出"水"，何碍于"风"，而"惊风"仍要"乱飐"；"薜荔"覆"墙"，雨本难侵，而"密雨"偏要"斜侵"。这怎能不使诗人产生联想，"愁思"弥漫于茫茫海天？在这里，景中之情，境中之意，赋中之比兴，有如水中着盐，不见痕迹，然而辨味者自能品出其中的滋味。

第三联写远景。由近景过渡到远景的契机乃是近景所触发的联想。在自己的贬所，既然是"惊风乱飐芙蓉水，密雨斜侵薜荔墙"，那么战友们的处境又如何呢？于是心驰远方，目光也随之移向"漳、汀、封、连四州"。"岭树"、"江流"两句，同写遥望，却一俯一仰，视野各异。仰观则重岭密林，遮断千里之目；俯察则江流曲折，有似九回之肠。景中寓情，"愁思"无限。

从字面上看，以"江流曲似九回肠"对"岭树重遮千里目"，铢两悉称，属于"工对"的范围。而从意义上看，上实下虚，前因后果，以骈偶之辞运单行之气，又具有"流水对"的优点。

尾联与第三联之间仍有内在的联系。就第三联说：因关怀战友的处境而遥望战友的所在，然"岭树重遮"，望而不见，益令人"肠一日而九回"（司马迁《报任安书》中语）。这一层意思是显而易见的。但还有更深一层的意思：望而不见，自然想到互访或互通音问，而望陆路，则山岭重叠，望水路，则江流纡曲，不要说互访不易，即互通音问，也十分困难。这就很自然地要归结到"音书滞一乡"。然而就这样结束，文情较浅，文气较直，缺乏余韵余味。作者的高明之处，在于他先用"共来百粤文身地"一垫，再用"犹自"一转，才归结到"音书滞一乡"，便收到沉郁顿挫的艺术效果。而"共来"一句，既与首句中的"大荒"照应，又统摄题中的"柳州"与"漳、汀、封、连四州"。一同被贬谪于"大荒"之地，已经够痛心了，还彼此隔离，连音书都留滞于各自的贬地，无法送到啊！读诗至此，余韵袅袅，余味无穷，而题中的"寄"字之神，也于此曲曲传出。

施补华《岘佣说诗》有云："太白七绝，天才超逸，而神韵随之。如'朝辞白帝彩云间，千里江陵一日还'，如此迅捷，则轻舟之过万山不待言矣，中间却用'两岸猿声啼不住'一句垫之，无此句，则直而无味，有此句，走处仍留，急语仍缓，可悟用笔之妙。"柳宗元的这首诗与李白的《早发白帝城》意境不同，然而收尾之前同用垫句，其用笔之妙，又有相通之处，不妨互参。

酬曹侍御过象县见寄

柳宗元

破额山前碧玉流，骚人遥驻木兰舟。
春风无限潇湘意，欲采蘋花不自由。

这首小诗，是唐人七绝中的名篇之一，传诵颇广，但如何解释，却仁者见仁，智者见智。我觉得，那个题目很有概括性，不是随意加上去的，因而要理解原诗，必须紧扣原题。简单地说："破额山前碧玉流，骚人遥驻木兰舟"两句，切"曹侍御过象县见寄"（曹侍御经过象县的时候，作诗寄给柳宗元），"春风无限潇湘意，欲采蘋花不自由"两句，切"酬"（读到曹侍御寄来的诗，作诗酬答，等于写回信）。作者当时正在柳州贬所，因而可以确定："碧玉流"，指的是流经柳州和象县的柳江；"破额山"，当然是象县沿江的山。《唐诗选》里说："'破额山'在今湖北省黄梅县西北。'碧玉流'，形容澄清的江水。曹侍御从黄梅县来，曾驻舟于碧玉流中，从柳州象县而想'破额山前'，所以说'遥驻'。"这样的解释，似乎既不合诗题，又违反诗意。

现在紧扣诗题，来看诗意。

"骚人"一词，本指《离骚》的作者屈原，后来泛指情操高洁的文士。"玉"和"木兰"，都是屈原喜欢用的词儿，象征坚贞、芬芳的品质。作者称曹侍御为"骚人"，并且用"碧玉流"、"木兰舟"这样美好的环境来烘托他，就会使读者把他和屈原及其作品联系起来，产生许多联想。环境如此优美，如此清幽，"骚人"本可一面赶他的路，一面看山看水，悦性怡情，如今却"遥驻木兰舟"于"碧玉流"之上，究竟干什么呢？想什么呢？这又会使读者产生许多联想。"遥"作为"驻"的状语，所表现的不是别的什么，而是"骚人"与作者之间的距离。象县是柳州的属县，"骚人"已经到了象县，距他的朋友柳宗元所在的柳州并不是十分遥远了，何况眼前的"碧玉流"，正是从柳州流来的，为什么不乘上"木兰舟"到柳州去看他的朋友呢？这原因，也不能不引人深思。如果不嫌穿凿的话，可不可作这样的解释：第一，相对地说，从象县到柳州，还是显得"遥"；第二，曹侍御的处境如何，虽然不知其详，但也可以从"骚人"的称呼中得到一些暗示，柳宗元呢，更分明过着"投荒万死"的流放生活。所以政治上的间隔，就比地理上的距离更显得"遥"。如韩愈在《祭柳子厚文》中所说："一斥不复，群飞刺天。""骚人"也是怕"刺"的啊！因此，他尽管思友心切，却只好"遥驻"木兰舟于"破额山前"，望"碧玉流"而兴叹。唯一的办法，就是作诗代柬，表达他的无限深情。

"春风无限潇湘意"一句，的确会使读者感到"无限意"，但究竟是什么"意"，却迷离朦胧，说不具体。这正是一部分优美的小诗所常有的艺术特点，也正是"神韵"派诗人所追求的最高境界。然而这也并不是"羚羊挂角，无迹可求"，更不是"不着一字，尽得风流"。如果细玩全诗，其主要之点，还是可以说清的。"潇湘"一带，是屈子行吟之地。作者不是把曹侍御称为"骚人"吗？同时，作者自己也曾"以愚触罪，谪潇水上"（《愚溪诗序》），有类似"骚人"屈子的经历。把"潇湘"和"骚人"联系起来，那"无限意"就包含了政治上受打击之意。此其一。更重要的是，联系句中的"欲采蘋花"看，作者显然汲取了南朝诗人柳恽《江南曲》的诗意。《江南曲》是一篇名作，全文是这样的：

> 汀洲采白**蘋**，日暖江南春。
>
> 洞庭有归客，潇湘逢故人。
>
> 故人何不返？春花复应晚。
>
> 不道新知乐，只言行路远。

由此可见，"春风无限潇湘意"，主要就是怀念故人之意。此其二。而这两点，又是像水乳那样融合在一起的。

"春风无限潇湘意"作为绝句的第三句，又妙在似承似转，亦承亦转。也就是说，它主要表现作者怀念"骚人"之情，但也包含"骚人"寄诗中所表达的怀念作者之意。"春风"和暖，芳草丛生，蘋花盛开，朋友们能够于此时相见，该有多好！然而却办不到啊！"无限"相思而不能相见，就想到"采蘋花"以赠故人。然而呢？不要说相见没有"自由"，就是"欲采蘋花"相赠，也"不自由"啊！

有的选注家说这首诗"用简练的语言，细致地描绘出柳江一带的景色"，这当然是不错的。比如用"碧玉"作"流"的定语，就十分新颖。它不仅准确地表现了柳江的色调和质感，而且连那微波不兴，一平似镜的江面也展现在读者面前。这和第三句的"春风"是协调的，尤其和第二句的"遥驻"是协调的。如果写在风急浪涌的情况下，或者在"轻舟已过万重山"的三峡急流里，"骚人遥驻木兰舟"，那就完全破坏了艺术的和谐美。

这首诗虽然写景如画，但这不是它的主要特点。从全篇看，特别是从结句看，其主要特点是比兴并用，虚实相生，能够唤起读者许多联想。沈德潜在《唐诗别裁集》卷二十里说："欲采蘋花相赠，尚牵制不能自由，何以为情乎？言外有欲以忠心献之于君而未由意，与《上萧翰林书》同意，而词特微婉。"它的言外之意是不是"欲以忠心献之于君而未由",可以有不同的看法。但它有言外之意,却是不成问题的。最明显的言外之意是:连"采蘋花"都"不自由",还能有别的什么自由呢?又为什么没有自由呢?结合作者被贬谪的原因、经过和被贬以后继续遭受诽谤、打击、动辄得咎的处境,不是可以想到许多东西吗?

边　思

李　益

腰悬锦带佩吴钩,走马曾防玉塞秋。
莫笑关西将家子,只将诗思入凉州。

这首诗是李益的自我写照,当作于中年以后。

前两句用一"曾"(曾经)字,追叙往日的战斗经历。李益生于凉州,出身望族,以"身承汉飞将"(《赵邠宁留别》)自豪。但八岁时爆发安史之乱,十七岁时吐蕃侵占河西陇右之地,家乡沦陷,移家洛阳。这给他留下了痛苦的回忆,自称"西州遗民",誓复失地。《唐才子传·李益传》说他"从军十年,运筹决策,尤其所长。往往鞍马间为文,横槊赋诗,故多抑扬激厉悲离之作,高适、岑参之流亚也。"他"从军十年",主要是抵御吐蕃入侵,当时的特定说法叫做"防秋"。《旧唐书·陆贽传》:"河陇陷蕃(吐蕃)以来,西北边常以重兵守备,谓之'防秋'。"首句"腰悬锦带佩吴钩",活画出"关西将家子"的英武形象,次句用"走马""防秋"概括了十年战斗生涯。"防秋"乃至收复河西、陇右失地,这是他的本愿,他的《塞下曲》说:"伏波惟愿裹尸还,定远何须生入关。莫遣只轮归海窟,仍留一箭定天山。"可是他的这种愿望一直未能实现,却以边塞诗蜚声当时,因而以三、四句抒发感慨。

后两句以"莫笑"领起,言外之意是:作为"关西将家子"而"只将诗思入凉州",这是可"笑"的,而且已经有人"笑"他。当然,别人不会"笑",这只是一种假设,便于自我解嘲:别笑我只知作诗,我还干过"关西将家子"的本行,"腰悬锦带佩吴钩,走马曾防玉塞秋"呢!"玉塞"借指边防，诗人当然没有到过玉门关。

　　"诗思"（音四），指诗情诗意。"入凉州"，语意双关。《旧唐书·李益传》说李益擅长七绝，"每作一篇，为教坊乐人以赂求取，唱为供奉歌辞。其《征人歌》、《早行篇》，好事者画为屏障。'回乐烽前沙似雪，受降城外月如霜'之句，天下以为歌辞。"《乐府诗集》引《乐苑》云："《凉州》，宫调曲，开元中凉州府都督郭知运进。"据此，"诗思入凉州"指其诗"入乐"，被谱为歌曲，天下传唱。《凉州》，借指乐曲。他是凉州人，自幼熟习《凉州曲》，其诗入乐，亦以谱入《凉州曲》为宜。然而只要注意李益生长凉州，青年时期家乡沦陷，他常思收复，形于吟咏的事实，便不难探究"只将诗思入凉州"的深层意蕴：虽曾十载从军，却一直未能收复失地，因而只能将"诗思"谱"入凉州"，而自己及其家属，却依然飘泊他乡，未能"入凉州"回故里啊！他的《从军诗》自序云："吾在兵间，故为文多军旅之思。或因军中酒酣，或自塞上兵寝，投剑秉笔，散怀于斯文，率皆出乎慷慨意气，武毅果厉。本其凉国，则世将之后，乃西州之遗民欤！亦其坎坷当世，发愤之所志也。"（见《唐诗纪事》卷三十）读读这篇序，再读"故国关山无限路，风沙满眼堪断魂"（《六州胡儿歌》）一类诗句，便更能领会这首《边思》诗所抒发的作为"西州遗民"的深沉感慨。

　　诗题《边思》的"边"，不外是边地、边防一类的意思。与李益同时的白居易在《西凉伎》里写道："凉州陷来四十年，河陇侵将七千里。平时安西万里疆，今日边防在凤翔。……遗民肠断在凉州，将士相看无意收。"正可以移来解释《边思》的含意。诗题如此，诗意亦应与此调协。然而绝句有特殊写法。乍读前两句，华美、豪放的诗句流露出自豪感，后两句以"莫笑"抹倒"笑"，申言自己不仅诗名早著，诗意入乐，而且参加过防边战斗，难怪有些诗评家赞为"自负语"、"洒脱语"。然而结合诗题细味全诗，便知自负中有自愧，洒脱中含悲慨，含蓄蕴藉，唱叹有情。

羽　林　行

王　建

长安恶少出名字，楼下劫商楼上醉。

184

天明下直明光宫，散入五陵松柏中。

百回杀人身合死，赦书尚有收城功。

九衢一日消息定，乡吏籍中重改姓。

出来依旧属羽林，立在殿前射飞禽。

开头第一句即揭示羽林军的出身是"长安恶少"，这样的人当了羽林军，如果军纪严明，也许会改邪归正，但事实恰恰相反，且看作者的描写："楼下劫商"即转身上楼，大吃大喝，直至喝得酩酊大醉，才去皇宫值班，天明下班，即分散在林木深处，伺机杀人劫财。只用三句诗写出这些行径，不再罗列，也不发议论，但已经足够说明一切。在京城中如此猖狂作恶，肆无忌惮，与其说他们胆大，不如说他们势大。这时候，羽林军改称神策军，其头领由皇帝的亲信宦官担任，纵容部下欺压人民，无恶不作。参看白居易写于同时的《宿紫阁山北村》等诗，便有更深的了解。第五句承上启下。"百回杀人"，表明前面不过略举数例。"身合死"，暗示控告者层出不穷，主管者不得不承认这些羽林恶少"百回杀人"，论罪该死。按照常情常理，下句自然是写如何处死，但出人意外的是却用皮里阳秋的手法一笔宕开："赦书尚有收城功"哩！一个"尚有"（还有），表明以前已用各种理由赦免过，这一次，"尚有"一条十分过硬的赦免理由，那就是"收城功"！可是作者在前面已明白写出，这些罪犯在参加羽林军之前是"长安恶少"而非戍边士卒，在参加羽林军之后只在京城一带"百回杀人"，未曾出征，哪来的"收城功"！古代将领多夸大战果，叙录战功时常把未曾参战而有来头的人的姓名开列进去，冒功邀赏。中唐时期，每用宦官统兵监军，羽林恶少以行贿等手段假冒军功，以求将"功"折罪，原是轻而易举的事。以下几句进一步揭露羽林军的罪恶。对这样十恶不赦的家伙公开包庇，借故赦免，又许其改名换姓，重新入伍，其继续作恶，自在意料之中。

张、王乐府每将不合理的社会现象浓缩于简短的篇幅之中，并在结尾处突起奇峰，大放异彩。这一篇亦复如此。赦死复出，即"立在殿前射飞禽"，其怙恶不悛，恃宠骄纵的神态，令人发指。而皇帝的昏庸，朝政的紊乱，诗人的愤懑，俱见于言外。

连 昌 宫 词

元　稹

连昌宫中满宫竹，岁久无人森似束。

又有墙头千叶桃，风动落花红簌簌。

宫边老翁为余泣，小年进食曾因入。

上皇正在望仙楼，太真同凭栏干立。

楼上楼前尽珠翠，炫转荧煌照天地。

归来如梦复如痴，何暇备言宫里事。

初届寒食一百六，店舍无烟宫树绿。

夜半月高弦索鸣，贺老琵琶定场屋。

力士传呼觅念奴，念奴潜伴诸郎宿。

须叟觅得又连催，特敕街中许燃烛。

春娇满眼睡红绡，掠削云鬟旋装束。

飞上九天歌一声，二十五郎吹管笛。

逡巡大遍凉州彻，色色龟兹轰录续。

李谟擫笛傍宫墙，偷得新翻数般曲。

平明大驾发行宫，万人歌舞途路中。

百官队仗避岐薛，杨氏诸姨车斗风。

明年十月东都破，御路犹存禄山过。

驱令供顿不敢藏，万姓无声泪潜堕。

两京定后六七年，却寻家舍行宫前。

庄园烧尽有枯井，行宫门闭树宛然。

尔后相传六皇帝，不到离宫门久闭。

往来年少说长安，玄武楼成花萼废。

去年敕使因斫竹，偶值门开暂相逐。

荆榛栉比塞池塘，狐兔娇痴缘树木。

舞榭欹倾基尚在，文窗窈窕纱犹绿。

尘埋粉壁旧花钿，乌啄风筝碎珠玉。

上皇偏爱临砌花，依然御榻临阶斜。

蛇出燕巢盘斗拱，菌生香案正当衙。

寝殿相连端正楼，太真梳洗楼上头。

晨光未出帘影动，至今反挂珊瑚钩。

指似旁人因恸哭，却出宫门泪相续。

自从此后还闭门，夜夜狐狸上门屋。

我闻此语心骨悲，太平谁致乱者谁？

翁言野父何分别，耳闻眼见为君说：

姚崇宋璟作相公，劝谏上皇言语切。

燮理阴阳禾黍丰，调和中外无兵戎。

长官清平太守好，拣选皆言由至公。

开元之末姚宋死，朝廷渐渐由妃子。

禄山宫中养作儿，虢国门前闹如市。

弄权宰相不记名，依稀忆得杨与李。

庙谟颠倒四海摇，五十年来作疮痏。

今皇神圣丞相明，诏书才下吴蜀平。

官军又取淮西贼，此贼亦除天下宁。

年年耕种宫前道，今年不遣子孙耕。

老翁此意深望幸，努力庙谟休用兵。

连昌宫，唐行宫之一，高宗显庆三年（658）建，在河南郡寿安县（今河南宜阳）西九十里处。此诗作于元和十三年（818）春平吴元济叛乱之后，意在通过连昌宫的兴废反映安史之乱前后的治乱兴衰，为统治者昭炯戒。

这首长篇叙事诗从昭炯戒的明确目的出发选取历史题材，通过集中、虚拟和艺术想象，创造人物，敷衍情节，渲染场景，突观主题，不完全符合历史事实，却在较高程度上反映了历史真实。从叙事诗的发展脉络看，这首诗和白居易的《长恨歌》都因借鉴"说话"和传奇小说的创作经验而有新开拓。

前四句写宫苑荒凉之景，引出"宫边老翁为余泣"，泣诉了连昌宫昔盛今衰的历史变迁，落到"夜夜狐狸上门屋"，与前四句拍合，构成全诗的第一段落。"宫边老翁"是一个虚拟人物，他住在"宫边"数十年，两次进宫，最了解连昌宫的沧桑巨变，由他执行"叙述人"的任务，就比作者自己出面叙述强得多。"余"或"我"既是作者，也是叙事诗中的人物。"我闻此语心骨悲"，于是提出一个问题："太平谁致乱者谁？"这就引出"老翁"的又一次叙述。"老翁"由于"老"，所以能够根据"耳闻眼见"说明问题：致太平的是开元贤相姚崇、宋璟，他们"劝谏上皇"、"燮理阴阳"、"调和中外"，以"至公"之心选清官良吏；乱天下者是杨妃及其兄弟姊妹和"弄权宰相"杨国忠、李林甫，弄得"庙谟颠倒四海摇，五十年来作疮痏"。这当然是作者的看法和许多同时代人的共同看法，但借"耳闻眼见"者之口说出，便有抒情意味。"老翁"最后就削平藩镇"天下宁"歌颂"今皇神圣丞相明"，作者即以"努力庙谟休用兵"结束全诗，体现了他的创作意图。

前后两大段相互补充，相互映衬。前段未提开元盛世，后段补叙；后段从杨妃擅宠、奸相弄权等方面指斥天宝乱政而回避明皇，前段则以铺张连昌宫盛况的形式，把本来未曾同到连昌宫游幸的明皇、杨妃弄来主持了一次晚会。在这里，作者大胆地运用了虚构、集中等小说手法。地点：连昌宫内。时间：安史之乱爆发前一年的寒食之夜。寒食节百姓禁烟，明皇却为召唤女歌星而"特敕街中许燃烛"。以上两点，全属虚构。演员：都是实有的艺坛高手，但与连昌宫无涉，作者却把他们集中在这里为帝、妃献技：贺怀智弹琵琶，念奴唱歌，二十五郎吹笛，李谟偷曲，凉州、龟兹等地方乐曲轮番演奏，彻夜不休。写明皇、杨妃等回长安，则用"平明大驾发行宫，万人歌舞途路中。百官队仗避岐薛，杨氏诸姨车斗风"表现盛大场面和薰天气焰。这是"老翁"追叙连昌宫的往日繁华，貌似赞扬而实含讥评，所以紧接着便以"明年十月东都破"转向连昌宫荒芜破败的描写。

元稹与白居易友好，互相学习，《连昌宫词》的创作受《长恨歌》影响，自无疑问。但其艺术成就，正可与《长恨歌》比美。如宋人洪迈所评："元微之、白乐天在唐元和、长庆间齐名，其赋咏天宝时事《连昌宫词》、《长恨歌》皆脍炙人口，使读之者情性荡摇，如身生其时，亲见其事，殆未易以优劣论也。"（《容斋随笔》卷一五）元稹由于写出这样的好诗，被当时人称为"元才子"。

行　宫

寥落古行宫，宫花寂寞红。
白头宫女在，闲坐说玄宗。

　　既是"行宫"，自然曾有皇帝"临幸"，异样繁华。前三句连用"宫"字以突出"行宫"，而古宫寥落，宫花寂寞，宫女白头，与昔日繁华形成强烈对比，今昔盛衰之感，已跃然纸上。

　　寥落行宫，惟白发与红花相对，更见寥落。宫花尚且寂寞红，宫女白头，能不寂寞！

　　"白头宫女在"，用一"在"字，涵盖无穷。偌大行宫，惟白头宫女"在"，则曾来游幸的皇帝久已不"在"，与此相关的一切也统统不"在"。但这一切，由青春到白头度过漫长岁月的宫女都见过听过，于闲坐寂寞时便要"说"，不厌重复地"说"，用以消磨时间，慰藉寂寞。"闲坐说玄宗"，仅五个字，便令人想起从开元治世到天宝乱离的全部历史。沈德潜《唐诗别裁》云："只四语，已抵一篇《长恨歌》矣。"潘德舆《养一斋诗话》云："二十字足赅《连昌宫词》六百余字，尤为妙境。"称赞《行宫》含巨大历史内容，当然不错，但不能说它可以取代《长恨歌》或《连昌宫词》。清人舒位《又题元白长庆集后》云："白头宫女闲能说，何必《连昌》又一篇？"意思是：写了《行宫》，就不必再写《连昌宫词》。这是错误的。《行宫》是五言绝句，含蓄蕴藉，情思绵绵，耐人吟味。《连昌宫词》是七言歌行体长篇叙事诗，铺陈史事，塑造人物，情景逼真，引人入胜。二者各有特点和优点，不能偏废。

金　陵　五　题（其一、二、三）

刘禹锡

石头城（其一）

山围故国周遭在，潮打空城寂寞回。

淮水东边旧时月，夜深还过女墙来。

　　刘禹锡《金陵五题》，以联章方式歌咏五处古迹，《石头城》为这组诗的第一首。金陵：今南京市，战国时为楚金陵邑，六朝均建都于此，至隋始废。六朝更替频仍，俱为短命王朝，在它们兴亡史实中，蕴藏着深刻的历史教训，故成为后来诗人们或垂诫或凭吊的咏史题材。石头城：在今南京市西清凉山上，西倚长江，南临秦淮河入长江口，为一红色砾岩低丘，孙吴时在此筑城以贮藏军械。晋张勃《吴录》载："刘备曾使诸葛亮至京，因睹秣陵山阜，叹曰：'钟山（紫金山）龙盘，石头虎踞，此帝王之宅。'"又据《丹阳记》载："石头城吴时悉土坞，义熙（东晋安帝年号）始加砖垒石头，因山以为城，因江以为池，形险固有气势。"是石头城早已公认为地形雄壮险要的城镇，六朝统治者都置兵戌守。

　　"山围故国周遭在，潮打空城寂寞回。""故国"，即"故都"，这里指石头城。"周遭"，即周围环绕。首二句对起，诗人登高纵目，作宏观鸟瞰，从大处落墨，开头两句，先用"山围"、"潮打"两词，标出石头城的位置和地形。它负山面水，长江紧迫山麓而流，极写其形势险要，气象恢宏。次用"故国"、"空城"对举，示人以石头城昔盛今衰的情景，唤起故国萧条，人事无定的苍凉吊古意识，使人浮想联翩，从楚辟金陵邑开始，由吴建为国都，历东晋宋齐梁陈，均为政治、经济、文化中心，又为王公贵族轻歌曼舞，纸醉金迷之地，真是舟车辐辏，盛极一时。可是曾几何时，六朝统治者俱成匆匆过客，繁华亦烟消灰灭，只剩下满目萧条，杂草丛生，芜秽不堪的"空城"，供人凭吊。最后用"周遭在"揭示出起伏的群山仍围绕着石头城，表明它依旧"虎踞"如昔，用"寂寞回"沉痛地寄慨，述说石头城虽然雄姿依旧，但因它已变成一座空城，所以当江潮拍打它的山麓时，亦有感于繁华消歇，不胜呜咽之情，寂寞地退了回去。据诗人《金陵五题》自序云："他日友人白乐天掉头苦吟，叹赏良久，且曰：'石头诗云：潮打空城寂寞回。吾知后之诗人，不复措辞矣。'"应该承认，诗人拟人化的手法是很高明的，将自然现象"江潮"亦描写成能感知之物，能与人世兴亡悲欢相契合，无怪乎白居易叹为绝唱。

　　"淮水东边旧时月，夜深还过女墙来。""淮水"，指秦淮河，由西北流经南京城，注入长江，以其开凿于秦时，故称秦淮河。"女墙"，城上短墙，古代战争时用作掩体和射孔。二句继续吊古抒怀，捕捉"旧时月"、"夜深"、"还过"等具体意象，发出更为深沉的感喟。只有曾照昔年豪华的"旧时月"，在夜深人静时从秦淮河东边升起，不嫌古城荒芜，仍旧穿过城上矮墙，频来相照。诗写至此，将吊古之情，推向了高潮，诗亦戛然而止，给人以无限驰骋想象的余地。

本诗句句写景，其艺术构思特色，在于它不仅能准确地描绘出山川、夜月的气象，还在于它能用拟人化的手法，写群山默默地拱卫"故国"；江潮有感于"故国"的寥落荒凉，在拍打它的山麓时，寂寞地退了回去，多情的明月，从秦淮河东边升起，仍频频地来看望"故国"。诗人给一切景物都赋予人的感情，汇总喷薄而出，将吊古情绪步步推向高潮，令读者咏叹想象于无穷。

乌 衣 巷（其二）

刘禹锡

朱雀桥边野草花，乌衣巷口夕阳斜。
旧时王谢堂前燕，飞入寻常百姓家。

这是刘禹锡《金陵五题》组诗第二首。乌衣巷，在秦淮河南。三国吴时，戍守石头城的军队在此安营，因兵士皆穿乌衣（黑色衣服），故以乌衣名巷。东晋时，开国元勋王导与指挥淝水之战的谢安等豪门贵族，皆聚居于此。在其以后建立的几个王朝中，这两个家族仍很有势力，故人称其子弟为乌衣郎。朱雀桥，一名朱雀航（航，又作桁），是当时横跨秦淮河上的一座浮桥。三国吴时，名南津桥；东晋咸康二年作朱雀门，因桥在门外，故改名朱雀桥。《舆地纪胜》载："江南东路建康府乌衣巷，在秦淮南，去朱雀桥不远。"

"朱雀桥边野草花，乌衣巷口夕阳斜。"朱雀桥、乌衣巷并举，既对偶天成，又色彩斑斓，而且揭示出特定的地理环境，诱发人们的历史联想：遥想当年，秦淮河江桥（朱雀桥）玲珑璀璨，乌衣巷华屋鳞集，道路上冠盖相望，车马喧阗，备极繁荣昌盛。而曾几何时，一切烟消云散，如今面对的皆是荒芜凄凉景色：春天来了，"朱雀桥"边只是野草蔓生，野花遍开。着一

"野"字，便给人以破败凄凉的感受。因为如果仍似当年繁荣，行人如云，熙来攘往，桥边哪会滋生出"野草花"呢？"乌衣巷"现在怎么样？诗人虽没有明说，但从"朱雀桥"的行人寥落以致桥边野草丛生中，亦能透露出"乌衣巷"人烟稀少，非复昔日鼎盛情况。何况诗人又用"夕阳斜"映照它，这就使它更笼罩上阴郁的色彩。

"旧时王谢堂前燕，飞入寻常百姓家。"照应前两句所描绘的衰败气象作进一步的渲染。诗人仍用眼前看到的景象着重刻画繁华消歇。巧妙地选取人们常见的候鸟燕子，用它"喜居旧巢"的习性来作映证。晋人傅咸《燕赋序》云："有言燕今年巢在此，明年故复来者。其将逝，剪爪识之，其后果至焉。"我们知道，燕子是喜欢在高屋大厦筑巢定居的。王、谢当权时，所居宅第华贵，自然是燕子筑巢的良好场所。又因燕子是候鸟，气候寒冷的冬天飞往热带地方越冬，来年春暖花开时仍飞回旧居生活。可如今从南方飞回的燕子，在"乌衣巷"口斜阳残照中徘徊，已看不到当年王谢的华屋，只好飞往普通的老百姓家投宿。这就明白地揭示出王谢旧宅废为民居，王谢子弟也已沦为普普通通的老百姓了。如谢枋得《唐诗绝句注解》所说："王、谢之第宅今皆变为寻常百姓之室庐矣，乃云'旧时王谢堂前燕，飞入寻常百姓家。'此风人遗韵。"这里将凭吊贵族没落的感情推向极致，这两句诗也就成为脍炙人口的名句。当然，昔日居住在王、谢堂前的燕子，距刘禹锡生活的时代已有四百多年，燕子生命再长，也不可能还活着，很明显，这是一种大胆的夸张。所谓艺术的真实性，正是指这种现象而言的。

本诗借景抒情，通过对野草、斜阳、归巢燕子这些习见现象深入的刻画，抒发对没落贵族的凭吊，满目苍凉，感慨无限。俞陛云《诗境浅说续编》云："朱雀桥、乌衣巷，皆当日画舸雕鞍，花月沉醉之地，桑海几经，剩有野草闲花与夕阳相妩媚耳。茅檐白屋中，春来燕子，依旧营巢，怜此红襟俊羽，即昔时王、谢堂前杏梁栖宿者，对语呢喃，当亦有华屋山丘之感矣。"真是物犹如此，人何以堪？

辛弃疾《沁园春》云："朱雀桥边，何人会道，野草、斜阳、飞燕？"这是对刘禹锡《乌衣巷》诗的高度评赞。"何人会道"，极言此乃绝唱，别人难以为继。不过，正因为是绝唱，化用其意而进行艺术再创造的就不乏其人。周邦彦《西河·金陵怀古》："燕子不知何世，向寻常巷陌人家，相对如说兴亡斜阳里。"邓剡《唐多令》云："乌衣日又斜，说兴亡，燕入谁家。"

张炎《高阳台·西湖春感》："当年燕子知何处，但苔深韦曲，草暗斜川。"这一切都说明这首诗是多么富于艺术魅力，多么影响深远。

台　城 (其三)

刘禹锡

台城六代竞豪华，结绮临春事最奢。
万户千门成野草，只缘一曲后庭花。

台城：古城名，故址在今南京市鸡鸣山南乾河沿北。"台"有禁、近意。三国吴在此建立后苑城，东晋成帝改建和增修，宋、齐、梁、陈相仍，为六朝台省（中央政府）和皇宫所在地，故称台城。今习称鸡鸣寺北与明城墙相接一段为台城遗址。

"台城六代竞豪华"一句总写，就凭吊之处作纵的历史鸟瞰。接着对这一地区历史人物的本质特征作高度的概括。诗的发端，开门见山，先点出地点"台城"，次标出时间"六朝"。时间跨度极大，有着三百多年的历史，近四十位皇帝在此登场活动。最后指出人物活动的本质特征是"竞豪华"，特别突出一个"竞"字，给平铺的叙事句，顿时赋予了飞动的意象，使人浮想联翩，回溯到从"六朝"第一个王朝东吴开始，在此起后苑城，经东晋成帝改造和增修为禁城（即台城），历宋、齐、梁、陈各朝，皆在此大兴土木，建造宫殿，"竞"斗"豪华"。于是一座座皇宫通过想象，异彩纷呈，矗立在人们的眼前，一个胜似一个。

第二句"结绮临春事最奢"。具体写"豪华"。"结绮"、"临春"，这是"六朝"最后一个王朝陈后主所起造的宫殿名。据《南史·张贵妃传》："（陈）至德二年，乃于光昭殿前起临春、结绮、望仙三阁，高数十丈，并数十间。"这些阁是如何装潢的呢？据《南史》载，它的窗牖、臂带、悬楣、栏槛之类，皆是沉香木作的，又用珠玉、翡翠作装饰，门上挂着珠帘，室内陈设着用珠宝镶嵌的床和用珠宝作饰物的帐子。其它一切穿的玩的，应有尽有，其华贵、美丽也是空前的。这句里的"事最奢"，应首句的"竞豪华"。陈后主为他的爱妃起造这样璀璨富丽的皇宫，真是登峰造极，"豪华"赛过前朝，臻于"最奢"的地步了。

"千门万户成野草"。本句大起大落，造成跌宕。"千门万户"，仍写过去，承"豪华"、"最奢"而来，指当日宫殿，不仅"豪华"，而且众多。"成野草"，急遽逆转，回到今日现实。一个"成"字，道出变化之神速。昔日璀璨繁华的结绮、临春、望仙诸阁，转瞬何在，呈现在眼前的唯断砖残垣，破瓦碎砾，满目疮痍，野草丛生的景象。诗写至此，一股阴郁凄冷之气，向人袭来，使人兴无限惋惜，增无限感慨！

最后一句"只缘一曲后庭花"，结出陈后主亡国破家的原因，是点睛之笔。据《隋书·乐志》载："陈后主于清乐中造《黄骊留》及《玉树后庭花》、《金钗两鬓垂》等曲，与幸臣等制其歌词，极于淫荡，男女唱和。"《玉树后庭花》是当时宫中经常演唱歌曲之一。陈后主是有名的只知奢侈豪华、不理国政、沉湎酒色的昏君。其结果隋兵攻进台城，金粉南朝，就在《玉树后庭花》的靡靡之音中覆灭。这桩历史公案，是耐人寻味的。

这首诗识见卓越，推论精当，高度简练地概括出六朝兴亡的本质原因，表面立足于吊古，实际着眼于诫今。诗人参加永贞革新失败后，心情极度沉痛，目睹当时唐朝统治者暨王公大臣陷于醉生梦死中，不知改革进取，只图奢侈淫逸，坐享安乐。诗人写这首诗，亦是借古讽今，给当时最高统治者敲警钟。因其所论时事，带有普遍意义，也足以垂训后人。

竹枝词九首（其二）

刘禹锡

山桃红花满上头，蜀江春水拍山流。
花红易衰似郎意，水流无限似侬愁。

竹枝词是巴、渝等地民歌中的一种，歌咏当地风物和男女相恋之情。顾况、白居易都有拟作。刘禹锡《竹枝词》九首，前有序云："四方之歌，异音而同乐。岁正月，余来建平，里中儿联歌竹枝，吹短笛，击鼓以赴节，歌者扬袂睢舞，以曲多为贤。聆其音，中黄钟之羽。其卒章激讦如吴声，虽伧伫不可分，而含思宛转，有淇澳之艳。昔屈原居沅湘间，其民迎神词多鄙陋，乃作为《九歌》，到于今，荆楚鼓舞之。故余亦作《竹枝》九篇，俾善歌者扬之，附于末。后之聆巴歈，知变风之自焉。"建平，古郡名，故治在今四川巫山县，这里指夔州。诗中多提蜀地山川，当是刘禹锡任夔州刺史时所作，这里选的是第二首。

这首歌，是由一位自称"侬"的山村姑娘唱出的。从全诗看，她与那个"郎"有过一段热恋的欢乐，如今却面临失恋的忧愁，因而被眼前景触发，就唱起来了。前两句托物起兴，兴中有比。"山桃红花"开"满"山头，着一"满"字，给人以满山红焰，像烈火燃烧的炽烈感。这是眼前景，也是"兴"。但姑娘同时联想到"郎"对她的爱情之火，也曾经燃烧得这般红艳，这般热烈，这又是"比"。山头红桃盛开，山下春水奔流，山水相依相恋，构成多么明丽的美景。水依山流，特意用了一个"拍"字，用拟人化手法把水对山的爱抚之情表现得淋漓尽致。这是眼前景，是"兴"，同时也是"比"。在前两句中，"比"的意味比较隐微，后两句则由隐而显，连用两个"似"字，使"比"义紧扣"兴"义，吐露了姑娘的隐衷：山头的桃花好似"郎意"，盛开之时多么令人陶醉，可是又多么容易"衰"落！山下的春水日夜东流，好似"侬"失恋的"愁"绪，日夜萦心，永无尽期。

全诗设色明艳，写景如绘，以比兴兼用的手法融情入景，表现了女主人公由热恋到失恋的复杂心态，充分发挥了《竹枝》民歌"含思宛转"的特点。前两句与后两句各成对偶，而以第三句承第一句，以第四句承第二句，交叉回环，别成一格。

竹枝词二首 (其一)

刘禹锡

杨柳青青江水平，闻郎江上唱歌声。
东边日出西边雨，道是无晴却有晴。

首句写景。江岸绿柳含烟，江面波平似镜。在这样宁静、明媚的环境里，如果谈恋爱，该多好！然而即使谈恋爱，也不一定有诗意，诗人在这充满诗意的环境里，让两位小青年为我们演出了饶有诗意的恋爱小歌剧。

后面的三句诗，都是从女方"闻歌"落墨的，但从"闻歌"的反应中，又可窥见唱歌者的神态、情思以及男女之间的微妙关系。"闻郎江上唱歌声",表明男青年首先在不太遥远的地方发现了他的意中人,便唱起歌来。女青年在闻歌的同时发现了歌手,原来正是她的意中人,只是他至今还没有明确地表示爱情,因而全神贯注,听他究竟唱什么。第三句,可能只是为了引出下句,也可能是写实景。如果是写实景,就更妙。正当姑娘乍疑乍喜、听出那捉摸不定的歌声终于传递了爱情信息的时候,忽然出现了"东边日出西边雨"的景象,于是触景生情,谐音双关,作出了"道是无晴却有晴"的判断。那么,下一步的情节将如何发展呢?这毕竟不是写戏,而是作诗,而且是作绝句,所以作者只是最大限度地开拓驰骋想象的空间,而把驰骋想象的权利留给读者。

踏歌词四首 (其一)

刘禹锡

春江月出大堤平,堤上女郎连袂行。

唱尽新词欢不见,红霞映树鹧鸪鸣。

刘禹锡因参预永贞革新失败,被贬往朗州(今湖南常德)任司马十年。在政治上,可说是遭受了极其残酷的挫折和迫害;但就文学创作而言,思想和艺术都出现了新的跃进。《踏歌词》四首,无疑是他这一时期创作上所结的硕果之一。

踏歌词,乐府《近代曲词》,一作《踏歌行》。唐时,川、湘一带苗族青年男女,以脚踏地为节拍而歌舞,名曰"踏歌";又因常在月下举行,俗名"跳月"。往往狂欢达旦,自由选择对象,这四首《踏歌词》所写的正是这种情景。

先谈第一首。

"春江月出大堤平,堤上女郎连袂行"两句,写踏歌的季节、时间、场所和踏歌者连袂而来。沅江流至朗州附近,江面骤宽,不仅水流舒缓,而且清澈晶莹。春江水满,与江堤齐平。每当玉宇澄清,东方一轮新月升起,透出溶溶的清辉，笼罩大地，使江边大堤也显得格外宽敞、平坦。温馨的春风送爽，一天劳作后闲下来的苗族少女，个个艳装素裹，在这迷人的夜晚，胸中激荡着挚烈的追求情侣的欲望，手牵着手从大堤上走来。

"唱尽新词欢不见，红霞映树鹧鸪啼"两句，写由希冀而转入焦急的盼望。少女们想象力丰富，自编的新歌，美不胜收，她们边走边唱，开头异常兴奋，歌声轻松、嘹亮，满以为意中人（欢）马上前来欢会。可是事出意外，此处着一"尽"字，来一个跌宕，新歌都已唱完，意中人竟没有前来。早上从东方升起的万道霞光映照在树上，虽然很美丽，但在女郎们心中唤起的却不是欢乐，而是悲愁，因为早霞红映，正意味着白等了一夜。何况此时即传来雌雄鹧鸪相向和鸣的"行不得也哥哥"的叫声，有似嘲弄和讽刺女郎们的孤独和寂寞，这就更加增添了她们的失落感，心头涌上怅然的情绪。

全诗所写的事件，实际上是经过通宵达旦完成的。但作者善于剪裁，只选取了"春江月出"和翌日早晨"红霞映树"两个有特征性的镜头，用重彩浓墨，绘声绘色，制造出两种典型景观，放在开头和结尾，并因景以见情，烘托出心理变化的全过程。但因为时间跨度大，通宵达旦载歌载舞的许多场面都未曾着墨，女郎们心理变化的全过程也未明写，这就留给读者以充分驰骋想象的余地。顿觉象外有象。余味无穷。

踏歌词四首（其二）

刘禹锡

桃蹊柳陌好经过，灯下妆成月下歌。
为是襄王故宫地，至今犹自细腰多。

"桃蹊柳陌好经过，灯下妆成月下歌"两句倒装，按事件发生的顺序看，次句所写在前。夜幕刚刚拉下，准备参加"踏歌"的女郎精心选择心爱的衣服和首饰，坐在灯前认真梳妆打扮。然后约齐伙伴，手牵着手，一同出发。这时明月朗照，清辉洒向地面，空气清新宜人，踏歌女郎们心情也显得格外轻松和愉快：一面踏地作节拍，一面纵情高歌，开始了"踏歌"晚会。她们要去的地方也是经过挑选的。这里要注意一个"好"字。种植"桃柳"的场所，总是令人十分向往的，因为谁都喜爱"桃红柳绿"分外媚人的景色，而踏歌女郎们踏歌时选择要"经过"的道路，也正是"桃蹊柳陌"这些"好"的去处。

"为是襄王故宫地，至今犹自细腰多"两句写踏歌女郎的美丽和人数众多。《韩非子·二柄》："楚灵王好细腰，而国中多饿人。"这里"细腰"借喻美丽的女人。"故宫"，即楚襄王所游地，在今四川省巫山县西。朗州也是楚地，作者便用这个典故来赞美道：正因为这是襄王故宫所在地，所以直到现在还会有这么多婀娜多姿、能歌善舞的美女啊！

本诗以追光摄影之笔，活画出踏歌者的心态和踏歌中所经历的明媚场景与热烈气氛，十分飞动、流畅。运用楚王好细腰的典故暗喻楚女的婷婷袅袅，舞姿轻盈，也饶有韵味。

踏歌词四首（其三）

刘禹锡

新词宛转递相传，振衣倾鬟风露前。
月落乌啼云雨散，游童陌上拾花钿。

全诗所描绘的是少数民族青年男女通宵达旦欢聚的风俗组画。一个风清月白的夜晚，万物萌发着勃勃生机，能歌善舞的青年男女，从四面八方聚集到一块，举行踏歌晚会，直至月落乌啼，才肯散去；第二天儿童们来此游玩，拾到了她们丢失的花钿。每幅画面，都洋溢着欢乐的激情。

诗的发端，诗人抓住三个极其美丽的意象造句：第一是"新词"，踏歌者情怀激越，神采飞扬，自编"新词"，即兴抒怀，令人神为之振；第二是"宛转"，他们用当地流行的传统的民间小调歌唱"新词"，音调委婉，十分悦耳动听；第三是"递相传"，一人带头高歌，接下去一递一句地抢着唱，气氛异常活跃而热烈。"歌唱之不足，不知手之舞之，足之蹈之"，所以第二句紧接着写舞，"振袖倾鬟风露前。"踏歌的青年男女们应着歌声，按着脚踏的节拍翩翩挥袖起舞，随着歌声的抑扬，发髻前倾后仰，直歌舞到风起露下。夜已深，天转凉，环境已并不那么宜人，而踏歌者们歌舞的热情不减，这就从反面落墨，活画出踏歌者的心态，说明他们已完全沉浸在狂欢的海洋中，不知时间的推移。

"月落乌啼云雨散"。好景易逝，盛会不长，不觉明月西下，乌啼频传，一派凌晨气象。歌朋舞伴，只好罢歌辍舞，怀着余兴纷纷散去，由于他们仍沉湎于欢乐的回味中，身外一切事物都无心检点，这就为第四个画面提供了素材。"游童陌上拾花钿"，从侧面补足欢会的热烈情境。"花钿"是女郎们的首饰，心爱的"花钿"遗失陌上，尚不自知，被早晨在陌上游玩的儿童拾去玩耍。结合第三句"云雨"典故运用，其言外之意是耐人寻味的。

刘禹锡《踏歌词》四首，这无疑是最脍炙人口的一首。写踏歌欢会，状景状情，十分酣畅淋漓，而遣词造句，备极华赡，却无堆砌之痕，令人百读不厌。

踏歌词四首（其四）

刘禹锡

日暮江头闻竹枝，南人行乐北人悲。
自从雪里唱新曲，直到三春花尽时。

这是《踏歌词四首》的最后一首，诗人在第三首里，已把踏歌狂欢推向高潮，无法再写，也无须再写，于是结合自己的感受，为整个组诗写出尾声。

首句先定时间、空间，继写自己在这样特殊的时间、空间里闻歌。次句紧承首句，"南人行乐"，指歌者，即指当地青年男女踏歌《竹枝》；"北人悲"，指听歌者，即指自己听人家踏歌《竹枝》的内心体验；而"日暮"、"江头"，则统摄双方。每日"江头"，都有"日暮"之时，这里所说的"日暮"究竟是特指某一日的"日暮"呢？还是泛指连续多日的"日暮"呢？三、四两句作了回答。这一点，对于领会全诗的深层意蕴是非常重要的。

唐德宗贞元二十一年（805）正月，德宗卒，顺宗即位。二月，任命韦执宜、王叔文等从事政治革新。四月，刘禹锡被重用，在革新运动中表现出特殊的才能，王叔文称赞他有"宰相器"。八月，顺宗"内禅"，太子李纯即皇帝位，这是宪宗，改年号为永贞（按史书惯例，一年内有几个年号的，著录时取后者，故王叔文等革新运动称"永贞革新"），革新派人士遭到残酷迫害。九月，刘禹锡被贬为连州刺史，十月，在赴贬所途中，加贬为朗州司马。十一月抵朗州贬所，正是严冬降雪之时。此诗三、四两句，"自从雪里唱新曲，直到三春花尽时"，乃是对一、二两句"日暮江上闻竹枝，南人行乐北人悲"划出的时间范围，而无穷诗意与无限诗情，即蕴含其中，动人心魄。作者在长安中进士，作京官，参与"永贞革新"，政治上很得意，因而诗中自称"北人"，他这位"北人"突然遭到打击，从繁华的京城贬到荒凉的"南"方朗州，就已经很"悲"。而每当"日暮"，对于穷途失意的人来说，又是最容易触发"悲"愁的时刻，"日暮乡关何处是，烟波江上使人愁"之类的诗句，正说明了这一点。更何况，"悲"与"乐"在同一时间、同一空间里出现的必然结果是："悲"、"乐"相形，乐者愈乐而悲者愈悲。每当"日暮"作者加倍"悲"的时刻，那些"南人"——朗州的青年男女们，就开始"行乐"了，"踏歌"狂欢了。而那种踏歌狂欢，一开始就简直没个完，不到天亮不罢休。就这样，作者于冬雪之时来到朗州直到第二年春尽，每天从"日暮"到"月落乌啼"，都是在闻"竹枝"中度过的。"南人"只顾"行乐"，哪晓得他这位"北人"的悲愁呢？

这首诗从艺术构思方面看，时间、空间的安排最值得注意。"南"与"北"，这是大空间。"江头"，这是小空间，包含在"南"的范围之内。从"雪里"到"三春花尽"，这是大时间。"日暮"，则包含于大时间之内，指长达四个月之久的每日"日暮"。这段时间，是与包含"江头"在内的"南"这一空间范围统一的。在这一时、空进行的事件是"南人行乐"与"北人"闻歌而"悲"。关于"南人行乐"，作者用前面三首诗作了生动的描绘，而关于"北人"闻歌而"悲"，却点到即止，这就不能不激发读者的想象，"北人"为什么"南"来呢？他在"北"方的时候，境况如何呢？他"南"来之后，为什么不与"南人"同"乐"，反而闻歌添愁，见"乐"增"悲"呢？短短四句诗，由于空间、时间的巧妙安排，"南"与"北"对比，"悲"与"乐"相形，给读者以丰富的暗示，从而扩展了诗歌内涵，强化了艺术魅力。

赋得古原草送别

白居易

离离原上草，一岁一枯荣。

野火烧不尽，春风吹又生。

远芳侵古道，晴翠接荒城。

又送王孙去，萋萋满别情。

《唐摭言》卷七云："白乐天初举，名未振，以歌诗谒顾况。况谑之曰：'长安百物贵，居大不易！'及读至《赋得原上草送友人》诗曰：'野火烧不尽，春风吹又生。'况叹之曰：'有句如此，居天下有甚难！老夫前言戏之耳。'"《幽闲鼓吹》、《唐语林》、《北梦琐言》、《能改斋漫录》、《全唐诗话》等书都有类似的记载，从而扩大了这首诗的影响。

这首诗，因题前有"赋得"二字，或以为是作者"练习应试的拟作"；但仔细考虑，感到这种说法不很确切。唐代进士科考试中的诗题，有时的确加"赋得"二字。例如白居易本人，贞元十六年在中书侍郎高郢主试下以第四名中进士，试《玉水记方流》诗，与他同科登进士的郑俞、吴丹、王鉴、陈昌言、杜元颖等人，各有一首《赋得玉水记方流》，收入《全唐诗》卷四六四。但这种应试诗，按照规定，是五言六韵（十二句）的排律。白居易如果为了"练习应试"而"拟作"，必然严格遵照规定。可是《赋得古原草送别》并非五言六韵的排律，而是五言四韵的律诗。

事实上，题前加"赋得"与否，跟是否是应试诗没有必然联系。早在南北朝时期，就有"赋得"诗。初唐陈子昂有一首诗，题目是《魏氏园林人赋一物，得秋亭萱草》。《全唐诗》中，类似的诗题相当多，卷二五二开头，有一首刘太真的《宣州东峰亭各赋一物，得古壁苔》，题下注明与袁偊等八人"同赋"。这八人的诗，也收在后面，题目均与刘诗相似，如《东峰亭各赋一物，得岭上云》、《……得垂涧藤》等。可以想见，九人在东峰亭相会，提出"各赋一物"，于是大家先拟了九个题，然后，"分题"。《沧浪诗话·诗体》云："古人分题，或各赋一物，如云送某人分题得某物也。"题怎么分，当然可以用拈阄之类的办法，"分题"又叫"探题"，就表明了这一点。由此可见，所谓"赋得"，是"赋"诗得"题"的意思。得到什么题，当然由人限定，没有固定的框框，但最常见的"赋得"诗，则主要有两类：一类是取前人成句为题，如梁元帝的《赋得兰泽多芳草》，骆宾王的《赋得白云抱幽石》等。另一类是咏物，如陈后主《七夕宴宣猷堂，各赋一韵，咏五物自足为十物，次第用得帐、屏风、案、唾壶、履》及上述"各赋一物"等。至于体裁，则并无限制。但其中五律占大多数。

这两类"赋得"诗，都有很多是用来"送别"的。白居易的《赋得古原草送别》，即属于后一类。为了较好地把握这首诗的特点和优点，不妨引一些同类的诗略作比较。

刘孝孙《赋得春莺送友人》：

> 流莺拂绣羽，二月上林期。
> 待雪消金禁，衔花向玉墀。
> 翅掩飞燕舞，啼恼婕妤悲。
> 料取金闺意，因君问所思。

钱起《赋得归云送李山人归华山》：

> 秀色横千里，归云积几重。
> 欲依毛女岫，初卷少姨峰。
> 盖影随征马，衣香拂卧龙。
> 只应函谷上，真气日溶溶。

戴叔伦《赋得古井送王明府》：

> 古井庇幽亭，涓涓一窦明。
> 仙源通海水，灵液孕山精。
> 久旱宁同涸？长年只自清。
> 欲彰贞白操，酌献使君行。

从题目上看，这类诗的总的特点是"咏物"加"送别"。因此，评论这类诗，既要看咏物的艺术水平如何，又要看咏物与送别结合得是否自然，有无浓郁的诗意、诗情、诗味。

咏物诗，当然要咏什么像什么。读者不看题，只看诗，就能准确无误地知道它咏的是什么物。

但这只解决了"形似"的问题，进一步，还应该以形传神，形神兼备。杜甫的许多咏物诗，不离咏物，又不徒咏物。每咏一物而物理物情毕现，而表现物情物理，又凝结着对于人情世态的深刻体验和作者的意趣情态，故不仅体物精湛，而且寓意深远，自然是咏物诗的上乘。至于前面所引的那些"赋得"诗，由于要和"送别"结合，就在很大程度上局限了题材的广阔性和主题的深刻性，不能用杜甫的咏物诗所达到的高度来衡量；但在同样的局限下，正可以因难见巧，充分显示作者的艺术才华。让我们从比较的角度，谈谈那几篇"赋得"诗。

刘孝孙的一首五律，以六句咏"春莺"，可"春莺"的形象却并未写出，更谈不上传神。至于"衔花向玉墀"和"翅掩飞燕舞"，虽有形象，却不近情理，"春莺"怎能飞向皇宫的"玉墀"，并用它的"翅"去"掩"赵飞燕的"舞"呢？看来作者所"送"的那位"友人"正要赴京入朝，因而咏"春莺"，也就得硬要它飞进皇宫。接下去的两句，"飞燕舞"写宫廷妇女中的得宠者，"婕妤悲"则写失宠者，而作者的真正用意，还在于用宫廷妇女的命运比拟朝士们的命运。因而以"料取金闺意，因君问所思"收束全诗，寄托了对于他们的命运的关怀。应该说，命意还比较高，但体物不精，而且与送别结合得颇嫌牵强。钱起以四句诗咏"归云"，山、云兼写，展现了云归华山的动景，算是不错的。但接下去的四句诗写"李山人归华山"，却与前四句写云归华山之间没有必然的联系。尾联用"紫气东来"的典故，只能说明李山人是从函谷关以东回华山的，而"紫气"毕竟是"气"，不是"云"。戴叔伦的《赋得古井送王明府》，则比较出色。唐代以"明府"称县令。送人去做县令，怎样和咏"古井"结合起来呢？乍想很难着笔，但作者却处理得相当好。他希望王明府做一个有"贞白"节操的地方官。作者通过咏"古井"之水，含蓄婉转地表达出这种希望。你看这古井之水多么明澈、多么贞洁、多么清白呀！我为了要表彰它，所以酌一杯献给你，送你走马上任。临别赠言，情意甚殷，咏物与送别融合无间，是同类作品中的佳作。

现在再看白居易的《赋得古原草送别》。

《楚辞·招隐士》云："王孙游兮不归，春草生兮萋萋。岁暮兮不自聊，蟪蛄鸣兮啾啾。"是说从"春草生"到"蟪蛄鸣"，已将一年，王孙还远游未归！"王孙"犹言"公子"，指贵族，但从此以后，往往把"春草"和"送别"联系起来，而"王孙"，也就成了游子的别称。谢灵运《悲哉行》："萋萋春草生，王孙游有情。"王勃《守岁序》："王孙春草，处处争鲜。"这样的例子，多得不胜枚举。江淹的《别赋》也没有忘记"春草"："春草兮碧色，春水兮绿波，送君南浦，伤如之何！"但所有这些例子，都写得很简单，未能很好地把春草和别情有机地结合起来，创造出完整而丰满的意象。而白居易的诗，在这一点上却有明显的突破。

题目是《赋得古原草送别》，因而先写古原草，后写送别，但写古原草而别情已寓其中。第一句以"原上草"点题，前加"离离"作定语，形容"原上草"稠密、茂盛，与次句的"荣"和末句的"萋萋"呼应。次句"一岁一枯荣"虽然"荣"、"枯"并举，却落脚于"荣"，表明在诗人的审美意识中，"荣"是主要的、本质的。据说从前有人因战败而草疏请求援兵，讲到"屡战屡败"，另一人则改为"屡败屡战"。二者所叙述的事实是相同的，但后者却显出士气的旺盛。春"荣"冬"枯"，这是"原上草"的特点。诗人颠倒"一岁"之中先"荣"后"枯"的顺序，既表现了"原上草"顽强的生命，又在读者面前展开了春草"离离"，一望无际的画卷。次联出句"野火烧不尽"承"枯"，对句"春风吹又生"承"荣"。就字面看，两相对偶，铢两悉称，但就意义看，却一气奔注，上下贯通，讲的都是"原上草"，而重点归到下句，与第二句"荣"、"枯"并举而重点归到"荣"，契合无间。第三联，就"春风吹又生"作尽情的描绘。出句从嗅觉方面落墨："远芳"，即传播得很远的香气，这香气，从"原"上散发，直侵入伸向天边的"古道"。对句从视觉方面着笔："晴翠"，即阳光下闪亮的绿色，这绿色，从"原"上延展，直连接遥远的荒城。十个字，把经受野火焚烧的"原上草"写得何等色香兼美、气势磅礴！

以上六句赋"古原草"，似与"送别"无关。但一读第七句"又送王孙去"，就感到前面所写的"萋萋"之草，立刻充满"别情"。眼前是"古原"，而"王孙"一去，不是首先要穿过那"古原"吗？"原上草"的"远芳侵古道"，"王孙"不是也要随着"远芳"踏上"古道"吗？"原上草"的

204

"晴翠接荒城"，"王孙"不是也要随着"晴翠"走向"荒城"吗？诗中有两个"又"字，看来是有意的重复。"原上草"一岁一枯，而"春风吹又生"，循环不已。每当"原上草""春风吹又生"，就"又送王孙去"，也循环不已。就这样，作者把咏物和送别多层次地、紧密地结合起来了。

前六句，以"原上草"作主语，一气贯串，脉络分明。接着以"又送"转入"送别"，又以"萋萋"照应首句的"离离"，回到"原上草"。章法谨严，天衣无缝。同时，诗中紧扣题目中的"古"字。首先，原上之草"一岁一枯荣"，岁岁如此，已见得那"原"是"古原"。第五句又特意用"古道"，原上的道路既"古"，则"原"安得不"古"？"赋得"诗，是要求紧扣题目的。当然，紧扣题目的，不一定是好诗。而这首诗却扣题既紧，又生动活泼，意象完美。

古原上的野草春荣冬枯，冬枯之时往往被野火烧掉。这一切都不会引起人们的注意，更不会激发诗人的美感。白居易却不然，他抓住了这些特点，并以他的独特的审美感受进行了独特的艺术表现，突出了野草不怕火烧、屡枯屡荣的顽强生命力，并以"远芳"、"晴翠"这样美好的字眼，把它的气味、色彩写得那样诱人。因此，虽然说"萋萋满别情"，但并不使人感到"黯然销魂"。试想，当"王孙"踏着软绵绵的春草而去的时候，"远芳"扑鼻，"晴翠"耀眼，生意盎然，前途充满春天的气息，他能不受到感染吗？

这首诗通体完美。其中的"野火烧不尽，春风吹又生"一联，对仗工稳而气势流走，充分发挥了"流水对"的优点。它歌颂野草，又超出野草而具有普遍意义，给人以积极的鼓舞力量。蔑视"野火"而赞美"春风"，又含有深刻的寓意。它在当时就受到前辈诗人的赞赏，直到现在还常被人引用，并非偶然。

邯郸冬至夜思家

白居易

邯郸驿里逢冬至，抱膝灯前影伴身。
想得家中夜深坐，还应说着远行人。

王维《九月九日忆山东兄弟》七绝的头两句"独在异乡为异客，每逢佳节倍思亲"，由于真切地表现了远在异国他乡的游子所共有的思家之情而为人们所传诵。白居易的这一首，正是抒发"每逢佳节倍思亲"的感情的。

第一句"邯郸驿里逢冬至"，不过是老老实实地纪实，但已点出很重要的两点：一、人在邯郸的客店，离家很远；二、正当天寒岁暮之时，碰上了冬至佳节。像冬至这样的佳节，在温暖的家中度过，才有意思。一个人在客店里，孤孤单单，冷冷清清，怎么个过法？第二句"抱膝灯前影伴身"就写他怎样在客店里过冬至节：双手抱着膝盖，枯坐在油灯前，暗淡的灯光照出了自己的影子；这影子，就是唯一的伴侣！其凄凉、孤寂之感，已洋溢于字里行间。凄凉孤寂，就不免思家，而"抱膝灯前"，正是沉思的表情，想家的神态。那么，他坐了多久、想了多久呢？这一句没有说，第三句却作了暗示，"想得家中夜深坐"，不是说明他自己也已经"坐"到深夜了吗？

"抱膝灯前影伴身"一句，于形象的描绘和环境的烘托中暗寓想家之情，已摄三、四两句之魂。三、四两句，正面写想家，其深刻之处在于：不是直写自己如何想念家里人，而是透过一层，写家里人如何想念自己。家里人在过冬至节，但由于自己奔波在外，所以这个冬至节肯定过得不很愉快，已经深夜了，还坐在一起"说着远行人"。"说"些什么？诗人当然想得很多，却没有写出，这就给读者留下了驰骋想象的广阔天地。每一个享过天伦之乐的人、有过类似经历的人，都可以根据自己的生活体验，想得很多、很多。

宋人范希文在《对床夜语》里说："白乐天'想得家中夜深坐，还应说着远行人'，语颇直，不如王建'家中见月望我归，正是道上思家时'有曲折之意。"这评论并不确切。二者各有独到之处，正不必抑此扬彼。还是姚培谦在把这首诗和李商隐的《夜雨寄北》相比较时说得好："'料得闺中（"闺中"应作"家中"，想是误记）夜深坐，多应说着远行人'，是魂飞到家里去。"不是"魂飞到家里去"，又怎么能描画出家里人"说着远行人"的动人情景呢？

白居易是一位感情深挚，并善于推己及人的诗人，因而在自己思念对方的时候，总想到对方也在思念自己，从而写出感人的诗句。例如《客上守岁在柳家庄》有云："故园今夜里，应念未归人。"《望驿台》有云："两处春光同日尽，居人思客客思家。"这是关于亲人的。《江楼月》有云："谁料江边怀我夜，正当池畔思君时。"《初与元九别，后忽梦见之，及寤而书忽至》

有云："以我今朝意，想君此夜心。"这是关于友人的。白居易认为"感人心者，莫先乎情，莫始乎言，莫切乎声，莫深乎义"，因而给诗歌下了这样的界说："诗者，根情、苗言、华声、实义。"要写出好诗，需要许多条件，但没有健康的、深挚的"情"作为诗"根"，又怎能产生"以己之情动人之情"的作品呢？

杏园中枣树

白居易

人言百果中，唯枣最凡鄙：

皮皴似龟手，叶小如鼠耳。

胡为不自知，生花此园里？

岂宜遇攀玩，幸免遭伤毁！

二月曲江头，杂英红旖旎；

枣亦在其间，如嫫对西子。

东风不择木，吹煦长未已；

眼看欲合抱，得尽生生理。

寄言游春客，乞君一回视：

君爱绕指柔，从君怜柳杞；

君求悦目艳，不敢争桃李；

君若作大车，轮轴材须此。

这是一首托物言怀的五言古诗。诗人赞扬了"枣树"，但不仅是植物中的枣树。

全诗可分三段。第一段八句，先从反面落墨，以"人言"二字冒下，摆出一般人的看法，说那枣树"最凡鄙"，"皮皴似龟手，叶小如鼠耳"，要多难看就有多难看，为什么毫无自知之明，竟然好意思在杏园里开花！这看法，当然是有根据的，枣树的皮子、叶子和花儿，就是不那么漂亮嘛！因此，在这一点上，诗人不但没有给他心爱的枣树涂脂抹粉，而且索性把一般人的看法肯定下来，用反诘语气说："岂宜遇攀玩"！接下去，还为枣树能够在杏园中生存感到高兴：得免于被砍掉，就算很幸运哩！

第二段八句，承"幸免遭伤毁"而来，但由于用了对比手法，显得有变化。"凡鄙"的枣树处于"红旖旎"的"杂英"之间，真有点像嫫母和西施站在一起，美丑相形，丑者更显得丑。然而丑尽管丑，东风却并不歧视它，它自己也不辜负东风的吹煦，鼓足勇气，不断成长，眼看要有"合抱"那么粗了。

就整篇来说，诗人采用了"欲扬先抑"的写法。说枣树"最凡鄙"，这是抑；说它皮皴、叶小，不宜攀玩，这是抑；说它处于"红旖旎"的"杂英"之间，"如嫫对西子"，这是进一步的抑。抑到无可再抑的时候，却已为后面的扬埋下了伏线。这伏线，就是"眼看欲合抱"。原来诗人的着眼点和一般人的不同，他不曾注意皮子、叶子、花儿之类的外表，而看中的是合抱粗的、钢铁般坚硬的材料。

嫫母的典故也用得很恰当。《列女传》上说："黄帝妃曰嫫母……貌甚丑而最贤。"《路史》上说："嫫母貌恶而德充。"用嫫母比枣树，不是在说明它难看的同时，已经暗示出它另有好处吗？

最后一段，诗人即从自己的着眼点出发，以"寄言"二字冒下，委婉但又有力地反驳了前面的"人言"，完成了赞扬枣树的主题。

诗人不写一般的枣树，而写杏园中的枣树，值得玩味。这里的"杏园"，并不是普通的杏树园子。它东连曲江池，北接慈恩寺，南邻紫云楼和芙蓉苑，是唐代长安著名的景物繁华之区。新进士登科，皇帝往往赐宴于此，有所谓"曲江宴"、"杏园宴"。唐中宗神龙（705—707）以后，"杏园宴"罢，新进士都到慈恩寺塔（即大雁塔）下题名。刘沧在《及第后宴曲江》诗里是这样描写的：

> 及第新春选胜游，杏园初宴曲江头。
> 紫毫粉壁题仙籍，柳色箫声拂御楼。
> 霁景露光明远岸，晚空山翠坠芳洲。
> 归时不省花间醉，绮陌香车似水流。

正因为新进士及第后于柳拂花映中赴"杏园宴"，所以关中人李抟曾经骄傲地问新中了进士的四川人裴廷裕道："闻道蜀江风景好，不知何似杏园春?"这"杏园春",自然不仅指桃红杏艳之类,还含有新进士们"春风得意"的内容。

封建时代的科举考试,所选中的不一定都是很有用的人才。唐代的进士科考试,又有"祖尚浮华,不根艺实"的缺失。白居易写这首《杏园中枣树》诗的动机,也许是想对当权者说:看看"杏园宴"上那些"春风得意"的人物吧,那里面有"柔而不坚"的柳杞,有"华而不实"的桃李,也有既不美艳悦目、又不柔媚称意,却可以制造大车轮轴的枣树。您看中谁、重用谁,那就只好凭您的爱好、看您的需要了。

凡是好诗,都有"言有尽而意无穷"的特点,不宜讲得太死,何况这是一首托物言怀的诗,比兴并用,联类不穷,寓意相当深广。不过,弄清"杏园"是什么地方、有什么特点,从而探索作者的创作意图,对于进一步涵咏这首诗的深广寓意,还是不无帮助的。

长 恨 歌

白居易

汉皇重色思倾国,御宇多年求不得。

杨家有女初长成,养在深闺人未识。

天生丽质难自弃,一朝选在君王侧。

回眸一笑百媚生,六宫粉黛无颜色。

春寒赐浴华清池,温泉水滑洗凝脂。

侍儿扶起娇无力,始是新承恩泽时。

云鬓花颜金步摇,芙蓉帐暖度春宵。

春宵苦短日高起,从此君王不早朝。

承欢侍宴无闲暇,春从春游夜专夜。

后宫佳丽三千人,三千宠爱在一身。

金屋妆成娇侍夜,玉楼宴罢醉和春。

姊妹兄弟皆列土,可怜光彩生门户。

遂令天下父母心,不重生男重生女。

骊宫高处入青云,仙乐风飘处处闻。

缓歌慢舞凝丝竹，尽日君王看不足。
渔阳鼙鼓动地来，惊破霓裳羽衣曲。
九重城阙烟尘生，千乘万骑西南行。
翠华摇摇行复止，西出都门百余里：
六军不发无奈何，宛转蛾眉马前死！
花钿委地无人收，翠翘金雀玉搔头；
君王掩面救不得，回看血泪相和流。
黄埃散漫风萧索，云栈萦纡登剑阁。
峨嵋山下少人行，旌旗无光日色薄。
蜀江水碧蜀山青，圣主朝朝暮暮情。
行宫见月伤心色，夜雨闻铃断肠声。
天旋地转回龙驭，到此踌躇不能去。
马嵬坡下泥土中，不见玉颜空死处！
君臣相顾尽沾衣，东望都门信马归。
归来池苑皆依旧，太液芙蓉未央柳。
芙蓉如面柳如眉，对此如何不泪垂？
春风桃李花开日，秋雨梧桐叶落时。
西宫南内多秋草，落叶满阶红不扫。
梨园弟子白发新，椒房阿监青娥老。
夕殿萤飞思悄然，孤灯挑尽未成眠：
迟迟钟鼓初长夜，耿耿星河欲曙天。
鸳鸯瓦冷霜华重，翡翠衾寒谁与共？
悠悠生死别经年，魂魄不曾来入梦。
临邛道士鸿都客，能以精诚致魂魄。
为感君王展转思，遂教方士殷勤觅。
排空驭气奔如电，升天入地求之遍。
上穷碧落下黄泉，两处茫茫皆不见。
忽闻海上有仙山，山在虚无飘渺间。
楼阁玲珑五云起，其中绰约多仙子。
中有一人字太真，雪肤花貌参差是。
金阙西厢叩玉扄，转教小玉报双成。

闻道汉家天子使，九华帐里梦魂惊。

揽衣推枕起徘徊，珠箔银屏迤逦开；

云髻半偏新睡觉，花冠不整下堂来。

风吹仙袂飘飘举，犹似霓裳羽衣舞。

玉容寂寞泪阑干，梨花一枝春带雨。

含情凝睇谢君王，一别音容两渺茫。

昭阳殿里恩爱绝，蓬莱宫中日月长。

回头下望人寰处，不见长安见尘雾。

唯将旧物表深情，钿合金钗寄将去。

钗留一股合一扇，钗擘黄金合分钿；

但教心似金钿坚，天上人间会相见。

临别殷勤重寄词，词中有誓两心知；

七月七日长生殿，夜半无人私语时：

在天愿作比翼鸟，在地愿为连理枝。

天长地久有时尽，此恨绵绵无绝期。

　　白居易在任周至县尉的时候，于元和元年（806）十二月和陈鸿、王质夫同游仙游寺，谈起唐玄宗、杨贵妃故事，因而写了这篇《长恨歌》。陈鸿跟着写了传奇小说《长恨歌传》。这两篇作品都很出色，《长恨歌》更是脍炙人口的名作。

　　从结构上看，全诗分两大部分。从开头到"惊破霓裳羽衣曲"是前一部分，写的是安史之乱以前的唐玄宗、杨玉环。

　　第一句"汉皇重色思倾国"统摄全篇。男主人公以"重色思倾国"的形象出场，女主人公自然就以"倾国"之"色"作为"思"的对象而跟着出场。做"汉皇"的男主人公不"重德思贤才"，却"重色思倾国"，能干出什么好事来呢？只七个字，就概括了人物的主要特点，确定了情节发展的方向，体现了作者对人物的态度。"倾国"一词，本来指能够使全国人倾倒的美色，但在这里却具有双关意义。前人已经指出："思倾国，果倾国矣！"诗的前一部分，正是写唐玄宗由"思倾国"而怎样弄出了一个"倾国"（国家倾覆）的结局的。

　　诗人紧紧抓住"重色"的特点塑造唐玄宗李隆基的形象。在杨玉环入选以前，他"求"倾国之色已有"多年"。"后宫佳丽三千人"，就是多年"求"来的。但因为都不是"倾国"之"色"，所以还在继续"求"，终于"求"到了杨玉环。于是，"春宵苦短日高起，从此君王不早朝"，"缓歌慢舞凝丝竹，尽日君王看不足"……完全沉溺于酒色歌舞之中了。

诗人从表现李隆基"重色"的角度塑造了杨玉环的形象。一个"重色"，另一个以"色"邀宠。"回眸一笑百媚生"，"侍儿扶起娇无力"，"春从春游夜专夜"，"金屋妆成娇侍夜"等许多诗句，都不仅写她有"色"，而且着重写她以"色"邀宠。着重写她以"色"邀宠，就有助于进一步表现李隆基如何"重色"：仅仅由于爱杨玉环的"色"，就让她的"姊妹兄弟皆列土"，则政治上腐败到何等程度，也就不言可知了。

前代的某些评论家不同意或者不理解作者围绕李隆基"重色"和杨玉环以"色"邀宠这个中心塑造李、杨形象的艺术构思，指责说："其叙杨贵妃进见、专宠、行乐事，皆秽亵之语。'侍儿扶起娇无力'以下云云，殆可掩耳也。"（张戒：《岁寒堂诗话》卷上）又指责说："'回眸一笑百媚生'，乃形容勾栏妓女之词，岂贵妃风度耶？"（张祖廉：《定庵先生年谱外纪》）这正好从反面说明，在诗的前一部分里，诗人对李、杨的荒淫生活是作了大胆的暴露和批评的。

题目是《长恨歌》，不言而喻，重点在于歌"长恨"。在安史之乱以前，李、杨乐个没完，有什么"恨"？然而事物往往向反面发展，如果处理不当，"乐"会导致"恨"。在诗人的艺术构思里，这前一部分，正是写致"恨"之因。因为重点是歌"长恨"，所以这致"恨"之因写得很集中，只用了四分之一的篇幅，即以"渔阳鼙鼓动地来，惊破霓裳羽衣曲"两句收上启下，为李、杨的"长恨"谱写哀歌。

后半篇写"长恨"本身，一气舒卷，转落无迹，但从情节的发展和人物的心理变化看，仍可以分出若干层次。

从"九重城阙烟尘生"至"回看血泪相和流"，紧承前半篇的结句，写李、杨在安史之乱和马嵬兵变中结束了荒淫生活，演出了生离死别的一幕。据史书记载，"六军不发"的原因，主要是要杀酿成安史之乱、导致潼关失陷的祸首杨国忠及其"同恶"。但真正的祸首，实际上是李隆基。对此，诗人在前面已作了有力的表现。李隆基如果重德任贤，不因杨妃的裙带关系而让她的"姊妹兄弟皆列土"，杨国忠又如何能把持朝政？诗人的难能可贵之处，正表现在他没有像有些封建文人那样不惜掩盖马嵬兵变的真象，为李隆基开脱，说什么"明皇鉴夏商之败，畏天悔过，赐妃子死"，而是如实地写出李隆基被逼得"无奈何"，干瞅着他心爱的妃子"马前死"，这不是分明表现出这个祸首已受到"六军"的惩罚了吗？诗人不仅如实地写出李隆基赐妃子死，是出于被迫，而且用"君王掩面救不得，回看血泪相和流"等诗句，表现了他对杨妃的恋恋不舍之情。这样，李隆基这个人物"重色"的性格特征就不是"改"掉了，而是向前发展了。那"倾国"之"色"已被逼而死，而他仍思念不已，这就产生了"长恨"。行文至此，已由李、杨致"恨"之因写到"长恨"本身。

从"黄埃散漫风萧瑟"至"魂魄不曾来入梦"，写李隆基在入蜀途中，在蜀中的"行宫"，在回京经过马嵬坡的时候，在回京以后的各种场合，春夏秋冬，朝朝暮暮，总是触景生情，见物怀人，一心想着已死的妃子。从"临邛道士鸿都客"至篇末，于幻想的神仙境界中刻画了杨玉环的形象，表达了死者对生者的无限相思。生死相思而永无见期，这就是"长恨"。那么，为什么会产生这种"长恨"呢？诗人没有明说，也用不着明说，这是需要从全篇的艺术形象中去领会的。

《长恨歌》的艺术成就表现在许多方面，这里只提一下几个显著的艺术特点。

一、跟着人物性格的发展而发展情节，结构作品，表现主题。一开头就揭示出唐玄宗的主要性格特征——"重色"，然后从各个侧面进行刻画，情节也就跟着向前发展：安史之乱，马嵬兵变，逃至蜀中，这是"重色"的后果；从入蜀到回京的思念妃子以及命方士"致魂魄"，则是"重色"的进一步表现。因为主线分明，所以剪裁得当，结构谨严。例如写到杨妃对方士讲了"在天愿作比翼鸟，在地愿为连理枝"的誓言以后，即戛然而止，以"天长地久有时尽，此恨绵绵无绝期"点明"长恨"，结束全诗，不写方士复命和李隆基的反应。因为人物的性格至此已无可发展，就不必浪费笔墨了。

二、善于通过人物对事件、环境的感受和反应来表现人物的感情，因而常常把叙事、写景和抒情结合为一。例如"六军不发无奈何，宛转蛾眉马前死"，只两句就概括了马嵬兵变，这是最精练的叙事；但杨妃"宛转"求救的神态，也和盘托出，又是描写；而这又主要是写李隆基的感受和反应，表现他"无奈何"的心情，具有浓烈的抒情色彩。至于写李隆基触景念旧，见物怀人的那些诗句，这个特点表现得尤其突出。

三、语言精练而流畅，优美而易懂，具有鲜明的形象性和音乐性，往往只一两句就展现出一个感人的诗的境界。比如用"玉容寂寞泪阑干"描写听到天子派来使者时的杨玉环，已经很形象，再用"梨花一枝春带雨"加以比拟而神情毕现。又如"思悄然"和"未成眠"已能表现李隆基彷徨思旧的心情，再用"夕殿萤飞"和"孤灯挑尽"来渲染环境、勾勒肖像而意境全出。前人讥笑"孤灯挑尽未成眠"一句"寒酸"，理由是"宁有兴庆宫中夜不烧烛，明皇自挑灯者乎？"（《邵氏闻见续录》卷十九）其实，宫中燃蜡烛而不点油灯，明皇也不至于亲自挑灯，白居易该是懂得的。他的艺术匠心，正表现在运用典型化的艺术手法，不仅活灵活现地写出了明皇思念妃子的神态和心境，而且连他处于被幽禁状态的凄凉晚景也烘托出来了。

四、前人肯定《长恨歌》，总说它"情至文生"，"情文相生"，这是符合实际的。正因为"情至文生"，所以连虚构的浪漫主义境界都写得真实感人。当写明皇思妃之情与日俱增，直写到"悠悠生死别经年，魂魄不曾来入梦"的时候，命方士"致魂魄"的情节，已呼之欲出。而写仙山上的杨妃如何思念明皇，则是远承前面的"擅宠"和"君王掩面救不得"的"恩爱"发展而来的，因而具有感情的真实性。作者本不信仙，有"戒求仙"的《海漫漫》等作品可证。他之所以虚构一个仙境，不过是为了进一步塑造人物形象，揭示主人公的内心活动罢了。有人认为作者在写杨妃之死时特意点明"花钿委地无人收"，是为了暗示方士弄到"钿合金钗"之后编了一套在仙山找到杨妃的谎言进行欺骗，这也许是可能的。但对于浪漫主义的艺术作品，只需要衡量它是否反映了生活的真实，不必考虑杨妃是否会"成仙"。有人指责作者不该把一个"妖艳之妇"写成仙人，那也是不懂浪漫主义特点的谬论。

对《长恨歌》的主题思想，历来有不同理解。从作者的艺术构思看，大约是意在讽谕当时和以后的统治者应以唐玄宗为戒，不要因"重色"而荒淫误国，给自己造成"长恨"。这在诗的前一部分表现得相当明显。但在后一部分，他把李隆基写得那么感伤，那么凄苦，那么一心追念妃子，把幻境中的杨妃对明皇的感情写得那么真挚专一，那么生死不渝，而他的那些情景交融、音韵悠扬的诗句又那么哀感顽艳，富于艺术感染力，因此，就客观效果说，那倒有可能引起读者对李、杨的同情。"重色"是个贬义词，如诗的前一部分所写，李隆基作为一个大权在握的皇帝，因"重色"而废弃、紊乱了朝政，那是该贬的。但在既失掉妃子，又失掉政权，颠沛流离，回京后更受到肃宗虐待的情况下日夜追念妃子，虽然仍与以前"重色"的性格特征相一致，但已经无损于国计民生，那么诗的后一部分即使引起读者对李、杨的同情，也是无害的。

不承认《长恨歌》有讽谕意义而力主它是歌颂李、杨坚贞爱情的专家们提出的理由是：一、作者把它编入"感伤诗"，而没有编入"讽谕诗"；二、作者在《与元九书》中曾说："今仆之诗，人所爱者，悉不过'杂律诗'与《长恨歌》以下耳；时之所重，仆之所轻。"这其实算不得什么理由。第一，作者明说："又有事物牵于外，情理动于内，随感遇而形于叹咏者一百首，谓之'感伤诗'。"按照这个定义，"感伤诗"为什么就不能有讽谕性的内容呢？有感于唐明皇因"重色"而荒淫误国，给他自己也造成"长恨"，从而"形于叹咏"，不是合情合理的吗？作者编入"感伤类"的不少诗，如《过昭君村》、《哭王质夫》等等，就都有讽谕意义，《蚊蟆》甚至以"幺虫何足道，潜喻儆人情"结尾，更与"讽谕诗"没有多少区别。第二，"时之所重，仆之所轻"的话，是激于他的"意激而言质"的"讽谕诗"被"号为讦讪，号为讪谤"而发的，并不能证明他自己真的轻视《长恨歌》。事实上，他倒是颇以《长恨歌》自豪的。就在跟《与元九书》同时写作的《编集拙诗成一十五卷，因题卷末，戏赠元九、李二十》一诗里，他一上来便夸《长恨歌》，并把它与《秦中吟》提到同样重要的位置，大书而特书：

一篇《长恨》有风情，十首《秦吟》近正声。

有人把"风情"理解为"儿女风情"，等同于今天所说的"爱情"，那是不合原意的。而且，这样的理解，对"白居易因《长恨歌》写爱情而自己轻视它"的论点也很不利，因为在这里，诗人分明十分重视它。在这一联诗里，"风情"与"正声"对偶，"风情"指风人之情，"正声"指雅正之声。《毛诗序》云："上以风化下，下以风刺上，主文而谲谏，言之者无罪，闻之者足以戒，故曰风。……国史明乎得失之迹，伤人伦之废，哀刑政之苛，吟咏情性，以风其上，达于事变而怀其旧俗者也。故变风发乎情，止乎礼义。"这就是"风情"所本。《毛诗序》又云："雅者，正也，言王政之所由废兴也。"李白《古风》亦云："大雅久不作……正声何微茫！"这就是"正声"

所本。总之，白居易声明他的"《长恨》有风情"、"《秦吟》近正声"，是和他在《与元九书》里反复强调的"风雅比兴"之说完全一致的。

有人认为《长恨歌》前半批判"重色"，后半歌颂爱情。这也值得怀疑。像白居易这样的大诗人，一篇诗的主题竟然前矛后盾，水火不相容，这是很难想象的。细读作品，就可以看出前半是写致"恨"之因，后半是写"长恨"本身，而在诗人心目中，那"恨"是"一失足成千古恨"的"恨"，其"讽谕"不仅是作者的创作动机，而且在很大程度上也得到了艺术体现。当然，这只能说是"在很大程度上"，而不能说是"完全"，因为诗人对"长恨"本身的描写有可能引起读者的同情，以致客观效果与主观动机不完全一致。文艺作品，特别是古典作家的作品，效果与动机在不同程度上出现矛盾的情况，并不是罕见的。

《长恨歌》对文艺的影响，不仅表现在诗歌创作方面，也不局限于国内。元代的大戏曲家白朴根据它写了《梧桐雨》，清代的大戏曲家洪昇根据它写了《长生殿》；在日本，也被改编成戏曲，搬上舞台。

宿紫阁山北村

白居易

晨游紫阁峰，暮宿山下村。
村老见余喜，为余开一樽。
举杯未及饮，暴卒来入门。
紫衣挟刀斧，草草十馀人。
夺我席上酒，掣我盘中飧。
主人退后立，敛手反如宾。
中庭有奇树，种来三十春。
主人惜不得，持斧断其根。
口称采造家，身属神策军。
"主人慎勿语，中尉正承恩！"

《宿紫阁山北村》，就是白居易在《与元九书》中所说的使"握军要者切齿"的那首诗。其写作时间，大约是唐宪宗元和四年（809）。

元和四年，诗人在长安做左拾遗，为什么会"宿紫阁山北村"呢？开头两句，作了交代。紫阁，在唐代京城长安西南百余里，是终南山的一个有名的山峰，"旭日射之，烂然而紫，其峰上耸，若楼阁然"。诗人之所以要"晨游"，大概就是为了欣赏那"烂然而紫"的美景吧！早"晨"欣赏了"紫阁"的美景，悠闲自得地往回走，直到日"暮"，才到"山下村"投"宿"，碰上的又是"村老见余喜，为余开一樽"的场面，其心情不用说是很愉快的。但是，"举杯未及饮"，"村老"不"喜"的人闯来了，诗人不愉快的事发生了。

开头的这四句诗，似乎写得毫不费力，但只用二十个字，就不仅点明了抢劫事件发生的时间、地点和抢劫对象，而且表现了诗人与"村老"的亲密关系及其喜悦心情，为下面关于"暴卒"的描述起了有力的反衬作用，还是颇具匠心的。

中间的十二句，先用"暴卒"、"草草"、"紫衣挟刀斧"等暴露性的词句刻画了抢劫者的形象，接着展现了两个抢劫场面：一是抢劫酒食，一是砍树。

写抢酒食的四句诗，表现出"暴卒"、"我"和"主人"的三种态度。"我"毕竟是个官，胆子壮一些，自然还有随从，所以一开始还敢于和"暴卒"争（这"争"是从对手的"夺"中暗示出来的），但由于力量对比太悬殊，"我"的"席上酒"终于被"夺"走了，"我"的"盘中飧"终于被"掣"走了。在这场争夺战中，"主人"的态度怎样呢？诗人写道："主人退后立，敛手反如宾。"压根儿不敢争。

"夺"和"掣"两个词，包含着一方不给、一方抢拿的丰富内容，不应随便读过。诗人用这两个词作"诗眼"，表现出"我"仗着官势和"暴卒"争，竟败下阵来，这就不仅揭露了"暴卒"的"暴"，而且要人们想一想"暴卒"凭什么这样"暴"，为结尾的"点睛"之笔埋下了伏线。

"主人"一词也值得玩味。在前面，诗人分明说"村老见余喜"，没有用"主人"这个词。到了"暴卒"闯入之后，却把"村老"改作"主人"，其用意很深刻。在私有社会里，物各有主。酒食是"村老"为"我"而设的，一遭抢掠，作为主人的"村老"，就有权讲理，然而如今不但丧失了"主"权，还"敛手反如宾"，恭恭敬敬地听任"暴卒"反客为主。这样一来，人民的生命财产还有什么保障？

写两个抢劫场面，各有特点。抢酒食之时，"主人"退立"敛手"，砍树之时，却改变了态度，其心理根据是什么呢？为了揭示这一点，诗人先用两句诗写树：一则指明那树长在"中庭"，二则称赞那是棵"奇树"，三则强调那树是"主人"亲手种的，已长了三十来年。这说明它在"主人"心中的地位，远非酒食所能比拟。"暴卒"要砍它，怎能不"惜"！"惜不得"，是"惜"而不得的意思。"惜而不得"，意味着发自内心的"惜"表现为语言、行动上的"护"，但迫于暴力，没有达到目的。联系结尾的四句诗看，在"暴卒""持斧断其根"之时，"主人"大约问了"你们是干什么的？为什么要砍我院子里的树？"之类的话，所以才引出了"暴卒"的"自称"和"我"的悄声劝告。

结尾的四句诗，需要作一些解释，才能了解其深刻的含意。所谓"神策军"，在天宝时期，本来是西部的地方军，后因"扈驾有功"，变成了皇帝的禁军。德宗时开始设立左、右神策军中尉，由宦官担任。他们以皇帝的亲信掌握禁军，势焰熏天，把持朝政，打击正直的官吏，纵容部下酷虐百姓，什么坏事都干。元和初年，宪宗宠信宦官吐突承璀，让他做左神策军护军中尉，接着又派他兼任"诸军行营招讨处置使"（各路军统帅），白居易曾上疏谏阻。这首诗中的"中尉"，就包括了吐突承璀。所谓"采造"，指专管采伐、建筑的官府，"采造家"，就是这个官府派出的人员。元和时期，经常调用神策军修筑宫殿，吐突承璀又于元和四年领功德使，修建安国寺，为宪宗树立"功德碑"。因此，就出现了"身属神策军"而兼充"采造家"的"暴卒"。做一个以吐突承璀为头子的神策军人，已经炙手可热了，又兼充"采造家"，执行为皇帝修建宫殿和树立功德碑的"任务"，自然就更加为所欲为，不可一世！

这首诗，采取了画龙点睛的写法。先写"暴卒"肆意抢劫，目中无人，连身为左拾遗的官儿都不放在眼里，使人不能不产生这样的疑问："这些家伙凭什么这样'暴'？"但究竟凭什么，没有说。直写到"主人"因"中庭"的那棵心爱的"奇树"被砍而忍无可忍的时候，才让"暴卒"自己亮出他们的黑旗，"自称"：

我们负有为皇帝采伐木料的使命，
本是那赫赫有名的神策军人。

一听见"暴卒"的"自称",就把"我"吓坏了,连忙悄声劝告"村老":

> 主人啊,你千万不要作声,
> 神策军的头领,是皇帝的红人!

讽刺的矛头透过"暴卒",刺向"暴卒"的后台"中尉",又透过"中尉",刺向"中尉"的后台皇帝!

前面的那条"龙",已经画得很逼真,再一"点睛",全"龙"飞腾,把全诗的思想意义提到了何等惊人的高度!

轻　肥

白居易

> 意气骄满路,鞍马光照尘。
> 借问何为者?人称是内臣。
> 朱绂皆大夫,紫绶悉将军。
> 夸赴军中宴,走马去如云。
> 樽罍溢九酝,水陆罗八珍。
> 果擘洞庭橘,脍切天池鳞。
> 食饱心自若,酒酣气益振。
> 是岁江南旱,衢州人食人。

《轻肥》一作《江南旱》,是著名组诗《秦中吟》十首的第七首。作者在序里说:"贞元、元和之际,予在长安,闻见之间,有足悲者。因直歌其事,命为《秦中吟》。"又在《伤唐衢》诗里说:"忆昨元和初,忝备谏官位。是时兵革后,生民正憔悴。但伤民病痛,不识时忌讳。遂作《秦中吟》,一吟悲一事。"这说明了《秦中吟》的主要特点:第一,其题材来自耳闻目见、感动过作者的社会生活;第二,作者以"但伤民病痛"的激情,"直歌其事",无所"忌讳";第三,"一吟悲一事",写得很集中。正因为这样,就惹得"贵人皆怪怒，闲人亦非訾"，而千百年来的劳动人民，则可以从中汲取改造现实的精神力量。作者在《编集拙诗成一十五卷，因题卷末，戏赠元九、李二十》一诗中说："十首《秦吟》近正声。"可以看出，他是把反映人民"心声"的诗歌称为"正声"的。他一再声明《秦中吟》的创作是"但伤民病痛"、"惟歌生民病"，就可以证实这一点。在封建社会里能够做到这一点，的确是难能可贵的。

对于同情人民的诗人来说，"民病痛"本身已经可"悲"，反映"民病痛"本身，已经可以写出好诗，但在阶级社会里，"民病痛"常常是"民"的对立面造成的。因此，揭示这个对立面，就可以从矛盾双方的强烈对比中充分地表现出社会的不合理，就可以使人加倍地感到"民病痛"的可"悲"，其作品就具有更强大的激动人心的艺术力量。《秦中吟》组诗的现实主义精神，正表现在这里。

《轻肥》这首诗，韦縠《才调集》题作《江南旱》，它正是写"江南旱"的。"旱"这种天灾，当然可以造成可"悲"的"民病痛"。诗的结尾说："是岁江南旱，衢州人食人。"岂不可"悲"！但细读全诗，就可以看出这"一吟"所"悲"的"一事"，并不仅仅是由于天"旱"而"人食人"，其深刻之处在于，还揭示了与此既相联系、又尖锐对立的另一面："轻肥"。

"轻肥"一词，取自《论语·雍也》中的"乘肥马，衣轻裘"，用以概括豪奢生活。那么，诗人所写的是什么人的豪奢生活？什么样的豪奢生活？又是怎样写的呢？

开头四句，先描写，后点明，突兀跌宕，绘神绘色。"意气"之"骄"，竟可"满路"，"鞍马之光"，竟可"照尘"，这不能不使人惊异。正因为惊异，才发出"何为者"（干什么的）的疑问，从而引出了"是内臣"的回答。"内臣"者，宦官也。宦官不过是皇帝的家奴，凭什么有"骄满路"的"意气"、"光照尘"的"鞍马"？这仍然不能不使人惊异，于是自然而然地引出下两句："朱绂皆大夫"——这是掌握政权的；"紫绶悉将军"——这是掌握军权的。宦官这种角色竟然"朱绂"、"紫绶"，掌握了政权和军权，怎能不"骄"？怎能不"奢"？"夸赴军中宴，走马去如云"两句，与"意气骄满路，鞍马光照尘"前呼后应，互相补充，写得很形象。做宦官的，居然"朱绂"、"紫绶"，值得"夸"；公然"赴军中宴"，更值得"骄"。"走马去如云"，就是"骄"与"夸"的具体表现。"骄满路"的"满"字，"光照尘"的"照"字以及"去如云"的"云"字,又以鲜明的形象表现出"赴军中宴"的"内臣"不是一两个,而是一大帮。

"军中宴"的"军"不是一般的军队,而是保卫皇帝的"神策军"。作者写这首诗的时候,"神策军"由宦官管领。宦官们之所以为所欲为,莫敢谁何,就由于他们掌握了禁军,进而把持朝政。诗人通过宦官们"夸赴军中宴"的场面揭露其"意气"之"骄"和所以"骄",具有高度的典型概括意义。

前八句,通过"内臣"们"夸赴军中宴"的场面主要写"骄",但也写了"奢"。写"奢"只用了五个字——"鞍马光照尘",却称得上"以少少许胜人多多许"。鞍光可以照尘,其华贵可知;马光可以照尘,其饲料之精可知。鞍、马尚且如此,何况其他!紧接着的六句诗,通过"内臣"们"军中宴"的场面主要写"奢",但也写了"骄"。写"奢"的文字,与"鞍马光照尘"有内在的联系,而用笔不同。写"马",只写它油光水滑,其饲料之精,已意在言外。写"内臣",则只写"樽罍溢九酝,水陆罗八珍。果擘洞庭橘,脍切天池鳞",其脑满肠肥,大腹便便,已不言而喻。"食饱心自若,酒酣气益振"两句,又由"奢"写到"骄"。"气益振",遥应首句。"赴宴"之时,已然"意气骄满路",如今"食饱"、"酒酣","意气"自然"益"发骄横,不可一世了!

以上十四句诗,诗人以愤怒的笔触描绘出"内臣"行乐图,已具有深刻的暴露意义。然而诗人的目光并未局限于此。他"悄然动容,视通万里",于是奋笔一挥,给那行乐图勾出了"人食人"的社会背景,从而把诗的思想意义提到新的高度。

诗人说他的《秦中吟》"一吟悲一事","但伤民病痛",而这"一吟"写"民病痛"只用一句,写"内臣"行乐,却用了十四句,岂不是"乐"胜于"悲"吗?然而仔细吟味,就知道这正是以"乐"衬"悲"。毫不夸张地说,诗人是抓住社会矛盾的本质进行艺术构思的。他提到"江南旱",但并没有把"衢州人食人"完全归因于"江南旱"。如果完全归因于"江南旱",那就应该在写"江南旱"方面用较多的笔墨,而毋须涉及"内臣"。如今用大量篇幅写"内臣",而只在结尾点出"衢州人食人",就不仅从强烈对比中暴露了以把持朝政的"内臣"为代表的统治者们何等骄奢淫逸,而且从互相联系中揭示了"民病痛"的根本原因究在何处。

人民因旱灾而"病痛"，自称"爱民如子"的统治者是应该节衣缩食，设法解救的。然而事实又怎样呢？看看诗人写同一旱灾的《杜陵叟》，就知道统治者不但没有任何救灾的措施，而且"急征暴敛"，逼得人民"典桑卖地纳官租"。诗中的主人公控诉道："剥我身上帛，夺我口中粟。虐人害物即豺狼，何必钩爪锯牙食人肉？"那些"豺狼"们剥夺了人民的衣食之后怎样肆意挥霍呢？《杜陵叟》里没有写，《轻肥》却通过"军中宴"的图景作了回答。在同样遭受旱灾的情况下，"衢州人食人"，而"内臣"们却酒池肉林，趾高气扬。诗人对此只作了形象的描绘，再没有说什么。而诗的形象本身，却说明了许多东西。一"悲"一"乐"，对比如此鲜明，这样的社会难道是合理的吗？四体不勤，五谷不分的"内臣"们"樽罍溢九酝，水陆罗八珍"，连他们的马都吃得油光水滑，而终岁辛劳，创造物质财富的农民群众之间却出现了"人食人"的惨象，这二者难道没有因果关系吗？不言而喻，"内臣"们的淫乐是建筑在农民们的"病痛"之上的，他们喝的"九酝"，实质上是人民的血汗，他们吃的"八珍"，实质上是人民的膏脂。他们"食饱心自若，酒酣气益振"，精力自然十分充沛，然而又将以如此充沛的精力去干些什么呢？

"一吟悲一事"，这样的"事"对于力图通过"裨补时缺"来"救济人病"的诗人来说，的确是可"悲"的！

买　花

白居易

> 帝城春欲暮，喧喧车马度。
>
> 共道牡丹时，相随买花去。
>
> 贵贱无常价，酬值看花数。
>
> 灼灼百朵红，戋戋五束素。
>
> 上张幄幕庇，旁织笆篱护。
>
> 水洒复泥封，移来色如故。
>
> 家家习为俗，人人迷不悟。
>
> 有一田舍翁，偶来买花处。

低头独长叹，此叹无人谕。

一丛深色花，十户中人赋。

　　《买花》是《秦中吟》组诗的第十首，《才调集》题作《牡丹》。在写于同一时期的《新乐府》中，也有一篇写牡丹的《牡丹芳》，可与此诗参看：

牡丹芳，牡丹芳，黄金蕊绽红玉房。

千片赤英霞烂烂，百枝绛焰灯煌煌。

照地初开锦绣段，当风不结兰麝囊。

仙人琪树白无色，王母桃花小不香。

宿露轻盈泛紫艳，朝阳照耀生红光。

红紫二色间深浅，向背万态皆低昂。

映叶多情隐羞面，卧丛无力含醉妆。

低娇笑容疑掩口，凝思怨人如断肠。

秾姿贵彩信奇绝，杂卉乱花无比方。

石竹金钱何细碎，芙蓉芍药苦寻常。

遂使王公与卿士，游花冠盖日相望。

庳车软舆贵公主，香衫细马豪家郎。

卫公宅静闭东院，西明寺深开北廊。

戏蝶双舞看人久，残莺一声春日长。

共愁日照芳难驻，仍张帷幕垂阴凉。

花开花落二十日，一城之人皆若狂。

三代以还文胜质，人心重华不重实。

重华直至牡丹芳，其来有渐非今日。

元和天子忧农桑，恤下动天天降祥。

去岁嘉禾生九穗，田中寂寞无人至。

今年瑞麦分两歧，君心独喜无人知。

无人知，可叹息。

我愿暂求造化力，减却牡丹妖艳色。

少回卿士爱花心，同似吾君忧稼穑。

关于中唐时期长安崇尚牡丹的情况，与白居易同时的李肇在《国史补》（卷中）里说："京城贵游尚牡丹三十余年矣。每春暮，车马若狂，以不耽玩为耻。执金吾辅官围外寺观，种以求利，一本有值数万者。"白居易的《牡丹芳》和《买花》，则不仅对"京城贵游"们"车马若狂"地"耽玩"牡丹和以高价购买牡丹作了生动的描绘，而且通过与其对立面的强烈对比，揭露了社会矛盾的某些本质方面，表现了具有深刻社会意义的主题。

《牡丹芳》把"元和天子忧农桑"和"王公"、"卿士"、"贵公主"、"豪家郎""游花冠盖日相望"相对比，从而肯定前者，批判后者。"元和天子"未必真的"忧农桑"。从正面说，上行下效，从反面说，上梁不正下梁歪。总之，"上有好者，下必有甚焉。"古老的民歌说得好："上求材，臣残木；上求鱼，臣干谷。"如果说"元和天子"真的"忧农桑"，命令他的臣子们全力以赴地抓农业生产，那么，那些"王公"、"卿士"、"贵公主"、"豪家郎"们又哪里会"车马若狂"，只醉心于"赏花"、"买花"呢？不言而喻，直接地揭露"臣干谷"，实际上也就间接地批判了"上求鱼"。作者之所以提到"元和天子忧农桑"，一方面是希望他这样做，更重要的一方面是只有捧出"元和天子"作为"忧农桑"的正面力量，才便于而且敢于把那些有权有势的"王公"们作为"忧农桑"的对立面加以否定。明乎此，就可以看出作者的艺术构思相当巧妙。如果不加分析地给作者送一顶"美化封建皇帝"的帽子，那未免太简单化了。

《牡丹芳》的构思特点是把"元和天子"的"忧农桑"和"王公"、"卿士"、"贵公主"、"豪家郎"们的"尚牡丹"作对比。"忧农桑"与"尚牡丹"，这二者的对比是强烈的，但"元和天子"与"王公"、"卿士"、"贵公主"、"豪家郎"却同属于封建统治阶级的上层，其间的关系是"上梁"与"下梁"的关系，既非尖锐对立，因而也谈不上强烈对比。把在现实生活中本非尖锐对立的人物在艺术构思中作强烈对比，就难免乞灵于抽象的议论，给这首诗的结尾带来概念化的缺点。这种缺点在《买花》里却并不存在，主要原因在于不是拿"元和天子"和"王公"、"卿士"等等作对比，而是拿"田舍翁"和"王公"、"卿士"等等作对比。在封建社会中，"田舍翁"和"王公"、"卿士"之间本来就存在着尖锐的矛盾，因而在艺术表现上运用对比手法，就能够形象地反映生活真实，充分地揭露社会矛盾的本质。

白居易很善于运用对比手法，通过不同人物在同一事物、同一事件上所表现的对立关系揭露社会矛盾的本质。例如《采地黄者》：

> 麦死春不雨，禾损秋早霜。
>
> 岁晏无口食，田中采地黄。
>
> 采之将何用？持以易糇粮。
>
> 凌晨荷锄去，薄暮不盈筐。
>
> 携来朱门家，卖与白面郎：
>
> "与君啖肥马，可使照地光。
>
> 愿易马残粟，救此苦肌肠！"

农民忍冻挨饿，从"凌晨"到"薄暮"，只采了半筐地黄，为的是拿到"朱门家"去换些"马"吃"残"的粮食，"救此苦肌肠"。"朱门家"的"白面郎"不仅自己锦衣玉食，连他的"马"也已经喂得很"肥"，还为了使它"照地光"，要给它吃补药——地黄。那"地黄"，农民得之不易，而"白面郎"付出的代价，却只是马槽里的"残粟"而已。诗人并没有作什么说明，发什么议论，只通过对于"朱门家"与"采地黄者"在"地黄"这同一事物上所表现的对立关系的具体描写，就把剥削与被剥削的社会矛盾揭露得入木三分，惊心动魄。

《买花》在运用对比手法揭露社会矛盾方面与《采地黄者》有类似之处，但也有变化。

从"帝城春欲暮"至"移来色如故"一大段，着力地描写了"长安贵游"如疯似狂地以高价"买花"的情景。其中的"灼灼百朵红，戋戋五束素"乃是关键性的句子，但如何理解，却颇有分歧。有人认为上句指百朵红牡丹，下句指五束白（素）牡丹，"灼灼"言其红艳，"戋戋"言其微少。这样一来，两句就都是写"花"，而不是写"买花"，上面既与"相随买花去"，"酬值看花数"脱节，下面又与"一丛深色花，十户中人赋"不合。从章法上看，"一丛深色花"，显然上承"灼灼百朵红"，而这"百朵红"在前面既没写明多么值钱，结尾又怎么会突然冒出"十户中人赋"呢？何况，如果"五束素"指的是五束白牡丹，又分明无法包进"一丛深色花"里去，岂不是节外生枝！"深色花"，指的是红牡丹。当时长安崇尚红牡丹和紫牡丹，而白牡丹则遭到人们的贱视，很不值钱。所以白居易做赞善大夫这种冷官的时候，曾以白牡丹自比，作诗说："白花冷淡无人爱，亦占芳名号牡丹。应似东宫白赞善，被人还唤作朝官！"很清楚，"戋戋五束素"一句在意义上并不是与上句双线并列，以白牡丹对红牡丹，而是一线贯串，说明"灼灼百朵红"的价值。《易经·贲卦》有云："束帛戋戋。"根据旧注：束帛，即五匹帛；戋戋，"委积貌"，即堆积起来的样子，与通常作"微少"讲的用法刚好相反。白居易的"戋戋五束素"，显然从"束帛戋戋"化出。"素"，也就是"帛"；"五束"，就是二十五匹；戋戋，是形容二十五匹帛的庞大体积。"灼灼百朵红"的价值是"戋戋五束素"，其昂贵何等惊人！《新唐书·食货志》里说："自初定'两税'时，钱轻货重。……绢匹为钱三千二百。"白居易写这首诗的时候，正在实行"两税法"，一匹绢（也就是"素"）为钱三千二百，那么"五束素"就为钱八万。一本开百朵花的红牡丹竟然售价八万，这是不是有点夸张呢？和《国史补》记载的"一本有值数万者"相印证，白居易在这里并没有借助艺术夸张，而是老老实实的写实。艺术创作是可以运用夸张手法的，但在一本花究竟值多少钱这样的问题上，却不宜夸张，一夸张失实，结尾的"一丛深色花，十户中人赋"就没有说服力，整个作品也就不可能发挥应有的社会作用。白居易在《新乐府序》里说："其事核而实，使采之者传信也。"正是这个意思。

"灼灼百朵红，戋戋五束素"已为结尾埋下了伏线。"家家习为俗，人人迷不悟"两句承上启下，同时也表露了作者的思想倾向。"人人"并不是指普天下的一切人，而是指"帝城"中的统治者、剥削者，也就是《牡丹芳》里所说的"王公"、"卿士"、"贵公主"、"豪家郎"之流。下面的"此叹无人谕"，则与这里的"人人迷不悟"一脉相承，在章法上取得了内在的联系。

从"有一田舍翁"至结尾，其写法与《重赋》的末一段异中有同，后者写被勒索得衣不蔽体的农民因"输残税"而看见了"官库"里堆积如山，行将腐烂的缯帛丝絮，愤怒地控诉"贪吏"们"夺我身上暖，买尔眼前恩"，前者则写一位"田舍翁"来到买花处，目睹了"灼灼百朵红，戋戋五束素"的情景，发出了深长的叹息，而没有发表什么意见。他为什么叹息呢？"迷不悟"的"人人"是不会理解的，而作者却能理解，那就是："一丛深色花，十户中人赋！"这两句诗，不仅说明了牡丹的昂贵，而且说明了买花钱的来源。一开头，诗人就用"帝城春欲暮"一句既点明地点，又点明时间。在"春欲暮"的时候，农民们正披星戴月，忙于农业生产，而"帝城"中的富贵人家却"喧喧车马度"，"相随买花去"，为了买得"灼灼百朵红"，不惜挥金如土。他们既不从事生产劳动，又不干任何正事，那么他们的金钱是哪里来的呢？这只有深受剥削之苦的"田舍翁"才了解得最清楚。诗人的高明之处，就在于他把"田舍翁"从啼饥号寒的农村引入纸醉金迷的"帝城"，通过他的一声"长叹"，深刻地揭露了"买花"者与买花钱的实际负担者之间的尖锐矛盾，又以"独长叹"的那个"独"字与"人人迷不悟"形成强烈的对比，对"田舍翁"的对立面给予有力的鞭挞。

在当时的"帝城"里，以高价"买花"，这是"家家习为俗"的普遍现象，谁也不注意它有什么社会意义。柳浑写了"近来无奈牡丹何，数十千钱买一窠"的诗句，不过是自叹钱少，买不起那么高贵的花儿罢了。白居易却从中看出了并且尖锐地反映了剥削与被剥削的矛盾，引人深思，发人深省。这关键不仅在于艺术修养的高低，还在于诗人的心是否和农民相通，是否敢用自己的诗歌创作反映农民的心声。

《重赋》中的"官库"、《采地黄者》中的"地黄"、《买花》中的"买花"，都是诗人用以集中矛盾的焦点。通过特定的焦点反映出来的矛盾既有独特性，又有普遍意义。比如在《买花》里，剥削者与被剥削者的矛盾通过"买花"这一焦点表现为"一丛深色花，十户中人赋"，很有独特性。正是这种独特性，给这首诗带来了独创性。对于骄奢淫逸的统治者、剥削者来说，需要"买"的东西何止成千上万，"买花"只不过是微不足道的一端而已。然而仅仅买"一丛"牡丹花，就挥霍掉"十户中人赋"，那么要填满所有统治者、剥削者的欲壑，又将挥霍多少！农民负担的"赋税"，还有减轻的希望吗？还有纳完的日子吗？

杜　陵　叟

白居易

杜陵叟，杜陵居，岁种薄田一顷余。
三月无雨旱风起，麦苗不秀多黄死。
九月降霜秋早寒，禾穗未熟皆青干。

长吏明知不申破，急敛暴征求考课。

典桑卖地纳官租，明年衣食将何如？

剥我身上帛，夺我口中粟！

虐人害物即豺狼，何必钩爪锯牙食人肉！

不知何人奏皇帝，帝心恻隐知人弊。

白麻纸上书德音，京畿尽放今年税。

昨日里胥方到门，手持敕牒榜乡村。

十家租税九家毕，虚受吾君蠲免恩。

　　租税，这是封建地主政权剥削人民的主要手段。白居易从"补察时政"、"救济人病"的角度所写的"讽谕诗"中，有好些篇涉及租税问题。《昆明春》的结尾说："吴兴山中罢榷茗，鄱阳坑里休税银。天涯地角无禁利，熙熙同似昆明春。"在一千数百年以前的封建社会里竟敢提出对全国人民免收租税的主张，其进步性是不容低估的。然而实际上，统治者在农民遭受严重天灾的情况下仍要横征暴敛，何况平时？唐德宗贞元十九年（803）春夏大旱，长安一带发生饥荒。京兆尹李实不但不设法救济，反而向皇帝报喜，说什么"今年虽旱，谷田甚好"，照样勒索租税，逼得人民贱卖田产。有个叫成辅端的艺人编唱民歌来反映人民的苦难，其中一首是："秦地城池二百年，何期如此贱田园？一顷麦苗五石米，三间堂屋二千钱。"李实大怒，竟将这位艺人活活打死。做监察御史的韩愈上疏请求缓征租税，罢除"宫市"，被贬为连州阳山（今广东阳山县）令。这时候，白居易正在长安做校书郎，写了那首揭露"宫市"罪恶的《卖炭翁》。唐宪宗元和三年（808）冬天到第二年春天，长安周围（所谓"京畿"）和江南广大地区，都遭受了严重旱灾。这期间，白居易新任左拾遗，他并没有因为成辅端的被打杀和韩愈的被贬谪而畏葸不前，而是以一个言官的身份，上疏陈述民间疾苦，请求"减免租税"，"以实惠及人"。唐宪宗总算批准了白居易的奏请，还下了罪己诏，但实际上不过是搞了个笼络人心的骗局。为此，白居易写了两首诗，就是《秦中吟》中的《轻肥》和《新乐府》中的这首《杜陵叟》。

　　《轻肥》和《杜陵叟》写的是同一旱灾，但表现方法不同。前者在"是岁江南旱，衢州人食人"的背景上勾出了一幅"大夫"、"将军"们酒池肉林的欢宴图。后者则在禾穗青干，麦苗黄死，赤地千里的背景上展现出两个颇有戏剧性的场面：一个是贪官污吏如狼似虎，逼迫灾民们"典桑卖地纳官租"，接着的一个是在"十家租税九家毕"之后，"里胥"才慢慢腾腾地来到乡村，宣布"免税"的"德音"，让灾民们感谢皇帝的恩德。

诗人说他的这首诗是"伤农夫之困"的。"杜陵叟"这个典型所概括的，当然不止是"杜陵"一地的"农夫之困"，而是所有农民的共同遭遇。由于诗人对"农夫之困"感同身受，所以当写到"典桑卖地纳官租，明年衣食将何如"的时候，无法控制自己的激情，改第三人称为第一人称，用"杜陵叟"的口气，痛斥了那些为了自己升官发财而不顾农民死活的"长吏"："剥我身上帛，夺我口中粟！虐人害物即豺狼，何必钩爪锯牙食人肉！"白居易作为唐王朝的官员，敢于如此激烈地为人民鸣不平，不能不使我们佩服他的勇气。而他塑造的这个"我"的形象，在中唐及其以前的诗歌中，也是绝无仅有的，它因高度概括地反映了千百万农民的悲惨处境和反抗精神而闪耀着永不熄灭的艺术火花，至今仍有不可低估的认识意义和审美价值。

正面写"长吏"，只用了两句诗，但由于先用灾情的严重作铺垫，后用"我"的控诉作补充，中间又揭露了最本质的东西，所以着墨不多而形象凸现，具有高度的典型性。"明知"农民遭灾，却硬是"不申破"，甚至美化现实以博取皇帝的欢心，这不是很有典型性吗？"明知"夏秋颗粒未收，农民已在死亡线上挣扎，却硬是"急敛暴征求考课"，这不是入木三分地揭露了最本质的东西吗？

从表面上看，诗人鞭挞了"长吏"和"里胥"，却歌颂了皇帝。然而把全诗作为有机的整体来考察，就会得出不同的结论。对于"长吏"的揭露，集中到"求考课"，对于"里胥"的刻画，着重于"方到门"，显然是有言外之意的。"考课"者，考核官吏的政绩也。既然"长吏"们"急敛暴征"是为了追求在"考课"中名列前茅，得以升官，那么"考课"的目的是什么，也就不言而喻了。"方"者，才也。"里胥"有多大的权力，竟敢等到"十家租税九家毕"之后"方到门"来宣布"免税"的"德音"，难道会没有人支持吗？事情很清楚："帝心恻隐"是假，用"考课"的办法鼓励各级官吏搜刮更多的民脂民膏是真，这就是问题的实质。诗人怀着"伤农夫之困"的深厚感情，通过典型性很强的艺术形象暴露了这一实质，是难能可贵的。

事实上，当灾荒严重的时候，由皇帝下诏免除租税，由地方官加紧勒索，完成甚至超额完成"任务"，乃是历代统治者惯演的双簧戏。苏轼在《应诏言四事状》里指出"四方皆有'黄纸放而白纸催'之语"（在唐代，皇帝的诏书分两类：重要的用白麻纸写，叫"白麻"；一般的用黄麻纸写，叫"黄麻"·在宋代，皇帝的诏书用黄纸写，地方官的公文用白纸写），就足以证明这一点。此后，范成大在《后催租行》里所写的"黄纸放尽白纸催，卖衣得钱都纳却"，朱继芳在《农桑》里所写的"淡黄竹纸说蠲逋，白纸仍科不稼租"，就都是这种双簧戏。而白居易则是最早、最有力地揭穿了这种双簧戏的现实主义诗人。

缭　　绫

白居易

缭绫缭绫何所似？不似罗绡与纨绮，
应似天台山上明月前，四十五尺瀑布泉。
中有文章又奇绝，地铺白烟花簇雪。
织者何人衣者谁？越溪寒女汉宫姬。
去年中使宣口敕，天上取样人间织。
织为云外秋雁行，染作江南春水色。
广裁衫袖长制裙，金斗熨波刀剪纹。
异彩奇文相隐映，转侧看花花不定。
昭阳舞人恩正深，春衣一对直千金；
汗沾粉污不再著，曳土踏泥无惜心。
缭绫织成费功绩，莫比寻常缯与帛：
丝细缲多女手疼，扎扎千声不盈尺。
昭阳殿里歌舞人，若见织时应也惜！

　　在白居易的《新乐府》中，有两篇诗反映了唐代丝织品所达到的惊人水平，一篇是《红线毯》，另一篇就是《缭绫》。当然，作为文学作品，《红线毯》与《缭绫》都不是单纯地叙写"红线毯"与"缭绫"的生产过程、生产技术和工艺特点，而是着重描绘作为"社会关系总和"的人，从而揭示了生产者与消费者的矛盾，表现了"忧蚕桑之费"与"念女工之劳"的不同主题。但这种不同的主题，并不是外加的，而是从两种丝织品的不同生产过程、生产技术、工艺特点及其生产者与消费者的社会关系中提炼出来的，因而在艺术表现上，就形成了各自的独创性。

《红线毯》中的"彩丝茸茸香拂拂，线软花虚不胜物，美人踏上歌舞来，罗袜绣鞋随步没"等句，当然写出了"红线毯"多么精美，其费工自不待言。但作者并不强调它如何费工，而是主要写它多么费丝。正因为有这几句作了具体描写，所以后面的"线厚丝多卷不得"，才有了根子，不然，就不免流于概念化。"红线毯"这样厚，又有多么大呢？这在前面已经交代清楚了："披香殿广十丈余，红丝织成可殿铺。"如此厚而且大，后面的"百夫同担进宫中"，也就不是什么艺术夸张。写了这一切，自然水到渠成，于结尾部分点明了"忧蚕桑之费"的主题："一丈毯，千两丝。地不知寒人要暖，少夺人衣作地衣！"

"缭绫"的工艺特点与"红线毯"的厚、大、重恰恰相反。诗人点出用它做成的"春衣"价值"千金"，而这"春衣"，乃是"昭阳舞人"的"舞衣"。"舞衣"本来就宜轻不宜重，它又是春天穿的，能有多厚、多重？它价值"千金"，当然不是由于费丝，而是由于费工。因此，《缭绫》全篇的描写，都着眼于这种丝织品的出奇的精美，而写出它出奇的精美，则出奇的费工也就不言而喻了。

要具体地写出一种丝织品的出奇的精美，是需要高超的艺术技巧的。

"缭绫缭绫何所似？"——诗人先用突如其来的一问开头，让读者迫切地期待下文的回答。回答用了"比"的手法，又不是简单的"比"，而是先说"不似……"后说"应似……"，文意层层逼进，文势跌宕生姿。罗、绡、纨、绮，这四种丝织品都相当精美，而"不似罗绡与纨绮"一句，却将这一切全部抹倒，表明缭绫之精美，非其他丝织品所能比拟。那么，什么才配与它相比呢？诗人找到了一种天然的东西："瀑布"。用"瀑布"与丝织品相比，唐人诗中并不罕见，徐凝写庐山瀑布的"今古长如白练飞，一条界破青山色"，就是一例。但白居易在这里说"应似天台山上明月前，四十五尺瀑布泉"，仍显得很新颖，很贴切。新颖之处在于照"瀑布"以"明月"；贴切之处在于既以"四十五尺"兼写瀑布的下垂与一匹缭绫的长度，又以"天台山"点明缭绫的产地，与下文的"越溪"相照应。缭绫是越地的名产，天台是越地的名山，而"瀑布悬流，千丈飞泻"（《太平寰宇记·天台县》），又是天台山的奇景。诗人把越地的名产与越地的名山奇景联系起来，说一匹四十五尺的缭绫高悬，就像天台山上的瀑布在明月下飞泻，不仅写出了形状，写出了色彩，而且表现出闪闪寒光，耀人眼目。缭绫如此，已经是巧夺天工了，但还不止如此。瀑布是没有文章（图案花纹）的，而缭绫呢，却"中有文章又奇绝"，这又非瀑布所能比拟。写那"文章"的"奇绝"，又连用两"比"："地铺白烟花簇雪"。"地"是底子，"花"是花纹。在不太高明的诗人笔下，只能写出缭绫白底白花罢了，而白居易一用"铺烟"、"簇雪"作"比"，就不仅写出了底、花俱白，而且连它们那轻柔的质感、半透明的光感和闪烁不定，令人望而生寒的色调都表现得活灵活现。至于那像雪花簇聚而成的图案究竟是什么样子，诗人还是要进一步描写的，但不能一口气写下去。因为一口气写下去，一则文势平衍，缺乏变化，更重要的还在于老写缭绫而不写人，就失掉文学作品的特点，无法展现生活图景，因而也不可能表现有社会意义的主题。白居易对这个问题是处理得很好的。他用六句诗，一系列比喻写出了缭绫的精美奇绝，就立刻掉转笔锋，先问后答，点明缭绫的生产者与消费者，又从生产者与消费者两方面进一步描写缭绫的精美奇绝及其对缭绫的不同态度，新意层出，波澜迭起，如入山阴道上，令人目不暇给。

"织者何人衣者谁"？连发两问；"越溪寒女汉宫姬"，连作两答。生产者与消费者之间的尖锐矛盾，已历历在目。"越溪女"既然那么"寒"，为什么不给自己织布御"寒"呢？就因为要给"汉宫姬"织造缭绫，不暇自顾。"中使宣口敕"，说明皇帝的命令不可抗拒，"天上取样"，说明技术要求非常高，因而也就非常费工。正因为这样，所以从"去年"直织到现在，还在织。"织为云外秋雁行"，是对上文"花簇雪"的补充描写。"染作江南春水色"，则是说织好了还得染，而"染"的难度也非常大，因而也相当费工。织好染就，"异彩奇文相隐映，转侧看花花不定"，其工艺水平竟达到如此惊人的程度！那么，它耗费了"寒女"的多少劳力和心血，也就不难想见了。

诗以"缭绫"为题，通篇不离缭绫，而又超越了缭绫。一方面，生动形象地写出了缭绫的精美绝伦，同时也写出了生产者付出的高昂代价："丝细缫多女手疼，扎扎千声不盈尺"。另一方面，则写"昭阳舞女"把用缭绫制成的价值千金的舞衣看得一文不值，"汗沾粉污不再着，曳土踏泥无惜心"。而"昭阳舞人"之所以把价值千金的舞衣看得一文不值，就由于她"恩正深"，正受到皇帝的宠爱。皇帝派"中使"，传"口敕"，发图样，逼使"越溪寒女"织造精美绝伦的缭绫，不是为了别的什么，正就是为了给他宠爱的"昭阳舞人"做舞衣！就这样，诗人以缭绫为焦点，集中地反映了封建社会的典型矛盾——生产者与消费者、被剥削者与剥削者之间的矛盾，讽刺的笔锋，直触及君临天下，神圣不可侵犯的皇帝。其精湛的艺术技巧和先进的思想光辉，都值得重视。

这首诗生动地反映了唐代丝织品所达到的惊人水平，也值得注意。"异彩奇文相隐映，转侧看花花不定"，是说从不同的角度去看缭绫，就呈现出不同的异彩奇文。这并非夸张。《资治通鉴》"唐中宗景龙二年"条记载：安乐公主"有织成裙，值钱一亿。花绘鸟兽，皆如粟粒。正视、旁视，日中、影中，各为一色"，就可与此相参证。这是我国劳动人民智慧的结晶，早已受到世界人民的喜爱和赞扬。

卖　炭　翁

白居易

卖炭翁，伐薪烧炭南山中。
满面尘灰烟火色，两鬓苍苍十指黑。
卖炭得钱何所营？身上衣裳口中食。
可怜身上衣正单，心忧炭贱愿天寒！
夜来城外一尺雪，晓驾炭车辗冰辙。
牛困人饥日已高，市南门外泥中歇。
翩翩两骑来是谁？黄衣使者白衫儿。
手把文书口称敕，回车叱牛牵向北。
一车炭，千余斤，宫使驱将惜不得！
半匹红纱一丈绫，系向牛头充炭直！

中唐时期"宫市"害民的情况，史书里多有记载，但千百年后仍然普遍为人们所了解，却主要由于白居易写了一篇"苦宫市也"的《卖炭翁》。"苦宫市"，就是人民以"宫市"为苦，就是"宫市"给人民带来了苦难。

那么，什么叫"宫市"呢？

"宫"是皇宫，"市"是"买"、"采购"的意思。所谓"宫市"，系指皇宫里需要的物品，派宦官到市场上去购买。派出去的宦官，就叫"宫使"，即皇宫的使者。本来，为皇宫采购物品，是由官吏负责的，但到中唐时期，宦官专权，横行无忌，连这种采购权也被他们抓去了。宦官这种角色以"宫使"的身份到市场上去为皇宫购买物品，还能搞公平交易吗？所以，所谓"宫市"，实际上是一种公开的掠夺。

《旧唐书》卷一四〇《张建封传》中说：

> 时宦者主宫中市买，谓之"宫市"。抑买人物，稍不如本估（压低人家的物价，比原价稍低）。末年（指唐德宗贞元末年）不复行文书，置"白望"数十百人于两市及要闹坊曲，阅人所卖物，但称"宫市"，则敛手付与，真伪不复可辨，无敢问所从来。其论价之高下者，率用值百钱物买人值数千钱物，仍索进奉"门户"及"脚价"银。将物诣市，至有空手而归者。名为"宫市"，其实夺之。……

《资治通鉴》卷二三五所记略同，但在"率用值百钱物买人值数千物"以下多写一句："多以红紫染故衣、败缯，尺寸裂而给之。"揭露更其详尽。

"置'白望'数十百人于两市……"一句中的"白望"和"两市"，需要作一些解释。"白望"是对那种"采购员"的称呼，概括了两个主要特点："白"和"望"。"望"，指在市场上东张西望，看看哪些物品是他们所需要的；"白"，指"白取其物"，不付物价。"两市"，就是长安城中的"东市"和"西市"。"东市"位于皇城的东南，"西市"位于皇城的西南，各占两坊之地。两市各有两条平行的东西街和南北街，构成"井"字形。街道两面，店铺栉比鳞次，是当时长安城内经济活动的中心。两市各有二百二十个行业，小商小贩的货物和农民的农副产品，也要到这里出售。就在这样的地方"置'白望'数十百人"，进行公开的掠夺，会给人民带来多么严重的灾难！

作为历史著作，像上面那样作一般的叙述，也就可以了。文学作品，却需要通过个别来反映一般。白居易的《卖炭翁》，就通过卖炭翁被掠夺的"个别"，反映了"名为'宫市'，其实夺之"的"一般"。那么，那个"个别"究竟是完全出于作者的艺术虚构呢，还是完全来自生活中的真人真事？看起来，这二者都不是。就是说，它是有生活原型的，却不是生活原型的翻版。让我们先看看生活原型。《顺宗实录》卷二云：

> 尝有农夫以驴负柴至城卖，遇宦者，称"宫市"，取之，才与绢数尺，又就索"门户"，仍邀以驴送至内。农夫涕泣，以所得绢付之；不肯受，曰："须汝驴送柴至内。"农夫曰："我有父母妻子，待此然后食。今以柴与汝，不取值而归，汝尚不肯，我有死而已！"遂殴宦者。街吏擒以闻，诏黜此宦者而赐农夫绢十匹。然宫市亦不为之改易，谏官御史数奏疏谏，不听。

这里的"就索'门户'，仍邀以驴送至内"须和《旧唐书·张建封传》中的"仍索进奉'门户'及脚价银"参看。本来是"购买"人家的货物的，现在却干脆要人家"进奉"，而且"进奉"到宫内去所经过的"门户"，都要付费用（等于买门票）。"脚价银"好理解，那就是要被掠夺者出搬运费。因为这个卖柴的农夫有一头驴，所以没有向他要搬运费，而要他用驴送柴。

感谢《顺宗实录》的作者（一般认为是韩愈，但还有争议）记述了那位农夫的遭遇，使我们对"宫市"的罪恶能够有比较具体的了解。但这和文学作品仍然有区别，因为这是作为"宫市"害民的一个实例如实地记录下来的，并没有艺术想象和典型概括。白居易的《卖炭翁》，却与此不同。

农夫卖柴被掠夺的事，据《顺宗实录》记载，发生于"贞元末"。那时候，白居易正在长安做官。那件事既然闹得那么凶，以至于惊动了皇帝，白居易当然知道得很清楚。不容置疑，《卖炭翁》的创作，是从这里触发了艺术灵感，汲取了生活源泉的，但他不写"卖柴翁"而写"卖炭翁"，这在题材的选择、提炼与开掘上，表现了他的艺术匠心。"炭"和"柴"相比，更来之不易，更凝结着劳动人民的血汗，寄托着劳动人民的希望，因而通过卖炭翁的遭遇，就更便于有力地表现"苦宫市"的主题。

同时，历史著作，只要如实地记录"宫市"掠夺人民财物的过程就够了，不需要创造人物形象。写叙事诗却不然，那是需要创造出感人的艺术形象的。白居易就创造了一个十分感人的"卖炭翁"的形象。

题为《卖炭翁》，诗的重点自然是写"卖炭"被掠夺。但那位卖炭翁假如是经营木炭买卖的商人，那么"一车炭"被掠夺，就不会给他造成多么严重的苦难。因此，在写卖炭之前，就有必要回答两个问题：卖炭翁是一个什么样的人？他的炭是怎样搞来的？而回答这两个问题，又不宜用较多的笔墨，以免分散重点。诗人的高明之处，在于他只用一开头的四句诗，二十四个字就回答了这两个问题，为我们塑造出艰难困苦的劳动者的形象。"伐薪烧炭南山中"一句，通俗易懂，写来似乎毫不费力，却具有高度概括性。卖炭翁的"炭"是自己"烧"出的，而"烧炭"用的"薪"又是自己"伐"来的。披星戴月，凌霜冒雪，一斧一斧地"伐"，一窑一窑地"烧"，那"千余斤"炭，难道是容易得来的吗？

"伐薪"、"烧炭"，概括了复杂的工序，也概括了漫长的艰苦劳动过程，为下文写"宫使"掠夺木炭的罪行作好了铺垫。"南山中"三字也不是随便用上去的。"南山"，就是王维所写的"欲投人处宿，隔水问樵夫"的终南山，它山深林密，人迹罕到。以"南山中"作为"伐薪"、"烧炭"的场所，具有环境的烘托作用。此其一。终南山在长安城南五十里以外，要把在"南山中"烧出的炭运到长安去卖，也很不容易。下面的"晓驾炭车辗冰辙"，直到"牛困人饥日已高"才到达"市南门外"，就是紧扣这一点写的。此其二。

"满面尘灰烟火色，两鬓苍苍十指黑"，只十四个字就活画出卖炭翁的肖像，而劳动之艰辛，也得到了充分的表现。

前四句已经写出了卖炭翁所卖的炭是自己烧出的，来之不易。这就把他和贩卖木炭的商人区别了开来。但是，假如这位卖炭翁还有田地，凭自种自收就不至于挨饿受冻，只利用农闲时间烧炭、卖炭，用以补贴家用的话，那么他的一车炭被掠夺，也还有活路。还有活路，就不足以充分暴露"宫市"的罪恶。因此，在把卖炭翁和贩卖木炭的商人区别开来之后，还有必要把他和自给自足的农民区别开来。《顺宗实录》里所记的那个"农夫"，"以驴负柴至城卖"，自诉道："我有父母妻子，待此然后食。"看来他虽然被叫作"农夫"，实际上已丧失了田产，只靠打柴、卖柴养家活口。白居易所写的卖炭翁，显然是和这位"农夫"处境相似的劳动者，但诗人并没有让卖炭翁自己出面诉苦，而是设为问答："卖炭得钱何所营？身上衣裳口中食。"这一问一答，不仅化板为活，使文势跌宕，摇曳生姿，而且扩展了反映民间疾苦的深度与广度，使我们清楚地看到：卖炭翁贫无立锥之地，别无衣食来源，"身上衣裳口中食"，全指望他千辛万苦烧成的"千余斤"木炭能卖个好价钱。这就为后面写"宫使"掠夺木炭的罪行进一步作好了有力的铺垫。

"可怜身上衣正单，心忧炭贱愿天寒。"这是扣人心弦的名句。"身上衣正单"，就应该希望天暖。然而这位卖炭翁是把解决衣食问题的全部希望寄托在"卖炭得钱"上的，所以他"心忧炭贱愿天寒"，在冻得发抖的时候，一心盼望天气更冷。诗人如此深刻地理解卖炭翁的艰难处境和复杂的内心活动，又只用十多个字就如此真切地表现了出来，而且还用"可怜"两字倾注了自己的同情，从而迸发出激动人心的艺术力量。

这两句诗，从章法上看，是从前半篇向后半篇过渡的桥梁。"心忧炭贱愿天寒"，实际上是期待朔风凛冽，大雪纷飞。"夜来城外一尺雪"，这场大雪总算是盼到了！也就不再"心忧炭贱"了！"天子脚下"的达官贵人、富商巨贾们为了取暖，难道还会在微不足道的炭价上斤斤计较吗？当卖炭翁"晓驾炭车辗冰辙"的时候，占据着他的全部心灵的，不是埋怨下面是冰，上面是"一尺雪"的道路多么难走，而是盘算着那"一车炭"能卖多少钱，能换来多少"衣"和"食"。……要是在小说家笔下，是可以用很多篇幅写卖炭翁一路上的心理活动的，而诗人却连一句也没有写。这因为他在前面已经给读者开拓了驰骋想象的广阔天地，就不必再浪费笔墨了。

卖炭翁好容易烧出一车炭，盼到一场雪，一路上盘算着卖炭得钱换衣食。然而结果呢？他却遇上了"手把文书口称敕"的"宫使"。在皇宫的使者面前，在皇帝的文书和敕令面前，跟着那"叱牛"声，卖炭翁在从"伐薪"、"烧炭"、"愿天寒"、"驾炭车"、"辗冰辙"，直到"泥中歇"的漫长过程中所盘算的一切，所希望的一切，全都化为泡影！

从"南山中"到长安，路那么遥远，又那么难行，当卖炭翁"市南门外泥中歇"的时候，已经是"牛困人饥"，如今又"回车叱牛牵向北"，把炭送进皇宫，当然牛更困，人更饥了。那么，当卖炭翁饿着肚子走回终南山的时候，又想些什么呢？他往后的日子，又怎样过法呢？这一切，诗人都没有写，然而读者却不能不想。当想到这一切的时候，就不能不同情卖炭翁的遭遇，不能不憎恨统治者的罪恶，而诗人"苦宫市"的创作意图，也就收到了预期的社会效果。

《顺宗实录》里所记的那个"农夫"豁出性命打了"宫使",很有斗争性。打了"宫使",就激化了他与皇宫之间的矛盾,自然要被"街吏""擒"了去向皇宫里报告。而报告的结果呢?却是皇帝下诏"黜宦者"、"赐农夫绢十匹",调和了矛盾。罚了宦者,赏了农夫,就应该取消"宫市"。然而,"宫市亦不为之改易",可见皇帝罚宦者、赏农夫,只不过是玩弄欺骗人民的花招而已。很清楚,诗人如果按照《顺宗实录》所记的真人真事塑造卖炭翁的形象,以打了宦官、得到赏赐结束全诗,那就削弱了"苦宫市"的主题,降低了震撼人心的艺术力量。

这首诗层次多,跳跃性大,因而频频换韵。读的时候,要注意韵脚。"翁"、"中"押韵,平声;"色"、"黑"、"食"押韵,入声;"单"、"寒"押韵,平声;"雪"、"辙"、"歇"押韵,入声;"谁"、"儿"押韵,平声;"敕"、"北"、"得"、"直"押韵,入声。

有的同志提出一个问题:唐王朝的皇宫在长安城北,因而要"叱牛牵向北"。但卖炭翁是从"南山"来的,他的炭车在"市南门外泥中歇",本来就是"向北"的,为什么还要"回车"才能"牵向北"呢?诗歌是最精练的语言艺术,不必把一切细节都写出来,都写出来,那就拖沓了。"市南门外泥中歇",这是说卖炭翁总算盼到了目的地柴炭市,至于到了柴炭市以后怎样停车,就用不着交代,下面写"叱牛牵向北"的时候加上"回车"二字,不是补充说明卖炭翁到达"市南门外"之后,先"倒车"、再停车的吗?于"回车"中见"倒车",这也是使语言精练的一种技巧。这种技巧,就是写散文也很需要,更何况写诗!

官　牛

白居易

官牛官牛驾官车,浐水岸边驱载沙。

一石沙,几斤重?朝载暮载将何用?

载向五门官道西,绿槐阴下铺沙堤。

昨来新拜右丞相,恐怕泥涂污马蹄。

右丞相：马蹄踏沙虽净洁，牛领牵车欲流血。

右丞相：但能济人治国调阴阳，官牛领穿亦无妨！

　　唐朝的制度，凡新宰相上任，京兆府要派人运沙子给他铺路，好让他从这条"沙堤"上去上班。中唐时期的李肇在《国史补》（卷下）里是这样叙述的：

　　　凡拜相，礼绝班行。府县载沙填路，自私第至于城东街，名曰"沙堤"。

　　唐代杰出诗人的创作视野很开阔。为新任宰相铺沙堤，这本是司空见惯的例行公事，但也被他们中间的有些人看出诗意，选作题材，加以开掘，写出了具有深刻社会意义的好诗。白居易的《官牛》，就很有代表性。

　　为了便于进行比较，不妨先看看张籍的《沙堤行》：

　　　长安大道沙为堤，旱风无尘雨无泥。
　　　宫中玉漏下三刻，朱衣导骑丞相来。
　　　路旁高楼息歌吹，千车不行行者避。
　　　街官闾吏相传呼，当前十里惟空衢。
　　　白麻诏下移相印，新堤未成旧堤尽。

　　先写为新宰相铺的沙堤多么好，接着写新宰相通过沙堤去上任，多威风。最后两句，则是全篇的"结穴"，需要作一些解释。所谓"白麻诏"，就是皇帝的诏书。唐代诏书分两种：凡有关重大事情的，用白麻纸，叫白麻诏；一般性的，用黄麻纸，叫黄麻诏。任免宰相，当然是大事，所以用白麻诏。《沙堤行》最后两句的意思是：新宰相刚在那十里"沙堤"上抖完威风，皇帝就下白麻诏让他移交相印，于是乎，又要为接替他的新任宰相铺沙堤了。

　　诗写得比较含蓄，但可以看出，它是意在讽谕的。关于新宰相走马上任的描写也很生动：朱衣人前导；街官闾吏喝道；一路上车马回避，连路两边高楼上的人也不敢喧哗；十里沙堤，空荡荡、静悄悄，一任新宰相驰骋。这使千百年以后的读者仿佛亲莅其境，形象地认识到封建社会的宰相有多么显赫！

白居易的《官牛》与张籍的《沙堤行》写的虽是同一题材，但白诗较之张诗却开掘得更深更广，表现得也更集中、更尖锐。

白诗题为《官牛》，主题却是"讽执政"，在封建社会里，宰相的权势仅次于皇帝，不用说享有许多特权。专门为他运沙铺路，这不过是他享有的许多特权中的一种小小特权。白居易举一反三，敏锐地抓住了这一小小特权，对宰相们进行了既委婉又深刻的讽谕。

诗很简短，但接连换韵换意，层层转折，富于波澜。其表现方法上的突出特点是：把两个互为因果的重大社会问题概括在似乎无足轻重的"马蹄"与"牛领"的关系上，一经对比，立刻表现为尖锐的矛盾，显示出深刻的社会意义。

诗里提到的"五门官道"，是指宰相到皇宫里去办公要经过的道路。唐王朝的政治中心，唐高祖李渊和唐太宗李世民当政的三十多年在太极宫（西内），宰相要到太极宫去办公。太极宫南墙有"五门"：承天门、长乐门、广运门、重福门、永春门。承天门是正门，其位置约在今西安市莲湖公园的范围以内。唐高宗李治以后，政治中心移到大明宫（东内），宰相要到大明宫去上班。大明宫南墙也有"五门"，其遗址在今西安火车站以北一公里的龙首原上。其正门叫丹凤门。白居易的时代，政治中心在大明宫；他所说的"五门官道"，如果要确指的话，那就是指以丹凤门为中心的"五门"前面的道路。

从"浐水岸边"把沙子拉到"五门官道"西，路不算近。"朝载暮载"，需要的沙子不算少。那么，急急忙忙地拉那么多沙子，究竟有什么了不起的用途呢？说穿了，那用途其实与国计民生毫不相干："昨来新拜右丞相，恐怕泥涂污马蹄"，因而要在"绿槐阴下铺沙堤"。马在"绿槐阴下"的官道上走，这和牛从"浐水岸边"拉沙相比，已经很舒服，但还怕泥路弄脏了蹄子，要给路上铺沙。为什么如此尊贵呢？原因很简单：就因为它是宰相的马。反过来说，马尚如此，更何况宰相本人！更何况宰相的妻子儿女！事物总是互为因果的，"马"享特权，就需要"牛"替它付出代价。这二者之间的利害得失，是应该衡量一番的，然而不了解下情的宰相也许并没有注意到这一点。因此，诗人直呼"右丞相"，提醒他："马蹄踏沙虽净洁，牛领牵车欲流血！"对比如此鲜明，苦乐如此不均，"右丞相"是否可以衡量一下利害得失，放弃那一点点特权呢？——这算是诗人对"右丞相"提出的较高要求。要求虽然高，直高到要人家放弃特权但措词却相当委婉。当然，要人家放弃特权，总是有困难的，诗人明白这一点，所以又直呼"右丞相"，向他提出退一步的要求："但能济人治国调阴阳，官牛领穿亦无妨！"就是说：只要能救济人民，治理国家，办好宰相该办的大事，那么，享受一点特权，也不要紧的，既然"恐怕泥涂污马蹄"，那就让"官牛"多辛苦一点就是了。

这首诗写于元和四年（809）。先一年九月，任山南东道节度使，以贪污残暴出名的于顿（音狄）入朝，拜司空，同中书门下平章事，白居易曾上疏反对。因此，曾经有人认为这首诗里的"右丞相"，指的就是于顿。其实，诗人明明说他写这首诗的目的是"讽执政也"。"执政"的范围比较大，并不一定专指某一个具体的人。在唐代，整个统治阶层都享有特权，为新任宰相拉沙铺路，原是小事一桩，可以说微不足道。但举出一种小特权，就可以联想到各种各样的大特权。小特权的代价是"牛领流血"，大特权的代价，自然不止"牛领流血"而已！诗人的可贵之处，就在于他从小事中看出了大问题，从而提炼出具有深刻意义的主题，并以独创性的艺术构思，通过"马蹄"与"牛领"的联系和对比，生动地表现了这个主题。

琶 琶 行

白居易

元和十年，予左迁九江郡司马。明年秋，送客湓浦口，闻船中夜弹琵琶者，听其音，铮铮然有京都声。问其人，本长安倡女，尝学琵琶于穆、曹二善才，年长色衰，委身为贾人妇。遂命酒，使快弹数曲，曲罢悯默。自叙少小时欢乐事，今漂沦憔悴，转徙于江湖间。予出官二年，恬然自安，感斯人言，是夕始觉有迁谪意。因为长句，歌以赠之，凡六百一十二言，命曰《琵琶行》。

浔阳江头夜送客，枫叶荻花秋瑟瑟。

主人下马客在船，举杯欲饮无管弦。

醉不成欢惨将别，别时茫茫江浸月。

忽闻水上琵琶声，主人忘归客不发。

寻声暗问弹者谁，琵琶声停欲语迟。

移船相近邀相见，添酒回灯重开宴；

千呼万唤始出来，犹抱琵琶半遮面。

转轴拨弦三两声，未成曲调先有情。

弦弦掩抑声声思，似诉平生不得志。

低眉信手续续弹，说尽心中无限事。

轻拢慢捻抹复挑，初为《霓裳》后《六幺》。

大弦嘈嘈如急雨，小弦切切如私语。

嘈嘈切切错杂弹，大珠小珠落玉盘。

间关莺语花底滑，幽咽泉流冰下难。

冰泉冷涩弦凝绝，凝绝不通声渐歇。

别有幽愁暗恨生，此时无声胜有声。

银瓶乍破水浆迸，铁骑突出刀枪鸣。

曲终收拨当心画，四弦一声如裂帛。

东船西舫悄无言，唯见江心秋月白。

沉吟放拨插弦中，整顿衣裳起敛容。

自言"本是京城女，家在虾蟆陵下住。

十三学得琵琶成，名属教坊第一部。

曲罢曾教善才伏，妆成每被秋娘妒。

五陵年少争缠头，一曲红绡不知数。

钿头云篦击节碎，血色罗裙翻酒污。

今年欢笑复明年，秋月春风等闲度；

弟走从军阿姨死，暮去朝来颜色故！

门前冷落鞍马稀，老大嫁作商人妇。

商人重利轻别离，前月浮梁买茶去。

去来江口守空船，绕船月明江水寒。

夜深忽梦少年事，梦啼妆泪红阑干。"

我闻琵琶已叹息，又闻此语重唧唧；

同是天涯沦落人，相逢何必曾相识！

"我从去年辞帝京，谪居卧病浔阳城。

浔阳地僻无音乐，终岁不闻丝竹声。

住近湓江地低湿，黄芦苦竹绕宅生；

其间旦暮闻何物？杜鹃啼血猿哀鸣。

春江花朝秋月夜，往往取酒还独倾；

岂无山歌与村笛？呕哑嘲哳难为听。

今夜闻君琵琶语，如听仙乐耳暂明；

莫辞更坐弹一曲，为君翻作《琵琶行》。"

感我此言良久立，却坐促弦弦转急：

凄凄不似向前声，满座重闻皆掩泣。

座中泣下谁最多？江州司马青衫湿。

《琵琶行》和《长恨歌》是各有独创性的名作。早在作者生前，已经是"童子解吟《长恨》曲，胡儿能唱《琵琶》篇"。此后，一直传诵国内外，显示了强大的艺术生命力。

《琵琶行》里所写的是作者由长安贬到九江期间在船上听一位长安故倡弹奏琵琶，诉说身世的情景。宋人洪迈在《容斋随笔》（卷七）里说："白乐天《琵琶行》一篇，读者但美其风致，敬其词章，并形于乐府，咏歌之不足，遂以谓真为长安故倡所作。予窃疑之。唐世法网虽于此为宽，然乐天尝居禁密，且谪官未久，必不肯乘夜入独处妇人船中，相从饮酒。至于极弹丝之乐，中夕方去，岂不虞商人者它日议其后乎？乐天之意，直欲摅写天涯沦落之恨尔。"当然，一个被贬谪的封建官吏"乘夜入独处妇人船中"，这不大可能。文艺作品中的情节常常出于虚构，或带有虚构成分。洪迈认为作者通过虚构的情节，抒发他自己的"天涯沦落之恨"，这是抓住了要害的。但那虚构的情节既然真实地反映了琵琶女的不幸遭遇，那么就诗的客观意义说，它也抒发了"长安故倡"的"天涯沦落之恨"。看不到这一点，同样有片面性。

诗人着力地塑造了琵琶女的形象。

从开头到"犹抱琵琶半遮面"，写琵琶女的出场。

首句，"浔阳江头夜送客"，只七个字，就把人物（主人和客人）、地点（浔阳江头）、事件（主人送客人）和时间（夜晚）一一作了概括的介绍，再用"枫叶荻花秋瑟瑟"一句作环境的烘染，而秋夜送客的萧瑟落寞之感，已曲曲传出。惟其萧瑟落寞，因而反跌出"举酒欲饮无管弦"。"无管弦"三字，既与后面的"终岁不闻丝竹声"相呼应，又为琵琶女的出场和弹奏作铺垫。因"无管弦"而"醉不成欢惨将别"，铺垫已十分有力，再用"别时茫茫江浸月"作进一层的环境烘染，就使得"忽闻水上琵琶声"具有浓烈的空谷足音之感，无怪乎"主人忘归客不发"，要"寻声暗问弹者谁"，"移船相近邀相见"了。

从"夜送客"之时的"秋瑟瑟"、"无管弦"、"惨将别"一转而为"忽闻"、"寻声"、"暗问"、"移船"，直到"邀相见"这对于琵琶女的出场来说，已可以说是"千呼万唤"了。但"邀相见"还不那么容易，委实要经历一个"千呼万唤"的过程，她才肯"出来"。这并不是她在拿身份。正像"我"渴望听仙乐一般的琵琶声，是"直欲撼写天涯沦落之恨"一样，她"千呼万唤始出来"，也是由于有一肚子"天涯沦落之恨"，不便明说，也不愿见人。诗人正是抓住这一点，用"琵琶声停欲语迟"、"犹抱琵琶半遮面"的肖像描写来表现她的难言之痛的。

下面的一大段，通过描写琵琶女弹奏的乐曲来揭示她的内心世界。

先用"转轴拨弦三两声"一句写校弦试音，接着就赞叹"未成曲调先有情"，突出了一个"情"字。"弦弦掩抑声声思"以下六句，总写"初为《霓裳》后《六幺》"的弹奏过程。其中既用"低眉信手续续弹"、"轻拢慢捻抹复挑"描写弹奏的神态，更用"似诉平生不得志"、"说尽心中无限事"概括了琵琶女借乐曲所抒发的思想情感。此后十四句，在借助语言的音韵摹写音乐的时候，兼用各种生动的比喻以加强其形象性。"大弦嘈嘈如急雨"，既用"嘈嘈"这个叠韵词摹声，又用"如急雨"使它形象化。"小弦切切如私语"亦然。这还不够，"嘈嘈切切错杂弹"，已经再现了"如急雨"、"如私语"两种旋律的交错出现，再用"大珠小珠落玉盘"一比，视觉形象与听觉形象就同时显露出来，令人眼花缭乱，耳不暇接。旋律继续变化，出现了先"滑"后"涩"的两种意境。"间关"之声，轻快流利，而这种声音又好像"莺语花底"，视觉形象的优美强化了听觉形象的优美。"幽咽"之声，悲抑哽塞，而这种声音又好像"泉流冰下"，视觉形象的冷涩强化了听觉形象的冷涩。由"冷涩"到"凝绝"，是一个"声渐歇"的过程，诗人用"别有幽愁暗恨生，此时无声胜有声"的佳句描绘了余音袅袅、余意无穷的艺术境界。弹奏至此，满以为已经结束了。谁知那"幽愁暗恨"在"声渐歇"

的过程中积聚了无穷的力量，无法压抑，终于如"银瓶乍破"，水浆奔迸，如"铁骑突出"，刀枪轰鸣，把"凝绝"的暗流突然推向高潮。才到高潮，即收拨一画，戛然而止。一曲虽终，而回肠荡气、惊心动魄的音乐魅力，却并没有消失。诗人又用"东船西舫悄无言，唯见江心秋月白"的环境描写作侧面烘托，给读者留下了涵咏回味的广阔空间。

如此绘声绘色地再现千变万化的音乐形象，已不能不使我们敬佩作者的艺术才华。但作者的才华还不仅表现在再现音乐形象，更重要的是通过音乐形象的千变万化，展现了琵琶女起伏回荡的心潮，为下面的诉说身世作了氛围的渲染。

正像在"邀相见"之后，省掉了请弹琵琶的细节一样，在曲终之后，也略去了关于身世的询问，而用两个描写肖像的句子向"自言"过渡。"沉吟"的神态，显然与询问有关，这反映了她欲说还休的内心矛盾，"放拨"、"插弦中"、"整顿衣裳"、"起"、"敛容"等一系列动作和表情，则表现了她克服矛盾、一吐为快的心理活动。"自言"以下，用如怨如慕、如泣如诉的抒情笔调，为琵琶女的半生遭遇谱写了一曲扣人心弦的悲歌，与"说尽心中无限事"的乐曲互相补充，完成了女主人公的形象塑造。

女主人公的形象塑造得异常生动真实，并且有高度的典型性。通过这个形象，深刻地反映了封建社会中被侮辱、被损害的乐伎们、艺人们的悲惨命运。面对这个形象，怎能不一洒同情之泪！

作者在被琵琶女的命运激起的情感波涛中袒露了自我形象。"我从去年辞帝京，谪居卧病浔阳城"的那个"我"，是作者自己，但也有典型意义。作者由于要求革除暴政、实行仁政而遭受打击，从长安贬到九江，心情很痛苦。当琵琶女第一次弹出哀怨的乐曲、表达心事的时候，就已经拨动了他的心弦，发出了深长的叹息声。当琵琶女自诉身世、讲到"夜深忽梦少年事，梦啼妆泪红阑干"的时候，就更激起他的情感的共鸣："同是天涯沦落人，相逢何必曾相识"。同病相怜，同声相应，忍不住说出了自己的遭遇。

写琵琶女自诉身世，详昔而略今，写自己的遭遇，则压根儿不提被贬以前的事。这也许是意味着以彼之详，补此之略吧。比方说，琵琶女昔日在京城里，"曲罢常教善才伏，妆成每被秋娘妒"的情况和作者被贬以前的情况是不是有些相通之处呢？同样，作者被贬以后的处境和琵琶女"老大嫁作商人妇"以后的处境是不是也有某些类似之处呢？看起来，这都是有的，要不然，就不会发出"同是天涯沦落人"的感慨。

"我"的诉说，反转来又拨动了琵琶女的心弦，当她又一次弹琵琶的时候，那声音就更加凄苦感人，因而反转来又激动了"我"的情感，以至热泪直流，湿透青衫。

把处于封建社会底层的琵琶女的遭遇，同被压抑的正直的知识分子的遭遇相提并论，相互映衬，相互补充，作如此细致生动的描写，并寄予无限同情，这在以前的诗歌中还是罕见的。它透露了一个重要消息：市民阶层的人物，从此将更多地跨进文艺作品。

《琵琶行》由于具有集中的场景、单纯的情节和丰满的人物形象而为戏剧的再创作提供了坚实的基础。元代的戏曲家马致远曾根据它写出《青衫泪》，清代的戏曲家蒋士铨曾根据它写成《四弦秋》。在日本，也早在广泛传诵的过程中经过改编，被搬上舞台。

寒 闺 怨

白居易

寒月沉沉洞房静，真珠帘外梧桐影。
秋霜欲下手先知，灯底裁缝剪刀冷。

唐代实行府兵制度，要求府兵战士从军时必须自备一部分武器、粮食和衣裳。时间久了，衣服破损，特别是御寒的棉衣，更需要经常补充。白居易生活的时代府兵制已遭到破坏，但家人为征夫准备棉衣还是十分必要的。这首七绝就描写一位少妇深夜为征戍的丈夫制作冬衣的情景，细腻深沉，描写角度新颖别致。

前两句诗落笔"寒闺"，设景凄清，突出深闺的寂静，更见闺中人幽独之状。"寒月"即秋月，用"寒"字起笔，在于强调时令，制造气氛。"洞房"指室之深邃者，沈迥《幽庭赋》有"转洞房而引景，倚飞阁而藏霞"句，其中"洞房"与此同义，此处指大户人家后院女眷的住房。首句的意思是：一轮圆月照着岑寂的闺房。这是远景，紧接着诗人把目光投向闺房外的院落。如果说前一句诗的"静"是虚写，那么"梧桐影"便是实写了，它与前句中的"寒月"相照应：月光下彻，树影斑驳，一两片树叶悄然飘落。传神地表达了静寂的感觉，又暗含茕茕子立、形影相吊之意。"真珠帘"无非言其华贵，与上句中"洞房"相称。诗人不但写出幽凄的诗境，而且通过环境描写暗示人物的生活和身份。凡景语皆情语，前两句诗融情入景，"寒"、"沉"、"静"、"影"都带有浓郁的感情色彩，有力地烘托出一种哀惋的情调。

后两句诗落笔"闺怨"。李白曾在同一题材的《子夜吴歌》中直接抒发"何日平胡虏，良人罢远征"的怨恨。白居易则设身处地体验少妇的心情，通过缝衣中的细节刻画含蓄婉转地表达了同样的思想感情。"秋霜欲下"这简直是女主人公发自内心深处的惊呼。就一年来说，"秋霜欲下"表明冬天即将来临，而她的丈夫至今还未回来，冬衣还没有寄出。就一夜而论，"秋霜欲下"表明时间已近黎明，而她仍在灯下缝衣，几乎熬了一个通宵，寒衣还未缝就，怎能不心急如焚。她凭什么知道"秋霜欲下"呢？诗人代她作了十分新奇的解释，说她"手先知"。"手"只有触觉而无知觉，哪里能"先知"呢？正当读者惊疑揣猜，期待说明的时候，作者补充了一个细节。"灯底裁缝剪刀冷"。"手"握剪刀，乍感冰冷，不禁打了一个寒颤，"秋霜欲下"的惊呼随之从内心深处迸发，而对丈夫征戍的关怀，对寒衣未寄的焦灼，以及对那导致丈夫久别未归的种种原因的怨愤，也就曲曲传出，动人心魄。

一、二两句所写，乃是前半夜缝衣的景况。北方深秋的夜晚，前半夜就有些"寒"，后半夜便有些"冷"。"寒"与"冷"都来自触觉。首句的"月"，当然诉诸视觉，说它"寒"，乃是因见月色惨白而引发"寒"的触觉，形成"通感"。三、四两句所写乃是后半夜的景况。由"剪刀冷"而知"秋霜欲下"，乃是由触觉到知觉的升华。人们的共同经验是：北方的深秋之夜，如果天气晴明，那么在黎明之前突然变"冷"就会下霜。女主人公先望"寒月"，司见这是个晴明的深秋之夜，及至手触剪刀，乍感冰冷，凭她的经验就可以"先知""秋霜欲下"了。这种先有触觉，再结合经验跃进到知觉的过程十分短暂，因而触觉与知觉就像叠合为一。当然，在科学著作中说什么"手"能"先知"，那是不允许的。而在诗中，却不仅允许这样说，而且正由于诗人创造了"秋霜欲下手先知，灯底裁缝剪刀冷"这样新奇的诗句，才把女主人公复杂的内心活动和深广无限的怨情表现得曲尽神理。

及 第 谣

周匡物

水国寒消春日长，燕莺催促花枝忙。

风吹金榜落凡世，三十三人名字香。

遥望龙墀新得意，九天敕下多狂醉。

骅骝一百三十蹄，踏破蓬莱五云地。

物经千载出尘埃，从此便为天下瑞。

诗人进行艺术构思，就时间而言，"寂然凝虑，思接千载"，就空间而言，"悄焉动容，视通万里"。而"千"、"万"之类的数词，不论是表述时间或空间，都十分需要。正因为这样，在诗的语言中，数词占有相当重要的地位。唐代诗人，如"初唐四杰"中的骆宾王，就由于"好用数对"，被人们称为"算博士"。值得注意的是：作为诗人，即使被称为"算博士"，他运用数词，仍与数学家或历史学家、地理学家等等运用数字大不相同。诗中的数词，乃是"诗的语言"的组成部分，具有诗的语言的特点。它固然可以确指客观事物的数量，但在更多的场合，则服从表情达意的需要，允许在不同程度上夸大或缩小。因此，企图根据唐人诗句考证唐代酒价的做法，虽然至今仍有人为之辩护，但毕竟是不可取的。

中唐诗人周匡物的这篇《及第谣》，写及第后的狂欢，更有甚于孟郊的"春风得意马蹄疾，一日看尽长安花"。十分有趣的是：这两首诗都写了马蹄，而写法不同。孟郊强调的是马蹄的"疾"，"疾"到"一日看尽长安花"，以此表现那股子"得意"劲，因而无需计算马蹄的数目。周匡物要写出同榜"三十三人"成群结队，驰骋骅骝，"踏破蓬莱五云地"的热闹场面和欢快气氛，所以不强调马蹄的"疾"，而强调马蹄的多。实际上，三十三人，自然各骑一马，共三十三马。"三十三"这个关于马匹的数目，是不能夸大的。然而如实写出马数，就不够壮观，所以他不用马匹的数目而用马蹄的数目，来了个"骅骝一百三十蹄"，其声势立刻改观，自足以"踏破"那"蓬莱五云地"了。一马四蹄，"三十三"乘"四"，其得数是"一百三十二",不是"一百三十"。诗人不说"骅骝一百三十二蹄",因为他写的是"七言诗",也不说"骅骝一百卅二蹄",因为其音调不如"骅骝一百三十蹄"明快而响亮。于是竟然舍去两蹄,连别人会不会讥笑那三十三位新进士中有两位各骑三条腿的马、或者有一位骑两条腿的马,也不去管他。如果是数学演算,这当然闹了笑话;而在诗歌创作中,却是可以允许的。因为这里需要的不是数字的精确,而是意境的真切以及由此产生的艺术感染力。

由此联想到杜甫《古柏行》中的"四十围"和"二千尺"。诗的前几句是这样的:"孔明庙前有老柏,柯如青铜根如石。霜皮溜雨四十围,黛色参天二千尺。君臣已与时际会,树木犹为人爱惜。云来气接巫峡长,月出寒通雪山白。"很明显,诗人是用夸张手法描写老柏的高大,为在结尾抒发"古来材大难为用"的感慨蓄势。在这里,"四十围"和"二千尺",更不同于周匡物所说的"一百三十蹄"。然而对这两个数量词,历来却聚讼纷纭。《梦溪笔谈》(卷二三)里说:"四十围"乃是径七尺,径七尺而高"二千尺",太细长。《靖康缃素杂记》辩解说:三尺为围,"四十围"即一百二十尺,按"围三径一"计算,其径四十尺而非七尺,怎能说太细长?诸如此类,都从写实的角度考虑问题,而忽略了艺术夸张的特点。当然,也有认为是艺术夸张的。《学林新编》云:"子美《潼关吏》曰:'大城铁不如,小城万丈余。'岂有'万丈'城耶?姑言其高。'四十围'、'二千尺'者,亦姑言其大且高也。诗人之言当如此,而存中(《梦溪笔谈》作者沈括字存中)乃拘拘然以尺寸校之,则过矣。《诗》曰:'崧高维岳,峻极于天。'第言岳之高耳,岂果'极于天'耶?"这种议论,自然十分中肯,但仍然有人反对。赵次公引《均州图经》及《太平寰宇记》所载武当古柏"大四十围"、巴郡古柏"高二千尺"的资料,认为杜甫"用柏事(用关于柏树的典故)以形容今柏之大"。近人高步瀛则进一步强调:"沈氏所算实误。……《释文》引崔氏曰:'围环八尺为一围。'则四十围当三百二十尺,姑为周三径一计之,则径当百六十九尺有奇,亦不得如存中所算径七尺也。要之,古人形容之语,固不容刻舟求剑,然此不云十围、百围、千尺、万尺,而实指之曰'四十围'、'二千尺',则不得泛然以'小城万丈'及'峻极于天'例之。存中所言数虽不合,不当如王氏、朱氏之言,认为假象,斥其不应以尺寸推寻也。"(《唐宋诗举要》卷二)看起来,他认为"四十围"、"二千尺"都是"实指",而非夸张。

赵次公说"四十围"、"二千尺"是用典，朱长孺则说"皆假象为词，非有故实"，即并非用典。在我们看来，杜甫即使用典，仍具有夸张的性质。"霜皮溜雨四十围，黛色参天二千尺"，是夸张，"云来气接巫峡长，月出寒通雪山白"，是在此基础上所作的进一步夸张。如果说前两句是写实，那么难道后两句也能算写实吗？

夸张的描写，也是可以当作典故运用的。黄克晦《嵩阳宫三将军柏》首联云："人间柏大此全稀，老干宁论四十围！"王紫绶《汉柏》首联云："二树中天倚翠微，霜皮宁论几人围！"显然都借用杜诗"霜皮溜雨四十围"来赞叹嵩山古柏的粗大。加上"宁论"两个字，是说其树干之大，又岂是"四十围"所能形容的。这就是用夸张的典故作更大的夸张。嵩山嵩阳书院内那株被称为"二将军"的汉柏，我亲眼看过，的确大得惊人，当时就默诵了杜甫的诗句，但是否真有"四十围"，或者超过"四十围"，却不曾量。大约杜甫当年看孔明庙前古柏，也不曾量。黄克晦写出"老干宁论四十围"的诗句，也只是抒发他的观感，赞叹汉柏的雄伟，而不是记录他实地丈量的结果。艺术真实反映生活真实，但并不等于生活真实。对待诗中的数词，不能不注意这一特点。

寻隐者不遇

贾　岛

松下问童子，言师采药去。
只在此山中，云深不知处。

我在谈杜甫《石壕吏》"听妇前致词"一段时，曾以贾岛的《寻隐者不遇》为例，说明"藏问于答"的表现手法，现在再谈谈这首诗。

第一句"松下问童子"，有人以为"以叙作问"；"言师采药去。只在此山中，云深不知处"三句，有人曾说"自'言'字以下，皆为童子回答之辞"。从表面上看，这说法并不错，但仔细思索，却并不是这么回事。如果认为全诗只有一问一答，那未免辜负了作者的艺术匠心。

全篇只有二十个字，又是抒情诗，可它竟能吸收叙事诗的优点，有人物，有环境，有情节，内容十分丰富。字句这样少，容量这样大，其秘密何在呢？就在于独出心裁地运用问答体：不是有问有答，一问一答，而是藏问于答，几问几答。

崔颢的组诗《长干曲》先写女子的问："君家住何处？妾住在横塘。停舟暂借问，或恐是同乡。"后写男子的答："家临九江水，来去九江侧。同是长干人，生小不相识。"以一首诗写问，另一首写答，有点像民歌中的"盘歌"。至于在同一首小诗中运用问答体，通常是只写问而不写答。例如：

少小离家老大回，乡音无改鬓毛衰。

儿童相见不相识，笑问客从何处来？

——贺知章《回乡偶书》

君自故乡来，应知故乡事。

来日绮窗前，寒梅着花未？

——王维《杂咏》

绿蚁新醅酒，红泥小火炉。

晚来天欲雪，能饮一杯无？

——白居易《问刘十九》

这是一首诗只写了一问的。由于只写一问，尚有其他字句或写景，或叙事，或抒情，为这一问作铺垫，所以容易于问而不答中含不尽之意。又如：

门前水流何处？天边树绕谁家？

山绝东西多少？朝朝几度云遮？

——皇甫冉《问李二司直》

逢君自乡至，雪涕问田园：

几处生乔木？谁家在旧村？

——李端《逢王泌自东京至》

贺兰山上几株松？南北东西共几峰？

买得住来今几日？寻常谁与坐从容？

——王安石《勘会贺兰山主绝句》

昨汝登东岳，何峰是极峰？

有无丈人石？几许大夫松？

——李梦阳《郑生至自泰山》

这是一首诗中包含几问乃至句句问的。包含几问乃至句句问，要写得含蓄蕴藉，就比较困难。

为什么在一首小诗中运用问答体，通常是只写问而不写答呢？就因为用很少的字句既写问又写答，还要写得有韵味，那是很难着笔的。

这首《寻隐者不遇》，却不仅有问有答，而且是几问几答。其高明之处在于：明写答而暗写问，或者说，寓问于答。

"松下问童子"一句，省略了主语"我"。"我"在"松下"问"童子"，问者与被问者同时出现，有问就有答。"言师采药去"一句，省略了主语"童子"，童子"言"，就是童子对"我"的问作出了回答。问了些什么，没有写，只写了"童子"的答话："师采药去"。童子的答话既然是"我的师父采药去了"，那么"我"的问话不就是"你的师父干什么去了"吗？

"我"是专程来"寻隐者"的，"隐者""采药去"了，自然很想把他找回来。因而又问童子："他上哪儿采药去了？"这一问，诗人也没有明写，而是从"只在此山中"的回答里暗示出来的。

听到这一答，不难想见"我"转忧为喜的神态。既然"只在此山中"，不就可以把他找回来吗？于是迫不及待地问："他在哪一处？"不料童子却作了这样的回答："云深不知处。""他在哪一处"的问也没有明写，然而如果没有这样的问，又怎么会有"云深不知处"的回答呢？

"答非所问"，"顾左右而言他"，这只是特殊情况。在一般情况下，答总是针对问的，因而只写答什么，就可以想见问什么。诗人巧妙地以答见问，收到了言外见意的艺术效果。"我"的问话固然见于言外；"我"与"童子"往复问答的动作、情态及其内心活动，也见于言外。比方说，你读到"云深不知处"的时候，只要设身处地，眼前就可能出现一幅图画："童子"一边说，一边遥指，"我"跟着"童子"遥指的方向望去，东边是白云，西边也是白云，苍峦翠岭，时露林梢，时而又淹没于茫茫云海。那么，"隐者"穷竟在何处"采药"呢？……

只四句诗，通过问答的形式写出了"我"、"童子"、"隐者"三个人物及其相互关系，又通过环境的烘托，使人物形象表现得更加鲜明。

"松下问童子"的"松"字选得好。"寻隐者"而于"松下"问"童子"，表现那"隐者"正是隐于"松下"的。"松"字既写实景，又切合"隐者"的身份，有象征意味。如果换成"花下"问童子，就完全不同了。当然，只看这一句，那"松"长在何处，是一棵，还是一大片，都不明确。倘若只是一棵，又长在繁华都市里的朱门绣户之间，那又是另一番情景。然而和"只在此山中"联系起来，和"云深不知处"联系起来，和隐者"采药去"联系起来，一个超尘绝俗的清幽环境就展现在读者面前，而隐居于此的"隐者"及其"童子"的人品如何，也可想而知。

"隐者"隐于"此山中"，"寻隐者"的"我"自然住在"此山"外。封建社会的知识分子一般都热衷于"争利于市，争名于朝"，"我"当然是个知识分子，却离开车水马龙的都市，跑到这超尘绝俗的青松白云之间来"寻隐者"，究竟是为了什么？当他伫立于青松之下四望漫山白云，无法寻见那"隐者"之时，又是什么心情？这一切，也耐人寻味，引人遐想。

贾岛是与孟郊并称的"苦吟诗人"。这首诗尽管清新自然，略无雕琢痕迹，但也是经过艰苦酝酿和反复锤炼的产物。有人把创作权付与孙革，是毫无根据的。

过华清宫绝句三首（其一）

杜 牧

长安回望绣成堆，山顶千门次第开。
一骑红尘妃子笑，无人知是荔枝来。

杜牧写华清宫的诗有五排《华清宫三十韵》一首、七绝《华清宫》一首、《过华清宫绝句》三首。这一首流传最广。关于唐明皇与杨贵妃荒淫误国，杜甫以来的不少诗人已作过充分反映。此诗也表现这一主题，却选取了新鲜角度，收到了独特效果。杨贵妃喜吃鲜荔枝，唐明皇命蜀中、南海并献。驿骑传送，六七日间飞驰数千里，送到长安，色味未变。此诗即从此处切入，以"一骑红尘"与"妃子笑"之间的戏剧性冲突为中心组织全诗，构思布局之妙，令人叹服。

首句"长安回望"四字极重要。解此诗者或避而不谈，或说作者已"过"华清而进入长安，又回头遥望。其实，这是从"一骑"方面设想的。长安是当时的京城，明皇应在京城日理万机，妃子自应留在京城，因而飞送荔枝者直奔长安，而皇帝、贵妃却在骊山行乐！这就出现了"长安回望绣成堆"的镜头。唐明皇时，骊山遍植花木如锦绣，故称绣岭。用"绣成堆"写"一骑"遥望中的骊山总貌，很传神。次句承"绣成堆"写骊山华清宫的建筑群。这时候，"一骑"已近骊山，望见"山顶千门次第开"；山上人也早已望见"红尘"飞扬，"一骑"将到，因而将"山顶千门"次第打开。紧接着，便出现了"一骑红尘妃子笑"的戏剧性场景。一方面，是以卷起"红尘"的高速日夜奔驰，送来荔枝的"一骑"，挥汗如雨，苦不堪言；另一方面，则是得到新鲜荔枝的贵妃，嫣然一笑，乐不可支。两相对照，蕴涵着对骄奢淫逸生活的无言谴责。前三句诗根本未提荔枝，如果像前面分析的那样句句讲荔枝，那就太平淡了。读前三句，压根儿不知道为什么要从长安回望骊山，不知道"山顶千门"为什么要一重接一重地打开，更不知道"一骑红尘"是干什么的、"妃子"为什么要"笑"，给读者留下了一连串悬念。最后一句，应该是解释悬念了，可又出人意外地用了一个否定句："无人知是荔枝来。"的确，卷风扬尘，"一骑"急驰，华清宫千门，从山下到山顶一重重为他敞开，谁都会认为那是飞送关于军国大事的紧急情报，怎能设想那是为贵妃送荔枝！"无人知"三字画龙点睛，蕴含深广，把全诗的思想境界提升到惊人的高度。

周幽王的烽火台也在骊山顶上。作者让杨贵妃在骊山"山顶"望见"一骑红尘"，并且特意用"妃子笑"三字，是有意使读者产生联想，想起"褒姒一笑倾周"的历史教训的。

秋　夕

杜　牧

银烛秋光冷画屏，轻罗小扇扑流萤。
瑶阶夜色凉如水，坐看牵牛织女星。

农历七月初七在立秋之后，因此题作"秋夕"。杜牧此诗写了一个宫女孤寂失意的生活，化用的是崔颢《七夕》诗的后四句："长信深阴夜转幽，瑶阶金阁数萤流，班姬此夕无限恨，河汉三更看斗牛。"

首句用"银烛秋光"来点题。为了渲染气氛，诗人用"银"字修饰烛光，而且用"秋光"代替"月光"，因为秋月特别明朗。皎洁的月光与银白的烛光一齐照着屋内，就连华丽的画屏也蒙上一层淡淡的清辉。"冷"字逼真地写出室内在双重光线作用下的氛围，不仅指烛光与月色交相辉映形成的视觉感，也指这种冷色给心理上带来的冷落感。

"轻罗小扇扑流萤"句，写宫女在室外的活动。诗中的宫女住在草长萤飞的荒凉僻静之处，备受冷落。一个"扑"字刻画出宫女天真烂漫的神态，同时曲折地反映出她寂寞无聊的意绪。她手中的扇子不仅是扑萤取乐的工具，且另有寓意。古诗中常以秋扇比喻妇女失宠被抛弃的命运。

第三句中的"瑶阶"指宫女门前的石阶，因为月光的作用，因而看上去洁白如玉。"凉如水"，写的是深夜月光铺满庭院的景色，同李白《静夜思》中的"床前明月光，疑是地上霜"，有异曲同工之处。

一、三两句诗，一句写室内的烛月之光，着一"冷"字。三句写室外的星月之光，着一"凉"字，都写得神凄骨寒，曲曲传神，为二、四句写人物的活动作好铺垫。

室内，青灯古寺般的清冷令人难以忍受，更深夜静，宫女睡意全无，便走出卧室，坐在门前的石阶上，久久地凝望着天河边上的一双星座。相传，这天晚上分离了一年的牛郎织女将在鹊桥相会。诗人犹如一位第一流的雕塑家，抓住人物瞬间的表情，塑造了一个永恒的姿态——坐看。宫女满怀的心事、复杂的感情都凝聚在这举头坐看当中。

这首诗写得十分含蓄、优美，很有层次又富于变化，人和景交叉写来，有静有动，一句诗一幅画，尤其最后一句戛然而止，余味深长，令人百读不厌。

商 山 早 行

温庭筠

晨起动征铎，客行悲故乡。
鸡声茅店月，人迹板桥霜。
槲叶落山路，枳花明驿墙。
因思杜陵梦，凫雁满回塘。

晚唐著名诗人温庭筠（812—870?）本来是太原祁（今山西省祁县）人，但由于在长安南郊安了个家，所以在他的一些诗歌里，是把长安南郊说成他的故乡的。唐宣宗大中末年，他离开长安，出外宦游。当他在商洛一带的山区里跋涉的时候，还念念不忘颇有江南风光的"故乡"，晚上住在"茅店"里，也在做着"杜陵梦"。让我们欣赏一下他的著名篇章《商山早行》。

这首诗之所以为人们所传诵，是因为它通过鲜明的艺术形象，真切地反映了封建社会里一般旅人的某些共同感受。

首句"晨起动征铎"表现"早行"的典型情景，概括性很强。清晨起床，旅店外面已经叮叮当当，响起了车马的铃铎声。旅店里面旅客们套马、驾车之类的许多活动虽然都没有明写，却已暗含其中。

第二句固然是作者讲自己，但也适用于一般旅客。在封建社会里，一般人由于有固定家产以及交通困难、人情浇薄等许多原因，往往安土重迁，怯于远行。"在家千日好，出门一日难"，"好出门不如歹在家"之类的谚语，就是这样产生的。因此，"客行悲故乡"这句诗，也就能够引起读者感情上的共鸣。

在赶路的时候还在"悲故乡"——为离开故乡而难过，那么夜间住在"茅店"里，不用说也是想家的。这一点，在尾联作了照应和补充。把首尾联系起来看，就不会像有些选注家那样乱加解释了。

三四两句，历来脍炙人口。梅尧臣曾经对欧阳修说：最好的诗，应该是

"状难状之景如在目前，含不尽之意见于言外"。当欧阳修请他举例说明时，他举出了这两句和贾岛的"怪禽啼旷野，落日恐行人"，并反问道："道路辛苦，羁愁旅思，岂不见于言外乎？"① 李东阳更分析了这两个佳句在艺术构思方面的特点。他说：

> "鸡声茅店月，人迹板桥霜。"人但知其能道羁愁野况于言意之表，不知二句中不用一二闲字，止提掇出紧关物色字样，而音韵铿锵，意象具足，始为难得。若强排硬叠，不论其字面之清浊，音韵之谐舛，而云："我能写景用事。"岂可哉！（《怀麓堂诗话》）

所谓"音韵铿锵"，指的是音乐美；所谓"意象具足"，指的是形象鲜明、内涵丰满。这两点，是一切好诗的必备条件，不足以说明这两句诗的艺术特色。李东阳是把这两点作为"不用一二闲字，止提掇紧关物色字样"的从属条件提出来的。这样，就很可以说明这两句诗的艺术特色了。他所谓"闲字"，指的是名词以外的各种词特别是动词（这从薛雪等人的解释中可以看得出来）。他所谓"提掇紧关物色字样"，指的是代表典型景物的名词的选择与组合。这两句诗如果分解为最小的构成单位，那就是代表十种景物的十个名词：鸡、声、茅、店、月，人、迹、板、桥、霜。当然，在根据这十种景物的有机联系组成的诗句里，"鸡声"、"茅店"、"人迹"、"板桥"都结合为"定语加中心词"的"偏正词组"，但由于作定语的都是名词，仍然保留了名词的具体感。例如在"鸡声"中，作了"声"的定语的"鸡"，不是可以唤起引颈长鸣的视觉形象吗？"茅店"、"人迹"和"板桥"，也与此相类似。

旧社会的旅客为了安全，一般都是"未晚先投宿"。"宿"得早，耽误的时间就得用"早行"来补偿，所以一般都是"鸡鸣早看天"。看见天晴，

---

① 欧阳修《六一诗话》："圣俞（梅尧臣）尝语余曰：'诗家虽主意而造语亦难。若意新语工，得前人所未道者，斯为善也。必能状难写之景如在目前，含不尽之意见于言外，然后为至矣。……'余曰：'语之工者固如是。状难写之景，含不尽之意。何诗为然？'圣俞曰：'作者得于心，览者会以意，殆难指陈以言也。虽然，亦可略道其仿佛。若严维"柳塘春水漫，花坞夕阳迟"，则天容物态，融和骀荡，岂不如在目前乎？又若温庭筠"鸡声茅店月，人迹板桥霜"，贾岛"怪禽啼旷野，落日恐行人"，则道路辛苦，羁愁旅思，岂不见于言外乎？'"

就决然早行了。诗人既然写的是"早行",那么"鸡声"和"月",就是有特征性的景物。诗人写的又是山区的"早行","茅店"也就是有特征性的景物。把代表这些有特征性的景物的名词组成"鸡声茅店月",就把旅人住在"茅店"里,听见"鸡声"就爬起来看天色,看见天上有"月",就收拾行装,起身赶路等许多内容,都有声有色地表现出来了。

在旅途上,特别是在山区的旅途上,"板桥"是有特征性的景物,对于"早行"者来说,"霜"和霜上的"人迹"也是有特征性的景物。作者于雄鸡报晓、残月未落之时上路,也算得上"早行"了,然而已经是"人迹板桥霜",这真是"莫道君行早,更有早行人"啊!

这两句诗写"早行"情景宛然在目,称得上"意象具足"。"音韵"呢,也的确很"铿锵"。李东阳的评论是相当中肯的。纯用名词组成诗句,可以最大限度地收到"意象具足"的效果,但难度也很大,不必"强排硬叠"。有人举出欧阳修《秋怀》中的"西风酒旗市,细雨菊花天"和《过张至秘校庄》中的"鸟声梅店雨,野色板桥春",认为可与"鸡声茅店月,人迹板桥霜"媲美①;但认真说来,其中的"西"和"细"都是形容词。倒是陆游《书愤》中的"楼船夜雪瓜洲渡,铁马秋风大散关"一联,更有代表性。

不少人着眼于"板桥霜"和"槲叶落",认为"这诗写的是秋景",并说秋天"不当有'枳花',想是误用"。这其实是误解。不光是秋天才有"霜",也不是任何树都在秋天"落叶"。商县、洛南一带,枳树、槲树很多。槲树的叶片很大,冬天虽干枯,却仍留枝上,直到第二年早春树枝将发嫩芽的时候,才纷纷脱落。而这时候,枳树的白花已在开放。温庭筠对此很熟悉。他在《送洛南李主簿》里,也是用"槲叶晓迷路,枳花春满庭"的诗句描写商洛地区的早春景色的。

---

① 薛雪《一瓢诗话》:"李西涯(李东阳)谓'作诗不用闲言助字,自然意象具足,此为最难。'要知五言尚多,七言颇不易,一落村学究对法,便不成诗。陈声伯举'西风酒旗市,细雨菊花天'为深秋景物,宛然在目,初不假语助而得。又引自作'野航秋水岸,林屋夕阳山'、'酒盆崖树影,茶鼎涧松声'为比,则觉笔力芜弱,且有稚气。"按其中"西风"一联,见欧阳修《秋怀》。

又《三山老人语录》:"六一居士(欧阳修)喜温庭筠诗'鸡声茅店月,人迹板桥霜',尝作《过张至秘校庄》诗云:'鸟声梅店雨,野色板桥春。'效其体也。"

又《存余堂诗话》:"温庭筠《商山早行》诗,有'鸡声茅店月,人迹板桥霜',欧阳公甚嘉其语,故自作'鸟声茅店雨,野色板桥春'以拟之,终觉其在范围之内。"

"槲叶落山路，枳花明驿墙"两句，写的是刚上路的景色。这时候，因为天还没有大亮，驿墙旁边的白色"枳花"，就比较显眼，所以用了个"明"字。可以看出，诗人始终没有忘记"早行"的主题。

旅途"早行"的景色，使诗人想起了昨夜在梦中出现的杜陵景色："凫雁满回塘。"春天来了，故乡杜陵，回塘水暖，凫雁自得其乐，而自己却离家日远，在"茅店"里歇脚，在山路上奔波呢！"杜陵梦"，补出了夜间在"茅店"里思家的心情，与"客行悲故乡"首尾照应，互相补充；而梦中的故乡景色与旅途上的景色又形成鲜明的对照。眼里看的是"槲叶落山路"，心里想的是"凫雁满回塘"。"早行"之景与"早行"之情，都得到了完美的表现。有人在解释末两句时说什么："回想长安情境恍然如梦，而眼前则是'凫雁满塘'，一片萧瑟景象。"显然没有搔着痒处。

夜 雨 寄 北

李商隐

君问归期未有期，巴山夜雨涨秋池。

何当共剪西窗烛，却话巴山夜雨时。

这首诗，《万首唐人绝句》题作《夜雨寄内》，"内"就是"内人"——妻子；现传李诗各本题作《夜雨寄北》，"北"就是北方的人，可以指妻子，也可以指朋友。有人经过考证，认为它作于作者的妻子王氏去世之后，因而不是"寄内"诗，而是写赠长安友人的。但从诗的内容看，按"寄内"理解，似乎更确切一些。

第一句"君问归期未有期"，一问一答，先停顿，后转折，跌宕有致，极富表现力。翻译一下，那就是："你问我回家的日期；唉，回家的日期嘛，还没个准儿啊！"其羁旅之愁与不得归之苦，已跃然纸上。接下去，写了此时的眼前景"巴山夜雨涨秋池"，那已经跃然纸上的羁旅之愁与不得归之苦，便与夜雨交织，绵绵密密，淅淅沥沥，涨满秋池，弥漫于巴山的夜空。然而此愁此苦，只是借眼前景而自然显现，作者并没有说什么愁、诉什么苦，却从这眼前景生发开去，驰骋想象，另辟新境，表达了"何当共剪西窗烛，却话巴山夜雨时"的愿望。其构思之奇，真有点出人意外。而设身处地，又觉得情真意切，字字如从肺腑中流出。"何当"（何时能够）这个表示愿望的词儿，是从"君问归期未有期"的现实中迸发出来的；"共剪……"、"却话……"乃是由当前苦况所激发的对于未来欢乐的憧憬。盼望归后"共剪西窗烛"，则此时思归之切，不言可知。盼望他日与妻子团聚，"却话巴山夜雨时"，则此时独听"巴山夜雨"而无人共语，也不言可知。独剪残烛，夜深不寐，在淅淅沥沥的巴山秋雨声中阅读妻子询问归期的信，而归期无准，其心境之郁闷、孤寂，是不难想见的。作者却跨越这一切去写未来，盼望在重聚的欢乐中追话今夜的一切。于是，未来的乐，自然反衬出今夜的苦，而今夜的苦，又成了未来剪烛夜话的材料，增添了重聚时的乐。四句诗，明白如话，却何等曲折，何等深婉，何等含蓄隽永，余味无穷！

姚培谦在《李义山诗集》中评《夜雨寄北》说："'料得闺中夜深坐，多应说着远行人'（白居易《邯郸冬至夜思家》中的句子，见前），是魂飞到家里去。此诗则又预飞到归家后也，奇绝！"这看法是不错的，但只说了一半。实际上是：那"魂""预飞到归家后"，又飞回归家前的羁旅之地，打了个来回。而这个来回，既包含空间的往复对照，又体现时间的回环对比。桂馥在《札朴》卷六里说："眼前景反作后日怀想，此意更深。"就着重空间方面而言，指的是此地、彼地、此地的往复对照。徐德泓在《李义山诗疏》里说："翻从他日而话今宵，则此时羁情，不写而自深矣。"就着重时间方面而言，指的是今宵、他日、今宵的回环对比。在前人的诗作中，写身在此地而想彼地之思此地者，不乏其例，写时当今日而想他日之忆今日者，为数更多。但把二者统一起来，虚实相生，情景交融，构成如此完美的意境，却不能不归功于李商隐既善于借鉴前人的艺术经验，又勇于进行新的探索、发挥独创精神。

上述艺术构思的独创性又体现于章法结构的独创性。"期"字两见，而一为妻问，一为己答；妻问促其早归，己答叹其归期无准。"巴山夜雨"重出，而一为客中实景，紧承己答；一为归后谈助，遥应妻问。而以"何当"介乎其间，承前启后，化实为虚，开拓出一片想象境界，使时间与空间的回环对照融合无间。近体诗，一般是要避免字面重复的，这首诗却有意打破常规，"期"字的两见，特别是"巴山夜雨"的重出，正好构成了音调与章法的回环往复之妙，恰切地表现了时间与空间回环往复的意境之美，达到了内容与形式的完美结合。宋人王安石《与宝觉宿龙华院》云："与公京口水云间，问月：'何时照我还？'邂逅我还（回还之还）还问月：'何时照我宿钟山？'"杨万里《听雨》云："归舟昔岁宿严陵，雨打疏篷听到明。昨夜茅檐疏雨作，梦中唤作打篷声。"这两首诗俊爽明快，各有新意，但在构思谋篇方面受《夜雨寄北》的启发，也是灼然可见的。

隋　宫（七绝）

李商隐

乘兴南游不戒严，九重谁省谏书函？
春风举国裁宫锦，半作障泥半作帆。

隋炀帝杨广，是我国历史上突出的荒淫昏暴的君主。异常酷虐的经济掠夺和政治压迫，激起了席卷全国的农民大起义，埋葬了他的反动统治。这首七绝，通过精心的选材和独创性构思，只用寥寥二十余字，就在惊人的广度和深度上揭露了杨广荒淫害民的反动本质。

杨广在他当政的十四年内，把绝大部分时间用于佚游享乐、挥霍民脂民膏。这是促使阶级矛盾激化、导致隋朝灭亡的重要原因之一。诗人举南游江都以概其余，已经显示了选材上的艺术匠心。但仅就三次南游江都来说，涉及面也相当广，哪怕只作最简略的铺叙，也需要很大篇幅。诗人的高明之处，在于他不作铺叙，而是披沙拣金，只抓住不戒严、拒谏特别是举国裁宫锦等典型事例，略作点化，就收到了借一斑以窥全豹的艺术效果。

第一、二两句先借"南游"刻画人物。

第一句单刀直入，点明"南游"。而以"乘兴"作状语，不仅展现了杨广贪图享乐、不惜民力的污浊灵魂，而且连他那骄横任性、为所欲为的性格特征，也暴露无遗。"不戒严"在这里也不是什么好字眼，它并不表示杨广相信人民，或者要与民同乐，而是表现他既骄横又昏庸，错误地估计了形势，满以为普天下的老百姓都畏威怀德，唯命是从。他凭着自己的高兴，想南游就南游，想干啥就干啥，反正老百姓都要山呼万岁。既然如此，又戒什么严！

第一、二两句前呼后应，结合得很紧密。试想，一个既骄横又昏庸的君主，哪能不拒谏饰非？他既然要"乘兴南游"，就只准别人"助兴"，不准别人"扫兴"。据史书记载：大业十二年（616），杨广第三次南游的时候，就有崔民象、王爱仁等先后谏阻，扫了他的"兴"，一个个被砍掉脑袋。这件事是有典型性的。它充分说明杨广南游不得人心，不但遭到百姓的反对，连他的"忠臣"们，也期期以为不可；而他却一意孤行，岂不成了"独夫"！诗人抓住这一点，在已经画出的"乘兴南游不戒严"的轮廓上涂上了饱含感情色彩的一笔："九重谁省谏书函？"连装谏书的函套都不肯看上一眼，更不用说封在里面的谏书了。寥寥数字，那个"独夫"的形象，就活生生地出现在我们面前。

三、四两句，写南游的准备工作。一气贯注，十分流畅，又层层深入，极富波澜；而每一个层次，都具有深刻的典型意义，可以唤起读者的许多联想，起到"一以当十"的作用。

杨广南游江都，仅就穷奢极侈、耗竭天下民力这一方面说，已经罄竹难书。只用两句诗，怎么写法呢？比方说，史书里有这样的记载：为了制造旌旗仪仗，仅需要的羽毛、皮革、牙角之类，就逼得百姓四出搜求，"网罟遍野，水陆禽兽殆尽，犹不能给。"那么，就写这一些行不行？不行，因为这无法包举南游的全貌。史书里还有这样的记载：游江都时，杨广自乘"龙舟"，共四层，高四十五尺，长二百尺。上层是正殿、内殿及东西朝堂；中二层有一百二十个房间；皆饰以金玉。下层是内侍们的住处，也很豪华。皇后乘的叫"翔螭舟"，规模略小，而装饰与"龙舟"无异。此外，有名叫"浮景"的巨船九艘，各三层，合成水上宫殿。又有漾彩、朱鸟、苍螭、白虎、玄武、飞羽、青凫、凌波、五楼、道场、玄坛、板艅、黄篾等数千艘，后宫诸王、公主、百官、僧尼、道士、蕃客乘之，并载内外百司供奉之物。又有平乘、青龙、艨艟、艚舸、八櫂、艇舸等数千艘，卫兵乘之，并载兵器帐幕等等。那么，就从造船写起行不行？也不行。因为这么多内容，两句诗无法写，写了也不足以包举南游的全貌。杨广南游，是水陆并进的。在水路上，"舳舻相继，连接千里，自大梁至淮口，联绵不绝，锦帆过处，香闻百里。"在陆路上，"骑兵翼两岸而行，旌旗蔽野"。只从造船方面落墨，怎能把这一切联系起来呢？

诗人抓住了一种东西："宫锦"。然后舍弃一切，又带动一切。"宫锦"，这是统治者按皇宫标准勒令劳动人民织成的高级锦缎。如果从种桑、采叶、养蚕、缫丝算起，织成一匹，也要耗费劳动人民不少血汗。诗人举一端以概其余，只说"裁（剪裁）宫锦"，而"织"宫锦及其以前的许多工序，都已暗含其中。诗人又用"举国"一词，说明了"裁宫锦"的范围。"举国"者，全国也。动用全国的劳力"裁宫锦"，则"宫锦"盈仓溢库，山积云屯，已不难想见。而这就不能不使人探究"宫锦"的来源，其对劳动人民剥削之重，压迫之惨，也就可想而知了。"春风"一词，当然是与"乘兴"遥相呼应的。"春风"和煦，柳暗花明，杨广这个荒淫天子也就动了游"兴"，要南幸江都，寻欢作乐。但不仅如此，"春风"和"举国裁宫锦"连在一起，还有更深刻的意义。对于广大农民来说，"春风"一起，农事倍增，一点儿也不能耽误。而现在呢？却不得不荒废农业，要为那个荒淫天子"裁宫锦"啊！

当然，只"春风举国裁宫锦"一句，还不能说明问题的实质。如果是在自己"乘兴南游"的时候让老百姓也分享一点快乐，"裁"了"宫锦"为他们缝制衣服被褥之类，那还有什么话说？但事实并非如此，而是"半作障泥半作帆"啊！

白居易的《隋堤柳》和温庭筠的《春江花月夜词》，都写了杨广南游的场面。白诗有云："大业末年春暮月，柳色如烟絮如雪。南幸江都恣佚游，应将此树阴龙舟。紫髯郎将护锦缆，青娥御史值迷楼。海内财力此时竭，舟中歌笑何日休！"温诗有云："杨家二世安九重，不御华芝嫌六龙。百幅锦帆风力满，连天展尽金芙蓉。珠翠丁星复明灭，龙头劈浪哀笳发。千里涵空照水魂，万枝破鼻团香雪。"用了不少文字，而其描写范围，还都限于水路。李商隐连南游本身都未涉及，只写了全部准备工作中的一种工作：以"举国"所"裁"之"宫锦""半作障泥半作帆"，就戛然而止，而"帆"与"障泥"，却从水陆两方面打开了读者的思路。只要联系首句的"乘兴南游"驰骋想象，则舳舻破浪，骑兵夹岸，锦帆锦鞴照耀水陆的景象，就历历浮现目前。同时，连承受风力的船帆和障蔽泥土的马鞴都要用珍贵的"宫锦"裁制，则船多么巨丽，马多么华贵，人的衣服饮食器用多么豪华奢侈，也就不言自明。而给人民造成的灾难和给自己带来的后果，也已经包含其中。诗人于纷繁的现象中抓住"宫锦"而舍弃一切，又带动一切，就收到了言有尽而意无穷的艺术效果，其精湛的艺术构思，是值得我们借鉴的。

隋　宫（七律）

李商隐

紫泉宫殿锁烟霞，欲取芜城作帝家。

玉玺不缘归日角，锦帆应是到天涯。

于今腐草无萤火，终古垂杨有暮鸦。

地下若逢陈后主，岂宜重问《后庭花》！

　　题目《隋宫》，指的是隋炀帝杨广在江都营建的行宫江都宫、显福宫和临江宫等等。

　　首联点题。意思是：长安本是"帝家"，现在却想把江都作为"帝家"。什么原因呢？没有明说。这要从上下对比中去领会。把上句"紫泉宫殿锁烟霞"解释成"长安的宫殿弃置不用，为烟霞所锁"，似乎不大确切。"烟霞"不以人的去留为转移，不能说宫殿有人住，就没有"烟霞"，没人住，"烟霞"就来占领它。诗人把长安的宫殿和"烟霞"联系起来，意在表明它巍峨壮丽，高耸入云。王维的"云里帝城双凤阙"，白居易的"宫阙入烟云"，都可作为例证。用"紫泉"（长安的一条水）代替长安，也是为了选有色彩的字面与"烟霞"相映衬，从而烘托长安宫殿的巍峨壮丽。这样巍峨壮丽的长安宫殿，不是满可以作为"帝家"，长住下去吗？为什么要让它空"锁"于"烟霞"之中，却"欲取芜城（江都）作帝家"呢？不言而喻，就因为江都的行宫更豪华，在那里更好玩。对于一味贪图享乐，而又大权在握、为所欲为的皇帝来说，哪儿好玩就到哪儿去玩。据史书记载：杨广不仅开凿了二千里的通济渠，沿途筑离宫四十余所，多次到江都去玩，还开凿了八百余里的江南河，"又拟通龙舟，置驿宫"，准备到杭州去玩，只是未及实现罢了。

　　首联点出"欲取芜城作帝家"，按照逻辑，颔联就应该写怎样"取"芜城作帝家了。诗人并没有违背这一逻辑，却不作铺叙，而用虚拟推想的语气说："玉玺不缘归日角，锦帆应是到天涯。"——如果不是由于印把子落到了李渊的手中，杨广不会以游幸江都为满足，他的锦帆，大概一直要飘到天边去吧！这就既包含了"取"芜城作帝家，又超越了"取"芜城作帝家。更重要的是，还表现出杨广的穷奢极欲导致了亡国的后果，而他还至死不悟。其用笔之灵妙，命意之深婉，真出人意料之外！

颈联更是公认的佳句。《昭昧詹言》说它"兴在象外，活极妙极，可谓绝作"，是当之无愧的。怎么个妙法呢？让我们作一些分析。按这两句诗，涉及杨广逸游的两个故实。一个是放萤：杨广曾在洛阳景华宫搜求萤火虫数斛，"夜出游山放之，光遍岩谷"；在江都也放萤取乐，还修了个"放萤院"。另一个是"栽柳"：白居易在《隋堤柳》中写道："大业年中炀天子，种柳成行夹流水。西至黄河东至淮，绿影一千三百里。大业末年春暮月，柳色如烟絮如雪。南幸江都恣佚游，应将此树映龙舟。"这两个故实，自成对偶，可以构成律诗中间的一联。但李商隐却不屑于作机械的排比，而是把"萤火"和"腐草"、"垂杨"和"暮鸦"联系起来，于一"有"一"无"的鲜明对比中感慨今昔，深寓荒淫亡国的历史教训。"于今腐草无萤火"，这不仅是说当年"放萤"的地方如今已成废墟，只有"腐草"而已，更深一层的含意是，杨广为了"放萤"夜游，穷搜极捕，使萤火遭受浩劫，至今腐草也不敢生萤。"终古垂杨有暮鸦"，当然渲染了亡国后的凄凉景象，但也另有深意。上句说于今"无"，自然暗示昔年"有"；下句说终古"有"，但"有"的背景，却昔非今比。昔日杨广"乘兴南游"，"千帆万马"，水陆并进，鼓乐喧天，旌旗蔽空，隋堤"垂杨"，"暮鸦"来栖，经历过何等富丽豪华的景象！而在杨广被杀，南游已成陈迹之后，乌鸦虽然仍于日暮之时飞到隋堤"垂杨"上过夜，但往日繁华，都已经烟消云散，何等寂寞！就艺术构思说，这两句都包含着今昔对比，但在艺术表现上，却只表现对比的一个方面，让读者从这一方面去想象另一方面。既感慨淋漓，又含蓄蕴藉。

尾联活用杨广与陈叔宝梦中相遇的故事，以假设、反诘的语气，把揭露荒淫亡国主题提高到新的境界。陈叔宝是历史上另一个以荒淫亡国著称的君主。他亡国后投降隋朝，和隋朝的太子杨广很相熟。杨广当了天子，乘龙舟游江都的时候，梦中与死去的陈叔宝及其宠妃张丽华等相遇，请丽华舞了一曲《后庭花》。《后庭花》是陈叔宝所制的反映宫廷淫靡生活的舞曲，被后人斥为"亡国之音"。诗人在这里特别提到它，其用意是：杨广是目睹了陈叔宝荒淫亡国的事实的，却不吸取教训，既纵情龙舟之游，又迷恋亡国之音，终于重蹈陈叔宝的覆辙，身死国灭，为天下笑。他如果在地下遇见陈叔宝的话，难道还好意思再请张丽华舞一曲《后庭花》吗？问而不答，余味无穷。杨广当然不可能回答了，诗人是希望当时和以后的统治者作出回答的。

李商隐的两首《隋宫》都把揭露的矛头集中于炀帝的逸游，而未触及开运河，也表现了他的卓识。皮日休的《汴河怀古》诗，可与此相补充，录如下："尽道隋亡为此河，至今千里赖通波。若无水殿龙舟事，共禹论功不较多。"当然，运河客观上沟通南北、便利交通的好处，在封建社会里也会被统治者用来聚敛民脂民膏。从这一方面说，李敬芳的《汴河直进船》又可与皮日休的诗相补充："汴河通淮利最多，生人为害亦相和。东南四十三州地，取尽膏脂是此河。"

马　嵬

李商隐

海外徒闻更九州，他生未卜此生休。
空闻虎旅鸣宵柝，无复鸡人报晓筹。
此日六军同驻马，当时七夕笑牵牛。
如何四纪为天子，不及卢家有莫愁。

唐人咏马嵬之变的诗很多。它们在艺术表现上虽然各有特色，但从思想倾向看，其中的大多数，是把罪责归给杨贵妃而为唐玄宗辩护的。鲁迅在《女人未必多说谎》一文中指出："关于杨贵妃，禄山之乱以后的文人就都撒着大谎，玄宗逍遥事外，倒说是许多坏事都由她。"李商隐的这首七律，却在思想和艺术上都别开生面。

诗以《马嵬》命题，重点是写玄宗在马嵬驿为"六军"所逼，"赐"杨妃死。按照时间顺序，自然应从安史叛军攻陷潼关，玄宗与杨国忠、杨贵妃姊妹等仓皇逃出长安写起。诗人没有这样做。一开头，夹叙夹议，先用"海外更（还有）九州"的故实概括了方士在海外仙山上寻见杨妃的传说，而用"徒闻"加以否定。"徒闻"者，徒然听说也。意思是说，玄宗听说杨妃在仙山上还记着"愿世世为夫妇"的密约，"十分震悼"；但"震悼"有什么用处？"他生"为夫妇的事，渺茫"未卜"；"此生"的夫妇关系，却已经明明白白地完结了。怎样完结的呢？这就很自然地拍到题上。而"徒闻"、"未卜"和"休"流露的讥讽语气，又为下文的抒写定了基调。

中间两联，紧承"此生休"写马嵬之变，这当然是题中应有之义，值得注意的是写法上的独创性。

先看次联。

长期做"太平天子"、沉湎于淫乐生活的唐玄宗及其宠妃，哪里听到过"虎旅鸣宵柝"！在皇宫中，连公鸡都不准养；安然高卧，自有专人干鸡的工作，替他们报晓，多舒坦！诗人抓住最有特征性的事物，只用"虎旅鸣宵柝"五个字，就烘托出逃难途中的典型环境，而主人公的狼狈神态和慌乱心情，也依稀可见。而当主人公面对"虎旅鸣宵柝"的严酷现实的时候，怎能不思念"鸡人报晓筹"的宫廷生活呢？诗人掌握了特定环境中主人公心理活动的逻辑，用宫廷中的"鸡人报晓筹"，反衬马嵬驿的"虎旅鸣宵柝"，而昔乐今苦、昔安今危的不同处境和心境，已跃然纸上。"虎旅鸣宵柝"的逃难生活很不愉快，这是一层意思。和"鸡人报晓筹"的宫廷生活相映衬，暗示主人公希望重享昔日的安乐，这是又一层意思。再用"空闻"和"无复"相呼应，表明那希望已成幻想，为尾联蓄势，这是第三层意思。把"空闻虎旅鸣宵柝"解释成"唯闻禁军夜间巡逻的打柝声"，值得商榷。"空闻"不等于"唯闻"。"虎旅鸣宵柝"，本来是为了巡逻和警卫，以保障皇帝和贵妃的安全。而冠以"空闻"二字，意义就适得其反。从章法上看，"空闻"上承"此生休"，下启"六军同驻马"。意思是是说，"虎旅"虽"鸣宵柝"，却不是为了保障皇帝和贵妃的安全，而是要发动兵变了。正因为如此，才"无复鸡人报晓筹"。"无复"二字，不是就暂时说的，而是就长远说的。马嵬兵变，杨妃长眠地下，李、杨的夫妇关系"他生未卜此生休"，再不可能同享"鸡人报晓筹"的安适生活了。

再看第三联。

"此日六军同驻马，当时七夕笑牵牛。"这是传诵已久的名句。沈德潜认为这是"用逆挽法"："诗中得此一联，便化板滞为跳脱"。有人把"逆挽"理解成"倒叙"，并说这首诗全篇都"采用倒叙手法"。这固然可以参考，但不一定符合这首诗的艺术特点。这不是叙事诗，而是咏史诗，它通过评论马嵬之变来借古讽今，并不像《长恨歌》和《长恨歌传》那样叙述李杨故事的本末。首联虽然涉及方士招魂的情节，但目的是借以抒发议论，而不是倒叙故事；次联以写"虎旅鸣宵柝"为主，而以"七夕笑牵牛"相对照，也不是情节安排上的倒叙法。如果按照叙事诗的标准来要求，那么只用"六军同驻马"写马嵬之变，显然是不行的。刘禹锡的《马嵬行》写了八句"军家诛佞幸，天子舍妖姬。群吏伏门屏，贵人牵帝衣。低回转美目，风日为无晖。贵人饮金屑，倏忽舜英暮。"白居易的《长恨歌》也写了好几句。这里只说"六军同驻马"，而"驻马"的原因和结果都未涉及，岂不是简而不明？然而和"七夕笑牵牛"相对照，那意义就明确了，丰富了，耐人寻味了。玄宗当年七夕和杨妃"密相誓心"的时候，讥笑牵牛、织女一年只能相见一次，而他们两人则是要"世世为夫妇"，永远不分离的。可是当遇上"六军不发"的时候，结果又怎样呢？两相映衬，杨妃"赐"死的结局，就不难于言外得之，而玄宗虚伪、自私的精神面貌，也被暴露无遗。同时，"七夕笑牵牛"，这是对玄宗迷恋女色、荒废朝政的典型概括，用来对照"六军同驻马"，就表现出二者的因果关系。没有"当时"的荒淫，哪有"此日"的离散？行文至此，尾联的一问也如箭在弦，眼看要一发破的了。

尾联也包含强烈的对比。一方面是当了四十多年皇帝的唐玄宗保不住自己的宠妃，另一面是作为普通百姓的卢家能够保住既善"织绮"、又能"采桑"的妻子莫愁。就章法上说，这是对前六句的总结。就艺术构思说，这是由前一方面引起的联想。这两方面，各有深刻的社会意义，值得问一个"为什么"。诗人把二者联系起来，发出了冷峻的诘问："为什么当了四十多年皇帝的唐玄宗，还不如普通百姓能够保住自己的妻子呢？"

前六句诗，其批判的锋芒都是指向唐玄宗的。用需要作许多探索才能作出全面回答的一问作结，更丰富了批判的内容，令人回味无穷。

忆　　梅

李商隐

> 定定住天涯，依依向物华。
> 寒梅最堪恨，长作去年花。

此诗作于梓幕后期的一个春天。梓幕时期是李商隐十年幕僚生涯的最后一站，多年寄迹幕府，四处萍飘的生活和仕途上的挣扎奔波，使诗人对前途的希冀转为失望，加上爱妻去世，颓伤消沉令他感到茫然和悲观，而"愿打钟扫地"虔心事佛。因此，面对三春盛景，不仅不能让他感到赏心悦目，反而勾引出无限伤感。

"定定"，意谓牢牢地、永远地。李商隐以方言入诗，准确表达了他长久滞留他乡而无重返故里之日的无奈和凄凉。"天涯"指梓州（今四川三台），以唐王朝辽阔的疆域而言此地绝非最远的地方，但对于长期四处投奔的诗人来说，大有沦落天涯之悲。首句犹如一声长叹，吐出多年积在胸中的郁闷。

"依依"，形容留恋不舍的情态；"物华"，指眼前的景物。在独居异地、寄人篱下的悲哀抑郁的心境下，乱花迷人眼的美好春色，给诗人的心灵带来一丝安慰，同时也深深触发了诗人的隐痛。此时此地的李商隐完全沉浸在自我悲痛之中。正如杜甫所体会的那样"感时花溅泪，恨别鸟惊心"，愈是欢乐美好的景象愈使他感到伤心，这正是反衬的妙用。

此诗题为《忆梅》，但前两句似与梅毫不相干。这也正是李商隐的风格，委婉曲折，出乎意料，但又合乎情理。短短二十个字的小诗，字字以一当百，全诗具有叙事诗般的深沉和内涵，一字一叹地由眼前的情境荡开，愁肠百结，诉尽平生不得志。一个"恨"字既有忆的成分，但比忆所表达的感情和内容更鲜明更集中。寒梅先春而开，凌寒独秀，却不能占尽春色，只落得个"长作去年花"。在"忆梅"中所产生的遗憾，令诗人对梅产生了怨"恨"，这所谓的"恨"实则是强烈的不平和埋怨，是"忆"的集中与深化。

"向物华"是"忆梅"的根由，"恨梅""长作去年花"又是"忆梅"的结果。此诗虽短但诗境曲折，句句包藏深厚，又一意贯穿不离羁泊生涯的悲叹，天然浑成，在哀怨悲伤的情调中诉说他一生的坎坷。

李商隐少年时期就"文闻于诸公"，且早登科第，才华早露，但他一生，命途多舛，晚境更是不佳，回首往事难免要发出"寒梅堪恨"的叹嗟。

再经胡城县

杜荀鹤

去岁曾经此县城，县民无口不冤声。

今来县宰加朱绂，便是生灵血染成。

在唐代，以较多的篇章反映人民生活的杰出诗人相当多，但一般都运用比较自由的五七言古体。几乎以全部的艺术力量反映民间疾苦，又纯用格律极严的近体，这是杜荀鹤诗歌创作的一大特色。

《再经胡城县》是一首七绝。全诗只有二十八个字，还要讲平仄，却深刻地揭露了社会矛盾，反映了人民的深重苦难及其根源。其在艺术构思方面的奥秘，很值得探索。

不妨先作一点比较。

晚清小说《老残游记》通过酷吏虐民的事实所揭露的社会矛盾及其思想意义，是和杜荀鹤的这首七绝完全一致的，却用了很大篇幅。作者创造了刚弼和玉佐臣两个酷吏的形象，刻画了许多被酷吏害死的人物，描写了许多伤心惨目的景象，然后叙述酷吏的血腥罪行竟然博得上司的赞许，说什么"办强盗办得好"！专折保奏，升了大官。这才通过书中人物老残的口作出了这样的结论："冤埋城阙暗，血染顶珠红！"

《老残游记》是小说，所以必须细致地描写人物的外貌特征和内心特征，描写人物活动的环境，描写人物之间的冲突和构成这些冲突的详情细节。抒情小诗却不可能这样做，也不需要这样做，它具有不同于小说的艺术特征。这首《再经胡城县》之所以能够只用四句诗就表现出在小说中需要很大篇幅才能表现的社会内容，就由于它很出色地体现了抒情小诗的艺术特征：通过对典型现象的艺术概括来抒情达意。

酷吏因虐民而升官，这在封建社会里是典型现象。《再经胡城县》和《老残游记》都反映了这种典型现象。作为抒情小诗，《再经胡城县》不需要像《老残游记》那样创造一系列典型环境中的典型人物，这就节省了篇幅。尽管如此，要把那么纷纭复杂的生活现象用四句诗表现出来，还要避免概念化的缺点，这仍然是十分困难的。这里需要的是艺术概括，然而千头万绪，究竟怎样概括呢？这就要看诗人的艺术匠心。

这个题目首先值得注意。"胡城县"，确定了空间范围，"再经"，既确定了时间范围，又点明了把时间和空间联系起来的抒情主人公"我"。"再经"，当然是相对于"初经"而言的，"再"字的分量很重，带有强烈的感情色彩，必须重读。以《再经胡城县》为题，就意味着"我"因"再经"而忆

"初经"，先后两次经过胡城县的感受使"我"心情激动，不能已于言。

第一句"去岁曾经此县城"，朴实无华，当然不是什么警句。但稍加推敲，就发现字字确切，删一字不得，换一字不行。不说胡城县城，而说"此县城"，这不仅是为了调平仄。"此"这个指示代词，表明"我"已经立足于胡城县城，对某些现象感受强烈，有话要说。"去岁"相对于"今岁"而言，说"去岁曾（曾经）经（经过）此县城"，表明"我"在抚今追昔，从"再经"忆"初经"。"初经"既在"去岁"，那么，从"初经"到"再经"，不过一年的时间，"此县城"又能有什么变化足以使"我"感荡心灵，非陈诗无以骋其情呢？这就很自然地唤起了读者的悬念，急于一读下文。

"去岁曾经此县城'之时，所见所闻、最感荡心灵的是什么呢？诗人用一句诗进行了高度的概括："县民无口不冤声"。"冤声"，这是听见的；县民一个个都在喊冤，这又是诉之于视觉的感性形象。一县之民，成千累万，竟然个个受冤、个个喊冤，无一例外，究竟是什么原因呢？"无口不冤声"的"冤声"又究竟是什么内容呢？"初经"胡城县的"我"当然是明白的，但诗人没有说，用一句诗也无法说。然而一点都不说，就流于隐晦。下面还有两句，总该作些说明吧！不错，下面是作了说明的，但说法却出人意外。

前两句写"再经"之时对于"初经"的追忆。"再经"之时，已有所见所闻，那就是"县宰加朱绂"，但为什么按下不表，却去追忆"初经"之时的所见所闻呢？原因是"初经"之时，固然看见全县之民个个喊冤，也听见全县之民个个喊的是什么冤，但对于"民之父母"为什么硬是要使他的"子民"一个个冤沉海底，却难于理解；"再经"之时，固然已了解到"县宰加朱绂"，但对于他凭什么"加朱绂"，也一无所知；然而这又是"我"很想弄清楚的，于是抚今追昔，把"初经"与"再经"之时的所见所闻联系起来加以思索，不禁恍然大悟，写出了令人怵目惊心的诗句："今来县宰加朱绂，便是生灵血染成！"

讲到这里，就不难看出这首诗对于典型现象的高度概括，是通过对于"初经"与"再经"的巧妙安排完成的。写"初经"时的所见所闻，只从"县民"方面落墨，是谁使得"县民无口不冤声"呢？没有写。写"再经"时的所见所闻，只从"县宰"方面着笔，他凭什么"加朱绂"呢？也没有说。在摆出了这两种典型现象之后，紧接着用了"便是"一词作判断，而以"生灵血染成"作为判断的结果。"县宰"的"朱绂"既然"便是生灵血染成"，那么"县民无口不冤声"正是"县宰"一手造成的，而"县宰"之所以"加朱绂"，就由于他屠杀了无数冤民。在唐代，"朱绂"是四、五品官的官服，"县宰"而"加朱绂"，表明他加官受赏，赢得了上级的表扬。诗人不说加官受赏，而说"加朱绂"，并把"县宰"的"朱绂"和人民的鲜"血"这两种颜色相同而性质相反的事物联系起来，用"血染成"揭示二者的因果关系，就无比深刻地暴露了封建统治者"与民为敌"的反动本质。

"便是生灵血染成"的判断是不是有点儿武断，缺乏说服力呢？不然。这因为诗人从字里行间还暗示出一些东西。首先，诗人确定的时间范围和空间范围很值得玩味。"初经"与"再经"的是同一个"胡城县"；"初经"在"去岁"，距"再经"不过一年。"初经"之时，"县宰"正在戕害冤民（这是从第二句"县民无口不冤声"和第四句"生灵血"里表现出来的），别无其他建树，那么，在不过一年的时间里，他怎能在死者含冤、生者饮泣的胡城县做出什么别的"成绩"！他之所以"加朱绂"，不就是由于屠杀冤民，立了"大功"吗？

诗的结句引满而发，不留余地，但仍然有余味。县宰未"加朱绂"之时，权势还不够大，腰杆还不够硬，却已经逼得"县民无口不冤声"，如今因屠杀冤民而立功，加了"朱绂"，尝到甜头，权势更大，腰杆更硬，他又将干些什么呢？诗人在《题所居村舍》里是这样说的："杀民将尽更邀勋。"在《旅泊遇郡中叛乱同志》里是这样说的："遍搜宝货无藏处，乱杀平人不怕天。"

在晚唐诗人中，杜荀鹤以大量的近体诗从各个侧面反映了黄巢大起义后的生活真实，取得了不容忽视的成就。他的七律《山中寡妇》、《乱后逢村叟》、《题所居村舍》、《旅泊遇郡中叛乱同志》等等，都值得珍视。而这首七绝《再经胡城县》所概括的社会矛盾，则具有更高的典型性。对于整个封建社会来说，是典型的；对于农民起义遭到统治者残酷镇压的特定历史时期来说，尤其是典型的。

一首抒情诗如果准确地而不是歪曲地概括了现实生活中的典型现象，那么通过诗的典型图景所表现出来的情感，也往往具有典型性。这首七绝所表现的对于冤民的无限同情，对于县宰及其上级的愤怒谴责，既是诗人自己的情感，也是广大人民的情感，能够在一切进步人类的心灵深处激起强烈的共鸣。

淮上与友人别

郑 谷

扬子江头杨柳春，杨花愁杀渡江人。

数声风笛离亭晚，君向潇湘我向秦。

郑谷以一首咏鹧鸪的七律出名，人称"郑鹧鸪"。《鹧鸪》诗的第二联"雨昏青草湖边过，花落黄陵庙里啼"，颇有神韵，堪称名句，但从全篇看，并不那么完整。这首《淮上与友人别》却通体和谐，风韵甚佳。沈德潜把它和被几个评论家分别推为唐人七绝"压卷"的"秦时明月"、"渭城朝雨"、"黄河远上"、"朝辞白帝"等并列（《说诗晬语》卷上），是当之无愧的。

《诗经·小雅·采薇》云："昔我往矣，杨柳依依；今我来思，雨雪霏霏。"通过客观环境的变化来表现行役之久，兴余象外，成为千古传诵的佳作。汉代以来，又常常以折柳相赠来寄托"依依"惜别之情，而柳条杨花，也就成了诗歌中借以抒写离情别绪的典型景物。当然，取景相同，而构思之妙，则各具匠心。这里举两个例子。隋末无名氏《送别》云："杨柳青青着地垂，杨花漫漫搅天飞。柳条折尽花飞尽，借问行人归不归？"罗隐《柳》云："灞岸晴来送别频，相偎相倚不胜春。自家飞絮犹无定，争（怎）把长条绊得人？"同写柳条杨花而命意不同，各有特色。

郑谷的这一首，又是另一种写法，另一种意境。

第一句中的"扬子江头"紧扣题目中的"淮上"，点离别之地。"杨柳"二字，拈出"扬子江头"最有特征的景物。"春"字既点离别之时，又为"杨柳"传神绘色。只提"杨柳"而不作具体描写，形象似乎不够鲜明，但把它和"扬子江头"联系起来，和"春"联系起来，就会通过读者的生活经验唤起丰富的想象：千万缕嫩绿的柳丝随风摇曳，或拖在岸上，或飘在水里；千万朵雪白的杨花随风飘扬，或扑落江面，或飞向远方；而江南江北的阳春烟景，也会在你面前展现出迷人的图画。

第二句的"渡江人"扣题目中的"与友人别"，"杨花"则紧承"杨柳春"而来。"杨柳春"三字兼包柳丝与杨花。诗人单拈"杨花"，只说它

"愁杀渡江人"，就既可使读者想象到杨花之蒙蒙、漫漫，又可使读者联想到柳丝之依依、袅袅。要不然，怎么会"愁杀渡江人"呢？

"愁"本是个抽象的概念，但在这里，"渡江人"的"愁"是被离别之时所见所感的客观景物引起的，所以它并不抽象。不是吗？两位亲密的朋友即将"渡江"分手，依依的柳丝牵系着惜别的情感，四散的杨花撩乱着伤离的意绪，江南江北的阳春烟景，此后也只能在寂寞的旅途上各自欣赏了！在这种场合用"愁杀"二字来概括"渡江人"的心理活动，只会提高情景交融的艺术境界，而不会产生概念化的缺点。

三四两句撇开了"杨柳"，怎样和一二两句联系起来呢？其实，那只是字面上撇开了"杨柳"，而在"数声风笛"里却再现了"杨柳"。古代有一种《折杨柳曲》，是用笛子吹奏的。北朝乐府民歌《折杨柳歌辞》云："上马不捉鞭，反折杨柳枝。蹀坐吹长笛，愁杀行客儿。"可以使我们了解这种笛曲的情调。这种笛曲，唐代仍然普遍流行。王之涣《凉州词》中的"羌笛何须怨杨柳"，杜甫《吹笛》中的"故园杨柳今摇落，何得愁中却尽生"，都指《折杨柳曲》而言。李白《春夜洛城闻笛》所写的"谁家玉笛暗飞声，散入春风满洛城。此夜曲中闻折柳，何人不起故园情"使我们对这种笛曲的情调有了更多的了解。和一二两句联系起来看，第三句"数声风笛"所传来的，正就是撩动"故园情"、"愁杀行客儿"的《折杨柳曲》。当两位朋友于柳丝依依、杨花蒙蒙中"渡江"，在"离亭"话别的时候，又飘来"数声风笛"，唤起了柳丝依依、杨花蒙蒙的听觉形象，与晃动在眼前的视觉形象融合为一，又会引起什么感触呢？

"离亭晚"中的"晚"字很重要。它既充分表现了惜别之情，又为下一句补景设色。两位朋友在"离亭"话别而不愿分别，直留连到天"晚"，终于不得不在暮霭沉沉、暮色苍茫中分手上路，各奔前程了。"君向潇湘我向秦"一句，孤立地看，是叙事语，但和上文联系起来读，它又是写景语和抒情语。沈德潜指出："落句不言离情，却从言外领取。"（《唐诗别裁》卷二〇）这是相当中肯的。谢榛却认为此结"如爆竹而无馀音"，因而移作起句，将全诗改成："君向潇湘我向秦，杨花愁杀渡江人。数声长笛离亭外，落日空江不见春。"（《四溟诗话》卷一）未免点金成铁。

宋元诗鉴赏

村　行

王禹偁

马穿山径菊初黄，信马悠悠野兴长。

万壑有声含晚籁，数峰无语立斜阳。

棠梨叶落胭脂色，荞麦花开白雪香。

何事吟馀忽惆怅？村桥原树似吾乡。

作诗而以《村行》命题，其作者大抵并非村民，而是身居闹市乃至官场，偶然来到乡村闲行，目之所接，耳之所遇，在在处处，都有一种新鲜感，从而摇荡性灵，形诸吟咏。因而可以这样说，这一类诗，一般写诗人"村行"之时的所见所感。当然，其所见所感，是因人而殊，因地而异的。且看晚唐诗人成文幹的《村行》：

暖暖村烟暮，牧童出深坞。

骑牛不顾人，吹笛寻山去。

全诗似乎只写目之所见，而心之所感即寓其中。诗人对那位牧童的自由自在，无拘无束，显然是无限向往的。

同样以《村行》命题，王禹偁的这首诗，却是另一番情景，另一种写法。

这是一首七律，从章法上说，七律是要讲起、承、转、合的：首联起，颔联承，颈联转，尾联合。但实际情况，并非如此简单。王禹偁的这首《村行》，就突破那种框框。首联"起"，颔、颈两联"承"，尾联则以上句突转，以下句拍合。章法井然，而又富于变化。

首句的"马穿山径"，写了"行"，却未见人，只提马；写了"行"的场所，却只见山，未提"村"。而继之以"菊初黄"，则马上有人，山中有村，便依稀可想。为什么？"菊初黄"，非马能辨，只能是马上人的眼中景。

初黄之菊，又自然是山中人培植的。于是乎，读者凭借自己的经验驰骋创造性的想象，因菊花而想见竹篱，因竹篱而想见茅舍，一幅山村秋意图，就展现在眼前了。次句更明白地写出马不过是人的坐骑。那马上人并无明确的目的地，只是任凭马儿穿过山径，自由地行走，悠悠然领略山乡风光。两句诗，既点题而又不限于点题。环境、景物、季节以及"村行"者的神态、心情，都跃然纸上，在章法上，又水到渠成，引出颔、颈两联。

颔联写大景，视觉、听觉并用而默会于心，既移情入景，又触景生情，从而产生了审美共鸣。"万壑有声含晚籁"一句，显然吸取了《庄子·齐物论》中关于人籁、地籁、天籁的议论而又自铸伟词、自成意象。"万壑"本来没有生命，没有情感，说它"有声"，便立刻使人感到它是有生命的东西，并且以声传情，倾吐它的内心世界。再以"含晚籁"作补充，又使人联想到庄子关于"地籁"所自来的描绘，从而以"山林之畏佳"、"大木百围之窍穴"、"前者唱于而随者唱喁"等等来丰富"万壑"的视觉形象和听觉形象。"数峰无语立斜阳"一句更精彩。山峰，本来不能语。说它"无语"，则意味着它原是能语、有语的，只是如今却沉默了。那么，这立于"万壑"之间、斜阳之中的"数峰"又为什么沉默了呢？就不能不引人遐想。

颈联与首联中的"菊初黄"相照应，描绘秋季山乡的两种典型景物。"棠梨叶落"，不无萧瑟之感，却说那飘落的叶片"胭脂色"，十分秾艳。"荞麦花开"，有如白雪铺遍田野，令人赏心悦目，但更诱人的，还是那吸引了无数蜜蜂的芳香。于"白雪"后着一"香"字，作者和读者，都不禁为之陶醉了。

这四句诗紧承首联，写"信马悠悠"之时的见闻感受，以见"野兴"之"长"。在写法上，高低相形，有无互立，形声交错，开落对照，色香毕具，充分体现了艺术辩证法，从而创造出情景交融的诗境，内涵深广，耐人寻味。

凡有创作甘苦的人，都会想：用七律的体裁写"村行"的题材，一口气写了六句，还略无转折，将怎样收尾呢？不要说收得好，就是不出现败笔，也是很难的。继续读下去，第七句"何事吟馀忽惆怅"，以问为转，转得出人意外，第八句"村桥原树似吾乡"，以答为合，合得贴切自然。这当然与作者的才华、功夫有关。但更起作用的，还是作者的身世、遭遇和此时此地的真情实感。王禹偁（954～1001），字元之，北宋济州钜野（今山东钜野县）人，出身农家，耿介刚直。淳化二年（991），他方判大理寺，庐州妖尼诬告徐铉，他据实抗疏为徐雪诬，触怒皇帝，朝臣又乘机谗害，因而被贬为商州（今陕西商县）团练副使。这首《村行》，乃次年秋天在商州所作。明乎此，就知道他离开官署，在乡村山野里徜徉，无非是为了解忧散闷，呼吸一点新鲜空气。但当他沉浸于山乡风物，野兴方长，吟情正浓之时，不觉斜阳满目，晚籁盈耳，留连忘返而又不得不回到那污浊的官场，便忽然惆怅起来。和官场相比，这山村乡野的确是美好的，但这究竟不是自己的家乡啊！而自己的家乡不是和这里一样美好吗？于是乎，这里的村桥，这里的原树，这里的一切，便唤起对家乡无穷的忆恋。那么，为什么不拂衣归去呢？读诗至此，很自然地使我们想起陶渊明的《归去来兮辞》：

> 归去来兮，田园将芜胡不归！既自以心为形役，奚惆怅而独悲？悟已往之不谏，知来者之可追。实迷途其未远，觉今是而昨非。……

当然，作者一想到辞官归田，就卷起铺盖回去了，那倒是很爽快。可是，他是一个"罪人"，贬到"商州"乃是皇帝给他的处分，哪能想走就走呢？尾联所表现的内心活动是复杂的，全诗的意境，也因此而忽然升华，展现了一个新天地。

示张寺丞王校勘

晏　殊

> 元巳清明假未开，小园幽径独徘徊。
> 春寒不定斑斑雨，宿醉难禁滟滟杯。
> 无可奈何花落去，似曾相识燕归来。
> 游梁赋客多风味，莫惜青钱万选才。

此诗以第三联出名，作者又用于《浣溪沙》词中，该词亦因有此二句而出名。《四库全书总目提要》云："《浣溪沙》春恨词'无可奈何花落去，似曾相识燕飞来'二句，乃殊《示张寺丞王校勘》七言律腹联。……今复填入词内，岂自爱其词语之工，故不嫌复用耶?"

前两联通过"徘徊"、"春寒"、"宿醉"表露伤春情绪，为第三联作铺垫。"花落去"，"燕归来"，都是眼前景，而"无可奈何"，"似曾相识"，则是由此触发的无限情思。人们希望花常开、春常在，但花儿有开必有落，如今眼见"花落去"，尽管留恋、惋惜，也"无可奈何"。然而春天去了还会来，作为候鸟的燕子，去年从这里飞去，今春还会回来。眼前归来的燕子，也许就是去年来过的燕子吧! 因而深情地辨认，感到"似曾相识"。见花儿落去而"无可奈何"，慨叹存在者难免消逝；见燕子归来而"似曾相识"，又以消逝中仍含存在而感到欣慰。正因为领悟到消逝中仍含存在，故尾联一扫春愁，勉励他的宾客切莫吝惜才华，应尽量施展。两句诗，回环起伏，抑扬跌宕，蕴涵着对于宇宙人生的哲理探索，能引发丰富的美感联想，给人以深刻的思想启迪。

晏殊《浣溪沙》词云：

一曲新词酒一杯，去年天气旧亭台。夕阳西下几时回? 无可奈何花落去，似曾相识燕归来。小园香径独徘徊。

张宗橚《词林纪事》云："细玩'无可奈何'一联，意致缠绵，语调谐婉，的是倚声家语，若作七律，未免软弱矣。"从总体上看，词的风格与诗的风格是各有特点的，但仅仅两句十四字，便断定只宜入词（依声）而不宜入诗，未免主观。

鲁 山 山 行

梅尧臣

适与野情惬，千山高复低。
好峰随处改，幽径独行迷。
霜落熊升树，林空鹿饮溪。
人家在何许，云外一声鸡。

"远上寒山石径斜，白云生处有人家。停车坐爱枫林晚，霜叶红于二月花。"在以《山行》为题的诗中，杜牧的这首七绝历来脍炙人口。北宋诗人梅尧臣的《鲁山山行》是一首五律，但不为格律所缚，写得新颖自然，曲尽山行情景，虽不如杜牧的《山行》著名，但也很有特色，不愧佳作。

鲁山，一名露山，在今河南鲁山县东北，接近襄城县西南边境。宋仁宗康定元年（1040），梅尧臣知襄城县，作此诗。

山路崎岖，对于贪图安逸、怯于攀登的人来说，"山行"不可能有什么乐趣。山野荒寂，对于酷爱繁华、留恋都市的人来说，"山行"也不会有什么美感和诗意。梅尧臣的这首诗，一开头就将这一类情况一扫而空，兴致勃勃地说："适与野情惬"——恰恰跟我爱好山野风光的情趣相合。什么跟爱好山野风光的情趣相合呢？下句才作了说明："千山高复低。"按顺序，一、二两句倒装。一倒装，既突出了爱山的情趣，又显得跌宕有致。

"千山高复低"，这当然是"山行"所见。"适与野情惬"，则是"山行"所感。首联只点"山"而"行"在其中。

颔联"好峰随处改，幽径独行迷"，进一步写"山行"。"好峰"之峰是客观存在，承"千山高复低"而来；"好峰"之"好"则包含了诗人的美感，又与"适与野情惬"契合无间。"好峰"本身不会"改"，更不会"随处改"。说"好峰随处改"，见得人在"千山"中继续行走，也继续看山，落脚点在"改"，着眼点在"改"，眼中的"好峰"也自然移步换形，不断变换美好的姿态。第三句才出"行"字，但不单纯是为了点题。"径"而曰"幽"，"行"而曰"独"，与通衢闹市的喧嚣熙攘形成强烈的对照，正投合了主人公的"野情"。着一"迷"字，不仅传"幽""独"之神，而且以小景见大景，使"千山高复低"的环境又展现在读者面前。"迷"，当然是暂时的；"迷"路之后，终于又找到出路，诗人只是没有明说而已。另一些诗人写类似景象，则是明说了的。王维《蓝田山石门精舍》："遥爱云木秀，初疑路不同；安知清流转，忽与前山通"；耿沣《仙山行》："花落寻无径，鸡鸣觉有村"；王安石《江上》："青山缭绕疑无路，忽见千帆隐映来"；陆游《游山西村》："山重水复疑无路，柳暗花明又一村"，都可以作为例证。"迷"，本来不是好字眼。"迷路"，一般说来，也不是好事情。但在诗人笔下，却会出现相反的情况，宋之问《春日宴宋主簿山亭》诗有云："攀岩践苔易，迷路出花难。"为万花所"迷"，不易找到出路，这当然是好事情。前面所引的许多诗句，如"初疑路不同"、"花落寻无径"、"青山缭绕疑无路"、"山重水复疑无路"等等，也都略等于宋之问所说的"迷路"，梅尧臣的"幽径独行迷"亦然。山径幽深，容易"迷"；独行无伴，容易"迷"；"千山高复低"，更容易"迷"。但这里的"迷"，决不是坏字眼，诗人选用它，不过是为了更有力地表现野景之幽与"野情"之浓而已。

颈联"霜落熊升树，林空鹿饮溪"，互文见义，写"山行"所见的动景。"霜落"则"林空"，既点时，又写景。霜未落而林未空，林中之"熊"也会"升树"，林中之"鹿"也要"饮溪"，但树叶茂密，遮断视线，"山行"者如何能够看见"熊升树"与"鹿饮溪"的野景！作者特意写出"霜落"、"林空"与"熊升树"、"鹿饮溪"之间的因果关系，正是为了表现出那是"山行"者眼中的野景。惟其是"山行"者眼中的野景，所以饱含着"山行"者的"野情"，而不是单纯的客观存在。"霜落"而"熊升树"，"林空"而"鹿饮溪"，多么闲适！多么自由自在，野趣盎然！

"山行"者眼中所见，又表明主体与客体之间有一段距离，人望见了"熊"和"鹿"，而"熊"和"鹿"并不知道有人在望它们。苏轼《高邮陈直躬处士画雁》诗云：

> 野雁见人时，未起意先改。君从何处看，得此无人态！无乃枯
> 木形，人禽两自在！……

梅尧臣从林外的"幽径"上看林中，看见"熊升树"、"鹿饮溪"，那正就是苏轼所说的"无人态"，因而就显得那么"自在"。熊"自在"，鹿"自在"，看"熊升树"、"鹿饮溪"的人也"自在"。

欧阳修《六一诗话》云：

> 圣俞（梅尧臣的字）尝语余曰："诗家虽主意，而造语亦难。若意新语工，得前人所未道者，斯为善也。必能状难状之景如在目前，含不尽之意见于言外，然后为至矣。贾岛云：'竹笼拾山果，瓦瓶担石泉'，姚合云：'马随山鹿放，鸡逐野禽栖'，等是山邑荒僻，官况萧条，不如'县古槐根出，官清马骨高'为工也。"余曰：

"语之工者固如是。然状难写之景，含不尽之意，何诗为然？"圣俞曰："作者得于心，览者会以意，殆难指陈以言也。虽然，亦可略道其仿佛。若严维'柳塘春水漫，花坞夕阳迟'，则天容物态，融和骀荡，岂不如在目前乎？又温庭筠'鸡声茅店月，人迹板桥霜'，贾岛'怪禽啼旷野，落日恐行人'，则道路辛苦，羁愁旅思，岂不见于言外乎？"

梅尧臣提出的"意新语工"，"状难状之景如在目前，含不尽之意见于言外"的作诗主张，在他的部分作品中得到了不同程度的体现。例如"霜落熊升树，林空鹿饮溪"和《秋日家居》中的"悬虫低复上，斗雀堕还飞"，都可以说是"状难状之景如在目前"。是不是还"含不尽之意见于言外"呢？也可以作肯定的回答。从"悬虫"一联看，所展现的是这样的画面：悬在自己吐出的丝上的虫子，逐渐低垂，又逐渐上升；飞翔的鸟儿互相打斗，双双堕落，接着又逐一飞起。这当然是动景，但作者却在尾联说："无人知静景"。这"静"，可以从两方面看。一方面，以动的小景表现静的大景。鸟儿在眼前打斗，其"秋日家居"的环境之寂静，已不言可知，倘若是车马盈门、笑语喧哗，怎会有这般景象？另一方面，也是更重要的一方面，以景物之动表现心情之静。一个人能够循环往复地注视"悬虫低复上"，又注视"斗雀堕还飞"，其心情之闲静，也不言可知。至于那闲静之中究竟包含着愉悦之情，还是寂寞无聊之感，更是耐人寻味的。"霜落"一联所展现的也是动景，但写动景的目的也是以动形静。"熊升树"、"鹿饮溪"而未受到任何惊忧，见得除"幽径"的"独行"者而外，四野无人，一片幽寂；而"独行"者看了"熊升树"，又看"鹿饮溪"，其心情之闲静愉悦，也见于言外。从章法上看，这一联不仅紧承上句的"幽"、"独"而来，而且对首句"适与野情惬"作了更充分、更形象的表现。

全诗以"人家在何许，云外一声鸡"收尾，余味无穷。杜牧的"白云生处有人家"，是看见了人家。王维的"欲投人处宿，隔水问樵夫"，是看不见人家，才询问樵夫。这里又是另一番情景：望近处，只见"熊升树"、"鹿饮溪"，没有人家；望远方，只见白云浮动，也不见人家；于是自己问自己："人家在何许"呢？恰在这时，云外传来一声鸡叫，仿佛是有意回答诗人的提问："这里有人家哩，快来休息吧！"两句诗，写"山行"者望云闻鸡的神态及其喜悦心情，都跃然可见、宛然可想。南宋诗人王庭珪《春日山行》尾联"云藏远岫茶烟起，知有僧居在翠微"，可能从这里受到启发，但韵味就差一些。

方回在《瀛奎律髓》中评这首诗说："尾句自然；'熊''鹿'一联，人皆称其工，然前联尤幽而有味。"胡仔《苕溪渔隐丛话后集》卷二四说："圣俞诗工于平淡，自成一家。如《东溪》云：'野凫眠岸有闲意，老树着花无丑枝'，《山行》云：'人家在何许，云外一声鸡'，《春阴》云：'鸠鸣桑叶吐，村暗杏花残'，《杜鹃》云：'月树啼方急，山房人未眠'，似此等句，须细味之，方见其用意也。"这些意见，都可以参考。

东　　溪

梅尧臣

行到东溪看水时，坐临孤屿发船迟。
野凫眠岸有闲意，老树着花无丑枝。
短短蒲茸齐似剪，平平沙石净于筛。
情虽不厌住不得，薄暮归来车马疲。

东溪即宛溪，在作者的故乡宣城县。首句"行到东溪"，为的是"看水"，为全诗表现闲适之趣定下了基调。次联写岸边景，方回赞为"当世名句，众所脍炙"（《瀛奎律髓》），纪昀赞为"名下无虚"（《瀛奎律髓评》），陈衍也说"的是名句"（《宋诗精华录》）。"野凫眠岸"，乃水乡常见景象，作者移情入景，说它"有闲意"，正表现他自己爱"闲"、羡"闲"，厌恶争名夺利。"老树着花"，也是人们经常看见，不以为奇的景象，作者却称赞它"无丑枝"。树"老"便"丑"，但枝枝繁花盛开，便不"丑"。欧阳修说梅尧臣"文词愈清新，心意难老大，有如妖娆女，老自有馀态"（《水谷夜行寄圣俞子美》），他自己的这句"老树着花无丑枝"，正表现了他人虽老而"心意"并不老的精神境界。如胡仔所说："圣俞诗工于平淡，自成一家。如《东溪》云：'野凫眠岸有闲意，老树着花无丑枝'，……须细味之，方见其用意也。"（《苕溪渔隐丛话后集》）三联扩大视野，继续写景。所写者虽然是"蒲茸"、"沙石",极其平常,但用"短短"、"平平","齐似剪"、"净于筛"分别加以形容描状,便唤起你的联想,因小见大,一幅天然图画宛然在目:清清流水;水底下洁白的沙石平铺,直延伸到两岸;蒲草、芦苇之类的植物,或生水边,或生岸上,迎风摇曳。这幅图画当然也并不绚丽,但作者却偏爱它。"短短蒲茸",谁去注意?他却看出"齐似剪";"平平沙石",谁去欣赏?他却赞美"净于筛"。其野逸之趣,闲静之情,洋溢于字里行间。故尾联表明他在这里留连忘返,直到"薄暮"不得不回去的时候,还因"住不得"而深感遗憾。

此诗作于仁宗至和二年(1055)作者五十二岁之时,是其晚年的名篇。欧阳修《六一诗话》云:

> 圣俞尝语余曰:"诗家虽主意,而造语亦难。若意新语工,得前人所未道者,斯为善也。必能状难状之景如在目前,含不尽之意见于言外,然后为至矣。贾岛云'竹笼拾山果,瓦瓶担石泉',姚合云'马随山鹿放,鸡逐野禽栖'等,是山邑荒僻,官况萧条,不如'县古槐根出,官清马骨高'为工也。"余曰:"语之工者固如是。然状难写之景,含不尽之意,何诗为然?"圣俞曰:"作者得于心,览得会以意,殆难指陈以言也。虽然,亦可略道其仿佛。若严维'柳塘春水漫,花坞夕阳迟,'则天容物态,融和骀荡,岂不如在目前乎?又温庭筠'鸡声茅店月,人迹板桥霜',贾岛'怪禽啼旷野,落日恐行人',则道路辛苦,羁愁旅思,岂不见于言外乎?"

这首诗,可以说实现了他的主张:意新语工,状难状之景如在目前,含不尽之意见于言外。

戏 答 元 珍

欧阳修

春风疑不到天涯,二月山城未见花。
残雪压枝犹有橘,冻雷惊笋欲抽芽。

夜闻归雁生乡思，病入新年感物华。

曾是洛阳花下客，野芳虽晚不须嗟。

宋仁宗景祐三年（1035）五月，欧阳修贬官夷陵令。次年早春，丁元珍作诗相赠，他作此诗"戏答"。

首句上三下四，句法挺拔；怀疑春风吹不到天涯，"疑"得出奇，引起读者的悬念。急读下句，便恍然大悟，感到"疑"得有理。这一联，大开大合，跌宕生姿，极有韵味。作者得意地说："若无下句，则上句何堪？既见下句，则上句颇工。"（《笔说》）这一联的好处，还在于为以下的写景抒情开拓了广阔的天地。方回《瀛奎律髓》评此联："以后句句有味。"说得很中肯。

次联承中有转；上下两句，每句又自具转折。"残雪"、"冻雷"，承春风不到、二月无花。但"残雪压枝"，而枝上"犹有橘"，不畏摧残压抑，何等坚毅！"雷"声虽含"冻"意，却惊动竹笋，行将破土而出，茁壮成长，何等生机旺盛！

三联触景生情，抒发感慨。作者被贬之前在洛阳做官，上句说他夜闻北归的大雁鸣叫而"生乡思"，即指怀念洛阳，为第七句留下伏线。下句说他从去年生病，直病到新的一年，景物变换，睹物兴感。"物华"一词，涵盖夷陵、洛阳两地的景物，从而引出尾联。

作者从繁华的洛阳被贬到夷陵，当然很不痛快。闻归雁而思洛阳，这是真情。但尾联却用委婉的口吻来表述：我们都在洛阳居住过，看过洛阳的牡丹。和那"国色天香"相比，这里的"野芳"又算得什么！所以"二月山城未见花"，又何必嗟叹呢？

首联疑春风不到，叹二月无花，心目中将夷陵与洛阳对比，流露出被贬以后的寂寞怅惘心情。次联忽然振起，以赞美的笔触描状金橘不畏雪压，新笋冒寒抽芽，寄托了不怕挫折、昂扬奋进的情怀。三联又回到被贬谪的现实，思乡、叹病，感慨于时光流逝，景物变迁。尾联自宽自解，以"不须嗟"收束全诗，虽含愁闷而不显低沉。欧阳修因支持范仲淹改革朝政而贬官。到达贬所，名其室为"至喜堂"，作《夷陵县至喜堂记》，坚信经受挫折能够得到磨炼，事实也正是这样。所以后人评论道："庐陵事业起夷陵，眼界原从阅历增。"（《随园诗话》卷一）这首《戏答元珍》诗，正表现了他善处逆境的思想感情。其语言的平易流畅，章法的跌宕变化，写景抒情的虚实相生，也一扫西昆诗风，实现了他的革新主张，形成了他自己的独特风格。

明 妃 曲（其一）

王安石

明妃初出汉宫时，泪湿春风鬓脚垂。
低徊顾影无颜色，尚得君王不自持。
归来却怪丹青手，入眼平生几曾有。
意态由来画不成，当时枉杀毛延寿。
一去心知更不归，可怜着尽汉宫衣。
寄声欲问塞南事，只有年年鸿雁飞。
家人万里传消息："好在毡城莫相忆！
君不见，咫尺长门闭阿娇，人生失意无南北。"

东汉以后，"昭君出塞"和亲的故事流传甚广，大都同情昭君，把她看成被画师所害的悲剧人物，宽恕汉元帝，认为他是事前受蒙蔽、事后缠绵多情的君主，鞭挞毛延寿，认为他是酿成悲剧的祸首。王安石此诗则彻底"翻案"，别出新意，故在当时引起强烈反响，欧阳修、司马光、刘敞、曾巩等人都有和作。

前八句，熔叙述、描写、议论于一炉，展示昭君出塞及其前因、后果，而她绝代佳人的神采也宛然可见。前人写昭君之美，多着眼于面容、体态，此诗则兼用正面描写和侧面烘托等艺术手法，着重描状其风度、神韵和心灵世界。由"初出汉宫"引起的"泪湿春风鬓脚垂"、"低徊顾影无颜色"，远非平时的"光艳照人"可比，然而"尚得君王不自持"、"入眼平生几曾有"，则其"泪湿春风"、"低徊顾影"的风度神韵如何动人，就不难想见了。作者由此生发，写出了惊人的警句：

意态由来画不成，当时枉杀毛延寿。

美人的"颜色",是外在的、相对静止的,可以画出来;美人的"意态",则是活的、动的,既是外在的,又是内在的,怎么画?比如眼前的王昭君,泪流满面,两鬓低垂,面容惨淡,毫无颜色,但她"低徊顾影"的"意态",却楚楚动人,连美人充斥后宫的汉元帝都叹为平生未见。可是昏愦的汉元帝并未由此得出结论:高层次的美画不出来,不应借助画像识别美丑,而应亲眼去品评鉴赏。正因为他不曾认识到这个真理,才"当时枉杀毛延寿"。毛延寿因昭君拒不行贿而故意把她画丑,被杀也不算冤枉。但作者直探深微,从高处、大处落墨,写出了惊人的"翻案诗",却不仅有一定的说服力,而且能激发读者的丰富联想,具有普遍的社会意义。且看王安石的《读史》诗:

> 自古功名亦苦辛,行藏终欲付何人?
> 当时黯暗犹承误,末俗纷纭更乱真。
> 糟粕所传非粹美,丹青难写是精神。
> 区区岂尽高贤意,独守千秋纸上尘。

联系这首诗,便知王安石的这篇"翻案诗"也是有感而发。对于历代"高贤",史书的记载和丹青的图写都未能反映出他们的"粹美"和"精神"。那么在现实生活中,如果不亲自观察、考验而仅凭别人的介绍,能够识拔真才吗?

中间几句,写昭君出塞后不着胡服而"着尽汉宫衣",又"寄声欲问塞南事"而年年空见鸿雁飞来,却渺无"塞南"音信。作者用了"可怜"两字,但不像前人那样只写其身世之可悲,而着重表现了她不忘故国、不忘亲人的心灵美。

结尾部分,又借"家人"从万里之外传来的安慰语作侧面烘托:阿娇未离汉宫,还不是一朝失宠,便遭幽闭!不论是深闭长门还是远嫁单于,同样是失意啊!你就在"毡城"里对付着活下去,别再苦苦地思念故国、思念亲人了!这样的安慰,当然并不能消除主人公内心的痛苦,倒是进一步渲染了悲剧气氛。

这首诗,立意深警而琢句婉丽,抒情缠绵,与《河北民》同中有异,显示了王安石诗歌风格的多样性。

明　妃　曲（其二）

王安石

明妃初嫁与胡儿，毡车百辆皆胡姬。

含情欲说独无处，传语琵琶心自知。

黄金杆拨春风手，弹看飞鸿劝胡酒；

汉宫侍女暗垂泪，沙上行人却回首：

"汉恩自浅胡自深，人生乐在相知心。"

可怜青冢已芜没，尚有哀弦留至今。

前一首，由昭君初出汉宫写到久住毡城，年年盼望鸿雁带来故国消息。这一首，则只写出塞途中的情景（除去结尾两句）。

开头写"胡儿"以"毡车百辆"相迎，与后面"汉恩自浅胡自深"呼应。因周围"皆胡姬"，语言不通，故"含情欲说独无处"，只能借琵琶弹出自己的心声，与结句"尚有哀弦留至今"呼应。接下去描写了旅途中的一个场面：昭君手执"黄金杆拨"，一面弹琵琶为"胡儿"劝酒，一面仰望飞鸿；陪嫁的"汉宫侍女"看见这种情景，不禁"暗垂泪"；而"沙上行人"，却"回首"嘀咕道："汉恩自浅胡自深，人生乐在相知心。"这分明像小说：有不少人物，有各种表情，有鲜明的细节，还有人物语言。跟小说不同的是：人物的心理活动不是用叙述人的语言讲出来的，而是从人物的表情、动作、语言中暗示出来的。昭君"弹看飞鸿劝胡酒"，"汉宫侍女"看了便"暗垂泪"，"沙上行人"看了却说昭君不该愁。结合关于昭君的细节描写，就不难想象她的心理活动。她既嫁与胡儿，就不得不为他"劝酒"，但内心是愁惨凄苦的，体现于动作和表情，便被侍女和行人看出了潜台词：一面弹琵琶"劝胡酒"，一面眼看从塞南飞来的鸿雁，意味着她心在汉而不在胡。汉女懂得她的心事而不敢劝慰，只有"暗垂泪"。那位沙漠上的"行人"，从他"回首"讲话看，走着与昭君相反的方向，是从塞北来的胡人。他从昭君身旁经过时看见她的表情、动作，继续前进时猜出了她的心事，便回过头来说：单于用这么多毡车迎娶，多么看重你！和汉家待你相比，那真是"汉恩自浅胡自深"，你应该高高兴兴地跟单于去享乐，何必留恋汉家呢？作为胡人，如此安慰昭君，那是合情合理的。

结尾两句是作者的感叹：到了今天，不用说昭君久已不在人世，连埋葬她的青冢也早已荒废不堪，只有她在出塞途中弹奏的哀曲，还广泛流传，引起人们的无限同情。

在这首诗里，作者用诗的语言和小说手法，通过昭君"含情欲说"、"传语琵琶"、"弹看飞鸿"的表情、动作和侍女垂泪、行人劝慰的多侧面衬托，突出地表现了昭君身去胡而心思汉的无限哀愁；并以"尚有哀弦留至今"收尾，与杜甫的"千载琵琶作胡语，分明怨恨曲中论"同一意蕴。可是有人却把胡人讲的两句话看成作者的议论，痛加非难。南宋李壁《王荆公诗笺注》引范冲对高宗语云："诗人多作《明妃曲》，以失身胡虏为无穷之恨，读之者至于悲怆感伤。安石为《明妃曲》，则曰：'汉恩自浅胡自深，人生乐在相知心。'然则，刘豫不是罪过，汉恩浅而虏恩深也。今之背君父之恩，投拜而为盗贼者，皆合于安石之意，此所谓坏天下人心术。孟子曰：'无父无君，是禽兽也。'以胡虏有恩而遂亡君父，非禽兽而何？"未解诗意而无限上纲，令人啼笑皆非。李壁在引出这一段话后，虽说"公（指范冲）语固非"，却又解释道："诗人务一时新奇，求出前人所未到，而不知其言之失也。"看来他也没有读懂这首诗。这首诗之所以至今还被某些人误解（看《宋诗鉴赏辞典》之类的书便知），乃由于诗人突破了诗歌的传统表现手法，用多种人物的表情乃至语言来托出王昭君的心态；而篇幅极短，容量极大，许多意思，不是明说出的，而是从前后的关合、照应、转换中暗示出来的。一般人都认为这是一首好诗，但如果不从这些方面仔细玩味，便会误解诗意，更无法领会它的真正好处。

泊 船 瓜 洲

王安石

京口瓜洲一水间，钟山只隔数重山。

春风又绿江南岸，明月何时照我还？

王安石于景祐四年（1037）随父王益定居江宁（今江苏南京）。第一次罢相，又退居江宁钟山，悠游啸咏。熙宁八年（1075）二月，他第二次拜相，奉诏进京，于"泊船瓜洲"时作此诗，表达了留恋钟山，渴望再回钟山的深情。

人已渡过长江，即将北上，其目光却不投向北方的汴京，而是越过长江"一水"，投向"南岸"的京口；再越过京口而南望钟山，已为重山所遮。"数重山"而说"只隔"，极言距离甚近，然而毕竟把钟山遮住了，望不见。"钟山"是全诗的焦点，前连"瓜洲"，后接"照我还"。"照我还"者，照我还"钟山"也。读"钟山只隔数重山"一句，便觉一个"还"字呼之欲出，但作者不立刻说"还"，却垫了一句："春风又绿江南岸。"如无此句，则直而少味；有此句，则走处仍留，急处仍缓，突出了欲"还"钟山的渴望，使结局更富情韵。

洪迈《容斋续笔》卷八记载：吴中士人家藏有这首诗的草稿，其第三句，"初云'又到江南岸'。圈去'到'字，注曰'不好'。改为'过'，复圈去而改为'入'，旋改为'满'。凡如此十许字，始定为'绿'。"从十多个字中选出的这个'绿'字，的确很精彩。"春风"是抽象的。人在江北而眼望江南，不论用"到"、用"过"、用"入"、用"满"，都不能使"春风"视而可见。而从"春风"的功效着想，用一"绿"字，就立刻出现了视觉形象，使作者触景生情，留恋江南的无边春色，"明月何时照我还"的激情，也就不可阻遏，随之喷薄而出。

从这句诗本身看，用"绿"字当然比用"过"、"入"等字好。但唐人已有"春风已绿瀛洲草"（李白）、"春风何时至，已绿湖上山"之类的诗句，因而看不出王安石有多少创新，而从全篇着眼，则王安石选用的这个"绿"字所起的作用，就更值得充分重视了。

王安石变法，曾受到猛烈攻击，阻力极大，因而罢相。二次拜相，在离开钟山北赴京师的路上心潮起伏，疑虑重重。这首诗，便是这种心态的外化。最后选用"绿"字，也许是想起了王维的诗句："芳草年年绿，王孙归不归？"有的鉴赏家并未读懂这首诗，因而也并未看出这个"绿"字在全诗中有何妙用，却东拉西扯，把它的"妙处"谈了一大堆，其实全未搔着痒处。

题西太一宫

王安石

柳叶鸣蜩绿暗，荷花落日红酣。
三十六陂春水，白头想见江南。

三十年前此地，父兄持我东西。
今日重来白首，欲寻陈迹都迷。

唐人六言绝句，以王维的《田园乐》二首最著名。诗云：

萋萋芳草春绿，落落长松夏寒。
牛羊自归村巷，童稚不识衣冠。

桃红复含宿雨，柳绿更带溪烟。
花落家僮未扫，鸟啼山客犹眠。

胡仔《苕溪渔隐丛话》云："每哦此句，令人想辋川春日之胜，此老傲睨闲适于其间也。"

宋人六言绝句，则以王安石的《题西太一宫》传诵最广，苏轼、黄庭坚都有和韵诗。陈衍《宋诗精华录》卷二录此诗，评为"压卷"之作。

王安石擅长绝句。严羽云："荆公绝句最高，得意处高出苏黄。"杨万里云："五七字绝句难工，唯晚唐与介甫最工于此。"这些看法是符合实际的。王安石的五绝、七绝中，都有不少脍炙人口的名篇，这两首六言绝句，也写得"意与言会，言随意遣"，情景交融，浑然天成，可与他的五绝《山中》、《江上》、《南浦》、《秣陵道中口占》和七绝《北山》、《泊船瓜洲》、《书湖阴先生壁》、《金陵即事》、《北陂杏花》等媲美。

据《宋史·礼志》、叶梦得《石林燕语》、洪迈《容斋随笔·三笔》：东太一宫，在汴京东南苏村，西太一宫，在汴京西南八角镇。这两首六言绝句，是王安石重游西太一宫时即兴吟成，题在墙壁上的，即所谓题壁诗。

王安石（1021—1086）于景祐三年（1036）随其父王益到汴京，曾游西太一宫，当时是十六岁的青年，满怀壮志豪情。次年，其父任江宁府（今南京市）通判，他也跟到江宁。十八岁时，王益去世，葬于江宁，亲属也就在江宁安了家。嘉祐六年（1061），王安石任知制诰，其母吴氏死于任所，他又扶柩回江宁居丧。熙宁元年（1068），王安石奉神宗之召入京，准备变法，重游西太一宫，距初游之时已经三十二年，他已是四十八岁的人了。在这初游与重游之间的漫长岁月里，父母双亡，家庭多故，自己在事业上也还没有做出成绩，因而触景生情，感慨很深。这两首诗，正是他的真情实感的自然流露。

先谈第一首。

"柳叶鸣蜩绿暗，荷花落日红酣。"这两句，一作"草色浮云漠漠，树阴落日潭潭"，似稍逊色，但看得出都是写夏日的景色。"绿"而曰"暗"，极写"柳叶"之密、柳色之浓。"鸣蜩"，就是正在鸣叫的"知了"（蝉）。"柳叶"与"绿暗"之间加入"鸣蜩"，见得那些"知了"隐于浓绿之中，不见其形，只闻其声，视觉形象与听觉形象浑然一体，有声有色。"红"而曰"酣"，把"荷花"拟人化，令人联想到美人喝醉了酒，脸庞儿泛起红晕。"荷花"与"红酣"之间加入"落日"，不仅点出时间，而且表明那本来就十分娇艳的"荷花"，由于"落日"的斜照，更显得红颜似醉。柳高荷低，高处一片"绿暗"，低处一片"红酣"，高、低、红、绿，形成强烈的对照。柳上"鸣蜩"，天际"落日"，这都是写了的。柳在岸上，荷在水中，水面为"落日"所照耀，波光映眼，这一切虽没有明写，但都可想见。

第三句补写水，但写的不仅是眼中的水，更主要的还是回忆中的江南春水。苏轼《奉敕祭西太一和韩川韵四首》其四云："陂水初含晓绿，稻花半作秋香。"可见西太一宫附近是有陂塘的。根据其他记载，汴京附近，也有名叫"三十六陂"的蓄水塘。《续资治通鉴长编》卷二九七载：神宗元丰二年三月，"引古索河为源，注房家、黄家、孟、王陂及三十六陂高仰处，潴水为塘以备。"王安石在江宁住过多年，那里也有陂塘，他的《北陂杏花》诗就写了"一陂春水绕花身"，《北山》诗又写了"北山输绿涨横陂，直堑回塘滟滟时"。此诗的三、四两句"三十六陂春水，白头想见江南"（"春水"一作"流水"），有回环往复之妙。就是说，读完"白头想见江南"，还应该再读"三十六陂春水"。眼下是夏季，但眼前的陂水却像江南春水那样明净，因而就联想到江南春水，含蓄地表现了抚今追昔，思念亲人的情感。

前两句就"柳叶"、"荷花"写夏景之美，用了"绿暗"、"红酣"一类的字面，色彩十分浓艳美丽。这"红"与"绿"是对照的，因对照而"红"者更"红"，"绿"者更"绿"，景物更加动人。第四句的"白头"，与"绿暗"、"红酣"的美景也是对照的，但这对照在"白头"人的心中却引起无限波澜，说不清是什么滋味。

再谈第二首。

"三十年前此地，父兄持我东西"。这两句回忆初游西太一宫的情景。三十年前初游此地，他还幼小，父亲和哥哥（王安仁）牵着他的手，从东走到西，从西游到东，多快活！而岁月流逝，三十多年过去了，父亲早已去世了，哥哥也不在身边，真是"向之所欢，皆成陈迹"！于是由初游回到重游，写出了下面两句："今日重来白首，欲寻陈迹都迷！"——"欲寻陈迹"，表现了对当年与父兄同游之乐的无限眷恋。然而呢，连"陈迹"都无从寻觅了！

四句诗，从初游与重游的对照中表现了今昔变化——人事的变化，家庭的变化，个人心情的变化。言浅而意深，言有尽而情无极。比"同来玩月人何在，风景依稀似去年"之类的写法表现了更多的东西。

元祐元年（1086）四月，王安石病逝于江宁。七月，苏轼奉敕祭西太一宫。看见这两首诗，不禁感慨系之，因作《西太一见王荆公旧诗，偶次其韵二首》：

> 秋早川原净丽，雨余风日清酣。
> 从此归耕剑外，何人送我池南！

> 但有樽中若下，何须墓上征西。
> 闻道乌衣巷口，而今烟草萋迷！

王安石自熙宁九年（1076）十月第二次罢相后一直在江宁闲住。苏轼于元丰七年（1084）从黄州移贬汝州，路过江宁，王安石"野服乘驴谒于舟次"，并"招游蒋山"（钟山），留连累日，互相唱和。苏轼《次韵荆公四绝》其三云：

骑驴渺渺入荒陂，想见先生未病时。

劝我试求三亩宅，从公已觉十年迟。

第三句是说王安石劝他退隐，第四句是说自己早应该像王安石那样退隐了。分手之后不久，苏轼又在给王安石的信中说："某始欲买田金陵，庶几得陪杖履，老于钟山之下。既已不遂，今来仪真又二十余日，日以求田为事，然成否未可知也。若幸而成，扁舟往来，见公不难也。"如今读到王安石的题壁诗，就又勾起了"劝我试求三亩宅"的回忆，因而打算"从此归耕剑外"——回老家去种田，可是曾经劝他退隐的王安石已经去世了，"何人送我池南"呢？

第二首中的"若下"是一种酒的名称。"墓上征西"，则指身后的荣名。曹操《述志令》云："欲望封侯作征西将军，然后题墓道言：'汉故征西将军曹侯之墓。'此其志也。""乌衣巷"在金陵，晋代王、谢所居。这里指王安石的住处，地、姓皆合。"闻道乌衣巷口，而今烟草萋迷"，表现了对王安石之死的哀惋之情；而前两句所流露的消极情绪，则是由此引起的。

蔡絛《西清诗话》云："元祐间，东坡奉祠西太一宫，公旧题两绝，注目久之，曰：'此老野狐精也。'遂次其韵。""野狐精"，在这里是个褒义词。蔡絛对苏、王晚年的交情是津津乐道的，《西清诗话》里又说："元丰间，王文公在金陵，东坡自黄北迁，日与公游，尽论古昔文字，闲即俱味禅悦。公叹息语人曰：'不知更几百年，方有如此人物！'"

黄庭坚的四首次韵诗附录于后，以供参照。

《次韵王荆公题西太一宫壁二首》：

风急啼乌未了，雨来战蚁方酣。

真是真非安在？人间北看成南。

晚风池莲香度，晓日宫槐影西。

白下长干梦到，青门紫曲尘迷。

《有怀半山老人再次韵二首》：

> 短世风惊雨过，成功梦迷酒酣。
>
> 草玄不妨准《易》，论诗终近《周南》。
>
> 啜羹不如放麑，乐羊终愧巴西。
>
> 欲问老翁归处，帝乡无路云迷。

暑旱苦热

王　令

> 清风无力屠得热，落日着翅飞上山。
>
> 人固已惧江海竭，天岂不惜河汉干？
>
> 昆仑之高有积雪，蓬莱之远常遗寒。
>
> 不能手提天下往，何忍身去游其间！

"屠得热"的"屠"字下得极奇险，但接着把"热"和"日"联系起来，说"日"长着翅膀能够飞，那就当然可以"屠"。烈日晒了一整天，最后又飞上山巅不肯落，继续施展它的炎威，真恨不得杀死它。可是"清风无力"，人又有什么办法！三、四两句用跌宕句法表现酷热行将造成的严重灾难，语带夸张，但抒发"暑旱苦热"的焦灼情感，却是真实的。后四句忽发奇想，想跑到昆仑、蓬莱那种清凉世界里去逃避暑热，可又转念深思：没有力量提携天下人一同脱离火坑，又怎忍心一个人去那儿独享清福呢？

全诗想象新奇，意境雄阔，又表现了这位青年诗人兼善天下的崇高理想，是宋诗中别开生面的作品。

村　居

张舜民

水绕陂田竹绕篱，榆钱落尽槿花稀。

夕阳牛背无人卧，带得寒鸦两两归。

　　"牧童归去横牛背，短笛无腔信口吹"（雷震《村晚》），通过一个充满诗意的画面，表现出田家生活的宁静闲逸，令人神往。这首诗的后两句也写"牛"，但展现在读者面前的却是另一幅图画：牛在夕阳中缓步回村，背上没有牧童，却驮着寒鸦。看起来，那牛是自己出村觅草的，到了日暮，便悠然而归，已经进村了，背上的寒鸦还未受惊扰，恋恋不肯飞起。鸦，大约就是村中的"居民"，它们的"家"也就在"牛"栏旁的树上，所以觅食归来的时候遇见老"邻居"——牛，牛就把它们"带"回村。通过这幅新奇的画面，表现出的不仅是村野的清幽、田家的宁静，还有人禽相亲、物物和谐。

　　晚唐诗人陆龟蒙诗云："十角吴牛放江岸，……背上时时孤鸟立。"（《牧牛歌》）与张舜民同时稍晚的苏迈有这样的断句："叶随流水归何处？牛带寒鸦过别村。"（《东坡题跋·书迈诗》）就牛背有鸟这一点而言，都与张舜民的诗相类似，但由于取景的角度不同、形象的组合各异，都未能创造出物我相谐、情景交融的艺术境界。

韩干马十四匹

苏　轼

二马并驱攒八蹄，二马宛颈鬃尾齐；

一马任前双举后，一马却避长鸣嘶。

老髯奚官骑且顾，前身作马通马语。

后有八匹饮且行，微流赴吻若有声。

前者既济出林鹤，后者欲涉鹤俯啄。

最后一匹马中龙，不嘶不动尾摇风。

韩生画马真是马，苏子作诗如见画。

世无伯乐亦无韩，此诗此画谁当看？

苏轼既是诗人，又是画家，他的题画诗，多而且好。七绝如《惠崇春江晚景》："竹外桃花三两枝，春江水暖鸭先知。蒌蒿满地芦芽短，正是河豚欲上时。"和《书李世南所画秋景》："野水参差落涨痕，疏林欹倒出霜根。扁舟一棹归何处，家在江南黄叶村。"都至今传诵。五古如《高邮陈直躬处士画雁》：

野雁见人时，未起意先改。

君从何处看，得此无人态？

无乃枯木形，人禽两自在？

北风振枯苇，微雪落璀璨。

惨淡云水昏，晶荧沙砾碎。

弋人怅何慕？一举渺江海。

纪昀称其"一片神行，化尽刻画之迹"。七古如《书韩干牧马图》、《韩干马十四匹》、《书王定国所藏〈烟江叠嶂图〉》等，都是名篇。这里谈谈《韩干马十四匹》。

韩干，唐代京兆蓝田（治今陕西西安）人，相传年少时曾为酒肆雇工，经王维资助学画，与其师曹霸皆以画马著名，杜甫在《丹青引》里曾经提到他。《唐朝名画录》说他"能状飞黄之质，图喷玉之奇"。"开元后四海清平，外国名马，重译累至，明皇择其良者，与中国之骏同颁画写之，陈闳貌之于前，韩干继之于后，写渥洼之状若在水中，移骕骦之形出于图上，故韩干居神品宜矣。"《历代名画记》也说唐明皇命韩干"悉图其骏，则有玉花骢、照夜白等。时岐、薛、宁、申王厩中皆有善马，干并图之，遂为古今独步"。他的《照夜白图》等作品尚存，而苏轼题诗的这幅画，却不复可见。诗题说是"马十四匹"，画中的马，却不止此数。南宋楼钥在《攻媿集·题赵尊道渥洼图序》里说：他看见的这幅渥洼图，乃是李公麟所临韩干画马图，即苏轼曾为赋诗者。"马实十六，坡诗云'十四匹'，岂误耶？"楼钥因而题苏轼诗于图后，自己还作了一首"次韵"诗："良马六十有四蹄，腾骧进止纷不齐。权奇偶傥多不羁，亦有顾影成骄嘶。或行或涉更相顾，交颈相靡若相语。画出老杜《沙苑行》，将军弟子早有声。中闻名种鸡群鹤，无复瘦疮乌燕啄。当时玉花可媒龙，后日去尽鸟呼风。开元四十万匹马，俯仰兴亡空看画。龙眠妙手欲希韩，莫遣铁面关西看。"李公麟，字伯时，号龙眠居士，北宋大画家。他是苏轼的好朋友，苏轼就为他写过不少题画诗，如《和王晋卿题李伯时画马》、《戏书李伯时画御马好头赤》、《书林次中所得李伯时〈归去来〉、〈阳关〉二图后》、《题李伯时画〈赵景仁琴鹤图〉二首》等等。苏轼既为韩干的那幅画马图题诗，李公麟临那幅画，自属可信。临本中的马是"十六匹"，也很值得注意。王文诰"据公诗，马十四匹，楼所见并非临本也"的案语，是缺乏根据的。细读苏轼的这首题画诗，就发现那些说"据公诗，马十四匹"的人，漏数了一匹，搞混了一匹。

现在来看题画诗。

诗题标明马的数目，看来要逐一叙、写。但如果一匹一匹地叙述、描写，就像记流水账，流于平冗、琐碎。诗人匠心独运，虽将十六匹马一一摄入诗中，但时分时合，夹叙夹写，穿插转换，变化莫测。先分写，六匹马分为三组。"二马并驱攒八蹄"，以一句写二马，是第一组。"攒"，聚也。"攒八蹄"，以富于特征性的局部形象再现了"二马并驱"之时腾空而起的动态。这"二马"由于"并驱"，速度较快，所以跑在最前面。"二马宛颈鬃尾齐"，也以一句写二马，是第二组。"宛颈"，曲颈也。"鬃尾齐"，谓二马高低相同，修短一致。诗人抓住这两个特点，再现了二马形同意合，齐步行进的风姿。"一马任前双举后，一马却避长鸣嘶"，两句各写一马，合起来是一组。"任"，用也。一马在前，用前腿负全身之重而双举后蹄，踢后一匹；后一匹退避，长声嘶鸣，大约是控诉前者无礼。四句诗写了六匹马，一一活现纸上。

以上可以看作第一段。接下去，如果仍然用"二马"如何、"一马"如何的办法继续写下去，就未免呆相。因此，诗人迅速掉转笔锋，换韵换意，由写马转到写人："老髯奚官骑且顾，前身作马通马语。"这两句，忽然插入，出人意外，似乎与题画马的主题无关。方东树就说："'老髯'二句一束夹，此为章法。"又说："夹写中忽入'老髯'二句议，闲情逸致，文外之文，弦外之音。"他把这两句看作"议"（议论），而不认为是"写"（描写），看作表现了"闲情逸致"的"文外之文"，离开了所画马的本身，这都不符合实际。至于这两句在章法变化上所起的妙用，他当然讲得很中肯，但实际上，其妙用不仅在章法变化。第一，只要弄懂第三组所写的是前马踢后马、后马退避长鸣，就会恍然于"奚官"之所以"顾"，正是由于听到马鸣。一听到马鸣，就回头看，一看，就发现那两匹马在闹矛盾。一个"顾"字，"写"出了多少东西！第二，"前身作马通马语"一句，似乎是"议"，但议论这干什么？其实，"前身作马"，是用一种独特的构思，夸张地形容那"奚官"能"通马语"，而"通马语"，又非空泛的议论，乃是特意针对"一马却避长鸣嘶"说的。前马踢后马，后马一面退避，一面"鸣嘶"，"奚官"听懂了那"鸣嘶"的含义，自然就对前马提出批评和警告。可见"通马语"所暗示的内容也很丰富。第三，所谓"奚官"，就是养马的役人，在盛唐时代，多由胡人充当。"老髯"一词，用以描写"奚官"的外貌特征，正说明那是个胡人。更重要的一点是："老髯奚官骑且顾"一句中的那个"骑"字告诉我们："奚官"的胯下还有一匹马。就是说，作者从写马转到写人，而写人还是为了写马：不仅写"奚官"闻马鸣而"顾"马群，而且通过"奚官"所"骑"，写了第七匹马。而这匹马，前人都视而不见。王士禛《古诗选》选此诗，有"十五马"之说，方东树从之，赞此诗"叙十五马如画"，但他们所增加的是"最后一匹"，并未看见"奚官"所"骑"的这一匹。

以上两句，自成一段。这一段，插入"老髯奚官"，把画面划分成前后两大部分，又以"奚官"的"骑且顾"，把两大部分联系起来，颇有"岭断云连"之妙。

所谓"连"，就表现在"骑"和"顾"。就"骑"说，"奚官"所骑，乃十六马中的第七马，它把前六马和后九马连成一气。就"顾"说，其本义是回头看，"奚官"闻第六马长鸣而回头看，表明他原先是朝后看的。为什么朝后看？就因为后面还有九匹马，而且正在渡河。先朝后看，又闻马嘶而回头朝前看，真是瞻前而顾后，整个马群，都纳入他的视野之中了。

接下去，由写人回到写马，而写法又与前四句不同。"后有八匹饮且行，微流赴吻若有声"，这两句合写八马，着眼于它们的共同点：边饮水边行进，而饮水时微流被吸入唇吻，仿佛发出汩汩的响声。一个"后"字，确定了这八匹马与前七匹马在画幅上的位置：前七匹，早已过河；这八匹，正在渡河。八马渡河，自然有前有后，于是又分为两组，描写各自的特点。"前者既济出林鹤"，是说前面的已经渡到岸边，像"出林鹤"那样昂首上岸。"后者欲涉鹤俯啄"，是说后面的正要渡河，像"鹤俯啄"那样低头入水。四句诗，先合后分，共写八马。这可以看作第三个段落。

第四段用两句诗突现了一匹骏马。"最后一匹马中龙"一句，先叙后议，赞美之情，溢于言表。《周礼·夏官·庾人》云："马八尺以上为龙。"说这殿后的一匹是"马中龙"，已令人想见其骏伟不凡的英姿。紧接着，又来了个特写镜头："不嘶不动尾摇风。""尾摇风"三字，固然十分生动，十分传神，"不嘶不动"四字，尤足以表现此马的神闲气稳，独立不群。别的马，或者已在彼岸驰骋，或者即将上岸，最后面的，也正在渡河。而它却"不嘶不动"，悠闲自若。这是为什么？就因为它是"马中龙"。真所谓"蹄间三丈是徐行"，自然不担心落下距离。

认为"据公诗马十四匹"的王文诰，既没有发现"奚官"所"骑"的那匹马，又搞混了这"最后一匹"马。他说："此一匹，即八匹之一，非十五匹也。"其实，从句法、章法上看，这"最后一匹"和"后有八匹"是并列的，怎能说它是"八匹之一"？

十六匹马逐一写到，还写了"奚官"，写了河流，却一直未提"韩干"，也未说"画"。形象如此生动，情景如此逼真，如果始终不说这是韩干所画，读者就会认为他所写的乃是实境真马。然而题目又标明这是题韩干画马的诗，通篇不点题，当然不妥。所以接下去便点题，而前面所写的一切，已为点题作好了充分的准备。归纳前面所写，就自然得出了"韩生画马真是马"的结论。"画马真是马"，这是对韩干的赞词。赞别人，是正常的；自赞，就有点出格。而作者却既赞韩生又自赞，公然说："苏子作诗如见画。"读完下两句，才看出作者之所以既赞韩生又自赞，乃是为全诗的结尾作铺垫。韩生善画马，苏子善作画马诗；从画中，从诗中，都可以看到真马，看到"马中龙"。可是，"世无伯乐亦无韩，此诗此画谁当看？"——世间没有善于相马的伯乐和善于画马的韩干，连现实中的骏马都无人赏识，又何况画中的马、诗中的马！既然如此，韩生的这画、苏子的这诗，还有谁去看呢？两句诗收尽全篇，感慨无限，意味无穷。

苏轼《书鄢陵王主簿所画折枝》云："论画以形似，见与儿童邻。"他是强调"神似"的。在诗里他并没有用摄影或雕塑的尺度比例来衡量所写的这十六匹马。但由于他用"攒八蹄"、"宛颈"、"任前举后"、"却避长鸣"、

"微流赴吻"、"尾摇风"等特征性的局部形象和"出林鹤"、"鹤俯啄"等富于联想的比喻，传众马之神。因而一面读诗，一面静思冥想，那十六匹马就一一呈现眼前，形神各异，声态并作。

全诗只十六句，却七次换韵，而换韵与换笔、换意相统一，显示了章法上的跳跃跌宕，错落变化。

这首诗的章法，前人多认为取法于韩愈的《画记》。洪迈《容斋随笔·五笔》卷七记载：

> 韩公人物《画记》，其叙马处云："……凡马之事二十有七焉；马大小八十有三，而莫有同者焉。"秦少游谓其叙事该而不烦，故仿之而作《罗汉记》。坡公赋《韩干十四马》诗云……，诗之与记，其体虽异，其为布置铺写则同。诵坡公之语，盖不待见画也。

方东树《昭昧詹言》卷十二云：

> 《韩干马十五匹》，叙十五马如画，尚不为奇，至于章法之妙，非太史公与退之不能知之。故知不解古文，诗亦不妙。……直叙起，一法也。叙十五马分合，二也。序夹写如画，三也。分、合叙参差入妙，四也。夹写中忽入"老髯"二句议，闲情逸致，文外之文，弦外之音，五妙也。夹此二句，章法变化中，又加变化，六妙也。后"八匹"，"前者"二句忽断，七妙也。横云断山法，此以退之《画记》入诗者也。后人能学其法，不能有其妙。

洪迈、方东树都认为这首诗吸取了《画记》的章法，这当然是不错的，但这首诗似乎是更多地受了杜甫《韦讽录事宅观曹将军画马图》的启发。不妨看看这篇名作：

> 国初已来画鞍马，神妙独数江都王。将军得名三十载，人间又见真乘黄。曾貌先帝照夜白，龙池十日飞霹雳。内府殷红玛瑙盘，婕妤传诏才人索。盘赐将军拜舞归，轻纨细绮相追飞。贵戚权门得笔迹，始觉屏障生光辉。昔日太宗拳毛騧，近时郭家狮子花；今之

画图有二马，复令识者久叹嗟。此皆骑战一敌万，缟素漠漠开风沙。其余七匹亦殊绝，迥若寒空动烟雪；霜蹄蹴踏长楸间，马官厮养森成列。可怜九马争神骏，顾视清高气深稳。借问苦心爱者谁？后有韦讽前支遁。忆昔巡幸新丰宫，翠华拂天来向东。腾骧磊落三万匹，皆与此图筋骨同。自从献宝朝河宗，无复射蛟江水中。君不见金粟堆前松柏里，龙媒去尽鸟呼风！

此诗章法更复杂，更穷极变化，不可方物。观曹霸画马图，本画九马，却先不写九马而写画家，以江都王陪出曹霸。写曹霸，突出"曾貌先帝照夜白"，为末段感慨预留伏笔。接着又叙曹霸为贵戚权门画马，从而以其所画他马陪衬图中九马。写九马分三层：先说"昔日太宗拳毛䯄，近时郭家狮子花"，然后以"今之画图有二马，复令识者久叹嗟"两句拍合，从真马落到画马，这是第一层；"其余七匹亦殊绝，迥若寒空动烟雪……"这是第二层；"可怜九马争神骏，顾视清高气深稳……"这是第三层。忽从九马引出三万匹，又慨叹"龙媒去尽"，一马不留。中间写九马，先出二马，继出七马，又九马合写。有分有合，历落有致。苏轼的诗取法于此，是灼然可见的。

书王定国所藏《烟江叠嶂图》

苏　轼

江上愁心千叠山，浮空积翠如云烟。
山耶云耶远莫知，烟空云散山依然。
但见两崖苍苍暗绝谷，中有百道飞来泉。
萦林络石隐复见，下赴谷口为奔川。
川平山开林麓断，小桥野店依山前。
行人稍度乔木外，渔舟一叶吞江天。
使君何从得此本？点缀毫末分清妍。
不知人间何处有此境，径欲往买二顷田。
君不见武昌樊口幽绝处，东坡先生留五年！
春风摇江天漠漠，暮云卷雨山娟娟，

丹枫翻鸦伴水宿，长松落雪惊醉眠。

桃花流水在人世，武陵岂必皆神仙？

江山清空我尘土，虽有去路寻无缘。

还君此画三叹息，山中故人应有招我归来篇。

　　此诗题下自注云："王晋卿画"。王诜（1037—1093），字晋卿，太原人，居开封，北宋开国功臣王全斌之后（见《宋史·王全斌传·附传》）。妻英宗之女蜀国长公主，官驸马都尉。虽为贵戚，却远声色而爱文艺，与诗人画家苏轼、黄庭坚、米芾等交好。作宝绘堂于私第之东，收藏颇富，苏轼为作记。善诗词、书法，尤以工山水画著名。好写江上云山、幽谷寒林与平远风景，用李成皴法，也有金碧设色。兼善墨竹，学文同。存世作品，有《渔村小雪图》、《烟江叠嶂图》等。《烟江叠嶂图》，清初由王士禛（渔洋）送入皇宫。《香祖笔记》云："余家藏王晋卿《烟江叠嶂图》长卷，后有米元章书东坡长句。康熙癸未三月万寿节，九卿皆进古书、书画为寿，此卷蒙纳入内府。传旨云：'向来进御，凡画概无收者；此卷画后米字甚佳，故特纳之。'"王晋卿的画，苏轼的诗，米芾的字，三者结合一起，真可说是艺术珍品。

　　据苏诗查注：这首诗另有苏轼墨迹流传，其后有"元祐三年十二月十五日子瞻书"十二字。

　　现在谈谈这首诗。

　　方东树《昭昧詹言》卷十二云："起段以写为叙，写得入妙而笔势又高，气又遒，神又王（旺）。"起段是这样的：

　　江上愁心千叠山，浮空积翠如云烟。山耶云耶远莫知，烟空云散山依然。但见两崖苍苍暗绝谷，中有百道飞来泉。萦林络石隐复见，下赴谷口为奔川。川平山开林麓断，小桥野店依山前。行人稍度乔木外，渔舟一叶吞江天。

　　所谓"以写为叙"，是指这一段实质上是叙述《烟江叠嶂图》的内容，但没有用抽象叙述的方法，而用形象描写的方法。其实，如果既不看诗题，又不看诗的下一段，就不会认为这是在介绍《烟江叠嶂图》，只感到这是描写自然景物。

前四句，着眼于高处远处，写烟江叠嶂的总貌。"江上"，点"千叠山"的位置。"愁心"，融情入景，并让读者联想张说《江上愁心赋寄赵子》中的"江上之峻山兮，郁崎嶬而不极，云为峰兮烟为色，歘变态兮心不识……"以扩展艺术境界。"浮空积翠"，是"积翠浮空"的倒装，其主语为"千叠山"。"积翠"，言翠色之浓。"千叠山"积蓄了无穷翠色，那无穷翠色在远空浮动，像烟，也像云。这里突出的是"积翠"，而不是"云烟"，"如"字须着眼。有人说这句是写"云烟缭绕的叠嶂"，就失掉了景的"妙"与诗的"妙"。正因为诗人不曾说"云烟缭绕"，而是说"浮空积翠如云烟"，所以接下去才能继续写出"山耶云耶远莫知，烟空云散山依然"的妙句。由于受七字句的限制，上句省去了"烟耶"，而以下句的"烟空"作补充。那在高空浮动的，究竟是"千叠山"的"积翠"呢？还是烟呢？云呢？实在没有谁能够弄清楚，因为那太"远"了。然而看着、看着，忽然起了变化：烟消了，云散了，依然存在的，只是那"千叠山"。画里如果确有云烟，当然不会忽然消散。诗人并没有说山上确有云烟，而只是说"浮空积翠如云烟"。那"浮空"的"积翠"，从不同距离、不同角度去看，就有变化。这样去看，像云，像烟；那样去看，就只见"积翠"，不见"云烟"。几句诗，变静景为动景，写远嶂千叠，翠色浮空之状如在目前。

次四句，由远而近，由高而低，先突现苍苍两崖，再从两崖的绝谷中飞出百道泉水；这百道飞泉，萦林络石，时隐时现，终于"下赴谷口"，汇为巨川，奔腾前进。在这里，诗人以飞泉统众景，从而运用了以明见暗、以隐见显的艺术手法。两崖之间，有无数幽谷，因为"暗"而不见，无从写，只写百泉飞来，而百泉之所自出，即不难想见：这是以明见暗。林木扶疏，奇石磊落，可见可写，但要一一摹写，就不免多费笔墨，分散重点，于是只写百泉之"隐"，就不难想象其所以"隐"：这是以隐见显。

后四句，诗人把读者的视线从百泉的合流出谷引向近景。"川平、山开、林麓断"，三个主谓结构，展现了三个画面；"林麓断"处，"小桥"、"野店"、"乔木"、"行人"，历历如见。而"渔舟一叶"，又把镜头推向开阔的烟江。"吞江天"三字，涵盖了"烟江叠嶂"的全景，真有尺幅万里之势。

使君何从得此本？点缀毫末分清妍。

不知人间何处有此境，径欲往买二顷田。

这四句自为一段。纪昀评云："节奏之妙，纯乎化境。"方东树云："四句正峰。"

第一段写"烟江叠嶂"，纯是真景。诗人的巧妙之处，就在于先写真景，然后只用"使君何从得此本"一句回到本题，既变真景为画景，又点出此画乃王定国所藏，而此画之巧夺天工，也不言而喻，为"点缀毫末分清妍"的赞语提供了有力的根据。"不知人间何处有此境"一句，又由画境想到真境，希望于"人间"寻求如此美好的江山，买田退隐，从而把全篇的布局，从写景转向抒情和议论。

君不见武昌樊口幽绝处，东坡先生留五年！春风摇江天漠漠，暮云卷雨山娟娟。丹枫翻鸦伴水宿，长松落雪惊醉眠。桃花流水在人世，武陵岂必皆神仙？江山清空我尘土，虽有去路寻无缘。还君此画三叹息，山中故人应有招我归来篇。

这是最后一段。或理解为"以实境比况画境"，或理解为"既用现实中的自然美陪衬了艺术中的自然美，又表现了诗人热爱壮美山川的襟怀"，都言之有据，但都不很确切。

如在前面所分析，第一段写画境；第二段由画境想到真境，希望于"人间"寻求像画境那样美好的江山，买田退隐。最后一段，即承退隐而来；却不直写为什么要退隐、如何退隐，而以"君不见"领起，将读者引向诗人回忆中的天地。这回忆对于诗人来说，并不那么愉快。元丰二年（1079）三月，苏轼罢徐州，改知湖州。四月，到湖州任。何正臣摘引《湖州谢表》中的话，指斥苏轼"妄自尊大"；舒亶、李定等又就其诗文罗织罪状。七月二十八日，苏轼于湖州被捕，投入御史台狱，这就是"乌台诗案"（御史台又叫"乌台"）。十二月结案，贬黄州团练副使，本州安置、不得签书公事。苏轼从元丰三年（1080）二月到达贬所，至元丰七年（1084）四月改任汝州团练副使，共在黄州度过了四年多的辛酸岁月。现在，他因看《烟江叠嶂图》而有所感触，唤起了对往事的回忆。"君不见"领起的"武昌樊口幽绝处"，点贬谪之地的幽深;"东坡先生留五年",言贬谪之时的漫长。以下四句,吴北江认为分写"四时之景",固然不算全错,因为的确写了景,但更确切地说,并非单纯写景,而是借景叙事,因景抒情。这四句紧承前两句而来,概括了诗人在那"幽绝处""留五年"的经历和感受:春天,闲看"春风摇江天漠漠";夏季,独对"暮云卷雨山娟娟";秋夜寂寥,"丹枫翻鸦伴水宿";冬日沉醉,"长松落雪惊醉眠"。一年,两年,三年,四年……年年如此!贬谪生涯,贬谪心情,都通过四时之景的描绘而得到了形象的表现。

"桃花流水"以下四句,从章法上看,和前面的文字有什么关系呢?

在前面,诗人由画境写到"不知人间何处有此境,径欲往买二顷田",然后不直接回答"人间何处有此境"的问题,却将笔锋宕开,转入贬谪生活的回忆。回忆到"长松落雪惊醉眠",又折转笔锋,回顾"不知人间何处有此境,径欲往买二顷田"。"桃花流水在人世,武陵岂必皆神仙"两句,用"桃花源"的典故而翻新其意。陶渊明所写的"桃花源",是苦于暴政的人们所追求的"春蚕收长丝,秋熟靡王税"的理想社会。王维的《桃源行》,则说"初因避地去人间,及至成仙遂不还","春来遍是桃花水,不辨仙源何处寻"。刘禹锡《游桃源诗一百韵》,进一步写仙家之乐。韩愈题《桃源图》,却认为"神仙有无何渺茫,桃源之说诚荒唐"。王安石的《桃源行》,又描写了一种"虽有父子无君臣"的平等世界,以寄托其进步的社会理想。苏轼则说:桃花源就"在人世",那里的人们也不见得都是"神仙"。这两句,就是对前面"不知人间何处有此境"的回答。"江山清空我尘土"一句,句中有转折。"江山清空",紧承"桃花流水在人世","我尘土",遥接"君不见"以下六句,既指黄州的"五年"贬谪生活,又包括了当前的处境。惟其"我尘土",才想到买田退隐。第一段的画境,第二段的"不知人间何处有此境",第三段的"桃花流水在人世",和"江山清空"一线贯串,都指的是可以退隐的地方。而"虽有去路"以下数句,则是这条线的延伸。"寻无缘"的"寻",正是"寻"退隐之处。因为欲"寻"而"无缘",所以"还君此画三叹息"。虽"无缘"而仍欲"寻",故以"山中故人应有招我归来篇"结束全诗。

王文诰说这首诗"用两扇法":自首句至"渔舟一叶吞江天"为一扇,"道图中之景也";自"使君"句至"寻无缘"为一扇,"道观图之人也"。此下"仅以二句作结":"还君此画三叹息","结图中之景";"山中故人应有招我归来篇"，"结观图之人"。这种说法，虽有可供参考之处，但毕竟失之简单化。全诗绝不是截然分开的两扇，这从前面的逐段分析中可以看得出来，这里再略作补充。诗人把画境写得十分美好，十分诱人，从而引出"径欲往买二顷田"的设想。以下所写，或与此照应，或与此联系。"桃花流水在人世"与"江山清空"，是和画境中的自然景物联系的。"武陵岂必皆神仙"，是与画境中的人物一脉相承的。"武昌樊口"的"幽绝处"，就其四时景物而言，是与画境中的景物一致的；就在那里"留五年"的"东坡先生"来说，则是与画境中的人物对照的。在诗人看来，那画中的"行人"、"舟子"，自由自在地享受"江山清空"之美，而他自己则仕途蹭蹬，备受谗毁和打击，困于"尘土"，不得自由。正由于处境如此，所以尽管在"幽绝处"留了"五年"，也不能像画中的"行人"、"舟子"那样尽情地欣赏自然风光。写黄州"四时之景"的那四句诗，虽然很含蓄，但还是可以看出它们所抒发的心情决不是愉快的。比如"丹枫翻鸦伴水宿"一句，说"伴水宿"，已露孤独寂寞之感；已经"宿"了，还说"丹枫翻鸦"，可见并未进入梦乡；一晚上，时而看"丹枫"，时而听鸦翻，辗转反侧，心事重重。又如"长松落雪惊醉眠"一句，"醉眠"一作"昼眠"，上句写夜宿，此句即使不用"昼"字，也看得出是写"昼眠"。冬季夜长昼短，夜间睡觉就够了，何必"昼眠"？更何必白昼"醉眠"？白昼"醉眠"而无人理睬，只有"长松落雪"才"惊"醒了他。醒过来之后，看是什么"惊"他的，看来看去，看见的只是那"长松落雪"，连人影儿也没有！……

"东坡先生"与画境对照、与画境中的人物对照，便不禁发出了"江山清空我尘土"的感慨。这"江山清空"与"我尘土"的对照，正是这首诗命意谋篇的契机。因画境的"清空"而回忆"我尘土"的往事，便追写了谪居黄州的生涯和心情，以画境的"清空"对照"我尘土"的现实，便引起了买田退隐的念头和"桃花流水在人世"的议论，而归结到"山中故人应有招我归来篇"。

苏轼在嘉祐六年（1061）应仁宗直言极谏的对策中，提出过许多改革弊政的意见。可以说，他是以改革派的面目登上政治舞台的。在要求改革这一点上，他与王安石并无重大分歧，其分歧在于改革的内容、程度、方法和速度。比较而言，苏轼要求的改革是温和的、缓慢的。他尽管也被卷进反对王安石变法的浪潮，并对新法讲了不少过头的话，但究竟与保守派有区别，王安石也未予追究。熙宁九年（1076）十月，王安石二次罢相、退居金陵之后，新法逐渐失去打击豪强的色彩，统治阶级内部变法派与保守派的斗争，也变成了封建宗派的倾轧与报复。苏轼于元丰二年（1079）因作诗获罪，被捕入狱，终于贬到黄州，责令闭门思过，就出于何正臣、舒亶、李定等人的诬陷，与王安石无关。元丰七年（1084）三月，苏轼接到命令，移汝州团练副使。七月抵金陵，与久已罢相闲居的王安石多次相会，作《次韵荆公四绝》。十月至扬州，即上《乞常州居住表》，准备退隐。元丰八年（1085）三月，神宗死，哲宗年幼，高太后听政，改元元祐，起用司马光执政，苏轼也被调回京城任翰林学士等职。司马光着手废除全部新法，苏轼却主张"参用所长"，更反对废除行之有益的"免役法"，因而又和保守派结了仇，经常处于被"忿疾"、"猜疑"、"诬告"的境地。元祐二年（1087），他因洛党官僚连续弹劾，四次上疏请外郡。元祐三年（1088）三月，因朝官攻击，上《乞罢学士除闲慢差遣札》；十月，再上《陈情乞郡札》。这首题《烟江叠嶂图》诗，作于元祐三年十二月，其"江山清空我尘土"的感慨，显然发自内心。"不知人间何处有此境，径欲往买二顷田"及"山中故人应有招我归来篇"等诗句所表达的，也是作者的真实情感。

这首诗以《书王定国所藏〈烟江叠嶂图〉》为题，当然首先是给藏画的王定国和作画的王晋卿看的。诗中写贬谪生活而以"君不见"领起，那"君"也首先指王定国和王晋卿。王定国名巩，《宋史》卷三二〇《王素传·附传》云："巩有隽才，长于诗，从苏轼游。轼守徐州，巩往访之，与客游泗水，登魋山，吹笛饮酒，乘月而归。轼待之于黄楼上，谓巩曰：'李太白死，世无此乐三百年矣！'轼得罪，巩亦窜宾州。数岁得还，豪气不少挫。"这里所说的"轼得罪，巩亦窜宾州"，即指王定国因受苏轼"乌台诗案"的株连，与苏轼同时被贬。王晋卿也同样被卷入"乌台诗案"，因为苏轼的那些"讥讽朝廷，谤讪中外"的诗，有些是王晋卿"镂刻印行"的。结果被贬到均州。还朝之后，苏轼在其《和王晋卿》诗的序里说"驸马都尉王诜（晋卿），功臣全斌之后也。元丰二年，予得罪贬黄冈，而晋卿亦坐累远谪，不相闻者七年。予既召用，晋卿亦还朝，相见殿门外。感叹之余，作诗相属，托物悲慨，阨而不怨，泰而不骄。怜其贵公子有志如此，故和其韵。"苏轼又作《书王定国所藏王晋卿画〈着色山〉二首》，其二云：

君归岭北初逢雪，我亦江南五见春。

寄语风流王武子，三人俱是识山人。

　　三个人同时被贬到南方，见过青山，所以有"三人俱是识山人"的诗句。

　　苏轼的这首《书王定国所藏〈烟江叠嶂图〉》，王定国读后有什么感触，缺乏记载，王晋卿却写了《和诗》：

帝子相从玉斗边，洞箫忽断散非烟。

平生未省山水窟，一朝身到心茫然。

长安日远那复见，掘地宁知能及泉！

几年飘泊汉江上，东流不舍悲长川。

山重水远景无尽，翠幕金屏开目前。

晴云漠漠晓笼岫，碧嶂溶溶春接天。

四时为我供画本，巧自增损妩与妍。

心匠构尽远江意，笔锋耕出西山田。

苍颜华发何所遣，聊将戏墨忘馀年。

将军色山自金碧，萧郎翠竹夸婵娟。

风流千载无虎头，于今妙绝推龙眠。

岂图俗笔挂高咏，从此得名似谪仙。

爱诗好画本天性，辋川先生疑凤缘。

会当别写一匹烟霞境，更应消得玉堂醉笔挥长篇。

诗的前半篇写贬谪生涯，后半篇说他借画山水消遣时日。苏轼读到这首，又作诗酬和，诗题是这样的：《王晋卿作〈烟江叠嶂图〉，仆赋诗十四韵，晋卿和之，语特奇丽。因复次韵，不独纪其诗画之美，亦为道其出处契阔之故，而终之以不忘在莒之戒，亦朋友忠爱之义也》。诗如下：

山中举头望日边，长安不见空云烟。

归来长安望山上，时移事改应潸然。

管弦去尽宾客散，惟有马埒编金泉。

渥洼故自千里足，要饱风雪轻山川。

屈居华屋啖枣脯，十年俯仰龙旂前。

却因瘦病出奇骨，盐车之厄宁非天！

风流文采磨不尽，水墨自与诗争妍。

画山何必山中人，田歌自古非知田。

郑虔三绝君有二，笔势挽回三百年。

欲将岩谷乱窈窕，眉峰修樗夸连娟。

人间何有春一梦，此身将老蚕三眠。

山中幽绝不可久，要作平地家居仙。

能令水石长在眼，非君好我当谁缘。

愿君终不忘在莒，乐时更赋《囚山篇》。

这篇诗的中心思想是希望王晋卿不要忘记当年遭谗被贬的惨痛经历，从中吸取教训，"要作平地家居仙"。王晋卿读到后又次韵酬答，诗题是：《子瞻再和前篇，非惟格韵高绝，而语意郑重，相与甚厚，因复用韵答谢之》。诗云：

忆从南涧北山边，惯见岭云和野烟。

山深路僻空吊影，梦惊松竹风萧然。

杖藜芒屩谢尘境，已甘老去栖林泉。

春篮采术问康伯，夜灶养丹陪稚川。

渔樵每笑坐争席，鸥鹭无机驯我前。

一朝忽作长安梦，此生犹欲更问天。

归来未央拜天子，枯荄敢自期春妍。

造物潜移真幻影，感时未用惊桑田。

醉来却画山中景，水墨想象追当年。

玉堂故人相与厚，意使媒母齐联娟。

岂知忧患耗心力，读书懒去但欲眠。

屠龙学就本无用，只堪投老依金仙。

更得新诗写珠玉，劝我不作区中缘。

佩服忠言非论报，短章重次"木瓜"篇。

读这三首次韵诗，更会加深对原作的理解。

六月二十日夜渡海

苏　轼

参横斗转欲三更，苦雨终风也解晴！
云散月明谁点缀？天容海色本澄清。
空馀鲁叟乘桴意，粗识轩辕奏乐声。
九死南荒吾不恨，兹游奇绝冠平生！

元祐三年（1088）十二月，苏轼作《书王定国所藏〈烟江叠嶂图〉》诗，流露了不安于位，希求退隐的心情。次年三月，即出知杭州。此后又改知颍州、扬州、定州。绍圣元年（1094），哲宗亲政，已经变质的变法派上台，蔡京、章惇之流用事，专整元祐旧臣，苏轼更成了打击迫害的主要对象，一贬再贬，由英州（今广东英德）而惠州，最后远放儋州（今海南儋州），前后经历了七年的艰苦生活。直到哲宗病死，才遇赦北还。这首诗，就是元符三年（1100）六月自海南岛渡海返回大陆时所作。

这是一首七律。先看前两联：

参横斗转欲三更，苦雨终风也解晴！
云散月明谁点缀？天容海色本澄清。

纪昀评论说："前半纯是比体。如此措辞，自无痕迹。"说这四句诗"纯是比体"，固然有道理；因为这不单纯是写景，分明还另有意义。然而"比"者，"以彼物比此物也"，既"以彼物比此物"，不管如何"措辞"，都不能不露"比"的"痕迹"。但这四句诗，又的确是不露"比"的"痕迹"的。

"参横斗转"，是夜间渡海时所见，"欲三更"，则是据此所作的判断。诗人仰首看天，看见参星已横，斗星已转，于是判断道："快要三更了！"曹植《善哉行》："月没参横，北斗阑干。"这说明"参横斗转"，在中原乃是天快黎明之时的景象。而在海南，则与此不同，王文诰指出："六月二十日海外之二、三鼓时，则参已早见矣。"这句诗写了景，更写了人。那"参横斗转"的天象，是正在渡海的人看出来的，他根据"参横斗转"而作出"欲三更"的判断，其内心活动也依稀可见。

"参横斗转"当然是客观景象，它们点缀了夜景。但这客观景象除点缀夜景之外，本身还有意义：一是表明"欲三更"，黑夜已过去了一大半，二是表明天空是晴明的，剩下的一小半夜路也不难走。因此，这句诗的调子很明朗，抒情主人公因见"参横斗转"而说"欲三更"之时的心情也很愉快。

那么在"欲三更"之前，情况又怎样呢？诗人在第二句里告诉我们：在"欲三更"之前，还是"苦雨终风"，天上也自然没有星斗，一片漆黑。无尽无休地下、使人深以为苦的雨，叫"苦雨"；没完没了地刮、终日不间断的风，叫"终风"。这一句，紧承上句而来。诗人在"苦雨终风"的黑夜里不时仰首看天，终于看见了星光，于是就"参横斗转"作出判断："啊！快要三更了！"继而又不胜惊喜地说："苦雨终风也解晴"——风雨交加，阴惨可怖的天道，也还懂得放晴呀！有了这一句，抒情主人公的形象就被塑造得更加丰满了。

三、四两句，就"晴"字作进一步抒写："云散月明"，"天容"是"澄清"的；风恬雨霁，星月交辉，"海色"也是"澄清"的。两句诗，写景如绘。但主要不是写景，而是抒情；抒情中又包含议论。

这四句诗，句子结构各有变化，显示了诗人在造句方面力避雷同的匠心。一、二两句不求对仗，容易运用不同句式。三、四两句要求属对工稳，一般句式相同，而诗人却变换手法，以"天容海色"对"云散月明"，使上句和下句各具特点。"云散、月明"，这是两个主谓词组；"天容、海色"，则是两个名词性词组，怎么能前后对偶呢？原来这里用的是"句内对"：前句以"月明"对"云散"，后句以"海色"对"天空"。

这四句诗，在结构方面又有其共同点：每句分两节，先以四个字写客观景物，后以三个字表主观抒情或评论。唐人佳句，多浑然天成，情景交融。宋人造句，则力求洗练与深折。从这四句诗，既可看出苏诗的特点，也可看出宋诗的特点。

就客观景物说：先是"苦雨终风"，而后天空里出现了星斗，而后乌云散尽，一轮明月照耀碧海，天容海色，万里澄清。而这客观景物的变化，又是流放海外多年的人在政治风云起了变化、遇赦北归之时亲身经历、亲眼看见的。就主观抒情或评论说：诗人始而说"欲三更"，继而说"也解晴"，继而问"云散月明"，还有"谁点缀"呢？又意味深长地说："天容海色"，本来是"澄清"的。而这些抒情或评论，都紧扣客观景物，贴切而自然。

这四句诗，以抒情主人公为中心，从主观和客观的结合中展现的艺术形象是相当明晰的。读者从这里看到了抒情主人公半夜渡海的情景，感受到他因环境变化而引起的喜悦心情。仅就这一点说，已经是很有艺术魅力的好诗了。

成功的艺术形象，除了本身的意义之外，还往往能引起读者的联想。用传统的文论术语说，这叫做"言外之意"。这由艺术形象引起联想而产生的"言外之意"，是与简单的"比"所获得的艺术效果不同的。读这四句诗，的确会引起联想，特别是对于和苏轼有过类似经历的人来说，更会引起联想。纪昀读这四句诗，大约就联想到政局的变化，因而说那是"比体"；但他又感到艺术形象本身自有意义，与单纯"以彼物比此物"很有区别，就又说"如此措辞，自无痕迹"。他虽然运用术语不太确切，却毕竟看出了这四句诗的丰富含意，总算有眼力。

三、四两句，写的是眼前景，语言明净，读者不觉得用了典故。但仔细寻味，又的确"字字有来历"。用典而使人不觉，这是用典成功的例子。用了什么典故呢？《晋书·谢重传》记载了这样一个故事：谢重陪会稽王司马道子夜坐，"于时月夜明净，道子叹以为佳。重率尔曰：'意谓乃不如微云点缀。'道子戏曰：'卿居心不净，乃复强欲滓秽太清耶？'"（参看《世说新语·言语》）"云散月明谁点缀"一句中的"点缀"一词，即来自谢重的议论和道子的戏语，而"天容海色本澄清"，则与"月夜明净，道子叹以为佳"契合。这两句诗，境界开阔，意蕴深远，已经能给读者以美的感受和哲理的启迪，再和这个故事联系起来，就更多一层联想。王文诰就说：上句，"问章惇也"；下句，"公自谓也"。"问章惇"，意思是：你们那些"居心不净"的小人掌权，"滓秽太清"，弄得"苦雨终风"，天下怨愤。如今"云散月明"，还有谁"点缀"呢？"公自谓"，意思是：章惇之流"点缀"太空的"微云"既已散尽，天下终于"澄清"，强加于我苏轼的诬蔑之词也一扫而空。冤案一经昭雪，我这个被陷害的好人就又恢复了"澄清"的本来面目。从这里可以看出，诗中用典，不应全盘否定。如果用典贴切，就可以丰富诗的内涵，提高语言的表现力。

像这样在描写自然景物的句子中融合典故而使人不觉得用典的例子，在苏轼的诗中还很有一些。例如他在听到哲宗病死、自己即将内迁的消息之后所作的《儋耳》诗：

> 霹雳收威暮雨开，独凭栏槛倚崔嵬。
> 垂天雌霓云端下，快意雄风海上来。
> ⋯⋯⋯⋯⋯

第一句就有出处。《新唐书》卷二〇三《吴武陵传》载："柳宗元谪永州，而武陵亦坐事流永州，宗元贤其人。及为柳州刺史，武陵北还，⋯⋯遗工部侍郎孟简书曰：'古称一世三十年，子厚之斥十二年，殆半世矣！霆砰电射，天怒也，不能终朝；圣人在上，安有毕世而怒人臣耶？'"苏轼长期遭贬，正与柳宗元（子厚）相似，这里化用吴武陵的说法写出"霹雳收威暮雨开"的诗句，既描绘了眼前景，又反映了政局的变化及其由此引起的喜悦心情。

前三句，写天象的变化，点明渡海的时间是"夜"，还没有写"海"。第四句，"天容"与"海色"并提；五、六两句，便转入写"海"。三、四两句，上下交错，合用一个典故；五、六两句，则分别用典，显得有变化。"空馀鲁叟乘桴意"中的"鲁叟"指孔子。孔子是鲁国人，所以陶渊明《饮酒诗》有"汲汲鲁中叟"之句，称他为鲁国的老头儿。孔子曾说过"道不行，乘桴浮于海"（《论语·公冶长》）的话，意思是：我的道在海内无法实行，坐上木筏子飘洋过海，也许能够实行吧！苏轼也提出过改革弊政的方案，但屡受打击，最终被流放到海南岛。在海南岛，"饮食不具，药石无有"，尽管和黎族人民交朋友，做了些传播文化的工作，但作为"罪人"，又哪里能谈得上"行道"？如今渡海北归，回想多年来的苦难历程，就发出了"空馀鲁叟乘桴意"的感慨。这句诗，用典相当灵活。它包含的意思是：在内地，我和孔子同样是"道不行"。孔子想到海外去行道，却没去成，我虽然去了，并且在那里待了好几年，可是当我离开那儿渡海北归的时候，又有什么"行道"的实绩值得自慰呢？只不过空有孔子乘桴行道的想法还留在胸中罢了！这句诗，由于巧妙地用了人所共知的典，因而寥寥数字，就概括了曲折的事，抒发了复杂的情，而"乘桴"一词，又准确地表现了正在"渡海"

的情景。

第五句紧扣题目，写到"乘桴"渡海，第六句便写海上波涛。这一联是对偶句，上句用典，下句也用典，铢两悉称。"轩辕"即黄帝，黄帝奏乐，见《庄子·天运篇》："北门成问于黄帝曰：'帝张咸池之乐于洞庭之野，吾始闻之惧，复闻之怠，卒闻之而惑；荡荡默默，乃不自得。"接下去，黄帝便针对北门成的提问逐一解答，如说"吾又奏之以无怠之声，调之以自然之命，故若混逐丛生，林乐而无形，……动于无方，居于窈冥，或谓之死，或谓之生"等等。最后作出结论："乐也者，始于惧，惧故祟；吾又次之以怠，怠故遁；卒之于惑，惑故愚；愚故道。道可载而与之俱也。"苏轼用这个典，以黄帝奏咸池之乐形容大海波涛之声，与"乘桴"渡海的情境很合拍。但不说"如听轩辕奏乐声"，却说"粗识轩辕奏乐声"，就又使人联想到苏轼的种种遭遇及其由此引起的心理活动。就是说：那"轩辕奏乐声"，他是领教过的，那"始闻之惧，复闻之怠，卒闻之而惑"，"惑故愚，愚故道"的种种境界，他是亲身经历、领会很深的。"粗识"的"粗"，不过是一种诙谐的说法，口里说"粗识"其实是"熟识"啊！

喜用典故，这是苏诗的特点之一，也是宋诗的共同点之一。苏轼博览群籍，笔底典故辐辏，有失也有得。有些篇章堆砌过多的典故，既生僻难懂，又枯涩少味，过去就有人讥为"事障"。另一些篇章虽用典而驱遣灵妙，精切自然，以少数之字句述复杂之事态，传丰融之情思，既显而易解，又耐人寻绎。不过，正因为用典精切，有些诗句，必须结合作者的身世和有关的历史情况，才能充分理解。陆游在《施司谏注东坡诗序》里说：

　　近世有蜀人任渊，尝注宋子京、黄鲁直、陈无己三家诗，颇称详赡。若东坡先生之诗，则援据闳博，旨趣深远，渊独不敢为之说。某顷与范公至能会于蜀，因相与论东坡诗，慨然谓予："足下当作一书，发明东坡之意，以遗学者。"某谢不能。他日，又言之。因举二三事以质之曰："'五亩渐成终老计，九重新扫旧巢痕'。'遥知叔孙子，已致鲁诸生'，当若为解？"至能曰："东坡窜黄州，自度不复收用，故曰'新扫旧巢痕'，建中初，复召元祐诸人，故曰'已致鲁诸生'，恐不过如此。"某曰："此某之所以不敢承命也。昔祖宗三馆养士，储将相材；及官制行，罢三馆。而东坡盖尝直史馆，然自谪为散官，削去史馆之职久矣，至是史馆亦废，故云'新扫旧巢痕'，其用事之严如此。而'凤巢西隔九重门'，则又李义山诗也。建中初，韩、曾二相得政，尽收元祐人，其不召者亦补大藩，惟东坡兄弟犹领宫祠。此句盖寓所谓'不能致者二人'，意深语缓，尤未易窥测。……"至能亦太息曰："如此，诚难矣！"

陆游所说的"遥知叔孙子，已致鲁诸生"，是《余昔过岭而南，题诗龙泉钟上，今复过而北，次前韵》一诗的结句。此诗乃苏轼于建中靖国元年（1101）正月过大庾岭时所作。先一年，即元符三年正月，哲宗死，皇太后向氏处分军国大事；四月，韩忠彦为尚书右仆射兼中书侍郎，复叙元祐臣僚，一时人号"小元祐"。而苏轼于十一月北上至英州，得到的旨令却仅仅是：提举成都玉局观任便居住。苏辙也未复官。《汉书》卷四三《叔孙通传》里说：叔孙通建议汉高祖，愿征鲁诸生与其弟子共起朝仪；结果征得三十余人，而"鲁有两生不肯行"。苏轼的那两句诗，即用此典概括了当时的政局，语似赞扬而实含讥讽。陆游的分析，可谓深中肯綮，范成大只理解为"复召元祐诸人"，就没有抓住"意深语缓"的特点。有的注本注"空馀鲁叟乘桴意"，只说坐筏子渡海，注"粗识轩辕奏乐声"，只说以乐声比大海波涛之声，似乎也未能充分挖掘诗人用典的深意。

尾联"九死南荒吾不恨，兹游奇绝冠平生"，推开一步，收束全诗。"兹游"，直译为现代汉语，就是"这次出游"或"这番游历"，这当然首先照应诗题，指"六月二十日夜渡海"。但又不仅指这次渡海，还推而广之，指自惠州贬儋县的全过程。绍圣元年（1094），苏轼抵惠州贬所，不得签书公事。这期间，他作了一首《纵笔》七绝："白头萧散满霜风，小阁藤床寄病容。报道先生春睡美，道人轻打五更钟。"执政章惇闻之，怒其犯了罪还如此"安稳"，因而又加倍处罚，责受琼州别驾、昌化军安置。他从绍圣四年（1097）六月十一日与苏辙诀别，登舟渡海，到元符三年（1100）六月二十日渡海北归，在海南岛渡过了四个年头的流放生涯。这就是所谓"兹游"。很清楚，下句的"兹游"与上句的"九死南荒"并不是互不相蒙的两个概念，那"九死南荒"，即包含于"兹游"之中。当然，"兹游"的内容更大一些，它还包含此诗前六句所写的一切。

弄清了"兹游"的内容及其与"九死南荒"的关系，就可品出尾联的韵味。"九死"者，多次死去也。"九死南荒"而"吾不恨"，当然有一定的真实性。诗人自己说得很明确：他之所以"不恨"，是由于"兹游奇绝冠平生"，看到了海内看不到的"奇绝"景色。然而"九死南荒"，全出于政敌的迫害，他固然很达观，但哪能毫无恨意呢？因此，"吾不恨"毕竟是诗的语言，不宜呆看。有人也许要问："诗人不是明说他之所以'不恨'，是由于'兹游奇绝冠平生'吗？"是的，是这样说的，但妙就妙在这里。第一，仅仅看到了"奇绝"的景色，无论如何也抵不了"九死南荒"的长期折磨。诗人特意讲了"九死南荒"，却偏不说恨，而以豪迈的口气说："九死南荒吾不恨，兹游奇绝冠平生。"既含蓄，又幽默，而对政敌迫害的蔑视之意，也见于言外。第二，"兹游"既包含自惠州贬至儋县以及"九死南荒"，遇赦北归的全过程，那么"奇绝"也就不仅指自然景色的美好。"奇绝"一词，是"奇到极点"的意思，既可形容正面事物，又可形容反面事物。诗人在"霹雳收威"、渡海北还之时总结被贬经历，饶有风趣地说："九死南荒吾不恨，兹游奇绝冠平生。"其豪放性格和乐观情绪，都跃然纸上，而对政敌迫害的调侃之意，也见于言外。

寄 黄 几 复

我居北海君南海，寄雁传书谢不能。

桃李春风一杯酒，江湖夜雨十年灯。

持家但有四立壁，治病不蕲三折肱。

想见读书头已白，隔溪猿哭瘴溪藤。

黄庭坚（1045—1105），字鲁直，自号山谷道人，又号涪翁，洪州分宁（今江西修水）人。他是"苏门四学士"之首，在政治上也与苏轼一样，屡遭新党打击，被贬到黔州（今四川彭水）、戎州（今四川宜宾）等荒远之地。他以诗负盛名，当时与苏轼并称"苏黄"；后来又被尊为杜甫的继承者、"江西诗派"的开创人。这里谈他的一首七律《寄黄几复》。

据"原注"，这首诗"乙丑年德平镇作"。"乙丑"为宋神宗元丰八年

（1085），此时黄庭坚监德州（今属山东）德平镇。黄几复，名介，南昌（今江西南昌市）人，与黄庭坚少年交游，此时知四会县（今属广东），其事迹见黄庭坚所作《黄几复墓志铭》（《豫章黄先生文集》卷二三）。

"我居北海君南海"，起势突兀。写彼此所居之地一"北"一"南"，已露怀念友人、望而不见之意；各缀一"海"字，更显得相隔辽远，海天茫茫。作者跋此诗云："几复在广州四会，予在德州德平镇，皆海滨也。""海滨"，当然不等于"海上"。作者直说"我居北海"、"君（居）南海"，一是为了"字字有来历"，二是为了强调相隔之远、相思之深。

"寄雁传书谢不能"，这一句从第一句中自然涌出，在人意中，但又有出人意外的地方。两位朋友一在北海，一在南海，相思不相见，自然就想到寄信，"寄雁传书"的典故也就信手拈来。李白长流夜郎，杜甫在秦州作的《天末怀李白》诗里说："凉风起天末，君子意如何？鸿雁几时到，江湖秋水多。"强调音书难达，说"鸿雁几时到"就行了。黄庭坚却用了与众不同的说法："寄雁传书——谢不能。"——我托雁儿捎一封信去，雁儿却谢绝了。她说："你要我把信捎到南海吗，办不到啊！我哪里有本事飞到南海去呢？""寄雁传书"，这典故太熟了，但继之以"谢不能"，立刻变陈熟为生新。黄庭坚是讲究"点铁成金"法的，王若虚批评说："鲁直论诗，有'夺胎换骨'、'点铁成金'之喻，世以为名言。以予观之，特剽窃之黠者耳。"（《滹南诗话》卷下）类似"剽窃"的情况当然是有的，但也不能一概而论。上面所讲的诗句，可算成功的例子。

"寄雁传书"，本非实事，《汉书·苏武传》讲得很清楚。作典故用，不过表示传递书信罢了。但既用这个典，就要考虑雁儿究竟能飞到何处。相传大雁南飞，至衡阳而止，春天再飞回北方。王勃《秋日登洪府滕王阁饯别序》云："雁阵惊寒，声断衡阳之浦。"欧阳修《送张道州》云："身行南雁不到处，山与北人相对愁。"秦观《阮郎归》云："衡阳犹有雁传书，郴阳和雁无。"黄庭坚的诗句，亦同此意，但把雁儿拟人化，写得更有情趣。

第二联在当时就很有名。《王直方诗话》云："张文潜谓余曰：黄九云：'桃李春风一杯酒，江湖夜雨十年灯。'真奇语。"这两句诗所用的词都是常见的，甚至可说是"陈言"，谈不上"奇"。张耒称为"奇语"，当然是就其整体说的，可惜的是何以"奇"、"奇"在何处，他没有讲。在我们看来，一是词儿挑选得好，二是词儿的搭配好。挑选了这样的词儿，作了这样的搭配，就创造出清新隽永的意境，给人以强烈的艺术感染。

任渊说这"两句皆记忆往时游居之乐"，看来是弄错了。据《黄几复墓志铭》所载，黄几复于熙宁九年（1076）"同学究出身，调程乡尉"，距作此诗刚好十年。结合诗意来看，黄几复"同学究出身"之时，是与作者在京城里相聚过的，紧接着就分别了，一别十年。这两句诗，上句追忆京城相聚之乐，下句抒写别后相思之深。两句诗只有十四个字，容量很有限，怎样表现这么多内容呢？诗人通过恰当的选词和巧妙的配合解决了这个问题。试想，仅仅说明"我们两个当年相会"，就得用好几个字，再要写出相会之乐，就更费笔墨。诗人摆脱常境，不用"我们两个当年相会"之类的一般说法，却拈出"一杯酒"三字。"一杯酒"，这太常见了！但惟其常见，正可给人以丰富的暗示。沈约《别范安成》云："勿言一樽酒，明日难重持。"王维《送元二使安西》云："劝君更进一杯酒，西出阳关无故人。"杜甫《春日忆李白》云："何时一樽酒，重与细论文？"故人相见，或谈心，或论文，总是要吃酒的。仅用"一杯酒"，就写出了两人相会的情景。诗人又选了"桃李"、"春风"两个词。这两个词，也很陈熟，但正因为熟，能够把阳春烟景一下子唤到读者面前，给人以美感和快感。李白《春夜宴桃李园序》中的"会桃李之芳园，叙天伦之乐事"，白居易《长恨歌》中的"春风桃李花开日"，不是都很有魅力吗？用这两个词给"一杯酒"以良辰美景的烘托，就把朋友相会之乐表现出来了。

再试想，要用七个字写出两人离别和别后思念之殷，也不那么容易。诗人却选了"江湖"、"夜雨"、"十年灯"，作了动人的抒写。"江湖"一词，能使人想到流转和飘泊，杜甫《梦李白》云："江湖多风波，舟楫恐失坠。""夜雨"，能引起怀人之情，李商隐《夜雨寄北》云："君问归期未有期，巴山夜雨涨秋池。"在"江湖"而听"夜雨"，就更增加萧索之感。"夜雨"之时，需要点灯，所以接着选了"灯"字。"灯"，这是一个常用词，而"十年灯"，则是作者的首创。创这个词，和"江湖夜雨"相联缀，就能激发读者的一连串想象：两个朋友，各自飘泊江湖，每逢夜雨，独对孤灯，互相思念，深宵不寐。而这般情景，已延续了十年之久啊！

温庭筠不用动词，只选择若干名词加以适当的配合，写出了"鸡声茅店月，人迹板桥霜"两句诗，真切地表现了"商山早行"的情景，颇为后人所称道。欧阳修有意学习，在《送张至秘校归庄》诗里写了"鸟声梅店雨，柳色野桥春"一联，终觉其在范围之内，他自己也不满意（参看《诗话总龟》、《存馀堂诗话》）。黄庭坚的这一联诗，吸取了温诗的句法，却创造了独特的意境。"桃李"、"春风"、"一杯酒"，"江湖"、"夜雨"、"十年灯"，这都是些名词或名词性词组，其中的每一个词或词组，都能使人想象出特定的景象、特定的情境。诗人不用动词或任何关联词，只把这些名词或名词性词组按其性质作精心的组合，创造了两个既无主语又无谓语的诗句，而各个名词或名词性词组所唤起的各种景象或情境，便或者相互融合、或者相互对照，展现了耐人寻味的艺术天地。

关于性质相近的词儿互相融合所产生的艺术效果，前面已作过说明，这里再谈谈相互对照。

这两句诗是相互对照的。两句诗除各自表现的情景之外，还从相互对照中显示出许多东西。第一，下句所写，分明是别后十年来的情景，包括眼前的情景，那么，上句所写，自然是十年前的情景。因此，上句无须说"我们当年相会"，而这层意思已从与下句的对照中表现出来。第二，"江湖"除了前面所讲的意义之外，还有与京城相对峙的意义，所谓"身在江湖，心存魏阙"，就是明显的例证。"春风"一词，也另有含义。孟郊《登科后》诗云："昔日龌龊不足夸，今朝放荡思无涯。春风得意马蹄疾，一日看尽长安花。"和下句对照，上句所写，时、地、景、事、情，都依稀可见：时，十年前的春季；地，北宋王朝的京城开封；景，春风吹拂，桃李盛开；事，友人"同学究出身"，把酒欢会；情，则洋溢于良辰美景、赏心乐事之中。

"桃李春风"与"江湖夜雨"，这是"乐"与"哀"的对照；"一杯酒"与"十年灯"，这是"一"与"多"的对照。"桃李春风"而共饮"一杯酒"，欢会何其短促！"江湖夜雨"而各对"十年灯"，飘泊何其漫长！快意与失望，暂聚与久别，往日的交情与当前的思念，都从时、地、景、事、情的强烈对照中表现出来，令人寻味无穷。张耒评为"奇语"，并非偶然。

后四句，从"持家"、"治病"、"读书"三个方面表现黄几复的为人和处境。

"持家，——但有四立壁"，"治病，——不蕲三折肱"。这两个句子也是相互对照的。作为一个县的长官，家里只有立在那儿的四堵墙壁，这既说明他清正廉洁，又说明他把全部精力和心思用于"治病"和"读书"，无心也无暇经营个人的安乐窝。"治病"句化用了《左传·定公十三年》记载的一句古代成语："三折肱，知为良医。"意思是说，一个人如果三次跌断胳膊，就可以断定他是个好医生，因为他必然积累了治疗和护理的丰富经验。在这里，当然不是说黄几复会"治病"，而是说他善"治国"。"治病"和"治国"的道理是相通的，所以《国语·晋语》里就有"上医医国，其次救人"的说法。黄庭坚在《送范德孺知庆州》诗里也说范仲淹"平生端有活国计，百不一试埋九京"。作者称黄几复善"治病"但并不需要"三折肱"，言外之意是他已经有政绩，显露了治国救民的才干，为什么还不重用，老要他在下面跌撞呢？

尾联以"想见"领起，与首句"我居北海君南海"相照应。在作者的想象里，十年前在京城的"桃李春风"中把酒畅谈理想的朋友，如今已白发萧萧，却仍然像从前那样好学不倦！他"读书头已白"，还只在海滨做一县令。其读书声是否还像从前那样欢快悦耳，没有明写，而以"隔溪猿哭瘴溪藤"作映衬，就给整个图景带来凄凉的氛围；不平之鸣，怜才之意，也都蕴涵其中。

黄庭坚推崇杜甫，以杜诗为学习榜样，七律尤其如此。但比较而言，他的学习偏重形式技巧方面。他说："老杜作诗，退之作文，无一字无来处，盖后人读书少，故谓韩、杜自作此语耳。古之能为文章者，真能陶冶万物，虽取古人之陈言入于翰墨，如灵丹一粒，点铁成金也。"（《答洪驹父书》）杜甫的杰出之处主要表现在以"穷年忧黎元"的激情艺术地反映了安史之乱前后的广阔现实。诗的语言也丰富多彩，元稹就赞赏"怜渠直道当时语，不着心源傍古人"的一面。当然，杜甫的不少律诗也是讲究用典的，黄庭坚把这一点推到极端，追求"无一字无来处"，其流弊是生硬晦涩，妨碍了真情实感的生动表达。但这也不能一概而论。例如《郭明甫作西斋于颍尾请予赋诗二首》其二云："东京望重两并州，遂有汾阳整缀旒。翁伯入关倾意气，林宗异世想风流。君家旧事皆青史，今日高材未白头。莫倚西斋好风月，长随三径古人游。"诗中连举五位姓郭的历史人物，勉励郭明甫继武先辈，建功立业，莫作退隐之想，虽多用书卷而气机畅达，结构新颖，不失为别出心裁的佳作。这首《寄黄几复》，也可以说是"无一字无来处"。第一句用《左传·僖公四年》楚成王问齐桓公的话："君处北海，寡人处南海，惟是风马牛不相及也。"第二句"寄雁传书"见《汉书·苏武传》；"谢不能"则出自《汉书·项籍传》："东阳少年杀其令，相聚数千人，欲立长，无适用，乃请陈婴。婴谢不能，遂强立之。"三、四两句，除"十年灯"外，当然也字字有来历。① 第五句用《史记·司马相如传》典："相如驰归成都，家徒四壁立。"第六句"三折肱"出于《左传》。七、八两句要找出处，也是有的，杜甫《不见》诗云："匡山读书处，头白好归来。"《九日》诗云："殊方日落玄猿哭。"总起来看，这首诗虽"无一字无来处"，但不觉晦涩，有的地方，还由于活用典故而丰富了诗句的内涵，而取《左传》、《史记》、《汉书》中的散文语言入诗，又给近体诗带来苍劲古朴的风味。

黄庭坚主张"宁律不谐而不使句弱"。他的不谐律是有讲究的，方东树就说他"于音节尤别创一种兀傲奇崛之响，其神气即随此以见"。在这一点上，他也学习杜甫。杜甫首创拗律，如"落花游丝白日静，鸣鸠乳燕青春深"，"有时自发钟磬响，落日更见渔樵人"等句，从拗折之中，见波峭之致。黄庭坚推而广之，于当用平字处往往易以仄字，如"只今满坐且尊酒，后夜此堂空月明"，"黄流不解浣明月，碧树为我生凉秋"，"清谈落笔一万字，白眼举觞三百杯"，"秋千门巷火新改，桑柘田园春向分"，"忽乘舟去值花雨，寄得书来应麦秋"，都句法拗峭而音响新异，具有特殊的韵味。这首《寄黄几复》亦然。"持家"句两平五仄，"治病"句也顺中带拗，其兀傲的句法与奇峭的音响，正有助于表现黄几复廉洁干练、刚正不阿的性格。

黄庭坚与黄几复交情很深，为他写过不少诗，如《留几复饮》、《再留几复饮》、《赠别几复》等等。这首《寄黄几复》，称赞黄几复廉正、干练、好学，而对其垂老沉沦的处境，深表惋惜，情真意厚，感人至深。而在好用书卷，以故为新，运古于律，拗折波峭等方面，又都表现出黄诗的特色，可视为黄庭坚的代表作。

别　三　子

陈师道

夫妇死同穴，父子贫贱离。

---

① 晚唐诗人杜荀鹤《旅怀二首》其二云："月华星采坐来收，江色岳声暗结愁。半夜灯前十年事，一时和雨到心头。"黄诗"江湖夜雨十年灯"句，可能从此受到启发。

天下宁有此？昔闻今见之！

母前三子后，熟视不得追。

嗟乎胡不仁，使我至于斯！

有女初束发，已知生离悲。

枕我不肯起，畏我从此辞。

大儿学语言，拜揖未胜衣。

唤爷我欲去！此语那可思？

小儿襁褓间，抱负有母慈。

汝哭犹在耳，我怀人得知？

陈师道很穷，老婆孩子饿肚子。元丰七年（1084），他岳父郭概到四川去做官，把女儿和外孙全部带走，以减轻女婿的生活负担。陈师道于送走他们后作此诗。

前八句写与老婆孩子分别。头两句写分别原因，吞吐哽咽：夫妇活着不能同住一起，看来只有等待死后"同穴"了！为何活着不能同住，"父子贫贱离"一句作了补充说明：因为"贫贱"，养不活妻子儿女，才落到这一地步。"母前三子后，熟视不得追"，语极沉痛。"熟视"三个孩子跟着母亲走了，真想把他们追回来；但追回来又拿什么填肚子！因此，想追又"不得追"，不禁嗟叹哀怨，质问老天怎么这般不仁慈。

后面十二句，补写离别惨景。女儿年纪大一点，已懂得别离的悲哀，因而枕在父亲身上不肯起来，害怕从今以后再见不到父亲的面。大儿子才学习说话，身体稚弱，连拜、揖时穿的衣服都显得沉重，却连声呼喊："爸爸，我要去！我要去！"小儿子还在襁褓中，在母亲背上哭哭啼啼。

全诗由作者用"我"的口吻直接倾诉别妻、别儿女的悲惨情景，语言简短、质朴，字字发自肺腑，表现力极强。三个不同年龄的幼儿在分别时的不同表情和他们随母远去的情态，以及作者仰呼苍天，痛彻五内，热泪迸流的神情，都跃然纸上。不难设想，如果作者改用华丽的语言，必将给人以华而不实、言不由衷的感觉。有人批评这首诗"文采不扬"，乃是由于不懂得"至情无文"的道理。

寄外舅郭大夫

陈师道

巴蜀通归使，妻孥且旧居。
深知报消息，不忍问何如。
身健何妨远，情亲未肯疏。
功名欺老病，泪尽数行书。

作者的妻子儿女到了巴蜀，其岳父托人送来平安家报，因作此诗寄岳父。

首句写乍见使者的惊喜之情，蜀道艰险，竟然能"通"，来了使者！次句写急于知道妻、儿近况，心中默祷：但愿妻子儿女像旧日那样平安就好。第二联从宋之问"近乡情更怯，不敢问来人"（《渡汉江》）、杜甫"反畏消息来，寸心亦何有"（《述怀》）化出：深知使者是来报消息的，不等他开口，便想问妻儿们怎么样，却生怕听到不好的消息，不敢问。第三联写已经听到消息，妻儿们都平安健康，因而松了一口气：只要身健就好，远一点不妨；骨肉之间的感情总是那么亲，不会因为远在异乡就疏远了。尾联报告自己的近况，感慨作结："功名"这东西也太势利，看见我又老又病，就越发欺侮我，躲得远远的，不肯让我沾一点边。妻子儿女，只好连累岳父了！边写信边流泪，只写了短短几行，眼泪已经流"尽"。从全诗的叙述、描写看，这感情是真实的。

方回评此诗："后山学老杜，此其逼真者。枯淡瘦劲，情味深幽。"纪昀评此诗："情真格老，一气浑成。"（《瀛奎律髓汇评》卷十）惟其"情真"，故全篇只是向家人倾诉胸怀，毫无矫揉造作，散文化、口语化的特点十分突出，然而又完全合律，是一首不折不扣的五言律诗。光有真情而无深厚的艺术功力，也不可能写出这样的好诗。当然，黄庭坚的艺术功力更深厚，但往往缺乏真情实感而语言伤于工巧，故艺术感染力受到削弱。陈师道曾说"人言我语胜黄语"，其关键在此。

明皇打球图

晁说之

宫殿千门白昼开，三郎沉醉打球回。

九龄已老韩休死，明日应无谏疏来。

面前是一幅《明皇打球图》，要题诗，可以从不同角度发挥。作者眼里见的、心里忧的，都是当朝天子宋徽宗荒淫误国的情景：宠信阿谀逢迎的小人，排斥直言敢谏的贤臣，淫乐无度，荒废政事；他也喜欢踢球，陪他踢球的都青云直上。这就激发了作者的创作灵感，写出了这首千古传诵的好诗。

前两句点题，妙在不正面描写打球的精彩场面，只说"打球回"。打打球，有什么错？问题是主人公是一位皇帝，时间是"白昼"，地点是千门尽开的"宫殿"，他该在那里处理国家大事啊！那么，"打球回"，他不就可以办公了嘛。问题是：作者在"打球回"前面加了"沉醉"二字，表明他又吃酒作乐，醉得东歪西倒，哪能清醒地解决国计民生问题！后两句更妙，作者不直接出面鞭挞荒淫天子，却描写他"沉醉打球回"时的心理活动：像张九龄、韩休那样爱提意见的家伙老的老、死的死，明天大概不会有谏疏送来、令人扫兴了！作为一国之主而一任荒淫误国，无人劝谏阻挡，国家的前途真不堪设想！写"沉醉打球"而以"无谏疏"收尾，力重千钧。

春日游湖上

徐　俯

双飞燕子几时回？夹岸桃花蘸水开。

春雨断桥人不渡，小舟撑出柳阴来。

双双燕子从湖面掠过，诗人亲切地问道："你们是几时回来的？"燕子是报春的使者，它们来了，春天也就跟着来了。亲切地一问，既表现了诗人的喜悦，又自然逗出关于湖上春景的生动描绘："夹岸桃花开"，已极美丽，于"开"前加"蘸水"二字，更显得鲜艳夺目。桃花之所以"蘸水"，一因繁花带雨，桃枝低垂，二因湖水高涨，绿波溢岸。下句的"春雨断桥"已呼之欲出。桥被水淹，人不能渡，本身似无诗意，但由此引出"小舟撑出柳阴来"，便化静为动，精彩百倍。

南宋赵鼎臣《和默庵喜雨述怀》云："解道春江断桥句，旧时闻说徐师川。"可见此诗传诵之广。张炎咏春水的《南浦》词，被推为"古今绝唱"，其中的名句"荒桥断浦，柳阴撑出扁舟小"，即从此诗化出。

三 衢 道 中

曾　几

> 梅子黄时日日晴，小溪泛尽却山行。
> 绿阴不减来时路，添得黄鹂四五声。

这是一首纪行诗，清新活泼，宛如一气呵成，但仔细玩味，便见转折斡旋，颇费匠心。

首句即有转折，"梅子黄时"与"日日晴"之间有个不读出声的"却"字。江南初夏，梅子黄时，阴雨连绵，叫做"黄梅雨"。北宋词人贺铸的《青玉案》以"……梅子黄时雨"数句出名，被称为"贺梅子"。作者于"梅子黄时"出行，最怕遇雨，可是天公作美，竟然"日日晴"！惊喜之情，即于转折中曲曲传出。

次句用"却"字，当然是又一次转折。"小溪泛尽"，该掉转船头，兴尽而返，却出人意料地舍舟爬山。其游兴之浓，亦于转折中曲曲传出。

第三句写"山行"，先用"绿阴"二字展现一片清凉、宁谧境界，令人神清气爽。接下去，出人意料地用"不减来时路"打了一个回旋，读者这才恍然大悟，原来诗人在走回头路，前面所写，乃是归途上的情景。来时山间小路上一片"绿阴"，归时"绿阴"未减，一样美好。

第四句翻进一层：来时一片"绿阴"，已经很美、很宁静；归时不仅"绿阴不减"、还"添得黄鹂四五声"，真如"锦上添花"，比来时更美、更宁静。心理学上有所谓"同时反衬现象"，万籁俱寂而偶有声音作反衬，就更显得幽静。在诗中体现这种反衬现象的名句，是齐、梁诗人王籍《入若耶溪》里的"鸟鸣山更幽"。曾几此诗的后两句，其言外之意，正是"鸟鸣山更幽"。

出游的一般情况是乘兴而往，及至踏上归途，便力疲兴减。此诗用层折、回旋、递进手法，把一次平凡的出游写得妙趣横生，归时景物比来时更美，归时游兴比来时更浓，具有引人入胜的艺术魅力。

襄 邑 道 中

陈与义

飞花两岸照船红，百里榆堤半日风。
卧看满天云不动，不知云与我俱东。

全诗写坐船行进于襄邑水路的情景。首句写两岸飞花，一望通红，把诗人所坐的船都照红了。用"红"字形容"飞花"的颜色，这是"显色字"，诗中常用；但这里却用得很别致。花是"红"的，这是本色；船本不红，被花照"红"，这是染色。诗人不说"飞花"红而说飞花"照船红"，于染色中见本色，则"两岸"与"船"，都被"红"光所笼罩。次句也写了颜色："榆堤"，是长满榆树的堤岸；"飞花两岸"，表明是春末夏初季节，两岸榆树，自然是一派新绿。只说"榆堤"而绿色已暗寓其中，这叫"隐色字"。与首句配合，红绿映衬，色彩何等明丽！次句的重点还在写"风"。"百里"是说路长。"半日"是说时短，在明丽的景色中行进的小"船"只用"半日"时间就把"百里榆堤"抛在后面，表明那"风"是顺风。诗人只用七个字既表现了绿榆夹岸的美景，又从路长与时短的对比中突出地赞美了一路顺风，而船中人的喜悦心情，也洋溢于字里行间。

古人行船，最怕逆风。诗人既遇顺风，便安心地"卧"在船上欣赏一路风光：看两岸，飞花、榆堤，不断后移；看天上的"云"，却怎么"不动"呢？诗人明知船行甚速，如果天上的"云"真的不动，那么在"卧看"之时就应像"榆堤"那样不断后移。于是，他恍然大悟：原来天上的云和我一样朝东方前进呢！凡有坐船、坐车经验的人大约都见过"云不动"的景象，但又有谁能从中感受到盎然诗意，写出这样富于情趣的佳句！

诗人坐小船赶路，最关心的是风向、风速。这首小诗，通篇都贯串一个"风"字。全诗以"飞花"领起，一开头便写"风"。试想，如果没有"风"，"花"怎会"飞"？次句出"风"字，写既是顺风，风速又大。三、四两句，通过仰卧看云表现闲适心情，妙在通过看云的感受在第二句描写的基础上进一步验证了既遇顺风、风速又大，而诗人的闲适之情，也得到了进一步的表现。应该看到，三、四两句也写"风"，如果不是既遇顺风、风速又大，那么天上的云怎么会与我同步前进，跑得那么快呢？以"卧看满天云不动"的错觉反衬"云与我俱东"的实际，获得了出人意外的艺术效果。

巴 丘 书 事

陈与义

三分书里识巴丘，临老避胡初一游。
晚木声酣洞庭野，晴天影抱岳阳楼。
四年风露侵游子，十月江湖吐乱洲。
未必上流须鲁肃，腐儒空白九分头。

起势跌宕有情致，既扣题，又有深沉的感慨，为尾联作伏笔。"三分书"，乃记述天下三分之书，当年从"三分书"里见到作为"三分割据"时期军事要地的巴丘，如今北中国沦陷，祖国统一受到严重破坏，自己以"临老"之年，因"避胡"南逃到巴丘，追昔抚今，感慨万千，因而想到自己能不能像鲁肃那样为国效力，尾联已呼之欲出。颔联写眼前景，境界阔大而声情苍凉。上句用"酣"字将"晚木声"拟人化。"晚木声"，即秋风吹撼树木之声，包含屈原所写的"嫋嫋兮秋风，洞庭波兮木叶下"的萧瑟景象。"晚木声"酣畅地震撼辽阔的洞庭之野，一派肃杀之气。其象征意味，显而易见。下句用"抱"字将"晴天影"拟人化。晴天的日光，自应普照大千世界，可如今只紧抱岳阳楼，与"晚木声"震撼旷野形成了强烈对比，其象征意蕴也耐人寻味。颈联上句着重抒情、下句着重写景。用"侵"、用

"吐",也将"风露"、"江湖"拟人化。四年逃难,饱受"风露"的侵凌,这"风露"当然不仅是自然界的风霜雨露,还有人事方面的诈伪险阻。十月的"江湖","吐"出许多"乱洲",造句新颖,写景如画;但那个"乱"字,也容易唤起祸乱迭出的联想。

作者作此诗时,高宗驻跸扬州,奸臣黄潜善、汪伯彦当国,力主一味逃窜。长江上流的岳州一带,更无抗敌的准备。诗人在《里翁行》里大声疾呼:"君不见巴丘古城如培塿,鲁肃当年万人守!"这两句诗,正可以作为《巴丘书事》尾联的注脚。"未必上流须鲁肃"——长江上流的军事要地巴丘,吴国曾派鲁肃率领万人镇守,如今金兵南侵,大约未必须要像鲁肃那样的将领来驻守吧!正话反说。对黄潜善之流的投降派给予辛辣的讽刺。正因为朝廷中的投降派认为"上流"无须设防,而作者认为是急需设防的,因而结尾发出了"腐儒空白九分头"的慨叹:我这个"腐儒"尽管为"上流"毫无御敌准备而急白了九成头发,也只是"空"着急,有什么用处呢?

全诗抒写乱离,忧心国事,首尾呼应,中间两联意境雄阔。对仗精妙而又富于变化,"酣"、"抱"、"侵"、"吐"四字,尤精彩、生动,声调、音节,洪亮、沉着,得杜甫七律神髓而有新的时代色彩。

早　行

陈与义

露侵驼褐晓寒轻,星斗阑干分外明。
寂寞小桥和梦过,稻田深处草虫鸣。

"莫道君行早,更有早行人"。今人早行,大抵坐火车、轮船、汽车、飞机,既不艰苦,又看不见多少有特征的景色,所以似乎很少写早行诗。古人却不然,因而在我们的古典诗歌中,写早行的就相当多。我们曾经谈过一首晚唐诗人温庭筠的五律,这里不妨再谈一首南宋诗人陈与义的七绝。

早行诗应该写出关于早行的独特情景。早行,究竟有哪些独特的情景呢?且看下面的几首早行诗:

扰扰整夜装，肃肃戒徂两。

晓星正寥落，晨光复泱漭。

犹霑余露团，稍见朝霞上。

故乡邈已夐，山川修且广。

文奏方盈前，怀人去心赏。

敕躬每跼踏，瞻恩唯震荡。

行矣倦路长，无由税归鞅。

——谢朓《京路夜发》

合沓岩嶂深，朦胧烟雾晓。

荒阡下樵客，野猿惊山鸟。

开门听潺湲，入径寻窈窕。

栖鼯抱寒木，流萤飞暗筱。

早霞稍霏霏，残月犹皎皎。

行看远星稀，渐觉游氛少。

我行抚轺传，兼得傍林沼。

贪玩水石奇，不知川路渺。

徒怜野心旷，讵测浮年小！

方解宠辱情，永托累尘表。

——李峤《早发苦竹馆》

鸡唱催人起，又生前去愁。

路明残月在，山露宿云收。

村店烟火动，渔家灯烛幽。

趋名与趋利，行役几时休？

——王观《早行》

钟静人犹寝，天高月自凉。

一星深戍火，残月半桥霜。

客老愁尘下，蝉寒怨路旁。

青山依旧色，宛是马卿乡。

——刘邠伯《早行》

晨起动征铎，客行悲故乡。

鸡声茅店月，人迹板桥霜。

槲叶落山路，枳花明驿墙。

因思杜陵梦，凫雁满回塘。

——温庭筠《商山早行》

马上续残梦，马嘶时复惊。

心孤多所虞，僮仆近我行。

栖禽未分散，落月照孤城。

莫羡居者闲，溪边人已耕。

——刘驾《早行》

舟子相呼起，长江未五更。

几看星月在，犹带梦魂行。

鸟乱村林迥，人喧水栅横。

苍茫平野外，渐认远峰名。

——齐己《江行晓发》

旅馆候天曙，整车趋远程。

几处晓钟动，半桥残月明。

沙上鸟犹睡，渡头人已行。

去去古时道，马嘶三两声。

——唐求《晓发》

马上续残梦，不知朝日升。

乱山横翠嶂，落月淡孤灯。

奔走烦邮吏，安闲愧老僧。

再游应眷眷，聊亦记吾曾。

——苏轼《太白山下早行至横渠镇书崇寿院壁》

村鸡已报晨，晓月渐无色。

行人马上去，残灯照空驿。

——刘子翚《早行》

这些诗，各有特色。温庭筠的一首尤有名。其中的"鸡声茅店月，人迹板桥霜"，沈德潜曾说"早行名句，尽此一联"，不为无据。鸡呀，月呀，店呀，桥呀，霜呀，许多早行诗都写到了，却写得比较分散，而这一联，却作了典型的概括，又有景有情，有声有色。刘驾的一首以"马上续残梦，马嘶时复惊"发端，很精彩。齐己也写到梦。苏轼则用了刘驾的首句，而继之以"不知朝日升"，以见"梦"之沉酣，"乱山横翠嶂，落月淡孤灯"，那自然是"梦"醒之后看到的。

现在再看陈与义的《早行》。

头一句，不说"鸡唱"，不说"晨起"，不说"开门"，不说"整车"或"动征铎"，而主人公已在旅途行进，"行"得特别"早"。"行"得特别"早"，既不是用"未五更"之类的抽象语言说出来的，又不是用"流萤"、"栖禽"、"渔灯"、"戍火"、"残月"之类的客观景物烘托出来的，而是通过主人公的感觉准确地表现出来的。"露侵驼褐晓寒轻"中的"驼褐"，是一种用兽毛（不一定是驼毛）制成的上衣，露水不易湿透；看来是主人公为了防露特意穿上的，其上路之早可见。出发之时还没有露，穿"驼褐"是为了防露，而如今呢，"露侵驼褐"，以至于使他感到"晓寒"了！那么他已经"行"了很久，也是不言而喻的。

"晓寒"的"晓"指天亮。但在这里，它作为"寒"的定语，不一定专指天亮。黎明前后的那一段时间比较"寒"，可笼统地称为"晓寒"。当主人公因露水侵透驼褐而感到寒凉的时候，还没有天亮，看下句自明。

第二句，诗人不写"月"而写"星斗"。"星斗阑干分外明"，这是颇有特征性的景象。"阑干"，纵横貌。古人往往用"阑干"形容星斗，如"月没参横，北斗阑干"之类。月明则星稀，因为星光为月光所掩。"星斗阑干"，而且"分外明"，说明这是阴历月终（即所谓"晦日"）的夜晚，压根儿没有月。此其一。第一句写到"露侵驼褐"，露，那是在下半夜晴朗无风的情况下才有的。晴朗无风而没有月，"星斗"自然就"阑干"、就"明"，其写景之确切、细致，也值得肯定。此其二。更重要的还在于写"明"是为了写"暗"。人们常讲到"黎明之前的黑暗"，在"黎明之前的黑暗"还未出现之时，满天星斗是"明"的，但那只是一般的"明"，只是由于无月才显得"明"。在"黎明之前的黑暗"出现以后，由于地面的景物比以前"分外"暗，所以天上的星斗也就被反衬得"分外"明。

反衬这种表现手法是诗人们常用的，但通常是把衬托的双方同时写出。如"野径云俱黑，江船火独明"（杜甫《春夜喜雨》），"浓绿万枝红一点，动人春色不须多"（王安石失题断句）之类，一望而知是以"明"反衬"暗"、以"绿"反衬"红"。至于杜甫《春望》的首联"国破山河在，城春草木深"，如司马光《续诗话》所指出："'山河在'，明无馀物矣；'草木深'，明无人矣。"作为大唐帝国京城的长安而"草木深"，其人迹稀少可知。这与杜甫《别唐十五》中的"萧条四海内，人少豺虎多"实际是一回事，所不同的只是写了相互衬托的一个方面，而"人少"这另一方面，则是"象外之象"，需要读者通过想象加以再现。"星斗阑干分外明"亦复如此，诗人只写了"明"的一个方面，但细心的读者会从这一方面想象出与之反衬的另一方面："暗"。如果已经天亮乃至大亮，星斗就不再"阑干"，也不再"明"，更不可能"分外明"了。

第三句"寂寞小桥和梦过"，可以说"立片言以居要，乃一篇之警策"。前引诸诗中刘伯郁的"残月半桥霜"、温庭筠的"人迹板桥霜"、唐求的"半桥残月明"，都以桥上霜月，烘托出行之"早"。此句仅于"小桥"前加"寂寞"一词，而"早"意全出。怎见得？"小桥"乃行人所必经，天亮之后，熙来攘往，其喧闹甚于他处。而今却如此"寂寞"，不正说明诗中主人公是最"早"经过此桥的行人吗？前引诸诗中齐己的"犹带梦魂行"，刘驾、苏轼的"马上续残梦"，都以睡意尚浓、旅途作梦来暗示出行之"早"。此句也写梦，却与"寂寞小桥"结合，构成了更其独特、更其丰满的意象，令人玩索不尽。

赶路而做梦，一般不可能是"徒步"。齐己的诗以"舟子相呼起"开头，表明"犹带梦魂行"实际是人在船上做梦，"行"的是船。刘驾、苏轼，则都说"马上续残梦"。独自骑马，一般也不敢放心地做梦。刘驾就明说"僮仆近我行"。苏轼呢，虽未明说，但他作此诗时正做凤翔通判，奉命至郿县一带"减决囚禁"，当然有人随从。明乎此，则"寂寞小桥"竟敢

"和梦过"，其人在马上，而且有人为他牵马，不言可知。这样的分析如果合乎情理，不算穿凿的话，就让我们回到前面去，再看看第一句和第二句。

第一句不诉诸视觉写早行之景，却诉诸触觉写寒意袭人，这是耐人寻味的。联系第三句，这"味"也不难寻。过"小桥"还在做梦，说明主人公起得太"早"，觉未睡醒，一上马就迷糊过去了。及至感到有点儿"寒"，才耸耸肩，醒了过来，原来身上湿漉漉的，一摸，露水已侵透了"驼褐"。接下去，其心理活动是："嗬！已经走了这么久，天快亮了吧！"然而凭感觉，是无法准确地判断是否天亮的，自然要借助视觉。睁眼一看，大地一片幽暗；抬头看天，不是"长河渐落晓星沉"（李商隐《嫦娥》），而是"星斗阑干分外明"，离天亮还远呢！于是又合上惺忪睡眼，进入梦乡。既进入梦乡，又怎么知道在过桥呢？就因为他骑着马。马蹄踏在桥板上发出的响声惊动了他，意识到在过桥，于是略开睡眼，看见桥是个"小"桥，桥外是"稻"田，又蒙蒙眬眬，进入半睡眠状态。

第一句写触觉，第二句写视觉；三、四两句，则视觉、触觉、听觉并写。先听见蹄声响亮，才略开睡眼，"小"桥和"稻"田，当然是看见的。而"稻田深处草虫鸣"，则是"和梦"过"小桥"时听见的。正像从响亮的马蹄声意识到过"桥"一样，"草虫"的鸣声不在桥边而在"稻田深处"，也是从听觉判断出来的。

诗人在这里也用了反衬手法。"寂寞小桥和梦过"，静中有动；"稻田深处草虫鸣"，寂中有声。四野无人，一切都在沉睡，只有孤寂的旅人"和梦"过桥，这静中之动更反衬出深夜的沉静，万籁俱寂，一切都在沉默，只有几个草虫儿的鸣叫传入迷离梦境，这寂中之声更反衬出大地的阒寂。正因为这样，诗人确切地用了"寂寞"一词。"寂寞"是一种感觉。它当然不是"小桥"的感觉，而是旅人"和梦"过小桥时的感觉。这感觉，是由视觉和听觉引起的。就视觉说，略开睡眼，看见桥上别无行人，田间亦无农夫，只有梦魂伴随着自己孤零零地过桥，就感到"寂寞"。《楚辞·远游》云："野寂漠（寞）其无人。""寂寞"所包含的一层意思，就是因身外"无人"而引起的孤独感。而"无人"，在这里又表现天色尚"早"，——比唐求所写的"渡头人已行"、刘驾所写的"溪边人已耕"当然"早"得多。就听觉说，既无人语，又无鸟叫，只有唧唧虫声在迷离梦境中时隐时现，就感到"寂寞"。陆机《文赋》云："叩寂寞而求音。""寂寞"所包含的又一层意思，就是因

334

四周"无声"而引起的寂寥感。而"无声",在这里也表现天色尚"早",——比齐己所写的"鸟乱村林迥,人喧水栅横"当然"早"得多。

前引诸诗写"早行"过程,都写到天亮以后,客观景物的可见度越来越大,因而主要诉之于视觉,写景较多。"早霞稍霏霏","村店烟火动","枳花明驿墙","乱山横翠嶂"等等,都是有形有色、明晰可见的视觉形象。这首七绝写"早行"过程,却截止于天亮之前,而天上又没有月,地面上的景物,其可见度始终很有限。因此,只有"星斗阑干分外明"一句写视觉形象。"小桥"、"稻田",虽然来自视觉,但这只是近景,又只看出"桥"是"小"桥、"田"是"稻"田而已,所以只提了一下,未作形象的描绘。其他全诉诸触觉和听觉。这首诗的最突出的艺术特色,就表现在诗人通过主人公的触觉、视觉和听觉的交替与综合,描绘了一幅独特的"早行"(甚至可以说是"夜行")图。读者通过"通感"与想象,主人公在马上摇晃,时醒时睡,时而睁眼看地,时而仰首看天,以及凉露湿衣、虫声入梦等一系列微妙的神态变化,都宛然在目,天上地下或明或暗、或喧或寂、或动或静的一切景物特征,也一一展现眼前。

温庭筠的诗,写的是"商山"早行,季节是早春;其景物描写,都切合特定的时和地。这首诗,从"小桥"、"稻田"和夜露之浓可以侵透"驼褐"看,其地大约是江南水乡;从夜露寒凉和草虫鸣叫看,其时大约是深秋。古人不是说"以虫鸣秋"吗?诗人围绕早行者的寂寞旅行,写出了江南水乡的一个虽然无月却晴朗无风的深秋之夜的独特景色,其写景之切合特定的时和地而不流于一般化,也是颇费匠心的。

陈与义(1090—1138),字去非,自号简斋,洛阳人,北宋徽宗时曾任太学博士。金兵南下,他避难南奔,经襄阳、湖南、广东、福建而抵达南宋的都城临安,累官参知政事。在南北宋之交,他要算最杰出的诗人。他的《简斋集》,在南宋已有胡稚的注本,这首《早行》七绝就在里面,似乎不存在真伪问题。南宋末期人韦居安著《梅涧诗话》(《读画斋丛书》本),在卷上引了一首诗,和这首《早行》诗只有两字之异:"露"作"雾","分"作"野"。作者呢,却说是李元膺。李元膺是北宋人,其活动时期,早于陈与义。一种较大的可能性是韦居安凭记忆引了陈与义的诗,却记错了作者,又记错了两个字。"雾",当然可以侵透"驼褐",但既然"雾"那么浓,又怎么能够看清"星斗阑干"呢?"星斗"即使"阑干",其光芒毕竟是微弱的，又哪能透过浓"雾"，照得"野外"通"明"呢？有比较才有鉴别，把这只有两字之异的两首诗加以比较，更看出原作的艺术构思是多么精密！

张良臣《雪窗小集》（《南宋群贤小集》第十册）中有一首《晓行》诗（也选入《诗家鼎脔》）：

千山万山星斗落，一声两声钟磬清。

路入小桥和梦过，豆花深处草虫鸣。

张良臣的活动时代比较晚，他大约读陈与义的作品，很喜爱那首《早行》诗，也想作一首，却没有认真作，只来个"改头换面"。题目改《早行》为《晓行》，时间推后了，主人公自然不会因"露侵驼褐"而感到"寒"，所以丢掉了原作的第一句，从第二句上打主意。既然时间推后了，天"晓"才出"行"，那么还说"星斗阑干"就不合适，于是想出了"星斗落"；再加上"千山万山"，就有了第一句。"千山万山"中不可能没佛寺，天晓之时，寺里的和尚是要敲钟击磬的，这便作出了第二句。原作的三四两句，看来是张良臣最羡慕的，各换两字，就据为己有，一篇诗算是作成了。然而那四个字的改换，不妨说是"点金成铁"。"入"字跟"过"字相碍，句法很别扭，此其一。"路入小桥"之后才进入梦境，还说"和梦过"，那"桥"就应该是数里长桥，不是"小"桥，此其二。天"晓"后才出"行"，还在"桥"上做梦，哪来的那么多瞌睡？此其三。至于"豆花深处"，乍看似乎比"稻田深处"色彩鲜明，但"豆花"开放在什么季节，这季节是否与"草虫鸣"合拍，也值得怀疑。

《梅涧诗话》所引的那一首、张良臣的这一首和陈与义的《早行》诗相较，究竟孰优孰劣，自然还可以讨论，但从这里看出，陈与义的这首七绝，曾经是受到诗人们的重视的。

登 岳 阳 楼

萧德藻

不作苍茫去，真成浪荡游。

三年夜郎客，一舵洞庭秋。

得句鹭飞处，看山天尽头。

犹嫌未奇绝，更上岳阳楼。

萧德藻曾从曾几学诗，又是姜夔的老师和岳父。杨万里很推崇他的诗，把他与尤袤、范成大、陆游并列，称为"近代风骚四诗将"。因诗集久佚，存诗不多，故逐渐被人遗忘。

这首诗见杨万里《诚斋诗话》，前面有"信脚到太古，又登岳阳楼"两句，前一句五字皆仄声，后一句与结尾重复，显然是误抄上去的。删去这两句，便是一首完美的五律。

首句衬托次句，意思是：我不曾在苍茫辽阔的江南烟水之乡遨游，却来到夜郎、洞庭一带浪荡。次句领起以下三联：夜郎远在天边，我却在那里作客长达三年之久；洞庭湖波翻浪涌，浩淼无际，我却在那里孤舟漂流；得句（得到诗句）于白鹭飞处，承"洞庭"；看山于青天尽头，承"夜郎"；结尾"上岳阳楼"，当然也是"浪荡游"的内容。

在洞庭、夜郎一带长期漂泊，本来是并不得意的事，作者却写得兴会淋漓，豪情满怀。全诗造句新颖，属对精工，一气旋转，灵动洒脱。以"浪荡游"启下，以"犹嫌未奇绝"上包二、三联内容，又引出结句"更上岳阳楼"。这真是"浪荡游"，真是"奇绝"更"奇绝"的"浪荡游"！读此诗至结尾，不禁联想起苏轼《六月二十日夜渡海》的尾联"九死南荒吾不恨，兹游奇绝冠平生"。

次韵傅惟肖

萧德藻

竹根蟋蟀太多事，唤得秋来篱落间。

又过暑天如许久，未偿诗债若为颜。

肝肠与世苦相反，岩壑嗔人不早还。

八月放船飞样去，芦花丛外数青山。

古人作诗，先作的称原唱，就原唱酬答的，叫和诗。和诗如果依次用原唱的脚韵，叫次韵或步韵。这首诗，便是依次用原唱的脚韵酬答傅惟肖的，可惜原唱没有流传下来。

这是一首完全符合格律的七律，却未受格律束缚，句法、章法，都活泼、跳脱，显示了作者的深厚功力和独特的艺术风格。

看样子，傅惟肖早在"暑天"就作了诗，要求作者"次韵"，他没有马上作次韵诗回报，这就欠下了"诗债"。如今已到秋天，如果还不还债，就太难为情了，所以提笔作此诗。弄清了这一层，便会看出前四句作得多么巧！从事件发展的顺序看，友人作诗索和在"暑天"，他和诗回报在秋天。按这个顺序作诗，就太平板了。所以颠倒过来，先从眼前的秋天写起。秋天如何写，也关系到诗的优劣。如果写成："啊！秋天已经来了！"那也不像样子。作者用的是触景生情法，这也不新鲜，但他写得很新鲜。忽然听见屋外的竹丛下面传来蟋蟀的叫声，意识到秋天来临，这已经不算平庸，出人意外的是他跨越一层，责怪蟋蟀："躲在竹根边的蟋蟀啊！你太多事了！为什么要把秋天唤到我的篱落之间呢？"如此写秋天来临，何等新奇！当然，蟋蟀在秋天叫，但秋天并不是它唤来的。怨蟋蟀，怨得很无理，却十分有趣。古典诗词中，是有不少无理而有趣的佳句的。在点出秋天之后，突然回到暑天："啊，度过暑天已经这么久了！可我还没有偿诗债，面子上怎么过得去呢！"这两句，还是讲究对仗的，却一气贯串，活泼自然，令人感觉不到这是对偶句。应该指出，这是一种很高明的手段。

前四句写"次韵"还诗债，后四句，大约是联系原作的内容，自写怀抱，打算辞官归隐。"肝肠与世苦相反"一句有如奇峰突起，不知道他要说明什么问题，看下句，其寓意便清楚了。肝肠与世人完全合拍，比如世人趋炎附势，你也趋炎附势；世人巧取豪夺，你也巧取豪夺；世人以权谋私，你也以权谋私；上司喜欢受贿，你便请客送礼；如此这般，自然官运亨通，青云直上。而"肝肠与世苦相反"，什么都和人家唱反调，那根本就不是做官的料子。不要说世人，连故乡的"岩壑"都看透"我"不是做官的那块料，嗔怪道："你为什么不早点回来呢？"开头是作者埋怨蟋蟀，这里又是岩壑责怪作者，同样用拟人化手法，却花样翻新，各显风韵。作此诗时蟋蟀唤秋，大约是阴历七月。七月打算退隐，说退便退，因而预想到了"八月"，便辞官放船，像苍鹰急飞那样回到故乡的岩壑，在芦花丛外数青山了。杜甫《闻官军收河南河北》的尾联"即从巴峡穿巫峡，便下襄阳向洛阳"，写想象中的行程其疾如飞，生动地表现了急于还乡的心情，而多年来的战乱流离之苦，见于言外。这首诗的尾联"八月放船飞样去，芦花丛外数青山"，写想象中的行程速度更快，生动地表现了急于归隐的心情，而多年来浮沉宦海的辛酸，也见于言外。

游 山 西 村

陆 游

莫笑农家腊酒浑，丰年留客足鸡豚。
山重水复疑无路，柳暗花明又一村。
箫鼓追随春社近，衣冠简朴古风存。
从今若许闲乘月，拄杖无时夜叩门。

乾道二年（1166），作者在隆兴通判任，因支持张浚北伐，被投降派以"交结台谏，鼓唱是非，力说张浚用兵"的罪名弹劾，免官回到故乡山阴，卜居于镜湖附近的三山。这首《游山西村》，作于第二年春天。山西村，即三山西边的村子。

首联写游到山村，被农家邀去做客，硬留他吃饭。因为遇上丰年，又准备过春社，所以用酒肉待客。上年腊月酿的米酒虽然浑一些，但鸡肉、猪肉只管往上端，足够吃。两句诗，把农民的热情、好客和丰收之年的喜悦表现得活灵活现，令人神往。

细玩诗意，诗人用了倒叙手法。先写在农家做客，然后补写来到这个村子的沿途景物及村中景象。诗人从他居住的那个村子出发，信步漫游，并无明确的目的地。走过几重山，绕过几条水，只见前面"山重水复"，好像"无路"可走。可是继续前进，忽觉豁然开朗，出现在眼前的是"柳暗花明又一村"。两句诗，委婉明丽，状难状之景如在目前，其中又蕴涵人生哲理。不论是干事业、做学问，都会遇到类似的境界，因而常被人引用，至今传诵不衰。诗人来到这个"柳暗花明"的村子，只见"衣冠简朴"的村民们有的吹箫，有的打鼓，互相"追随"，热闹非凡。原来这里"古风"犹存，大家正准备过春社呢！古代民俗，春社祝祷丰收，民众竞技、奏乐，进行各种表演，并集体欢宴。唐人王驾《社日》诗云："鹅湖山下稻粱肥，豚栅鸡栖半掩扉。桑柘影斜春社散，家家扶得醉人归。"到了南宋，这种民俗还未改变，陆游的这两句诗，正展现了南宋农村的风俗画。

从顺序看，首联所写的农家留客情景，应该是出现在三联展现的场景之后的，因而以"从今若许闲乘月，拄杖无时夜叩门"收束全诗。"门"，就是留他吃饭的那个"农家"的"门"。诗人从应试到罢官归里，受尽了上层统治者的打击迫害，真有"山重水复疑无路"的感觉，可是一到上层统治者当牛马看待的农民家里，受到热情款待，便感到无限温暖，顿觉"柳暗花明"。因而以"莫笑"领起，先赞赏淳朴的"农家"，结尾又说从今以后，不要说白天，就是月明之夜，也要"叩门"来访的。读完全诗，令人感到作者游山西村，发现了一片淳朴可爱的新天地。如果用记流水账的办法写，就很难收到这样的艺术效果。

剑门道中遇微雨

陆　游

衣上征尘杂酒痕，远游无处不消魂。
此身合是诗人未？细雨骑驴入剑门。

这是一首脍炙人口的小诗，但理解上却颇有分歧。例如或认为诗人"从生活中抓取出富有趣味的又能够表现人物思想感情的小片断来加以描绘，调子是轻松愉快的"；或认为作者"因当前富有诗意的生活而联想到以前诗人骑驴的故事，有尚友古人的意思"；或认为"在这首诗里，表现出诗人善于即景生情地发掘生活中的诗意，并且随手拈来，似乎全不费力地构成一个诗情荡漾的境界"；或认为"这首诗看是自喜实是自嘲，寓沉痛悲愤于幽默之中，婉约而富有情趣"；或认为"并没有自嘲的意思，他还是相当欣赏这种有浪漫情调的诗人生活呢"。有些意见，还是针锋相对的。

"颂其诗，读其书，不知其人，可乎？"读这样理解上有分歧的诗，更有必要"知其人"。因而不妨粗略地看看陆游写这首诗之前的生活经历和写这首诗之时的境遇和心情。

　　陆游这位杰出的爱国诗人"少小遭丧乱，妄意忧元元"，二十岁之时，就渴望"上马击狂胡，下马草军书"，为收复中原、统一祖国效力，但由于秦桧之流把持朝政，他的理想无法实现。乾道三年（1167），他已经四十三岁，才做个隆兴通判的小官，又以"力说张浚用兵"抗金的罪名，遭到罢斥，回到山阴老家。乾道五年，起为夔州通判；次年闰五月自山阴出发，十月抵夔州，沿途写了著名的《入蜀记》。乾道八年（1172），被四川宣抚使王炎辟为干办公事。三月，他赶到南郑（今陕西汉中），积极参加了收复长安的准备工作。半年之内，西到仙人原、两当县，北到黄花驿、金牛驿，南到飞石铺、橘柏渡，或防守要塞，或侦察敌情，还参加过强渡渭水的战役和大散关的遭遇战。但正当收复长安的事业有了希望的时候，王炎被调回临安，陆游被改任成都府安抚司参议官。满怀希望，又化为泡影。这年十一月，陆游携同家眷赴成都，过剑阁之时，写了一首五律《剑门关》：

> 剑门天设险，北乡（同"向"）控函秦。
>
> 客主固殊势，存亡终在人。
>
> 栈云寒欲雨，关柳暗知春。
>
> 羁客垂垂老，凭高一怆神。

"存亡终在人"，然而人事又如何呢？收复长安的计划已然落空，在"垂老"之年，作为"羁客"，于"栈云寒欲雨"的愁惨氛围中爬上剑阁，怎能不"凭高一怆神"？

　　《剑门道中遇微雨》和《剑门关》是同时的作品，互相印证，可以帮助我们比较准确地把握它们的精神实质。

　　现在让我们看看《剑门道中遇微雨》这首七绝究竟写了些什么，是怎样写的。

　　人在"剑门道中"奔波，又"遇微雨"，衣服就会淋湿，因而首句便从"衣上"着笔，却又不说雨湿征衣，而说"衣上征尘杂酒痕"，正表现了大诗人在开掘题材、提炼主题方面的功力。雨湿征衣，只能说明旅途的艰苦而已，何况这一层意思，已包含在题中了。而"征尘杂酒痕"，则深刻地概括了诗人的处境和心境。"征尘"，首先来自从南郑到剑门的长途跋涉，但同时也来自"铁马秋风大散关"的战斗生活。那战斗生活只留下"衣上征尘"，不可复得；如今离开前线到后方的成都去做那个英雄无用武之地的参议官，"衣上"徒然增添旅途的"征尘"，怎能不百感丛生！"渭水函关原不远，着鞭无日涕空横"（《嘉州铺得檄遂行中夜次小柏》），未离南郑时尚且如此，何况如今呢？于是，唯一的办法就是借酒浇愁解闷，"衣上征尘"，又杂有"酒痕"了。诗人在此后所作的《长歌行》中声明他"平时一滴不入口"，并非一贯贪杯，只是在"国仇未报壮士老"的悲愤无由消除的情况下才"剧饮"的。

第二句"远游无处不消魂"，是个陈述句。从先后次序上看，应该先说"远游"，然后对"远游"情景作具体描写。然而"文似看山不喜平"，这样写，虽易于理解，却未免平庸。诗人且不说"远游"，一上来就用了个描写句，用"衣上征尘杂酒痕"一句描绘"远游"情景，并以实写虚，展现了"远游"者的内心世界，这才用"远游"二字点明，既使得起势突兀，一上来就抓住读者，又获得形象的鲜明性，加强了艺术感染力。王维《观猎》一开头就写"风劲角弓鸣"，第二句才点明"将军猎渭城"；杜甫《画鹰》第一句就写"素练风霜起"，接着才说"苍鹰画作殊"；都用的是这种"逆起"法。

"远游"的"游"含义很丰富，不单指游玩、游览、游乐。它是相对于家居而言的，在家的人叫"居人"，出门的人就叫"游人"、"游子"。至于出门去干什么，或游宦，或游学，则视具体情况而定。具体到这首诗，"远游"指诗人从南郑到成都的长途旅行，但实际上，还可以追溯得更远。从乾道六年离开山阴老家赴夔州，奔南郑，直到现在去成都，调动频繁，仆仆风尘，都是这"远游"的具体内容。正因为这样，就感到这"远游""无处不消魂"了！"消魂"这个古代汉语中的词其含义相当丰富、复杂，用现代汉语中的任何一个词，都无法准确地对译。江淹《别赋》："黯然消魂者，唯别而已矣。"李善注云："夫人魂以守形，魂散则形毙。今别而散，明恨深也。"这解释当然是正确的。但"消魂"又不限于形容愁恨悲伤一类的感情。有时又用以表现喜悦，如说"真个消魂"之类。大致说来，凡因外界感触而使得心情激动，都可用"消魂"，究竟是愁是喜，是恨是乐，也要看具体情况。这里的"远游无处不消魂"，只有联系上下文才能得到确切的理解。上文已作了一些分析，且看下文。

"此身合是诗人未？"——我这个人，应该算是诗人呢？还是不应该算是诗人？

这一问，问得很突然，问得出人意外。他早已是出名的诗人了，而且算不算诗人，他岂能没有自知之明，何必多此一问？何况这一问和上句的"消魂"之间，又很难找到内在的联系。

看看下句，才知道先后次序又被颠倒了。

第二句中的"无处"当然包括此处："剑门道中"。"消魂"，也当然指"远游"至"剑门道中"，使诗人深有感触，心情激动。但光说"消魂"，毕竟很抽象，于是在"衣上征尘杂酒痕"的基础上作进一步的形象描绘，写出了"细雨骑驴入剑门"这句绝妙好诗，那位"远游"者的神态及其旅途景物，便都跃然纸上。这就是说，按顺序"细雨骑驴入剑门"，应该紧接"远游无处不消魂"；那一问，则是由此激发出来的，应该移在后面，而作者却把它提前了。一提前，就突出了那一问的重要性，使读者急于得到答案。而读了第四句，又发现那并非答案，而是提出问题的根据。问而不答，就不能不引人深思，从而收到了言已尽而意无穷的艺术效果。

"衣上征尘杂酒痕"，"细雨骑驴入剑门"，此情此景，引起了诗人的许多联想。自己骑驴远游，衣有"酒痕"，就联想到许多诗人也骑驴，也好酒。例如李白，就乘醉骑驴游华阴（见王琦《李太白全集注》卷三十六引《合璧事类》）。杜甫则"骑驴十三载，旅食京华春"（《奉赠韦左丞丈二十二韵》），又往往把诗和酒联系起来，如说："醉里从为客，诗成觉有神"（《独酌成诗》）等等。早在陆游之前，就有《杜子美骑驴图》（见《广川画跋》卷四）和《醉杜甫像》（见《画声集》卷一）流传。至于孟浩然骑驴踏雪寻梅、贾岛骑驴赋诗、孟郊骑驴苦吟、李贺骑驴觅句、郑綮"诗思在灞桥风雪中驴子背上"，则更为人所熟知。而自己过剑门入蜀，又自然联想到杜甫过剑门入蜀的经历，联想到以《蜀道难》诗赢得"谪仙"称号的蜀中诗人李白，联想到杜甫、黄庭坚入蜀以后在诗歌创作上取得的杰出成就。这许多联想，就引出了意味深长的一问。既然许多前代的著名诗人都如此，我亦如此，那么，我究竟该不该算是个诗人呢？

这一问意味深长，不能用简单的"是"或者"不是"来回答。

让我们看看陆游的《读杜诗》：

城南杜五少不羁，意轻造物呼作儿。

一门酣法到孙子，熟视严武名挺之。

看渠胸次临宇宙，惜哉千万不一施。

空怀英概入笔墨，《生民》《清庙》非唐诗。

向令天开太宗业，马周遇合非公谁？

后世但作诗人看，使我抚几空嗟咨！

满怀壮志，满腹经纶，却得不到马周遇太宗那样的机缘，因而一筹莫展，只能"空怀英概入笔墨"，而世人又不明真相，仅仅将其看作诗人，真使人抚几嗟叹，感慨万千！这是讲杜甫吗？是的，是讲杜甫，但也是讲自己。

在《长歌行》里，陆游就明确地为自己报国无门而提出诘问："岂其马上破贼手，哦诗长作寒螿鸣？"而这一问，又是自己无法回答的。

"此身合是诗人未？"这一问，他自己也无法回答。就主观方面说，在南郑的时候，陆游就主张先收复长安，再经略中原，用"会看金鼓从天下，却用关中作本根"，"莫作世间儿女态，明年万里驻安西"之类的豪壮诗句抒发过宏伟的理想。直到晚年，仍然梦想"驱铁马"、"渡桑乾"、"北定中原"、"为国戍轮台"，何尝甘愿"哦诗常作寒螿鸣"，仅仅做个诗人？然而客观现实不许可实现自己的理想，又有什么办法？如今被迫离开了边防前线，不是"驱铁马"，而是"骑蹇驴"，不是"凯旋宴壮士"，而是独自喝闷酒，不是"追奔露宿青海月，夺城夜踏黄河冰"，而是"衣上征尘杂酒痕"，"细雨骑驴入剑门"。这岂不是仅仅落得个诗人的下场了吗？

为了进一步理解"此身合是诗人未"的内涵，不妨再看看诗人入蜀以后所作的《夏夜大醉醒后有感》：

少时酒隐东海滨，结交尽是英豪人；

龙泉三尺动牛斗，《阴符》一编役鬼神。

客游山南（"山南"指南郑——引者）夜望气，颇谓王师当入秦；

欲倾天上河汉水，净洗关中胡虏尘。

那知一旦事大谬，骑驴剑阁霜毛新；

却将覆毡草檄手，小诗点缀西州春！

素心虽愿老岩壑，大义未敢忘君臣；

鸡鸣酒解不成寐，起坐肝胆空轮囷。

附带一提：我们的堪称"伟大"的古典诗人，其最高理想都不是做一个诗人而已，而是"馀事作诗人"。陆游晚年教导他的儿子说："汝若欲学诗，工夫在诗外。"这"诗外工夫"，一般理解为生活阅历，当然不算错，但陆游的本意，主要指在做人上下工夫，做一个有益于国家民族的人。在国家民族危急存亡之秋，那就要"忘家思报国"，"万里扫尘烟"，扶颠持危，活国济民。

综合以上的分析，这首《剑门道中遇微雨》的情调不能说是"轻松愉快的"，更不能说作者"相当欣赏这种有浪漫情调的诗人生活"。就基本内容而言，这首诗与《读杜诗》、《长歌行》、《夏夜大醉醒后有感》相类似，抒发了壮志难酬的愤懑，但在艺术表现上却另辟蹊径。前三首，直抒胸臆，激情喷涌；这一首，含蓄婉约，意在言外。孤立地看：衣有"征尘"，只说明赶路而已；衣有"酒痕"，只说明喝酒而已；"远游"，"消魂"，其含义又丰富、复杂，难以确指。"远游"如果是为了欣赏自然风景，那么"微雨"中的剑阁七十二峰也煞是好看，能给人以美的享受，令人"消魂"。"骑驴"寻诗，又有其悠久的传统，"细雨骑驴入剑门"，就更有诗意。"诗人"的桂冠，也是令人歆羡的，"此身合是诗人未"，未尝不可以理解为以"合是诗人""自喜"。然而在顾及作者"全人"的同时细读"全诗"，便于含蓄中见忧愤，于婉约中见感慨。惟其含蓄，忧愤更其深广；惟其婉约，感慨更其沉痛。

长 歌 行

陆 游

人生不作安期生，醉入东海骑长鲸；

犹当出作李西平，手枭逆贼清旧京。

金印煌煌未入手，白发种种来无情。

成都古寺卧秋晚，落日偏傍僧窗明。

岂其马上破贼手，哦诗长作寒螀鸣？

兴来买尽市桥酒，大车磊落堆长瓶；

哀丝豪竹助剧饮，如钜野受黄河倾。

平时一滴不入口，意气顿使千人惊。

国仇未报壮士老，匣中宝剑夜有声。

何当凯旋宴将士，三更雪压飞狐城！

《昭昧詹言》卷十二引姚鼐云：

> 放翁兴会焱举，辞气踔厉，使人读之，发扬矜奋，兴起痿痹矣；然苍黝蕴藉之风盖微。所谓"无意为文而意已独至者"，尚有待欤？

大致说来，这看法并不错。但陆游"六十年间万首诗"，题材、体裁、风格相当多样，一概而论，自难准确。例如《剑门道中遇微雨》、《楚城》这样的小诗，决非"苍黝蕴藉之风盖微"，而是含蓄蕴藉，含不尽之意见于言外。至于他那些悲愤激昂、热情喷涌、大声疾呼的爱国诗，可以说"蕴藉之风盖微"，但这是这类诗的特点，很难说是什么缺点。要恰如其分地表现火山爆发似的激情，是难得含蓄的。让我们谈谈这类诗的代表作《长歌行》。

"人生不作安期生，醉入东海骑长鲸；犹当出作李西平，手枭逆贼清旧京。"一起直抒壮怀，"辞气踔厉"，有如长江出峡，涛翻浪涌，不可阻遏。从语法结构上看，这四句诗实际上是一个包含两个分句的复句。两个分句，又不是并列关系，它们以"人生"为共同主语，"不作……"只起陪衬作用，由于这个分句的陪衬，突出了"犹当出作……"的意义。正因为这四句诗并不是各自独立的四句诗，而是由两个一衬一正的分句组成的复句，所以必须一口气读到底，从而显示其奔腾前进、骏迈无比的气势。当然，形式决定于内容，又为内容服务。但就文艺创作而言，并不是有了什么样的内容就自然而然地有了相适应的形式。作者的壮志豪情有如岩浆沸腾，需要相适应的语言形式加以表达，而作者经过艰苦的构思，终于用旧体诗中罕见的二十八个字构成的长句出色地表达了他的壮志豪情，这就是"创作"。

这个长句里的安期生，相传是古代仙人。《史记·封禅书》及《列仙传》都说他往来于东海边及蓬莱山，食枣、卖药，已逾千岁，并未提到醉酒骑鲸。醉酒骑鲸，则是诗人的想象。杜甫《送孔巢父谢病归游江东兼呈李白》云："巢父掉头不肯住，东将入海随烟雾。……南寻禹穴见李白，道甫问讯今何如。""南寻禹穴见李白"一句，有的版本则作"若逢李白骑鲸鱼"。其他如苏轼《次韵张安道读杜诗》有"骑鲸遁沧海"之句，《送杨杰》也说"醉舞崩崖一挥手……笑厉东海骑鲸鱼"。陆游把关于神仙的传说和诗人的想象结合起来，构成第一个分句，表达一种非凡的"人生"理想。

这个长句里的李西平指李晟（727—793）。李晟字良器，洮州临潭（今属甘肃）人，初为西北边镇裨将，因屡立战功，调任右神策军都将。唐德宗时，率军讨伐藩镇田悦、朱滔、王俊武的叛乱；太尉朱泚叛唐称帝，他回师讨平，收复长安。任凤翔、陇右节度等使，兼四镇、北庭行营副元帅，封西平郡王。《旧唐书》卷一三三、《新唐书》卷一五四有传。陆游突出其平叛收京的史实，构成了第二个分句，表达他梦寐以求的人生理想。

这个长句用现代汉语翻译，那就是：人生如果不能做一个像安期生那样的仙人，醉骑长鲸，在汪洋大海里纵横驰骋，就应当做一个像李西平那样的名将，消灭逆贼，收复旧京，使天下清平。用安期生的传说和李西平的史实，这是古典诗歌中常见的"使事"（或称"用典"、"用事"、"用书卷"）手法。"使事"要"切"要"活"，忌"泛"忌"死"。赵翼曾说陆游"使事必切"，又说陆游"才气豪健，议论开辟，引用书卷，皆驱使出之，而非徒以数典为能事，意在笔先，力透纸背"（《瓯北诗话》卷六），这可以说相当准确地概括了陆游"使事"极"切"极"活"的特点。就这个长句而言，"用事"的"切"和"活"表现在借古喻今，用李西平的史实确切地抒发了自己的抱负，"用事"实际上起了比喻的作用。李西平的史实是具体的、丰富的，借以自比，就不仅把自己的抱负表达得很具体、很形象，而且连自己所处的环境也和盘托出，收到了"词约义丰"的效果。谁都可以看出，"手枭逆贼"中的"逆贼"是以朱泚比喻女真侵略者，"清旧京"中的"旧京"是以朱泚占据的唐京长安比喻沦陷于女真奴隶主贵族之手的宋京开封。北中国被侵占，南宋偏安一隅的历史形势，不都表现得一清二楚吗？

有些评论家用"一泻千里"之类的词语赞扬诗文气势的雄壮豪放，这是值得商榷的。实际上，这一类词语含有贬义。《丽泽文说》云："鼓气以势壮为美。势不可以不息，不息则流宕而忘返。"《春觉斋论文·气势》云："文之雄健，全在气势。气不王（旺），则读者固索然；势不蓄，则读之亦易尽。故深于文者，必敛气而蓄势……苏明允《上欧阳内翰书》称昌黎之文'如长江大河，浑浩流转，鱼鳖蛟龙，万怪惶惑，而抑遏蔽掩，不使自露'，此真知所谓气势，亦真知昌黎能敛气而蓄势者矣。"文固如此，诗亦宜然。杜甫的诗，特别是五七言古体诗，沉郁顿挫，曲折变化，抑扬跌宕，浑浩流转，故尺幅有万里之势。王士禛认为陆游"七言逊杜、韩、苏、黄诸大家，正坐沉郁顿挫少耳"，"少"到何种程度，他没有说。总之，就算"少"吧，"少"并不等于"无"。就是说，陆游的七言古风，还是沉郁顿挫的，并非"一泻千里"，"流宕忘返"，以致气衰势穷，语意俱竭。即如这首《长歌行》，突然而起，二十八字的长句有如长风鼓浪，奔腾前进，但当其全力贯注于"手枭逆贼清旧京"之后，即不复继续前进，来了个"逆折"，折向相反的方面："金印煌煌未入手"，壮志难酬，不胜愤懑！忽顺忽逆，忽扬忽抑，形成了第一个波澜。乍看变幻莫测，细玩脉络分明。李西平之所以能"手枭逆贼清旧京"，他的爱国心，他的将才等等，当然都起了作用，但更重要的是他得到执政者的重用，掌握兵权，肘悬煌煌金印。自己呢，虽有将才和爱国心，而未能如李西平那样掌握兵权，"手枭逆贼清旧京"的壮志又怎能实现？

"金印煌煌未入手"一句连"折"带"抑"，"白发种种来无情"一句再"抑"，"成都古寺卧秋晚，落日偏傍僧窗明"两句更"抑"，直把起头用二十八字长句所抒发的涛翻浪涌，一往无前的壮志豪情"抑"向低潮。"金印煌煌"，目前虽"未入手"，但如果是壮盛之年，来日方长，还可以等待时机。可是呢，无情白发，已如此种种（《左传》昭公三年："余发如此种种。"杜注曰："种种，短也。"）！来日无多，何能久等呢？"成都古寺卧秋晚，落日偏傍僧窗明"，既补写出作者投闲置散、独居古寺僧寮的寂寞处境，又抒发了眼看岁月流逝、时不我与的焦灼心情。就一生说，已经白发种种，年过半百；就一年说，已到晚秋，岁聿其暮；就一日说，日已西落，黑夜将至。真所谓"志士愁日短"！而易逝的时光，就在这"古寺"中白白消磨，这对于一个渴望"手枭逆贼清旧京"的爱国志士来说，怎能不焦灼，怎能不痛心！

一"抑"再"抑"之后，忽然用一个反诘句平空提起："岂其马上破贼手，哦诗长作寒螀鸣？"形成又一波澜。"破贼手"的"手"，不是"未入手"的"手",而是"选手"、"能手"、"突击手"的"手"。这两句诗从语法结构上看,不是两句,而是一句,即所谓"十四字句"。用现代汉语翻译,那就是:难道我这个马上破贼的英雄,就只能无尽无休地像寒蝉悲鸣般哦诗吗?平空提起,出人意外,然而细按脉理,仍从"犹当出作李西平,手枭逆贼清旧京"而来。穷极变化而不离法度,此所谓"纪律之师",与一味"野战"者不同。

接下去,通过描写"剧饮"抒发"手枭逆贼清旧京"的理想无由实现的悲愤:"兴来买尽市桥酒,大车磊落堆长瓶;哀丝豪竹助剧饮,如钜野受黄河倾。"真有"长鲸吸百川"的气概。但一味夸张地描写"剧饮",难免给人以"酒徒"酗酒的错觉,因而用"平时一滴不入口"陡转,用"意气顿使千人惊"拍合,形成第三个波澜。接下去,波澜迭起,淋漓酣纵:"国仇未报壮士老"一句,正面点明"剧饮"之故,感慨万端,颇含失望之情;"匣中宝剑夜有声"一句,侧面烘托誓报国仇的决心,又燃起希望之火,从而引出结句:"何当凯旋宴将士,三更雪压飞狐城!"

结句从古寺"剧饮"生发,又遥应首句,而境界更其阔大。"飞狐城"指飞狐口,在今河北涞源县北,古代为河北平原与北方边郡间的咽喉。诗人希望有一天能够掌握兵权,在收复北宋旧京之后继续挥师前进,尽复北方边郡,在飞狐城上大宴胜利归来的将士,痛饮狂欢,直至三更;大雪纷飞,也不觉寒冷。读诗至此,才意识到前面写"剧饮"排闷,正是为结句写凯旋欢宴作铺垫。而"三更雪压飞狐城"一句,又是以荒寒寂寥的环境,反衬欢乐热闹的场面。王夫之《姜斋诗话》云:"'昔我往矣,杨柳依依;今我来思,雨雪霏霏。'以乐景写哀,以哀景写乐,一倍增其哀乐。"这里的"雪压",正与"雨雪霏霏"相似,正用了"以哀景写乐"的艺术手法。

陆游的古体诗,有人"以其平易近人,疑其少炼"。赵翼解释说:"抑知所谓炼者,不在乎奇险诘曲,惊人耳目,而在乎言简意深,一语胜人千百。此真炼也。放翁工夫精到,出语自然老洁,他人数言不能了者,只用一二语了之。此其炼在句前,不在句下。观者并不见其炼之迹,乃真炼之至矣。试观唐以来古体诗,多有至千余言四五百言者;放翁古诗,从未有至三百言以外,而浑灏流转,更觉沛然有馀,非其炼之极功哉!"这首《长歌行》,不过二十句一百四十字,却写得波澜壮阔,内容深广。的确"不见其炼之迹",但不是压根儿没有炼,而是炼到了炉火纯青的地步,所以只见其字字自然,句句浑成。即如"金印煌煌未入手","白发种种来无情"两句,"金印"承"犹当出作李西平"而来,意指兵权。不说兵权而说"金印",化虚为实,又用"煌煌"形容,更加强了形象性。此其一。先说"金印煌煌",倘继之以"大如斗",色彩形态毕现,用典使人不觉(《晋书·周顗传》:"取金印如斗大系肘。"),也何尝不是好句。然而七个字只写了印,此印与主人公有何关系,还得在下句说明。作者的高明之处,在于先说"金印煌煌"以引起读者的注意:那金印究竟怎么样呢?倘若"入吾手"或"系肘后",岂不是就可以真做李西平了吗?然而不然,作者却接以"未入手",一句之中有转折,由壮志凌云转向壮志难酬,而南宋统治者的苟安偷活、爱国志士的请缨无路,都见于言外。此其二。此句又与下句"白发种种来无情"对偶。"金印"对"白发","白"是色彩,而"金"非色彩;但"金印"之"金"本是黄色,《史记·蔡泽传》云:"吾怀黄金之印,结紫绶于要(腰)。"其对仗之精工,即此可见。起头用二十八字长句,一气贯注,故以偶句承之,于奔放中见严整。此其三。"金印煌煌"与"白发种种",都形色鲜明,从而形成了强烈的对照:前者体现权力,后者见其老态。"白发种种"之年始能掌握"金印",已嫌太晚,何况"金印"尚"未入手",而"白发"又"来无情"呢?此其四。"入"特别是"来"这两个动词,都是精心挑选出来的。"未入手",反映了自壮盛之年就盼其入手、直盼到"白发种种"而仍未入手的漫长过程,从而表现了希望与失望反复交错的复杂心情。"来无情"呢,也反映了时间不断推移的过程。如果不用"来"而用"生",那就显不出时间的推移。"白发"这东西,谁愿它"来"?对于渴望金印入手,"手枭逆贼清旧京"的爱国志士来说,更其如此。然而金印尚未入手,它却"来"了,而且月月"来",年年"来",继续不断地"来",真是"无情"啊!"无情"两字,也用得好。因为这不是在一般的叹老嗟卑的情况下骂白发"无情",而是在白发之"来"与金印未入手相联系的情况下骂它"无情"。那么,白发固然"无情",金印难道就有情吗?此其五。

赵翼所说的"炼在句前",主要指在命意、谋篇方面的艰苦构思。这首《长歌行》写于淳熙元年(1174),即作者"细雨骑驴入剑门"之后的第二年秋天。当时他已五十岁,离蜀州通判任,寓居成都安福院僧寮。如果不精心结撰而摇笔即来,就很可能从几年来的经历和当前的处境写起,写上好几句。作者却另辟蹊径,先写报国宏愿及其无由实现的愤懑,直写到"白发种种来无情"，才用"成都古寺卧秋晚，落日偏傍僧窗明"点明了当前的处境。然而这两句诗由于紧承上文而来，其作用又不仅是点处境，这在前面已作过分析。于此可见，作者很重视"句前"的"炼"。仅就这两句诗本身而言，在炼字炼句炼意方面也独具匠心。按通常的造句习惯，"成都古寺卧秋晚"应该写成：（我）秋晚卧于成都古寺。即以"古寺"作"卧"的补语，以"秋晚"作"卧"的状语，与陆游原句刚好相反。"秋晚"移前作状语，只能说明"卧"的时间是"秋晚"；移后作补语，则表明"我"在成都古寺里已"卧"到"秋晚"，"卧"得很焦急、很不耐烦，其意味便大不相同。"卧"在这里不是"睡"或"躺"的意思，而是指"闲居"。李白《送梁四归东平》云："莫学东山卧，参差老谢安。"杜甫《秋兴八首》之五云："一卧沧江惊岁晚，几回青琐点朝班。"都用的是这个"卧"字。一个念念不忘"手枭逆贼清旧京"的志士竟然在古寺里闲住，直住到"秋晚"，其心绪如何，不难想见。这七个字，真可以说"言简而意深"。"落日偏傍僧窗明"一句，其中的"僧窗"与上句中的"成都古寺"相补充，写足了"卧"的环境。又一身而二任，用以承受"落日"的光辉；而身在"窗"内、眼看"落日"的人，不仅神态可见，连声音也依稀可闻："咳，一天又白白过去了！""偏"字用得好。一用"偏"字，就表现出"窗"内人不愿日落、怕见"落日"的独特心情。"明"字也很精彩。不愿日落，而日已西落；日已西落，不看见也罢了，而"落日"却"偏傍僧窗明"，"明"得耀眼，硬是要让"窗"内人看见，使他烦躁不安。这样的诗句，不经过锤炼能够写得出来吗？

钟嵘在《诗品》中评论谢朓说："善自发诗端，而末篇多踬，此意锐而才弱也。"诗歌创作，工于发端已不那么容易，要同时工于结尾，通篇无懈可击，就更加困难。陆游的诗，起势雄迈俊伟者很不少，结句有兴会，有意味，而无鼓衰力竭之态者尤其多。但首尾皆工，通体完美的作品在全集中所占的比例也不太大。这首《长歌行》，则是首尾皆工，通体完美的代表作之一，方东树说它是陆游诗的"压卷"（《昭昧詹言》卷十二），并非无的放矢。

楚　　城

陆　游

江上荒城猿鸟悲，隔江便是屈原祠。

一千五百年间事，只有滩声似旧时。

淳熙五年（1178）正月，宋孝宗召陆游东归。二月，陆游离成都，顺长江东下，五月初到达归州，作《楚城》及《屈平庙》等诗。

关于"楚城"，陆游于乾道六年（1170）自山阴赴夔州途中所写的《入蜀记》里，有如下记述：

> 归之为州，才三四百家，负卧牛山，临江。州前即人鲊瓮。城中无尺寸平土，滩声常如暴风雨至。隔江有楚王城，亦山谷间，然地比归州差平。或云："楚始封于此。"《山海经》："夏启封孟涂于丹阳城。"郭璞注云："在秭归县南。"疑即此也。

又据陆游《归州重五》诗原注云："屈平祠在州东南五里归乡沱。"

陆游所见的"楚城"环境，大致如此。简单地说：它在长江之南的"山谷间"，与归州（秭归）城及其东南五里的屈原祠隔江相望；而江中"滩声"，"常如暴风雨至"。

弄清了"楚城"的环境，就让我们来欣赏陆游的这首《楚城》七绝。

题为《楚城》，而诗却只用第一句写"楚城"，第二句和三、四两句，则分别写"屈原祠"和江中"滩声"。构思谋篇，新颖创辟，匪夷所思。

"江上荒城猿鸟悲"，先点明"城"在"江上"，并用"荒"和"悲"定了全诗的基调。题目已标明《楚城》，故第一句只说"城"而省去"楚"字，留出地步下一"荒"字，而满目荒凉之状与今昔盛衰之感，都跃然纸上。"楚城"即"楚王城"，"楚始封于此"，是楚国的发祥地。楚国强盛之时，它必不荒凉；如今竟成"荒城"，就不能不使人"悲"！接下去，作者就用了一个"悲"字，但妙在不说人"悲"，而说"猿鸟悲"，用了拟人法和侧面烘托法。"猿鸟"何尝懂得人世的盛衰？说"猿鸟"尚且为"楚城"

之"荒"而感到悲哀，则人之百倍悲哀已因拟人法和烘托法的运用而得到充分表现。但这又不同于一般的烘托法。一般的烘托法，客体只起烘托主体的作用，而这里的"猿鸟悲"，却不仅烘托人"悲"而已。楚国强盛之时，"楚城"热闹繁华，怎会有"猿"？如今呢？"猿鸟"竟然以"楚城"为家，就说明此城早已"荒"无人迹。可以看出，"猿鸟"除起烘托作用之外，还具体地表现了"城"之"荒"，从而也强化了人之"悲"。

"江上"二字，在本句中点明"楚城"的位置，在全诗中则为第二句的"隔江"和第四句的"滩声"提供根据，确切不可移易。

当年热闹繁华的"楚王城"竟沦为"猿鸟"为家的"荒城"，其荒凉以至于使"猿鸟"都为之悲哀，就不能不激起人们的思潮，问一个为什么。然而接下去，诗人并没有直接回答"楚城"为什么"荒"的问题，却仿佛是借宾定主，用"隔江便是屈原祠"一句进一步确定"楚城"的地理位置。当然，有了这一句，"楚城"的地理位置就更其清楚了，但这难道仅仅是为了确定"楚城"的地理位置吗？如果仅仅如此，为什么不说隔江便是秭归城，偏偏要突出"屈原祠"呢？

与此同时，陆游还写了两首关于屈原的诗，一首是《屈平庙》：

> 委命仇雠事可知，章华荆棘国人悲。
> 恨公无寿如金石，不见秦婴系劲时。

另一首是《归州重五》：

> 斗舸红旗满急湍，船窗睡起亦闲看。
> 屈平乡国逢重五，不比常年角黍盘。

正像写"楚王城"而要提到"屈原祠"一样，分明以《屈平庙》为题，却先写楚王。第一句是说，秦国是楚国的仇敌，楚怀王和顷襄王却不抗秦而去亲秦，把自己的命运交给仇敌，其国事的前途如何，就不问可知了。第二句的"章华"即楚国的离宫章华台，用以代表楚国的宫殿。宫殿化为荆棘，国人为之悲伤。这一句的构思，和"江上"句颇有类似之处，所不同的只是"章华荆棘国人悲"，乃是面对"屈平庙"而引起的联想和想象，"江上荒城猿鸟悲"，则是目击"楚王城"的荒芜而即景抒情。三、四两句，才写到屈原，以屈原未能亲见秦国的灭亡为恨，至于屈原是怎样死的，却只字未提，只说他"无寿如金石"而已。

《归州重五》，只写他在"屈平乡国"过端阳节，从船窗里看龙舟竞渡，不能像以往那样心情宁静地吃粽子，再什么也没有说。而屈原之投江和他为什么要投江以及投江前后楚国的形势变化等无限往事，都见于言外，诗人被那无限往事勾起的关于现实的种种联想和无限感慨，也见于言外。

写"屈平庙"而先说"委身仇雠事可知，章华荆棘国人悲"，因为这二者之间有密不可分的联系。屈原辅佐楚怀王，主张彰明法度，举贤授能，东联齐国，西抗强秦，却遭谗去职。怀王违反屈原联齐抗秦的主张，使楚陷于孤立，为秦惠王所败。此后，怀王又不听屈原的劝告，应秦昭王之约入秦，被扣留，死在秦国。楚顷襄王继立，信赖权奸，放逐屈原，继续执行亲秦政策，国事日益混乱，秦兵侵凌不已。屈原目睹祖国迫近危亡，悲愤忧郁，自投汨罗江而死。至秦始皇二十四年（前223），楚国终为秦国所灭。春秋之世，楚庄王曾为霸主，战国时楚国的疆域不断扩大，怀王前期，又攻灭越国，国力更强。怀王、顷襄王倘能接受屈原的意见，哪会导致"章华荆棘国人悲"的结局！

明乎此，就不难理解：《楚城》之所以仅用第一句写"楚城"，紧接着即把笔触移向"屈原祠"，不仅因为"楚城"与"屈原祠"只隔一条江，举目可见，而且因为楚国的命运与屈原的遭遇密不可分，诗人看见"楚城"的荒芜，就立刻想到了屈原的遭遇。

"江上荒城，——猿鸟悲！"从语气看，这是慨叹；就文势说，这是顿笔。林纾《春觉楼论文·用顿笔》云："文之用顿笔，即所以息养其行气之力也。惟顿时不可作呆相，当示人以精力有余，故作小小停蓄，非力疲而委顿于中道者比。若就浅说，不过有许多说不尽、阐不透处，不欲直捷宣泄，然后为此关锁之笔，略为安顿，以下再伸前说耳。"这讲得很不错。先说"江上荒城"，仅四字，接着即用"猿鸟悲"一顿。连猿鸟都为之悲伤啊！这无限感慨中的确蕴蓄了"许多说不尽、阐不透处"，使读者期待下文"直捷宣泄"。下文"隔江便是屈原祠"，是"宣泄"却并不"直捷"。而且，就语气说，又是慨叹；就文势说，也是顿笔。楚城如此荒凉，连猿鸟都为之悲伤，而楚城的隔江，便是屈原的祠庙啊！这无限感慨中又蕴蓄了多少说不出、说不尽处，使读者期待下文"再伸前说"。

"便是"一词，把"江上荒城"与"屈原祠"联系得十分紧密。正因为联系得十分紧密，所以尽管作者只用"便是"一词把"江上荒城"与"屈原祠"联系在一起而来了个停顿，别的什么都不曾说，却不能不使人思索那楚城与屈祠二者之间的关系。原来，"猿鸟悲"的那个"悲"字不是随便用上去的，其内涵十分深广。不仅"悲"楚城之"荒"，而且"悲"楚城之所以"荒"；而"悲"楚城之所以"荒"，又不仅悲楚怀王和顷襄王之昏庸误国，而且"悲"屈原之正确主张终不见用、目睹祖国危亡而无可奈何。如果楚王实行屈原的主张，楚城又何至于如此荒凉呢？楚城只有"猿鸟"，而屈原尚有祠庙，两相对比，体现了人心所向。"委命仇雠"者早与草木同腐，爱国志士虽然饮恨而死，却永远活在人们心中。

两句诗，欲吐又吞，低徊咏叹，吊古伤今，余意无穷。吊古，前面已谈了不少；伤今，即寓于吊古之中。南宋的统治者，不正在沿着类似楚怀王和顷襄王的老路往下走，而诗人和一切主张抗金的爱国志士，也不都像屈原那样遭受排挤打击，一筹莫展吗？

三、四两句，仍然是"再伸前说"，但那说法也出人意外。按照一般人的思路，一、二两句，只用"便是"缩合"江上荒城"与"屈原祠"，接下去，自然应该伸说那二者之间的关系了。在三、四两句里把我们在前面所谈的那些关系加以概括，不是也很有意义吗？然而这样写，其意便浅，令人一览无余。所以，诗人不去说明那些关系，而是别出心裁，照应着第一句的"江上"与第二句的"隔江"去写"滩声"：

一千五百年间事，只有滩声似旧时！

此诗作于公元 1178 年，上推一千五百年，即公元前 322 年，正当楚怀王的初期，屈原风华正茂，楚国繁荣富强。而曾几何时，楚王重用权奸，排除贤臣，委命仇雠，一切便都起了剧烈的变化。从那时到现在，时间已过了一千五百年，除了江上的"滩声"仍像一千五百年前那样"常如暴风雨至"而外，人间万事都不似旧时。"滩声"依旧响彻"楚城"，而"楚城"已不似旧时；"滩声"依旧响彻归州，而归州已不似旧时。陵变谷移，城荒猿啼，一切的一切，都不似旧时啊！

"楚城"在"江上"，"屈原祠"所在的归州在"隔江"，江中的"滩声"，当然两地都可以听到。诗人在此以少总多，纳"楚城"和"屈原祠"于"滩声"之中，并以"滩声"的"似旧"反衬人间万事的非旧，而"楚城"之所以"荒"、"猿鸟"之所以"悲"、屈原之所以被后人修祠纪念，以及诗人抚今思昔、吊古伤今的无限情意，也都蕴涵其中。因此，三、四两句，也算是对上文两次停蓄的"伸说"，但这又是多么含蓄、多么超妙的"伸说"啊！这"伸说"落脚于"只有滩声似旧时"，就语气说，是慨叹，就文势说，仍然是顿笔。许多不便说、说不尽处，都蕴蓄于慨叹和停顿之中，令人寻味无穷。全诗也就到此结束，不再"伸说"，也无须"伸说"。

　　"滩声"之类的客观事物、自然景象，是相对不变的，与此相对照，人间万事则是多变的。以不变反衬多变，会收到强烈的艺术效果。古代诗人在咏怀古迹、抒发今昔盛衰之感时往往运用这种反衬手法。李白《苏台览古》云：

> 旧苑荒台杨柳新，菱歌清唱不胜春。
> 只今惟有西江月，曾照吴王宫里人。

这首诗的意思是说，只有"曾照吴王宫里人"的"西江月"至今未变，而当年富丽堂皇的吴王宫已变为"旧苑荒台"，宫人们的轻歌曼舞，已换成民间妇女的"菱歌清唱"。李白的《越中怀古》也同样用反衬法，其新颖之处在于：连用"越王勾践破吴归，战士还家尽锦衣。宫女如花满春殿"三句诗说盛，然后用"只今惟有鹧鸪飞"一句扳转，当年盛况，立刻化为乌有。其他如刘禹锡的"人世几回伤往事，山形依旧枕寒流"（《西塞山怀古》），"淮水东边旧时月，夜深还过女墙来"（《石头城》），许浑的"英雄一去豪华尽，唯有青山似洛中"（《金陵怀古》），韦庄的"无情最是台城柳，依旧烟笼十里堤"（《台城》），李拯的"唯有终南山色在，晴明依旧满长安"（《退朝望终南山》），都用的是这种反衬手法而各有特点。

　　陆游的这首七绝，在运用反衬手法上更有独创性。这表现在：第一句写楚城在"江上"，第二句写屈原祠在"隔江"，从而以两个"江"字引出响彻两岸的"滩声"，使四句诗形成了天衣无缝的整体，而古今不变的"滩声"，既反衬了人世的沧桑巨变，又仿佛在倾诉什么。戴叔伦《题三闾大夫庙》云：

湘江流不尽，屈子怨何深！

江水流怨，"滩声"吐恨，那流经"楚城"与"屈原祠"之间，阅尽楚国兴亡和人世巨变的江水及其"常如暴风雨至"的"滩声"，是为屈原倾吐怨愤之情呢？还是为南宋时期与屈原有类似遭遇的一切爱国志士倾吐怨愤之情呢？

夜 泊 水 村

陆 游

腰间羽箭久凋零，太息燕然未勒铭。

老子犹堪绝大漠，诸君何至泣新亭。

一身报国有万死，双鬓向人无再青。

记取江湖泊船处，卧闻新雁落寒汀。

淳熙八年（1181），陆游奉调提举淮南东路常平茶盐公事，因臣僚以"不自检饬，所为多越于规矩"论罢，闲居山阴老家。第二年，除朝奉大夫、主管成都府玉局观。宋朝制度，指明"主管"或"提点"某宫、某观，只是给一个领取干俸的空名，根本不须到那里去干什么实事。这首诗，即作于此年山阴赋闲之时。

题为《夜泊水村》，按照触景生情的规律，通常的写法应该是先从眼前景落墨。诗人摆落凡近，别出心裁，将眼前景留在结尾，却用以借景抒情。从实质上说，通篇八句，都用来直抒胸臆，从而在最大限度上扩展了倾泻情感波涛的空间。

通篇抒情，容易流于抽象化。诗人的高明之处，正在于通篇抒情，却形象鲜明，具有强烈的艺术感染力。

前四句的形象性来自借古事以抒今情。且看首联：杜甫用"良相头上进贤冠，猛将腰间大羽箭"再现凌烟阁上功臣们的画像（见《丹青引》）；东汉车骑将军窦宪率部击败北匈奴的侵略军，登燕然山（今蒙古杭爱山），令班固作铭，刻石纪功而还（见《后汉书·窦宪传》）。其人其事，都是诗人所向往的，故首联即取材于此而自铸伟词。自顾腰间，羽箭犹在，表明始终渴望驰驱沙场，收复失地，然而羽箭久已凋零，却依然投闲置散，何时才能像窦宪与凌烟猛将那样大显身手，为国立功？两句诗，历史与现实交错，遭遇与愿望对立，从而激发读者的无穷想象，而诗人流落江湖的身影与壮志难酬的心态，也于广阔的历史背景中闪现，如闻"太息"之声。多情的读者也会为之"太息"的。如果是意志薄弱的碌碌之辈，继一声"太息"，必将进而大发牢骚，倾泻绝望情绪。作为杰出爱国诗人的陆游，却不如此。且看次联：

次联以"老子"与"诸君"对举，用了两个典故。《史记·卫将军骠骑列传》记载：骠骑将军霍去病出塞三千余里，大破匈奴，天子用"绝大漠……执卤获丑"等语赞扬他的赫赫战功。诗人从这里吸取"绝大漠"三字，隐然以霍去病自比。但霍去病横度大漠之时，正年富力强，而诗人此时已五十八岁，故自称"老子"，又于"绝大漠"之前加"犹堪"二字，表明自己虽然年老，仍然能够长驱直入，杀敌致胜。这句诗，以"绝大漠"表现抗金雄心，用典贴切。用"犹堪"作状语，更蕴涵深广，耐人寻味。诗人少壮之年，"楼船夜雪瓜洲渡，铁马秋风大散关"，已自许"塞上长城"，如果得到重用，早可以追踪卫霍。可是直到老年，还夜泊水村，一筹莫展！用"犹堪"二字，其岁月蹉跎的悲慨已见言外。然而作为"绝大漠"的状语，这种言外之意反而强化了百折不挠的坚强意志，真可谓"烈士暮年，壮心不已"！其爱国激情、献身豪气，令人感发兴起。如果当权"诸君"都像他这样，那么南宋的偏安局面，不就可以彻底改变了吗？然而"诸君"的表现，却与此形成强烈的对照。大家都很清楚：当时南宋政府奉行投降政策，对金称臣、纳贡、割地以求苟安。诗人在这里不愿正面提出这一类事情痛加斥责，而是委婉地用了一个典故：晋室南渡，过江诸人常在新亭饮宴，周侯叹息说："风景不殊，正自有河山之异！"大家都相视流泪。王导批评道："当共戮力王室，克复神州，何至作楚囚相对！"（见《世说新语·言语》）诗人将这个典故锤炼成精彩的诗句，与上句合成有机联系的一联：我年近花甲，倘有用武之地，还能像霍去病那样横度大漠，诸君大权在握，又何至于束手无策，像南渡诸人那样对泣新亭呢？"当共戮力王室，克复神州"之意，已溢于言表。

三联上句"一身报国有万死"，紧承次联，进一步表明决心：誓雪国耻，万死不辞。然而问题的关键仍在于"报国欲死无战场"，因而以"双鬓向人无再青"转向尾联。韶华易逝，时不我与，再蹉跎下去，双鬓飞雪，还能有什么作为呢？这里当然有自惜自叹的成分，但更重要的则是向当权者提出希望和警告。

尾联点题。"江湖泊船处"，紧扣题目中的"泊水村"。最后一句，则通过自我情态和客观景物的生动描绘托出题目中的"夜"字。白天当然也可以"卧"，但如果是白天，则"新雁落寒汀"自然明白可见，不必用那个"闻"字。"卧闻新雁落寒汀"，首先展现的是诗人夜卧船舱、侧耳静听的神态。既用"闻"字，则只能闻其声，不能见其形。他听见雁声自远而近，由高向低，最后来自"寒汀"，便通过"通感"作用，在想象中浮现"新雁落寒汀"的动景。"汀"不会感到"寒"，说它"寒"，乃是诗人触觉的外射。"寒"与"新雁"相联系，再结合山阴的气候特点，便可以看出诗人通过听觉和触觉，多么细致入微地写出了江南水村最富特征性的冬夜景色。

尾联写出了"夜泊水村"的荒寒情景，但用"记取"领起，便非单纯写景，而是由三联下句转出，慨叹时光的不断流逝。"新雁落寒汀"、这一年不又进入秋末冬初季节了吗？时不再来的忧伤，请缨无路的焦灼，北定中原的渴望，都随雁唳的声声入耳而激荡跃动，化为汹涌澎湃的情感波涛。这首爱国诗歌激动人心的艺术魅力，正来自这种情感波涛的奔腾流注。国仇未报，壮士空老！千载之下，每一位有爱国心的读者都不能不为作者的遭遇感到痛惜，一洒同情之泪。

桑茶坑道中八首（选四）

杨万里

田塍莫道细于椽，便是桑园与菜园。
岭脚置锥留结屋，尽驱柿栗上山巅。

沙鸥数个点山腰，一足如钩一足翘。

乃是山农垦斜崦，倚锄无力政无聊。

秧畴夹岸隔深溪，东水何缘到得西？
溪面只消横一枧，水从空里过如飞。

晴明风日雨干时，草满花堤水满溪。
童子柳阴眠正着，一牛吃过柳阴西。

杨万里（字廷秀，号诚斋）与陆游、范成大、尤袤是互相钦佩的诗友，当时合称"中兴四大诗人"。严羽《沧浪诗话·诗体》中列有"杨诚斋体"，解释说："其初学半山、后山，最后亦学绝句于唐人。已而尽弃诸家之体而别出机杼，盖其自序如此也。"这里的"自序"，指的是《诚斋江湖集序》和《诚斋荆溪集序》。《江湖集序》云：

> 予少作有诗千馀篇，至绍兴壬午七月皆焚之，大概"江西体"也。今所存曰《江湖集》者，盖学后山及半山及唐人者也。

《荆溪集序》云：

> 予之诗，始学江西诸君子，既又学后山五字律，既又学半山老人七字绝句，晚乃学绝句于唐人。学之愈力，作之愈寡。尝与林谦之屡叹之，谦之云："择之之精，得之之艰，又欲作之之不寡乎？"予喟曰："诗人盖异病而同源也，独予乎哉！"……戊戌三朝，时节赐告，少公事，是日即作诗，忽若有窹。于是辞谢唐人及王、陈、江西诸君子，皆不敢学，而后欣如也。试令儿辈操笔，予口占数首，则浏浏焉无复前日之轧轧矣。自此，每过午，吏散庭空，即携一便面（扇子），步后园，登古城，采撷杞菊，攀翻花竹，万象毕来，献予诗材。盖麾之不去，前者未雠，而后者已迫，涣然未觉作诗之难也。

所谓"万象毕来，献予诗材"，就是从自然风物和社会生活中觅取题材和灵感，而不单纯在前人的诗集里下工夫。这种对诗歌的"源"和"流"的正确认识，促使他在诗歌创作的天地里开辟了新的境界，写出了被称为"诚斋体"的新体诗。

钟嵘在《诗品序》中就说过："'思君如流水'，既是即目；'高台多悲风'，亦惟所见；'清晨登陇首'，羌无故实；'明月照积雪'，讵出经史？观古今胜语，多非补假，皆由直寻。"此后，主张从自然风景和社会生活中觅诗者代不乏人，这里只引几首宋人的诗以见一斑。

史尧弼《湖上》：

> 浪涌涛翻忽渺漫，须臾风定见平宽。
> 此间有句无人得，赤手长蛇试捕看。

陈与义《春日》：

> 朝来庭树有鸣禽，红绿扶春上远林。
> 忽有好诗生眼底，安排句法已难寻。

史尧弼的"浪涌涛翻忽渺漫，须臾风定见平宽"，陈与义的"朝来庭树有鸣禽，红绿扶春上远林"，都是来自大自然的诗句。他们或者说"此间有句无人得，赤手长蛇试捕看"，或者说"忽有好诗生眼底，安排句法已难寻"，意在强调"此间""眼底"的好诗还不止那一些，让读者通过想象去捕捉。

再看陆游的两首诗：

> 奇峰迎马骇衰翁，蜀岭吴山一洗空。
> 拔地青苍五千仞，劳渠蟠屈小诗中。
>
> ——《过灵石三峰》

> 乌桕微丹菊渐开，天高风送雁声哀。
> 诗情也似并刀快，剪得秋光入卷来。
>
> ——《秋思》

这是说，他把"眼底"的"好诗"，都收拾到自己的诗篇里了。

"万象毕来，献予诗材"，这是不错的，但不同的诗人有不同的表现手法。关于杨万里的表现手法，即所谓"活法"，当时人张镃是这样形容的：

> 造化精神无尽期，跳腾踔厉及时追。
> 目前言句知多少，罕有先生活法诗。

钱钟书在《谈艺录》里讲得更透彻：

> 以入画之景作画，宜诗之事赋诗，如铺锦增华，事半而功则倍。虽然，非拓境宇、启山林手也。诚斋、放翁，正当以此轩轾之。人所曾言，我善言之，放翁之与古为新也；人所未言，我能言之，诚斋之化生为熟也。放翁善写景，而诚斋善写生。放翁如画图之工笔，诚斋如摄影之快镜：兔起鹘落，鸢飞鱼跃，稍纵即逝而及其未逝，转瞬即改而当其未改，眼明手捷，踪矢蹑风，此诚斋之所独也。

先看杨万里的《插秧歌》：

> 田夫抛秧田妇接，小儿拔秧大儿插。
> 笠是兜鍪蓑是甲，雨从头上湿到胛。
> 唤渠朝餐歇半霎，低头折腰只不答。
> 秧根未牢莳未匝，照管鹅儿与雏鸭。

这真像"摄影之快镜"，连续摄下了一个个镜头，令人应接不暇。

现在再谈《桑茶坑道中》。

这是八首七绝，写桑茶坑路上所见。这里只谈其中的四首。

第一首，总写全景。"田塍莫道细于椽，便是桑园与菜园。"极写山农对于土地的珍惜及其利用率之高。田塍（chéng），这里指"畦埂子"。细于椽，是说那畦埂子比屋上的木椽还细，其对土地之珍惜，已不言而喻。这样细的田塍，也没有让它闲着，而是充分地利用来或种桑，或种菜。"莫道"与"便是"呼应紧密。这两句一翻译，就是这样的意思：不要说田塍比橡子还细，那就是桑园子和菜园子啊！光写了田塍，没有写田，但田塍与田塍之间，就是田，谁都可以想象出来。"如摄影之快镜"，不过是个比喻，作诗与摄影毕竟有区别，诗的形象，还需要在读者想象中再现和补充。

三、四两句更精彩。"岭脚置锥留结屋"，这又是一个镜头。"置锥"一词，作者不一定有意用典，但它不能不使人想起《汉书·食货志》中的话："富者田连阡陌，贫者亡（无）立锥之地。"这句诗是说，农民在岭脚留出一点仅可"置锥"的地方，准备搭房子，其贫困已不难想见。怎么知道那"置锥"之地是"留结屋"的呢？大约由于那里堆放了些"结屋"的材料，才作出了那样的判断。按农家的习惯，屋子周围，是要种些果树的。如今只留"置锥"之地"结屋"，自然无地再种果树，于是诗人又摄取了一个镜头："尽驱柿栗上山巅。"农家把本来应该种在屋子周围的柿栗一古脑儿赶到山顶上去了。——这写得多么"活"！

读了这首诗，不禁使人联想到作者的另一首诗《过石磨岭，岭皆创为田，直至其顶》：

> 翠带千镮束翠峦，青梯万级搭青天。
>
> 长淮见说田生棘，此地都将岭作田。

"长淮"，指当时的沦陷区。联系这首诗，更可以看出前面讲过的那首诗不仅摄取了几个镜头而已，还有言外之意可寻。

第二首，写山农的耕作之苦。"沙鸥数个点山腰，一足如钩一足翘。"写沙鸥，形态逼真。但"山腰"怎会有"沙鸥"呢？仔细一看，原来不是"沙鸥"，——"乃是山农垦斜崦，倚锄无力政（正）无聊。""斜崦"，就是山坡。如前一首所写，山农对土地那么珍惜，那么充分利用，但还不满足，还要"垦斜崦"，这究竟是为什么？当然是因为已有的土地收入，还不足以养家活口。那"倚锄无力"的神态和"政无聊"的心情，都可以使读者想得很多、很远。

第三首，写秧田和水源。"秧畴夹岸隔深溪"，写景如在目前。但作者并不是悠闲地欣赏这田园风光，而是看到"溪"那么"深"，关心"东水何缘到得西?"再一看,放心了,高兴了,于是又摄了一个镜头:"溪面只消横一枒,水从空里过如飞。"这个镜头不仅摄得很巧妙,还在明快的色调中蕴含了对山农的劳动和智慧的赞颂之情。

第四首,写儿童牧牛情景。"晴明风日雨干时,草满花堤水满溪。"山农尽管贫苦,但自然风光还是美好的。风日晴明,又刚下过雨,溪里水满,地面初干,堤上野花盛开,草当然也很肥美。这"花堤"上,不是正好牧牛吗?于是,诗人用"摄影之快镜",又摄下了两个镜头:"童子柳阴眠正着,一牛吃过柳阴西"。

诗人的高明之处,在于本来是动的景物,他准确地摄下了动的画面,如"水从空里过如飞"、"一牛吃过柳阴西"等等,本来是静的景物,他也能写活,如"尽驱柿栗上山巅"、"沙鸥数个点山腰"等等。还有,画面里都或多或少地含蕴着思想意义,并非一览无余。

元朝人刘祁在《归潜志》卷八里说:李之纯"教后学为文,欲自成一家"。晚年"甚爱杨万里诗",称赞道:"活泼剌底,人难及也。"清新、活泼,这的确是"诚斋体"的特点。

催 租 行

范成大

> 输租得钞官更催,踉跄里正敲门来。
> 手持文书杂嗔喜:"我亦来营醉归尔!"
> 床头悭囊大如拳,扑破正有三百钱:
> "不堪与君成一醉,聊复偿君草鞋费。"

范成大的《催租行》,只八句五十六字,却有情节、有人物,展现了一个颇有戏剧性的场面,使人既感到可笑,又感到可恨、可悲。

第一句单刀直入,一上来就抓住了"催租"的主题。全篇只有八句,用单刀直入法是适宜的,也是一般人能够想到也能够做到的。还有,"催租"是个老主题,用一般人能够想到也能够做到的单刀直入法写老主题,容易流于一般化。然而一读诗,就会感到不但不一般化,而且很新颖。这新颖,首先来自作者选材的角度新。请看："输租得钞"，这四个字，已经简练地概括了官家催租、农民想方设法交清了租并且拿到了收据的全过程。旧社会的农村流传着一句老话："早完钱粮不怕官。"既然已经交清租，拿到了收据，这一年就可以安生了！诗人《催租行》的创作，也就可以搁笔了！然而不然，官家催租的花样并不一般化。农民欠租，官家催租，这是老一套；农民交了租，官家又来催，这是新名堂。范成大只用"输租得钞"四个字打发了前人多次表现过的老主题，接着用"官更催"三个字揭开了前人还不太注意的新序幕，令人耳目一新。这新序幕一揭开，一个"新"人物就跟着登场了。

紧承"官更催"而来的"跟跄里正敲门来"一句极富表现力。"跟跄"一词，活画出"里正"歪歪斜斜走路的流氓神气。"敲"主要写"里正"的动作，但那动作既有明确的目的性——催租，那动作的承受者就不仅是农民的"门"，而且是农民的心！随着那"敲"的动作落到"门"上，在我们面前就出现了简陋的院落和破烂的屋子，也出现了神色慌张的农民。凭着多年的经验，农民从急促而沉重的敲门声中已经完全明白敲门者是什么人、他又来干什么，于是赶忙来开门。接下去，自然是"里正"同农民一起入门、进屋，农民低三下四地请"里正"就座、喝水。……这一切，都没有写，但都在意料之中。没有写而产生了写的效果，这就叫不写之写。在这里，不写之写还远不止此，看看下文就会明白。"手持文书杂嗔喜"一句告诉我们："里正"进屋之后，也许先说了些题外话，但"图穷匕首见"，终于露出了催租的凶相。当他责问"你为什么还不交租"的时候，农民就说："我已经交清了！"并且呈上官府发给的收据。"里正"接过收据，始而发脾气，想说"这是假的"，然而看来看去，千真万确，只好转怒为喜，嬉皮笑脸地说："好！好！交了就好！我没有别的意思，只不过是来你这儿弄几杯酒，喝它个醉醺醺就回家罢了！"通过"杂嗔喜"的表情和"我亦来营醉归尔"的语气，把那个机诈善变、死皮赖脸、假公济私的狗腿子的形象，勾画得多么活灵活现！

在诗歌创作的天地里，不写之写的领域十分宽广，而适当的跳跃，就是其中之一。从"敲门"到"手持文书"，跨度就相当大，但作者跨越的许多东西，读者都不难通过想象再现出来。——这就是适当的跳跃。相反，如果作者跨越的东西读者无从想象，乃至茫然不解，那么这种跳跃就很不适当。不适当的跳跃只能说是"不写"，不能算是"不写之写"。

"里正"要吃酒，农民将如何对付呢？

催租吏一到农家，农民就得设宴款待，这在唐诗中已有过反映。柳宗元《田家》里说："蚕丝尽输税，机杼空倚壁。里胥夜经过，鸡黍事筵席。"李贺《感讽》里说："越妇通言语，小姑具黄粱；县官踏餐去，簿史更登堂。"唐彦谦《宿田家》里说："忽闻叩门急，云是下乡隶。……阿母出搪塞，老脚走颠踬。小心事延款，酒馀粮复匮。东邻借种鸡，西舍觅芳醑。再饭不厌饱，一饮直呼醉。"范成大《催租行》里的这个"里正"既然明说要尽醉方归，那么接下去，大约就该描写农民如何借鸡觅酒了。然而出人意外，作者却掉转笔锋，写了这么四句："床头悭囊大如拳，扑破正有三百钱：'不堪与君成一醉，聊复偿君草鞋费。'"钱罐"大如拳"，极言其小；放在"床头"，极言爱惜。小小的钱罐里好容易积攒了几百钱，平时舍不得用，如今逼不得已，只好敲破罐子一股脑儿送给"里正"，还委婉地陪情道歉说："这点小意思还不够您喝一顿酒，您为公事把鞋都跑烂了，姑且拿去贴补草鞋钱吧！"写到这里，就戛然而止，下面当然还有些情节，却留给读者用想象去补充，这也算是不写之写。

"里正"要求酒席款待，农民却只顾打破悭囊献上草鞋钱，分明牛头不对马嘴，难道不怕碰钉子、触霉头吗？不怕。因为"里正"口头要酒，心里要钱，农民懂得他内心深处的潜台词。何况他口上说的与心里想的并不矛盾：有了钱，不就可以买酒吃吗？范成大的组诗《四时田园杂兴》里有一首就刻画了一个公然要酒钱的公差，诗是这样的：

> 黄纸蠲租白纸催，皂衣旁午下乡来：
> "长官头脑冬烘甚，乞汝青钱买酒回。"

朝廷下诏免了租，皂衣（公差）却拿着县官的公文下乡催租。及至农民一说明，便撒野放刁，说什么："县官糊涂得很，管不了事，做好做歹全由我，你得孝敬我几个钱儿买酒喝！"

同这位"皂衣"相比，《催租行》里的"里正"就奸滑得多。他不直截了当地说"乞汝青钱买酒回"，却纡回曲折地说"我亦来营醉归尔"。作者的高明之处，在于他跨越"里正"的潜台词以及农民对那潜台词的心照不宣，便去写送钱。"扑破"一句虽无人指出，实际上用了杜诗"径须相就饮一斗，恰有三百青铜钱"的典故。扑破"悭囊"，不多不少"正有三百钱"，说明农民针对"里正""醉归"的要求，正是送酒钱，却又不直说送的是酒钱，而说"不堪与君成一醉，聊复偿君草鞋费"，其用笔之灵妙，口角之生动，也值得我们赞赏和揣摩。

苏辙在《诗病五事》里举《诗经·大雅·绵》及杜甫的《哀江头》为例，说明"事不接，文不属，如连山断岭，虽相去绝远，而气象联络，观者知其脉理之为一"，是"为文之高致"。与此相对照，又指出白居易"寸步不遗，犹恐失之"，是"拙于纪事"的表现。叶燮在《原诗》里又加以发挥说："辙此言讥白居易长篇拙于叙事，寸步不遗，不得诗人法。然此不独切于白也，大凡七古必须事文不相属，而脉络自一。唐人合此者亦未可概得，惟杜则无所不可。亦有事文相属，而变化纵横，略无痕迹，竟似不相属者，非高、岑、王所能及也。"这里所说的"事不接，文不属"或"事文不相属"，也就是我们所说的"跳跃"。

这首《催租行》在纪事方面就不是"寸步不遗"，而是大幅度地跳跃。八句诗四换韵："催"、"来"押平声韵，"喜"、"尔"押上声韵，"拳"、"钱"押平声韵，"醉"、"费"押去声韵。韵脚忽抑忽扬，急遽转换，也正好与内容上的跳跃相适应。

山 行 即 事

王　质

浮云在空碧，来往议阴晴。
荷雨洒衣湿，蘋风吹袖清。
鹊声喧日出，鸥性狎波平。
出色不言语，唤醒三日醒。

和梅尧臣的《鲁山山行》相比，南宋诗人王质的《山行即事》所写的又是另一番情景。

这是一首五律，首联写天气，统摄全局。云朵在碧空浮游，本来是常见的景色，诗人用"浮云在空碧"五字描状，也并不出色。然而继之以"来往议阴晴"，就境界全出，百倍精彩。这十个字要连起来读，连起来讲：浮云在碧空里来来往往，忙些什么呢？忙于开碰头会。碰头"议"什么？"议"关于天气的事：究竟是"阴"好，还是"晴"好。"议"的结果怎么样，没有说，接着便具体描写"山行"的经历、感受。"荷雨洒衣湿，蘋风吹袖清"——下起雨来了；"鹊声喧日出，鸥性狎波平"——太阳又出来了。看起来，碰头会上主"阴"派和主"晴"派的意见都没有通过，只好按折中派的意见办，来了个时雨时晴。

宋人诗词中写天气，往往用拟人化手法。潘牥《郊行》云："云来岭表商量雨，峰绕溪湾物色梅"；王观《天香》云："重阴未解，云共雪商量不了"；陆游《枕上》云："商略明朝当少霁，南檐风佩已锵然"；姜夔《点绛唇》云："数峰清苦，商略黄昏雨"；林希逸《秋日凤凰台即事》云："断云归去商量雨，黄叶飞来问讯秋"，其中的"商量"、"商略"，和王质所用的"议"都是同义词。这些句子，各有新颖独到之处，姜夔的两句尤有名。但比较而言，王质以"议阴晴"涵盖全篇，更具匠心。

"荷雨"一联，承"阴"而来。不说别的什么雨，而说"荷雨"，一方面写出沿途有荷花，丽色清香，已令人心旷神爽，另一方面，又表明那"雨"不很猛，并不曾给行人带来困难，以致影响他的兴致。李商隐《宿骆氏亭寄怀崔雍崔衮》七绝云："秋阴不散霜飞晚，留得枯荷听雨声。"雨一落在荷叶上，就发出声响。诗人先说"荷雨"，后说"洒衣湿"，见得先闻声而后才发现下雨，才发现"衣湿"。这雨当然比"沾衣欲湿杏花雨"大一些，但大得也很有限。同时，有荷花的季节，衣服被雨洒湿，反而凉爽些，"蘋风吹袖清"一句，正可以补充说明。宋玉《风赋》云："夫风生于地，起于青蘋之末。"李善注引《尔雅》："萍，其大者曰蘋。"可见"蘋风"就是从水面浮萍之间飘来的风，诗人说它"吹袖清"，见得风也并不狂。雨已湿衣，再加风吹，其主观感受是"清"而不是寒，说明如果没有这风和雨，"山行"者就会感到炎热了。

"鹊声"一联承"晴"而来。喜鹊厌湿喜干，所以又叫"干鹊"，雨过天晴，它就高兴得很，叫起来了。陈与义《雨晴》七律颔联"墙头语鹊衣犹湿，楼外残雷气未平"，就抓取了这一特点。王质也抓取了这一特点，但不说鹊衣犹湿，就飞到墙头讲话，而说"鹊声喧日出"，借喧声表现对"日出"的喜悦——是鹊的喜悦，也是人的喜悦。试想，荷雨湿衣，虽然暂时带来爽意，但如果继续下，没完没了，"山行"者就不会很愉快；所以诗人写鹊"喧"，也正是为了传达自己的心声。"喧"后接"日出"，造句生新。从表面看，"喧"与"日出"，似乎是动宾关系。实际上，"喧"并不是及物动词，"日出"不可能作它的宾语。这句诗用现代汉语翻译，应该是这样的："喜鹊喧叫：'太阳出来了！'"

"鹊声喧日出"一句引人向上看，由"鹊"及"日"；"鸥性狎波平"一句引人向下看，由"鸥"及"波"。鸥，生性爱水；但如果风急浪涌，它也受不了。如今呢，雨霁日出，风也很柔和，要不然，"波"怎么会"平"呢？"波平"如镜，爱水的"鸥"自然就尽情地玩乐。"狎"字也用得好。"狎"有"亲热"的意思，也有玩乐的意思，这里都讲得通。

尾联"山色不言语，唤醒三日醒"，虽然不如梅尧臣的"人家在何许，云外一声鸡"有韵味，但也不是败笔。像首联一样，这一联也用拟人化手法，所不同的是前者是正用，后者是反用。有正才有反。从反面说，"山色不言语"；从正面说，自然是"山色能言语"。惟其能言语，所以下句用了一个"唤"字。乍雨还晴，"山色"刚经过雨洗，又加上阳光的照耀，其明净秀丽，真令人赏心悦目。它"不言语"，已经能够"唤醒三日醒"，一"言语"，更会怎样呢？在这里，拟人化手法由于从反面运用而加强了艺术表现力。"醒"是酒醒后的困惫状态。这里并不是说"山行"者真的喝多了酒，需要解酒困，而是用"唤醒三日醒"夸张地表现"山色"的可爱，能够使人神清气爽，困意全消。

以"山行"为题，结尾才点"山"，表明人在"山色"之中。全篇未见"行"字，但从浮云在空，到荷雨湿衣、蘋风吹袖、鹊声喧日、鸥性狎波，都是"山行"过程中的经历、见闻和感受。合起来，就是所谓"山行即事"。全诗写得兴会淋漓，景美情浓，艺术构思也相当精巧。

附带谈谈这首诗的平仄问题。

这是平起的五律，首句的声调应该是平平平仄仄，但"浮云在空碧"，却是平平仄平仄，三、四两字，平仄对调。这是格律诗首句不入韵时常用的格式。"荷雨"一联和"山色"一联，都应该是仄仄平平仄，平平仄仄平，但作者却将上句的末三字改成仄平仄，将下句的末三字改成平仄平，即将上下两句的倒数第三字平仄对换。杜甫的律诗，偶有这种句子，如"鸿雁几时到，江湖秋水多"等。中晚唐以来，有些诗人有意采用这种声调。例如温庭筠《商山早行》的首联"晨起动征铎，客行悲故乡"、颈联"槲叶落山路，枳花明驿墙"，梅尧臣《鲁山山行》的首联"适与野情惬，千山高复低"，就都是这样的。也是上下句倒数第三字平仄对调。一对调，就可以避免音调的平滑，给人以峭拔的感觉。读中晚唐以来的格律诗，应该懂得诗的拗救形式才好。

王质字景文，自号雪山，有《雪山集》。他仰慕苏轼，曾说"一百年前"，有"苏子瞻"，"一百年后，有王景文"（《雪山集·自赞》）。他的诗，俊爽流畅，近似苏诗的风格。

苏轼的七律《新城道中》，也是写"山行"的：

> 东风知我欲山行，吹断檐间积雨声。
> 岭上晴云披絮帽，树头初日挂铜钲。
> 野桃含笑竹篱短，溪柳自摇沙水清。
> 西崦人家应最乐，煮芹烧笋饷春耕。

写雨后山行，风景如画，洋溢着满眼生机和满怀喜悦，可与王质的诗并读。

游 园 不 值

叶绍翁

> 应怜屐齿印苍苔，小扣柴扉久不开。
> 春色满园关不住，一枝红杏出墙来。

叶绍翁，字嗣宗，南宋龙泉（今属浙江省）人，属江湖诗派，有《靖逸小集》。他以擅长写七言绝句著名，《游园不值》，更是万口传诵的名作。

这首诗的好处之一是写春景而抓住了特点，突出了重点。

诗人不是写一般的春景，而是写早春之景。早春之景，最有特征性的一是柳色，二是杏花。唐人杨巨源写长安早春，一上来就说"诗家清景在新春，绿柳才黄半未匀"。等到绿柳初"匀"，杏花也就开放了。北宋人宋祁的名词《玉楼春》："东城渐觉风光好，縠皱波纹迎客棹。绿杨烟外晓寒轻，红杏枝头春意闹。……"就是"绿柳"与"红杏"并拈，以见东城"风光"之"好"的。再看陆游的《马上作》（《剑南诗稿》卷十八）：

> 平桥小陌雨初收，淡日穿云翠霭浮。
> 杨柳不遮春色断，一枝红杏出墙头。

三、四句虽然既说"杨柳"，也讲"红杏"，但二者并非平列，而是以"杨柳"衬托"红杏"。诗人骑马寻春，眼前出现了"杨柳"。如果没有"红杏"，那么，万缕柔丝，金黄、嫩绿，也就满可以算做"春色"。可是当诗人欣赏那金黄、嫩绿之时，忽然于万缕柔丝迎风飘拂的空隙里闪出一枝娇艳欲滴的"红杏"，两两相形，才感到这是真正的"春色"！于是乎满心欢喜地说：幸而"杨柳"还没有把"红杏"遮断，如果遮断的话，就看不见"春色"了！

用"杨柳"的金黄、嫩绿衬托"红杏"的艳丽，已可谓善于突出重点，叶绍翁的诗，特别是第四句，也许是从此脱胎的。① 但题目各异，写法也不同。陆游以《马上作》为题，故由大景到小景，先点"平桥"、"小陌"、"翠霭"、"杨柳"等等，然后突出"一枝红杏"。叶绍翁则以《游园不值》为题，故用小景写大景，先概括大地"春色"于一"园"，强调"春色"不但满园，而且"满"到"关不住"的程度，其具体表现是："一枝红杏出墙来"。陆诗和叶诗都用一个"出"字把"红杏"拟人化，但前者没有写明非"出"不可的理由，后者却先用"关不住"一"呼"，再用"出墙来"一"应"，把"一枝红杏"写得更活、更艳、更赋予崇高的灵魂美，收到了特殊的艺术效果。

这首诗的好处之二是"以少总多"，含蓄蕴藉。例如"屐齿印苍苔"，就包含许多东西。② 仅就写景而言，"苍苔"生于阴雨，"屐"多用于踏泥，"苍苔"而"屐齿"可"印"，更非久晴景象。陈与义《怀天经智老因访之》

---

① 北宋魏夫人《菩萨蛮》云："隔岸两三家，出墙红杏花。"（《全宋词》第 268 页）更早于陆诗。

② 陆游《闲意》诗："柴门虽设不曾开，为怕行人损绿苔。"（《剑南诗稿》卷九）当为叶绍翁所本。

中有这样的名句："客子光阴诗卷里，杏花消息雨声中。"陆游《临安春雨初霁》中有一联也很精彩："小楼一夜听春雨，深巷明朝卖杏花。"叶绍翁看来也是从"春雨"声中听到了杏花消息，因而春雨初收，就急不可耐地穿上雨鞋，赶来"游园"的，但他避熟就生，不明写"春雨"，却用"屐齿印苍苔"加以暗示，而"春色"之所以"满园"，也就不难想见应该归功于谁了。"春色"既已"满园"，而且"满"得"关"也"关不住"，那么进园去逐一观赏，该多好！然而就是进不去，只能在墙外看看那"出墙来"的"红杏"，而且仅仅是"一枝"，岂非莫大的遗憾！可是这"一枝红杏"，正是"满园春色"的集中表现，眼看出墙"红杏"，心想墙内百花，眼看出墙"一枝"，心想墙内万树，不正是一种余味无穷的美的享受吗？

这首诗的好处之三是景中有情，诗中有人，而且是优美的情、高洁的人。

题为《游园不值》，"不值"者，不遇也。作者想进园一游，却见不上园主人。那么主人是怎样的人呢？门虽设而常关，"扣"之也"久不开"，其人懒于社交，无心利禄，已不言可知。门虽常关，而满园春色却溢于墙外，其人怡情自然，风神俊朗，更动人遐想。作者吃了闭门羹，而那所谓门，其实只是"柴扉"，别说用脚踢，用手也不难推垮；但他不仅计不出此，而且先之以"小扣"，又继之以"久"等；"久"等不见人来，就设想园主人大概是由于珍惜那满地"苍苔"、不忍心"印"上"屐齿"，才不愿开门的，因而也就不再"扣"门了，即使是"小"扣。这既表现出他本人的文雅，又反映了他对园主人的体贴和崇敬。而当他目注墙头，神往园内的时候，他本人的美好情怀和园主人的高洁人品也就同那满园春色融合无间，以"关不住"的艺术魅力摇荡读者的心灵。另一位江湖派诗人张良臣有一首《偶题》："谁家池馆静萧萧，斜倚朱门不敢敲。一段好春藏不尽，粉墙斜露杏花梢。"其谋篇造句，颇与叶诗相似，而意境相悬，奚啻霄壤！景中要有情，诗中要有人，这是重要的。但那情是什么样的情，人是什么样的人，毕竟起着决定性的作用，不容忽视，更不容轻视。

这首诗的好处之四是不仅景中含情，而且景中寓理，能够引起许多联想，从而给人以哲理的启示和精神的鼓舞。"春色"一旦"满园"，那"一枝红杏"就要"出墙来"，向人们宣告春天的来临。一切美好的、向上的、生机勃勃的事物，都具有顽强的生命力，难道是墙能围得住，门能关得住的吗？

春　日

朱　熹

胜日寻芳泗水滨，无边光景一时新。
等闲识得东风面，万紫千红总是春。

　　题为《春日》，首句一开头便说"胜日寻芳"，自然是踏青游春、赏花观柳之作。次句从宏观上写春日寻芳的所见和所感："无边光景"，包括目光所能看到的广阔范围里的一切景象；"一时新"，则是出门"寻芳"的突然感受。如果不出门"寻芳"，尽管客观上"无边光景"已焕然一"新"，主观上也不会有这种"新"的感受。三、四两句所写，乃是对"寻芳"观感的具体化和认识上的深化。平日常说"东风"如何好，但对它的面貌如何，却缺乏具体了解。如今来"寻芳"，看见"无边光景"、"万紫千红"，一派"新"气象，"等闲"之间便"识得东风面"了！就是说，那"万紫千红"的无边春色、无边"新"光景，都是"东风"的体现，也就是"东风"的面貌。

　　这首诗，按照春日"寻芳"的主题和词、句的意义作这样的理解，应该说是符合实际的。而且，作这样的理解，已经是一首景美情浓、景中含理的好诗。

　　然而单纯作游春理解，却有一个问题。"泗水"在山东境内，早被金人占领，张孝祥早在作于隆兴元年（1163）的《六州歌头》里已抒发过"洙、泗上，弦歌地，亦膻腥"的愤慨，朱熹怎能"寻芳泗水滨"？朱熹是一位理学家，他念念不忘孔夫子和他所传的"道"。"泗水滨"，乃是孔子讲学传道的圣地。"寻芳泗水滨"在朱熹笔下，不是"赋"而是"比"，比喻向孔门寻求生意盎然的"道"特别是"仁"。按照这种思路读全诗，"东风"、"万紫千红"等等，也都是比喻。全诗通过"寻芳"的所见和新感受、新认识，比喻他求道忽有所得。其创作动机与表现手法，都与《观书有感》类似。但题为《春日》，全诗都写"寻芳"，比喻的痕迹含而不露，又形象鲜明，情景生动，读之但觉春光满眼，不注意它还有什么深层意蕴。

这本来是一首好诗，又由于《千家诗》入选，因而传诵至今。尤其是"万紫千红总是春"一句，常被人们引用，还被改造和补充，写出"一花独放不算春，万紫千红才是春"之类的句子，广为流传，颇有教育意义。

观书有感二首

朱　熹

半亩方塘一鉴开，天光云影共徘徊。
问渠那得清如许？为有源头活水来。

昨夜江边春水生，蒙冲巨舰一毛轻。
向来枉费推移力，此日中流自在行。

宋代"理学"（或称"道学"）兴盛。理学家一方面说什么"文词害道"，反对作诗，另一方面又大作其诗，用诗讲道学。正如南宋刘克庄所说："近世贵理学而贱诗，间有篇咏，率是语录讲义之押韵者耳。"（《后村大全集》卷一一一《吴恕斋诗稿跋》）像金履祥道学诗选《濂洛风雅》中的作品，大抵是"语录讲义之押韵者"，味同嚼蜡，算不得诗，也自然谈不上艺术生命力，在群众中没有流传。

在宋代理学家中，朱熹的老师刘子翚可算优秀诗人。他的那些愤慨国事的作品，像组诗《汴京纪事》二十首，就写得很感人，在南宋传诵极广。朱熹本人的许多诗，也很少"语录讲义"的气味，值得一读。他的那首《春日》七绝："胜日寻芳泗水滨，无边光景一时新。等闲识得东风面，万紫千红总是春"，至今还被人们引用。下面谈谈他的《观书有感》。这两首诗中的第一首，也常被人们引来说明某种道理。

从题目看，这两首诗是谈他"观书"的体会的，意在讲道理、发议论，弄不好，很可能写成"语录讲义之押韵者"。但他写的却是诗，因为他没有抽象地讲道理、发议论，而是从自然界和社会生活中捕捉了形象，让形象本身来说话。

先看第一首。

"半亩方塘一鉴开，天光云影共徘徊"，这景象就很喜人。"半亩方塘"，不算大，但它像一面镜子那样澄澈明净，天光云影，都被它反映出来，闪耀浮动，情态毕见。

作为景物描写，这也是成功的。这两句展示的形象本身，能给人以美感，能使人心情澄净，心胸开朗。

这感性形象本身还蕴含着理性的东西，最明显的一点就是："半亩方塘"里的水很深很清，所以能够反映天光云影，反之，如果很浅、很污浊，就不能反映，或者不能准确地反映。诗人正抓住了这一点，作进一步地挖掘，写出了颇有"理趣"的三、四两句：

> 问渠那得清如许？为有源头活水来。

"渠"是个代词，相当于"他"、"她"、"它"，这里代"方塘"。"清"，已包含了"深"，因为塘水如果没有一定的深度，即使很清，也反映不出"天光云影共徘徊"的情态。诗人抓住了塘水深而且清就能反映天光云影的特点，但没有到此为止，进而提出了一个问题："方塘"为什么能够这样"清"？而这个问题，孤立地看"方塘"本身，是无从找到答案的。诗人于是放开眼界，终于看到"源头"，找到了答案：就因为这"方塘"不是无源之水，而是有那永不枯竭的"源头"，源源不断地为它输送"活水"。

后两句，当然是讲道理、发议论，但这和理学家的"语录讲义"很不相同：第一，这是对前两句所描绘的感性形象的理性认识，第二，"清如许"和"源头活水来"，又补充了前面所描绘的感性形象。因此，这是从客观世界提炼出来的富有哲理意味的诗，而不是"哲学讲义"。用古代诗论家的话说，它很有"理趣"，而无"理障"。

"方塘"由于有"源头活水"不断输入，所以永不枯竭，永不陈腐，永不污浊，永远深而且"清"，"清"得不仅能够反映出"天光云影"，而且能够反映出它们"共徘徊"的细微情态。——这就是这首小诗所展现的形象及其思想意义。

朱熹给这诗标的题目是《观书有感》，也许他"观书"之时从书中受到了什么启发，获得了什么新知，因而联想到了"方塘"和"活水"，写出了这首诗。如果是这样，那么他所说的"源头活水"，就是指书本知识。其用意是劝人认真读书、博览群书，不断从那里吸取前人的间接经验。

朱熹还作过一首七律《鹅湖寺和陆子寿》：

> 德义风流夙所钦，别离三载更关心。
> 偶扶藜杖出寒谷，又枉篮舆度远岑。
> 旧学商量加邃密，新知培养转深沉。
> 却愁说到无言处，不信人间有古今。

这个诗题及整篇诗，大概很少人能记得，但其中的"旧学商量加邃密，新知培养转深沉"两句，至今还被一些学者引来谈治学经验。用来谈治学经验，当然是可以的，但作为"诗"，却远不如"半亩方塘"一首有诗味。尽管在朱熹那里，"旧学商量"、"新知培养"，很可能和"源头活水"是一回事。

不管朱熹的本意如何，"半亩方塘"这首诗由于取材客观实际，诉诸艺术形象，其形象及其思想意义，很有普遍性。比如说，为了使我们的"方塘"不枯竭、不陈腐、不污浊，永远澄清得能够反映客观事物及其细微变化，就得不断学习，不断实践，不断调查新情况、研究新问题、吸收新知识，就得让我们的知识不断更新，避免老化。这一切，当然超出了朱熹的创作意图。然而这又是符合艺术规律的：具有典型性的艺术形象，其客观意义往往大于作家的主观思想。

再谈第二首。

"昨夜江边春水生，蒙冲巨舰一毛轻"，其中的"蒙冲"也写作"艨艟"，是古代的一种战船。因为"昨夜"下了大雨，"江边春水"，万溪千流，滚滚滔滔，汇入大江，所以本来搁浅的"蒙冲巨舰"，就像鸿毛那样浮了起来。这两句诗，也对客观事物作了描写，形象比较鲜明。但诗人的目的不在单纯写景，而是因"观书有感"而联想到这些景象，从而揭示一种哲理。

"向来枉费推移力，此日中流自在行"，就是对这种哲理的揭示。当"蒙冲巨舰"因江水枯竭而搁浅的时候，多少人费力气推，力气都是枉费，哪能推动呢？可是严冬过尽，"春水"方"生"，形势就一下子改变了，从前推也推不动的"蒙冲巨舰"，"此日"在一江春水中自在航行，多轻快！

蒙冲巨舰，需要大江大海，才能不搁浅，才能轻快地、自在地航行。如果离开了这样的必要条件，违反了它们在水上航行的规律，硬是要用人力去"推移"，即使发挥了人们的冲天干劲，也还是白费气力。——这就是这首小诗的艺术形象所包含的客观意义。作者的创作意图未必完全如此，但我们作这样的理解，并不违背诗意。

前一首，至今为人们所传诵、所引用，是公认的好诗。后一首，似乎久已被人们遗忘了，但它同样是好诗，能给人以哲理的启迪：别做在干岸上推船的蠢事，而应为"蒙冲巨舰"的自在航行输送一江春水。

类似这样的哲理诗，宋诗中还有一些。苏轼的《题西林壁》，先说"横看成岭侧成峰，远近高低各不同"。然后再揭示诗人从中领会到的哲理："不识庐山真面目，只缘身在此山中。"

当然，哲理诗的写法也是各种各样的。有鲜明的形象，由形象本身体现理趣，固然好；但也不一定非如此不可，例如苏轼的《琴诗》：

若言琴上有琴声，放在匣中何不鸣？
若言声在指头上，何不于君指上听？

两个假设，两个提问。假设有道理，提问更有道理。问而不答，耐人寻味。说这有"禅偈的机锋"，当然是可以的。但如果从中领会出这样一种道理：只有很好的客观条件，或者只有很好的主观条件，都不行；而把二者完美地结合起来，就能取得很好的效果：这也不能算违反诗意吧！

这首诗，既有理趣，也有诗味，应该算是较好的哲理诗。纪昀"此随手写四句，本不是诗"的看法是值得商榷的。

至于理学家所写的那些"语录讲义"式的所谓诗，道理粗浅，议论陈腐，语言枯燥乏味，就不算诗。例如徐积的那首长达两千字的《大河上天章公顾子敦》："万物皆有性，顺其性为大。顺之则无变，反之则有害。……"（《节孝诗钞》）这怎能算诗呢？

狐　鼠

洪咨夔

狐鼠擅一窟，虎蛇行九逵。

不论天有眼，但管地无皮。

吏鸷肥如瓠，民鱼烂欲糜。

交征谁敢问？空想素丝诗。

　　这首诗的前六句，把朝廷里的权豪势要和各级贪官比为自营窟穴的狐鼠和横行九衢的虎蛇，说他们不怕天有眼，只管刮地皮；把污吏比为鸷，说他们残民以自肥，肥得像葫芦；而把老百姓比为鱼，任人宰割。用一连串比喻，淋漓尽致地暴露了政治黑暗。后两句抒发感慨：上下交征，层层剥削，民不堪命，谁敢过问啊！"素丝"诗赞美的那种廉洁政治，多么令人想念，但只有空想而已。

　　洪咨夔以勇于揭露弊政著名，也因此被贬官。这首诗，广譬博喻，又用对比手法，把政治的黑暗、官吏的横暴揭露无遗，而对被鱼肉的人民，则抱无限同情。从内容和形式两方面看，都是极富特色的佳作。其中的"但管地无皮"一句，被改造为"卷地皮"、"刮地皮"长期流传，成为抨击贪官的成语。

促 织 二 首

洪咨夔

一点光分草际萤，缫车未了纬车鸣。

催科知要先期办，风露饥肠织到明。

水碧衫裙透骨鲜，飘摇机杼夜凉边。

隔林恐有人闻得，报县来拘土产钱。

前人写"促织",多就"催促妇女织布"的字面意义来发挥,如王安石《促织》诗:"金屏翠幔与秋宜,得此年年醉不知。只向贫家促机杼,几家能有一缕丝?"陆游《夜闻蟋蟀》:"布谷布谷解劝耕,蟋蟀蟋蟀能促织。州符县帖无已时,劝耕促织知何益?"而洪咨夔的这两首诗,却干脆说促织(纺织娘)自己也在织布。

第一首说:促织从草际的萤火虫那里分了一点微光,在夜晚的风露里饿着肚子织啊织啊,直织到天亮。那么,她为什么不辞辛苦地彻夜织布呢?就因为她知道要在缴纳租税的限期以前准备好银钱,免得吏胥们来了惨遭拷打。

第二首说:促织穿着水碧裙衫在凉夜织布,机声不断。作者提醒她:"小心树林背后有人听见,报到县里去,就要来收你的土产钱了!"

两首诗借题发挥,言在此而意在彼,通过促织织布怕催税的生动描写,反映了织妇的辛劳和赋税的繁苛,幽默中含讽刺,委婉中见辛辣,手法新颖,语言明快,为抨击黑暗现实的诗别开生面。

春　吟

张　栻

岸草不知缘底绿?山花试问为谁红?

元造本来惟寂寞,年年多事是春风。

草"缘底绿",花"为谁红",连发两问,问而不答。那么,作者为什么要提出这样的问题,就不能不引发读者的想象。

三、四两句,责备春风"多事",认定"元造"的本性就是"寂寞"。意思是:如果春风不把草吹绿、不把花吹红,大自然一片"寂寞",那该有多好!

对于任何心情正常的人来说,草绿、花红,都是美景,都能引起喜愉之情,为什么怕见草绿、花红,反而希望"寂寞"呢?这又不能不引人遐想。

安史乱后,杜甫被困于沦陷了的长安城中,写出著名的《春望》五律,其中的警句是："感时花溅泪，恨别鸟惊心。"诗人由于"感时"、"恨别"，见花开而"溅泪"，闻鸟啼而惊心。这对于任何"感时"、"恨别"的人都能引起共鸣。

此诗作于南宋将亡之时，其"感时"、"恨别"的心态类似杜甫，而抒情的方式却十分新颖，留给读者的想象空间也异常广阔。

新疆民歌有云："花儿你为什么这样红？"没想到类似的抒情方式，早在晚宋人张槷的这首七绝中已经出现了。

山窗新糊有故朝封事稿阅之有感

林景熙

偶伴孤云宿岭东，四山欲雪地炉红。
何人一纸防秋疏，却与山窗障北风！

此诗的精警之处在后两句，写前两句，是为写后两句准备条件。诗人并不是有什么明确的目的要出门旅行，而是偶然出去走走，散散心。从"四山欲雪"看，天空是阴云密布的，说"偶伴孤云"，意在以"云"之"孤"陪衬己之"孤"。在高空阴云密布的时候，并不妨碍低空有"孤云"飘动，诗人就与这片"孤云"结"伴"，来到"岭东"，同"宿"于"岭东"。既是"岭"，又是"云宿"之处，其地势之高，不言可知。地高则"风"大，已为末句写"障北风"作准备。但如果是酷热的夏季，"风"大正好，又何须"障"？所以接着便说"四山欲雪"，不是炎夏而是严冬。"欲雪"——将要下雪，这是一种判断，而判断的根据，只能是阴云密布，北风呼啸，天气乍冷。特意写"地炉红"，正是为了表现天气很冷。读"四山欲雪地炉红"，在感到室内比较暖和的同时也听到室外"北风"的呼啸声。那么，朝北的窗户如果没有糊，北风灌进来，可就不得了！"障北风"三字，已呼之欲出。因闻北风而望北窗，这是很自然的事。一望，窗户是"新糊"的，凑近看，纸上还有字。读下去，才知这是上给南宋皇帝的"防秋疏"。诗人不禁感慨万千，写出了这么两句："何人一纸防秋疏，却与山窗障北风！"

一个"却"字，力重千钧，不能轻易滑过。上"防秋疏"的目的是为皇帝提供防御北敌南侵的策略，希望采纳、实施，在"防秋"问题上发挥作用。如果皇帝采纳了，实施了，那么临安怎会沦陷，南宋怎会覆亡？令人悲痛的是：这封"防秋疏"不但没有被采纳，而且变成废纸，落到不识字的人手里，用来糊山窗了！为防御北敌南侵而上给皇帝的"防秋疏"未能在防御北敌南侵方面发挥作用，却作为糊窗纸而为山窗挡北风，令人感慨，也令人愤慨。南宋朝廷一贯以妥协换苟安，无意"防秋"，自然不把"防秋疏"放在眼里，终于自食苦果，还连累广大人民，特别是"南人"，在元朝民族歧视的严酷统治下备受摧残。这两句诗，感慨与愤慨交织，蕴涵深广，但主要锋芒则指向南宋朝廷的妥协路线，是毫无疑义的。有的专家说什么"即使是一张纸，也还在抵抗着北风，何况侵略者面对的是千百万人民"，有意出"新"，却放过了一个起关键作用的"却"字，故与诗的原意风马牛不相及。元人章祖程评云："此诗工在'防秋疏'、'障北风'六字，非情思精巧道不到也。然感慨之意，又自见于言外。"（《白石樵唱注》卷一）近人陈衍评云："前清潘伯寅尚书见卖饼家以宋版书残叶包饼，为之流涕。遇此，不更当痛哭乎！"这两位的理解，都是符合原意的。

　　这首诗，元代诗人颇重视，有人选评，还有人摹仿。元末叶颙《夜宿山村》，便是摹仿之作。《序》云："予夜宿山村，有以宋末德祐年间防边策稿故纸糊窗者，读之皆舍家为国之论，不知何人之辞。……赋一绝纪事云。"诗云："贾氏专权王气终，朝无谋士庙堂空。国亡留得边防策，犹向窗前战北风。"（《樵云独唱诗集》）以"犹"字换掉"却"字，便不像原作那样"感慨"、"痛哭"，倒用得上"虽是一张纸，也还在抵抗着北风……"的分析了。

题立仗马图

柳　贯

玉立彤墀气尚粗，食残刍豆更何须？
太平未必闲无用，一幅君王纳谏图。

柳贯，少年时代，躬逢元朝统治者刚统一中国，前朝遗老宿儒，犹有存者。柳贯从他们学习，受益匪浅。既长，远游四方，访学问道，由是德业愈进。所作诗文，臻于成熟，当时颇负盛名，被誉为"文场之帅，士林之雄"。影响所及，使浙东文人影从，至明初而极盛。

元朝统治，从一开始便极其黑暗，不仅虐待汉人，亦不能知人善任，各族人士，即使列官于朝，多不能人尽其才。本诗便是针对这一现象而发的。

《新唐书·百官志》："飞龙厩日以八马列宫门之外，号南衙立仗马。"可见所谓"立仗马"，就是列队于皇宫之外，为皇帝充当仪仗的马。有人把这画成图，可能是为了炫耀皇帝的排场，而柳贯的这首题画诗，却借咏马发议论，以抒发心中的不平，所谓"言在此而意在彼"。

首句的"玉立"，点出"立仗"，用一"玉"字，写马外形之骏美；"彤墀"，即"丹墀"，这里指用红漆涂饰的地面；"气尚粗"的深意在一"尚"字，诗人之意是这些马虽用来"立仗"，但往日驰骋疆场的豪气英风还依稀可见。次句承中有转，"食残刍豆更何须？"表面上好像是说这样一群非凡良马只是图谋温饱，吃足"刍豆"，便惬心适意，别无他求，但细味"更何须"的深层意蕴，难道真满足于吃饱喝足，空度岁月吗？回答是否定的，良马何尝不想逞其骥足，驰骋疆场，干一番轰轰烈烈的事业！

"太平未必闲无用，一幅君王纳谏图"二句，由咏物抒情转入议论。一般人所歌颂的"太平"，首先是指没有战争，既无战争，自然是"兵甲入库，马放南山"，即使是长于冲锋陷阵，能征贯战的良马，也配不上用场了。但这里提出相反的意见："未必闲无用"。第四句也就呼之即出："一幅君王纳谏图。"这即是说：在皇帝设朝，听取臣下谏诤的时候，马在宫外为他排仪仗，这不也是配上用场了吗？试想一群叱咤风云的"良马"仅仅充当仪仗队，这能算用得其所、用得其当吗？这里隐喻着人才的浪费，人不能尽其才的悲哀。

第四句所谓"纳谏"也是假的。《新唐书·奸臣传》写李林甫做宰相，固宠恃权，蒙蔽皇帝，谏官不敢进言。贤臣杜琎上书言事，立被斥逐。他因而讽谕朝臣们说："明主在上，群臣将顺不暇，亦何所论！君等独不见立仗马乎？终日无声，而饫三品刍豆；一鸣，则黜之矣？"这首题立仗马图的诗，可能受了这个故事的启发。但细读全诗，虽然也含这些意思，而深层意蕴，却更其丰富，更耐人寻味。

赛上曲五首（其二）

迺 贤

杂沓毡车百辆多，五更冲雪渡滦河，

当辕老妪行程惯，倚岸敲冰饮橐驼。

迺贤（约1309—?），本突厥葛逻禄氏。"葛逻禄"乃突厥语，其意为"马"，故迺贤又名马易之。其先祖世居金山（今新疆北部阿尔泰山）之匹，元朝统一中国后内迁南阳（今属河南），故迺贤自称南阳人。曾随兄宦游江浙，又到过边疆，熟悉少数民族生活。这里选的小诗，便是描写边疆少数民族生活的。诗中的滦河，上源绕今内蒙古自治区东南，经今河北省东北，流入渤海。

古代诗人描写少数民族出猎、征战的诗很多，但描写少数民族日常生活的则不多见，本诗却描写了他们日常生活的画面。

"杂沓毡车百辆多，五更冲雪渡滦河"二句，即景实写，点出时间、地点和具体活动。"杂沓"，众多杂乱的样子；"毡车"，为了御寒，车周用毡布围裹；"百辆多"，表明这是一个庞大的车队。这个车队，顶风冒雪，连夜赶路，五更天，来到滦河。诗人只用了一个"渡"字，但渡河的场面不难想见：一片荒凉的原野上，众多而又杂乱的毡车，争相驰骋，抢渡冰封的滦河，既雄壮、又热闹。

"当辕老妪行程惯，倚岸敲冰饮橐驼"二句，诗人只就纷陈的现象中，拈出一个有特征的镜头。"当辕"，指坐在辕上赶车，这一般是敏捷健壮的男人干的，由于技术性强，赶车的被称为"车把式"。可如今"当辕"的竟是一位女的，而且已经"老"了，她能胜任愉快吗？请别担心，诗人用"行程惯"三字说明她是赶车的老手。用第四句表现她身手不凡。由"当辕"到"倚岸"，大幅度的跨越，须要用读者的想象去补充，而且不难补充。请看吧：她赶车来到滦河，纵身跳下辕去，靠在河岸边，敲开冰层，让骆驼饮水。通过这一跳、一倚、一敲的蒙太奇组接，一个矫健的十分富有活力的老妪形象，便活生生地闪现在我们眼前。

本诗选材也是有特点的，它只描写了牧民的驱车转移，却能于勾勒其广漠、苍凉的景象中透露出一股无比雄壮的美，使人们看到了牧民健壮的体魄，大无畏精神，一幅骁勇的牧民图出现在我们的眼前，从而使我们认识牧民生活的全部情景和精神风貌，应该说，诗人在写形图貌、取舍剪裁的技巧上是具有艺术独创性的。

赛上曲五首（其三）

迺　贤

> 双鬟小女玉娟娟，自卷毡帘出帐前。
> 忽见一枝长十八，折来簪在帽檐边。

这首小诗所描绘的是少数民族小姑娘的生活片断。我国古代诗人描写自己小儿女的诗，如左思的《娇女》和李商隐的《娇儿》等等，尚为数不少，而客观地描写他人特别是少数民族小儿女的则很少见到。因为这样，这首诗也就弥足珍贵了。

这是一个晴朗的春天，广漠无垠的草原上，娇阳普照，和风送暖，毡帐中的大人，大概趁这好天气都外出放牧去了，只有一个小姑娘，还留在蒙古包里。

第一句"双鬟小女玉娟娟"，用赞赏的目光，饱含感情的笔触，观察、描绘小姑娘的外貌特征：她梳着双鬟，温润而有光泽的小脸庞，洁白晶莹得像玉一样；整个身形，都那么娟秀，那么美好。

就时间的流程和行动的发展而言，一、二两句倒装。事实上，小姑娘先卷帘出帐，诗人才看见她的双鬟，看见她的娟娟玉立的身影。然而这样写，就有平铺直叙的缺点，因而先作肖像描写，再补写她卷帘出帐。"毡帘"，用毡做的挡风帘子。"自卷毡帘"，说明帐中没有大人，小姑娘枯坐家中感觉乏味，想走出去，但没人替她卷起毡帘，只好努力"自卷"，出帐去玩。第三句："长十八"，草原上生长的一种草花；"忽见"，说明小姑娘出得帐来，本想觅小伙伴嬉戏一番，然而草原上人烟稀少，这种愿望哪能实现！她的目光不断四处搜寻，就在这时，"忽见一枝长十八"，这一意外的发现，使她心头漾起一阵喜悦，所以紧跟着的行动，便是俯下身去，折下这朵"长十八"，插在帽檐上。

　　这首诗富于生活气息，语气简练活泼，艺术构思也颇具特色。开头仅用一句诗就完成特征的勾勒。写行动也只写其一"卷"、一"折"、一"插"，毫无铺张和夸饰；却惟妙惟肖地塑造出一个活泼、娇憨、爱美的牧民小姑娘形象，使人们发出由衷的爱怜和激赏。因此它不失为一篇写实主义的佳作。

词曲鉴赏

忆 江 南（三首）

白居易

　　江南好，风景旧曾谙。日出江花红胜火，春来江水绿如蓝。能不忆江南？

　　江南忆，最忆是杭州。山寺月中寻桂子，郡亭枕上看潮头。何日更重游？

　　江南忆，其次忆吴宫。吴酒一杯春竹叶，吴娃双舞醉芙蓉。早晚复相逢？

　　白居易于唐穆宗长庆二年（822）七月，自中书舍人除杭州刺史，十月一日到达杭州。长庆四年五月，任满离杭。唐敬宗宝历元年（825）三月，除苏州刺史，五月初到任，次年秋天因眼病免郡事，回到洛阳。这时候，他五十五岁。白居易青年时期，也曾漫游江南，旅居苏、杭。这从《江南送北客，因凭寄徐州兄弟书》及《吴郡诗石记》等作品中可以看得出来。

　　苏、杭是江南名郡，风景秀丽，人物风流，给白居易留下了美好的记忆，回到洛阳之后，写了不少怀念旧游的诗作。如《见殷尧蕃侍御忆江南诗三十首，诗中多叙苏杭胜事，余尝典二郡，因继和之》云："江南名郡数苏杭，写在殷家三十章。君是旅人犹苦忆，我为刺史更难忘。境牵吟咏真诗国，兴入笙歌好醉乡。为念旧游终一去，扁舟直拟到沧浪。"直到开成三年（838）六十七岁的时候，还写了这三首《忆江南》。

　　第一首泛忆江南，写春景。要用寥寥数语概括而形象地写出江南春景，是相当困难的。不妨举两个例子："暮春三月，江南草长。杂花生树，群莺乱飞。"（丘迟《与陈伯之书》）"千里莺啼绿映红，水村山郭酒旗风。南朝四百八十寺，多少楼台烟雨中。"（杜牧《江南春绝句》）"莺"与"花"，是江南春天富有特征性的景物。丘迟与杜牧，都抓取了这种富有特征性的景物加以生动的描绘，从而构成了色彩秾艳的长卷。不论是截取一段或展开整个画面，都会把你带进江南春景之中。就是说，它具有高度的典型性。白居易做杭州刺史时也有写"莺"、写"花"的名句，如："几处早莺争暖树"、"乱花渐欲迷人眼"等等。但他的《忆江南》第一首，却换了一个角度，以"江"为中心，展现了鲜艳夺目的江南春色。

全词五句。一开口即赞颂"江南好"！正因为"好"，才不能不"忆"。"风景旧曾谙"一句，说明那江南风景之"好"，不是听人说的，而是当年亲身感受到的、体验过的，因而在自己的审美意识里留下了难忘的记忆。既落实了"好"字，又点明了"忆"字。接下去，即用两句词写他"旧曾谙"的江南风景："日出江花红胜火，春来江水绿如蓝。""日出"、"春来"，互文见义。春来百花盛开，已极红艳；红日普照，更红得耀眼。在这里，因同色相烘染而提高了色彩的明亮度。春江水绿，红艳艳的阳光洒满了江岸，更显得绿波粼粼。在这里，因异色相映衬而加强了色彩的鲜明性。和丘迟、杜牧的名作相比，白居易压根儿没有写"莺"，虽然写了"花"，但视角不同。他先把"花"和"日"联系起来，为的是同色相烘染，又把"花"和"江"联系起来，为的是异色相映衬。江花红，江水绿，二者互为背景。于是红者更红，"红胜火"；绿者更绿，"绿如蓝"。

杜甫写景，善于着色。如"江碧鸟逾白，山青花欲燃"（《绝句》）、"两个黄鹂鸣翠柳，一行白鹭上青天"（《绝句》）诸句，都明丽如画。而异色相映衬的手法，显然起了重要作用。白居易似乎有意学习，如"夕照红于烧，晴空碧胜蓝"（《秋思》），"春草绿时连梦泽，夕波红处近长安"（《题岳阳楼》），"绿浪东西南北水，红栏三百九十桥"（《正月三日闲行》）诸联，都因映衬手法的运用而获得了色彩鲜明的效果。至于"日出"、"春来"两句，更在师承前人的基础上有所创新：在明媚的春光里，从初日、江花、江水、火焰、蓝叶那里吸取颜料，兼用烘染、映衬手法而交替综错，又济之以贴切的比喻，从而构成了阔大的图景。不仅色彩绚丽，耀人眼目，而且层次丰富，耐人联想。

读者如果抓住题中的"忆"字和词中的"旧曾谙"三字驰骋想象，就会发现还有一个更重要的层次：以北方春景映衬江南春景。全词以追忆的情怀，写"旧曾谙"的江南春景。而此时，作者却在洛阳。比起江南来，洛阳的春天来得晚。请看作者写于洛阳的《魏王堤》七绝："花寒懒发鸟慵啼，信马闲行到日西。何处未春先有思，柳条无力魏王堤。"在江南"日出江花红胜火"的季节，洛阳却"花寒懒发"，只有魏王堤上的柳丝，才透出一点儿春意。

花发得比江南晚，水怎么样呢？洛阳有洛水、伊水，离黄河也不远。但即使春天已经来临，这些水也不可能像江南春水那样碧绿。不难设想，当作者信马寻春，看见的水都是黄的，花呢，还因春寒料峭而懒得开，至少还未盛开，他触景生情，怎能不追忆江南春景？怎能不从内心深处赞叹"江南好"？而在用生花妙笔写出他"旧曾谙"的江南好景之后，又怎能不以"能不忆江南"的眷恋之情，收束全词？词虽收束，而余情摇漾，凌空远去，自然引出第二首和第三首。

第二首紧承前首结句"能不忆江南"，以"江南忆，最忆是杭州"开头，将记忆的镜头移向杭州。偌大一个杭州，可忆的情境当然很多，而按照这种小令的结构，却只能纳入两句，这就需要选择和集中。选择什么呢？那不用说是最有代表性、也使他感受最深的东西。就杭州景物而言，最有代表性的东西是什么呢？且看宋之问的名作《灵隐寺》："鹫岭郁岧峣，龙宫锁寂寥。楼观沧海日，门对浙江潮。桂子月中落，天香云外飘。……"浙江潮和月中桂子，就是杭州景物中最有代表性的东西，而作者对此也感受最深。

何谓"月中桂子"？《南部新书》里说："杭州灵隐寺多桂。寺僧曰：'此月中种也。'至今中秋望夜，往往子堕，寺僧亦尝拾得。"既然寺僧可以拾得，别人也可能拾得。白居易做杭州刺史的时候，也很想拾它几颗。《留题天竺、灵隐两寺》诗云："在郡六百日，入山十二回。宿因月桂落，醉为海榴开。……"自注云："天竺尝有月中桂子落，灵隐多海石榴花也。"看起来，他在杭州之时多次往寻月中桂子，欣赏三秋月夜的桂花，给他留下了难忘的忆恋。因而当他把记忆的镜头移向杭州的时候，首先再现了这样一个动人的画面："山寺月中寻桂子。"天竺寺里，秋月朗照，桂花飘香，一位诗人，徘徊月下，留连桂丛，时而举头望月，时而俯身看地，看看是否真的有桂子从月中落下，散在桂花影里。这和宋之问的"桂子月中落"相比，境界迥乎不同，其关键在于着一"寻"字，使得诗中有人，景中有情。碧空里的团圞明月，月光里的巍峨山寺和寺中的三秋桂子、婆娑月影，都很美。然而如果不通过人的审美感受，就缺乏诗意。着一"寻"字，则这一切客观景物都以抒情主人公的行动为焦点而组合、而移动，都通过抒情主人公的视觉、触觉、嗅觉乃至整个心灵而变成有情之物。于是乎，情与景合，意与境会，诗意盎然，引人入胜。

如果说天竺寺有月中桂子飘落不过是神话传说，那么，浙江潮却是实有的奇观。所以上句只说"寻"桂子，不一定能寻见，下句却说"看"潮头，那是实实在在看见了。

浙江流到杭州城东南，称钱塘江，又东北流，至海门入海。自海门涌入的潮水，十分壮观。《杭州图经》云："海门潮所起处，望之有三山。"这潮水奔腾前进，直到杭州城外的钱塘江。《方舆胜览》云："钱塘每昼夜潮再上，至八月十八日尤大。"就是说，每天都有早潮、晚潮，而以阴历中秋后三日潮势最大。请看《钱塘候潮图》里的描写："常潮远观数百里，若素练横江；稍近，见潮头高数丈，卷云拥雪，混混沌沌，声如雷鼓。"正因为"潮头高数丈"，所以作者当年做杭州刺史的时候，躺在郡衙里的亭子上，就能看见那"卷云拥雪"的壮丽景色。

这两句词，都有人有景，以人观景，人是主体。所不同的是上句以动观静，下句以静观动。

"山寺"、"月"、"桂"，本来是静的，主人公"寻桂子"，则是动的，以动观静，静者亦动，眼前景物，都跟着主人公的"寻"而移步换形。然而这里最吸引人的还不是那移步换形的客观景物，而是主人公"山寺月中寻桂子"的精神境界。他有感于山寺里香飘云外的桂花乃"月中种"的神话传说，特来"寻桂子"，究竟为了什么？是想寻到月中落下的桂子亲手种植，给人间以更多的幽香呢，还是神往月中仙境，感慨人世沧桑，探索宇宙的奥秘呢？

海潮涌入钱塘江，潮头高数丈，卷云拥雪，瞬息万变，这是动的。主人公"郡亭枕上看潮头"，其形体当然是静的，但他的内心世界，是否也是静的呢？作者有一首《观潮》诗："早潮才落晚潮来，一月周流六十回。不独光阴朝复暮，杭州老去被潮催。"不用说，这是他在"郡亭枕上看潮头"时出现过的内心活动。但难道只此而已，别无其他吗？何况，仅就这些内心活动而言，已蕴涵着人生有限而宇宙无穷的哲理，值得人们深思啊！

第三首，照应第一首的结尾和第二首的开头，以"江南忆，其次忆吴宫"冒下，追忆苏州往事："吴酒一杯春竹叶，吴娃双舞醉芙蓉。"即一面品尝美酒，一面欣赏美女双双起舞。"春竹叶"，是对"吴酒一杯"的补充说明。张华诗云："苍梧竹叶清，宜城九酝醾。"可见"竹叶"本非"吴酒"。这里用"竹叶"，主要为了与下句的"芙蓉"在字面上对偶，正像杜甫的"竹叶与人既无分，菊花从此不须开"借"竹叶"对"菊花"一样。"春"，在这里是个形容词。所谓"春竹叶"，可以解释成春天酿熟的酒，作者在另一篇诗里就有"瓮头竹叶经春熟"的说法，也可以解释成能给饮者带来春意的酒，作者生活的中唐时代，就有不少名酒以"春"字命名，如"富水春"、"若下春"之类（见李肇《国史补》）。从"春"与"醉"对偶来看，后一种解释也许更符合原意。"醉芙蓉"是对"吴娃双舞"的形象描绘。以"醉"字形容"芙蓉"，极言那花儿像美人喝醉酒似的红艳。"娃"，美女也。西施被称为"娃"，吴王夫差为她修建的住宅，叫"馆娃宫"。开头不说忆苏州而说"忆吴宫"，既为了与下文叶韵，更为了唤起读者对于西施这位绝代美人的联想。读到"吴娃双舞醉芙蓉"，这种联想就更加活跃了。

"吴酒"两句，前宾后主，喝酒，是为观舞助兴，着眼点落在"醉芙蓉"似的"吴娃"身上，因而以"早晚复相逢"收尾。"早晚"，当时口语，其意与"何时"相同。

白居易在《与元九书》中说："感人心者，莫先乎情，莫始乎言，莫切乎声，莫深乎义。诗者：根情，苗言，华声，实义。……未有声入而不应，情交而不感者。"又在《问杨琼》诗里慨叹道："古人唱歌兼唱情，今人唱歌唯唱声！"诗歌，需要有音乐性和图画性。但它感动人心的艺术魅力，却不独在于声韵悠扬，更在于以声传情；不独在于写景如画，更在于借景抒情。白居易把情看作诗歌的"根"，作诗谱歌，力图以浓郁的实感真情动人心魄。这是他留给后人的最宝贵的艺术经验。这三首《忆江南》，也正是他的艺术经验的结晶。正如题目所昭示，洋溢于整个组词的，是对于江南的赞美之情和忆恋之情。"日出江花红胜火，春来江水绿如蓝"，真是写景如画！但这不是纯客观的景，而是以无限深情创造出来的情中景，又抒发了热爱江南的景中情。读这两句词，不仅看见了江南春景，还仿佛看见主人公赞美江南春景、忆恋江南春景的体态神情，从而想象他的精神活动，进入了作者所谓"情交"的境界。读"山寺"、"吴酒"两联，情况也与此相似。

这三首词，从今时忆往日，从洛阳忆苏杭。今、昔、南、北，时间、空间的跨度都很大。每一首的头两句，都抚今追昔，身在洛阳，神驰江南。每一首的中间两句，都以无限深情，追忆最难忘的江南往事。结句呢？则又回到今天，希冀那些美好的记忆有一天能够变成活生生的现实。因此，整个组词不过寥寥数十字，却从许多层次上吸引读者进入角色，想象主人公今昔南北所经历的各种情境，体验主人公今昔南北所展现的各种精神活动，从而获得馀味无穷的审美享受。

作者于《忆江南》题下自注云："此曲亦名《谢秋娘》。"《乐府诗集》列《忆江南》为"近代曲辞"，解释说："一曰《望江南》。《乐府杂录》曰：'《望江南》本名《谢秋娘》，李德裕镇浙西，为妾谢秋娘所制。后改为《望江南》。'"按《教坊记》所载曲名，皆盛唐及以前乐曲，其中有《望江南》，可见并不始于李德裕。《敦煌曲子词》中有描写爱情的《望江南》，知此曲来自民间。白居易的《忆江南》三首，通俗，明快，真挚，音韵悠扬，还带有浓郁的民歌风味。

这三首词，每首自具首尾，有一定的独立性，而各首之间，又前后照应，脉络贯通，构成有机的整体。在"联章"诗词中，其谋篇布局的艺术技巧，也值得注意。

临 江 仙

徐昌图

饮散离亭西去，浮生长恨飘蓬。回头烟柳渐重重。淡云孤雁远，寒日暮天红。　　今夜画船何处？潮平淮月朦胧。酒醒人静奈愁浓！残灯孤枕梦，轻浪五更风。

这首词所写的不过是前人作品中重复过千百次的离愁别绪，并不新鲜，但就艺术表现说，却实在很新颖。那离愁别绪通过新颖的艺术表现构成一系列情景交融、心物交感的意象，而抒情主人公的行踪、神态乃至心理活动，也随之浮现于读者眼前。

全词以"饮散离亭西去"发端，真可谓"截断众流"！"离亭"，是供人饯别的亭子。作者不写离亭饯别，也不写彼此惜别，却从"饮散"、"西去"写起，把这一切都抛在词外，省却多少笔墨！然而"截断众流"之后写出的那句词，却包含着饯别的场所和过程，因而被"截断"的"众流"仍然不可阻挡地涌入抒情主人公的心灵，也涌入读者的想象：行者与送行者走向"离亭"，到达"离亭"，开始饮宴，劝君更饮，依依不忍分手。这一切，都是离亭"饮散"之前连续发生的事，只要提到"离亭"，提到"饮散"，就不能不想。从"饮散"着笔的这个起句，的确起得好！正因为起得好，植根于这个起句的以下各句，才那样富于艺术魅力。"浮生长恨飘蓬"，是直接由"饮散离亭西去"激发的深沉慨叹。"生"即人生，乃抒情主人公自指。"生"而曰"浮"，已见得飘流无定，又"恨"其像断"蓬"那样随风"飘"荡，身不由己，则离亭饮散之后，虽说"西去"，实则前途茫茫！而于"恨"前又加一"长"字，自然使读者想到：对于这位抒情主人公来说，"饮散离亭"并非破题儿第一次，而是经常重演的。而每重演一次，就增加一分身世飘零之恨。这首词，大约写于徐昌图入宋之前，它所反映的个人身世，饱和着五代乱离的时代投影。接着写"西去"。"回头烟柳渐重重"一句，将身去而意留的情景作了生动的、多层次的体现。上船西行，却频频回头东望：始而"回头"，见送行者已隔一"重""烟柳"，继续"回头"，则"烟柳"由一"重"而两"重"、三"重"、四"重"、五"重"，乃至无数"重"，送行者的身影，也就逐渐模糊，终于望而不见了。从行者方面说，情景如此；从送行者方面说，又何尝不然。"烟柳"乃常见之词，一旦用作"回头"的宾语，又用"渐重重"修饰，便场景迭现，意象纷呈，人物栩栩欲活，其惜别之情与飘蓬之恨，亦随之跃然纸上，动人心魄。送行者既为重重烟柳所遮，"回头"已属徒然，这才沿着"西去"的方向朝前看。朝前看，可以看见的东西当然并不少，但由于特定心态的支配，摄入眼底的，只是"淡云孤雁远，寒日暮天红"。"淡云"、"寒日"、"暮天"，这都是情中景，倍感凄凉。而那"远"去的"孤雁"，则分明是抒情主人公的象征。雁儿啊，天已寒，日已暮，你孤孤零零地飞啊飞，飞向何处呢？

下片以一问开头："今夜画船何处？"问谁呢？当然不是问船夫，而只是问自己。以下各句所写，乃是想象中可能出现的情景，作为对问语的回答。船在淮水上行进，现在还未起风，"潮"该是"平"的；天空中"淡云"飘动，月光是"朦胧"的；离亭话别之际，为了麻醉自己，只管喝酒，但酒意终归要消失，一旦"酒醒"，正当夜深"人静"，又有什么办法解愁；一个人躺在船里，"孤枕"、"残灯"，思前想后，哪能入睡？熬到五更天，也许会有点儿睡意，恍惚间梦见亲人；然而五更天往往有风，有风就起浪，即便是"轻浪"吧，也会把人从梦中惊醒；醒来之后，风声、浪声，更增愁烦，将何以为怀？这是多么细致入微的心理描写！

这首词从"饮散"写起，截去饯行的场景，让读者去想象，一问之后展现的画面转换和心理变化，又完全出于想象。其艺术构思，极富独创性。

柳永的《雨霖铃》久已脍炙人口，但读了这首词，就不难看出它是前有所承的。上片"兰舟催发"以前各句，补写了徐昌图截去的部分；下片"今宵酒醒何处"以下驰骋想象，与徐词"今夜画船何处"以下的写法同一杼机。当然，柳词在继承中有创造。比较起来，两首词各有独到之处，都是难得的佳作。

满 江 红

饯郑衡州厚卿席上再赋

辛弃疾

莫折荼蘼，且留取一分春色。还记得，青梅如豆，共伊同摘。少日对花浑醉梦，而今醒眼看风月。恨牡丹、笑我倚东风，头如雪。　　榆荚陈，菖蒲叶。时节换，繁华歇。算怎禁风雨，怎禁鹈鴂！老冉冉兮花共柳，是栖栖者蜂和蝶。也不因、春去有闲愁，因离别。

这是一首别开生面的饯行词。郑厚卿要到衡州去做知州，辛弃疾设宴饯别，先作了一首《水调歌头》，而意犹未尽，又作了这首《满江红》，所以题目中用"再赋"二字。

在饯别的酒席上连作两首词送行，要各有特点而毫无雷同，这是十分困难的。辛弃疾却似乎毫不费力地克服了这个困难，因而两首词都经得起时间考验，流传至今。为了从比较中探寻艺术奥秘，不妨先看看《水调歌头》：

寒食不小住，千骑拥春衫。衡阳石鼓城下，记我旧停骖。襟以潇湘桂岭，带以洞庭青草，紫盖屹西南。文字起骚雅，刀剑化耕蚕。　　看使君，于此事，定不凡。奋髯抵几堂上，尊俎自高谈。莫信君门万里，但使民歌五袴，归诏凤凰衔。君去我谁饮，明月影成三。

全词从描述衡州自然形胜和人文传统入手，期望郑厚卿到任之后振兴文化，发展经济，富国益民，大展经纶，从而赢得百姓的歌颂和朝廷的重视，直到结尾，才微露惜别之意。雄词健句，络绎笔端，一气舒卷，波澜壮阔，不失辛词豪放风格的本色。

有这样好的词送行，已经够朋友了。还要"再赋"一首《满江红》，又有什么必要呢？

读这首《满江红》，不难看出作者与郑厚卿交情颇深，饯别的场面拖得很久。先作《水调歌头》，从"仁者赠人以言"的角度加以勉励，这自然是必要的，但伤心人别有怀抱，于依依惜别之际虽欲不吐而终于不得不吐，因而又作了这首《满江红》。

从《诗经》开始，送别的作品不断出现，举不胜举。因而在平庸作家笔下，很难跳出前人的窠臼，而辛稼轩的这首《满江红》，却自出手眼，一空依傍，角度新颖，构想奇特。试读全篇，除结拍而外，压根儿不提饯行，自然也未写离绪，而是着重写暮春之景，并因景抒情，吐露惜春、送春、伤春的深沉慨叹。及至与结句拍合，则以前所写的一切都与离别相关，而寓意深广，又远远超出送别的范围。

开头以劝阻的口气写道："莫折荼蘼！"好像有谁要折，而且一折就立刻引起严重后果。这真是惊人之笔！"荼蘼"，也写作"酴醾"，春末夏初开花，故苏轼《杜沂游武昌以酴醾花菩萨泉见饷二首》一开头便说："酴醾不争春，寂寞开最晚。"而珍惜春天的人，也往往发出"开到荼蘼花事了"的慨叹。辛弃疾一开口便劝人"莫折荼蘼"，其目的正是要"留住"最后"一分春色"。企图以"莫折荼蘼"留住"春色"，这当然是痴心妄想。然而心愈痴而情愈真，也愈有感人肺腑的艺术魅力。而这也正是文学艺术区别于自然科学乃至其他社会科学的重要特点之一。

开端未明写送人，实则点出送人的季节已是暮春，因而接着以"还记得"领起，追溯"青梅如豆，共伊同摘"的往事。冯延巳《醉桃源》云："南园春半踏青时……青梅如豆柳如眉。"可知"青梅如豆"乃是"春半"之时的景物。而同摘青梅之后又见牡丹盛开、榆钱纷落、菖蒲吐叶，时节不断变换，如今已繁华都歇，只剩下几朵"荼蘼"了！即使"莫折"，但风雨阵阵，鹈鴂声声，那"一分春色"，看来也是留不住的。鹈鴂以初夏鸣。《离骚》云："恐鹈鴂之先鸣兮，使夫百草为之不芳。"张先《千秋岁》云："数声鹈鴂，又报芳菲歇。"姜夔《琵琶仙》云："春渐远，汀洲自绿，更添了几声啼鴂。"辛弃疾在这里于"时节换，繁华歇"之后继之以"算怎禁风雨，怎禁鹈鴂"！表现了对那仅存的"一分春色"的无限担忧。在章法上，与开端遥相呼应。

上片写"看花"，以"少日"的"醉梦"对比"而今"的"醒眼"。"而今"以"醒眼"看花，花却"笑我头如雪"，这是可"恨"的。下片写物换星移，"花"与"柳"也都"老"了，自然不再"笑我"，但"我"不用说也更加老了，又该"恨"谁呢？"老冉冉兮花共柳，是栖栖者蜂和蝶"两句，属对精工，命意新警。"花"败"柳"老，"蜂"与"蝶"还忙忙碌碌，不肯安闲，有什么用处呢？春秋末期孔丘为兴复周室奔走忙碌，有个叫微生亩的很不理解，问道："丘何为是栖栖者与？"辛弃疾在这里把描述孔子的词儿用到"蜂""蝶"上，是寓有深意的。

以上所写，全未涉及饯别。直到结尾，却突然调转笔锋，写了这样两句："也不因、春去有闲愁，因离别。"即戛然而止，给读者留下一系列悬念和疑问。

全词从着意留春写到风吹雨打、留春不住，句句惊心动魄，其奥秘在于句句意兼比兴。例如"莫折荼蘼，且留取一分春色"，写得如此郑重，如此情深意切，就令人想到除本身意义之外，必另有所指。其他如"醒眼看风月"，"怎禁风雨，怎禁鹈鴂"以及"是栖栖者蜂和蝶"等等，也都是这样的。难道他劝人"莫折"的"荼蘼"仅仅是春末夏初开花的"荼蘼"吗？难道他要着意留住、却在风吹雨打和鹈鴂鸣叫中消逝了的"一分春色"，仅仅是表现于自然景物方面的"春色"吗？那风，那雨，那鹈鴂，难道不会使你联想起许许多多人事方面、政治方面的问题吗？这是第一层。

随着"时节换，繁华歇"，人亦头白似雪。洋溢于字里行间的似海深愁，分明是"春去"引起的，却偏偏说与"春去"无关，而只是"因离别"；又偏偏在"愁"前着一"闲"字，显得无关紧要。这就不能不引人深思。这是第二层。

辛弃疾力主抗金，提出过一整套抗金的方针和具体措施，但由于投降派把持朝政，他遭到百般打击。淳熙八年（1181）末，自江南西路安抚使任袚罢官，闲居带湖（在今江西上饶）达十年之久，虽蒿目时艰，却一筹莫展。据考证，送郑厚卿赴衡州的两首词作于淳熙十五年，属于"带湖之什"。他先作《水调歌头》，鼓励郑厚卿有所作为；继而又深感朝政败坏，权奸误国，金兵侵略日益猖獗，而自己又报国无门，蹉跎白首，收复中原、统一祖国的宏愿如何能够实现！于是在百感丛生之时又写了这首《满江红》，把"春去"与"离别"绾合起来，触物起情，比兴并用，寓意高远，寄慨遥深。国家的现状与前途，个人的希望与失望，俱见于言外。"闲愁"云云，实际是说此"愁"无人理解，虽"愁"亦是徒然，愤激之情，出以平淡，而内涵愈益深广。他那首脍炙人口的《摸鱼儿》以"更能消、几番风雨，匆匆春又归去"开头，以"闲愁最苦。休去倚危栏，斜阳正在，烟柳断肠处"结尾，正可与此词参看。

破　阵　子

为陈同甫赋壮词以寄之

辛弃疾

醉里挑灯看剑，梦回吹角连营。八百里分麾下炙，五十弦翻塞外声。沙场秋点兵。　　马作的卢飞快，弓如霹雳弦惊。了却君王天下事，赢得生前身后名。可怜白发生！

词以两个二、二、二的对句开头，通过具体描述，表现了七八层情意。第一句，只六个字，却用三个连续的、富有特征性的动作，塑造了一个壮士的形象，让读者从那些动作中去体会人物的"潜台词"，去想象人物所处的环境。为什么要吃酒，而且吃"醉"？既"醉"之后，为什么不去睡觉，而要"挑灯"？"挑"亮了"灯"，为什么不干别的，偏偏抽出宝剑，映着灯光看了又看？……这一连串问题，只要细读全词，就可能作出应有的回答，因而不必说明，"此时无声胜有声"。用什么样的"说明"还能比这无言的动作更有力地展现人物的内心世界呢？

"挑灯"的动作又点出了夜景。那位壮士在更深人静、万籁俱寂之时，思潮汹涌，无法入睡，只好独自吃酒。吃"醉"之后，仍然不能平静，便继之以"挑灯",又继之以"看剑"。看来看去,总算睡着了。而刚一入睡,方才所想的一切,又幻为梦境。"梦"了些什么,也没有明说,却迅速地换上新的镜头:"梦回吹角连营。"壮士好梦初醒,天已破晓,一个军营连着一个军营,响起一片号角声。这号角声,多富有鼓舞人们投入战斗的魅力。而那位壮士,也正好是统领这些军营的将军。于是他一跃而起,全副披挂,要把他"醉里"、"梦里"所想的一切统统变为现实。

三、四两句,可以不讲对仗,词人也用了偶句。偶句太多,容易显得呆板,可是在这里恰恰相反。两个对仗极工而又极其雄健的句子,突出地表现了雄壮的军容,表现了将军及士兵们高昂的战斗情绪。"八百里分麾下炙,五十弦翻塞外声":兵士们欢欣鼓舞,饱餐将军分给的烤牛肉;军中奏起振奋人心的战斗乐曲。牛肉一吃完,就排成整齐的队伍。将军神采奕奕,意气昂扬,"沙场秋点兵"。这个"秋"字下得多好!正当"秋高马壮"的时候,"点兵"出征,预示了战无不胜的前景。

按谱式,《破阵子》是由句法、平仄、韵脚完全相同的两"片"构成的。后片的起头,叫做"过片",一般的写法是:既要和前片有联系,又要"换意",从而显示出这是另一段落,形成"岭断云连"的境界。辛弃疾却往往突破这种限制,《贺新郎·别茂嘉十二弟》如此,这首《破阵子》也是如此。"沙场秋点兵"之后,大气磅礴,直贯后片。"马作的卢飞快,弓如霹雳弦惊",将军率领铁骑,风驰电掣般奔赴前线,弓弦雷鸣,万箭齐发。虽没作更多的描写,但从"的卢马"的飞驰和"霹雳弦"的巨响中,仿佛看到若干连续出现的画面:敌人纷纷落马;残兵败将,狼狈溃退;将军身先士卒,乘胜追杀,一霎时结束了战斗;凯歌入云,欢声动地,旌旗招展。

这是一场反击战。那将军是爱国的,但也是好"名"的。一战获胜,恢复功成,既"了却君王天下事",又"赢得生前身后名",岂不壮哉!

如果到此为止,那真够得上"壮词"。然而在那个被投降派把持朝政的时代,并没有产生真正"壮词"的土壤,以上所写,不过是词人的理想而已。词人驰骋想象,化身为词里的将军,刚攀上理想的高峰,忽然一落千丈,跌回冷酷的现实,沉痛地慨叹道:"可怜白发生!"白发已生,而收复失地的理想始终无法实现。想到自己空有凌云壮志,而"报国欲死无战场"(借用陆游《陇头水》诗句),便只能在不眠之夜吃酒,只能在"醉里挑灯看剑",只能在"梦"中驰逐沙场,快意一时。……这处境,的确是"可怜"的。然而又有谁"可怜"他呢？于是他写了这首"壮词"，寄给处境同样"可怜"的陈同甫。

同甫是陈亮的字。学者称为龙川先生。为人才气超迈，议论纵横。自称能够"推倒一世之智勇，开拓万古之心胸"。他先后写了《中兴五论》和《上孝宗皇帝书》，积极主张抗战，因而遭到投降派的打击。宋孝宗淳熙十五年（1188）冬天，他到上饶访辛弃疾，留十日。别后辛弃疾写《贺新郎》词寄他，他和了一首；以后又用同一词牌往复唱和。这首《破阵子》大约也是这一时期写的。

全词从意义上看，前九句是一段，十分生动地描绘出一位忠勇的将军的形象，从而表现了词人的宏大抱负。末一句是一段，以沉痛的慨叹，抒发了"壮志难酬"的悲愤。壮和悲，理想和现实，形成强烈的对照。从这对照中，可以想到当时南宋朝廷的腐朽，想到人民的苦难，想到所有爱国志士报国无门的苦闷。由此可见，极其豪放的词，同时也可以写得极其含蓄，只不过和婉约派的含蓄不同罢了。

这首词在声调方面有一点值得注意。《破阵子》上下两片各有两个六字句，都是平仄互对的，即上句为"仄仄平平仄仄"，下句为"平平仄仄平平"，这就构成了和谐的、舒徐的音节。上下片各有两个七字句，却不是平仄互对，而是仄仄平平平仄仄，仄仄平平仄仄平，这就构成了拗怒的、激越的音节。和谐与拗怒，舒徐与激越，形成了矛盾统一。作者很好地运用了这种矛盾统一的声调，恰切地表现了抒情主人公复杂的心理变化和梦想中的战斗准备、战斗进行、战斗胜利等许多场面的转换，收到了绘声绘色、声情并茂的艺术效果。

这首词在布局方面也有一点值得注意。"醉里挑灯看剑"一句，突然发端，接踵而来的是闻角梦回、连营分炙、沙场点兵、克敌制胜，有如鹰隼突起，凌空直上。而当翱翔天际之时，陡然下跌，发出了"可怜白发生"的喟叹，使读者不能不为作者的壮志难酬一洒同情之泪。

这种陡然下落，同时也戛然而止的写法，如果运用得好，往往因其出人意外而扣人心弦，产生强烈的艺术效果。

李白有一首《越中览古》："越王勾践破吴归，战士还家尽锦衣。宫女如花满春殿，只今惟有鹧鸪飞！"沈德潜指出："三句说盛，一句说衰，其格独创。"其命意与辛词迥异，但布局却有相通之处，可以参看。

满 江 红

游清风峡，和赵晋臣敷文韵

辛弃疾

两峡崭岩，问谁占、清风旧筑？更满眼、云来鸟去，涧红山绿。世上无人供笑傲，门前有客休迎肃。怕凄凉、无物伴君时，多栽竹。　风采妙，凝冰玉；诗句好，馀膏馥。叹只今人物，一夔应足。人似秋鸿无定住，事如飞弹须圆熟。笑君侯、陪酒又陪歌，《阳春曲》。

据《铅山县志·选举志》记载：赵晋臣，名不迁，绍兴二十四年进士，官中奉大夫，直敷文阁学士。清风峡在铅山（今江西铅山县），峡东清风洞，是欧阳修录取的状元刘辉早年读书的地方。辛弃疾的这首《满江红》，以《游清风峡，和赵晋臣敷文韵》为题，主要写赵晋臣，写清风峡的词句，也是从属于人物描写的。

起句写清风峡形势，接着即将笔锋转向赵晋臣。"清风旧筑"，指刘辉曾经读书其中的清风洞，如今归谁占领呢？不用说是和他同游的赵晋臣占领的。住在清风洞，既可眺望"两峡崭岩"，又可欣赏"云来鸟去，涧红山绿"。但这里人迹罕至，岂不孤寂？以下数句，即回答这个问题。"世上无人供笑傲"，还不如住在这里领略自然风光，这是第一层。即使"门前有客"来访，也大抵是些俗物，还是"休迎肃"为好，这是第二层。如果因无人做伴而感到凄凉，也不必"怕"，多栽些竹子就是了。这是第三层。层层逼进，把赵晋臣超尘拔俗、不肯同流合污的高洁品格，表现得淋漓尽致。

下片的"风采妙，凝冰玉。"颂扬赵晋臣冰清玉洁，乃是对上片的总括。"诗句好，馀膏馥。"则由颂扬人格进而赞美文采。《新唐书·杜甫传赞》云："他人不足，甫乃厌馀，残膏剩馥，沾丐后人。"赵晋臣的诗"馀膏馥"，那也是可以"沾丐后人"的。进而用《韩非子·外储说》"如夔者一而足矣"的典故，把赵晋臣推到无以复加的地步，不须再说什么了。于是换笔换意，由感慨人、事归到留连诗、酒。人，像秋天的鸿雁，今天落到这里，明天飞向那里，哪有固定的住处？我和你都是一样。事，像飞出的弹丸，转瞬即过，对待它，应该圆熟些，何必那么固执。这次同游，你既陪酒又陪歌，真是难得的会合啊！以《阳春曲》收尾，紧承"陪歌"，指赵晋臣的原唱，自然也带出自己的和章。宋玉《对楚王问》云："客有歌于郢中者，其始曰《下里巴人》，国中属而和者数千人。……其为《阳春白雪》，国中属而和者不过数十人。……是其曲弥高，其和弥寡。"岑参《和贾至早朝大明宫诗》结尾云："独有凤凰池上客，阳春一曲和皆难。"辛弃疾的这首《满江红》，是和赵晋臣的原唱的，赞原唱为《阳春曲》，则对自己的和词已含自谦之意，可谓"一石两鸟"。恰当地运用典故，收到极佳的艺术效果。

这首词用"只今人物，一夔应足"评价赵晋臣，未免过分夸张，但从全篇的艺术构思看，这却是完全必要的。其人既如此杰出，就应该得到重用，却为什么闲居深峡古洞，徒然消磨壮志呢？按辛弃疾于绍熙五年（1194）自福建安抚使任罢官，退隐铅山瓢泉，达十年之久。赵晋臣自江西漕使任罢官归铅山，约当庆元六年（1200）。辛弃疾此时尚在铅山，遭遇相似，心有灵犀，因而他笔下的赵晋臣，在很大程度上是他自己的投影。结合时代背景和辛弃疾的抱负、经历来读，就会感知词中蕴涵的忧愤十分深广，如果看作一般的应酬之作，就未免辜负作者的苦心了。

醉 太 平

春 晚

辛弃疾

态浓意远，眉翠笑浅，薄罗衣窄絮风软。鬓云欺翠卷。　　南园花树春光暖，红香径里榆钱满。欲上秋千又惊懒，且归休怕晚。

题为《春晚》，实写"闺情"。"春晚"之时，深闺女性自有难以明言的复杂情怀，但作者并非女性，对于那种连本人都难以明言的情怀又怎能理解、怎能写得生动感人呢？

读完全词，就知道作者并未让那位闺中人吐露情怀，而是通过精细的观察，写她的神态，写她的妆束，写她的行动，并用富人家的花园、香径、秋千和晚春景色层层烘托，其人已宛然在目，其心态变化，也历历可见。灵活地运用传统画法，把"以形写心"和"以景传情"结合起来，乃是这首小词最突出的艺术特色。

"态浓意远"，原是杜甫《丽人行》中的成句，用以表现丽人的姿态凝重、神情高雅，其身份也于此可见。"眉颦笑浅"，写她虽愁也只略皱眉头，虽喜也只略展笑颜，非轻浮放纵之流可比，其教养也于此可见。"薄罗衣窄絮风软"，既写服妆，也写时光。北宋诗人蔡襄《八月九日诗》云："游人初觉秋气凉，衣不禁风薄罗窄。"而当"絮风"轻"软"之时，正好穿那窄窄的"薄罗衣"。"罗"那么"薄"，"衣"那么"窄"，其轮廓之分明，体态之轻盈，已不言而喻。徐步出闺，迎面吹来的是飘荡着朵朵柳絮的软风，她又有什么感触呢？"鬓云欺翠卷"一句，颇难索解。如果把"翠卷"看作"欺"的宾语，那它便是一个名词，可是实际上并没名叫"翠卷"的东西。那个"翠"字，看来也取自杜甫的《丽人行》。《丽人行》写丽人"头上何所有？翠为匐叶垂鬓唇。"是说用翠玉制成匐叶垂在鬓边。匐叶，是妇女的一种头饰。"鬓云欺翠卷"就语法说，"鬓云"是主语，"卷"，是谓语，"欺翠"则是动宾结构的状语，修饰"卷"。"欺"，在这里是"压"或"淹没"的意思，"翠"，即指翠玉制的匐叶。全句写那位女性鬓发如云，"卷"得蓬松而又低垂，以致淹没了匐叶。

下片头两句似乎单纯写环境、写景物，实则用以烘托人物。第一句是说她走到"南园"，看见"花树春光"，而且感到"暖"。第二句是说她漫步于"南园"的"径里"，看见片片飞红，嗅到阵阵花香，踏着满径榆钱。上片的"絮风"和下片的"春光暖"、"榆钱满"，都传送春天即将消逝的信息，既点《春晚》之题，又暗示女主人公由此引起的情感波澜。韶华易逝、红颜易老，但她还是孤零零的，偶然走出深闺，来到"南园"，也无人同游共乐。

结尾两句，层层转折，曲尽女主人公的心理变化。"欲上秋千"，表明一见秋千，又唤回少女的情趣，想荡来荡去，嬉笑作乐。"又惊懒"，表明单身独自，有什么心情打秋千！"惊"字、"懒"字，用得何等神妙！"欲上秋千"而终于不想上，并非由于"懒"，偏不肯说出真实原因而委之于"懒"，又加上一个"惊"字。是说如今连秋千都不想上，竟"懒"到这种地步，自己都感到吃惊。不想打秋千，就归去吧。"且归"一顿，而"休怕晚"又是一层转折。实际情况是想玩又懒得玩，且归又不愿归。深闺那么寂寞，归去有何意味！于是在"且归"的路上，思潮起伏，愈行愈缓。妙在仍不说明真实原因，仿佛她迷恋归途风光，在家庭中也很自由，回家甚"晚"，也不用"怕"。

这首词把封建社会中一位深闺女性的内心苦闷写得如此真切，不独艺术上很有特色，其思想意义也是积极的。

鹧 鸪 天

代 人 赋

辛弃疾

晚日寒鸦一片愁，柳塘新绿却温柔。若教眼底无离恨，不信人间有白头。 肠已断，泪难收，相思重上小红楼。情知已被山遮断，频倚栏干不自由。

这首《鹧鸪天》，题下注明"代人赋"，说明词中抒情主人公并非作者自己。细玩词意，这首词是作者代一位妇女赋的，那位妇女的意中人刚离开她走了，她正处于无限思念、无限悲伤的境地。

"晚日寒鸦"，这是送人归来后的眼中景。"晚日"的余辉染红天际，也染红长亭古道和目之所极的一切，这是空间。夕阳愈来愈淡，夜幕即将降落，这是时间。而她送走的那位意中人，就在这空间、这时间中愈走愈远了。"寒鸦"当"晚日"之时，自然应该寻找栖息之处，大约在绕树啼叫吧！可是那位行人，他此刻孤孤零零地走向何处，又向谁家投宿呢？正因为这样，那本来没有感情的"晚日"和"寒鸦"，在那位女主人公的眼中，就变成"一片愁"了。这首词，是写别愁离恨的。"愁"与"恨"，乃是全篇的基调。按照一般的构思，接下去仍然要写愁写恨，但作者却并没有这样做，而是跳出窠臼，不再写哀景，而是用清新愉悦的笔触，勾画出一幅乐景："柳塘新绿却温柔。"把读者引入春意萌动、春情荡漾、温馨柔美的境界。唐人严维诗云："柳塘春水漫，花塘夕阳迟。"北宋诗人梅尧臣称其"天容时态，融和骀荡"，"如在目前"（《六一诗话》）。辛弃疾的"柳塘新绿却温柔"，也有类似的艺术奥秘。"柳塘"一词，使人想见塘周遍植垂柳，但目前处于什么季节，却无从得知。联系前面的"寒鸦"，便会想到时值严冬，柳叶黄落，塘水冰封乃至完全枯竭，那景象自然是萧条的。然而诗人却别出心裁，于"柳塘"之后缀以"新绿"，便立刻为我们唤来了春天：塘周柳丝摇金，塘中春波涨绿，已够赏心悦目了，哪料到在此基础上，又加上"温柔"一词。相对于严冬而言，初春的水显得"温"，所谓"春江水暖鸭先知"。但说它"温柔"，这就不仅表现了抒情主人公的感觉，而且表现了她的感情。这感情异常微妙，耐人寻味。凭借我们的经验：那一塘春水，既倒映着天光云影和四周的垂柳，又浮游着对对鸳鸯或其他水禽。抒情主人公看到这一切就自然感到"温柔"，从而也联想到她与意中人欢聚之时是何等的"温柔"了。

"晚日寒鸦"与"柳塘新绿"，是送走行人之后相继入目的两种景象。不难想见，这是乍暖还寒的初春。前者就离别说，故"日"而曰"晚"，"鸦"而曰"寒"，引起的内心感受是"一片愁"。后者就相聚的回忆与展望说，故春景宛然，春意盎然，引起的内心感受是无限"温柔"。

这首词真可谓"工于发端"。开头两句展现的两种景象、两种感受、两种感情所体现的复杂的心理活动，使抒情主人公神态毕现，因而以下文字，即从她的肺腑中流出。"柳塘新绿"，春光明丽，倘能与意中人像鸳鸯那样双双戏水，永不分离，便青春永驻，不会白头。而事实上，意中人却在"晚日"将沉、"寒鸦"归巢之时走向天涯！如果信手拈来，"相思令人老"那句古诗，正可以作为此时心情的写照。然而文学是一种创作，贵在独创。请看诗人是如何创新的："若教眼底无离恨，不信人间有白头。"心绪何等低回婉转，笔致何等摇曳生姿！"无离恨"是假设，不"白头"是假设变成事实之后希望出现的结果。可如今呢？假设未能成立，"白头"已是必然，于是下片紧承"离恨"、"白头"，以"肠已断，泪难收"开头，尽情吐露，略无含蓄。当感情如洪水暴发，冲决一切堤防的时候，是不可能含蓄也用不着含蓄的。

"相思重上小红楼"一句，妙在一个"重"字。女主人公送走意中人之后，一次又一次地爬上小楼遥望。开始是望得见的，后来就只见"晚日寒鸦"，望不见人影了。由于十分相思的缘故，望不见人影，还要望，因而"重上小红楼"。结句"情知已被山遮断，频倚栏干不自由"中的"频"字，正与"重"字呼应。明知行人已走到远山的那一边，凝望已属徒然，然而还是身不由己地"重上红楼"、"频倚栏干"，其离恨之深、相思之切，就不言而喻了。欧阳修《踏莎行》下片云："寸寸柔肠，盈盈粉泪，楼高莫近危栏倚。平芜尽处是春山，行人更在春山外。"写行人愈行愈远，故女主人公不忍继续远望。辛词则写行人已在山外，而女主人却频频倚栏远望，无法控制自己。表现不同个性、不同心态，各极其妙。

辛弃疾向来被称为豪放派词人的代表，而这首词，却写得如此深婉！任何一位伟大作家，其艺术成就总是多方面的，其艺术风格也是多样化的。

定 风 波

暮 春 漫 兴

辛弃疾

少日春怀似酒浓，插花走马醉千钟。老去逢春如病酒，唯有：茶瓯香篆小帘栊。　卷尽残花风未定，休恨；花开元自要春风。试问春归谁得见？飞燕，来时相遇夕阳中。

词分上下两片。

上片以"少日"与"老去"作强烈对比。"老去"是现实，"少日"是追忆。少年时代，风华正茂，一旦春天来临，更加纵情狂欢，其乐无穷。对此，只用两句十四字来描写，却写得何等生动，令人陶醉！形容"少日春怀"，用了"似酒浓"，已给人以酒兴即将发作的暗示。继之以"插花走马"，狂态如见。还要"醉千钟"，那么，连喝千杯之后将如何癫狂，就不难想象了。而这一切，都是"少日"逢春的情景，只有在追忆中才能出现。眼前的现实则是：人已"老去"，一旦逢春，其情怀不是"似酒浓"，而是"如病酒"。同样用了一个"酒"字，而"酒浓"与"病酒"却境况全别。什么叫"病酒"？欧阳修《蝶恋花》词说："谁道闲情抛弃久？每到春来，惆怅还依旧。日日花前常病酒，不辞镜里朱颜瘦。""病酒"，指因喝酒过量而生病，感到很难受。"老去逢春如病酒"，极言心情不佳，毫无兴味，不要说"插花走马"，连酒也不想喝了。只有待在小房子里，烧一盘香，喝几杯茶，消磨时光。怎么知道是小房子呢？因为这里用了"小帘栊"。"栊"指窗上梠木，而"帘栊"作为一个词，实指窗帘。挂小窗帘的房子，自然大不到哪里去。

过片"卷尽残花风未定"，有如奇峰突起，似与上片毫无联系。然而仔细寻味，却恰恰是由上片向下片过渡的桥梁。上片用少日逢春的狂欢反衬老去逢春的孤寂，于"茶瓯香篆小帘栊"之前冠以"唯有"，仿佛除此之外什么都不关心。其实不然。他始终注视那"小帘栊"，观察外边的变化。外边有什么变化呢？春风不断地吹，把花瓣儿吹落、卷走，如今已经"卷尽残花"，风还不肯停！春天不就完了吗？如此看来，诗人自然是恨春风的。可是接下去，又立刻改口说："休恨"！为什么？因为"花开元自要春风"。当初如果没有春风的吹拂，花儿又怎么能够开放呢？在这出人意外的转折中，蕴涵着深奥的哲理，也饱和着难以明言的无限感慨。春风催放百花，给这里带来了春天。春风"卷尽残花"，春天就要离开这里，回到别的什么地方去了。"试问春归谁得见？"问得突然，也令人感到难于回答，因而急切地期待下文。看下文，那回答真是"匪伊所思"，妙不可言：离此而去的春天，被向这里飞来的燕子碰上了，她是在金色的夕阳中遇见的。那么，她们彼此讲了些什么呢？

古典诗词中的"春归"有两种含义。一种指春来，如陈亮《水龙吟》："春归翠陌，平莎茸嫩，垂杨金浅。"一种指春去，其例甚多，大抵抒发伤春之感。辛弃疾的名作《摸鱼儿》"更能消几番风雨，匆匆春又归去。惜春长怕花开早，何况落红无数"，亦不例外。而这首《定风波》却为读者打开广阔的想象领域和思维空间，诱发人们追踪春天的脚步，进行哲理的思考，可谓另辟蹊径，富有独创精神。

把春天拟人化，说她离开这里，又走向那里，最早似乎见于白居易的《浔阳春·春生》："春生何处暗周游？海角天涯遍始休。先遣和风报消息，续教啼鸟说来由。展张草色长河畔，点缀花房小树头。若到故园应觅我，为传沦落在江州。"

黄庭坚的《清平乐》，则遵循这种思路自制新词："春归何处？寂寞无行路。若有人知春去处，唤取归来同住。春无踪迹谁知，除非问取黄鹂。百啭无人能解，因风飞过蔷薇。"

王观的《卜算子·送鲍浩然之浙东》，构思也很新颖："水是眼波横，山是眉峰聚。欲问行人去那边？眉眼盈盈处。才始送春归，又送君归去。若到江南赶上春，千万和春住。"

辛弃疾《定风波》的下片和上述这些作品可谓异曲同工，其继承与创新的关系，也是显而易见的。

锦　帐　春

席上和杜叔高韵

辛弃疾

春色难留，酒杯常浅。更旧恨新愁相间。五更风，千里梦。看飞红几片，这般庭院。　　几许风流，几般娇懒。问相见何如不见？燕飞忙，莺语乱，恨重帘不卷，翠屏平远。

这是一首和杜叔高的词。杜叔高名游，金华兰溪人。兄弟五人俱博学工文，人称"金华五高"。叔高尤工诗，陈亮谓其诗作"如干戈森立，有吞虎食牛之气"（《龙川文集》卷十九《复杜仲高书》）。他曾于宋孝宗淳熙十六年（1189）春赴上饶与辛弃疾会晤，辛作《贺新郎》词送行。宋宁宗庆元六年（1200）春，又访辛弃疾于铅山，互相唱和。这首《锦帐春》和《上西平·送杜叔高》、《浣溪沙·别杜叔高》、《玉蝴蝶·追别杜叔高》、《婆罗门引·别杜叔高·叔高长于〈楚辞〉》等词，都作于此时。

杜叔高的《锦帐春》，原词已经失传，无法参照，给理解辛弃疾的和词带来一定困难。和词中的"几许风流，几般娇懒"，显然是写女性。大约"席上"有歌妓侑酒，为杜叔高所恋，情见于词，所以和词即就此发挥。起句命意双关，构思精巧。时当暮春，故说"春色难留"；美人将去，故说"春色难留"。想留住春色而无计挽留，便引起"愁"和"恨"。酒，原是可以浇"愁"解"恨"的，杯酒以深（应作"满"解）为佳。晏几道《木兰花》写"春残"，就说"此时金盏直须深，看尽落花能几醉"！可是而今不仅"春色难留"，而且"酒杯常浅"，这又加重了"愁"和"恨"。于是用"更旧恨新愁相间"略作收束，又引出下文。"五更风，千里梦。看飞红几片，这般庭院。"是预想酒阑人散之后绵绵不断的"愁"和"恨"。夜深梦飞千里，却被风声惊醒。五更既过，天已破晓，放眼一看，残花被风吹落，春色已渺不可寻。于是不胜怅惘地说：庭院竟成这般情景！

下片开头，以"几许风流，几般娇懒"正面写美人。作者作词之时，她还在"席上"，可是在词中，已驰骋想象，写到别后的"千里梦"，那"风流"，那"娇懒"，已经空留记忆。而留在记忆之中的形象又无法忘却，这又平添了多少"愁"和"恨"！因而继续写道："问相见何如不见？"

燕飞、莺语，本来既悦目又悦耳。可对于为相思所苦的人来说，"燕飞忙，莺语乱"，只能增加烦恼。这两句也不是写"席上"的所见所闻，而是承"千里梦"，写枕上的烦乱心绪。"恨重帘不卷"，是说人在屋内，重帘遮掩，不但不可能去寻觅那人，连望也望不远。望不远，还是要望，于是望见帘内的屏风。"翠屏平远"一句，比较费解，但作为全词的结句，却至关重要。"平远"，指"翠屏"上的图画。北宋山水画家郭熙有《秋山平远图》，苏轼题诗云："离离短幅开平远"。是说画幅虽小，而展现的境界却十分辽阔。辛弃疾笔下的那位抒情主人公，辗转反侧，想念美人，正恨无人替他卷起的重重珠帘遮住视线，而当视线移向翠屏上的江山平远图，便恍惚迷离，以画境为真境，目望神驰，去追寻美人的芳踪。行文至此，一个情痴的神态，便活现于读者眼前。

以望画屏而写心态，词中并不罕见。例如温庭筠《归国遥》云："谢娘无限心曲，晓屏山断续。"赵令畤《蝶恋花》云："飞燕又将归信误，小屏风上西江路。"都可与辛词"翠屏平远"参看。

南 乡 子

题南剑州妓馆

潘牥

生怕倚阑干，阁下溪声阁外山。惟有旧时山共水，依然，暮雨朝云去不还。　　应是蹑飞鸾，月下时时整佩环。月又渐低霜又下，更阑，折得梅花独自看。

潘牥（1205—1246），字庭坚，号紫岩，闽县（今福建闽侯）人。宋理宗端平二年（1235）进士，廷对第三人。历太学正、通判潭州，有《紫岩集》。

这首词，刘克庄《后村诗话》题为《镡津怀旧》，黄昇《花庵中兴以来绝妙词选》题为《题南剑州妓馆》。黄昇、刘克庄都与此词作者潘牥同乡同时，交谊颇深，所记自然都有根据。按五代南唐保大六年（948），升廷平军为剑州，治所在剑浦（今福建南平市），宋太平兴国四年（979），改名南剑州，而镡津，也正是剑浦的别名。因此，《镡津怀旧》与《题南剑州妓馆》两个标题，意义是相同的。"镡津"即"南剑州"（指治所所在地），"怀旧"即怀念往日曾有过一段爱情生活的妓女。

这究竟是什么样的妓女？与潘牥关系如何？且看刘克庄在《后村诗话》（见《后村大全集》卷一七六）里的描述：

> 延平乐籍中有能墨竹草圣者，潘庭坚为赋《念奴娇》（引者按：应作《水龙吟》）美其书画。末云："玉带悬鱼，黄金铸印，侯封万户。待从头缴纳君王，觅取爱卿归去。"予罢袁守，归途赴郡，集席间借观。今不复有此隽人矣！

前面已经讲过：南唐时升延平军为剑州，宋初改名南剑州。刘克庄所说的"延平乐籍中有能墨竹草圣者"，正就是潘牥《南乡子·题南剑州妓馆》词中的女主人公。这位女主人公，善绘画、精书法，长得很漂亮，因而被刘克庄赞为"隽人"。从潘牥（字庭坚）写赠她的《水龙吟》词末尾几句看，他不仅热恋她，而且不惜拿出一切功名富贵换取她。然而，当他再来妓馆之时，她已经一去不返，因而感慨今昔，写了这首《南乡子》。黄蓼园只知《题南剑州妓馆》这个题目，在《蓼园词选》中说："按溪山句、梅花句似非忆妓所能，当或亦别有寄托，题或误耳。"张思岩看到刘克庄和黄昇所标的两个题目，在《词林记事》里说"未知孰是"。当代鉴赏者，有的认为黄蓼园疑题目错误"有一定道理"，有的则说"题目两个，地点不同，……所怀之旧有差异"。其实，只要看看刘克庄的记述，弄清镡津、延平、南剑州名称虽异，实指同一地点，便知这确是一首爱情诗。

"生怕倚阑干"，起句奇警，激发读者无限揣测与想象。倚阑望远、游目骋怀，乃是乐事，有何可"怕"？紧接着的"阁下溪声阁外山"，好像是对

"生怕"作解释，然而话未说完，令人略有所悟，却难悟透，从而产生了馀味无穷的艺术效果。略有所悟者：分明看出作者此时已在妓院"阁"上，"阁下"溪声可闻，"阁"外青山可见；那"阁"上的"阑干"，大约是曾与伊人千百次共"倚"过的；共倚阑干，自然共听溪声，共看青山，共话衷肠，多么令人陶醉？却难悟透者：这次重来，正可以又一次共倚阑干、尽情享受，为什么反而"怕"起来了？仅仅两句词，却如此含蕴深广，诱人寻思，怎能不赞叹作者艺术手法的高明？

三、四两句，妙在把第二句讲过的"山""水"复述一遍，却冠以"惟有"，结以"依然"，对第二句略作补充，而意仍未尽，勾人遐想，正如沈际飞所评："'阁下溪'、'阁外山'句便止，已婉挚，况复足'山水'一句乎？"（《草堂诗馀正集》）第二句才说"便止"，令读者迫不及待地探求答案。行文至此，蓄势已足，于是出人意外地用"暮雨朝云去不还"来了个一百八十度的大转折，而人去楼空、物是人非的愁云惨雾顿时弥漫天空，令人何以为怀！男主人公"生怕倚阑干"的悲痛情怀，不仅不言自明，而且给读者以强烈的感染。近代大词人况周颐赞此词："小令中能转折，便有尺幅千里之势。"（《蕙风词话续编》卷一）是看出了这个大转折所产生的艺术力量的。

今人论此词，或谓作者怀恋之妓"已经从良"，或谓那位名妓"已属沙吒利"，似都不合词意。上片结句，比伊人为曾与楚襄王梦中欢会、"旦为朝云，暮为行雨"的巫山神女，却说她"去不还"，暗示她已不在人间，这与刘克庄"今不复有此隽人矣"的慨叹是一致的。正因为这样，下片开头，才用"应是"领起，幻想伊人跨飞鸾自月下归来，而她"整佩环"的视觉形象与听觉形象，也仿佛闪现于眼前耳际。"月下时时整佩环"一句，显然从杜甫名句"环佩空归月下魂"（《咏怀古迹》）化出，而这个名句所写的，不正是幻想王昭君"魂"归故居吗？"魂"毕竟是虚无缥缈的东西；幻想，也毕竟不是现实，然而男主人公一片痴情、无限怀念，徘徊阁上，怅望碧空，切盼魂兮归来。"月又渐低霜又下"一句，以皎月西移，寒霜已降的动态表现盼望之切与等待之久，然而直至"更阑"，陪伴他的还是他自己的伶俜孤影，于是以一个"独"字结束全词。"独"的反面是"双"。全首词，句句慨叹今日的"独"，也句句追忆往日的"双"。"折得梅花"如今只能"独自看"；而往日呢？那是与伊人成双成对，共同观赏的啊！况周颐谓"歇拍尤意境幽瑟"，可谓的评。

望　海　潮

献张六太尉

邓千江

　　云雷天堑，金汤地险，名藩自古皋兰。营屯绣错，山形米聚，襟喉百二秦关。鏖战血犹殷。见阵云冷落，时有雕盘。静塞楼头，晓月依旧玉弓弯。　　看看，定远西还。有元戎闻命，上将斋坛。区脱昼空，兜零夕举，甘泉又报平安。吹笛虎牙间。且宴陪朱履，歌按云鬟。招取英灵毅魄，长绕贺兰山。

　　刘祁《归潜志》云："金国初，有张六太尉，镇西边。有一士人邓千江者献一乐章《望海潮》云云，太尉赠以白金百星，其人犹不惬意而去。词至今传之。"元好问《中州乐府》收此词，题为《上兰州守》，文字亦有出入。
　　这首词是献给驻守兰州的张六太尉的，所以先从兰州写起。首二句写兰州形势。《南史·孔范传》云："长江天堑，古来限隔，虏军岂能飞渡？"此处借"天堑"指兰州城北的黄河，其"岂能飞渡"之意已包含其中；再用"云雷"修饰，便将黄河之上波浪排空、云雷激荡的险恶情景展现于读者眼前耳际。仅四个字，写得何等有声有色！《汉书·蒯通传》："边地之城……必将婴城固守，皆为金城汤池，不可攻也。"颜师古注云："金以喻坚，汤喻沸热不可近。"此处借"金汤"写据有"地险"之利的兰州城池。兰州本属"边地"，用典可谓恰切，而"不可攻"、"不可近"之意，也见于言外。这两句对偶极工丽，描写极生动，读者不禁要问：这究竟是什么地方？而当你正等待分说之时，作者便及时点出："名藩自古皋兰。""藩"的本义是藩篱、屏藩，引申为屏藩内地的边城。皋兰之所以成为自古以来的"名藩"，首二句已作了充分的铺陈，但作者还嫌不够，接下去又作进一步申说。"营屯绣错，山形米聚"，又是两个工丽的对偶句。前一句用"绣错"（如锦绣交错）描状军营密布，后一句用"米聚"比喻山形陡峭，极新颖，也极形象。读后一句，自然会联想到马援"聚米为山，指画形势"（见《后汉书·

马援传》的典故），作者也正是化用此典，锤炼出这个佳句的。这两个对偶句和开头两个对偶句虽然都是写皋兰之所以为"名藩"，但着眼点各不相同。"云雷"句写黄河，"金汤"句写城池，"营屯"句写众营，"山形"句写群山。其山河之险要，城池之坚固，军备之森严，一一跃然纸上，令人惊心骇目。于是水到渠成，用"襟喉百二秦关"一句强化名藩皋兰在屏障中原、捍卫王室方面的军事价值。"百二秦关"，自《史记·高祖本纪》"持戟百万，秦得百二"化出，是说秦地关河险固，易守难攻，二万人足当诸侯百万雄师。"襟喉"，襟带、咽喉也，此处作动词用。全句是说秦关已极险要，而皋兰又是秦关的襟喉，守住皋兰，秦关便可平安无事。就因为这样，皋兰自古便是西来之敌企图攻入秦关、进窥中原的必争之地。就在金代，皋兰一带也经常与西夏发生军事冲突。"鏖战血犹殷"一句中的那个"犹"字，实在用得好！既富历史感，又饱含感情色彩。"自古"以来的多少次激战过去了，不久前的一场酷烈厮杀也已经结束了，而遍地战血，斑斑犹现殷红！作者只展现这个画面让张六太尉看，让读者看，并不曾抒发什么议论和感慨，但这画面本身所蕴涵的议论和感慨却是无限丰富的。接下去，词人又将读者的视线从战场上的斑斑血迹引向寥阔的天宇："阵云"虽已"冷落"，却并未散尽，而"时有雕盘"。以"阵云冷落"为背景，又给鏖战初过的边城笼罩以何等阴森凄厉的氛围。那些老雕仍然在空际盘旋，其敏锐的目光当然是向下的，在战场上的殷红血迹中间，难道还残留着可供它们果腹的尸体吗？总之，杀声已歇，而天上地下的一切都还使人想到战争。"静塞楼"大约是皋兰城楼的名称。词人此时仿佛就在楼上眺望，而当他看到一弯晓月惨白如玉的时候，激战中弯弓射箭的景象又再现眼前，楼头的晓月竟与军中的"玉弓"叠合为一，把读者带入战斗。"静塞楼头，晓月依旧玉弓弯"两句，真是神来之笔！在这里，无须从错觉的运用方面分析其构思的巧妙，而应该从词人为什么会有"杯弓蛇影"似的错觉，以及"静塞"与"玉弓"等的关联来把悟作者所表现的厌恶战乱、向往和平的高尚情怀。

上片由皋兰地势的险要、军备的森严，写到战斗的酷烈和战后的阴森景象。"晓月依旧玉弓弯"，但那毕竟是晓月，敌人总算退却了。词是献给张六太尉的，自有将击退敌人归功于张六太尉的意思，下片正以此开头。"看看"是估量时间的词儿，这里相当于"正当"、"当前"。西汉班超出使西域，被封为定远侯，这里借班超指张六太尉，以"看看，定远西还"一句称颂他刚

413

建定远之功，奏凯西还。立了功，自然要受赏，以"有"字领起的两个对偶句，就写他受赏加官。"元戎"，即军事统帅。"阃命"，将令也，亦即元戎的任命。《史记·张释之冯唐列传》："阃（郭门）以外者，将军制之。"后来因称将令为阃命。"斋坛"，拜将的坛场。《史记·淮阴侯列传》载汉王欲拜韩信为大将，"萧何曰：'王必欲拜之，择良日，斋戒，设坛场，具礼，乃可耳。'王许之。""有元戎阃命，上将斋坛"两句运用此典，说明张六太尉得到新的任命，以更高的军衔坐镇皋兰。自"区脱"至"歌按"诸句，写敌军远遁，设宴庆功。"区脱"，匈奴语，意为放哨，此指西夏营垒。"兜零"，置薪草举烽火的用具，每夜初放烟一炬以报平安，名平安火。"甘泉"，秦、汉宫名，汉文帝时匈奴入侵，烽火通于甘泉宫，事见《汉书·匈奴传》。"区脱昼空，兜零夕举，甘泉又报平安"数句，写得兴会淋漓。敌垒已空，平安信息直报到皇宫，统帅与将士当然都沉浸于胜利的欢乐之中。于是奋笔直书，从不同角度渲染胜利的欢乐。"吹笛虎牙间"，从将士方面表现欢乐。扬雄《执金吾箴》："如虎有牙，如鹰有爪。"以"虎牙"、"鹰爪"比"武官"。将士中间既然响起一片笛声，则主帅欢乐，自不待言。由"且"字领起的"宴陪朱履，歌按云鬟"两个对偶句，意为宾客陪宴，美女奏乐，其主人当然是统帅，即坐镇皋兰的张六太尉。《史记·春申君列传》："春申君客三千余人，其上客皆蹑珠履。"此处以"朱履"指代高级门客，与指代歌姬舞女的"云鬟"属对，既典丽，又稳贴，而主帅之豪奢，也暗寓其中。主帅和他的将士、门客既然都陶醉于宴饮歌舞之中，那么又有谁去防御西夏的再犯呢？全词以"招取英灵毅魄，长绕贺兰山"收束，既与"鏖战血犹殷"照应，针线细密；又思入幽渺，脱去寻常蹊径。

兰州自古是西北军事重镇，当时又是金人防御西夏的前沿阵地。作者从这一点着眼进行艺术构思，表现了他的卓识。前六句，极力描状兰州的山河险要，意在突出其襟喉秦关、屏藩中原的军事价值。他不去铺写自古以来在这里发生过多少次战争以及战争如何酷烈，只用"鏖战血犹殷"五字激发读者的无穷想象，而用节省下来的篇幅描写景物，渲染氛围，不独妙于剪裁，而且以景寓情，强化了艺术感染力。

就作者所酝酿的艺术气氛而言，其上片始而惊险、森严，继而阴惨、凄厉。见楼头晓月，犹心悸于玉弓仍弯。这里面当然饱含厌战情绪。但厌战并不等于主张开关迎敌。作者之所以突出皋兰的屏藩地位和襟喉作用，其用意正在于加强防卫。读者从自己的审美体验中也可以领悟到这一深层意蕴。下片的艺术气氛恰与上片形成强烈对照。从"定远西还"以后，始而主帅受赏，继而欢庆胜利，似乎忘记了喋血沙场、壮烈捐躯的战士，也丧失了对敌人卷土重来的警惕。作者因而回应上片，写出了匠心独运的结尾。"招取英灵毅魄"，不是让他们归依故土，而是让他们"长绕贺兰山"，何等新警，何等悲壮，何等引人深思、发人深省！作者创作这样一首词献给张六太尉，看来是含有深意的。"太尉赠以白金百星，其人犹不惬意而去"，未必只是由于赠金还不够多。

这首词前人评价极高。陶宗仪云："邓千江《望海潮》，可与苏子瞻《百字令》、辛幼安《摸鱼儿》相颉颃。"（《南村辍耕录》）杨慎云："金人乐府，称邓千江《望海潮》为第一。"（《词品》）细读全词，并与苏轼的《念奴娇（百字令）》（大江东去）、辛弃疾的《摸鱼儿》（更能消几番风雨）相比较，便感到这些评价是十分中肯的。

卜居外家东园　[黄钟]人月圆

元好问

重冈已隔红尘断，村落更年丰。移居要就：窗中远岫，舍后长松。十年种木，一年种谷，都付儿童。老夫惟有：醒来明月，醉后清风。

玄都观里桃千树，花落水空流。凭君莫问：清泾浊渭，去马来牛。谢公扶病，羊昙挥涕，一醉都休。古今几度：生存华屋，零落山丘。

这两只曲子是在什么情况下写的？

元好问于金哀宗正大元年（1224）中宏词科，充国史馆编修。次年夏天，还居嵩山，接着又历任镇平、内乡、南阳县令。正大八年（1232）秋，应诏入朝，任尚书省掾、左司都事，而汴京已被蒙古军包围。天兴二年（1233）正月，汴京守将崔立投降，元好问随被俘官吏北渡黄河，羁系聊城（今属山东）。蒙古窝阔台汗七年（1235），由聊城移居冠氏县。蒙古太宗十一年（1239），携家回到故乡忻州秀容（今山西忻州），过遗民生活，这时他已五十岁。早在他二十五岁的时候，蒙古军便已破忻州，他好容易才逃出去。在家破国亡之后又回到故乡，首先便遇到"卜居"（选择住处）问题。这两支以《卜居外家东园》为题的曲子，就是在这种情况下写的。与此同时写"外家"（他生母张夫人的娘家）的诗还有《外家南寺》和《东园晚眺》。《外家南寺》云："郁郁秋梧动晚烟，一庭风露觉秋偏。眼中高岸移深谷，愁里残阳更乱蝉。去国衣冠有今日，外家梨栗记当年。白头来往人间遍，依旧僧窗借榻眠。"《东园晚眺》云："霜鬓萧萧试镊看，怪来歌酒百无欢。旧家人物今谁在？清镜功名岁又残。杨柳挽春出新意，小梅留雪弄馀寒。一诗不尽登临兴，落日东园独倚栏。"这两首诗，将陵变谷移、家破国亡、今昔盛衰之感表露无遗。而以《卜居外家东园》为题的这两只曲子，却换了另一种写法，抒发了另一种情感，似乎令人费解。其实，这两种情感原是相通的，只有了解前者，才能更好地了解后者。

第一只曲子先写他为什么要"卜居外家东园"。一带"重冈"已经遮住十丈红尘，这个"村落"更碰上丰收年景。在这里卜居，是十分理想的。"红尘"，指闹市的飞尘，但结合元朝的统治，在诗人心目中有复杂的新内容，这是不难领会的。用一个"已"字，一个"更"字，前后呼应，把"卜居"的有利条件讲得很充分。而有利条件还不少，应该逐一利用，于是又明确提出："移居"要趋就"窗中远岫"和"舍后长松"，"窗中"句从谢朓"窗中列远岫，庭际俯乔林"（《郡内高斋闲望答吕法曹诗》）化出，从而增加了这样一种情趣：山水诗人向往的幽居佳境，原来就在这里啊！那么，移居于此，将要干什么呢？人总要吃饭，"种木"、"种谷"之类的事，不干是不行的。然而这都可交付儿童们去干。自己呢，则"惟有醒来明月，醉后清风"啊！"醒""醉"并列，而重点在"醉"；"醒"，只不过是"醉"与"醉"之间的过渡。"醉后"一任"清风"吹拂，"醒来"只见"明月"相照。清风明月醒复醉，看似悠闲，而一腔酸楚，满腹忧愤，都从这里曲曲传出。

第二首一开头借用了刘禹锡的名诗《元和十年自朗州至京，戏赠看花诸君子》中的句子："玄都观里桃千树。"而刘禹锡的这首诗和它的续篇《再游玄都观》，以长安玄都观中由盛而衰的桃花与种桃道士作比，讽刺当时打击革新运动的朝廷新贵与当权者，这是人所共知的，因而一经借用，就会引起丰富的联想。再接上一句"花落水空流"，就自然又联想到刘禹锡的"桃花净尽菜花开"（《再游玄都观》）。那么，"种桃道士归何处"（《再游玄都观》）呢？看来诗人在感慨金朝盛衰兴亡的同时，对导致衰亡的主观原因进行沉痛的反思。然而他不愿说出反思的结果，却劝人家不必追问"清泾浊渭，去马来牛"。欲吐复吞，倍增沉痛。下面用谢安、羊昙的故事，抒发"旧家人物今谁在"的哀思。东晋政治家谢安受到会稽王司马道子的排挤，出镇广陵，不久患病还都，入西州门，因本志未遂，深自慨叹，怅然谓所亲曰："吾病殆不起乎！"果病卒。有一位叫羊昙的名士曾受到谢安的器重，谢安死，他"辍乐弥年，行不由西州路"。后来因大醉误入西州门，诵曹植诗曰："生存华屋处，零落归山丘！"（《箜篌引》）恸哭而去。元好问用"谢公扶病，羊昙挥涕"两句概括了这个故事，当然是借古喻今，却以"一醉都休"自我麻醉，自我解脱。然而这毕竟是解脱不了的，因而又想到羊昙吟诵过的那两句诗，不禁悲从中来，发出无人能够解答的诘问："生存华屋，零落山丘"，这种令人恸哭的事，从古到今，究竟有多少次了？不难想象，元好问在金亡之后回到阔别二十多年的故乡，田园寥落，亲友凋零，屋宇犹存，居人已逝的惨象，经常会闯入他的眼帘，触发他的愁思。因此，华屋山丘之类的词句，屡见于他的诗章。《初挈家还读书山杂诗》里的"眼中华屋记生存，旧事无人可共论"，就表现了乱后还乡的典型情绪。他虽然用了羊昙的典故，但所表现的却不仅是一般的存殁之戚和知己之感，而且具有社会乱离的广阔内涵，因而更能激动人心。

这两只曲子从表面上看，只是写他选择了一个具有山林之美的好住处，住在这里，不事生产，不问是非，沐清风，赏明月，把一切都付之一醉，够闲适，够消极的。但结合特定情境看，则字字酸楚，句句沉痛，可与他的那些真挚凄切地反映时代苦难的"丧乱诗"、"丧乱词"共读。

不 伏 老 ［南吕］一枝花

关汉卿

攀出墙朵朵花，折临路枝枝柳。① 花攀红蕊嫩，柳折翠条柔。浪子

---

① 花、柳：皆指娼妓。

风流。凭着我折柳攀花手，直煞得花残柳败休。半生来折柳攀花，一世里眠花卧柳。

〔梁州〕 我是个普天下郎君领袖，盖世界浪子班头。愿朱颜不改常依旧。花中消遣，酒内忘忧。分茶，㩉竹；打马，藏阄。① 通五音六律滑熟。② 甚闲愁到我心头。伴的是银筝女银台前理银筝笑倚银屏，伴的是玉天仙携玉手并玉肩同登玉楼，伴的是金钗客歌金缕捧金樽满泛金瓯。③ 你道我老也，暂休。占排场风月功名首，更玲珑又别透。我是个锦阵花营都帅头？④ 曾玩府游州。

〔隔尾〕 子弟每是个茅草冈、沙土窝初生的兔羔儿乍向围场上走；⑤ 我是个经笼罩、受索网、苍翎毛老野鸡蹅踏的阵马儿熟。⑥ 经了些窝弓冷箭镴枪头，⑦ 不曾落人后。恰不道"人到中年万事休"，我怎肯虚度了春秋。

〔尾〕 我是个蒸不烂、煮不熟、捶不匾、炒不爆、响珰珰一粒铜豌豆，恁子弟每谁教你钻入他锄不断、斫不下、解不开、顿不脱、慢腾腾千层锦套头？⑧ 我玩的梁园月，饮的是东京酒；赏的是洛阳花，攀的是章台柳。我也会围棋、会蹴踘、会打围、会插科、会歌舞、会吹弹、会咽作、会吟诗、会双陆。你便是落了我牙、歪了我嘴、瘸了我腿、折了我手，天赐与我这几般儿歹症候，尚兀自不肯休。则除是阎王亲自唤，神鬼自来勾。三魂归地府，七魄丧冥幽。天哪，那其间才不向烟花路儿上走。

这套曲子是关汉卿散曲的代表作。由第一人称"我"直接出面，以通俗、

---

① 分茶：品茶；㩉竹：画竹；打马、藏阄：两种博戏。

② 五音：宫、商、角、徵、羽五个音级；六律；黄钟、太簇、姑洗、蕤宾、夷则、无射，是十二律中的阳声之律。

③ 银筝女、玉天仙、金钗客：均指妓女；金缕：即金缕衣，曲调名；金瓯：精美的酒器。

④ 锦阵花营：妇女群；都帅头：总头目。

⑤ 子弟每：嫖客们；兔羔儿：喻未经世故的青年子弟；围场：猎场，此喻妓院。

⑥ 阵马儿熟：有一套对付猎人的经验，此指狎妓经验。

⑦ 窝弓冷箭：伏弩、暗箭，此喻暗算。镴枪头：喻中看不中用。

⑧ 锦套头：锦绳结成的套头，喻外美内狠的圈套；一说比喻情网，指妓女笼络客人的手段。

诙谐、酣畅、滔滔若江河奔泻的语言，自我介绍，自我赞赏，自我调侃，从而塑造了一个特殊环境中的特殊人物形象，体现了"不伏老"的主题。

全套由四只曲子组成。[一枝花]只将"攀花"、"折柳"两件事颠来倒去，变幻出各种句式，用以表现"浪子风流"，为人物性格定下了基调。以下三只曲子，则从各个方面、各个角度，刻画人物性格，表现这个"浪子"怎样"风流"。

[梁州]一曲，纵情地自夸自赞。自夸"分茶，撅竹；打马、藏阄。通五音六律滑熟"。当然很"风流"。自赞"我是个普天下郎君领袖，盖世界浪子班头"，"占排场风月功名首"，"我是个锦阵花营都帅头"，又比所有"风流浪子"更"风流"。这种"浪子风流"，按常情来说，是不值得也不好意思自夸自赞的，而作者竟然不惜用极度夸张的词句加以赞美，这就很有认真思考的必要。我们知道，在元朝统治的黑暗社会里，正直的知识分子是没有出路的。其中一部分人，便和民间艺人结合，为他们写话本、编杂剧，用自己的笔揭露黑暗，鞭挞邪恶，讴歌正义，反映人民的苦难、愿望和斗争。关汉卿就是其中的代表人物之一。他"驱梨园领袖，总编修师首，捻杂剧班头"（贾仲明《凌波仙词》），甚至"躬践排场，面傅粉黑，以为我家生活，偶倡优而不辞"（臧晋叔《元曲选》）。这说明他已经不是正统的儒者，而是市民化的知识分子了，所以敢于夸赞"浪子"的"风流"。更重要的，则是以一种玩世不恭的形式，表现对黑暗统治的反抗。"花中消遣，酒内忘忧"两句，便泄露了此中消息。

[隔尾]一曲，用"子弟每（们）"的未经世面作陪衬，强调"我"是饱经磨难的。"经笼罩，受索网"，"经了些窝弓冷箭镶枪头"，却"不曾落人后"。这充分表现了"我"的身世遭遇和顽强性格。如今虽然"人到中年"，仍不肯"虚度了春秋"，于是自然而然地引出下文。

[尾]曲是全套曲子最精彩的部分，真所谓"豹尾"。按照曲谱，首句是个七字句，作者竟加了十六个衬字，写成长达二十三字的名句"我是个蒸不烂、煮不熟、捶不匾、炒不爆、响珰珰一粒铜豌豆"，成为全篇点睛之笔。"铜豌豆"，据说是元代妓院中对老狎客的切口，然而加上那一些修饰语，给人的突出印象是坚毅不屈。而对那些"钻入他锄不断、斫不下、解不开、顿不脱、慢腾腾千层锦套头"的"子弟每"，则用"谁教你"痛加呵斥，意在劝他们及早回头。"我玩的是……"一组排句，其中的地名不宜呆看，不过

是说"我"玩的是最好的月、饮的是最好的酒、赏的是最好的花、攀的是最好的柳。"我也会……"一组排句,则说"我"多才多艺,举凡围棋、踢球、打猎、歌舞、吹弹、吟诗等等,样样皆精。他把以上两组排句所说的玩月、饮酒、赏花、围棋、歌舞、吟诗等一系列爱好和技艺,统统称为"歹症候",坚决表示:任凭受到落牙折手的残酷迫害,"这几般儿歹症候"也要坚持到底,至死方休。结句"那其间才不向烟花路儿上走",一本作"那其间收了篆篮罢了斗",似乎更好些。因为前面罗列的那许多"歹症候",并不是"烟花"所能包括的。

这套曲子用了一些与妓院、狎客有关的词语,并且一开头就用"折柳攀花"、"眠花卧柳"来形容"我"这个"浪子"的"风流",容易带来消极影响。但只要结合特定的历史环境认真分析,就决不会以此为根据而否定这篇作品的审美价值。第一,这篇作品通过"我"概括了以作者本人为代表的"书会才人"们的某些性格特性。他们是出入于勾栏行院、与杂剧演员相结合的市民化了的下层知识分子,其思想作风已经与正统儒者背道而驰。第二,尽情地夸赞封建统治阶级所讳言、所禁止的东西,具有以惊世骇俗的形式反对黑暗统治的意义。第三,紧承"人到中年"仍不肯"虚度春秋"的最后一只曲子,突出地表现了"不伏老"。而"不伏老"的具体内容,则是不肯放弃那些"歹症候"。稍加分析,便发现在作者罗列的"歹症候"中,有许多并不"歹",而且诸如"插科"、"歌舞"、"吹弹"、"吟诗"等等,都与创作杂剧和演出杂剧有关。把这一切都冠以"歹"字,说明连创作杂剧和演出杂剧都受到来自统治者的诽谤和打击。你说"歹",我也不妨借用你的"歹",这里饱含着作者的愤激之情。任你诬蔑为"歹症候","我"这"症候"是"天赐"的,"我""尚兀自不肯休",甚至不惜以"落了我牙、歪了我嘴、瘸了我腿、折了我手"为代价,其反抗性何等强烈!而"落了我牙……"一组排句,又暗示出"我"为了不虚度春秋,承受着多么巨大的社会压力!

这套曲子艺术上的独创性,在于用第一人称袒露胸怀的方式,塑造了元代社会所特有的市民化了的"书会才人"的形象,表现了不畏重压、不甘屈辱的铮铮硬骨和不肯虚度年华、坚持施展才艺的顽强精神。至于语言泼辣,大量运用排句,随心所欲地加入衬字,形成一种活泼、奔放的气势,则是关汉卿的散曲和剧曲共有的艺术风格。

渔　夫　［双调］沉醉东风

白　朴

　　黄芦岸白蘋渡口，绿杨堤红蓼滩头。虽无刎颈交，却有忘机友。点秋江白鹭沙鸥。傲杀人间万户侯，不识字烟波钓叟。

　　一、二两句，对仗工丽，写景如画。然而仅仅看出这一层，未免辜负了作者的苦心。作画的颜料是精心选择的，所画的景物是精心选择的，整个环境也是精心选择的。选取"黄"、"白"、"绿"、"红"四种颜料渲染他精心选择的那四种景物，不仅获得了色彩明艳的效果，而且展现了特定的地域和节令。你看到"黄芦"、"白蘋"、"绿杨"、"红蓼"相映成趣，难道不会想到江南水乡的大好秋光吗？而秋天，正是垂钓的黄金季节。让"黄芦"、"白蘋"、"绿杨"、"红蓼"摇曳于"岸边"、"渡口"、"堤上"、"滩头"，这又不仅活画出"渔夫"活动的场所，同时"渔夫"在那些场所里怎样活动，以及以一种什么样的心态在活动，也不难想象了。

　　在那么优雅的环境里打鱼为生，固然很不错，但如果只是一个人，就亦免孤寂，所以还该有朋友。三、四两句，便给那位"渔夫"找来了情投意合的朋友。"虽无刎颈交，却有忘机友"也是对偶句，却先让步，后转进，有回环流走之妙。为了友谊，虽刎颈也不后悔的朋友叫"刎颈交"。"渔夫"与人无争，没有这样的朋友也并不碍事。淡泊宁静，毫无机巧之心的朋友叫"忘机友"。对于"渔夫"来说，他最需要这样的朋友，也正好有这样的朋友，真令人羡慕！

　　一、二两句写了"岸"、"堤"、"渡口"和"滩头"，意味着那里有江，但毕竟没有正面写江，因而也无法描绘江上景。写"渔夫"应该写出江上景，对此，作者不仅是懂得的，而且懂得什么时候写最适宜。你看吧，写了"却有忘机友"之后，他便写江上景了。"点秋江白鹭沙鸥"，写景真生动！用"秋"字修饰"江"，点明了季节。一个"点"字，尤其用得好。如果平平淡淡地说，那不过是：江面上有点点鸥鹭。如今变形容词为动词，并且给鸥鹭着色，便出现了白鹭沙鸥点秋江的生动情景。仅就写景而言，这已经够高明了。但更高明之处还在于借景写人。前面写渔夫有"忘机友"，那"忘机友"究竟指什么呢？细玩文意，那正是指"点秋江"的"白鹭沙鸥"。以鸥鹭为友，既表现"渔夫"的高洁，又说明真正的"忘机友"，在人间无法找到。古代诗人往往赞扬鸥鹭"忘机"。正由于他们认为只有鸥鹭才没有"机心"，所以愿与鸥鹭为友。李白就说："明朝拂衣去，永与白鸥盟。"黄庚的《渔隐》诗，则用"不羡鱼虾利，惟寻鸥鹭盟"表现渔夫的高尚品德，正可作为这只曲子的注脚。

结尾点题，点出前面写的并非退隐文人，而是"傲杀人间万户侯"的"不识字烟波钓叟"。

元代社会中的渔夫不可能那样悠闲自在，也未必敢于傲视统治他的"万户侯"。不难看出，这只曲子所写的"渔夫"是理想化了的。我们知道，白朴幼年经历了蒙古灭金的变故，家人失散，跟随他父亲的朋友元好问逃出汴京，受到元好问的教养。他对元朝的统治异常反感，终生不仕，却仍然找不到一片避世的干净土。因此，他把他的理想投射到"渔夫"身上，赞赏那样的"渔夫"，羡慕那样的"渔夫"。说"渔夫""傲杀人间万户侯"，正表明他鄙视那些"万户侯"。说"渔夫""不识字"，正是后悔他做了读书识字的文人。古话说："人生忧患识字始。"在任何黑暗社会里，正直的知识分子比"不识字"的渔夫会遭受更多的精神磨难，更何况在"九儒"仅居"十丐"之上的元代！

这首小令语言清丽、风格俊逸，又表达了备受压抑的知识分子所追求的理想，因而在当时就赢得了人们的喜爱。著名散曲家卢挚的［双调·蟾宫曲］，就是摹拟这首小令的："碧波中范蠡乘舟。殢酒簪花，乐以忘忧。荡荡悠悠，点秋江白鹭沙鸥。急棹不过黄芦岸白蘋渡口，且湾在绿杨堤红蓼滩头。醉时方休，醒时扶头。傲煞人间，伯子公侯。"其中的好几个句子都来自白曲，思想倾向也完全一致。不过所写不是渔夫，而是退隐江湖的官员。卢挚是做了元朝的官的。

秋　　思　　[越调] 天净沙

马致远

枯藤老树昏鸦，小桥流水人家，古道西风瘦马。夕阳西下，断肠人在天涯。

这是写"秋思"的名曲，被誉为"秋思之祖"（周德清《中原音韵》）。写秋思而如此出名，究竟有什么奥秘呢？

第一，有景有人，人和景都是精心选择的，最能表现"秋思"。

秋思指一种萧条、寂寞、悲凉的情思。这种情思之所以冠以"秋"字，就因为"秋"是触媒剂。宋玉的《九辩》一开头就阐明了这个道理：

悲哉，秋之为气也！萧瑟兮，草木摇落而变衰。憭慄兮，若在远行；登山临水兮，送将归。

秋思既然是秋景触发的，那么要写好秋思，就得选好秋景。这首小令选择了"枯藤"、"老树"等最有特征性的秋景，最有利于表现秋思。

不同心境的人对于同一景物有迥乎不同的反映。志得意满的人即使看见萧条秋景，内心里仍然充满春天的阳光。所以要写好秋思，还得选好抒情主人公。这首小令就选择了秋思满腹的主人公——流落"天涯"的"断肠人"。吴文英的《唐多令》词讲得好："何处合成愁，离人心上秋。纵芭蕉不雨也飕飕。"那位"断肠人"当然也是"离人"啊！

第二，用极有限的字句，塑造了极丰富的意象。前三句只有十八个字，却接连出现了九个名词，九种景物。而加在名词之前的定语，则体现"断肠人"对于那些景物的独特感受。特定的定语与特定的名词衔接，就构成一系列意象，所表现的便不是客观的景，而是人与物的结合、情与景的交融。省略动词和一切表示语法关系的词儿，只罗列名词或名词片语以塑造意象的名句是温庭筠的"鸡声茅店月，人迹板桥霜"（《商山早行》）。欧阳修着意模仿，写出了"鸟声梅店雨，野色板桥春"，仍未免逊色。而这首小令的前三句，则有过之而无不及。

第三，时空关系的处理，也最适于表现秋思。就空间说，那充满人物感受的景不是"断肠人"故乡的景，而是"天涯"的景。就时间说，那不是早晨或中午的景，而是日落黄昏的景。如果是故乡的景，再萧条也不会增加"断肠人"的多少愁思；而远在"天涯"的景，情形就大不相同。如果是秋天的早晨或中午，"断肠人"还没有今夜宿谁家的问题；而日落黄昏之时，情形也就大不相同了。

通常说这只曲子之所以写得好，在于"描绘了一幅绝妙的秋景图"。这当然不算错。但更确切地说，则是一幅绝妙的秋思图。这幅图，是随着抒情主人公的脚步、视线和思绪展开的。"断肠人在天涯"一句，尽管在结尾，但实际上是贯串全局的主线。读这首曲，一开头就应该想到它，并且跟着"断肠人"在"天涯"漂泊的足迹进入画卷。大致说来，这画卷是这样的：

> 时已深秋，一位远离故乡的"断肠人"还在天涯漂泊。他骑着瘦马，冒着西风，在荒凉的古道上奔波，不知哪里是他的归宿。哦！那纠缠着枯藤的老树上，已经有乌鸦栖息，又到黄昏时候了！一条溪水从小桥下流过，桥那边出现了人家。然而那不是他的家啊！看到小桥流水人家，便想起自己的家，很想回家，却怎么能回得了呢？过了小桥，叩那家的门，要求投宿行不行？看来是不行的，因为那不是客店啊！于是乎，他继续骑着瘦马，冒着西风，忍着饥饿，在那荒凉的古道上颠簸。太阳已经落山了，他仍然在天涯漂泊，漂泊……

秋思是抽象的，作者却通过那位"断肠人"的漂泊天涯以及他在天涯的所见所感，把秋思写活了。为了对比，不妨看看白朴的［天净沙］《秋》："孤村落日残霞，轻烟老树寒鸦，一点飞鸿影下。青山绿水，白草红叶黄花。"这里有更多的秋景，却很少秋思。景中寡情，就不可能像马致远的［天净沙］《秋思》那样具有动人心魄的艺术魅力。

借　马　　[般涉调] 耍孩儿

马致远

　　近来时买得匹蒲梢骑，气命儿般看承爱惜。逐宵上草料数十番，喂饲得膘息胖肥。但有些秽污却早忙刷洗，微有些辛勤便下骑。有那等无知辈，出言要借，对面难推。

[七煞] 懒设设牵下槽，意迟迟背后随，气忿忿懒把鞍来鞴。我沉吟了半晌语不语，不晓事颏人知不知？他又不是不精细，道不得"他人弓莫挽，他人马休骑"。

[六煞] 不骑呵西棚下凉处拴，骑时节拣地皮平处骑。将青青嫩草频频的喂。歇时节肚带松松放，怕坐的困尻包儿款款移。勤觑着鞍和辔，牢踏着宝镫，前口儿休提。

[五煞] 饥时节喂些草，渴时节饮些水。着皮肤休使粗毡屈，三山骨休使鞭来打，砖瓦上休教稳着蹄。有口话你明明的记：饱时休走，饮了休驰。

[四煞] 抛粪时教干处抛，尿绰时教净处尿。拴时节拣个牢固桩橛上系。路途上休要踏砖块，过水处不教践起泥。这马知人义，似云长赤兔，如翼德乌骓。

[三煞] 有汗时休去檐下拴，渲时休教侵着颏。软煮料草铡底细。上坡时款把身来竘，下坡时休教走得疾。休道人忒寒碎。休教鞭飐着马眼，休教鞭擦损毛衣。

[二煞] 不借时恶了弟兄，不借时反了面皮。马儿行嘱咐叮咛记：鞍心马户将伊打，刷子去刀莫作疑。则叹的一声长吁气，哀哀怨怨，切切悲悲。

[一煞] 早晨间借与他，日平西盼望你，倚门专等来家内。柔肠寸寸因他断，侧耳频频听你嘶。道一声"好去"，早两泪双垂。

[尾] 没道理没道理，忒下的忒下的。恰才说来的话君专记，一口气不违借与了你。

这个套曲写一位马主人爱马如命、不得不借给别人、又不愿借给别人的矛盾心情，细致入微，活灵活现。

第一只曲子通过马主人的自述，写出了他对马的深厚感情，为下文不愿借给别人提供了有力的心理根据。在"买得匹蒲梢骑"之前特意加上"近来时"三字，说明他早想买马，直到最近才买到，自然又喜又爱，因而接着便说"气命儿般看承爱惜"。"蒲梢"原是骏马的名称，但因爱马而夸马，把一匹贱价买来的瘦马称为"蒲梢"，也是不难理解的。说他买的是瘦马，这是从"逐宵上草料数十番"才"喂饲得膘息胖肥"看出的。而亲自饲喂，不辞辛劳，一有污秽就急忙刷洗，正表明马主人并非有钱有势的阔人，也表明他在亲自喂养、刷洗的过程中进一步培养了对马的感情。不难设想，如果他很富有，骡马成群，自有马夫喂马，他对马毫无感情，那么有人借马，就正好可以慷慨地借出去落个人情。可他并非如此。日思夜梦，好容易才买来一匹，亲手饲喂，眼看着由瘦骨嶙峋变得膘肥体壮，连自己都"微有些辛勤便下骑"，怎舍得借给别人，任人家骑乘鞭打呢？可是偏有人要借，当面又不好拒绝，这便激起了他的内心矛盾和情感波涛，从而引出下文。

[七煞] 前三句，通过"懒设设"、"意迟迟"、"气忿忿"解马、牵马、鞴马的动作和表情，生动地表现了"对面难推"却实在舍不得出借的内心活动。"我沉吟了半晌"，想说"不借"，但到底该说还是不该说呢？想来想去，还是没有说。"不晓事"以下几句，乃是没有说出口的心里话。他在心里骂那个借马人连"他人弓莫挽，他人马休骑"的成语都不懂。

从 [六煞] 到 [三煞]，这四只曲子写马主人对借马者的仔细叮嘱。从"不骑呵西棚下凉处拴"直讲到"下坡时休教走得疾"，反反复复，絮絮叨叨，总共讲了二十多条"注意事项"，总算讲完了。怕人家嫌他寒伧、琐碎，先用"休道人忒寒碎"堵人家的口。讲到这里，忽然又想起两条注意事项，于是又郑重叮咛："休教鞭飐着马眼，休教鞭擦损毛衣！"也就是说，千万不要打马。

[二煞] 写马主人转向马，向马解释说：我怎舍得将你借给别人！可是"不借时反了面皮"，实在没法子拒绝啊！又对马说：他不会打你的，如果打你，那他无疑就是个"驴吊"（"马"、"户"相合是"驴"，"刷"字去刀是"吊"，"驴吊"是骂人的粗话）！尽管这样安慰马，也自我安慰，毕竟还担心

那人打他的马，故又哀怨、悲切地长叹一声。

［一煞］的前五句是预想之词。马还在他身边，却预想到被牵走以后将如何焦急，如何盼望。接下去，又从预想回到现实。末两句乃是实写：刚说了一声"马儿呀，你就好好地去吧"，马儿还没有去，却已经"两泪双垂"了。

最后一只曲子的前两句是心里话，他在心里骂借马者没道理、太忍心（忒下的），口里却不得不说："恰才说来的话君专记，一口气不违借与了你。"

对于借马者，除写马主人在心里骂他之外，别无描写。但马主人的内心矛盾是由他引起的，马主人的那么多嘱咐是对他说的，马主人与马难舍难分的种种表情，他是亲眼看见的。因而越到后来，读者越关注这个人物。他最后是否牵走了马，作者没有写，这就更激起读者的无穷想象。

由于作者一开头便令人信服地写出了马主人爱马如命的心理根据，所以下文所写，虽不无夸张，却十分真实。读者如果亲自养过马或对别人养马有所了解，便会知道马主人对借马者一连串要求，有一些未免太苛刻，但另一些确实是必须注意的。例如"有汗时休去檐下拴"，就是养马人的经验之谈。

当然，对自己的东西过分爱惜，就走向吝啬。但不能说这篇作品的主题就是"辛辣地讽刺有钱的吝啬鬼"。我们知道，封建社会里亲自养马的劳动者也都是爱马如命的。这篇作品，就是对这种性格和心理的概括描写和艺术夸张。夸张地写出了马主人对借马者的不少苛刻要求，诸如"骑时节拣地皮平处骑"，"渲时休教侵着颅"，读起来颇有幽默感。夸张地写马主人已经说过"将青青嫩草频频的喂"，过一阵又叮咛人家"饥时节喂些草"；已经说过"砖瓦上休教稳着蹄"，又嘱咐人家"路途上休要踏砖块"。重三复四，唠叨不休，也令人发笑。写人物表情的一些句子，就更有喜剧性。"懒设设牵下槽，意迟迟背后随，气忿忿懒把鞍来鞴，我沉吟了半晌语不语"，以及"则叹的一声长吁气"，"侧耳频频听你嘶"，"哀哀怨怨，切切悲悲"等等，都由于夸张地描写了对马的过分爱惜而获得了喜剧效果。更有趣的是"道一声'好去'，早两泪双垂"两句，不禁令人想到莺莺送张生。《西厢记·哭宴》写老夫人逼张生上京赴试，在十里长亭设宴饯行，莺莺唱道："猛听得一声'去也'，松了金钏！"这与马主人的声口何其相似，然而莺莺不是送马，而是送她的爱人啊！

爱马惜马是千百年来劳动者在同马的亲密关系中培养起来的纯朴感情，不应看作是将无价值的东西撕毁给人看，作者也并没有这样做。这篇作品的幽默感和喜剧性，产生于作者对那些过分爱马惜马的言谈举止的夸张描写。而这种夸张描写，又是建立在特定的历史真实的基础之上的，并不曾歪曲历史真实，而是在更高层次上表现了那种历史真实。

潼关怀古 ［中吕］山坡羊

张养浩

  峰峦如聚，波涛如怒。山河表里潼关路。望西都，意踌躇。伤心秦汉经行处，宫阙万间都做了土。兴，百姓苦！亡，百姓苦！

这首小令是作者路过潼关时写的。《元史·张养浩传》说："天历二年，关中大旱，饥民相食，特拜（张养浩）为陕西行台中丞。……登车就道，遇饥者则赈之，死者则葬之。"并说他"到官四月，忧劳以死"。就他的作品和有关史料看，他对元朝的黑暗统治深感不满，对人民的疾苦相当关心。他在"关中大旱，饥民相食"之时写的这首［山坡羊］，尽管题为"怀古"，实际上重在"伤今"，其揭露、批判的锋芒，既指向历史上历朝累代的统治者，更指向当时的元朝统治者。

作者从东方走来，纵目四望，看到了潼关的形胜。因此，这只曲子便先从潼关形胜写起。第一句写山，潼关东有崤山，北有中条，西接华岳三峰，形势险要。诗人看见的就是这种险要的形势；但他没有用纪实的表达方式，而只用"峰峦如聚"作形象的描绘。一个"聚"字，不仅写出"峰峦"的众多，而且赋予众多的峰峦以生命和意志，从而表现出它们向潼关聚集的动势。那许多峰峦，仿佛为了同一目的，从不同的方向奔来，拱卫潼关。第二句写河。《元和郡县志》记"潼关"云："上跻高隅，俯视洪流，盘纡峻极，实为天险。"潼关所"俯视"的"洪流"，就是黄河。黄河从龙门直泻而来，汹涌澎湃，奔赴关下，诗人所见的就是这种情景；但他也未用纪实的表达形式，而只用"波涛如怒"作形象的描绘。一个"怒"字，不仅概括了黄河波翻浪涌、奔腾咆哮的气势，而且赋予它以生命和感情。它为什么发"怒"呢？这就给读者打开了驰骋想象的广阔天地。

第一句写山，第二句写河，都没有点明这是什么地方。第三句"山河表里潼关路"，便总括山、河，归到"潼关"。着一"路"字，表明诗人此时正行进在"潼关路"上，那"峰峦如聚"、"波涛如怒"、"山河表里"的景象，都是他亲眼看见的，因而都涂上了他的感情色彩。他在"潼关路"上行进，其目的地，就是用潼关做东方屏障的"西都"。因此，在看清了眼前的潼关形胜之后，自然要遥望"西都"了，"潼关路"三字，既收束上文，又为向"望西都"过渡架好了桥梁。

《左传·僖公二十八年》："表里山河，必无害也。"注云："晋国外河而内山。"表，外也；里，内也。这里以"山河表里"形容潼关，极言潼关内有高山，外有大河，形势险要，为兵家所必争，关系着在关中建都的那些封建王朝的兴亡。因此，当诗人在"潼关路"上"望西都"的时候，自然就想到历代的兴亡了。

关中，曾经有西周、秦、西汉、前赵、前秦、后秦、西魏、北周、隋、唐等十个王朝在那里建都，历时达千年之久。那些都城，可以统称"西都"。在本曲中，张养浩仅举"秦汉"，以代表在那里建都的所有王朝。当他"望西都"之时，由于想到了那许多王朝的兴亡带给老百姓的苦难，心情很沉重，所以接着说："意踌躇"。踌躇，本指犹豫不决，徘徊不前。这里在前面加一"意"字，形象地表现了心潮起伏，思想上找不到出路的苦闷。

"意踌躇"一顿，下面所写，就是"意踌躇"的原因和内容。"伤心秦汉经行处"一句，上承"望西都"，下启"宫阙万间都做了土"。所谓"处"，指的正是"西都"。诗人在"潼关路"上遥"望西都"，想到秦人在那里"经行"，看见的是"宫阙万间"；汉人在那里"经行"，看见的是"宫阙万间"；隋人唐人在那里"经行"，看见的是"宫阙万间"。可现在呢？"宫阙万间都做了土"啊！此所以望之"伤心"也。

当然，作者并不是说汉人"经行"时所见的"宫阙万间"，也就是秦人"经行"时所见的"宫阙万间"。凡读过秦汉史的人，都知道秦都咸阳的"宫阙万间"，已随着秦朝的灭亡化为焦土；汉都长安的"宫阙万间"，是汉朝兴起后修建的。此后，王朝有兴有亡，宫阙也有成有毁。在张养浩的时代，"西都"的"宫阙万间"，早已"都做了土"；而元朝的京城大都，又修起了"宫阙万间"。"宫阙万间"修了又毁，毁了又修，剥夺了大量民脂民膏，给"百姓"带来无穷无尽的"苦"。住在"宫阙万间"里穷奢极欲、作威作福的达官贵人，更给"百姓"造成了无穷无尽的"苦"。诗人从"望西都"所激起的情感波涛中理出了这样的思路，并循着这样的思路，倾吐出惊心动魄的诗句："兴，百姓苦！亡，百姓苦！"无数个王朝兴替，你方唱罢我登场，而"百姓"之"苦"依然如故，甚至有增无已。那么，怎样才能挖掉，"百姓"的"苦"根呢？诗人当然还找不到答案，却已经一针见血地指出了封建统治阶级与劳动人民的根本对立，敢于为百姓的苦难大声疾呼，这是难能可贵的。

这首小令遣词精辟，形象鲜明，于浓烈的抒情色彩中迸发出先进思想的光辉，在元散曲乃至整个古典诗歌中，都是难得的优秀作品。

高祖还乡　[般涉调] 哨遍

睢景臣

社长排门告示：但有的差使无推故。这差使不寻俗。一壁厢纳草除根，一边又要差夫，索应付。又言是车驾，都说是銮舆，今日还乡故。王乡老执定瓦台盘，赵忙郎抱着酒葫芦。新刷来的头巾，恰糨来的绸衫，畅好是妆幺大户。

[要孩儿] 瞎王留引定火乔男女，胡踢蹬吹笛擂鼓。见一彪人马到庄门，劈头里几面旗舒：一面旗白胡阑套住个迎霜兔，一面旗红曲连打着个毕月乌，一面旗鸡学舞，一面旗狗生双翅，一面旗蛇缠葫芦。

[五煞] 红漆了叉，银铮了斧，甜瓜苦瓜黄金镀。明晃晃马鞯枪尖上挑，白雪雪鹅毛扇上铺。这几个乔人物，拿着些不曾见的器仗，穿着些大作怪衣服。

[四煞] 辕条上都是马，套顶上不见驴。黄罗伞柄天生曲。车前八个天曹判，车后若干递送夫。更几个多娇女，一般穿着，一样妆梳。

[三煞] 那大汉下的车，众人施礼数。那大汉觑得人如无物。众乡老展脚舒腰拜，那大汉挪身着手扶。猛可里抬头觑，觑多时认得熟，险气破

我胸脯。

［二煞］你须身姓刘，你妻须姓吕。把你两家儿根脚从头数。你本身做亭长，耽几盏酒。你丈人教村学，读几卷书。曾在俺庄东住，也曾与我喂牛切草，拽坝扶锄。

［一煞］春采了桑，冬借了俺粟，零支了米麦无重数。换田契强称了麻三秤，还酒债偷量了豆几斛。有甚胡突处？明标着册历，现放着文书。

［尾］少我的钱，差发内旋拨还；欠我的粟，税粮中私准除。只道刘三，谁肯把你揪捽住？白什么改了姓、更了名，唤做汉高祖？

"汉高祖"刘邦在做皇帝后的第十二年十月回到故乡沛县，豁免了沛县的赋税，教沛中儿童一百二十人唱他的《大风歌》，设宴款待"父老子弟"，"道故旧为笑乐"。临行，故乡人再三挽留，又倾城出送，简直是恋恋不舍。（《史记·高祖本纪》）

刘邦的时代距元朝已经很遥远，可是元曲家们却一度兴起"高祖还乡"创作热。据钟嗣成《录鬼簿》记载：白朴写过《高祖还庄》杂剧，张国宾写过《高祖还乡》杂剧；睢景臣与扬州的许多作家又同时撰写《高祖还乡》套数。这现象，大约与元朝皇帝每年要回一次上都有关。其他人的同题作品都没有流传下来。睢景臣的这一篇，如果与《史记》的有关叙述相对照，就看出它换了一个全新的角度，写出了截然不同的情景。钟嗣成称赞它"制作新奇，诸公者皆出其下"，并非偶然。

这篇作品的"新奇"之处首先在于选择了一位村民作为叙述人。事件发展的全过程，都是他亲眼看见的，亲口说出的。这就是角度新。正由于采取了这样的角度，才便于对迎驾的队伍、皇帝的仪仗和扈从、乃至皇帝本人，真实而自然地进行嘲弄、讽刺和鞭挞。

一开头，那位村民便以第一人称出现，按照他自己的理解讲述他见到的一切。先讲村社中的头面人物准备接驾和如何接驾。对于这些人物，他当然知根知底，因而讲社长摊派差使，比平时更横蛮无理；讲王乡老、赵忙郎执盘拿酒，打扮得像"妆幺大户"（装模作样，以充大户）；讲王留带领的乐队，则用"瞎"、"乔男女"、"胡踢蹬"之类的贬词来形容。关于仪仗队的介绍尤其精彩。他把那些神圣不可侵犯的月旗（房宿旗）、日旗（毕宿旗）、凤凰旗、飞虎旗、蟠龙旗，以及红叉、钺斧、金瓜锤、朝天鐙、雉扇等等，统统按农村中常见的事物和农民们惯用的语言加以描绘，既形象生动，又滑稽可笑。

仪仗队过去了，接踵而来的是皇帝的车驾和车前"导驾官"及车后的侍从、嫔妃、宫娥。那位村民也弄不清他们的身份，便按照他的理解称之为"天曹判"（天上的判官）、"递送夫"和"多娇女"。

皇帝下车了！那位村民不知道那就是君临天下、擅作威福的皇帝，称之为"那大汉"。众人慌忙向"那大汉"跪拜行礼，"那大汉"却十分拿大，"觑得人如无物"。村民细看"那大汉"，认准那就是他当年熟识的大无赖刘三，险些儿气破了胸脯。

那位村民一开头就以第一人称出现，却省略了"我"，直到"气破我胸脯"一句，才自称"我"而直呼刘三为"你"，面对面地揭他的老底，历数他当年如何不务正业、好酒贪杯、借粟支米、抢麻偷豆，什么坏事都干得出来。你如今阔起来了，"少我的钱"从官差中马上拨还、"欠我的粟"从税粮中私下扣除，这也是可以的。谁还能把你揪住不放？却为什么平白无故地改姓更名，"唤做汉高祖"呢？把刘三改成"汉高祖"，你的"根脚"还是改不掉的，我仍然认得你。

读完这篇作品，就看出作者由于采取新角度而获得了意想不到的艺术魅力和讽刺效果。试想，如果由作者来叙述，怎么能像村民那样讲说皇帝的仪仗队呢？他分明知道什么是"飞虎旗"，怎能把它说成"狗生双翅"呢？而由村民来叙述，就把那些最高统治者用以"明制度，示威等"的东西说成毫不神秘、并不威风的兔、乌、鸡、狗、蛇、斧、甜瓜、苦瓜和马**鞭**，从而揭掉笼罩在它们上面的灵光。如果由作者来叙述，要揭穿皇帝的老底，也不大好措辞。而由一位本来就熟识刘邦的村民来叙述，就可以彻底暴露他的本来面目，让人们知道威风凛凛的皇帝，原来是什么东西。

当然，这种新角度来自作者的新观念。在封建社会中，皇权高于一切，皇帝称为"天子"，代表上天的意志来统治下民。而效忠皇帝，则被说成臣民们不可违背的天职。睢景臣却蔑视皇权主义，否定忠君思想，把由于被剥夺了受教育的权利而缺乏文化知识的村民作为正面人物，让他出面来剥掉皇帝的神圣外衣，这是难能可贵的。

这篇作品所写的刘邦是一个艺术典型。作者通过这个艺术典型，讽刺、鞭挞了历朝累代的帝王特别是元朝的皇帝。作品里所写的"社长排门告示"，乃是元代农村出告示的特殊方法。所写的仪仗，也完全根据元代的制度。作者由于异常愤恨元朝皇帝的暴虐统治而孕育了反抗皇权的新观念，于是借历史上"高祖还乡"·的故事而取材于现实生活，写出了这篇脍炙人口的杰作。

全篇语言皆出村民之口，体现了那位村民的生活经验、心理反应和认识水平，既具有强烈的幽默感和讽刺性，又生动、准确，一针见血。例如车驾前的"导驾官"队伍，按元代的制度，那是由御史大夫、御史中丞、侍御史、翰林学士、中书侍郎、黄门侍郎等达官显宦组成的。这些达官显宦在老百姓面前很威风，但在皇帝身旁，却装出泥塑木雕的模样，毫无表情。村民把他们说成"八个天曹判"，一下子就抓住了最本质的特征，讽刺性多么深刻！又如"汉高祖"，这是刘邦死后的"庙号"，他活着的时候并没有这种称呼。那位村民当着刘邦的面指斥他改姓"汉"、改名"高祖"，就惹人发笑。然而从本质上说，号称大汉王朝的"高祖"，何等堂皇，何等尊贵！但追根究底，那不就是无赖刘三的另一称叫法吗？当然，作者以"汉高祖"结束全篇，还另有用意。首先，这篇作品的题目是《高祖还乡》，但如果一上来就明写"高祖"，那么一系列嘲笑、讽刺就无法展开。作者的高明之处在于先写"还乡"而不说破还乡的是谁，迤逦写来，逐渐由"那大汉"过渡到"刘三"，最后以村民痛骂"刘三改姓更名"点出"汉高祖"，真有画龙点睛之妙。其次，按照曲谱，［般涉调］［尾声］最后一句的声调应该是"仄仄平平仄平仄"，末三字，最好是"去平上"。而"汉高祖"三字，正好是"去平上"。作者在结尾的七字句上加了许多"衬字"写成"（白什么）改（了）姓、更（了）名、（唤做）汉高祖"（加括号的是衬字），声调抑扬抗爽，命意奇警创辟。以此作为点睛之笔，双睛一点，全龙飞动。

古文鉴赏

吊　屈　原

贾　谊

　　恭承嘉惠兮，俟罪长沙。侧闻屈原兮，自沉汨罗。造托湘流兮，敬吊先生。遭世罔极兮，乃殒厥身。

　　呜呼哀哉兮，逢时不祥！鸾凤伏窜兮，鸱枭翱翔。阘茸尊显兮，谗谀得志；圣贤逆曳兮，方正倒植。世谓随夷贪兮，谓跖蹻廉；莫邪为钝兮，铅刀为铦。

　　吁嗟默默，生之无故兮；斡弃周鼎，宝康瓠兮。腾驾罢牛，骖蹇驴兮；骥垂两耳，服盐车兮。章甫荐屦，渐不可久兮；嗟苦先生，独离此咎兮。

　　讯曰：已矣！国其莫吾知兮，子独壹郁其谁语？凤缥缥其高逝兮，夫固自引而远去。袭九渊之神龙兮，沕渊潜以自珍。偭蟂獭以隐处兮，夫岂从虾与蛭螾？所贵圣人之神德兮，远浊世而自藏；使骐骥可系而羁兮，岂云异夫犬羊？

　　般纷纷其离此尤兮，亦夫子之故也！瞝九州而相其君兮，何必怀此都也？凤凰翔于千仞兮，览德辉而下之；见细德之险征兮，遥增击而去之。彼寻常之污渎兮，岂能容夫吞舟之巨鱼？横江湖之鳣鲟兮，固将制于蚁蝼。

　　贾谊的这篇《吊屈原》，《史记》、《汉书》及其他各书所载，文字略有出入。这里以《史记》为主而参照其他，择善而从。

　　贾谊（前200—前168），西汉前期杰出的政论家和文学家。对于他在文学方面的成就，已有的几种文学史着重论述了他的散文，而很少谈到他的赋。但他在赋方面的成就也是不应忽视的。《汉书·艺文志》列贾谊赋为一大家。扬雄《法言·吾子》也说："如孔氏之门用赋也，则贾谊升堂。"张溥《汉魏六朝百三名家集》《贾长沙集·题辞》评论道："骚赋词清而理哀，其宋玉、景差之徒乎！西汉文字，莫大乎是，非贾生其谁哉！"

司马迁在《屈原贾生列传》里以浓郁的抒情笔调叙完了屈原的遭遇之后说："自屈原沉汨罗后百有余年，汉有贾生，为长沙王太傅，过湘水，投书以吊屈原。"接下去，他并没有立刻引用《吊屈原》一文，而是叙述贾谊吊屈原之前的经历。这一大段文字，当然是《贾谊传》的重要部分，但也是关于贾谊写《吊屈原》时的心理活动的最好剖白。要比较深刻地理解《吊屈原》，不看这段文字是不行的。

贾生名谊，雒阳人也。年十八，以能诵诗属书闻于郡中。吴廷尉为河南守；闻其秀才，召置门下，甚幸爱。孝文皇帝初立，闻河南守吴公治平为天下第一，故与李斯同邑而常学事焉，乃征为廷尉。廷尉乃言贾生年少，颇通诸子百家之书。文帝召以为博士。

是时，贾生年二十余，最为少。每诏令议下，诸老先生不能言，贾生尽为之对，人人各如其意所欲出，诸生于是乃以为能，不及也。孝文帝说（悦）之，超迁，一岁中至太中大夫。

贾生以为汉兴至文帝二十余年，天下和洽，而固当改正朔，易服色，法制度，定官名，兴礼乐，乃悉草具其事仪法，色尚黄，数用五，为官名，悉更秦之法。孝文帝初即位，谦让未遑也。诸律令所更定，及列侯悉就国，其说皆自贾生发之。于是天子议以为贾生任公卿之位。绛、灌、东阳侯、冯敬之属尽害之，乃短贾生曰："雒阳之人，年少初学，专欲擅权，纷乱诸事。"于是天子后亦疏之，不用其议，乃以贾生为长沙王太傅。

贾生既辞往行，闻长沙卑湿，自以寿不得长，又以谪去，意不自得。及渡湘水，为赋以吊屈原。其辞曰……

从这段文字可以看出：贾生以弱冠之年而深受汉文帝的赏识，一岁中超迁至太中大夫，更定律令及列侯就国的意见都被采纳，并考虑晋升公卿之位，这和屈原开始见信于怀王的情况极相似；继而遭谗被疏，谪为长沙王傅，这又与屈原见放异代同悲；而其所谪之地，又恰恰是屈原生活乃至自杀的楚国山川。不妨设身处地想一下，当他赴长沙、渡湘水之时，屈原的命运，能不在他内心深处激起强烈的共鸣吗？他"为赋以吊屈原"，同时也是吊自己。关于这一点，班固在《贾谊传》里讲得更明白。他说：

> 谊既以谪去，意不自得。及渡湘水，为赋以吊屈原。屈原者，
> 楚贤臣也，被谗放逐，作《离骚赋》，其终篇曰："已矣！国无人，
> 莫我知也。"遂自投江而死。谊追伤之，因以自谕。

追伤屈原，因以自谕，这就使得《吊屈原》一文洋溢着不可压抑的激情，具有动人心魄的艺术魅力。

第一段叙作赋的缘起。从自己的"俟罪长沙"写到屈原的"自沉汨罗"，从而把两人的命运绾合起来，而用"遭世罔极"加以概括。第二段以"呜呼哀哉兮，逢时不祥"领起，先用"鸾凤伏窜"而"鸱枭翱翔"作比拟象征，然后选择现实生活中一系列典型事例，痛斥政局纷乱，是非颠倒。那些阘茸小人，那些靠谗害正人、谄谀上司捞取资本的恶人，都不过是鸱枭一样的货色，本来应该"伏窜"的，然而一个个"尊显"了，"得志"了！圣人、贤人、方正之士，正像鸟类中的鸾凤，本来应该翱翔于万里晴空的，却一个个身处逆境，屈居下位！"世谓伯夷贪兮，谓盗跖廉"句，《汉书》作"谓随、夷溷兮，谓跖、蹻廉"，意义相同。随，卞随；夷，伯夷。其事迹俱见《史记·伯夷列传》，都是辞让天下的贤人，够清廉的。跖，盗跖；蹻，庄蹻。都是古代被称为"大盗"的人。《史记·伯夷列传》说："盗跖日杀不辜，肝人之肉，暴戾恣睢"，够贪暴的。可是世人竟把廉的说成贪，把贪的说成廉（今人用新的观点如何评价随、夷、跖、蹻那完全是另一回事）。"世谓"直贯"莫邪为钝兮，铅刀为铦。"莫邪，是古代最铦利的宝剑；铅刀，则是用锡制成的刀具，什么都割不动。可是世人竟然说：莫邪最笨钝，毫无用场！铅刀最锐利，不管割什么，都得重用它！

以上列举这么多是非颠倒的事例，已经足以说明"逢时不祥"、"遭世罔极"的实际情况，令人发出"呜呼哀哉"的沉痛感叹了。然而作者的愤激之情尚未充分宣泄，因而第三段又以"吁嗟默默，生之无故兮"领起，进一步追伤屈原，自抒愤懑。"生之无故"，与上文"遭世罔极"、"逢时不祥"的意思大致相似。"生"，即通常所说的"生不逢辰"的"生"。接下去，便列举一系列象征性的事例，慨叹黑白淆乱，贤愚易位。周鼎与康瓠（瓦盆）相比，当然应该珍视前者，如今却"斡弃周鼎"，而把康瓠当成宝贝！罢（疲）牛、蹇（跛）驴，当然不能与骐骥相提并论，如今却重用前者，而用

骐骥拉盐车，怎能发挥它日行千里的才能！章甫，殷代的冠名；荐，垫也；屦，麻或皮革制成的鞋子。章甫这种帽子无疑是应该戴在头上的，如今却用它垫鞋底！应该在上面的，反而被踩在下面；应该在下面的，反而被抬在上面！这样的事，能够长此延续下去吗？然而先生啊，你却偏偏遭受了这样的灾难！

在第二段里，先以"鸾凤伏窜兮，鸱枭翱翔"象征善恶颠倒，然后直接列举现实生活中许多与此相类的事例以抒愤慨，锋芒毕露，略无含蓄。仅就"鸾凤"句而言，用的是"善鸟香草以配忠贞，恶禽臭物以比谗佞"（王逸《离骚经序》的《离骚》手法，相当于《诗经》中"以彼物比此物"的"比"。从这一段看，则"鸾凤"句又起了"先言他物以引起所咏之词"的作用，相当于《诗经》中的"兴"）。

第三段与第二段不同。弃周鼎而宝康瓠，重牛驴而轻骐骥，乃至拿帽子垫鞋底，纯用比拟象征的手法揭露时局纷乱、是非不明。与前一段"谗谀得志"而"圣贤逆曳"等句直斥社会黑暗相联系而又有发挥，既显得有虚有实，写法多变，又显得形象丰富，忧愤深广。而"嗟苦先生，独离此咎兮"一句，实具有收束两小段的作用。作者的同情，倾注于"鸾凤"所代表的方面，对于与此相对立的另一方面，当然是憎恶的、鄙夷的。但他的最大愤慨，则还是使善恶颠倒、贤愚易位的"时"和"世"。而屈原所遭遇的，偏偏是这样的"时"和"世"，他自己所遭遇的，也偏偏是这样的"时"和"世"！

第四段开头的"讯"，《汉书》作"谇"，按旧注，都是"告"的意思。实际上相当于《离骚》的"乱"，就是全篇的尾声。这个尾声包括第四、第五两段，不像《离骚》的"乱"只有寥寥数语。《离骚》的"乱"是这样的："已矣哉！国无人莫我知兮，又何怀乎故都？既莫足与为美政兮，吾将从彭咸之所居。"既然"国无人莫我知"，美政无法实现，那么"怀故都"也是徒然的，只有以自己的生命来殉崇高的理想。贾谊吊屈原之时，还不过二十多岁；西汉开国不久，又与楚国濒于危亡的形势不同。因此，贾谊在"追伤屈原，因以自谕"的时候，对理想的实现还不至于完全绝望，因而也还没有想到死。既然如此，《吊屈原》的尾声就必然是另一种写法。那么，怎样写法呢？这决定于作者在特定情境中的思想认识和心理活动。

苏轼在《贾谊论》里说："愚观贾生之论，如其言，虽三代何以远过。

得君如汉文，犹且以不用死。然则，是天下无尧舜，终不可有所为耶？……若贾生者，非汉文之不能用生，生之不能用汉文也。夫绛侯亲握天子玺而授之文帝，灌婴连兵数十万以决刘吕之雌雄，又皆高帝之旧将。此其君臣相得之分，岂特父子骨肉手足哉！贾生洛阳之少年，欲使其一朝之间尽弃其旧而谋其新，亦已难矣。为贾生者，上得其君，下得其大臣，如绛、灌之属，优游浸渍而深交之，使天子不疑，大臣不忌，然后举天下而唯吾之所欲为，不过十年，可以得志。安有立谈之间，而遽为人痛哭哉！观其过湘，为赋以吊屈原，萦纡郁闷，跃然有远举之志，其后以自伤哭泣，至于夭绝，是亦不善处穷者也。"苏轼在这里所说的"跃然有远举之志"，正是《吊屈原赋》尾声所表现的基本情绪。苏轼不同意这一点，他替贾谊设计的出路是先去和反对他的绛、灌之属搞好关系，并争取汉文帝的信任，然后行其志。话说得很轻松，但苏轼自己也行不通。如果按照苏轼的意见，贾谊在《吊屈原》的尾声里就得用苏轼责备他的那些话去责备屈原了，岂非笑话！

贾谊在尾声的开头发出了与屈原同样的慨叹："已矣！国其莫我知兮，子独壹郁其谁语！"这当然不是抄袭《离骚》的"乱"，而是同样的遭遇激发了同样的情感波涛。接下去，他由于还不像屈原那样绝望到只能以身殉国，就转而想到其他可能走的道路：时世既然贵鸱鸮而贱鸾凤，鸾凤何不高飞远引？蝮獭虾蛭们既然那样春风得意，神龙就应"深潜以自珍"，怎能和它们混在一起？犬羊是"可系而羁"的；作为麒麟，如果也"可系而羁"，那和犬羊又有什么区别？这真是思绪纷纭，莫可端倪，然而寻根究底，出路何在呢？那也不过是封建社会怀才不遇的知识分子可能有的唯一退路："远浊世而自藏。"简单地说：就是隐居不仕，洁身自好。

然而对于怀有"美政"理想，并且力图付诸实践的屈原来说，对于怀有治国安天下的宏伟抱负，而且经过深思熟虑，已经提出一整套实施方案的这位"洛阳少年"来说，义无反顾地退隐，干净利落地忘掉现实，这是可能的吗？不难看出，在贾谊复杂纷纭的思想活动中，"远浊世而自藏"的念头刚一闪现，就被不甘心退隐的情绪压下去了。他的神思继续飞驰，且看飞向何方：

> 般纷纷其离此尤兮，亦夫子之故也。瞻九州而相其君兮，何必怀此都也？凤凰翔于千仞之上兮，览德辉而下之；见细德之险征兮，摇增击而去之。……

前四句，竟然责怪屈原了！大意是：屈原遭受怨尤，也有点咎由自取；他可以历观九州，选择一个好的君主去实现他理想中的美政，又何必一定眷怀楚国、系心怀王呢？司马迁在《屈原贾生列传》的结尾说："及见贾生吊之，又怪屈原以彼其材，游诸侯，何国不容，而自令若是！"正是针对这一点而发的。但贾谊的意思，并不是哪里肯容就到那里去，而是有条件的。下四句讲的就是条件：凤凰翱翔于千仞之上，看见哪里有"德辉"，才肯落到那里；相反，看见哪里充溢着奸险邪恶，便鼓翼而飞，去之唯恐不速。当然，在东周分裂，诸侯纷争的时代，不仅策士之流朝秦暮楚；即如儒家的代表人物孔子，也周游列国，当他离开父母之邦鲁国的时候，只不过以"迟迟吾行"表达他的眷恋之情罢了。时代略早于屈原的孟子，更是"后车数十乘，从者数百人，以传食于诸侯"。对于这一切，历来没有什么人指责。屈原如果也这么干，大概也不会招致非议的；然而那就不是屈原了。屈原在楚国的悠久而深厚的历史文化传统里培养起来的炽烈的爱国情感不容许他离开楚国，他决不会去"瞻九州而相其君"。这一点，贾谊是清楚的。难道他真的会要求屈原跑到秦国去谋出路吗？至于贾谊自己，他认为当时事势"可为痛哭者一"，即诸侯王国势力的恶性膨胀影响国家的统一。那么，他怎能跑到诸侯那里去呢？他认为当时事势"可为流涕者二"，其一便是"匈奴嫚侮侵掠"。那么，他又怎能跑到匈奴那里去呢？从创作心理上分析，"瞻九州而相其君兮，何必怀此都也"云云，乃是极端愤懑之时思路越出常轨的表现；而这种思路越出常轨的表现，正好极其充分地抒发了他的愤懑之情。如果认为这是贾谊的真正思想或主张，并据此横加指责，那就太不理解贾谊，也太不理解文艺创作了。

当作者神思飞越，化为凤凰，振翮于九仞之上的时候，那是自由的，可以有自己的选择的，然而那毕竟是想象，一旦和现实联系起来，则一切选择都将落空。因为他看不见哪里有"德辉"，而见到的只是"细德之险征"；既然如此，就不愿下落，只想高飞远举；可是在实际上，又能飞到哪里去呢？于是在极端心烦意乱中，那凤凰终于从千仞之上跌下来，化为"吞舟之鱼"，化为"横江湖之鳣鲟"；而等待它们的，却不是浩渺无际的江河湖海，乃是丈把宽的"汙渎"！试想："吞舟之鱼"，"横江湖之鳣鲟"，一旦落到丈把宽的"汙渎"里，不要说自由驰骋，连浮游、回旋都绝无可能。其结果，只能被蝼蚁吃掉。屈原已经得到了这样的结果；那么，自己呢？

一篇吊屈原赋，就在"固将制于蚁蝼"这一无可奈何的深沉叹息声中结束了。这是屈子悲剧之所在，这又何尝不是贾生悲剧之所在！

司马迁在《史记》中将贾谊与屈原合传，引了《吊屈原》与《鵩鸟赋》。班固在《汉书·贾谊传》里也引了这两篇。而东汉王逸据西汉刘向所辑《楚辞》撰《楚辞章句》，于汉代作品中收了传为贾谊所作的《惜誓》、淮南小山的《招隐士》、东方朔的《七谏》、严忌的《哀时命》、王褒的《九怀》、刘向的《九叹》和他自己的《九思》，却没有收贾谊的《鵩鸟赋》与《吊屈原》，大概认为它们不属于"楚辞"系统。梁萧统编《文选》，把《鵩鸟赋》列于"赋"类，把《吊屈原》列入"吊文"类（题为《吊屈原文》），却没有列入"骚"类，也不认为它们属于"楚辞"系统。还是朱熹有眼光。他撰《楚辞集注》，认为王逸《楚辞章句》所选汉代作品如《七谏》、《九怀》、《九叹》、《九思》，"虽为骚体，然其词气平缓，意不深切，如无所疾痛而强为呻吟者"，因而一齐删去，只留下《哀时命》、《招隐士》和传为贾谊所作的《惜誓》，而把贾谊的《鵩鸟赋》和《吊屈原》收入《续离骚》。并在《楚辞辩证》中解释说："贾傅之词，于西京（西汉）为最高，且《惜誓》已著于篇，而二赋（指《鵩鸟赋》与《吊屈原》）尤精，乃不见取，亦不可晓，故今并录以附焉。"

《吊屈原》属于"楚辞"系统，这是毫无疑义的。从形式上看，通篇用韵，每句带"兮"字，与以司马相如的作品为代表的汉赋韵散结合，"兮"字调基本消失的情况不同，仍然保留了"楚辞"的特色。从写法上看，继承了"楚辞"以抒情为主的传统，不像典型的汉赋那样铺叙描写。更重要的，还在内容方面。王芑孙《读赋卮言导源篇》云："贾傅以下，湛思邈虑，具有屈心。"认为贾谊的赋"具有屈心"，这是探本之论。对于《吊屈原》来说，尤其是这样的。贾谊由于同屈原有类似的抱负和遭遇，因而渡湘江吊屈原之时，愤遭世之罔极，抒异世之同悲，在心灵上与屈原同振共鸣，字里行间，跳跃振颤着的是屈子之心，也是他自己的心。读《吊屈原》，正如读屈原的作品一样，能使世之逐臣、去妇以及一切信而见疑、忠而被谤、怀才不遇、壮志难酬的人攫泪讴吟，恻怛不已，其原因就在这里。贾谊与屈原，相隔近百年，分属于两个不同的时代，司马迁却把他们合在一起写传，并把"过湘水，投书以吊屈原"作为联结屈、贾的纽带，正表现了他对屈、贾二人的深刻理解，也表现了他对《吊屈原》一文的深刻理解。不难看出，司马迁也是在心灵上和屈、贾同振、共鸣的情况下写《屈原贾生列传》的。正由于这样，他的《史记》被誉为"无韵之《离骚》"，而他的《悲士不遇赋》，则直承《吊屈原》，同属《骚》之苗裔。

王逸《楚辞章句》收《惜誓》一篇，《序》中说："《惜誓》者，不知谁所作也。或曰贾谊，疑不能明也。"洪兴祖《楚辞补注》以为其间数语与《吊屈原》词旨略同，断为贾谊所作。朱熹同意此说，并补充道："今玩其辞，实为瑰异奇伟，计非谊莫能及。"关于《惜誓》的作者问题，至今仍有争议，这里无须详论。而朱熹认为贾谊的赋辞采"瑰异奇伟"，则确切不移。《吊屈原》不过寥寥三百来字，却极其广泛地摄取鸟兽虫鱼器物服饰等无数物象和社会生活现象，或自铸伟词，或兼熔典故，广譬博喻，对比反衬，从而激发读者的联想，振荡读者的心灵，诸如谗谄蔽明、邪曲害公、是非颠倒、贤愚易位、信而见疑、忠而被谤、小人得志、英俊沉沦，举凡作者所遭逢的一切，都如身历其境、感同身受。当然，《吊屈原》之所以能够产生如此强大的艺术力量，不仅由于它的词采"瑰异奇伟"，主要由于它用"瑰异奇伟"的词采，艺术地揭露了封建时代带有普遍性的社会现象，而那些现象，至今还没有完全消失。从这一意义上说，司马迁用以评价《离骚》的"其称文小而其指极大，举类迩而见义远"，借以评价《吊屈原》，也是十分贴切的。

春夜宴诸从弟桃李园序

李　白

　　夫天地者，万物之逆旅也；光阴者，百代之过客也。而浮生若梦，为欢几何？古人秉烛夜游，良有以也。况阳春召我以烟景，大块假我以文章。会桃李之芳园，序天伦之乐事。群季俊秀，皆为惠连。吾人咏歌，独惭康乐。幽赏未已，高谈转清。开琼筵以坐花，飞羽觞而醉月。不有佳作，何伸雅怀？如诗不成，罚依金谷酒数。

　　这是一篇散文小品，却洋溢着诗情画意，像一首优美的诗。长期以来，家弦户诵，脍炙人口；明代的大画家仇英还把它转化为视觉形象，流传至今。

从题目看，这是一篇记事文。记事文，一般要包含六个要素：who（什么人）、when（什么时候）、where（什么地方）、what（干什么）、how（怎样干的）、why（为什么那样干）。其中都有 w，简称六个 w。题目中回答了四个 w：什么人？作者与从弟；什么时候？春夜；什么地方？桃李园；干什么？宴饮。这已经在很大的程度上泄露了主题，使人一看题目就知道文章的基本内容，又怎么能引人入胜呢？然而一读全文，就立刻被那强烈的艺术魅力所吸引，陶醉于美的享受。原因在于：在文章中，作者结合剩下的两个 w，对已见于题目中的四个 w 作了进一步的独特的回答，从而展现了情景交融、景美情浓的艺术天地。

全文是以议论开头的："夫天地者，万物之逆旅也；光阴者，百代之过客也。而浮生若梦，为欢几何？古人秉烛夜游，良有以也。"《古文观止》的编者说这是"点'夜'字"。即回答了一个 w："什么时候"。"点'夜'字"，这固然是对的，但不仅如此，更重要的还在于回答了另一个 w："为什么"。白天满可以"宴"，为什么要"夜"宴呢？就因为"浮生若梦，为欢几何"，所以要及时行乐，连夜间都不肯放过。及时行乐的思想在我们看来是消极的，但在封建社会的某些知识分子和达官贵人那里却是普遍存在的。《古诗十九首》有云："生年不满百，常怀千岁忧。昼短苦夜长，何不秉烛游？"曹丕《与吴质书》有云："少壮真当努力！年一过往，何可攀援？古人思秉烛夜游，良有以也。"作者在行文上的巧妙之处，就表现在他不去说明自己为什么要"夜"宴，只说明"古人秉烛夜游"的原因，而自己"夜"宴的原因，已和盘托出，无烦词费。

"阳春召我以烟景，大块假我以文章"，这是万口传诵的名句。《古文观止》的编者说它"点'春'字"，即与第一段"点'夜'字"结合，照应题目，回答了一个 w："什么时候"。这当然不算错，但也不仅如此。它用一个表示进层关系的连词"况"承接第一段，进一步回答"为什么"。"浮生若梦，为欢几何"，因而应该"夜"宴；更何况这是春季的"夜"，"阳春"用她的"烟景"召唤我，"大块"（天地）把她的"文章"献给我，岂容辜负！因而更应该"夜"宴。而这两句之所以成为名句，就由于那的确是佳句。第一，只用几个字就体现了春景的特色。春天的阳光，暖烘烘，红艳艳，多么惹人喜爱！"春"前着一"阳"字，就把春天形象化，使人身上感到一阵温暖，眼前呈现一片红艳。春天地气上升，花、柳、山、水以及其他所有自然景物，都披绡戴縠，分外迷人。那当然不是绡、縠，而是弥漫于空气之中的袅袅轻烟。"景"前着一"烟"字，就展现了这独特的画面。此后，"阳春烟景"，就和作者在《黄鹤楼送孟浩然之广陵》一诗中所创造的"烟花三月"一样，成为人们喜爱的语言，一经运用，立刻唤起对春天美景的无限联想。至于把天地间的森罗万象叫做"文章"，也能给人以文采炳焕，赏心悦目的感受。第二，这两个句子还把审美客体拟人化。那"阳春"是有情的，她拿美丽的烟景召唤我；那"大块"（天地）也是有情的，她把绚烂的文章献给我，既然如此，我这个审美主体又岂能无情！自然与审美客体互相拥抱，融合无间了。

"会桃李之芳园"以下是全文的主体，兼包六个 w，而着重写"怎样干的"。这一点很重要。试想，春夜与诸从弟"会桃李之芳园"，如果是为了饯别，那就会出现"醉不成欢惨将别，别时茫茫江浸月"的场面，或"今宵酒醒何处，杨柳岸晓风残月"的景象，未免大败人意。如今幸而并非如此。"会桃李之芳园"不是为了别的什么，而是为了"序天伦之乐事"。这一句既与第一阶段"为欢几何"里的"欢"字相照应，又赋予它以特定的具体内容。这不是别的什么"欢"，而是"序天伦之乐事"的"欢"。看样子，作者与从弟们分别很久了。不但相会了，而且相会于流芳溢彩的桃李园中，阳春既召我以烟景，大块又假我以文章，此时此地，"序天伦之乐事"，真是百倍的欢乐！当然，"天伦之乐事"，不同的人有不同的"序"法。那么，作者和他的诸弟们是什么样的人呢？"群季（诸弟）俊秀，皆为惠连"。以谢惠连比他的从弟，他自己呢，那不用说就相当于谢灵运。"吾人（我自己）咏歌，独惭康乐"，不过是自谦罢了。人物如此俊秀，谈吐自然不凡。接下去的"幽赏未已，高谈转清"，虽似双线并行，实则前者是宾，后者是主。"赏"的对象，那就是前面所写的"阳春烟景"、"大块文章"和"桃李芳园"；"谈"的内容，主要是"天伦之乐事"，但也可以包括"赏"的对象。"赏"的对象那么优美，所以"赏"是"幽赏"。"谈"的内容那么欢乐，所以"谈"是"高谈"。在这里，美景烘托乐事，幽赏助长高谈，从而把欢乐的激情推向高潮。

"开琼筵以坐花，飞羽觞而醉月"两句，集中写"春夜宴桃李园"，这是那欢乐的高潮涌起的最高浪头。"月"乃春夜之月，"花"乃桃李之花。兄弟相会，花月交辉，幽赏高谈，其乐无穷，于是继之以开筵饮宴。"飞羽觞"一句，实在写得好！《汉书·外戚传》引班赋云："酌羽觞兮销忧。"颜师古注采用孟康的解释："羽觞，爵也，作生爵形，有头尾羽翼。"爵，是酒器的名称，而在古代，爵字又与雀字相通，这种称为爵的酒器，正作雀的形状，有头、尾、羽翼。因为有羽翼，所以又叫羽觞。班倢仔一个人借酒浇愁，"觞"虽有"羽"，却只能"酌"，不能"飞"。李白生动地用了一个"飞"字，就把兄弟们痛饮狂欢的场景表现得淋漓尽致。

痛饮固然可以表现狂欢，但光痛饮，就不够"雅"。于是以"不有佳作，何伸雅怀？如诗不成，罚依金谷酒数"结束了全篇。《古文观止》的编者说："末数语，写一觞一咏之乐，与世俗浪游者迥别。"这是相当中肯的。

开头以"浮生若梦，为欢几何"引出夜宴，在今天看来，思想境界当然不同。但在李白那里，却是有其社会原因的。当时政治黑暗，他怀有"安黎元"、"济苍生"的壮志，却到处碰壁，无法实现，因而常有"举杯消愁愁更愁"的感慨，哪里有什么欢乐！此其一。更重要的是开头一段，不过是为了引出下文；而那个"欢"字，又为全文定下了基调。"况"字以下，写景如画，充满着春天的生机，叙事如见，洋溢着健康的欢乐。意境是崇高的，格调是明朗的。熟读全文，并不会滋生"浮生若梦"的消极情绪，却能于获得艺术享受的同时提高精神境界，热爱自然，热爱人生。

结尾的"如诗不成，罚依金谷酒数"，用的是石崇《金谷诗序》（《全晋文》卷三三）的典故（石崇宴客金谷园，赋诗不成者罚酒三觞）。这篇序，从体裁和题材上看，也与《金谷诗序》相似。而《金谷诗序》却说什么"感性命之不永，惧凋落之无期"，情调很悲凉。李白的这篇作品同样写游宴，却完全摆脱了"既喜而复悲"的陈套，给人以乐观情绪的感染，这是难能可贵的。与古人的同类作品相比，说它别开生面或"开拓了新的领域"，不算过分。

与汝州卢郎中论荐侯喜状

韩　愈

进士侯喜。

右其人为文甚古，立志甚坚，行止取舍有士君子之操。家贫亲老，无援于朝，在举场十余年，竟无知遇。愈常慕其才而恨其屈。与之还往，岁月已多。尝欲荐之于主司、言之于上位，名卑官贱，其路无由。观其所为文，未尝不掩卷长叹。

去年，愈从调选，本欲携持同行，适遇其人自有家事，迍邅坎坷，又废一年。乃春末自京还，怪其久绝消息。五月初至此，自言为阁下所知。辞气激扬，面有矜色。曰："侯喜死不恨矣！喜辞亲入关，羁旅道路，见王公数百，未尝有如卢公之知我也。比者分将委弃泥涂，老死草野；今胸中之气，勃勃然复有仕进之路矣！"

愈感其言，贺之以酒。谓之曰："卢公，天下之贤刺史也，未闻有所推引，盖难其人而重其事。今子郁为选首，其言死不恨，固宜也。古所谓知己者，正如此耳。身在贫贱，为天下所不知，独见遇于大贤，乃可贵耳。若自有名声，又托形势，此乃市道之事，又何足贵乎？子之遇知于卢公，真所谓知己者也。士之修身立节而竟不遇知己，前古已来，不可胜数。或日接膝而不相知，或异世而相慕。以其遭逢之难，故曰：'士为知己者死。'不其然乎！不其然乎！"

阁下既已知侯生，而愈复以侯生言于阁下者，非为侯生谋也。感知己之难遇，大阁下之德，而怜侯生之心，故因其行而献于左右焉。谨状。

这是向卢虔推荐侯喜的"状"。"状"，是古代向上级陈述意见或事实的文书。

贞元十七年（801），韩愈自徐州赴京调选，三月底东还，在洛阳居住数月，常与侯喜同游，作有《赠侯喜》诗。诗云：

吾党侯生字叔起，呼我持竿钓温水。
平明鞭马出都门，尽日行行荆棘里。
温水微茫绝又流，深如车辙阔容辀。
虾蟆跳过雀儿浴，此纵有鱼何足求。
我为侯生不能已，盘针擘粒投泥滓。
晡时坚坐到黄昏，手倦目劳方一起。
暂动还休未可期，虾行蛭渡似皆疑。

举竿引线忽有得，一寸才分鳞与鬐。

是日侯生与韩子，良久叹息相看悲。

我今行事尽如此，此事正好为吾规。

半世遑遑就举选，一名始得红颜衰。

人间事势岂不见，徒自辛苦终何为？

便当提携妻与子，南入箕颍无还时。

叔起君今气方锐，我言至切君勿嗤。

君欲钓鱼须远去，大鱼岂肯居沮洳？

在洛阳的小河里垂钓，好容易才钓上一条寸把长的小鱼，所以结尾劝侯喜到远方大河里去钓，也就是到京城长安去钓。这篇荐状，就是为他到长安去钓大鱼而写的。状中说"去年""从调选"，作者是贞元十七年赴京调选的，则此文当作于贞元十八年（802）在长安任国子监四门博士时。

卢郎中，名虔，此时任汝州（唐属河南道）刺史，因曾任刑部郎中，故称他为"汝州卢郎中"。唐代士子应进士试，须由州的长官牒送，卢虔是汝州的军政长官，故作者向他推荐侯喜。韩愈一生爱才，乐于扶植后进，曾向卢虔、陆傪等推荐十余人。尉迟汾、侯云长、沈杞、李翊皆于贞元十八年登第，侯喜于十九年登第，刘述古于二十一年登第，李绅于元和元年登第，张后余、张弘于元和二年登第，都得韩愈荐进之力，故当时士人争为韩门弟子。

推荐信并不好写。比如韩愈向卢虔推荐侯喜，首先，得恭维卢虔，但捧得太露骨，就有献媚的味道，降低了自己的人格。其次，荐得太卖力，也会产生副作用：卢虔会想，就你韩愈热爱人才，能发现人才，我难道无知人之明，等着你推荐吗？再次，不说侯喜处境困难，那就用不着推荐，但如果说侯喜别无出路，只等卢虔提拔，就有乞怜之态，也有失身份。明白了写推荐信的许多难于措词之处，再来读韩愈的这篇文章，就会看出他的确是一位高手，写得很高明。

第一段写侯喜文章好、品行好，"家贫亲老"，处境困难，考了十几年进士，一直没碰上能赏识他的人。作者说他自己"慕其才而恨其屈"，想推荐，但"名卑官贱"，推荐无由，只能"观其所为文"而"掩卷长叹"。

读了这一段文章，读者会想：这是不是已经触犯了卢虔的忌讳？你韩愈发现了侯喜这位人才，想推荐；我卢虔就不知道有侯喜其人，漠不关心吗？别忙，且看第二段是怎样写的。读第二段，便知原来卢刺史早已赏识侯喜了。作者让侯喜自己出面，向他眉飞色舞地描述得到卢刺史赏识的经过及其感受："侯喜死不恨矣！喜辞亲入关，羁旅道路，见王公数百，未尝有如卢公之知我也。比者分将委弃泥涂，老死草野；今胸中之气，勃勃然复有仕进之路矣！"读者会问：这是作者一字不改、一字不增地记录下来的侯喜的原话吗？当然不是，但侯喜拿着他的文章拜见过卢虔，卢虔讲过几句肯定的话，当然不会假。作者便抓住这一点大作文章，并且把这作为侯喜眉飞色舞地向他说过的话，转述给卢虔。卢虔看了以后，很可能产生这样的反应：原来我随便说的几句肯定的话，竟使侯喜逢人便说，赞颂我有知人之明；竟使侯喜感恩图报，"死不恨矣"；竟使侯喜这个自料将"委弃泥涂，老死草野"的失意之士忽如枯木逢春，在心中燃起"有仕进之路"的熊熊希望之火！如果真的产生了这种反应，那么，作者虽然还没说一句推荐的话，却加倍地收到了推荐的效果。

第二段不自己推荐，只转述侯喜的话。第三段仍不向卢公推荐，却以"愈感其言，贺之以酒"领起，向侯喜致贺词。第一层用反跌法：卢公是天下的贤刺史，当然热爱人才，提拔人才，但还没听说他推引过谁，这是因为他把为国选才的事看得很重，很难找到合适的人选啊！如今你光荣地成为被卢公选中的第一个，你说"死不恨矣"，的确应该这么说。古来的所谓"知己者"，正就是这样的啊！第二层用正反对照法：身处贫贱，不被一般人了解而只被独具慧眼的大贤所赏识，那才是可贵的。如果自己有名声，却还要依附权势，这就是商人牟利的勾当，有什么可贵呢？第三层用反衬法：士子们修身立节，却一辈子遇不到一个知己，自古以来，这样的人多得数不完。而你侯喜竟幸运地被卢公赏识，卢公真是你的知己啊！因为知己难遇，所以才有"士为知己者死"的说法，难道不是这样的吗？作者只把他对侯喜的这一段贺词讲给卢虔听，而不说一句自己推荐的话，但可能产生的效果，比自己正面推荐要好得多。构思之妙，措词之巧，真出人意料。

文章既然叫《荐侯喜状》，通篇不点题，就令人摸不着头脑。果然，结尾点题了，但点得也很妙：您既然已经了解侯生，我还给您介绍，这并不是"为侯生谋"，而是由于"感知己之难遇，大阁下之德，而怜侯生之心"。直到结尾点题，还不但不说推荐的话，而且明说"非为侯生谋"，真够占身份的。然而，"感知己之难遇"；而侯生竟遇到您这个知己了，还要"士为知己者死"呢，那么您卢公该怎么办？明说"非为侯生谋"，实际上正是"为侯生谋"。"大阁下之德"，不就是因为卢公能赏识侯喜吗？那么"阁下之德"如何才真正能称得上"大"，就看您的行动了。这实际上也是"为侯生谋"。至于"怜侯生之心"，当然也有只从口头上"怜"，还是从行动上"怜"的问题。我韩愈想从行动上"怜"，但没有力量，这已经在前面说过了。您卢公是有力量从行动上"怜"的，那就看您的行动吧！这实际上还是"为侯生谋"。

这篇文章如果粗略地读过，便会感到平淡无奇。仔细揣摩，便会发现构思之巧，措词之妙，的确是一篇好文章。

杂　说（其四）

韩　愈

世有伯乐，然后有千里马。千里马常有，而伯乐不常有；故虽有名马，只辱于奴隶人之手，骈死于槽枥之间，不以千里称也。

马之千里者，一食或尽粟一石，食马者不知其能千里而食也；是马也，虽有千里之能，食不饱，力不足，才美不外见，且欲与常马等不可得，安求其能千里也！

策之不以其道，食之不能尽其材，鸣之而不能通其意，执策而临之曰："天下无马！"呜呼！其真无马邪？其真不知马也！

韩愈《杂说》四篇分论龙、马等等，题材、主题各不相同，合在一起，故贯以"杂"。这是第四篇，论马，故亦称《马说》。通篇以马喻人，故亦称《马喻》。

好马要有人"知"（认识），"知"是全篇的主旨。文章以"世有伯乐，然后有千里马"领起，立论似乎不通，故既使人感到新奇，又令人产生疑问，从而立刻抓住读者，急于读下文。读者的疑问是：伯乐虽然善知马，但他毕竟不是千里马的生产者，怎能说"世有伯乐，然后有千里马"呢？急读下文，这问题便解决了：千里马有的是，但伯乐不常有，因而那些千里马无人赏识，被马夫像凡马一样喂养、役使，一个接一个死于槽枥之间，这不等于无千里马吗？

第二段翻进一层，阐明千里马日行千里，故食量远大于常马，马夫不知其特性而按常马的标准喂养，常马能吃饱而千里马饿得慌，故干起活来连常马都不如，还哪里谈得上日行千里呢？

知千里马便有千里马，不知千里马便无千里马。上文已就这两方面将千里马与伯乐的依存关系阐发得十分透辟，故末段就无人知千里马抒发愤慨，而以"其真无马邪？其真不知马也"收束，含蓄不尽。

林云铭《韩文起》卷八云："《马说》以千里马喻贤士、伯乐喻贤相也。有贤相，方可得贤士，故贤相之难得，甚于贤士。若无贤相，虽有贤士或弃之而不用，或用之而界以薄禄，不能尽其所长，犹之乎无贤士也。……末以时相不知贤士作结，无限感慨。"这对全文的主旨讲得很清楚。全文仅一百五十余字，转变倏忽，起伏无常，尺幅有千里之势。

送董邵南游河北序

韩　愈

燕赵古称多感慨悲歌之士。董生举进士，连不得志于有司，怀抱利器，郁郁适兹土。吾知其必有合也。董生勉乎哉！

夫以子之不遇时，苟慕义彊仁者皆爱惜焉！矧燕赵之士，出乎其性者哉！然吾尝闻风俗与化移易，吾恶知其今不异于古所云邪？聊以吾子之行卜之也。董生勉乎哉！

吾因子有所感矣！为我吊望诸君之墓，而观于其市，复有昔时屠狗者乎？为我谢曰："明天子在上，可以出而仕矣？"

韩愈的这篇《送董邵南游河北序》，不过一百几十个字，却言外见意，耐人寻味，长期以来被选入各种古文选本，是大家公认的佳作。

这篇文章的题目，有些版本（如"五百家注"本）有"游河北"三字，有些版本（如"考异"本）却没有。从内容看，的确是送董邵南游河北。因而要弄清董邵南游河北是怎么回事，韩愈是否赞成。

当时的河北是藩镇割据的地方。《新唐书·藩镇传》中说："安史乱天下，至肃宗，大难略平，君臣皆幸安，故瓜分河北地付叛将，护养孽萌，以成祸根。……一寇死，一贼生，讫唐亡百余年，卒不为王土。"韩愈是坚决主张削平藩镇、实现唐王朝的统一的。因而在他看来，如果有人跑到河北去投靠藩镇，那就是"从贼"，必须鸣鼓而攻之。此其一。

韩愈为了实现唐王朝的统一，很希望统治者延揽人才，但在这一点上，统治者常常使他失望。所以在不少诗文里，替自己、替别人抒发过沉沦不偶的感情。他有一篇题为《嗟哉董生行》的诗，也是为董邵南写的。诗里说："……寿州属县有安丰，唐贞元时，县人董生邵南隐居行义于其中。刺史不能荐，天子不闻名声，爵禄不及门。门外惟有吏，日来征租更索钱……"全诗在赞扬董生"隐居行义"的同时，也对"刺史不能荐"表示遗憾。这位董生隐居了一阵子，大约不安于"天子不闻名声"的现状，终于主动出山了。但是"举进士"，又"连不得志于有司"。对于他的"郁郁不得志"，韩愈自然是同情的。此其二。

然而，这位因"隐居行义"而受到韩愈赞扬的董生，却由于在唐王朝"不得志"，竟然要投奔藩镇去了。当他临行之时，韩愈要写一篇序送他，看来很难措辞。赞成他去吗，那就违背了自己一贯的主张。声色俱厉地"责以大义"，阻止他去"从贼"吗，那就变成了"留行"，不合"送序"的体裁，何况对于"怀抱利器"而无处施展的董生，自己毕竟是同情的，不忍太严厉。

"惟陈言之务去"的韩愈写文章常常是因难见巧的。这篇短序的构思、造语，就相当"巧"。

一上来先赞美河北"多感慨悲歌之士"，接着即叙述董生"怀抱利器"而"不得志于有司"，因而要到河北去；然后两相绾合，作一判断："吾知其必有合也。"这很有点为董生预贺的味道。再加上"董生勉乎哉"！仿佛是说：你就要找到出路了，努力争取吧！

作者还嫌不够，又深入一层说：像你这么个怀才不遇的人，只要是"慕义彊仁"的人都会爱惜的，何况那些"仁义出乎其性"的"燕赵之士"呢？又将河北赞美一通，为董生贺。意思仿佛是：你的出路的确瞅对了，好好去干吧！

这其实是些反话，所谓"心否而词唯"。

作者在称赞河北时有意识地埋伏了一个"古"字。为什么说"埋伏"了一个"古"字呢？因为特意在"古"字下用了个"称"，放了些烟幕，使"古"字隐藏其中，不那么引人注目。如果不用"称"字，写成"燕赵古多感慨悲歌之士"，那"古"字就十分显眼，等于说"燕赵今无感慨悲歌之士"，下面的文章就很不好作。而下连"称"字，就是另一种情况。"古称"云云，即"历史上说"如何如何。历史上说"燕赵多感慨悲歌之士"，则现在可能还是那样，所以先就"古称"落墨，送董生游河北，断言"必有合"。然而"古称"究竟不同于"今称"。"历史上说""燕赵多感慨悲歌之士"，则现在可能还是那样，也可能不是；因而"到底是与不是"的疑问终归要提出来。于是用"然"字扳转，将笔锋从"古称"移向现实。不难看出，写"古"正是为了"借宾定主"，为下文写"今"蓄势。

"今"之燕赵是不是仍"多感慨悲歌之士"呢？在作者心目中，这答案当然是否定的。但他并不立刻否定，却提出了一个原则："风俗与化移易（风俗人情，跟着政令、教化的改变而改变）。"既然"风俗与化移易"，则河北（燕赵）已被"反叛朝廷"的藩镇"化"了好些年，其风俗怎能不变？风俗既然变了，变得再没有"感慨悲歌之士"，那么董生到那里去，就未必"有合"。"风俗与化移易"的前提一经提出，分明造成了箭在弦上的形势，眼看要作如上的推论。但作者真像在他的《雉带箭》诗里所说的那样："将军欲以巧伏人，盘马弯弓惜不发"。只提出"吾恶知其今不异于古所云邪"的疑问而不作判断。"今"是不是异于"古""聊以吾子之行卜之也"——姑且拿你的出游试试看。

当时的藩镇为了壮大自己的声势，"竞引豪杰为谋主"。董生到河北去，"合"的可能性是很大的。如果"合"了，岂不是就证明了"今"之燕赵"不异于古所云"吗？但作者是早有埋伏的。他说"燕赵古称多感慨悲歌之士"，又说"感慨悲歌"的"燕赵之士""仁义出乎其性"。预言董生与"仁义出乎其性"的人"必有合"，这是褒扬董生。而先"扬"正是为了后"抑"。"风俗与化移易"一句既然点出了当时掌握河北政权的藩镇；而当时的藩镇呢，恐怕连董生（他不能没有忠君的观念）也不好说他们"仁义出乎其性"吧！既然如此，那么董生与藩镇"合"，就只能证明他丧失"仁义"罢了。"聊以吾子之行卜之也"的"卜"，与其说是"卜"燕赵，毋宁说是"卜"董生。"勉乎哉"云者，勉其不可"从贼"也。

作者怕董生不懂，又照应前面的"古"字，提出原为燕国大将，被迫逃到赵国，被封为望诸君，却念念不忘燕国的乐毅来。"为我吊望诸君之墓"，是提醒董生应妥善处理他和唐王朝的关系。还怕他不懂，进一步照应前面的"古"字，委托他到燕市上去看看还有没有高渐离那样的"屠狗者"，如果有的话，就劝其入朝效忠。连河北的"屠狗者"都劝其入朝，则对董生的投奔河北藩镇抱什么态度，也就不言而喻了（劝"屠狗者"入朝还有另一层意思，下面再谈）。

全文表面上一直是送董生游河北。第一段就"燕赵古称多感慨悲歌之士"立论，预言董生"必有合"，是送他去。第二段怀疑燕赵的风俗可能变了，但要"以吾子之行卜之"，还是送他去。结尾委托董生吊望诸君之墓、劝谕燕赵之士"归顺朝廷"，仍然是送他去。总之，的确是一篇送行文字。但送之正所以留之，微情妙旨，全寄于笔墨之外。

这篇文章的中心思想是反对董邵南游河北，但其内容远不止此。与此相联系，第一，向往古燕赵的感慨悲歌之士，从而指斥了当时割据河北的藩镇。第二，反对董生游河北，但肯定他是"怀抱利器"的。"怀抱利器"却"连不得志于有司"，因而只好到河北去谋出路，这又流露了对"有司"的不满，似乎在责备他们"为渊驱鱼"。第三，董生明明是"不得志于有司"才投奔藩镇的，却委托他劝谕河北的"屠狗者"入朝做官。"屠狗者"如果真的跑到唐王朝去，"有司"会让他"得志"吗？在这些地方，作者不仅暗暗地责怪"有司"，而且隐隐然在向最高统治者敲警钟。从董生的遭遇看，所谓"明天子"其实不很"明"，但作者却希望他"明"。根据历史记载，当时的唐王朝"仕路壅滞"，失意之士纷纷投奔藩镇，而藩镇呢，又"竞引豪杰为谋主"，因而藩镇益强而朝廷益弱。企图实现大一统局面的韩愈，在给他曾经赞美过的董邵南送行的时候，真是感慨万千！惟其感慨万千，才能写出这篇内容深广的短文。

这篇序词约而意丰，文短而气长，以"古""今"分层次，以"吾知""吾恶知"相呼应，转折出人意外，而脉络又极分明。作为创作经验，还有可资借鉴的地方，值得有志于写好散文的人重视。

送 石 处 士 序

韩 愈

　　河阳军节度御史大夫乌公为节度之三月，求士于从事之贤者。有荐石先生者，公曰："先生何如？"曰："先生居嵩、邙、瀍、谷之间，冬一裘，夏一葛，朝夕饭一盂，蔬一盘。人与之钱则辞，请与出游，未尝以事辞，劝之仕不应。坐一室，左右图书。与之语道理、辨古今事当否、论人高下、事后当成败，若河决下流而东注，若驷马驾轻车、就熟路，而王良、造父为之先后也，若烛照、数计而龟卜也。"大夫曰："先生有以自老，无求于人，其肯为某来耶？"从事曰："大夫文武忠孝，求士为国，不私于家。方今寇聚于恒，师环其疆，农不耕收，财粟殚亡。吾所处地，归输之途，治法征谋，宜有所出。先生仁且勇，若以义请而强委重焉，其何说之辞？"于是撰书词，具马币，卜日以授使者，求先生之庐而请焉。

　　先生不告于妻子，不谋于朋友，冠带出见客，拜受书礼于门内。宵则沐浴戒行李，载书册，问道所由，告行于常所来往。晨则毕至，张上东门外。酒三行，且起，有执爵而言者曰："大夫真能以义取人，先生真能以道自任，决去就，为先生别。"又酌而祝曰："凡去就出处何常，惟义之归。遂以为先生寿。"又酌而祝曰："使大夫恒无变其初，无务富其家而饥其师，无甘受佞人而外敬正士，无昧于谄言，惟先生是听，以能有成功，保天子之宠命。"又祝曰："使先生无图利于大夫而私便其身。"先生起拜祝辞曰："敢不敬早夜以求从祝规。"于是东都之人士咸知大夫与先生果能相与以有成也。遂各为歌诗六韵，退，愈为之序云。

　　石处士，名洪，字浚川，洛阳人。曾任黄州录事参军。罢官后回洛阳，隐居达十年之久，所以称他为"处士"。唐代的处士，有许多人是以"隐居不仕"的幌子造舆论、盗虚声，目的是借以抬高身价，谋求更高的官位。若有人以高价礼聘，就出山了。这篇序，正是为石洪应河阳军节度使乌重胤之聘，出任参谋而作，题目一作《送石处士赴河阳参谋序》。

石洪出山，不是到朝廷去做官，而是到节度使幕下任参谋。"安史之乱"以后，一节度使统管一道或数州，总揽军政、民政、财政，往往拥兵自重，对抗朝廷，形成藩镇割据势力。韩愈是主张削平藩镇、实现统一的，因而对石洪出任节度使参谋并不赞许。他在此后一年即元和六年（811）所作的《寄卢仝》诗里写道："水北山人得名声，去年去作幕下士。水南山人又继往，鞍马仆从塞闾里。少室山人索价高，两以谏官征不起。彼皆刺口论世事，有力未免遭驱使。"对处士（山人）出任节度使的官，明确地表示不满。而所谓"水北山人得名声，去年去作幕下士"，正是指石洪出任节度使参谋。因他隐居于洛水北岸，故称他为"水北山人"。

那么，这篇序该怎么写？

全文分两大段。第一大段，主要写了"乌公"与其"从事"为招聘石洪而展开的两次问答。第一次，由"乌公"求士、"从事"荐石洪而引出"乌公"的询问，又由乌公"先生何如"的询问引出"从事"对石洪的全面介绍。"与之语道理、辨古今事当否、论人高下、事后当成败，若河决下流而东注，若驷马驾轻车、就熟路，而王良、造父为之先后也，若烛照、数计而龟卜也"，这是一个五十六字长句，连用五个比喻赞誉石洪富谋略、有干才，真可谓气盛言宜，显示了作者驾御语言的卓越才能。由于"从事"先介绍了石洪自甘淡泊的隐居生活，所以第二次问答，是由乌公"其肯为某来耶"的一问开始的。"从事"的回答分两层，其一是抬高乌公，说他"文武忠孝，求士为国"，而当前承德节度使王承宗起兵反唐，正需要有谋略的人谋划征讨。其二是抬高石洪，说他"仁且勇"，堪负谋划征讨的重任。把这两层意思相对接，便得出倘委以这样的重任，石洪便没有理由推辞的结论。作者借"从事"之口既抬高乌公，又抬高石洪，从正面说，这是对他们的期许，从反面说，这是对他们的规劝。总而言之，是希望他们这样做，而不是相反。

第二大段，先写石洪一反隐居不仕的常态，欣然应命。"先生（石洪）不告于妻子，不谋于朋友，冠带出见客，拜受书礼于门内。宵则沐浴戒行李，载书册，问道所由，告行于常所来往"一段的着意渲染，与前面描写隐居生活的文字相对照，其奚落嘲讽之意是显而易见的。

韩愈并不赞许石洪出任节度使参谋，但人家要去，就只能在"临别赠言"上作文章。关于饯行场面的描写真可谓别开生面！一则曰："有执爵而言者曰……"，再则曰："又酌而祝曰……"，三则曰："又酌而祝曰……"四则曰："又祝曰……"。这四次祝酒词，诸如"以义取人"、"以道自任"、"惟义之归"、"使大夫（乌公）恒无变其初，无务富其家而饥其师，……保天子之宠命"，"使先生（石洪）无图利于大夫而私便其身"等等，真可谓谆谆劝勉，语重心长。而抬高乌公与石洪的"从事"是谁，四次致祝酒词，对乌公与石洪进行谆谆劝勉者是谁，都无姓名，不过是作者借以发表意见的乌有先生。连石洪的"起拜祝辞""敢不敬早夜以求从祝规"，也是作者安上去的。然而从全篇文章看，作者却只是客观叙述，无一语抒发己见。两番问答，四次祝酒，写作意图尽借他人之口说出，使读者浑然不觉，而参差历落，曲折变化，笔笔皆活，表现了作者的艺术独创性。

这篇文章的要旨，今之分析、鉴赏者大都搔不着痒处，而前人却有探骊得珠者。录几段供参考：

过珙《古文评注》卷七云："其文章深刻处，全在借他人口中说尽许多规讽。所云处士纯盗虚声，昌黎未必不虑及此，而勉处士以勉乌公，说到保天子之宠命，爱国忠君，……与漫作者自别。"

张伯行《重订唐宋八大家文钞》卷二云："当时藩镇权重，聘士皆引为私人，而士之游幕下者，孳孳为利而已。故欲乌公听处士之谋划以保宠命，又欲处士无怀利以事大夫，此作序之大旨。妙在尽托他人之言，使观者浑然不觉，而深味无穷。"

林纾《韩柳文研究法·韩文研究法》云："文末祝辞，恒患其为藩镇之祸，此昌黎托石生以示讽也。文至严重，句斟字酌，一字不肯苟下。"

送杨少尹序

韩　愈

昔疏广、受二子，以年老一朝辞位而去，于时公卿设供张。祖道东都门外，车数百两，道路观者多叹息泣下，共言其贤。汉史既传其事，而后世工画者又图其迹。至今照人耳目，赫赫若前日事。国子司业杨君巨源方以能诗训后进，一旦以年满七十，亦白丞相去归其乡。世常说古今人不相及，今杨与二疏，其意岂异也？

予忝在公卿后，遇病不能出。不知杨侯去时，城门外送者几人？车几两？马几匹？道边观者，亦有叹息知其为贤与否？而太史氏又能张大其事，为传继二疏踪迹否？不落莫否？见今世无工画者，而画与不画，故不论也。

然吾闻杨侯之去，丞相有爱而惜之者，白以为其都少尹，不绝其禄。又为歌诗以劝之，京师之长于诗者，亦属而和之。又不知当时二疏之去有是事否？古今人同不同未可知也。中世士大夫以官为家，罢则无所于归。杨侯始冠，举于其乡，歌《鹿鸣》而来也。今之归，指其树曰："某树吾先人之所种也。某水某丘，吾童子时所钓游也。"乡人莫不加敬，诫子孙以杨侯不去其乡为法。古之所谓"乡先生没而可祭于社"者，其在斯人欤，其在斯人欤！

这是送杨巨源退休回乡的序，作于长庆四年（824）五月病休于长安城南别墅时。

杨巨源（755—833?），字景山，河中（今山西永济西）人。贞元五年（789）登进士第。元和六年（811）以监察御史为河中节度使张弘靖从事。九年（814），入朝为秘书郎。其后历官太常博士、虞部员外郎、凤翔少尹。长庆元年（821）为国子司业。四年（824），以年满七十，自请退归乡里。宰相爱其才，奏授河中少尹，不绝其俸。大和四年（830），刘禹锡有《和令狐相公言怀寄河中杨少尹》诗，时巨源已七十六岁，犹吟咏不辍。年老头摇，或以为摇头吟诗所致。杨巨源以律诗见长，为白居易推崇（见《与元九书》）。平生交游甚广，以诗教后学，中晚唐诗人如白居易、元稹、刘禹锡、张籍、王建、贾岛、马戴、许浑等，都曾与他唱和。诗作甚丰，张籍称其"卷里诗过一千首"（《题杨秘书新居》），"诗名往日动长安"（《送杨少尹赴凤翔》）。刘禹锡也说"渤海归人将集去，梨园弟子请词来"（《酬杨司业巨源见寄》）。

这篇序，意在表扬杨巨源年及七十主动致仕（退休），但古今评论者都不得要领。

前人如林云铭《韩文起》卷六云："七十，致仕之年也，杨侯原不得为高；增秩而不夺其俸，亦国家优老之典也，杨侯又不得为奇；至于赠行唱和，乃古今之通套；而不去其乡，尤属本等之常事。看来无一可著笔处，昌黎偏寻出汉朝绝好的故事来，与他辞位、增秩及歌诗数事，有同有不同处，彼此相行，作了许多曲折；末复把中世绝不好的事作反衬语，逼出他归乡之贤，便觉件件出色，皆从无可着笔处着笔也。"

今人也说："序中所写二疏之事、七十致仕、不去俸禄、唱和饯行等，俱属常人惯熟之事，看来无一可着笔处。然韩愈能从无可著笔处著笔，从平凡的事迹中翻出许多波澜。"这就是说，杨巨源七十致仕是大家都按规章照办的老套子，本身并不值得写，只是由于韩愈在写作方法上玩了些花样，才写出一篇波澜起伏的好文章。

前人和今人的上述看法都是错误的。请先看韩愈的好友白居易所作的《不致仕》：

> 七十而致仕，礼法有明文。
> 何乃贪荣者，斯言如不闻。
> 可怜八九十，齿堕双眸昏。
> 朝露贪名利，夕阳忧子孙。
> 挂冠顾翠緌，悬车惜朱轮。
> 金章腰不胜，伛偻入君门。
> 谁不爱富贵，谁不恋君恩。
> 年高须告老，名遂合退身。
> 少时共嗤笑，晚岁多因循。
> 贤哉汉二疏，彼独是何人！
> 寂寞东门路，无人继去尘。

这首诗，先写当时的京官们贪恋富贵，年逾七十甚至到了"八九十"，牙落眼花，还"伛偻入君门"，赖着不致仕。结尾用"汉二疏"作反衬来羞辱那些京官，并且慨叹道："寂寞东门路，无人继去尘。""汉二疏"，就是汉代的疏广、疏受叔侄。《汉书》卷七一《疏广传》里说：汉宣帝立太子，任疏广为太子太傅、疏受为太子少傅，"太子每朝因进见，太傅在前，少傅在后。父子（实为叔侄，受乃广兄之子）并为师傅，朝廷以为荣"。但"在位五岁"，便托病告老回乡。"公卿大夫故人邑子设祖道供张东都门外（东都门，乃长安东郭门），送者车数百两。辞决而去，及道路观者皆曰：贤哉！

459

二大夫。或叹息为之下泣。"

白居易慨叹长安的"东门路"如今很"寂寞",没有一个京官"继"二疏的"去尘"啊！韩愈好像是回应白居易的慨叹："你别叹息，如今总算有了继二疏去尘的人，他就是杨少尹。"并且满怀激情地写这篇序大力表彰。

第一段先写二疏告老还乡的送行场面及《汉书》传其事、画工图其像，然后引出杨巨源也主动致仕还乡。说明杨与二疏在主动还乡这一点上并没有什么"异"。

那么杨巨源出长安东门时是不是也有那么壮观、那么感人的饯行场面呢？恐怕未必有，但作者不说没有，而用他"遇病不能出"引出一连串疑问："不知杨侯去时，城门外送者几人？车几两？马几匹？道边观者，亦有叹息知其为贤与否？……"须知饯送二疏的场面那样壮观感人，乃是公卿大夫乃至路人赞扬主动致仕者的生动表现。如果杨侯去时无人饯行或饯行的场面很冷落，那就表明当时的公卿大夫们对主动致仕的人很反感，路人也有点麻木了。

还有，第一段写了"汉史既传其事，而后世工画者又图其迹"，那么，杨侯在这一点上是不是也与二疏无异呢？作者对此也提出疑问，引人深思。

第三段用"然"字扳转，用"吾闻"领起，写了增秩、给俸、赠诗唱和等事，不说二疏无此特殊待遇，而用"又不知当时二疏之去有是事否？古今人同不同未可知也"引发读者的思考，言外有意。以下则以"中世士大夫"，即当时的官僚作反衬，说那些官僚"以官为家"，罢了官，也要住在京城里，不回家乡，而杨侯却不忘本，告老后真正"归"了"家"。并且亲切地指着某树，说："这是我的先人种下的！"指着某山某水，说："我童年时在这座山上玩过，在这条水里钓过鱼。"因此，乡人对他加倍敬重。杨侯回乡后即使有这样一些细节，作者也不能耳闻目睹。不难设想，这是作者根据所有热爱家乡的人的共同生活体验写出来的。作者之所以要这样写，乃是为了不仅赞美杨侯主动告老，而且赞美他告老后真正还乡。

弄清了尽管早有七十致仕的明文规定，但当时人都不实行，明白了当时人"以官为家"，罢了官也不愿回到生养他的家乡，再来读这篇序，就会理解它的深层意蕴和现实意义，不会发出"于无可着笔处着笔"的呓语了。

童 区 寄 传

柳宗元

童寄者，郴州荛牧儿也。行牧且荛。

二豪贼劫持，反接，布囊其口，去，逾四十里，之墟所卖之。寄伪儿啼，恐慄为儿恒状。贼易之，对饮酒醉。一人去为市；一人卧，植刃道上。童微伺其睡，以缚背刃，力上下，得绝；因取刃杀之。

逃未及远，市者还，得童大骇，将杀。童遽曰："为两郎僮，孰若为一郎僮耶？彼不我恩也；郎诚见完与恩，无所不可。"市者良久计曰："与其杀是僮，孰若卖之？与其卖而分，孰若吾得专焉？幸而杀彼，甚善！"即藏其尸，持童抵主人所。愈束缚牢甚。夜半，童自转，以缚即炉火烧绝之，虽疮手勿惮；复取刃杀市者。因大号，一墟皆惊。童曰："我区氏儿也，不当为僮。贼二人得我，我幸皆杀之矣！愿以闻于官。"

墟吏白州，州白大府。大府召视儿，幼愿耳。刺史颜证奇之；留为小吏，不肯。与衣裳，吏护之还乡。

乡之行劫缚者，侧目莫敢过其门，皆曰："是儿少秦武阳二岁，而讨杀二豪，岂可近耶！"

《童区寄传》，是一篇独创性的传记文学作品。

封建时代的文人，一般只为剥削阶级的代表人物立"传"。柳宗元的这篇"传"，却是为一个孤苦伶仃的穷孩子写的。

"传"（传记）者，"传"（传达、流传）也。一个穷孩子，有什么可"传"的呢？这里首先发生了如何选材、如何突现主题思想的问题。

作者在开头的一段类似"引言"的文字中说：越地有一种劫缚小儿和成人"屈为僮"的恶俗，"汉官因以为己利，苟得僮，恣所为，不问"，所以无数弱小者被劫缚而"少得自脱"。只有区寄这个童子"以十一岁胜，斯亦奇矣"。可以看出：作者对暴徒劫缚弱小的恶俗异常不满，对不设法制止劫缚，反而借此谋利的官府十分憎恨，对反抗豪贼而获得胜利的区寄，则极其赞赏。这几点，如有舍弃，也将削弱作品的思想意义；倘要同时得到表现，又难免头绪纷繁，不易突出重点。作者的高明之处，首先表现在对这个问题的处理上。他举重若轻，以简驭繁，集中力量写区寄的被劫、反抗、胜利及其影响，而当区寄的形象逐渐站立起来、丰满起来的时候，前述的几点意思，也跟着突现出来了。

传文本身的第一段，只用"童寄者，郴州荛牧儿也，行牧且荛"十三个字叙述了主人公的姓名、年龄、籍贯和身份。叙述这一些，本是古文中记传体的老套子，但这十三个字，却不应作老套子看。

"引言"中说："惟童区寄以十一岁胜，斯亦奇矣！"可知作者打算写童区寄的"奇"。而在写"奇"之前，却先写他并不"奇"。这倒不仅是为了使文势跌宕，富有波澜，更重要的是先要为他的"奇"提供根据。现实生活中的"奇"，常常是植根于"平凡"之中的。加个"童"字，表现区寄是个小孩；小孩有什么"奇"呢？区寄是个"荛牧儿"，每天"行牧且荛"，这又有什么"奇"呢？然而不难设想：这个穷孩子正是在"行牧且荛"的平凡生活里得到了锻炼。他自然爬过峭壁、涉过急涧、砍过荆棘，也许还驱逐过毒蛇猛兽。惟其如此，才可以做出下文要写的"奇"事来。若果换上个未经风雨的纨袴子弟，则下文所写的"奇"，就未免"奇"得难于令人置信了。此其一。

"引言"中点出越地劫缚成风，这里写区寄正是属于越地范围的郴州人，已暗示出有可能被劫缚。而他又是个"荛牧儿"，一则无钱无势，二则常出没于荒野，暴徒劫缚他既无后顾之忧，又不需费多大的气力。此其二。

寥寥十三字，不仅介绍了主人公的简况，而且为此后情节的开展和人物性格的刻画埋下了根子。

第二大段包括两个小段，写区寄的被劫、反抗及其胜利，是全文的主体。

紧接上段，先写区寄"行牧且荛"之时被"二豪贼劫持"。"二"字、"豪"字，都不应随便读过。贼既豪强，又是两个，双方的力量对比已经极其悬殊；而贼子的手段又万分凶狠毒辣，于劫持区寄之后，立刻"反接"双手，"布囊其口"，抓到四十里以外的市上去卖。看来，这个十一岁的孩子绝难逃出魔掌了。几个简短的句子，写得惊心动魄，读者在痛恨豪贼的同时，不能不为主人公的命运捏一把汗。然而，就在这惊险万状之时，主人公出人意料，显出了他的"奇"。他在强敌面前，毫不"恐慄"，却装出"恐慄"

的样子，像一般小儿遇到危险时那样哭哭啼啼，有意识地使敌人麻痹大意。敌人果然中计了，满以为胜利在握，开怀畅饮之后，一个去市上谈交易，另一个醉醺醺地"植刃道上"，睡着了。区寄抓紧时机，磨断捆绳，"取刃杀之"。

读者刚刚松了一口气，而一波才平，一波又起。区寄被从市上回来的豪贼抓住了，眼看要遭毒手。然而区寄这个孩子真不简单！他根据敌人惟利是图的特点，揭穿了二贼之间基于利害冲突而产生的矛盾，使得那个利欲薰心的贼子因区寄杀了他的同伴、得以独吞利益而额手称庆，从而放下了屠刀。可是，这一回，他防备更严了，区寄的处境比上一次更困难。而处境愈困难，又恰恰愈有利于表现他的"奇"。他终于想方设法，除掉了这个敌人。

杀死第二个贼子之后，区寄不像上一回那样逃跑了，他大声号呼，召来市民，陈述经过，"愿以闻于官"。这显然不止为了自己的安全，而是想通过这件事引起官府对劫缚之风的注意。而这，在行文上又反跌出下一段。

这一大段，作者用异常精练、生动的语言，活灵活现地写出正反双方针锋相对、曲折复杂的斗争及其结局，从而表现了区寄惊人的沉着、机智、勇敢和在强敌面前毫不畏缩、敢于反抗、敢于夺取胜利的优秀品质，揭露了敌人残酷、贪婪的恶行和貌似强大、而实质上虚弱的特点。

最后一段，写区寄斗争胜利的社会影响，分两层。头一层，从官府方面着笔。"墟吏白州，州白大府"，层层上报，直闹到最高级的地方行政长官桂管观察使兼刺史颜证那里。足见这案件已轰动一时。"大府召视儿，幼愿耳。"区寄既"幼"且"愿"（老实），不"奇"，照应第一段。"幼愿"而能"讨杀二贼"，"奇"，"刺史颜证奇之"，照应第二大段。"留为小吏，不肯"，这在刺史之流眼中，更是"奇"上加"奇"。

这一层，是对区寄的赞扬，也是对官府的鞭挞。这样轰动一时的大案件，却丝毫没有引起官府对劫缚之风的注意，从而采取措施。刺史感兴趣的，只是想把那个"奇"儿"留为小吏"，替他做爪牙而已。区寄不肯做他的爪牙，就用"与衣裳，吏护之还乡"的省事办法，了结了这一案件。

第二层，从劫缚者方面落墨。区寄的斗争胜利给那些"行劫缚者"以沉重的打击。在他们看来，区寄比历史上著名的少年勇士秦武阳还有能耐，因而不敢触犯他。

从"童寄者"到结尾，不过二百五十余字，却描绘出相当丰富多彩的画面。写豪贼行劫，凶暴毒狠，令人握拳透爪；写区寄斗争，愈出愈奇，令人拍案叫绝；写斗争胜利的影响，寓意无穷，引人深思。而斗争分两步，各有特点；影响分两层，各有重心。笔墨极洗练，而又极富变化。这变化，主要表现在章法上，前面已提到了。也还表现在句子上，举例说：写贼缚区寄，第一次用"反接"，第二次则说"愈束缚牢甚"；写区寄自解其缚，前一回，"以缚背刃，力上下，得绝"，后一回，则"自转以缚即炉火烧绝之，虽疮手勿惮"。

乍看起来，作者很客观地描绘了这幅图画。细读几遍，就会发现在这似乎很客观的描绘里，渗透着作者的强烈爱憎，闪耀着在今天看来仍然是光彩夺目的思想。爱什么、憎什么呢？爱的是英勇斗争的区寄，憎的是劫缚之风和"因以为己利"的官府。光辉的思想是什么呢？这就是封建社会的人民要免于劫缚之苦，不能指望官府（官府正是劫缚之风的支持者），只能依靠自己的斗争。当然，这不一定是作者主观上的明确认识，然而作品的客观意义、社会效果的确是这样的。

永州八记（选四）

柳宗元

韩愈在《柳子厚墓志铭》里说："子厚斥不久，穷不极，虽有出于人，其文学辞章，必不能自力，以致必传于后如今无疑也。"这里有两点值得注意：一、肯定柳宗元的文学辞章必传于后，二、指出柳宗元在文学上的卓越成就是和"斥久"、"穷极"分不开的。这两点都很有见地。

在封建社会里，一个地主阶级的知识分子如果平步青云，坐享高官厚禄，终生浮在社会的上层，趾高气扬，志得意满，那就不可能了解民间疾苦，不可能深刻地体察广阔的社会生活，不可能认识剥削制度的罪恶和封建政治的黑暗，又如何能在文学上取得光辉的成就呢？

柳宗元由于要求实行有进步意义的政治革新而遭到反动势力的残酷迫害，被贬到永州达十年之久。在这十年贬谪期间，继续受政敌的打击，生活贫困，对下层人民的苦难及其政治原因有了广泛的了解和切身的体验，这就使他写出了一系列深刻反映现实的独创性的优秀作品，为祖国的文学宝库增加了珍贵的财富。

脍炙人口的《永州八记》（实际上有九篇），是"模山范水"之作，不像《捕蛇者说》那样直接反映现实，揭露社会矛盾。但作者并不是纯客观地描绘山容水态，而是用比、兴的方法，形象思维的方法，通过"漱涤万物，牢笼百态"来抒情达意，从而使他的作品达到情景交融的艺术境界，具有深刻的思想意义。

作者在开宗明义第一篇《始得西山宴游记》中说："自余为僇人，居是州，恒惴慄。其隙也，则施施而行，漫漫而游……"在《与李翰林建书》中更明白地说："永州于楚为最南，状与越相类。仆闷即出游，游复多恐。……时到幽树好石，暂得一笑，已复不乐。何者？譬如囚拘圄土，一遇和景，负墙搔摩，伸展支体，当此之时，亦以为适，然顾地窥天，不过寻丈，终不得出，岂复能久为舒畅哉！"不难体会，他流连山水，不过想借此排遣愤懑、抑郁的情感而已。然而越想排遣，那种愤懑、抑郁的情感反而越加强烈，于是乎以情观景，借景抒情，出现在他笔下的山水、泉石、草木、虫鱼，都仿佛有特定的个性、特定的遭遇。而这一切，既是自然景物的生动写照，又是他自己的人格、情怀、处境的曲折反映。这样，他就把郦道元以来的山水游记的传统，和陶、谢以来的山水诗的传统完美地结合起来而加以创造性的发展，推向新的高峰。

《永州八记》是各自成篇但又前后贯通的一组优美散文，类似杜甫《秋兴八首》之类的连章诗。这里只谈其中的第二、第三、第四、第五四篇，即《钻鉧潭记》、《钻鉧潭西小丘记》、《至小丘西小石潭记》和《袁家渴记》。

钻 鉧 潭 记

钻鉧在西山西。其始盖冉水自南奔注，抵山石，屈折东流；其颠委势峻，荡击益暴，啮其涯，故旁广而中深，毕至石乃止；流沫成轮，然后徐行。其清而平者且十余亩，有树环焉，有泉悬焉。

其上有居者，以予之亟游也，一旦款门来告曰："不胜官租、私券之委积，既芟山而更居，愿以潭上田贸财以缓祸。"予乐而如其言。则崇其台，延其槛，行其泉于高者坠之潭，有声潀然。尤与中秋观月为宜，于以见天之高，气之迥。孰使予乐居夷而忘故土者，非兹潭也欤？

465

《钴鉧潭记》以"钴鉧在西山西"开头，紧接《始得西山宴游记》，重点写潭。第一段写潭状；第二段写得潭经过及潭上景物因人工改造而显得更加优美宜人；然后就他与潭的密切关系感慨作结，余味无穷。

钴鉧潭是由冉水汇成的，因而先从冉水着笔："其始盖冉水自南奔注，抵山石，屈折东流。""奔注"两字，状冉水迅猛而来，大有一泻千里之势。但偏偏又遇上山石屹立，挡住去路。"奔注"之水碰上山石，用了个"抵"字。"抵"者，至也，但又是"抵触"、"抵抗"之"抵"。水毕竟"抵"不过山石，只得"屈折东流"，似乎软弱了。然而不然。由于"颠委势峻"，故"荡击益暴"。"益暴"两字，不仅表现了水势的汹涌及其强大的冲击力，而且进一步写出了水的性情：遇阻之后，不甘屈服，反而更加暴烈，像在发泄它的怨怒之气。因怒气难平，进而"啮其涯"。狠命地"啮"完了水涯的沙土，"毕至石乃止"。于是出现了"旁广而中深"的水潭。"流沫成轮"，乃是"荡击"的必然结果。不说"如轮"而说"成轮"，生动地画出了因水势冲击、回荡而形成的旋涡溅沫卷雪、旋转如飞的奇景。

冉水由"奔注"而遇阻、而"屈折"、而"荡击"、而啮食，直至冲出个水潭子，这才平静了下来，"其清而平者且十余亩，有树环焉，有泉悬焉"。这境界是幽寂的、清冷的。从冉水的本性看，难道它会安于这种处境吗？

第二段于叙述得潭经过时带出一个社会问题：潭上居民因受不了官租私债的威逼，逃向深山去开荒，情愿把潭上的田地卖给作者。作者"乐而如其言"，这仿佛是把贫民的"忧"变成了自己的"乐"。其实相反。联系作者自身的遭遇和《捕蛇者说》等文所反映的情况，就不难想见他此时的心情。如前所说，寄情山水，本来是想逃避现实，排遣忧闷，然而尖锐的社会矛盾，直扩展到山巅水涯，如何能逃避？一个由于企图改变黑暗现实而被放逐的人仍然不能不面对政治苛虐、生民涂炭的现实，他的忧闷又怎能排遣得了？

遇上类似处境的不太高明的作家，很可能从贫民卖田的事写到他的政敌，写到他自己的遭遇，将愤懑抑郁之情一泄无余。然而，那就未免离题太远了。作者不然。贫民卖田的事，分明于他企图排遣忧闷之时增加了他的忧闷，却不正面说穿，偏偏说"予乐而如其言"，下了个"乐"字。于是，这贫民卖田的情节便自然而然地成为向后文过渡的桥梁。买地前的"巫游"（包括了第一段）是寻"乐"，买地后"崇其台，延其槛，行其泉于高者坠之潭，有声潀然"，又是为了更好地寻"乐"。"于以见天之高、气之迥"，不正是"称心快意"地赞美经他改造后的潭多么适于寻"乐"吗？从前后的几篇文章中的记载看，他初游钻鉧潭时，那年的中秋节已经过去了。中秋已过，却说"尤与中秋观月为宜"，当然是期待在明年、后年乃至往后若干年的中秋节来潭上观月，"于以见天之高、气之迥"的。这真可以说是"乐此不疲"啊！

啮不动石岸的潭水幽寂、清冷，仿佛安于它的处境。抗不过恶势力的反扑而遭到贬谪的作者呢，与潭水结为知己，频频来游，更盼望着中秋节来此赏月，也仿佛安于他的处境。写了潭，又写了人。于是绾合潭、人，收束全篇："孰使予乐居夷而忘故土者，非兹潭也欤？"——是谁使我乐于居住在"夷"人地区而忘掉故乡的呢？不就是你这个小潭子吗？！

又一次用了个"乐"字；但谁都能够懂得它的言外之意、弦外之音。

全篇的描写，看来相当客观。直到结尾，有如张僧繇"点睛"，刚一落笔，全龙飞动。前面绝妙的写景文字，顿时变成了绝妙的抒情文字。徐幼铮说得很中肯："结语哀怨之音，反用一'乐'字托出。在诸记中，尤令人泪随声下。"

钻鉧潭西小丘记

得西山后八日，寻山口西北道二百步，又得钻鉧潭。潭西二十五步，当湍而浚者为鱼梁。梁之上有丘焉，生竹树。其石之突怒偃蹇，负土而出，争为奇状者，殆不可数。其嵚然相累而下者，若牛马之饮于溪；其冲然角列而上者，若熊罴之登于山。

丘之小不能一亩，可以笼而有之。问其主，曰："唐氏之弃地，货而不售。"问其价，曰："止四百。"余怜而售之。李深源、元克己时同游，皆大喜，出自意外。即更取器用，铲刈秽草，伐去恶木，烈火而焚之。嘉木立，美竹露，奇石显。由其中以望，则山之高，云之浮，溪之流，鸟兽之遨游，举熙熙然回巧献技，以效兹丘之下。枕席而卧，则清泠之状与目谋，潆潆之声与耳谋，悠然而虚者与神谋，渊然而静者与心谋。不匝旬而得异地者二，虽古好事之士，或未能至焉。

噫！以兹丘之胜，致之沣、镐、鄠、杜，则贵游之士争买者，日增千金而愈不可得。今弃是州也，农夫渔父，过而陋之，贾四百，连岁不能售。而我与深源、克己独喜得之，是其果有遭乎！书于石，所以贺兹丘之遭也。

《钴鉧潭记》写潭，《钴鉧潭西小丘记》写丘。

开头几句，照应前两篇，点出西山、钴鉧潭和小丘的发现经过及其位置，并为后面"不匝旬而得异地者二"埋下伏线。接下去，即抓住小丘的"异"点，描绘满布丘上的嶙嶙奇石。在一般人看来，那些毫无生命的石头本来就暴露在那里，但在作者眼中，却是另一回事："其石之突怒偃蹇，负土而出，争为奇状者，殆不可数。"这是说：那数不清的石头本来被埋于泥土之中，不见天日，却不甘埋没，愤然突破地面，负土而出，争为奇状，用以显示自己的才能、博取人们的赞扬。构思何等新颖！二十来个字，既写出了石数之多、石态之奇，又化静为动，传达了奇石的情感。石头无所谓情感，这自然是作者赋予的。而一经赋予，那形象就立刻栩栩欲活。王夫之说过："烟云泉石……寓意则灵。"一点也不假。但"意"绝不能生硬地"寓"。在这里，作者即景会心，主观的情和客观的景契合无间，从而创造了独特的境界，既寓了"意"，又妙合自然。

作者于总写众石之后，又分写其中的两类："其嵌然相累而下者，若牛马之饮于溪；其冲然角列而上者，若熊罴之登于山。""若牛马"、"若熊罴"的比喻本来很寻常，但和"相累而下"、"角列而上"及"饮于溪"、"登于山"结合起来，就显得生气勃勃。而"饮于溪"，又带出丘下景物，与前面"当湍而浚者为鱼梁，梁之上有丘焉"相应。

一个"不能一亩，可以笼而有之"的小丘似乎没有什么好写，作者却写得这样生动、这样诱人。

当然，作者不是为写小丘而写小丘，而是大有深意的。他着力写小丘的特异甚至给丘上的石头注入理想，这都是为了反跌下文。小丘有众石"争为奇状"，理应得到人们的重视，然而事实却不是这样。"问其主，曰：'唐氏之弃地，货而不售。'问其价，曰：'止四百。'"这就是它的遭遇！

"余怜而售（买）之"中的"怜"，乃是"同病相怜"的"怜"，怜小丘正所以怜自己。但仍不肯泄露主题，却用同游者的"大喜"作为反衬（"大喜"者，喜小丘之贱，出自意外耳），与前一篇用"乐"字异中有同。作者"怜"，同游者"喜"，虽然心情各别，却同样是"人弃我取"。不但"取"，而且在取得之后，刮垢磨光，让那被人遗弃的小丘变得更美好。"铲刈秽草，伐去恶木，烈火而焚之。嘉木立，美竹露，奇石显"等句，很有点"新松恨不高千尺，恶竹应须斩万竿"的意味。稍不同者，杜诗所表现的是长新松、斩恶竹的愿望，而这里则已经诉诸行动。像新松一样，嘉木、美竹自然越高越好，但不能揠苗助长。铲去秽草、伐掉恶木，则原来被淹没的嘉木、美竹就自然会显露出来，拂日凌云的前景是不难预卜的。

何况秽草、恶木既除，不仅"嘉木立，美竹露，奇石显"，而且整个天地都为之开朗。"由其中以望，则山之高、云之浮、溪之流、鸟兽之遨游，举熙熙然回巧献技，以效兹丘之下"。这个小丘，不是也可以使作者"乐居夷而忘故土"吗？但他并不蹈袭前篇，却用一组排句，实写"枕席而卧"于小丘之上的时候"清泠之状与目谋，瀯瀯之声与耳谋，悠然而虚者与神谋，渊然而静者与心谋"，几乎达到了"与万化冥合"的境界。而"清泠之状"与"瀯瀯之声"，又分明指的是丘下二十五步以外的钴鉧潭。于是回应首段（也遥应前篇），绾合潭、丘，作一小结："不匝旬而得异地者二，虽古好事之士，或未能至焉！"看来他是十分得意的。

这得意，其实是失意的特殊表现形式，读者已不难体会；但如果就此收束，仍嫌意犹未足。因而又以抒情的、跌宕多姿的文笔略作发挥：先对小丘的未能致身于繁华的京城郊区而远弃荒凉的永州表示痛惜，反转来又对小丘得到他与同游者的赏识表示庆贺。尽管始终没有说到他自己，但"今弃是州也"的小丘的遭遇，不正是他自己的遭遇吗？被人遗弃的小丘还会得到他与同游者的赏识，而他自己呢？贺小丘，不过是自伤不遇罢了。

至小丘西小石潭记

从小丘西行百二十步，隔篁竹，闻水声，如鸣珮环，心乐之。伐竹取道，下见小潭，水尤清冽。全石以为底，近岸，卷石底以出，为坻，为屿，为嵁，为岩。青树翠蔓，蒙络摇缀，参差披拂。

潭中鱼可百许头，皆若空游无所依。日光下澈，影布石上，怡然不动，俶尔远逝，往来翕忽，似与游者相乐。

　　潭西南而望，斗折蛇行，明灭可见。其岸势犬牙差互，不可知其源。坐潭上，四面竹树环合，寂寥无人，凄神寒骨，悄怆幽邃。以其境过清，不可久居，乃记之而去。

　　同游者：吴武陵、龚古，余弟宗玄。隶而从者，崔氏二小生，曰恕己，曰奉壹。

　　《至小丘西小石潭记》又写潭，但与《钴鉧潭记》的写法迥乎不同。

　　题中有个"至"字。第一段，即先写从小丘西行"至"小石潭的经过。"隔篁竹，闻水声，如鸣珮环"，于是"心乐之"，欲寻声而往，一窥究竟；但为丛篁所隔，无路可通，便下决心"伐竹取道"。"伐竹取道"四字，用行动写心情，坐实了前边的"乐"字。到了"下见小潭，水尤清洌"，见得力气没有白费，其"乐"更不待言。这几句，既与前篇联系，点出小石潭的环境，又表现了发现小石潭的喜悦心情。未见小潭，先闻水声；因闻水声，即觅小潭。行文曲折，引人入胜。

　　《钴鉧潭记》着重写潭源——冉水的奔注、屈折、荡击，潭本身写得很少。这一篇则着重写潭的本身。

　　作者于"下见小潭"之时赞美"水尤清洌"。接下去，即在"清"字上作文章。要写出水如何"清"，是比较困难的，作者却因难见巧，写出了两段妙文。

　　他先撇开"清"，从"小石潭"的"石"字上落墨，写这个潭"全石以为底"；在靠近四周石岸的地方，又从潭底突出若干各种形态的石头，有的像坻，有的像屿，有的像嵁，有的像岩。上面满是青树翠蔓，在微风里"蒙络摇缀，参差披拂"。可以想见，那翠带似的蔓条有的在空际摇曳，有的在水面飘拂，甚或浸入水里。寥寥数语，写景如画。

　　以上是写石潭的形状，也是写潭水之所以"清"。就文章的脉络说，分明是从"水尤清洌"生发出来的。试想，一个以全石为底，又被遍生青树翠蔓的石坻、石屿、石堪、石岩环绕着的水潭，怎能不"清"？当然，如果潭源之水挟泥沙而俱至，那又是另一回事。可是前面的"闻水声如鸣珮环"，不是已暗示出潭源之水也是"清洌"的吗？

　　就潭状写出了潭水之所以"清"，自然要进一步写潭水如何"清"。

"潭中鱼"几句，不太细心的读者会认为只不过写鱼罢了。其实不仅写鱼。大画家只画飞虫，不画天空；只画游鱼，不画清水。但由于虫的确在飞，鱼的确在游，因而在欣赏者眼前，就出现了天空，出现了清水。这几句，正是采用了这种以实写虚的手法。"皆若空游无所依"，脱胎于前人的创作。但袁山松的"其水十丈见底，视鱼游如乘空"（《宜都山川记》记夷水入江处），吴均的"水皆缥碧，千丈见底，游鱼细石，直视无碍"（《与朱元思书》），郦道元的"绿水平潭，清洁澄深，俯视游鱼，类若乘空"（《水经注·洧水》），沈佺期的"朝日敛红烟，垂钓向绿川。人疑天上坐，鱼似镜中悬"（《钓竿篇》），王维的"涟漪涵白沙，素鲔如游空"（《纳凉》），都是先写水清，后写鱼游，就像某些画家按照游鱼的动势勾了些代表波纹的弧线。至于苏舜钦的"人行镜里山相照，鱼戏空中日共明"（《天章道中》），楼镛的"水真绿净不可唾，鱼若空行无所依"（《顷游龙井得一联，王伯齐同儿辈游，因足成之》），刘燏的"炯倏鱼之成群，闯寒波而游泳，若空行而无依，涵天水之一镜"（《鱼计亭赋》），阮大铖的"水净顿无体，素鲔若游空，俯视见春鸟，时翻荇藻中"（《园居杂咏》），看来都借鉴了柳文，又各有新意，但在先写水清，后写鱼游这一点上，却都与袁、吴、郦、沈、王之作相类。柳宗元的独创性，在于不复写水，只写鱼游，而澄澈的潭水已粼粼映眼。这还不够，他又借日光作进一步的渲染。作者于岸上观鱼，很难看清潭心；而近岸之处，石坻、石屿、石堪、石岩上的青树翠蔓又摇缀、披拂，鱼游于树阴蔓条之下，也未必能够看得一清二楚。所以必须借助日光。"日光下澈"的"澈"字下得多好！"澈"者，照澈潭底也。红艳艳的日光透过蓝晶晶的潭水，直照到白莹莹的石底，多么富于色彩！这色彩，又是用来烘托游鱼以见潭水之"清"的。水透明而鱼不透明，所以当日光下澈之时，鱼自然"影布石上"。"怡然不动，俶尔远逝，往来翕忽"的是水里的鱼，又是潭底的鱼影。加上"似与游者相乐"一句，人、鱼并写，情味无穷。

　　这几笔，真是绘形、绘神、绘影、绘色，即便是最高明的画师，也很难达到这样超妙的艺术境界。

　　《钴鉧潭记》先写潭源，这一篇恰恰相反。作者是从小丘西行——即从石潭的东方走来的，因被竹林所遮，所以未见石潭，先闻水声。"如鸣珮环"，显然是潭源之水撞击石岸、滴入石潭之时发出的清响。但是接下去，却为什么不先写潭源呢？原来潭源不在潭东，而在潭的西南。作者从潭东行来，立刻被石潭本身的奇景吸引住了，于是自然而然地先写石潭。在饱赏石潭奇景之后，这才朝西南而望，发现了潭源。

写潭源，也就是写远景。潭源是一条小溪。因"其岸势犬牙差互"（其为石岸可知），故溪水像北斗般曲折，像长蛇般蜿蜒。从潭上望去，有些地方溪光闪耀，有些地方为石岸所蔽，不见溪光。写远景半藏半露，饶有画意。而这又是写望中景物，重点在"望"字上。望潭源而"不可知其源"，又富有诗情。

结尾以"其境过清"收尽全篇。前面出现过两个"乐"字，但作者的"乐"是短暂的。"竹树环合，寂寥无人，凄神寒骨，悄怆幽邃……不可久居"等句，借景抒情，含蓄地反映了他的寂寞的处境和凄怆、哀怨的心境。

袁 家 渴 记

　　由冉溪西南水行十里，山水之可取者五，莫若钴鉧潭。由溪口而西陆行，可取者八九，莫若西山。由朝阳岩东南，水行至芜江，可取者三，莫若袁家渴。皆永中幽丽奇处也。

　　楚、越之间方言，谓水之反流者为渴，音若衣褐之褐。渴，上与南馆高嶂合，下与百家濑合。其中重洲小溪，澄潭浅渚，间厕曲折，平者深墨，峻者沸白，舟行若穷，忽又无际。

　　有小山出水中，山皆美石，石上生青丛，冬夏常蔚然。其旁多岩洞，其下多白砾。其树多枫、柟、石楠、楩、楮、樟、柚，草则兰、芷，又有异卉，类合欢而蔓生，缪辘水石。每风自四山而下，振动大木，掩苒众草，纷红骇绿，蓊葧香气，冲涛旋濑，退贮溪谷，摇飏葳蕤，与时推移。其大都如此，余无以穷其状。

　　永之人未尝游焉，余得之不敢专也，出而传于世。其地主袁氏，故以名焉。

袁家渴是一条可以泛舟的西流水，景物繁富。故《袁家渴记》于水容石态之外，兼写山、渚、草木、花卉等等。

第一段从《史记·西南夷列传》的首段化出，以钴鉧潭、西山为宾，陪出袁家渴。第二段写渴。"其中重洲小溪，澄潭浅渚，间厕曲折；平者深墨，峻者沸白"等句,既简括,又生动。而这又是为下文更精彩的描写准备条件。因为这条渴自南馆高嶂曲曲折折地流向百家濑,中间又间以重洲、浅渚,所以"舟行若穷,忽又无际"。"舟行若穷,忽又无际"只有八个字,却抵得上一篇洋洋千言的游记。与王维的"安知清流转,偶与前山通"(《蓝田山石门精舍》),陆游的"山重水复疑无路,柳暗花明又一村"(《游山西村》)意境相类,却更其妙远。

"有小山出水中"以下,记山石、记岩洞、记各种树木花草,虽然文笔雅洁,但毕竟像一篇流水账。然而不要紧,因为这都是为下文蓄势。"每风自四山而下,振动大木,掩苒众草,纷红骇绿,蓊葧香气,冲涛旋濑,退贮溪谷,摇飏葳蕤"等句,将上面所记的一切统统纳入风中,收到水上。使读者于树动、花摇、草掩、涛飞、濑旋中看见奇光异彩,听见清音远韵,而一股浓郁的香气,也随风飘来,直沁心脾。

柳宗元很善于写风中景。如《南涧中题》里的"回风一萧瑟,林影久参差",《石渠记》里的"其侧皆诡石怪木,奇卉美箭,可列坐而休焉。风摇其巅,韵动崖谷,视之既静,其听始远",都很传神。这里的"每风自四山而下"一段,则更其精彩。苏轼称其造语"入妙",其实不仅造语入妙,更妙的是他那"以一风统众景"的独具匠心的艺术构思。

结尾的"永之人未尝游焉!余得之不敢专也,出而传于世"云云,命意与《钴鉧潭西小丘记》类似,而用笔各殊。这样奇伟、这样高洁、这样清丽幽雅的风景区,却无人了解、无人赏识,长久地被遗弃、被埋没,连"永之人"都"未尝游",何况其他!这跟作者自己的品格、自己的遭遇是十分相像的;作者"发潜德之幽光"、以巧夺天工的笔墨描绘这种自然美,表彰这种自然美,"出而传于世",既表现了他对受压抑、受摧残的美好事物的无限同情和爱护,也寄托了他自己的无限惨痛、无限深沉的身世之感。

阿 房 宫 赋

杜 牧

六王毕,四海一。蜀山兀,阿房出。覆压三百馀里,隔离天日。骊山北构而西折,直走咸阳。二川溶溶,流入宫墙。五步一楼,十步一阁。廊腰缦回，檐牙高啄。各抱地势，钩心斗角。盘盘焉，囷囷焉，蜂房水涡，蠹不知其几千万落。长桥卧波，未云何龙？复道行空，不霁何虹？高低冥迷，不知西东。歌台暖响，春光融融；舞殿冷袖，风雨凄凄。一日之内，一宫之间，而气候不齐。

妃嫔媵嫱，王子皇孙，辞楼下殿，辇来于秦。朝歌夜弦，为秦宫人。明星荧荧，开妆镜也；绿云扰扰，梳晓鬟也；渭流涨腻，弃脂水也；烟斜雾横，焚椒兰也；雷霆乍惊，宫车过也；辘辘远听，杳不知其所之也。一肌一容，尽态极妍，缦立远视，而望幸焉。有不得见者三十六年。燕赵之收藏，韩魏之经营，齐楚之精英，几世几年，摽掠其人，倚叠如山；一旦不能有，输来其间，鼎铛玉石，金块珠砾，弃掷逦迤，秦人视之，亦不甚惜。

嗟呼！一人之心，千万人之心也。秦爱纷奢，人亦念其家。奈何取之尽锱铢，用之如泥沙？使负栋之柱，多于南亩之农夫；架梁之椽，多于机上之工女；钉头磷磷，多于在庾之粟粒；瓦缝参差，多于周身之帛缕；直栏横槛，多于九土之城郭；管弦呕哑，多于市人之言语。使天下之人，不敢言而敢怒。独夫之心，日益骄固。戍卒叫，函谷举，楚人一炬，可怜焦土！

呜呼！灭六国者，六国也，非秦也。族秦者，秦也，非天下也。嗟夫！使六国各爱其人，则足以拒秦。使秦复爱六国之人，则递三世可至万世而为君，谁得而族灭也？秦人不暇自哀，而后人哀之；后人哀之而不鉴之，亦使后人而复哀后人也。

在唐人小赋中，杜牧的《阿房宫赋》是一篇很出色的作品。脱稿不久，即引起人们的重视。《新唐书·文艺传·吴武陵传》中有这样一段记载：

太和初，礼部侍郎崔郾试进士东都，公卿咸祖道张乐。武陵最后至，谓郾曰："君方为天子求奇材，敢献所益。"因出袖中书擪笏授郾读之，乃杜牧所赋阿房宫。辞既警拔，而武陵音吐鸿畅，坐客大惊。武陵请曰："牧方试有司，请以第一人处之。"郾谢已得其人；至第五，郾未对，武陵勃然曰："不尔，宜以赋见还！"郾曰："如教。"牧果异等。

在晚唐人冯贽所著的《云仙杂记》里，甚至说虱子也在念《阿房宫赋》。这自然是虚构，但也曲折地反映了这篇作品流传之广、影响之大。

杜牧是主张"凡为文，以意为主、气为辅，以辞彩章句为之兵卫"①的。那么，他写《阿房宫赋》，其用意何在呢？

关于阿房宫建造的时间、原因、地址及规模，《史记·秦始皇本纪》、《汉书·贾山传》、《水经注·渭水》以及《三辅旧事》、《三辅黄图》等都有记述，《史记》成书最早，其记述也比较准确，故摘引如下：

> （始皇）三十五年，……始皇以为咸阳人多，先王之宫廷小，吾闻周文王都丰，武王都镐，丰、镐之间，帝王之都也。乃营作朝宫渭南上林苑中。先作前殿阿房，东西五百步，南北五十丈，上可以坐万人，下可以建五丈旗。周驰为阁道，自殿下直抵南山。表南山之巅以为阙。为复道，自阿房渡渭，属之咸阳，以像天极，阁道绝汉抵营室也。阿房宫未成；成，欲更择令名名之。作宫阿房，故天下谓之阿房宫。隐宫徒刑者七十馀万人，乃分作阿房宫，或作丽山。

这一段记述与《阿房宫赋》的描写相对照，有几点值得注意：一、秦始皇修阿房宫，主要由于"咸阳人多，先王之宫廷小"。即随着国家的统一，作为国都的咸阳人口不断增加，原有的宫廷已不能满足新的需要，故于渭水之南营建新的朝宫，可见《阿房宫赋》把阿房宫的兴建完全归因于"秦爱纷奢"，并不确切。二、阿房宫先建前殿，终始皇之世，全部工程并未完成。即使全部完成，也谈不上《阿房宫赋》所说的"覆压三百馀里"。三、秦始皇三十五年才开始修阿房宫，距始皇之死不过两年，因而《阿房宫赋》说"宫人"们"缦立远视，而望幸焉，有不得见者三十六年"，也不合事实。

项羽入关，阿房宫即化为灰烬，杜牧描写阿房宫，所依据的最早最可靠的文字资料，也只能是《史记》中的有关部分。而把《阿房宫赋》的描写和《史记》中的有关记载相比较，就发现它在很大程度上出于作者的艺术想

---

① 《樊川文集》卷一三《答庄充书》。

象和夸张，想象和夸张的用意，则在于借历史题材以警戒当时的荒淫君主。就是说，这不是历史著作，而是文艺作品。如果把它看成历史著作据以考证阿房宫的规模、评论秦始皇的功过，那就错了。

《阿房宫赋》被选入《古文观止》卷七，编选者评论说："前幅极写阿房之瑰丽，不是羡慕其奢华，正以见骄横敛怨之至，而民不堪命也，便伏有不爱六国之人意在。所以一炬之后，回视向来瑰丽，亦复何有！以下因尽情痛悼之，为隋广、叔宝等人炯戒，尤有关治体。不若《上林》、《子虚》，徒逢君之过也。"指出这篇作品"为隋广（隋炀帝）、叔宝（陈后主）等人炯戒，尤有关治体"，很有见地，但由于对杜牧的社会环境和政治态度缺乏了解，还未能准确地揭示出作者的创作意图和这篇作品的思想意义。

杜牧所处的时代，政治腐败，阶级矛盾异常尖锐，而藩镇跋扈，吐番、南诏、回鹘等纷纷入侵，更加重了人民的痛苦。大唐帝国，已面临崩溃的前夕。杜牧针对这种形势，极力主张内平藩镇、加强统一，外御侵略、巩固国防。为了实现这些理想，他希望当时的统治者励精图治、富民强兵。而事实恰恰和他的愿望相反。穆宗李恒以沉溺声色送命。接替他的敬宗李湛，荒淫更甚："游戏无度，狎昵群小"，"视朝月不再三，大臣罕得进见"。又"好治宫室，欲营别殿，制度甚广"。并命令度支员外郎卢贞，"修东都宫阙及道中行宫"，以备游幸。[①] ……对于这一切，杜牧是愤慨而又痛心的。他在《上知己文章》中明白地说："宝历（敬宗的年号——引者）大起宫室，广声色，故作《阿房宫赋》。"[②] 可见《阿房宫赋》的批判锋芒，不仅指向秦始皇和陈后主、隋炀帝等亡国之君，而主要是指向当时的最高统治者的。

"六王毕，四海一。蜀山兀，阿房出。"起势雄健，涵盖无穷。乍看似乎仅仅是叙事，实则于叙事中寓褒贬，并为此后的许多文字埋下根子。"六王"为什么会"毕"？"四海"为什么能"一"？一亡一兴，关键何在？读完全篇，这些问题就会得到解答。例如在中间写道："燕赵之收藏，韩魏之经营，齐楚之精英，几世几年，摽掠其人，倚叠如山。"则六王之骄奢淫逸，不惜民力，已于言外见意。到了篇末，更明确地作了结论："灭六国者六国也，非秦也。……使六国各爱其人，则足以拒秦。"读到这里，再回头看看首句，

---

① 引文见《通鉴》卷二四三。
② 《樊川文集》卷一六。

就不能不惊佩那个"毕"字下得好！"六王"之"毕"，其原因既在自身，那么，秦能统一四海的原因，也就不言可知了。这两句一抑一扬；而扬秦又是为更有力地抑秦蓄势。秦统一四海之后，如果吸取"六王"的教训，"复爱六国之人"，就不会那么迅速地被"族灭"。谁知秦王一旦变成秦始皇，立刻志得意满，走上腐化的道路。"蜀山兀，阿房出。"一因一果，反映了一苦一乐，六个字概括了无限深广的内容。"兀"、"出"两字，力重千钧，自不待言。而从"兀"到"出"的过程，更给读者留下了驰骋想象的广阔天地。第一，举蜀山以概秦陇之山。由蜀山到关中，要经过"难于上青天"的蜀道，凭借人力运送巨大的木料异常艰难。而一定要取材蜀山，见得秦陇一带的树木已经砍伐一空，尚不敷用。秦陇之山尽秃而殃及蜀山，直到蜀山不剩一木而阿房始"出"，则阿房宫多么宏大，秦始皇多么骄奢，已不难想见。第二，举木料以概其他建筑材料。所需的木料既如此众多，则其他的建筑材料需要如何，也不难想见。第三，举砍伐、运送木料以概其他工程。而从木材及其他一切建筑材料的砍伐、加工、运送直到合拢来建成"覆压三百馀里"的阿房宫，都是役使人民进行的，这中间榨取了多少人民的血汗，葬送了多少人民的生命，也是可以想见的。"六王"既以"不爱其人"而覆亡，秦始皇又将自己的淫乐建筑在人民的苦难之上，那么，从"六王"的已"毕"，不是很可以预见秦的将"毕"吗？

廖莹中《江行杂录》上说：

> 杜牧之《阿房宫赋》云："六王毕，四海一。蜀山兀，阿房出。"陆参作《长城赋》云："千城绝，长城列。秦民竭，秦君灭。"参辈行在牧之前，则《阿房宫赋》又祖《长城》句法矣。

《长城赋》（见《全唐文》卷六一九）以四个三字句发端，一句一意，层层逼进；又句句押韵，音节迅急，有如骏马下坡，俊快无比。《阿房宫赋》正与此相似，说它"祖《长城》句法"，是很有见地的。但作赋以四个三字句开头，并非始于陆参，而是创于晋人郭璞。郭璞《井赋》云："益作井，龙登天，凿后土，洞黄泉。"此后，南朝谢惠连《雪赋》以"岁将暮，时既昏，寒风积，愁云繁"发唱，无疑受了郭璞的启发，却青出于蓝。《长城赋》学习《井赋》、《雪赋》的句法，又比前者更胜。《阿房宫赋》则在取法前人的基础上有更多的创造，百尺竿头，更进一步。这说明文艺创作既贵在创造，又需要借鉴前人。有这个借鉴和没有这个借鉴是不同的，这里有精粗之分、文野之别。杜牧作《阿房宫赋》，既表现了惊人的艺术想象力，又很善于借鉴前人。这在后面还要谈到。

"覆压三百馀里，隔离天日"两句，紧承"出"字，总写阿房宫的规模。上句言其广，下句言其高。自"骊山北构而西折，直走咸阳"到"高低冥迷，不知西东"，就广、高两方面作进一步的描写。"五步一楼，十步一阁。廊腰缦回，檐牙高啄。各抱地势，钩心斗角"等句，既简练，又形象。特别是"长桥卧波，未云何龙？复道行空，不霁何虹？"更其传神。不说长桥如龙，复道如虹，而说"未云何龙"，"不霁何虹"，不仅笔势跌宕，而且从惊叹语气中表达了对那些建筑物的观感，给客观描写涂上了浓烈的抒情色彩。欧阳修很赞赏苏舜钦写松江长桥的"云头滟滟开金饼，水面沉沉卧彩虹"一联。[1] 其后一句可能从杜牧的这两句脱胎，但相形之下，未免减色。

以上写阿房宫的宏伟瑰丽，已寓贬义，但还不能完全说明问题。因为完成如此宏丽的建筑，固然加重了人民的负担，但如果在完成之后，用来做有利于人民的事情，那还是应该赞许的。所以，作者在写了阿房宫的宏伟瑰丽之后，立刻将笔锋伸向更重要的地方。"歌台暖响，春光融融；舞殿冷袖，风雨凄凄。一日之内，一宫之间，而气候不齐。"这几句用夸张的手法描写了歌舞之盛（歌喉吐暖，舞袖生风，以致改变了气候）。接下去，点出那些供秦始皇享乐的歌舞者，乃是六国的"妃嫔媵嫱，王子皇孙"，既回应"六王毕"，又暗示秦统治者的前途。

关于阿房宫的宏丽和秦始皇的淫乐，《史记》以后的描述不断增加夸张和想象的成分。《三辅黄图》云："阿房宫可受十万人，车行酒，骑行炙，千人唱，万人和。"《阿房宫赋》中"歌台暖响"等句如果说有文字资料作为根据的话，其根据不过如此，因而可以看出作者在艺术构思方面的高度创造性。

承"为秦宫人"的"明星荧荧……"一段是脍炙人口的：忽然间，天际群星闪耀；不是群星，而是美人开了妆镜！忽然间，空中绿云飘动；不是

---

[1] 欧阳修《六一诗话》云："松江新作长桥，制度宏丽，前世所未有。苏子美《新桥对月诗》所谓'云头滟滟开金饼，水面沉沉卧彩虹'者是也，时谓此桥非此句雄伟不能称也。"

绿云，而是美人梳理头发！渭河暴涨，泛起红腻，原来是美人泼了脂水！烟雾乍起，散出浓香，原来是美人点燃兰麝！不直说美人众多，却用明星、绿云、渭涨、雾横比喻妆镜、晓鬟、弃脂、焚椒，间接地写出美人众多，其手法已很高明。但还不止此。通过形象而又贴切的比喻，既写了美人，又写了阿房宫。下临渭水、高插青霄的楼阁，像蜂房似的布满空际的窗户，以及当窗晓妆的美人，都历历可见。而写美人，又正是为了写秦始皇。所以接着便写"宫车"之过。"宫车"日日行幸，而宫人尚"有不得见者三十六年"，则秦始皇荒淫到何种程度，也就用不着说穿了。

这一段也是前有所承的。陆参《长城赋》云：

> 边云夜明，列云铧也；白日昼黑，扬尘沙也；筑之登登，约之阁阁，远而听也，如长空散雹；蛰蛰而征，杳杳而营，远而望也，如大江流萍；其号呼也，怒风匎匎；其鞭扑也，血流纵横。

《阿房宫赋》的开头既然取法于《长城赋》，那么中间的这一段，造句、构思都有一致之处，可能也受了《长城赋》的启发。当然，如果从句式的相似方面着眼，它受《华山赋》的影响更其明显，洪迈《容斋随笔·五笔》卷七指出：

> 唐人作赋，多以造语为奇。杜牧《阿房宫赋》云："明星荧荧，开妆镜也；绿云扰扰，梳晓鬟也；渭流涨腻，弃脂水也；烟斜雾横，焚椒兰也；雷霆乍惊，宫车过也；辘辘远听，杳不知其所之也。"其比兴引喻，如是其侈！然杨敬之《华山赋》又在其前，叙述尤壮。曰："见若咫尺，田千亩矣；见若环堵，城千雉矣；见若杯水，池百里矣；见若蚁垤，台九层矣；醯鸡往来，周东西矣；蚁蝼纷纷，秦速亡矣；蜂窠联联，起阿房矣；俄而复然，立建章矣；小星奕奕，焚咸阳矣；累累茧栗，祖龙藏矣。"……则《阿房宫赋》实模仿杨作也。

杨敬之《华山赋》① 一脱稿，即传诵士林，轰动一时，韩愈、李德裕、杜佑都十分赞赏。上引数句，杜佑时常吟诵。② 杜佑是杜牧的祖父，则杜牧熟习这篇作品是毫无疑问的。但杜牧的"明星荧荧"等句，绝不能说是"模仿杨作"，而是从杨作中吸取了有益的东西加以变化，用以表现新的主题，具有推陈出新的作用。

从"燕赵之经营"到"一旦不能有，输来其间。鼎铛玉石，金块珠砾，弃掷逦迤；秦人视之，亦不甚惜"，承上歌舞之盛，美人之多，进而写珍宝之富。通过这一系列叙写，形象地点出阿房宫的用途，从而对秦始皇进行了鞭挞。

从开头直到这里，作者以精练、生动的笔墨，叙写了阿房宫的兴建、规模和用途，没有抽象地发议论，而议论已寓于其中。读者不难看出：用人民的血汗凝成、供统治者享乐的阿房宫，集中地反映着人民的苦难，也集中地反映着统治者的荒淫腐化。

于是，作者水到渠成似的进一步完成他的主题：写阿房宫的毁灭，也就是写秦统治者的毁灭及其所以毁灭之故，向当时的最高统治者敲响警钟。

"嗟呼！一人之心，千万人之心也。"这自然是"人同此心"的超阶级观点。但继之而来的"秦爱纷奢，人亦念其家。奈何取之尽锱铢，用之如泥沙"，却对秦统治者的残民以自肥作了有力的抨击。以下数句，尤其精彩："使负栋之柱，多于南亩之农夫；架梁之椽，多于机上之工女；钉头磷磷，多于在庾之粟粒；瓦缝参差，多于周身之帛缕；直栏横槛，多于九土之城郭；管弦呕哑，多于市人之言语；使天下之人，不敢言而敢怒。独夫之心，日益骄固。戍卒叫，函谷举，楚人一炬，可怜焦土！"这是紧承"嗟呼"以下各句而来的。"秦爱纷奢，人亦念其家"两句，"秦"、"人"并提。接着以"奈何取之尽锱铢，用之如泥沙"的愤慨语，总括秦的纷奢及其给人民带来的灾难。然后用"使"字领起，摆出一系列罪证。秦统治者剥削、压迫人民的罪证是不胜枚举的。文学创作的特点在于通过个别表现一般，因而在一篇作品中也用不着从各方面罗列罪证。作者写的是《阿房宫赋》，即从阿房宫着笔，就前半篇的叙写作了合逻辑的推演。一连串用准确的比喻构成的排

---

① 《华山赋》见《唐文粹》卷六。"见若咫尺"等句，写华山顶上远望所见。
② 见《容斋随笔》卷七《唐赋造语相似》条。

句，形象地表现了"秦"与"人"、剥削者与被剥削者一乐一苦的两个方面及其相互关系。一句句喷薄而出，层层推进，到了"使天下之人，不敢言而敢怒"，已将火山即将爆发的形势全盘托出。再用"独夫之心，日益骄固"从反面一逼，便逼出"戍卒叫，函谷举"的局面，农民起义的熊熊烈火终于埋葬了统治者。而供统治者享乐的阿房宫，也随之化为灰烬。

作者由于受历史的局限，并不否定封建制度，相反，倒是想巩固它。如前所说，他写《阿房宫赋》，其目的不过是给当时的最高统治者提供历史教训而已。为了丰富历史教训的内容，从"六王毕，四海一"以下，一直是既写秦，又不忘六国。就章法说，以秦为主，以六国为宾。就思想意义说，以六国为秦的前车之鉴。阿房宫中的无数美人，乃是六国的"妃嫔媵嫱"，阿房宫中的无数珍宝，又是六国"取掠其人"的长期积累。六国一旦灭亡，则美人"辇来于秦"，珍宝"输来其间"，那么，秦一旦蹈六国的覆辙，又将怎样呢？秦不以六国为鉴，终于自食其果；那么，当时的统治者又走秦的老路，难道会有什么更好的结局吗？写到这里，真可谓"笔所未到气已吞"！接下去，还不肯正面说破，却以无限感慨揭示出六国与秦灭亡的原因："呜呼！灭六国者六国也，非秦也。族秦者秦也，非天下也。嗟夫！使六国各爱其人，则足以拒秦。使秦复爱六国之人，则递三世可至万世而为君，谁得而族灭也？"既指出六国与秦的所以亡，又指出倘能"各爱其人"，就不会亡。这才将笔锋移向"后人"——主要是当时的统治者："秦人不暇自哀，而后人哀之；后人哀之而不鉴之，亦使后人而复哀后人也。"

行文至此，作者以饱含激情的笔墨，成功地表现了他的创作意图。结句更有言尽意不尽的特点。但在我们看来，他表现的情和意是复杂的，必须加以分析批判。他认为统治者残暴地剥削民脂民膏以满足其穷奢极欲的腐朽生活，必然要招致人民的反对（"戍卒叫"指陈涉起义）和自身的灭亡，这在当时是有进步性的。但出发点却是"恨铁不成钢"，因而对秦不以六国为鉴、当时的君主不以秦为鉴感到痛心，从这里已可以看出他的立场。至于他认为封建帝王倘能爱民，"则递三世可至万世而为君"，封建制度就可以万古长存，更是违反历史发展规律的。事实上，作为剥削阶级代表的封建帝王不可能彻底的爱民，也不可能科学地总结历史上的经验教训。个别的开国君主如李世民等人，在一定程度上能够以前代的亡国之君为鉴，多数人则反是。《汉书》卷七五所记汉元帝与京房的对话，就很能说明问题：

是时中书令石显颛（专）权。……（京房）问上（元帝）曰："幽、厉之君何以危？所任者何人也？"上曰："君不明，而所任者巧佞。"房曰："知其巧佞而用之耶？将以为贤也？"上曰"贤之。"房曰："然则，今何以知其不贤也？"上曰："以其时乱而君危知之。"房曰："若是，任贤必治，任不肖必乱，必然之道也。幽、厉何不觉寤而更求贤，曷为卒任不肖以至于是？"上曰："临乱之君各贤其臣，令皆觉寤，天下安得危亡之君？"房曰："齐桓公、秦二世亦尝闻此君而非笑之，然则，任竖刁、赵高，政治日乱，盗贼满山，何不以幽、厉卜之而觉寤乎？……夫前世之君亦皆然矣。臣恐后之视今，犹今之视前也。"

《通鉴·唐纪·贞观十一年》所载马周的议论也与此相类似："盖幽、厉尝笑桀、纣矣，炀帝亦笑周、齐矣，不可使后之笑今如今之笑炀帝也。"

不难看出，杜牧"后人哀之而不鉴之"的议论，是和京房、马周的议论一脉相承的。后人"笑"前人，"哀"前人，却不肯引以为鉴，硬是要倒前人的覆辙，就只能使"后人而复哀后人"，复"笑"后人，这的确是可"悲"的！

元朝人祝尧在《古赋辨体》里说："杜牧之《阿房宫赋》，古今脍炙，但太半是论体，不复可专目为赋矣。毋亦恶俳律之过而特尚理以矫之乎？"明朝人吴讷在《文章辨体序说》中引了祝氏的这几句话，然后说："吁！先正有云：'文章先体制而后文辞。'学赋者其致思焉！"把文章体裁看得比内容还重要，这显然是荒谬的。何况说《阿房宫赋》"太半是论体"，也不完全符合事实。作者先以约占全文三分之二的篇幅，简练地叙述，生动地描写了阿房宫的兴建、规模和用途，形象鲜明而含意深广。"嗟呼"以下，当然发了议论。但是，第一，议论中有描写。例如"使负栋之柱，多于南亩之农夫……"一段，不加判断，只用农民、工女及其所生产的粟粒、帛缕等的数量与阿房宫上的柱、椽、钉、瓦等相比较，而阶级矛盾的尖锐化已见于言外。第二，议论带有浓烈的抒情性。以"嗟乎"、"呜呼"、"嗟夫"开头的各小段，都洋溢着愤慨、痛惜与哀怨交织而成的复杂情感。这种把议论、写景（广义的景）、抒情结合起来的艺术特色，也表现在杜牧的诗歌创作中。

比如为人传诵的"一骑红尘妃子笑，无人知是荔枝来"，"霓裳一曲千峰上，舞破中原始下来"，"商女不知亡国恨，隔江犹唱后庭花"之类，不都是这样的吗？笼统地否定文学创作中的一切议论的做法，在今天还能看到，这其实是有害的。

岳 阳 楼 记

范仲淹

庆历四年春，滕子京谪守巴陵郡。越明年，政通人和，百废具兴。乃重修岳阳楼，增其旧制，刻唐贤今人诗赋于其上，属予作文以记之。

予观夫巴陵胜状，在洞庭一湖：衔远山，吞长江，浩浩汤汤，横无际涯；朝晖夕阴，气象万千。此则岳阳楼之大观也。前人之述备矣。然则北通巫峡，南极潇湘，迁客骚人，多会于此，览物之情，得无异乎？

若夫霪雨霏霏，连月不开；阴风怒号，浊浪排空；日星隐曜，山岳潜形；商旅不行，樯倾楫摧；薄暮冥冥，虎啸猿啼。登斯楼也，则有去国怀乡，忧谗畏讥，满目萧然，感极而悲者矣。

至若春和景明，波澜不惊，上下天光，一碧万顷；沙鸥翔集，锦鳞游泳；岸芷汀兰，郁郁青青。而或长烟一空，皓月千里，浮光耀金，静影沉璧；渔歌互答，此乐何极！登斯楼也，则有心旷神怡，宠辱皆忘，把酒临风，其喜洋洋者矣。

嗟夫！予尝求古仁人之心，或异二者之为。何哉？不以物喜，不以己悲。居庙堂之高，则忧其民；处江湖之远，则忧其君：是进亦忧，退亦忧。然则何时而乐耶？其必曰："先天下之忧而忧，后天下之乐而乐"欤！噫！微斯人，吾谁与归？时六年九月十五日。

刘少奇同志在《论共产党员的修养》中曾用"先天下之忧而忧，后天下之乐而乐"说明共产党员在人民群众中"吃苦在前，享乐在后"的高贵品质，这两句话即见于范仲淹的《岳阳楼记》。《岳阳楼记》是一篇有名的古文。宋人王辟之曾说：

庆历中，滕子京谪守巴陵，治最为天下第一。政成，增修岳阳楼，属范文正公为记，词极清丽。苏子美书石，邵悚篆额，亦皆一时精笔。世谓之"四绝"云。①

　　作为"四绝"之一的《岳阳楼记》，北宋以后的许多古文选本差不多都选了它，解放后也选入中学语文课本。

　　全文共分五段。第一段，叙作记的原因。分三层。"庆历四年春，滕子京谪守巴陵郡。"这是第一层。"谪"字是全文的关键。"越明年，政通人和，百废具兴。"这是第二层。一个被"谪"的人而能做出这样的成绩，自然值得赞美。作者写这几句，正是赞美滕子京；但也另有用意，后面再谈。"乃重修岳阳楼，增其旧制，刻唐贤今人诗赋于其上。属予作文以记之。"这是第三层。"乃"字承上启下，说明"重修岳阳楼"是在"政通人和，百废具兴"的前提下进行的。这就把滕子京和那些只顾压榨人民血汗、大兴土木供自己玩乐的统治者区别开来了。

　　第二段共两层。作者在前一段只用两句话交代了重修岳阳楼的全部工程，并没有描写重修后的岳阳楼如何壮丽，因为这与他所要表现的主题无关。到了第二段，先写岳阳楼上所见的自然形胜："予观夫巴陵胜状，在洞庭一湖：衔远山，吞长江，浩浩汤汤，横无际涯；朝晖夕阴，气象万千。此则岳阳楼之大观也。前人之述备矣。"这是第一层，也写得很概括。因为一则"前人之述备矣"（与前段中的"刻唐贤今人诗赋于其上"呼应），② 用不着重复；二则这不是重点，仅是逐渐向重点过渡的桥梁。是怎样过渡的呢？"然则，北通巫峡，南极潇湘，迁客骚人，多会于此，览物之情，得无异乎？"这是第二层，以"然则"承上转下：既然岳阳楼之大观如此，那么，南来北往的"迁客骚人"（"迁客"与前段中的"谪"字呼应）到这里登高四望，触景而生的情感岂不有所不同吗？这一反问引出了第三段和第四段：

　　若夫霪雨霏霏，连月不开；阴风怒号，浊浪排空；日星隐曜，

---

　　① 《渑水燕谈录》卷七，《稗海》本。
　　② 如李白的《秋登巴陵望洞庭》、杜甫的《登岳阳楼》、孟浩然的《临洞庭上张丞相》、夏侯嘉正的《洞庭赋》等，都是写"岳阳楼之大观"的。杜甫的"吴楚东南坼，乾坤日夜浮"及孟浩然的"气蒸云梦泽，波撼岳阳城"两联，尤其有名。

山岳潜形；商旅不行，樯倾楫摧；薄暮冥冥，虎啸猿啼。登斯楼也，则有去国怀乡，忧谗畏讥，满目萧然，感极而悲者矣。

至若春和景明，波澜不惊，上下天光；一碧万顷；沙鸥翔集，锦鳞游泳；岸芷汀兰，郁郁青青。而或长烟一空，皓月千里，浮光耀金，静影沉璧；渔歌互答，此乐何极！登斯楼也，则有心旷神怡，宠辱皆忘，把酒临风，其喜洋洋者矣。

这两段是对"览物之情，得无异乎"的回答。多用偶句，在形式和内容上是对称的：都是先写景，后写"迁客骚人"触景而生的"情"。景不同，情也不同。一悲一喜，形成鲜明的对照，坐实了上面的"异"字。

最后一段是全文的重点，即古人所谓"结穴"。"嗟夫！予尝求古仁人之心，或异二者之为。何哉？"提出理想化了的"古仁人"用以否定上两段所写的"迁客骚人"，这是第一层。"不以物喜，不以己悲。居庙堂之高，则忧其民；处江湖之远，则忧其君；是进亦忧，退亦忧。然则，何时而乐耶？其必曰：'先天下之忧而忧，后天下之乐而乐'欤！"具体地写出"古仁人"不同于"迁客骚人"的宏大抱负，回答了前面的"何哉"，这是第二层。"噫！微（非）斯人，吾谁与归？"这是第三层。作者含蓄地但也明确地表示了他的态度：他是把这样的"古仁人"作为学习的榜样的。虽然没有提"以物喜"、"以己悲"的"迁客骚人"，实际上是把他们否定了，而那种感慨系之的语气，更加强了否定的力量。

全文步步深入，由反而正，章法谨严而又富有变化。

在一篇作品中否定什么，肯定什么，这与当时的社会环境、作者的生活道路和思想倾向有关。范仲淹写这篇文章的时代，北宋王朝因政治腐败，阶级矛盾已复杂而尖锐，民族矛盾（契丹的威胁、西夏的侵略）也日益严重。由于庄园制度的发展，大地主官僚凭借政治、经济上的特权，巧取豪夺，兼并土地，垄断工商业，这就使得佃农、自耕农、自由商人、手工业者和大地主官僚之间也发生了剧烈的冲突，中小地主和大地主官僚之间也产生了矛盾。而民族矛盾，由于战争所需的人力物力在不同程度上加重了大地主官僚以外的其他阶级、阶层的负担，所以又反转来加剧了阶级矛盾的尖锐化。在这种复杂的社会矛盾中，当然农民和大地主官僚的矛盾是基本的；中小地主和大官僚之间的矛盾虽非根本性的，但在现实利益上毕竟也有矛盾；中小地主和农民、手工业者之间当然有矛盾，但在反对大地主官僚的特权这一点上，又有一致性。而北宋统治者为了换取地主阶级的支持，大开科举的结果，许多中小地主阶级的知识分子也登上政治舞台；在这种阶级矛盾尖锐、国防危机严重的情况下，他们首先从中小地主阶层的利益出发，要求实行政治改革，并以范仲淹为中心，形成一个较有进步性的政治集团，与代表大地主官僚利益的"邪党"（以夏竦、吕夷简为中心）作斗争。由于大地主官僚的经济力量仍然保持支配地位，在政治上也自然握有实权，因而以范仲淹为首的政治集团中的许多人物，都一再地遭到打击，做了"迁客"。

范仲淹出生于贫苦家庭，两岁时死了父亲，其母谢氏由于无法维持生活，不得不带着他再嫁长山朱氏。他青年时在醴泉寺僧舍读书，"日作粥一器，分为四块，早暮取二块，断齑数茎，入少盐以啖之"①。后来入南都学舍，"昼夜苦学，五年未尝解衣就枕。夜或昏怠，以水沃面。往往饘粥不充，日昃始食"②。从而也有可能看出时政的腐败、提出改革的要求。所以他在做秀才的时候，便"以天下国家为己任"。登进士第后，接二连三地上书议论国事。明道二年（1033），他以右司谏的身份反对奸相吕夷简，被贬到睦州。景祐二年（1035）召还。次年，上书批评时政，要求选贤任能，吕夷简诬指他离间君臣，又再贬到饶州。

康定元年（1040），范仲淹任龙图阁直学士，与韩琦并任陕西经略安抚副使，兼知延州，防御西夏。他积极训练士卒，争取、团结沿边的羌族，提拔狄青、孙沔等得力将官，并于险要之处筑城堡，严加防御。因此，他守边数年，西夏的上层统治者不敢轻易侵犯，并互相警告说："无以延州为意，今小范老子胸中有数万甲兵，不比大范老子（指以前守边的范雍）可欺也。"③其防御西夏的策略，主要见于他写的《议攻》和《议守》。④他主张："用攻则宜取近而兵势不危，用守则必图其久而民力不匮。"要久守而民力不匮，则应该"屯田"。而最终目的，则在于息兵结和，使"百姓无内外之徭，得息肩于田亩；天下富实，鸡鸣犬吠，烟火万里"。

庆历三年（1043）以后，大地主官僚在政治上的代表人物夏竦、吕夷简等由于欧阳修、蔡襄、孙沔等文章弹劾而先后被罢免，范仲淹、韩琦、富弼

①②③《范文正公集》所附《年谱》，《四部丛刊》本。
④《范文正公集》卷五。

等执掌政权，提出许多改革政治的主张：明黜陟、抑侥幸、精贡举、择官长、均公田、厚农桑、修武备、减徭役、覃恩信、重命令。对内外职官严加考核，非有功绩，不得升迁；严选各路监司，有不称职者，就班簿上一笔勾去。又更定荫子法：公卿大臣除长子不限年龄外，其他子孙非年过十五、弟侄非年过二十，不得荫官。这些措施立刻引起许多贵族、旧臣、滥官污吏的不满，攻击范仲淹引用朋党，甚至伪造石介给富弼的信，诬告他们要废除皇帝。并于庆历五年，迫使他们离开朝廷。

《岳阳楼记》是庆历六年九月十五日写的。作者于先一年出知邓州。就是说，作记的时候，他已经是"迁客"。在中国封建社会里，"迁客"往往也是"骚人"（诗人）。那些"迁客骚人"，大都因"怀才不遇"而牢骚满腹，多愁善感。作者在几次被贬谪，如今又做"迁客"的情况下写这篇文章，却能否定一般"迁客骚人""以物喜"、"以己悲"，被个人得失和环境变化所支配的卑微情感，而提出所谓"古仁人"作榜样，这分明是对自己的鞭策，也是对因受"邪党"迫害而做了"迁客"的许多朋友的勉励——首先是对滕子京的勉励。

在前面曾经谈到，"滕子京谪守巴陵郡"的"谪"字是全文的关键。滕子京名宗谅，是范仲淹的同年（同于大中祥符八年中进士），也是政治上的战友。庆历二年，他以天章阁待制任环庆路都部署并知庆州，在防御西夏方面曾有所贡献。次年被人诬告，牵连甚众，囚系满狱。范仲淹、欧阳修替他辩白，先贬知凤翔府，后又贬知虢州。庆历四年，"邪党"的骨干之一王拱辰提出滕子京"盗用公使钱，止削一官，所坐太轻"，因而又被贬到岳州，即范仲淹所说的"谪守巴陵郡"。

滕子京是个什么样的人呢？请看苏舜钦的《滕子京哀辞》：

云霓收壮气，星象卷英魂。贤人去何赖？才亡世不尊！论兵虚玉帐，问俗失朱轓。自为知音绝，低徊恸寝门。

忠义平生事，声名夷翟闻。言皆出诸老，勇复冠全军。冥漠知谁主，贤愚岂更分！江头送丹旐，哭向九华云。①

---

① 《苏学士文集》卷八，何义门校本。

这两首诗当然有些夸张，但也可以说明滕子京毕竟有才能，有抱负，证明前引《渑水燕谈录》中的"治最为天下第一"并非溢美之词，也可以相信范仲淹所说的"政通人和，百废具兴"符合事实。然而作为一个"迁客"，他的情感却和记中所赞扬的"古仁人之心"相去甚远。

范公偁在《过庭录》里说：

> 滕子京负大才，为众所嫉。自庆帅谪巴陵，愤郁颇见辞色。文正（范仲淹）与之同年友善，爱其才，恐后贻祸，然滕豪迈自负，罕受人言，正患无隙以规之。子京忽以书抵文正，求岳阳楼记，故记中云："不以物喜，不以己悲"，"先天下之忧而忧，后天下之乐而乐。"其意盖有在矣。

范公偁是范仲淹之后，他的《过庭录》所记的事实，都是从他父亲那里听来的，其中关于范仲淹的部分，相当可信。这条关于滕子京求写《岳阳楼记》的材料，尤为珍贵。此后的有些材料，也可以与此相补充。如南宋周辉《清波杂志》（卷四）云：

> 放臣逐客，一旦弃置远外，其伤悲憔悴之叹，发于诗什，特为酸楚，极有不能自遣者。滕子京守巴陵，修岳阳楼，或赞其落成，答以："落甚成？只待凭栏大恸数场！"闵己伤志，固君子所不免，亦岂至是哉！

明人袁中道《游岳阳记》（《珂雪斋文集》卷六）云：

> 昔滕子京以庆帅左迁此地，郁郁不得志，增城楼为岳阳楼。既成，宾僚请大合乐落之。子京曰："直须凭栏大哭一番乃快。"范公"先忧后乐"之语，盖亦有为而发。

《岳州府志》中关于滕子京修岳阳楼请范仲淹作记的记载，也是与范公偁的记载一脉相承的。

看了这些材料，再来读《岳阳楼记》，就可以更清楚地看出"滕子京谪守巴陵郡"的"谪"字，的确是全文的关键，而"先忧后乐"云云，则是全文的结穴。中间否定的"以物喜"、"以己悲"的"迁客骚人"，分明包括滕子京在内；后面提出的"古仁人"，也正是希望滕子京作为榜样，进行学习的。"噫！微斯人，吾谁与归？"说的是"吾"，指的主要是滕子京。那意思是：我离开了这样"先天下之忧而忧，后天下之乐而乐"的"古仁人"，就迷失了前进的方向，那么，你呢？

前面说过，"政通人和，百废具兴，乃重修岳阳楼"是赞扬，但也另有用意。用意何在呢？那就是勖勉滕子京应该看得远些，"不必凭栏大恸"，而要进一步做到"政通人和，百废具兴"。

这篇作品的客观意义当然有更大的普遍性，但作者却主要是规劝或者说是批评"罕受人言"的滕子京的。规劝、批评而不露锋芒，却又很有力量，也显示了作者的构思之妙。

就思想内容说，这篇作品所表现的基本上是儒家的仁政主张。"居庙堂之高，则忧其民"，这是说，在朝廷里做官，就应该关怀民间疾苦；"处江湖之远，则忧其君"，这是说，即使没有做官，或者做官而被贬到边远地区，也不应该忘记皇帝，而要关怀他能不能做"仁君"、能不能行"仁政"。非常明显，作者是既考虑人民的利益，又不否定封建制度的。既然如此，他所说的"先天下之忧而忧，后天下之乐而乐"的内容也就十分明白了。"先天下之忧而忧"，主要是"忧"小人专权、政治腐败，人民痛苦不堪，必将起而反抗；"后天下之乐而乐"，是"乐""仁政"实行，阶级矛盾和民族矛盾缓和，封建秩序得到稳定。总之，其历史和阶级的烙印是清晰可辨的。所以，当我们用这两句话来说明共产党员的优秀品质的时候，已经赋予了新的内容，这是不言而喻的。

就艺术表现说，《岳阳楼记》有许多特点。骈散结合，排比工整，词采富丽，颇有诗味，这是众所熟知的。结构严密，构思精妙，规劝滕子京不露痕迹却很有力量，这也在前面谈过了。除此而外，还有几点值得注意。

这篇文章仿佛一向以善写景著名。《后山诗话》中说："范文正公为《岳阳楼记》，用对话说时景，世以为奇。"宋人林正大曾把这篇文章概括成《水调歌头》：

欲状巴陵胜，千古岳之阳。洞庭在目，远衔山色俯长江。浩浩浑无涯际，爽气北通巫峡，南去极潇湘。骚人与迁客，览物兴尤长。

锦鳞游，汀兰郁，水鸥翔。波澜万顷，碧色上下一天光。皓月浮金千里，把酒登楼对景，喜极自洋洋。忧乐有谁会？宠辱两具忘。

所采取的也主要是其中的写景部分。那些写景部分，的确相当出色。作者以非常精练的诗的语言，描绘了几种迥不相同的自然景色，形象鲜明突出，极富感染力。

可是这篇作品，却并不是写景文。

古文中的"记"，从前的许多文论家都认为是"记事之文"。而《岳阳楼记》却只有第一段"记事"，中间几段大部分"写景"，最后一段，又分明是"议论"。一种文章体裁，并不是一个死硬的框框。范仲淹把"记事"、"写景"、"议论"冶于一炉，正显示了他的创造性。

不过只说有记事、有写景、有议论，还不足以说明这篇文章的主要特点。这篇文章实质上是议论文——独特的议论文。

写议论文，通常先提论点，再摆论据。而这篇文章的论点却在最后，即"先天下之忧而忧，后天下之乐而乐"。这个论点是通过对"迁客骚人"的否定树立起来的。全文的第一段突出"谪守巴陵郡"，第二段从"岳阳楼之大观"引出"迁客骚人"的"览物之情"；"若夫""至若"两段尽管写景很出色，但不是为写景而写景，而是为了写"迁客骚人"的"情"；而写"迁客骚人"的"情"，又是为了用这种只局限于个人的"情"来反衬"古仁人之心"的"伟大"、"崇高"，实际上起了论据的作用。

有扼要的记事，有生动的写景，有简明的议论；写景与议论，又带有浓郁的抒情色彩。而这一切又都是为树立论点服务的。这种写法，不能不说是"别开生面"。

陈师道（后山）把各种文体的特点绝对化，因而对《岳阳楼记》这种"别开生面"的写法很不满，他说："退之（韩愈）作记，记其事耳；今之记，乃论也。"他是主张"记"这种体裁，只能"记其事"而不能发议论的。王若虚反驳说："议论虽多，何害为'记'！盖文之大体固有不同，而其理则一。殆后山妄为分别，正犹评东坡以诗为词也。"毫无疑问，王若虚的意见是正确的。把任何一种文体弄成一种死硬的一成不变的框框，都是形而上学的表现，都不利于发挥作家的创造性，因而也不利于文艺的健康发展。

同时，范仲淹并不是为原来的岳阳楼写记，而是为滕子京"重修"的岳阳楼写记。滕子京"重修岳阳楼"，为的是"凭栏大恸数场"，以发泄遭迫害、被贬谪的愤懑；范仲淹针对这一点写记，就不能用公式化的办法。明白了这一点，就可以看出范仲淹的这篇"别开生面"的文章，"议论虽多，何害为记"！它是为滕子京"重修"岳阳楼写的记，是有的放矢的最贴切的记。

范仲淹的这篇《岳阳楼记》，可以说是一篇文艺性的议论文。在我国各种体裁的古文中，是有许多各具特点的文艺性的议论文的。我们应该重视这个传统。鲁迅的某些杂文，瞿秋白称之为"文艺性的社会论文"，冯雪峰称之为"诗和政论相结合的小品"，这不能不说是对我国源远流长的文艺性议论文传统的继承、革新和发展。

伶 官 传 序

欧阳修

呜呼！盛衰之理，虽曰天命，岂非人事哉！原庄宗之所以得天下，与其所以失之者，可以知之矣。

世言晋王之将终也，以三矢赐庄宗而告之曰："梁，吾仇也；燕王，吾所立，契丹与吾约为兄弟，而皆背晋以归梁。此三者，吾遗恨也。与尔三矢，尔其无忘乃父之志！"庄宗受而藏之于庙。其后用兵，则遣从事以一少牢告庙，请其矢，盛以锦囊，负而前驱，及凯旋而纳之。

方其系燕父子以组，函梁君臣之首，入于太庙，还矢先王而告以成功，其意气之盛，可谓壮哉！及仇雠已灭，天下已定，一夫夜呼，乱者四应，苍皇东出，未及见贼，而士卒离散，君臣相顾，不知所归；至于誓天断发，泣下沾襟，何其衰也！岂得之难而失之易欤？抑本其成败之迹而皆自于人欤？《书》曰："满招损，谦受益。"忧劳可以兴国，逸豫可以亡身，自然之理也。故方其盛也，举天下豪杰莫能与之争；及其衰也，数十伶人困之，而身死国灭，为天下笑。

夫祸患常积于忽微，而智勇多困于所溺，岂独伶人也哉！作《伶官传》。

在"序跋类"古文中,《新五代史》里的一些序,是和《史记》里的《汉兴以来诸侯年表序》、《秦楚之际月表序》等同样著名的。① 其中的《伶官传序》,明代的古文家茅坤推为"千年绝调",虽未免溢美,然而跌宕唱叹,情韵绵远,确乎得《史记》神髓而不袭其貌,可以看作"六一风神"的典范。②

《新五代史》"发论必以'呜呼'。"③ 这篇《伶官传序》也不例外。为什么一上来就要"呜呼"呢?这和欧阳修所处的时代以及他的政治态度、政治遭遇有关。

《东皋杂志》的作者曾说:"神宗问荆公(即王安石):'曾看《五代史》否?'公对曰:'臣不曾仔细看,但见每篇首必曰呜呼,则事事皆可叹也。'余谓公真不曾仔细看;若仔细看,必以'呜呼'为是。"认为五代之事可叹,故多用"呜呼",这是搔到了痒处的,但还忽视了更重要的一面。

五代是中国历史上出名的乱世。北宋王朝建立以后,生产得到了恢复和发展,社会得到了暂时的相对稳定。然而紧接着,统治者日益荒淫腐化,社会矛盾日益扩大加深。到了仁宗庆历初年,以王伦、李海等为首的人民暴动接踵而起,西夏又侵扰西北边境,屡败宋军。欧阳修、范仲淹等人针对当时的弊政,力图实行政治改革,以挽救北宋王朝的危机,却接二连三地遭到当权派的打击。在这种情况下,欧阳修忧心忡忡,很担心五代惨痛历史即将重演。而宋太祖时薛居正奉命主修的《旧五代史》又"繁猥失实",无助于劝善惩恶。于是自己动手,撰成了七十四卷的《新五代史》:通过对五代政治与历史人物的记述、描写和批判,表现了他对北宋王朝的忧虑,表现了他对

---

① 姚鼐《古文辞类纂序》:"余撰次古文辞,不载史传,以不可胜录也。惟载太史公、欧阳永叔表志序论数首,序之最工者也。"

② 欧阳修(1007—1072)字永叔。号六一居士,北宋古文运动的领导者,杰出的散文家,为唐宋八大家之一。其散文平易自然,委婉含蓄,情韵悠扬。此种独特的散文风格,被誉为"六一风神"。

③ 《欧阳文忠公集·附录(卷五)》载欧阳修的儿子欧阳发等所述《事迹》中有云:"先公……自撰《五代史》七十四卷……褒贬善恶,为法精密。发论必以'呜呼',曰:'此乱世之书也。'其论曰:'昔孔子作《春秋》,因乱世而立治法。余述本纪,以治法而正乱君。'此其志也。"

当时弊政和当权派的不满。这篇《伶官传序》，和《宦者传论》、《唐六臣传论》等一样，既是史评，也可以说是针对北宋的现实而发的政论。它以"呜呼"开头，并非无病呻吟，而是寓有无穷的感慨的。

《伶官传序》是冠于《伶官传》前的短序，旨在说明写《伶官传》的意图。很明显，有关伶官的事实，自然应该写在传里。事实上，关于后唐庄宗宠幸伶官景进、史彦琼、郭门高等，任其败政乱国的史实，正是写进了《伶官传》里的。那么，既要写明作传意图，又要避免和传文重复，就难免概念化。欧阳修的这篇短序之所以写得好，就在于既避免了和传文重复，又说明了作传意图，而文字生动，形象鲜明，毫无概念化的毛病。

让我们来欣赏这篇妙文。

"呜呼！盛衰之理，虽曰天命，岂非人事哉！"劈头就讲大道理；而"呜呼"与"哉"相呼应，却造成极其浓烈的抒情气氛。"盛衰"二字是全篇眼目，"虽曰天命"一纵，"岂非人事哉"一擒，"天命"是宾，"人事"是主。从感慨万千的叹息声中，读者已不难觉察：有些人忽略"人事"而将国家的"盛衰"委于"天命"，正是作者所痛心的。而他的写作意图也已经呼之欲出。

为了避免概念化，论点一经提出，即须摆出事实来。"原庄宗之所以得天下、与其所以失之者，可以知之矣"，这便是过渡到他即将摆出什么事实的桥梁。桐城派古文家刘大櫆认为这个句子比较弱，打算删掉。在全文中，这一句的确弱一些。然而起势横空而来，此后叙事的一段又笔笔骞举；在二者之间，还是需要有这么个文气迂缓的句子调剂一下的。一张一弛，也适用于文章作法。何况"庄宗之所以得天下"，应"盛"，"所以失之者"，应"衰"；而下文将要写什么，也交代得一清二楚。有了它，文章的脉络就更加分明了。

接下去，自然要先写"庄宗之所以得天下"。而庄宗（李存勖）得天下的全部过程，已经写入《唐本纪》了。何况即使冒重复之嫌，在这里写出李存勖得天下的经过，也必将造成文势的拖沓，且不合"序"的体制。那又怎么办呢？

写一部书，像缝一套衣服一样，如何剪裁，是要作全盘考虑的。仅从这篇小序着眼，已经可以看出欧阳修在全书的总的构思方面，付出了多少劳动！遍读《新五代史》，就会发现：此下所写的关于李存勖得天下的事实，不仅在《唐本纪》和《伶官传》里都没有写，而且在其他任何篇里也不曾涉及。这大约有两个原因。其一是：在通盘考虑之后，觉得这些事实留在这里写最合适，因而在其他篇里不写。其二是：这些事实本身的真实性还有问题，不便写入有关的"纪"、"传"；但其精神还是符合晋王（李克用）和庄宗的情况的，因而写在这篇"序"里，"虚寄之于论以致慨"。看来这两个原因都有，而后者的成分更大。所以先用"世言"二字冒下。

比欧阳修早生五十多年的王禹偁在《五代史阙文》中写道："世传武皇（李克用）临薨，以三矢付庄宗曰：'一矢讨刘仁恭；汝不先下幽州，河南未可图也。一矢击契丹……阿保机与吾把臂而盟，约为兄弟，誓复唐家社稷，今背约附梁，汝必伐之。一矢灭朱温。汝能成吾志，死无憾矣！'庄宗藏三矢于武皇庙庭。及讨刘仁恭，命幕吏以少牢告庙，请一矢，盛以锦囊，使亲将负之以为前驱；及凯旋之日，随俘馘纳矢于太庙。伐契丹、灭朱氏亦如之。"开头用"世传"二字，也见出王禹偁的严肃态度。对于这些事实，司马光在《资治通鉴考异》卷二十八中通过考证，作了这样的结论："庄宗初嗣世……未与契丹及守光（燕王）为仇也。此盖后人因庄宗成功，撰此事以夸其英武耳。"胡梅涧则认为："晋王实怨燕与契丹，垂殁以属庄宗，容有此理。"姑无论这些事本身可信不可信，而李存勖"英武"是真实的，后来也确曾"系燕父子以组，函梁君臣之首"。因而写进这篇序里，并没有什么不可以。而且这些本来用以夸赞李存勖"英武"的情节，正适合于说明他的所以"盛"全在于"人事"。

"世言"两字，直冒到"及凯旋而纳之"。事实根据王禹偁的记载，而文字却更精练、更生动、更传神。不仅"叙事华严"；写李克用临终之言和"与尔三矢"的动作，真是绘声绘色！简短的几句话，说得很急促，很斩截；追述已往的恨事，激励复仇的决心，如闻切齿之声，如见怒目之状。写李存勖受父命，只一句："受而藏之于庙。"而"受而藏"的行动，却既表现了他的坚定意志，也流露出他的沉重心情。而这又为后面杀敌致胜的描写和"忧劳可以兴国"的论断埋下了伏线。

从"晋王之将终"到"及凯旋而纳之"，"庄宗得天下"似乎已经写完了。但在这里，关于李存勖复父仇的事未免写得太简括，不足以落实那个"盛"字。然而别忙！看来这是作者有意安排的。用"及凯旋而纳之"一收，却立刻用"方其……"承上提起，作了追叙，并在追叙的基础上作出判断，表明了作者的态度。由几个既对偶又错落的短句构成的长句，一口气读下去，有如迅雷猛击，暴雨骤至，烈风巨浪相激搏。就李存勖说，"其意气之盛，可谓壮哉"；就作者的行文说，也是"其意气之盛，可谓壮哉"！

从"及仇雠已灭"到"何其衰也"写"失天下"。夹叙夹写夹议，极概括而又不乏形象性。读之只觉阴风飒飒，冷雨凄凄，与前一段形成鲜明的对照：就史实说，一"盛"一"衰"；就文势说，一扬一抑。两相激射，而作者肯定什么、否定什么的情绪，也洋溢于字里行间，给读者以强烈的感染。

光看这一段文字，对李存勖失天下的具体过程自然还不甚了了。但这不能责怪作者，因为那些事实全写入了《伶官传》。作为《伶官传》的序，只要提几笔就够了。

接下去，用"岂得之难而失之易欤？抑本其成败之迹，而皆自于人欤"两个反诘语一宕，既承上，又转下。前一句照应"得失"、"天命"，是陪笔；后一句照应"岂非人事"，是主意。"书曰"以下，紧承第二个反诘语，用"满招损，谦受益"，"忧劳可以兴国，逸豫可以亡身，自然之理也"几句，充实一开头提出的论点，揭示李存勖得天下与失天下的根源。"故方其盛也……"与"及其衰也……"两层，回应"盛""衰"，先扬后抑，一唱一叹。如李悉伯所说："虽仍就后唐之盛衰反复咏叹，而神气已直注于结末三句。"

作者通过李存勖得天下与失天下的事实，阐明了"满招损，谦受益"、"忧劳可以兴国，逸豫可以亡身"的"自然之理"，从而有力地体现了他的写作意图（在《伶官传》里，便着重写李存勖得天下以后溺于伶人，如何"满"、如何"逸豫"的事实）。行文至此，似乎可以收束了。但他还嫌不够，又推开一步，提出更有普遍性的两个问题感慨作结。从文意上说，更见得语重心长，从文势上说，也显得烟波不尽。真有"篇终接混茫"之妙。而其所以语重心长，正由于作者忧国情深。当时的北宋王朝，表面上虽称"盛世"，但其实已经危机四伏。"祸患常积于忽微"，难道不应该及早注意，防微杜渐吗？当时的北宋统治者，固然不像李存勖那样溺于伶人，然而"智勇多困于所溺"，足以溺人者，"岂独伶人也哉"！难道不应该提高警惕，居安思危吗？作者写这篇文章，分明是痛恨当时统治者的"满"、"逸豫"和溺于奸邪小人，希望他们从李存勖那里吸取历史教训的。

这篇用以"序"《伶官传》的文章，实质上是论说文，所以不少人管它叫《伶官传论》。但又和非文艺性的论说文不同。写李克用愤恨填膺，须眉皆动；写李存勖始而英毅，继而衰飒，神态如生。极富形象性，而又跌宕唱叹，情深韵远，于尺幅短章中见萦回无尽之意。所谓"六一风神"，在这里表现得最明显、最集中。从艺术技巧的角度看，其中有些东西，还值得我们借鉴。当然，借鉴不等于"照搬"。《文章精义》的作者曾说欧阳修的文字"遇感慨处便精神"。的确，所谓"六一风神"，除了语言的平易畅达、富有音乐感而外，最基本的因素，恐怕就和这"感慨"有关。而欧阳修的感慨，则如前面所说，来自北宋王朝的危机、来自他为了争取实行政治改革而受到的政治打击。明清两代的某些古文家如茅坤、姚鼐等，不一定有类似的情感，却往往机械地摹仿"六一风神"，其结果自不免于装腔作势、无病呻吟。这在我们学习古人的时候，也正好可以作为前车之鉴。

答司马谏议书

王安石

　　某启：昨日蒙教，窃以为与君实游处相好之日久，而议事每不合，所操之术多异故也。虽欲强聒，终必不蒙见察，故略上报，不复一一自辩。重念蒙君实视遇厚，于反复不宜卤莽，故今具道所以，冀君实或见恕也。

　　盖儒者所争，尤在于名实。名实已明，而天下之理得矣。今君实所以见教者，以为侵官、生事、征利、拒谏，以致天下怨谤也。某则以谓受命于人主，议法度而修之于朝廷，以授之于有司，不为侵官；举先王之政，以兴利除弊，不为生事；为天下理财，不为征利；辟邪说，难壬人，不为拒谏。至于怨诽之多，则固前知其如此也。人习于苟且非一日，士大夫多以不恤国事、同俗自媚于众为善。上乃欲变此，而某不量敌之众寡，欲出力助上以抗之，则众何为而不汹汹然！盘庚之迁，胥怨者民也，非特朝廷士大夫而已。盘庚不为怨者故改其度；度义而后动，是而不见可悔故也。

　　如君实责我以在位久，未能助上大有为，以膏泽斯民，则某知罪矣；如曰今日当一切不事事，守前所为而已，则非某之所敢知。无由会晤，不任区区向往之至。

宋神宗熙宁二年（1069），王安石参知政事，着手变法，实行改革，引起了朝野上下的议论。元老重臣，多持反对意见。熙宁三年二月二十七日，任翰林学士、右谏议大夫的司马光，写了一封三千多字的长信（即《温国文正司马公文集》卷六十《与王介甫书》），指责他"侵官、生事、征利、拒谏"，以致"谤议沸腾，怨嗟盈路"。这篇《答司马谏议书》，就是王安石写给司马光的回信。

全文分三段。第一段，是关于回信的说明。细揣文意，作者在接到司马光长信之后，先回了一封很简短的信，鉴于彼此因政见不同而"议事每不合"，故对来信中的责难"不复一一自辩"。继而又认真考虑，深感这种做法不很妥当，于是又写这封信"具道所以"，希望得到对方的谅解。两个层次，态度有变化，文势亦婉转。说王安石"不近人情"，显然不够公允。

第二段是全文的主要部分。先对来信内容作了高度概括，然后逐层反驳。反驳"侵官、生事、征利、拒谏"，各两三句话，斩钉截铁，理足气盛，给人以不容置喙的感觉。对于"天下怨诽"的问题，则有分析，有论断，借鉴历史，引古证今，说明在"人习于苟且非一日，士大夫多以不恤国事，同俗自媚于众为善"的情况下实行变法，招致怨诽是不可避免的，也是事前已经预料到的，决不因此而中途动摇。表现了改革家应有的卓越胆识和坚强意志。

第三段虽寥寥数语，却力重千钧。司马光对王安石提出种种责难，并不是为了补偏救弊，促进变法，而是要他放弃变法，回到老路上去。王安石针对这一点，先用假设语气说：如果你责备我在位日久，还没有"膏泽斯民"，做出显著成绩，那我是知道自己的罪过的。言外之意是：我并不是不肯接受正确意见的人，可惜你没有提出正确意见。又用假设语气说：如果要我停止改革，一切兴利除弊的事都不必干，那我就不敢领教了。——而这正是司马光来信的本意。这两层，从正反两方面着笔，指出了对方的根本错误，态度很坚决。而在措词上，却连用两个"如"字，力避剑拔弩张，盛气凌人，不失政治家的风度。

这是一篇书信体的散文。就关系国家盛衰的变法问题，反驳对方的反对意见，表明自己的坚定立场。笔势峭拔而转折灵活，词句简劲而层次丰富，作者的刚毅性格、宏伟抱负、艰难处境和不屈不挠的精神，一一涌现于字里行间，读之如闻其声，如见其人。

记承天寺夜游

苏　轼

元丰六年十月十二日，夜，解衣欲睡；月色入户，欣然起行。念无与为乐者，遂至承天寺寻张怀民。怀氏亦未寝，相与步于中庭。庭下如积水空明，水中藻荇交横——盖竹柏影也。何夜无月？何处无竹柏？但少闲人如吾两人者耳！

苏轼自己评论他的文学创作，有一段话很精辟：

吾文如万斛泉源，不择地皆可出。在平地，滔滔汩汩，虽一日千里无难。及其与山石曲折，随物赋形，而不可知也。所可知者，常行于所当行，常止于不可不止，如是而已矣！其他，虽吾亦不能知也。（《文说》）

这段话可与他的另一段话相补充："夫昔之为文者，非能为之为工，乃不能不为之为工也。山川之有云雾，草木之有华实，充满勃郁而见于外，夫虽欲无有，其可得耶？"（《江行唱和集序》）

这里最重要的一点是：文是"充满勃郁"于内而不得不表现于外的东西。胸有"万斛泉源"，才能"不择地皆可出"；胸中空无所有，光凭技巧，就写不出好文章。苏轼的确是胸有"万斛泉源"的大作家。就其散文创作而言，那"万斛泉源"溢为政论和史论，涛翻浪涌，汪洋浩瀚；溢为游记、书札、叙跋等杂文，回旋激荡，烟波生色。

让我们读一篇随笔性的小文章《记承天寺夜游》。

这篇文章只有八十四个字，从胸中自然流出，"行于所当行"，"止于不可不止"，无从划分段落。但它不是"在平地"直流的。只有几十个字，如果"在平地"直流，一泻无余，还有什么韵味！细读此文，它虽然自然流行，却"与山石曲折"，层次分明。"元丰六年十月十二日，夜。"这像是写日记，老老实实地写出年月日，又写了个"夜"字，接下去就应该写"夜"里干什么。究竟干什么呢？"解衣欲睡"，没什么可干的。可就在"解衣"之时，看见"月色入户"，就又感到有什么可干了，便"欣然起行"。干什么呢？寻"乐"。一个人"行"了一阵，不很"乐"，再有一个人就好了；忽而想起一个可以共"乐"的人，就去找他。这些思想活动和行动，是用"念无与为乐者，遂至承天寺寻张怀民"两句表现出来的。寻见张怀民了没有，寻见后讲了些什么，约他寻什么"乐"，他是否同意：在一般人笔下，这都是要写的。作者却只写了这么两句："怀民亦未寝，相与步于中庭。"接着便写景：

> 庭下如积水空明，水中藻荇交横——盖竹柏影也。

"步于中庭"的时候，目光为满院月光所吸引，引起一种错觉："积水空明"，空明得能够看清横斜交错的各种水草。院子里怎么会有藻、荇之类的水草呢？抬头一看，看见了竹、柏，同时也看见了碧空的皓月，这才醒悟过来：原来不是"藻荇"，而是月光照出的"竹柏"影子！"月光如水"的比喻是常用的，但运用之妙，因人而异。不能说作者没有用这个比喻，但和一般人的用法却很不相同，所产生的艺术效果也很不相同。

文思如滔滔流水，"与山石曲折"，至此当"止于不可不止"了。"止"于什么呢？因见"月色入户"而"欣然起行"，当止于月；看见"藻荇交横"、却原来是"竹柏影也"，当止于"竹柏"；谁赏月？谁看竹柏？是他和张怀民，当止于他和张怀民。于是总括这一切，写了如下几句，便悠然而止：

> 何夜无月？何处无竹柏？但少闲人如吾两人者耳！

寥寥数笔，摄取了一个生活片断。叙事简净，写景如绘，而抒情即寓于叙事、写景之中。叙事、写景、抒情，又都集中于写人；写人，又突出一点："闲"。入"夜"即"解衣欲睡"，"闲"；见"月色入户"，便"欣然起行"，"闲"；与张怀民"步于中庭"，连"竹柏影"都看得那么仔细、那么清楚，两个人都很"闲"。"何夜无月？何处无竹柏？"但冬夜出游赏月看竹柏的，却只有"吾两人"，因为别人是忙人，"吾两人"是"闲人"。结尾的"闲人"是点睛之笔，以别人的不"闲"反衬"吾两人"的"闲"。惟其"闲"，才能"夜游"，才能欣赏月夜的美景。读完全文，两个"闲人"的身影、心情及其所观赏的景色，都历历如见。

苏轼于元丰三年（1080）二月到达黄州贬所，名义是团练副使，却"不得签书公事"。这篇文章一开头就记"夜游"之时是"元丰六年十月十二日"，表明他在黄州贬所已经快满四年了。张怀民（名梦得）此时也谪居黄州，暂寓承天寺。这两人都因被贬而得"闲"，气味也相投。张怀民赠墨二枚给苏轼，苏轼作《书怀民所遗墨》一文以记之。张怀民修了一座亭子，"以览江流之胜"，苏轼名之曰"快哉"，苏轼的弟弟苏辙写了《黄州快哉亭记》，至今为人们所传诵。这篇记的末段说：

> 士生于世，使其中不自得，将何往而非病？使其中坦然，不以物伤性，将何适而非快？今张君不以谪为患，窃会计之余功，而自放山水之间，此其中宜有以过人者，将蓬户瓮牖，无所不快，而况乎濯长江之清流，挹西山之白云，穷耳目之胜以自适也哉？不然，连山绝壑，长林古木，振之以清风，照之以明月，此皆骚人思士之所以悲伤憔悴而不能胜者，乌睹其为快也哉！

这段文字，正可与《记承天寺夜游》参看。

苏轼的心胸的确很"坦然"。累遭贬谪，仍然乐观、旷达，即使流放到儋耳，也不曾像"骚人思士"那样"悲伤憔悴"。但他有志用世，并不自愿当"闲人"。因贬得"闲"，"自放于山水之间"，赏明月，看竹柏，自适其适，自乐其乐，但并不得意。他那"自适"与"自乐"，其中包含了失意情怀的自我排遣。《记承天寺夜游》的字里行间特别是结尾数句的字里行间，都表现了这种特殊心境，只不过表现得非常含蓄罢了。单纯赞赏"其意境可与陶渊明之'采菊东篱下，悠然见南山'相比"，似乎还失掉了些什么。

记 孙 觌 事

靖康之难，钦宗幸虏营。虏人欲得某文。钦宗不得已，为诏从臣孙觌为之；阴冀觌不奉诏，得以为解。而觌不复辞，一挥立就。过为贬损，以媚虏人；而词甚精丽，如宿成者。虏人大喜，至以大宗城卤获妇饷之。觌亦不辞。其后每语人曰："人不胜天久矣。古今祸乱，莫非天之所为。而一时之士，欲以人力胜之，是以多败事而少成功，而身以不免焉。孟子所谓'顺天者存，逆天者亡'者，盖谓此也。"或戏之曰："然则，子之在虏营也，顺天为已甚矣！其寿而康也，宜哉！！"觌惭无以应。闻者快之。

乙巳八月二十三日，与刘晦伯语，录记此事，因书以识云。

朱熹的《记孙觌事》，是一篇绝妙的小品文。寥寥二百字，活画出卖国贼的嘴脸。

在谈这篇短文之前，不妨先看看孙觌的为人与行事。

孙觌工诗文，尤长于四六，与汪藻、洪迈、周必大齐名，著有《鸿庆居士集》。《宋史》中没有他的传，《四库全书总目》卷一五七撷取南宋人的记述，对其人其事作了如下评介：

（孙）觌，字仲益，晋陵人。徽宗末，蔡攸荐为侍御史。靖康初，蔡氏势败，乃率御史极劾之。金人围汴，李纲罢御营使，太学生伏阙请留，觌复劾纲要君，又言诸生将再伏阙。朝廷以其言不实，斥守和州。既而纲去国，复召觌为御史。专附和议，进至翰林学士。汴都破后，觌受金人女乐，为钦宗草表上金主，极意献媚。建炎初，贬峡州，再贬岭外。黄潜善、汪伯彦复引之，使掌诰命。后又以赃罪斥，提举鸿庆宫，故其文称《鸿庆居士集》。孝宗时，洪迈修国史，谓靖康时人独觌在，请诏下觌，使书所见闻靖康时事上之。觌遂于所不快者，如李纲等，率加诬辞。迈遽信之，载于

《钦宗实录》。其后朱子与人言及，每以为恨，谓小人不可使执笔。故陈振孙《书录解题》曰："觌生于元丰辛酉，卒于乾道己丑，年八十九，可谓耆宿矣；而其生平出处，则至不足道。"岳珂《桯史》亦曰："孙仲益《鸿庆集》大半志铭，盖谀墓之常，不足诧。独《武功大夫李公碑》，乃俨然一琦耳，亟称其高风绝识，自以不获见之为大恨，言必称公，殊不为怍。"赵与旹《宾退录》，复摘其作《莫䓑墓志》极论屈体求金之是、倡言复仇之非，又摘其作《韩忠武墓志》极诋岳飞，作《万俟卨墓志》极表其杀飞一事：为颠倒悖缪。则觌之怙恶不悛，当时已人人鄙之矣。……

这里通过一系列秽迹恶行的叙述，说明了孙觌其人的"怙恶不悛"；但人物形象并不鲜明。因为这本来不是文艺性的作品。著者的目的，只在于列举有关事实，不在于刻画人物形象。

朱熹的《记孙觌事》，其写法与此大不相同。

第一，前面的那段文字列举了许多事实，朱熹的这篇短文却只选取一件事实。全文不到二百字，如果列举许多事实，就会变成流水账，谈不上传神写照。

第二，这篇短文所记的事实，前文也记了，它是这样记的：

> 汴都破后，觌受金人女乐，为钦宗草表上金主，极意献媚。

朱熹同样记这件事，却不是简单地给人物加上"极意献媚"的评语就算完事，而是通过记事表现他的精神世界。

所记之事很简单，而用笔却有如剥笋，层层深入，直剥到孙觌的灵魂深处。以下试作逐层分析：

"靖康之难，钦宗幸虏营。虏人欲得某文。"——靖康，宋钦宗的年号。难，祸难，指汴京沦陷，徽、钦二宗被掳。"幸"，指皇帝出行至某地。"某文"，那么一种文章。朱熹追记本朝皇帝投降的事，不愿说被俘虏，而说"幸虏营"；不忍说写"降表"，而说写"某文"。这三句是第一层。单刀直入，以两句写汴京沦陷、钦宗被掳，以一句写金人欲得降表，以便促使宋朝正在抗金的军民望风投降，从而把北宋的灭亡集中到金人威逼钦宗上降表上。

　　"钦宗不得已，为诏从臣孙觌为之；阴冀觌不奉诏，得以为解。"——这是第二层。由金人勒索降表转到钦宗诏孙觌，进入"记孙觌事"的主题。钦宗命孙觌写降表，出于"不得已"；口头上要孙觌写，内心里却希望孙觌坚持气节，毅然拒绝。汴京沦陷之时，宋朝的臣子及太学生等威武不屈、以死相抗者不乏其人，钦宗的希望是有根据的。作者以"阴冀觌不奉诏"一句写钦宗的心理活动，从而把关系国家存亡的大事摆在孙觌面前，也把读者的注意力引到孙觌身上，看他在关键时刻，将采取什么行动。关键时刻的行动，最足以表现人物的品质。

　　"而觌不复辞，一挥立就。过为贬损，以媚虏人；而词甚精丽，如宿成者。"——这一层已剥出孙觌灵魂中最卑污的东西。"而"是转折词，承钦宗"阴冀觌不奉诏，得以为解"而转。他不是"不奉诏"，而是"不复辞"，颇有当仁不让、舍我其谁的气概。他不是下笔艰难，而是"一挥立就"，颇有文思泉涌、兴会淋漓的神情。读者不禁要猜想：他也许并非写降表，而是草檄文、抒忠愤、斥仇敌吧！这样的猜想是合乎情理的，然而猜错了。他不仅写的是降表，而且比一般的降表更不像样子："过为贬损，以媚虏人"！这封降表，被收入《大金吊伐录》卷下，里面有这样的句子："背恩致讨，远烦汗马之劳；请命求哀，敢废牵羊之礼？"以宋朝的臣子而写出这样辱国媚敌的文字，够无耻的了！行文至此，已揭露得十分深刻，但作者意犹未尽，继"一挥立就"之后又"赞"了一句："词甚精丽"。"一挥立就"，言其不假思索；"词甚精丽"，言其精雕细刻。既"一挥立就"，又"词甚精丽"，就引出了关键性的一句："如宿成者"。意思是：那降表好像早就写好了一样。用了个"如"字，话没说死，却更耐人寻味。看样子，这家伙早就瞄准了这笔媚敌求荣的买卖，事前打好了腹稿。

　　孙觌写降表，"过为贬损，以媚虏人"，效果如何呢？以下就写效果："虏人大喜，至以大宗城卤获妇饷之。""大宗城"，语出《诗经·大雅·板》"大宗维翰"、"小宗维城"。大宗，强族；宗子，同姓。"大宗城"在这里指金统治者的同姓权贵。"虏人"见降表"大喜"，"喜"得以至于把同姓权贵抢来的妇女赏给他。那么，他是否当着钦宗的面领赏呢？"觌亦不辞"，他公然领了赏！他领的赏不是别的什么，而是敌人抢来的妇女啊！这一层只三句，作者从敌人喜而给赏和孙觌欣然领赏两方面对这个无耻之徒作了进一步揭露。

孙觌写降表，其原因、经过、效果都写了，还有什么可写呢？读下文，看到作者还写了更重要的东西：

> （孙觌）其后每语人曰："人不胜天久矣。古今祸乱，莫非天之所为。而一时之士，欲以人力胜之，是以多败事而少成功，而身以不免焉。孟子所谓'顺天者存，逆天者亡'者，盖谓此也。"

第一句中的"其后"，特意指出这是在写降表之后，"每"就是"经常"。孙觌经常向别人宣传他写降表的理论根据，其要点是：金人入侵，中原人民处于水深火热之中，这是"天之所为"。一切民族英雄、爱国人民浴血抗战，都是"逆天"；"逆天者亡"，咎由自取。他自己写降表、媚敌求荣，则是"顺天"；"顺天者存"，还得了赏赐。——这一套卖国理论、汉奸逻辑，稍有正义感的人连听都不愿听。而孙觌这家伙，不但好意思讲出口，还经常地振振有词地向别人宣扬，真不知人间还有什么羞耻事！

写降表的理论根据，通过孙觌的"每语人"，也写完了，还写什么呢？还写别人听到他的宣传之后的反应：

> 或戏之曰："然则，子之在虏营也，'顺天'为已甚矣！其寿而康也，宜哉！！"

这位听了孙觌投降理论的人把那投降理论运用于孙觌写降表的实践，刺了他一下："既然如此，那么，你在敌营中写降表，'顺天'的确顺得太过分了，你如今这样长寿又这样安康，这真是很应该的啊！"

作者接着写了两句："觌惭无以应。闻者快之。"就结束了全文。作者从惩罚民族败类的创作心理出发，是要写出"闻者快之"才愿意搁笔的；而"觌惭无以应"，则是"闻者快之"的前提。然而从孙觌其人的本质看，他在听到人家说他"寿而康也宜哉"之后，很可能洋洋得意地重复说："宜哉！宜哉！！"在《万俟卨墓志铭》里，他不是公然说岳飞该杀、杀岳飞是万俟卨的"功劳"吗？

这篇短文有几个特点值得注意。孙觌的丑行秽迹很多，都可记，作者只记其写降表，突出一斑而全豹可见。此其一。先以"靖康之难"四字勾出历史环境，然后写"虏人"勒索降表而钦宗不愿，从而把国家存亡的焦点集中到是否写降表上，让孙觌其人经受考验。此其二。用"一挥立就"、"词甚精丽"等句写孙觌辱国媚敌的行动已不堪入目，又用"如宿成者"以诛其心。此其三。"虏人大喜"给赏，这是写了的。钦宗的反应如何，没有明写，但已从"不得已"、"阴冀其不奉诏"、"过为贬损"等句中作了暗示。从"虏人"与钦宗的不同反应中暴露孙觌写表、领赏的丑态，此其四。写孙觌当众宣扬其卖国理论而恬不知耻，以见此人良心丧尽，什么坏事都干得出来，写降表并非偶然。此其五。以听众的辛辣讽刺和"闻者快之"结束全文，伸张了民族正义，歌颂了民族气节，此其六。

我国散文有其悠久历史和优良传统，名家辈出，名作如林。以理学著名而不以文学著名的朱熹，也能写出这样精练，这样既有思想深度又有文学意味的散文作品来，更何况那些出名的"古文家"呢？为了建设精神文明，为了繁荣和发展社会主义文艺创作，我国的散文宝库，是值得发掘的，我国的散文传统，是值得继承和发扬的。

先 妣 事 略

归有光

先妣周孺人，弘治元年二月十一日生。年十六。来归。逾年，生女淑静。淑静者，大姊也。期而生有光；又期而生女、子，殇一人；期年而不育者一人；又逾年，生有尚，妊十二月；逾年，生淑顺；一岁，又生有功。有功之生也，孺人比乳他子加健，然数颦蹙顾诸婢："吾为多子苦。"老妪以杯水盛二螺进，曰："饮此，后妊不数矣。"孺人举之尽，喑不能言。正德八年五月二十三日，孺人卒。诸儿见家人泣，则随之泣，然犹以为母寝也。伤哉！于是家人延画工画，出二子，命之曰："鼻以上画有光，鼻以下画大姊。"以二子肖母也。

孺人讳桂。外曾祖讳明，外祖讳行，太学生。母何氏。世居吴家桥，去县城东南三十里，由千墩浦而南，直桥并小港以东，居人环聚，尽周氏也。外祖与其三兄，皆以赀雄，敦尚简实，与人姁姁说村中语，见子弟甥侄，无不爱。孺人之吴家桥，则治木绵；入城，则缉纑。灯火荧荧，每至夜分。外祖不二日，使人问遗。孺人不忧米盐，乃劳苦若不谋夕。冬月炉火炭屑，使婢子为团，累累暴阶下。室靡弃物，家无闲人。儿女大者攀衣，小者乳抱，手中纫缀不辍，户内洒然。遇僮奴有恩，虽至箠楚，皆不忍有后言。吴家桥岁致鱼蟹饼饵，率人人得食。家中人闻吴家桥人至，皆喜。

有光七岁，与从兄有嘉入学。每阴风细雨，从兄辄留。有光意恋恋，不得留也。孺人中夜觉寝，促有光暗诵《孝经》，即熟读，无一字龃龉，乃喜。孺人卒，母何孺人亦卒。周氏家有羊狗之痾，舅母卒，四姨归顾氏，又卒，死三十人而定，惟外祖与二舅存。

孺人死十一年，大姊归王三接，孺人所聘者也。十二年，有光补学官弟子，十六年而有妇，孺人所聘者也。期而抱女，抚爱之，益念孺人。中夜与其妇泣，追惟一二，仿佛如昨，余则茫然矣。世乃有无母之人，天乎！痛哉！

归有光只有八岁的时候，他的母亲就去世了。大约二十五六岁的时候，写了这篇《先妣事略》。有些情景，是根据回忆写的，有些事迹，是结合后来的了解写的。

第一段的前一部分，写他母亲的出生、结婚、生儿育女及死亡。这当然是结合后来的了解写的，重点写生儿育女，叙事极简明。出生和死亡，都确切地标出年月日，从而表明他母亲只活了二十五岁。结婚的年龄也明确写出，让人们知道从"年十六"到死去，不过十个年头。而在这短暂的婚后生活中，竟生了七胎，一胎还是孪生。八个孩子喂活了六个，其辛苦不难想见，所以她想节育。可那时还没有什么节育的好办法。"老妪以杯水盛二螺进"，她居然"举之尽"，决心是够大的，然而接着便"喑不能言"，以至送了性命。连产七胎，用"逾年"、"期"、"又期"、"期年"、"又逾年"、"逾年"、"一岁"等词依次写出，给读者的心灵以频繁而迅急的敲击。"吾为多子苦！"这是归有光母亲的呼声，也是旧时代千百万妇女的共同呼声。

第一段的后一部分，写他母亲死后的情景，出于自己的追忆。这时候，最大的孩子只有八岁，其余的则更小，对母亲的死弄不清是怎么回事。"诸儿见家人泣，则随之泣，然犹以为母寝也。"这三句淡淡写出，而情景如见。

孩子们还以为母亲在睡觉，等一会儿就会醒来。他们之所以哭，只是由于看见大人哭，才跟着哭的，心里并不难过。而现在回忆起来，便百倍难过了。"伤哉！"这是想起当时情景之后发出的叹息声。虽只用了两个字，却声泪俱下，令人难以为怀。接着写请人为母亲画像。母亲已经死去，不便让画工看到，怎么画法呢？将近二十年过去了，作者还记得很清楚：家人唤他和他大姊出来，对画工说："鼻以上画有光，鼻以下画大姊。"因为他们两个的面貌最像母亲。这也是淡淡写出的，然而在客观的叙事中蕴涵无限悲哀。

第二段写他母亲的娘家是个大家族，而且很富有，却"敦尚简实"。写这些干什么，他没有明说，但读者可以领会：这样的家风对他母亲的影响是良好的。接下去便写母亲如何勤劳，如何节俭，如何待人宽厚。不管是在婆家还是回到娘家，都缉纑、治绵，"灯火荧荧，每至夜分"。娘家经常送东西来，她"不忧米盐"，却"劳苦若不谋夕"。及至生了一大群孩子，"大者攀衣，小者乳抱"，仍然"手中纫缀不辍"。她既勤又俭，"室靡弃物"，却不吝啬，娘家送来的鱼蟹饼饵，都分赠家人，包括那些"僮奴"。通过这些描述，一位淳朴温厚的女性形象便活现面前，足以抑制浮华，唤起人们的善心。

第三段的前一部分写了两件事。第一件，写他七岁时与从兄一起上学，"每遇阴风细雨"，从兄总要留他。而他却爱恋母亲不肯留，冒着风吹雨淋，独自跑回家中。第二件，写他夜间与母亲同睡；母亲半夜醒来，便督促他默诵《孝经》；他背得滚瓜烂熟，字字清晰，母亲才感到高兴。这两件，都是通过回忆当时情景写出来的。而这时，他母亲离开他已将近二十年了！读者假如设身处地想一想，就会感到在那貌似平静的叙述中跳荡着不平静的心。这一段的后一部分，写他母亲死后，外婆家接连死了三十人，包括他的外婆和舅母。这只是偶然事件，似乎没有叙述的必要。然而回顾前面，不是曾写过他母亲出生于一个富有的大家族吗？对一个小孩子来说，有慈爱的母亲，还有人口众多、家境宽裕，又那么爱护母亲因而也爱护自己的外婆家，这该多幸福！可如今，这一切都忽然失落了，变样了！由母亲的死亡而想到外婆家的灾难，原是感情激流的自然奔泻，从而更强化了悲剧氛围。

第四段，回忆中的情景由远及近，最后回到现实，以感叹作结。"先妣"的事迹，前面已经写完了，但这里提到的几件事，又都与她有关。作者的妻子和他大姊的夫婿，都是母亲选定的，可他们结婚的时候，母亲已经死去好久了，无法亲眼看见了！母亲半夜醒来都不忘记督促儿子背书，可儿子考中秀才的时候，母亲已长眠地下十二年；要是她还活着，那该多快活！儿子结婚不久就抱上了女儿，抚爱备至。而这母亲也看不见啊！由自己和妻子抚爱女儿想到他们再也无法得到母亲的爱，就更加思念母亲了。这篇文章，就是在"益念孺人，中夜与其妇泣，追惟一二，仿佛如昨"的情况下写出来的，因而情真意切，感人至深。以"世乃有无母之人，天乎！痛哉"的号呼声结束全文，更增强了震撼人心的艺术力量。

归有光善于写记叙文，以他自己的身世和家人骨肉之间的琐事为题材的记叙文，尤其写得好。方苞在《书〈归震川文集〉后》里说："其发于亲旧及人微而语无忌者，盖多近古之文。至事关天属，其尤善者，不事修饰而情辞并得，使览者恻然有隐。"这篇《先妣事略》，即"事关天属"。幼年失去母爱，这是大可悲哀的。但如果一味地说他如何悲哀，未必能唤起读者的共鸣。作者除了在中间一处用了"伤哉"，在结尾用了"痛哉"而外，只追述往事，着墨也很淡，但那是含着眼泪写的，语愈淡而情愈深，读之令人鼻酸。方苞所谓"不事修饰而情辞并得，使览者恻然有隐"，是符合实际的。

吴 山 图 记

归有光

吴、长洲二县，在郡治所，分境而治，而郡西诸山皆在吴县。其最高者：穹窿、阳山、邓尉、西脊、铜井；而灵岩，吴之故宫在焉，尚有西子之遗迹。若虎丘、剑池，及天平、尚方、支硎，皆胜地也。而太湖汪洋三万六千顷，七十二峰沉浸其间，则海内之奇观矣。

余同年友魏君用晦为吴县，未及三年，以高第召入为给事中。君之为县有惠爱，百姓扳留之不能得，而君亦不忍于其民；由是好事者绘《吴山图》以为赠。

夫令之于民，诚重矣！令诚贤也，其地之山川草木，亦被其泽而有荣也；令诚不贤也，其地之山川草木亦被其殃而有辱也。君于吴之山川，盖增重矣。异时吾民将择胜于岩峦之间，尸祝于浮屠、老子之宫也，固宜。而君则亦既去矣，何复惓惓于此山哉？昔苏子瞻称韩魏公去

508

黄州四十余年，而思之不忘，至以为《思黄州诗》，子瞻为黄人刻之于石。然后知贤者于其所至，不独使其人之不忍忘，而己亦不能自忘于其人也。

君今去县已三年矣，一日，与余同在内庭，出示此图，展玩太息，因命余记之。噫！君之于吾吴，有情如此，如之何而使吾民能忘之也！

题为《吴山图记》，文分三段：第一段写吴山，第二段写吴山图，第三段写为吴山图作记。扣题太紧，层次太清楚，行文易流于呆板、单调，但这篇文章读起来却没有呆板、单调的感觉，其奥秘在于作者力图在整齐中求变化。

第一段未写吴山，先写吴。而写吴，又用长洲作陪衬，点明二县治所同在一城，又"分境而治"，而"郡西诸山"，则都在吴县境内，从而由"吴"到"山"，落到题中的"吴山"。前面统说"诸山"，接着即分为几个层次：先罗列几座"最高者"，其中特别突出灵岩，夸耀说："吴之故宫在焉，尚有西子之遗迹。"然后用"若"字领起，又列举了几个地名，以"皆胜地也"加以赞美。接下去，用"而"字引出"太湖三万六千顷"，把读者的目光带到浩渺无际的水国。你会怀疑，本来该写吴山，怎么又写起湖了呢？别忙，往下读，便惊喜于笔法的变化恰恰与景物的变化相适应。原来写湖正是为了写湖中之山。"太湖三万六千顷，七十二峰沉浸其间"，这真是"海内之奇观矣"！

以上写吴县"诸山"，没有用多少笔墨，又未作形象的描绘，却错落有致，引人入胜。

第二段可分两个小段落。先写魏用晦做吴县县令时"有惠爱"，所以当他"以高第召入为给事中"时，"百姓扳留之不能得"，"好事者"便绘了一幅《吴山图》赠送他。这是第一个小段落，只叙绘图的原由，写来毫不费力。这是因为：第一，前面已经写了吴山。吴县既然有那么多堪称海内胜地、奇观的名山，那么绘吴山图以赠即将远去的县令，就既可以表达县民对县令的恋恋不舍之情，又能够唤起县令对吴县的永久怀念；而此图所绘，也无需一一介绍了。所谓"水到渠成"的妙境，从这里便可看出。第二，这里的叙事是为下面的议论提供根据，叙事力求简明，以便为由此引发的议论留出更多的篇幅。第二个小段落文字较多，乃是全文的重点。"令之与民诚重矣"一句，先提出论点。这个论点一经提出，自然引出一问题：你说县令对于县民来说，关系的确是重大的，这表现在哪些方面呢？接下去，即从正反两方面作出回答："令诚贤也，其地之山川草木亦被其泽而有荣也；令诚不贤也，其地之山川草木亦被其殃而有辱也。"本来是讲县令与县民的关系，这里却不提"民"而提"山川草木"，岂非牛头不对马嘴！其实不然。如果只提"民"，就无法与前面的吴山和《吴山图》一脉相承。所以"山川草木"的提出是完全必要的，因"山"而及"川"与"草木"，关键还是"山"。此其一。字面上不见"民"，骨子里却突出了"民"，把"民"摆在第一位，关键在于用了两个"亦"字，而"民"，则承上省略了。如果补出来，那就是："令诚贤也"，民被其泽而有荣也，"其地之山川草木亦被其泽而有荣也"；"令诚不贤也"，民被其殃而有辱也，"其地之山川草木亦被其殃而有辱也"。把县令之贤与不贤的结果强调到这种程度，"令之与民诚重矣"的论点就完全树立起来了。此其二。而这个论点的树立，又使贯串全文的"吴山"、《吴山图》的脉络继续延伸，其构思遣词的匠心，值得认真领会。

《吴山图》是吴县县民赠给对县民"有惠爱"的县令魏用晦的。作者叙明这一点之后，突然提出一个论点，发了一番议论，其行文有如奇峰突起，似乎撇开了魏用晦，而在阐明有普遍意义的大道理，从而提高了全文的思想境界。其反面的论证，又在加强正面的力量。而正面的论证，实际上包含了魏用晦，所以那突起的奇峰又正是为了表彰魏用晦这个贤令作铺垫。行文至此，又如水到渠成，归到魏用晦身上："君于吴之山川，盖增重矣。"其绘《吴山图》以赠的意思已呼之欲出，但作者又跨过这一层，写道："异时吾民将择胜于岩峦之间，尸祝于浮屠、老子之宫也，固宜。"言外之意是：绘《吴山图》相赠，那还不足以表达吾民对于贤令的深厚情谊。因实生虚，以虚含实，文笔变化而文情动宕，极富波澜。吾民之于贤令，其深情如此，那么贤令之于吾民，又如何呢？这问题的回答应该是很简单的，那就是："不忍忘。"但作者却偏从反面落墨："而君则亦既去矣，何复惓惓于此山哉！"仿佛是说：您已经平步青云，到京城里做大官去了，哪里还会怀念吴民、吴山呢？而这反面的跌宕，正是为了从正面开拓，于是顺势引来了两位古人。一位是韩琦，他曾在黄州做官，离开黄州四十余年仍思之不忘，以至于形诸笔墨，作了《思黄州诗》。韩琦是位"贤者"，引了他的事迹，从而由个别推到一般："然后知贤者于其所至，不独使其人之不忍忘，而己亦不能自忘于其人也。"由此可见，魏用晦虽然离开吴县去做京官，仍然是不会忘记吴民的，因为他也是一位"贤者"。不直说魏用晦不忘吴民，而引韩魏公为例，作出具有普遍意义的推论，用笔极活，用意极深。另一位是苏轼，他把韩琦的《思黄州诗》为黄人刻之于石，这当然含有颂扬之意。作者引来两位古人，以韩琦比魏用晦，又隐然以苏轼自比。苏轼刻《思黄州诗》，而他自己不是正在为《吴山图》作记吗？构思严密，语语皆非泛设，可见散文并不"散"。

第三段，便落到为《吴山图》作记上。"君今去县三年矣，一日，与余同在内庭，出示此图，展玩太息，因命余记之。"魏用晦惓惓不忘吴民的神态和心态，都从简单的叙事中流露出来。于是从令与民的关系上抒发深情："噫！君之于吾吴，有情如此，如之何而使吾民能忘之也！"全文就此结束，而余韵袅袅，悠然不尽。

看题目，总以为这篇文章是像韩愈的《画记》那样记画的，及至读完全文，才知道作者选择了一个全新的角度：通过吴民绘《吴山图》赠县令和县令求作者为《吴山图》作记，表现贤明的县令与县民之间互相怀念的深厚感情。县令对县民"有情"，县民对县令也就"不忍忘"。理学家鼓吹"君为臣纲"，乃是"天理"。作者却在这篇文章中鞭挞那些"不贤"的使人民及其山川草木遭殃的县令，而歌颂了一种县令与县民彼此有情有爱的人际关系。至于魏用晦是否做到了这一点，那是不必深究的。重要的一点是：作者在这里表达了在当时可能有的一种美好理想。假如魏用晦并没有做到的话，那就是期望他朝这个方向努力。

沧 浪 亭 记

归有光

浮图文瑛，居大云庵，环水，即苏子美沧浪亭之地也。亟求余作《沧浪亭记》，曰："昔子美之记，记亭之胜也。请子记吾所以为亭者。"

余曰：昔吴越有国时，广陵王镇吴中，治南园于子城之西南。其外戚孙承佑，亦治园于其偏。迨淮、海纳土，此园不废。苏子美始建沧浪亭，最后禅者居之。此沧浪亭为大云庵也。有庵以来二百年，文瑛寻古遗事，复子美之构于荒残灭没之馀。此大云庵为沧浪亭也。夫古今之变，朝市改易。尝登姑苏之台，望五湖之渺茫，群山之苍翠，太伯、虞仲之所建，阖闾、夫差之所争，子胥、种、蠡之所经营，今皆无有矣。庵与亭何为者哉？虽然，钱镠因乱攘窃，保有吴越，国富兵强，垂及四世。诸子姻戚，乘时奢僭，宫馆苑囿，极一时之盛。而子美之亭，乃为释子所钦重如此。可以见士之欲垂名于千载之后，不与其澌然而俱尽者，则有在矣。

文瑛读书喜诗，与吾徒游，呼之为沧浪僧云。

苏舜钦少年时即慷慨有大志，二十七岁中进士，历任蒙城、长垣县令和大理评事、集贤校理等职。在文学方面，他反对"西昆体"，是北宋初期诗文革新运动中的重要作家。在政治方面，则主张革除弊政，抗击外来侵扰，属于以范仲淹为首的进步集团。由于"数上疏论朝廷大事，敢道人之所难言"（欧阳修《湖州长史苏君墓志铭》），"议论稍侵权贵"（《宋史·杜衍传》），被诬陷打击，流寓苏州。他在苏州修了一座亭子，取古代歌谣"沧浪之水清兮，可以濯我缨；沧浪之水浊兮，可以濯我足"之义，名曰"沧浪亭"。他那篇自抒怀抱的《沧浪亭记》是很有名的。既然如此，那么归有光为什么又要写一篇《沧浪亭记》呢？他这篇《沧浪亭记》又如何写法呢？

第一段，正是对这两个问题的回答。浮屠文瑛所居的大云庵，原是苏子美的沧浪亭旧址，因而重建亭子，求归有光作记。这回答了第一个问题。文瑛还提出："子美之记，记亭之胜也。请子记吾所以为亭者。"这回答了第二个问题，把归有光的《沧浪亭记》和苏子美的《沧浪亭记》在写法上区别开来了。

第二段紧承第一段的末尾，"记吾所以为亭者"，即揭示文瑛重建沧浪亭的用意。那用意，其实简单而平常，就是纪念苏子美。可是如果就写这么一句，又有什么艺术感染力？那么，详述苏子美的抱负、经历、人品、学问及其在文学创作方面的成就，说明他如何如何值得纪念，因而重建沧浪亭来纪念他，好不好呢？这当然也是一种写法，但难免和苏子美的传记雷同，又很难和文瑛这个和尚及其所居的大云庵联系起来。作者的巧妙之处，正在于遥应第一段的开头，以深沉的历史感写沧浪亭与大云庵的关系：而写沧浪亭，又追溯到吴越之时广陵王和外戚孙承佑的园林。由吴越权贵的园林到宋人苏子美的亭子，"最后禅者居之"，论时间，朝代几经改易，论人事，沧桑几经变迁，而以"此沧浪亭为大云庵也"收束，寓无限感慨，这是第一层。"有庵以来二百年"，则吴越权贵园林与宋人苏子美的沧浪亭都毁废已久，而"文瑛寻古遗事"，却不顾权贵园林，只"复子美之构于荒残灭没之馀"，然后以"此大云庵为沧浪亭也"收束，寄无限深情，这是第二层。亭变为庵，庵复建亭，叙述中已蕴涵着丰富的暗示，但读者还难于确切地把握。于是又用借宾定主的办法作进一步的抒写。在前面，其实已经借了"宾"，即广陵王与外戚孙承佑的园林。不过那是在叙述沧浪亭的位置时顺便带出的，令人不觉其为"宾"。这里又以"古今之变，朝市改易"领起，扩大历史深度与地理广度，借来了更古更多的"宾"。而借"宾"的方式则出之以登高望远。"姑苏之台"，这是"望"的立足点；"五湖之渺茫，群山之苍翠"，这是"望"中景。这个立足点与望中景，既是现实，又连接着遥远的过去。"姑苏之台"，原是春秋时吴王阖闾兴建、夫差增修的游乐之地，越国破吴时被焚。作者脚下的，自然是一座荒台。"登姑苏之台"，而望"五湖之渺茫"与"群山之苍翠"则视通万里而神游百代，空间与时间交织，历史与现实叠合，"太伯、虞仲之所建，阖闾、夫差之所争，子胥、种、蠡之所经营"，历历浮现于脑际。作者写到这里，其心潮之汹涌，已不难想见。而这一切，他偏不肯明说，只用"今皆无有矣"的叹息声送走了这些"宾"，从而把笔锋转向"主"。那么对于这些"宾"，他究竟抱什么态度呢？李白曾写过《乌栖曲》、《越中览古》，把吴国的灭亡及其宫殿池馆的湮没归咎于吴王的荒淫。归有光的叹息声中是否包含这些意思呢，从下文看，回答应该是肯定的。但作者却含而不露，紧接了这么一句："庵与亭何为者哉？"把"主"与"宾"一例看待，一笔抹倒。写《沧浪亭记》而如此立论，似有"骂题"之嫌。然而再看下文，便不难领悟这里的"抑"是为了强化后面的"扬"。但又不马上"扬"，而用"虽然"一词承上转下。这一转，又转到叙述沧浪亭位置时顺便带出的那些"宾"，不过在写法上又有变化。前面写沧浪亭的前身乃是吴越有国时"广陵王"与"外戚孙承佑"园林的一小部分。这里则以大包小，统提吴越王钱镠及其"诸子姻戚"的所有"宫馆苑囿"，并用"因乱攘窃"、"乘时奢僭"等语痛加斥责。看来接下去也应该发出"今皆无有矣"或"而今安在哉"之类的感叹了，然而出人意外，却用"极一时之盛"收住，陡然转向"主"："而子美之亭，乃为释子所钦重如此。可以见士之欲垂名于千载之后，不与其澌然而俱尽者，则有在矣。"而写"主"的这几句，又遥应第一段的末尾，满足了文瑛的请求："记吾所以为亭者。"

第三段只几句，却很重要。文瑛是个"释子"，为什么要重建"子美之亭"呢？就因为他"读书喜诗，与吾徒游"，受了"吾徒"的影响，所以钦重苏子美，从而也钦重苏子美的沧浪亭。连这个受了"吾徒"影响的"释子"都钦重苏子美及其沧浪亭，那么"吾徒"之钦重苏子美及其沧浪亭，就不言而喻了。

读者不妨想一想，为重建的沧浪亭写一篇记，似乎没有什么好写的，何况求作记的和尚又划好框框。按照这样的要求，应该作一篇说明文，写景和抒情，都用不上。而说明，又不需要太多的话，这能写出什么好文章？想想这一切，再读这篇记，就不能不佩服作者的艺术才华。

单纯的说明只诉之于读者的理性，很难获得审美效果。有审美价值的文艺作品，大抵来自作者对社会、对人生、对自然、对历史的真切感受和强烈引发。归有光的这篇记也正是这样。从行文看，作者不是通过抽象思维说明文瑛为什么要重建沧浪亭，而是受这个亭子的触发，百感丛生。时间上，从沧浪亭的现状想到古往今来的历史长河；空间上，从沧浪亭的位置想到大云庵，想到吴越王及其"诸子姻戚"的"宫馆苑囿"，想到春秋时吴国的所有宏伟建筑；又于时间和空间的结合上想到盛衰无常、沧桑屡变。想到这么多东西，又如何表现呢？于是整理思绪，分清宾主，写吴国君臣的一切经营建构"今皆无有矣"，吴越王及其"诸子姻戚"的"宫馆苑囿"虽"极一时之盛"，也不复存在了。既然如此，那么"子美之亭"及其所在的大云庵，又算得了什么呢？其实不然。如今的大云庵中，不又重建起"子美之亭"吗？这里的关键是什么？那就是人们是否"钦重"。

借宾定主是一种常见的表现方法，问题在于借什么"宾"，定什么"主"。作者把吴国君臣和吴越王及其"诸子姻戚"这些拥有至高无上权力的人作为"宾"，而把受权贵打击、有志难展的士人苏子美作为"主"，从而在时间的考验中淘汰了那些"宾"，在普通人的钦重、怀念中肯定了这个"主"，其思想的进步性不容低估。以封建权贵的"澌然俱尽"为反衬，明确提出："士之欲垂名于千载之后，不与其澌然而俱尽者，则有在矣。"这既是对苏子美这位古人的肯定，也是对当时和以后的所有士子精神上的鼓舞。

五人墓碑记

张　溥

五人者，盖当蓼洲周公之被逮，激于义而死焉者也。至于今，郡之贤士大夫请于当道，即除魏阉废祠之址以葬之，且立石于其墓之门，以旌其所为。呜呼，亦盛矣哉！

夫五人之死，去今之墓而葬焉，其为时止十有一月耳。夫十有一月之中，凡富贵之子，慷慨得志之徒，其疾病而死，死而湮没不足道者，亦已众矣，况草野之无闻者欤！独五人之皦皦，何也？

予犹记周公之被逮，在丁卯三月之望。吾社之行为士先者，为之声义，敛赀财以送其行，哭声震动天地。缇骑按剑而前，问："谁为哀者？"众不能堪，抶而仆之。是时以大中丞抚吴者，为魏之私人，周公之逮，所由使也。吴之民方痛心焉，于是乘其厉声以呵，则噪而相逐。中丞匿于溷藩以免，既而以吴民之乱请于朝，按诛五人，曰颜佩韦、杨念如、马杰、沈扬、周文元，即今之傫然在墓者也。然五人之当刑也，意气阳阳，呼中丞之名而詈之，谈笑以死。断头置城上，颜色不少变。有贤士大夫发五十金，买五人之脰而函之，卒与尸合。故今之墓中，全乎为五人也。

嗟夫！大阉之乱，缙绅而能不易其志者，四海之大，有几人欤？而五人生于编伍之间，素不闻诗书之训，激昂大义，蹈死不顾，亦曷故哉？且矫诏纷出，钩党之捕，遍于天下，卒以吾郡之发愤一击，不敢复有株治。大阉亦逡巡畏义，非常之谋，难于猝发。待圣人之出，而投缳道路，不可谓非五人之力也。

由是观之，则今之高爵显位，一旦抵罪，或脱身以逃，不能容于远近，而又有剪发杜门，佯狂不知所之者，其辱人贱行，视五人之死，轻重固何如哉？是以蓼洲周公，忠义暴于朝廷，赠谥美显，荣于身后，而五人亦得以加其土封，列其姓名于大堤之上。凡四方之士，无有不过而拜且泣者，斯固百世之遇也。不然，令五人者保其首领，以老于户牖之下，则尽其天年，人皆得以隶使之，安能屈豪杰之流，扼腕墓道，发其志士之悲哉？故予与同社诸君子，哀斯墓之徒有其石也，而为之记，亦以明死生之大，匹夫之有重于社稷也。

贤士大夫者，冏卿因之吴公、太史文起文公、孟长姚公也。

封建社会的"墓志"，一般是为达官贵人或其亲属写的。张溥的这一篇，却是为下层人民写的。"五人"本无令人艳羡的世系、功名、官爵，作者摆脱旧框框的束缚，突出重点，集中地写他们轰轰烈烈的反阉党斗争及其历史意义，从而为我们留下了明末市民暴动的珍贵文献。在表现方法上，传统的"墓志"文要求"唯叙事实，不加议论"，偶有稍加议论的，就被认为是"变体"。张溥的这一篇，却夹叙夹议，甚至以议论为主，在善与恶的搏斗、正与反的对比中对下层人民的正义行为和崇高品质给予大力的肯定和热情的赞扬。这实质上是一篇战斗的小品文。

这篇"碑记"在叙述"五人"之死的原因时说："是时以大中丞抚吴者，为魏之私人，周公之逮，所由使也。吴之民方痛心焉，于是乘其厉声以呵，则噪而相逐。中丞匿于溷藩以免，既而以吴民之乱请于朝，按诛五人"。"吴民"为什么会痛恨毛一鹭而同情周顺昌呢？让我们看看《明史·周顺昌传》的记载："顺昌为人刚方贞介，疾恶如仇。巡抚周起元忤魏忠贤削籍，顺昌为文送之，指斥无所讳。魏大中被逮，道吴门。顺昌出钱，与同卧起者三日，许以女聘大中孙。旗尉屡趣行，顺昌瞋目曰：'若不知世间有不畏死男子耶？归语忠贤，我故吏部郎周顺昌也。'因戟手呼忠贤名，骂不绝口。旗尉归，以告忠贤。御史倪文焕者，忠贤义子也，诬劾同官夏之令，致之死。顺昌尝语人，他日倪御史当偿夏御史命。文焕大恚，遂承忠贤指，劾顺昌与罪人婚，且诬以赃贿，忠贤即矫旨削夺。先所忤副使吕纯如，顺昌同郡人，以京卿家居，挟前恨，数谮于织造中官李实及巡抚毛一鹭。已，实追论周起元，遂诬顺昌请嘱，有所乾没，与起元等并逮。顺昌好为德于乡，有冤抑及郡中大利害，辄为所司陈说，以故士民德顺昌甚。及闻逮者至，众咸愤怒，号冤者塞道。至开读日，不期而集者数万人，咸执香为周吏部乞命。诸生文震亨、杨廷枢、王节、刘羽翰等前谒一鹭及巡按御史徐吉，请以民情上闻。旗尉厉声骂曰：'东厂逮人，鼠辈敢尔！'大呼：'囚安在？'手掷锒铛于地，声琅然。众益愤，曰：'始吾以为天子命，乃东厂耶！'蜂拥大呼，势如山崩。旗尉东西窜，众纵横殴击，毙一人，馀负重伤，逾垣走。一鹭、吉不能语。知府寇慎、知县陈文瑞素得民，曲为解谕，众始散。顺昌乃自诣吏。又三日北行，一鹭飞章告变。东厂刺事者言吴人尽反，谋断水道，劫漕舟，忠贤大惧。已而一鹭言缚得倡乱者颜佩韦、马杰、沈扬、杨念如、周文元等，乱已定，忠贤乃安。然自是缇骑不出国门矣。……"传中主要叙述了周顺昌反对阉党，同情人民，因而得到人民支持的历史事实。在当时，反对阉党和同情人民是紧密地联系在一起的。传中提到周顺昌"捕治税监高寀爪牙"，当高寀激起"民变"的时候有人主张让周顺昌代替高寀做税监去平息"民变"，而周顺昌坚决不肯，就足以说明这个问题。

明代后期，江南地区开始孕育着资本主义的萌芽，工商业和城市经济都有一定程度的发展和繁荣，这就引起了把持朝政的阉党对这一地区进行更残酷地掠夺的野心。以江南中小地主阶级知识分子为主体的政治集团东林党，就是在这样的历史条件下形成的。东林党人主张开放言路、改良政治，反对阉党对江南地区实行残酷地政治压迫和经济掠夺的斗争，既代表了江南中小地主阶级的利益，也符合江南工商业者和广大市民及其他人民的要求，因而也得到他们的支援。阉党因逮捕周顺昌而激起以"五人"为首的市民暴动，就是典型事例之一。人民群众对阉党恨入骨髓，而对东林党人却抱有一定的同情，所以当阉党逮捕敢于为人民的冤抑和利害说话的周顺昌时，就激起了一场声势浩大的市民暴动。这场市民暴动的首领颜佩韦等"五人"虽然牺牲了，但"忠贤大惧"，"自是缇骑不出国门"，充分显示了人民斗争的威力。

明思宗即位，镇压了阉党，起用了东林党人。但这时候朱明王朝的统治机构已经腐烂不堪，而阶级矛盾又异常尖锐。加上被起用的东林党人都是一些空谈家，只斤斤于派别斗争，不能采取有效的措施以挽救危亡。阉党残余又乘机卷土重来，相继入阁执政，一面打击东林党人士和正派人物，一面镇压人民起义。张溥于是联合各地文社，于崇祯二年（1629）组成"复社"，和阉党作斗争。他之所以能够写出一篇热情洋溢地歌颂苏州人民反阉党斗争的《五人墓碑记》，是和他反阉党的政治目的分不开的。

这篇文章在写作方法上的特点是：夹叙夹议，层层对比，步步深入，前后照应，反复唱叹，熔叙事、议论、描写、抒情于一炉。而这一切又都服务于主题思想的表达。这个主题思想，作者直到文章的结尾才明确地说出来，那就是"明死生之大，匹夫之有重于社稷"。

作者提出的这个主题思想，本身就包含着许多对比的因素："死"与

"生"，当然是对比；有"大"就有"小"，有"重"就有"轻"，有"匹夫"就有"富贵之子，慷慨得志之徒"和"缙绅"以至"高爵显位"，这里都有强烈的对比。

为"五人墓"作"碑记"，当然得写出"五人"是怎样的人。但这也可以有各种写法。按照"墓志"文的格局，一上来就得叙述他们的姓名、籍贯、世系、行事等等，但张溥却另辟蹊径，只用"五人者，盖当蓼洲周公之被逮，激于义而死焉者也"一句话，对"五人"作了判断性的说明。以一个判断句开头，说明"五人"是"激于义而死"的，这里已包含着对"五人"的颂扬。"激于义而死"有其对立面，例如"不义而生"、"不义而死"等等。按照作者在篇末点明的主题思想的逻辑，"激于义而死"，"死"的意义就"大"；如此而死，虽"匹夫"也"有重于社稷"。那么与此相对照，那些"不义而生"、"不义而死"的，又怎么样呢？对于这些，作者暂时没有发议论，然而讽刺的锋芒也已经从对"五人"的颂扬中露出来了。

点出"五人""激于义而死"读者满以为该写怎样激于义而死了，但作者却按下不表，由"死"写"葬"，由"葬"写"立石"，给读者留下悬念。

写"葬"，写"立石"，用的是叙述句，但并非单纯叙事，而是寓褒于叙。"贤士大夫"们"除魏阉废祠之址以葬之，且立石于其墓之门，以旌其所为"，这不是对"五人"的褒扬吗？所以紧接着，即用"呜呼，亦盛矣哉"这个充满激情的赞颂句收束上文，反跌下文，完成了第一段。

有褒必有贬。第一段虽然只是从正面褒"五人"，但其中已暗含了许多与"五人"相对比的因素，为下文的层层对比留下了伏笔。

第二段，就"富贵之子，慷慨得志之徒"的"死而湮没不足道"与"五人"的死而立碑"以旌其所为"相对比，实际上已揭示出"疾病而死"与"激于义而死"的不同意义。但作者却引而不发，暂时不作这样的结论，而用"何也"一问，使本来已经波澜起伏的文势涌现出轩然大波。

如前所说，在一开头点出"五人""激于义而死"之后，原可以就势写怎样"激于义而死"。但作者却没有这样做，而是写"墓而葬"，写立碑"以旌其所为"，写在"五人"死后的"十有一月"中无数"富贵之子，慷慨得志之徒"死于疾病，从而在两相对比的基础上提出了一个尖锐问题：凡人皆有死，但一则受到贤者的旌表，死而不朽，一则与草木同腐，"湮没不足道"，这是什么原因呢？在这尖锐的一问使文势振起之后，才作为对这一问的回答写"五人"怎样"激于义而死"。文情何等曲折！文势何等跌宕！然而这一切，都是为更有力地歌颂"五人"之死蓄势。对"五人"的歌颂越有力，对其对立面的暴露、批判也就越深刻，对表现"明死生之大，匹夫之有重于社稷"的主题也就越有利。

写"五人"之死用了两段文字，叙事中有说明，有描写，而且处处与前面的文字相照应，其目的不在于叙述市民暴动的全过程，而在于通过写"五人"为什么而死来表扬他们的正义行动。

和全文开头处的"当蓼洲周公之被逮"相照应，这一段从"予犹记周公之被逮……"写起。"周公之被逮"，与"五人"之死又有什么关系呢？作者在追述了"缇骑按剑而前，问'谁为哀者？'……"的情景之后告诉读者："是时以大中丞抚吴者，为魏之私人，周公之逮，所由使也。吴之民方痛心焉，于是乘其厉声以呵，则噪而相逐。"寥寥数语，表明"周公"与阉党形同冰炭，互不相容，那么两相对比，"周公"是怎样一个人，也就不言而喻了。还表明"吴之民"痛恨阉党而同情"周公"，那么因阉党逮捕"周公"而激起的这场"民变"的正义性，也就不容歪曲了。正面写市民暴动只有四个字："噪而相逐"。但由于明确地写出"逐"的对象是"魏之私人"，因而虽然只用了四个字，却已经把反阉党斗争的伟大意义表现出来了。

"吴之民"与"五人"是全体与部分的关系。不单写"五人"，而写包括"五人"在内的"吴之民""噪而相逐"，这就十分有力地表现出民心所向，正义所在，从而十分有力地反衬出阉党以"吴民之乱"的罪名"按诛五人"的卑鄙无耻，倒行逆施。

在前面，只提"五人"，连"五人"的姓名也没有说。直等到写了"五人"被阉党作为"吴民之乱"的首领被杀害的时候，才一一列举他们的姓名，大书而特书，并用"即今之傫然在墓者也"一句，与首段的"墓而葬"拍合。其表扬之意，溢于言外。

这还不够，接着又用一小节文字描写了"五人"当刑之时"意气阳阳，呼中丞之名而詈之，谈笑以死"的英雄气概和"贤士大夫"买其头颅而函之的义举，然后又回顾首段的"墓而葬"，解释说："故今之墓中，全乎为五人也。"很明显，这里既歌颂了"五人"，又肯定了"贤士大夫"。而对于"贤士大夫"的肯定，也正是对"五人"的歌颂。

第三大段写"五人"怎样"激于义而死"，四、五两段，则着重写"五人"之死所发生的积极而巨大的社会影响。

第四段是这样开头的："嗟夫！大阉之乱，缙绅而能不易其志者，四海之大，有几人欤？"阉党把"乱"的罪名加于"吴民"，作者针锋相对，把"乱"的罪名还给阉党，恢复了历史的本来面目。"大阉"不过是皇帝的家奴，凭什么能"乱"朝廷，"乱"天下？这固然由于皇帝的宠信，但在很大程度上还由于"缙绅"的助纣为虐。作者以十分感慨的语气指出："四海之大"，能够在"大阉之乱"中不改其志的，并没有几个人！我们只要翻一下《明史》，就知道这并非夸张。然而这样说，是要得罪成千上万的"缙绅"的。作者不怕树敌，敢于揭露真象，表现了卓越的胆识。

在"缙绅而能不易其志……"这个句子中，"而"字用于主语和谓语之间，表示一种特殊的转折关系。全句的意思是：作为读书明理的"缙绅"，本来应该在任何情况下都不改变高洁的志操，但在"大阉之乱"中，普天下的无数"缙绅"能不改变高洁的志操的，竟然没有几个人，岂不令人愤慨！以"嗟夫"开头，以"有几人欤"煞尾，表现了作者压抑不住的愤慨之情。

"缙绅"如此，那么"匹夫"怎样呢？于是用"而"字一转，转而歌颂"五人"，阐发"匹夫之有重于社稷"的主题。"缙绅"都是"读诗书"、"明大义"的，却依附阉党，危害国家，"而五人生于编伍之间，素不闻诗书之训，激昂大义，蹈死不顾，亦曷故哉？"作者从地主阶级立场出发，认为素闻诗书之训的"缙绅"应该比"素不闻诗书之训"的"匹夫"高明，但事实却恰恰相反，因而发出了"亦曷故哉"的疑问。这个疑问，他不可能作出正确的回答。但他敢于承认这个事实，仍然是值得称道的。他不但承认这个事实，而且以"缙绅"助纣为虐、祸国殃民为反衬，揭示了以"五人"为首的市民暴动在打击阉党的嚣张气焰，使之终归覆灭这一方面所起的伟大作用。在《明史·周顺昌传》里，也有"忠贤大惧"，"自是缇骑不出国门"的记载，但张溥讲得更全面："且矫诏纷出，钩党之捕，遍于天下，卒以吾郡之发愤一击，不敢复有株治。大阉亦逡巡畏义，非常之谋，难于猝发。待圣人之出，而投缳道路，不可谓非五人之力也。"把这一切都归于"吴之民"的"发愤一击"和"五人之力"，是看出了而且高度评价了人民群众的力量的。

第五段也用对比手法，以"由是观之"领头，表明它与第四段不是机械的并列关系，而是由此及彼，层层深入的关系。"是"是一个指代词，指代第四段所论述的事实。从第四段所论述的事实看来，仗义而死与苟且偷生，其社会意义判若霄壤。作者以饱含讽刺的笔墨，揭露了"今之高爵显位"为了苟全性命而表现出来的种种"辱人贱行"，提出了一个问题：这种种"辱人贱行"，和"五人之死"相比，"轻重固何如哉"。苟且偷生，轻若鸿毛；仗义而死，重于泰山：这自然是作者希望得到的回答。

在作了如上对比之后，作者又从正反两方面论述了"五人"之死所产生的另一种社会效果。从正面说，由于"五人""发愤一击"，"蹈死不顾"而挫败了浊乱天下的邪恶势力，因而"得以加其土封，列其姓名于大堤之上。凡四方之士，无有不过而拜且泣者，斯固百世之遇也。"从反面说，假使"五人者保其首领，以老于户牖之下，则尽其天年，人皆得以隶使之，安能屈豪杰之流，扼腕墓道，发其志士之悲哉?"应该指出：这不仅是就"五人"死后所得的光荣方面说的，而且是就"五人"之死在"四方之士"、"豪杰之流"的精神上所产生的积极影响方面说的。"四方之士""过而拜且泣"，"豪杰之流，扼腕墓道，发其志士之悲"，不正表现了对"五人"同情、仰慕乃至向他们学习的崇高感情吗？而号召人们向"五人"学习，继续跟阉党余孽作斗争，正是作者写这篇文章的目的。所以接下去就明白地告诉读者："予与同社诸君子，哀斯墓之徒有其石也，而为之记，亦以明死生之大，匹夫之有重于社稷也。"

这篇文章题为《五人墓碑记》，歌颂"五人"当然是它的主要内容。但社会是复杂的，事物是互相联系的，要孤立地歌颂"五人"，就很难着笔。张溥在这篇文章中，与"五人"相对比，不仅指斥了阉党，还暴露批判了"富贵之子，慷慨得志之徒"和"缙绅"、"高爵显位"等等；与"五人"相映衬，不仅赞美了周顺昌，还肯定了"郡之贤士大夫"。正是由于有了这一系列的对比和映衬，才充实了歌颂"五人"的思想内容，加强了歌颂"五人"的艺术力量。

在文章的前一部分，提到"贤士大夫"的共有两处：一处是"郡之贤士大夫请于当道，即除魏阉废祠之址以葬之，且立石于其墓之门，以旌其所为"，另一处是"有贤士大夫发五十金，买五人之脰而函之，卒与尸合"。从行文的需要看，在这两处列出"贤士大夫"的姓名，显然不太适宜。但这些"贤士大夫"不仅在对待"五人"的态度上值得称道，而且和写这篇文章也直接相关。没有这些"贤士大夫"买"五人之脰"、为之修墓、为之立碑，哪有可能写这篇《五人墓碑记》呢？所以在文章的结尾，又用特笔补出了"贤士大夫"的姓名。而用特笔补出，既避免了前半篇行文的累赘和重点的分散，又加重了褒扬的分量。

张溥在文章结尾列举三位"贤士大夫""冏卿因之吴公、太史文起文公、孟长姚公"，称"公"而不称名，表示了对他们的敬意。这三个人，都是当时苏州著名的有正义感的知识分子。阉党崔呈秀编《天鉴录》献魏忠贤，指杨涟、左光斗等近三十人为"东林党"，企图一网打尽；文震孟和姚希孟，就都被列入这个《天鉴录》。

这篇文章在结构上的一个显著特点是：先以洗练的笔墨叙述了"五人"死后贤士大夫为他们修墓、立碑的盛况，接着与此相对照，写了"富贵之子，慷慨得志之徒"的"死而湮没不足道"，从而提出了一个问题："独五人之皦皦，何也？"这一问，是贯串全篇的主线。它承上而来，又领起以下各段。第三大段树立"五人"大义凛然、威武不屈的形象，固然是对这一问的回答，四、五两段揭示"五人"之死所发生的社会影响，也是对这一问的回答。正因为以一线贯全篇，所以文笔既活泼，结构又谨严。而作者之所以要用这样的一问作为贯串全篇的主线，又是从有利于表现他确定的主题出发的。回答了"五人"为什么那样"皦皦"的问题，不就自然而然地阐明了"死生之大，匹夫之有重于社稷"的主题吗？

口　技

林嗣环

京中有善口技者。会宾客大宴，于厅事之东北角，施八尺屏幛，口技人坐屏幛中，一桌、一椅、一扇、一抚尺而已。众宾团坐。少顷，但闻屏幛中抚尺一下，满座寂然，无敢哗者。

遥闻深巷中犬吠，便有妇人惊觉欠伸，其夫呓语。既而儿醒，大啼。夫亦醒，令妇抚儿乳，儿含乳啼，妇拍而呜之。夫起溺，妇亦抱儿起溺。床上又一大儿醒，狺狺不止。当是时，妇手拍儿声，口中呜声，儿含乳啼声，大儿初醒声，床声，夫叱大儿声，溺瓶中声，溺桶中声，一齐凑发，众妙毕备。满座宾客，无不伸颈侧目，微笑默叹，以为妙绝也。

　　既而夫上床寝。妇又呼大儿溺，毕，都上床寝。小儿亦渐欲睡。夫齁声起，妇拍儿亦渐拍渐止。微闻有鼠作作索索，盆器倾侧，妇梦中咳嗽之声。宾客意少舒，稍稍正坐。

　　忽一人大呼："火起！"夫起大呼，妇亦起大呼。两儿齐哭。俄而百千人大呼，百千儿哭，百千犬吠。中间力拉崩倒之声，火爆声，呼呼风声，百千齐作；又夹百千求救声，曳屋许许声，抢夺声，泼水声。凡所应有，无所不有。虽人有百手，手有百指，不能指其一端；人有百口，口有百舌，不能名其一处也。于是宾客无不变色离席，奋袖出臂，两股战战，几欲先走。

　　而忽然抚尺一下，众响毕绝。撤屏视之，一人、一桌、一椅、一扇、一抚尺而已。

　　欧阳修有一篇著名的《秋声赋》，把看不见，摸不着的"秋声"写得形色宛然，变态百出，从而寄托了叹世悲秋的思想情感。林嗣环把自己的诗歌创作结集起来，题为《秋声诗》。《口技》是《〈秋声诗〉自序》的一部分（略有删节）。

　　作者的本意并不是写口技，而是为他的《秋声诗》作序言。他在写完口技之后说："嘻，若而人者，可谓善画声矣！遂录其语以为《秋声》序。"很清楚，他是借口技人的"善画声"说明《秋声诗》的"善画声"的。他通过具体描写，把口技人的表演生动地再现出来。读了这篇短文，就像身临其境，听了一场精彩的口技，受到强烈的感染。

　　林嗣环在把主要力量用于正面描写时，也采用了辅助性的艺术手法，侧面烘托。而且，把正面描写与侧面烘托（写听众的反应）结合起来，用以表现主题。

　　第一段："……于厅事之东北角，施八尺屏幛，口技人坐屏幛中，一桌、一椅、一扇、一抚尺而已。众宾团坐……"可以设想，一个大宴宾客的场所，是有许多东西可写的，为什么只写这些呢？那是因为这些东西最有利于烘托主题。口技人是坐在屏幛中的，如果不亮一下底，让"众宾"知道其中除"一桌、一椅、一扇、一抚尺"而外，别无他物，那就会怀疑其中有鬼。"而已"两字，扫清一切怀疑，使人确信口技人奏技只用一张口。

接下去，既写口技人奏技，又写众宾的反应，波澜层出，极起伏变化之妙。

"一抚尺而已"扫清了众宾的怀疑，文势一缓，紧接着："但闻屏幛中抚尺一下，满座寂然，无敢哗者。"立刻造成一种肃静的、紧张的气氛，文势一振。一缓一紧，出现了第一次波澜。

抚尺一下，为什么会产生那么大的威力呢？这因为"一桌、一椅、一扇、一抚尺而已"，一方面使"众宾"相信口技人奏技只用一张口，另一方面又不免产生只凭一张口究竟能玩出什么花样的疑问。这疑问，又逼出一种急于一听究竟的"悬念"。所以"抚尺一下"，就像抛出一块巨大的磁石，把人们的注意力吸引过去了。

文势振起之后，接着是一段正面描写。从"遥闻深巷中犬吠，便有妇人惊觉欠伸"到"又一大儿醒，猞猞不止"，声音由远而近、由疏而密、由简单而复杂，写得极有层次。到了"妇手拍儿声，口中呜声，儿含乳啼声，大儿初醒声，床声，夫叱大儿声，溺瓶中声，溺桶中声……"，则诸声并作，出现了第一个高潮。

高潮出现后，并没有让它骤然降落，却把笔锋一转，去写众宾的反应："满座宾客，无不伸颈侧目，微笑默叹，以为妙绝也。"这一段侧面烘托，不仅加强了前面的正面描写，而且使文势动宕，摇曳多姿。

烘托之后，又继之以正面描写："既而……夫齁声起，妇拍儿亦渐拍渐止。微闻有鼠作作索索，盆器倾侧，妇梦中咳嗽之声。"高潮降落，众宾"伸颈侧目"的紧张情绪也松弛下来，"意少舒，稍稍正坐"。也许，他们以为这场表演，就此结束了；而且，就此结束，他们大约也已经满足了。想不到："忽一人大呼：'火起！'夫起大呼，妇亦起大呼。两儿齐哭。俄而百千人大呼，百千儿哭，百千犬吠。中间力拉崩倒之声，火爆声。呼呼风声，百千齐作；又夹百千求救声，曳屋许许声，抢夺声，泼水声。凡所应有，无所不有……"

于高潮降落，仅留余波之时，骤然雷轰电击，风狂雨暴，波浪掀天。而情绪刚刚松弛下来的听众，猝不及防，被这突如其来的巨变吓坏了，真以为发生了火灾，都想从熊熊大火的包围中冲出去："于是宾客无不变色离席，奋袖出臂，两股战战，几欲先走。"这是一个规模更大的高潮。由余波到规模更大的高潮，复又兴起波澜。

正当听众想突围而出的时候，"忽然抚尺一下，众响毕绝"。这究竟是怎么一回事？是不是真的发生了火灾呢？是不是屏幛里面有水，有火，有房屋，有千百大人，千百小儿、千百只犬呢？都不是。"撤屏视之，一人、一桌、一椅，一扇、一抚尺而已。"

更大的高潮突然降落，这是又一次波澜。

这里，"一抚尺而已"的又一次出现，绝不仅仅为了形式上的首尾呼应。首段的"一抚尺而已"使听众确信口技人奏技只用一张口，但当听众听到发生火灾时，不但不以为那只是口技，而且简直感到真的发生了火灾。末段的"而已"和首段遥遥呼应，把听众从火灾的惊恐中唤回来，使他们不得不相信刚才发生的一切，都出于口技人的一张口。于是，口技人的"善画声"，也就不能不令人叹为观止了。

《虞初新志》的编者张潮说："绝世奇技，复得此奇文以传之。读竟，辄浮大白。"技之所以奇，不仅在于模仿各种声音，惟妙惟肖，而且在于对那段表演的组织结构，独具匠心。它以一个家庭为中心，先描绘在静夜里的各种细碎活动，然后扩展开去，描绘突然发生大火灾。前后的两种场面迥不相同，但中间又有必然的联系，毫无七拼八凑之感。此其一。由较小的波澜逐渐推进，形成高潮，一步步抓紧听众的注意力；然后高潮逐渐降落，让听众紧张的情绪松弛下来；突然一声"火起"，使听众猝不及防，忘记了是在听口技，想从大火包围中冲出去；在这紧张万状的关头，忽然抚尺一下，众响毕绝：有起有伏，有擒有纵，变化万端，不可方物。此其二。这显然不是自然主义地模仿生活，而是高度的艺术概括、艺术提炼的产物。

文之所以奇，也奇在组织结构的巧妙上，口技表演的巧妙的组织结构，也许完全出于口技人的匠心，也许还有作者的再创造。即使在表现口技表演的组织结构上没有再创造，但如前面所分析，他在写口技表演的全部过程中巧妙地穿插了听众的各种表情，不仅突出了口技的高明，而且也丰富了文章的波澜，这还是创造。文之所以奇，又奇在正面描写的维妙维肖上。不言而喻，口技这种技艺是用声音反映生活的（所以又叫象声）；作家要传出口技之神，也必须利用语言的音响。林嗣环在这一点上做得很出色。显而易见的是，他用了许多像"呜"、"狺狺"、"作作索索"、"呼呼"、"许许"（读如"虎"）之类的摹声词。但这还是次要的；主要的是，句子忽长忽短，声音忽低忽高，节奏忽缓忽急，构成抑扬顿挫的旋律，准确地再现了口技表演的抑扬变化。

　　这是散文，但为了加强节奏感，于忽长忽短的句子中又安排有若干字数约略相同的句子，还押了不少所谓"独脚韵"（即用同一字押韵）。韵与节奏的关系很密切。一般地说，韵疏则节奏缓，韵密则节奏急。作者根据节奏缓急的需要，押了或疏或密的韵。最密的时候是句句押韵（如"呼"字韵，特别是"声"字韵），但又兼用了"交韵"（即单句与单句押一个韵，双句与双句另押一个韵）与句句押韵相结合的办法（如"夫起大呼，妇亦起大呼，两儿齐哭。俄而百千人大呼，百千儿哭"）。另外，短句多、长句少，其中还夹杂了一些字数约略相等的句子；字数约略相等的句子，又是几句长、几句短。参差错落，变化无穷。这就使得节奏急促而富于变化，真有"大珠小珠落玉盘"之妙。

　　末了，还有几句关于这篇《口技》的作者的话值得一说。在贯华堂本《水浒传》第六十五回的前面，金圣叹用口技之妙比喻《时迁火烧翠云楼》一回的写作技巧，其描写口技的文字，与林嗣环的这一篇几乎完全相同，而他并没有提到林嗣环，却是用"吾友斲山先生尝向吾夸京中口技"云云开头的。金圣叹的生卒年都比林嗣环早，但两人同时生存的时期也不算短，所以这篇作品的著作权究竟属谁，很难确定。然而不管属谁，都足以说明这是一篇引人入胜的好作品，一脱稿就不胫而走了。

附录

谈霍松林先生的文学鉴赏

刘锋焘

在老一辈的学者中间，霍松林先生的文学鉴赏很有特色。20 世纪 80 年代初，上海辞书出版社率先出版了《唐诗鉴赏辞典》，引发了轰动神州大地的"鉴赏热"。霍松林先生就是这部辞典的领衔撰稿人之一。而早在此前的 30 年内，霍先生就写了大量的鉴赏文章，并由人民文学出版社出版了《唐宋诗文鉴赏举隅》，初版印 5 万册，此后又多次重印。后来，霍先生又出版了《唐宋名篇品鉴》（中国社会科学出版社 1999 年出版）等新的鉴赏专集。2000 年 12 月，河北教育出版社更出版了《唐音阁鉴赏集》（为《唐音阁文集》5 种之一，涵诗词曲文鉴赏 165 篇），2001 年 5 月再版。使更多的读者读到了霍先生的鉴赏文章。关于霍先生的文学鉴赏，已有薛天纬、吴功正、罗宗强等诸多学者撰文，就所体现出的艺术敏感、知识内涵、理论深度、独到见解，以及鉴赏方法等等做了深入探讨（上述诸文，先在有关刊物发表，后收入《霍松林先生八十寿辰纪念文集》）。下面，笔者就自己拜读霍先生的鉴赏著作感受较深的其他一些方面，谈几点体会。

一

霍先生的文学鉴赏，总是从具体的作品出发，不做空谈。

鉴赏一篇作品，理所当然地要从作品本身出发，这应该是一个不会有异议的问题。但许多人写的鉴赏文章，却常常脱离作品本身，下笔千言，洋洋洒洒，做无根之谈。而霍先生的鉴赏文章，都是从具体作品入手的，对作品本意的理解、主题的解读、技巧方法的欣赏，等等，都是如此。即便对诗词作品中的人物形象的理解，也是如此。如对杜甫的名作《石壕吏》一诗中老妇形象的分析，霍先生指出："有些研究者从'安史之乱是非正义性的'这个概念出发，说《石壕吏》塑造了一个自愿报名参军的老妇形象，表现了人民群众的爱国主义精神。显然，这是不合诗的原意的。细读全诗，那老妇何尝是自愿'急应河阳役'呢？她'应合阳役'，分明是迫不得已，她那么'急'，更分明是迫不得已。不'急'，就要发生更严重的后果啊！这些好心的研究者不顾特定环境中人物的心理活动，根据'请从吏夜归……'的'致词'肯定了'老妇'的爱国主义精神，总算没有'歪曲劳动人民的形象'，但这样一来，将置'逾墙走'的'老翁'于何地呢？由于安史叛军的杀戮、抢掠，人民希望平叛；由于希望恢复'开元盛世'，杜甫也要求平叛。但当时的统治者对待叛军，却那样腐朽无能；而对待希望平叛、甚至已经贡献出三个儿子的劳动人民，却如此残暴无情。诗人杜甫面对这一切，没有美化现实，向'圣明天子'献颂歌，却如实地揭露了政治黑暗，发出了'有吏夜捉人'的呼喊！这是难能可贵的、值得高度评价的。抗日战争时期，国民党反动派一面鹰犬四出、乱'抓壮丁'，一面下令从中学《国文》课本中删去《石壕吏》，正说明这篇诗具有多么大的批判力量。"像这样的分析，与许多专家的分析结论不一样，但却是从作品本身中得出的结论，很有新意，也很有说服力。

对主题、对形象的理解要依据作品本身，对字词意象的理解也应当细读原作并联系上下文来下判断。如《诗经·桃夭》一首，《毛传》谓其各章首句指桃树，"夭"形容桃树"少壮"。有现代著名学者以为此解不妥，谓"桃之夭夭"是说桃花如笑。霍先生指出："说'桃之夭夭'句非指桃树少壮，而指桃花如笑，却颇难契心，更不切理。从语法上讲，'桃之夭夭'中的'桃'作主语，'灼灼其华'、'有蕡其实'、'其叶蓁蓁'中的'其'都是代词，代主语'桃'。如果把'桃'解作'桃花'，那么一、二、三章的第二句便成了'桃花'的'华'、'实'、'叶'如何如何，怎能讲通？从情理上讲，把'桃之夭夭'解作桃花夭夭如笑，在第一章里还勉强可以说得过去，第二章就遇到麻烦，桃花与桃实，哪能并存于一树呢？看来《传》解'桃'为桃树，还是对的。'夭夭'，通常解作'美盛貌'，亦与《传》解'少壮'相通。"

读诗解诗，需不离原作本身，更须关注全文，而不胶着于某字某句。晚唐诗人温庭筠的名作《商山早行》久已脍炙人口，但对其注解却颇多歧义，如其尾联"因思杜陵梦，凫雁满回塘"，就有许多不同的理解，比较有代表性的解释是"回想长安情境恍然如梦，而眼前则是'凫雁满塘'，一片萧瑟景象"。霍先生指出，这尾联其实是对首联中"客行悲故乡"的照应和补充，

"把首尾联系起来看，就不会像有些选注家那样乱加解释了"，并进一步具体分析道："旅途'早行'的景色，使诗人想起了昨夜在梦中出现的杜陵景色：'凫雁满回塘。'春天来了，故乡杜陵，回塘水暖，凫雁自得其乐；而自己却离家日远，在'茅店'里歇脚，在山路上奔波呢！'杜陵梦'，补出了夜间在'茅店'里思家的心情，与'客行悲故乡'首尾照应，互相补充；而梦中故乡的景色与旅途上的景色又形成鲜明的对照。眼里看的是'槲叶满山路'，心里想的是'凫雁满回塘'。'早行'之景与'早行'之情，都得到了完美的体现。"

像这样一些作品，如果从作品本身着眼，并顾及作品之"全篇"来仔细地阅读、理解，就会避免许多歧义，更会避免许多牵强附会的解释。霍先生的鉴赏实践，给我们提供了一种范例。

二

知人论世，本是赏读与研究文学作品的一个基本的原理。自从孟子提出这一观点以后，历代和者甚众。而自从鲁迅先生作了"倘要论文，最好是顾及全篇，并且顾及作者的全人，以及他所处的社会状态"（《"题未定"草（七）》）的诠释发挥后，知人论世的原理似乎已成了人人皆知的常识。然而在具体的文学赏读实践中，却并非人人都能做到。

一些特定的作品，不联系写作时的具体背景以及作者当时特定的心态，或许也能作出相应的解释，但却很难有准确到位的理解。刘邦的《大风歌》，短短三句："大风起兮云飞扬，威加海内兮归故乡。安得猛士兮守四方！"看起来简单明了，但自古以来对它的解释却见仁见智，颇多分歧。《史记·高祖本记》记载刘邦酒酣之后击筑高歌，并"令儿皆和习也"，以致他自己"慷慨伤怀，泣数行下"。这首诗作于刘邦入关、立为汉王之后的第十二年。这时，他早已打败了劲敌项羽，做了七年的皇帝，也刚刚击败了淮南王黥布的叛军。以他的个性，正应是志满意得、不可一世之时，为什么却要"慷慨伤怀，泣数行下"，发出"安得猛士兮守四方"的感伤之叹？对此，霍先生联系刘邦创作时的时代背景与心态，指出："摆在他眼前的事实又是什么呢？帮他打天下的功臣诸如韩信、彭越等人都已经被他诛杀了；在破项羽于垓下的战斗中立下赫赫战功的黥布，因韩、彭被诛而惧祸及己，举兵反叛；刘邦在平叛中身中流矢（半年后疮口恶化致死），他是带着严重疮伤回到故乡的；这时候，他已经六十二岁，太子（后来的惠帝）懦弱无能，黥布之叛尚未彻底平定，而从吕后所说的'诸将与帝为编户民，今北面为臣，此常怏怏'来看，想反叛的还大有人在。明乎此，就不难理解这首起势雄壮的《大风歌》为什么以'安得猛士兮守四方'的感叹收尾，就不难理解他在唱歌的时候为什么'慷慨伤怀，泣数行下'。沈德潜《古诗源》评此歌云：'时帝春秋高，韩、彭已诛，而孝惠仁弱，人心未定。思猛士，其有悔心耶？'刘邦对他诛杀功臣是否真有'悔心'，这很难说；但沈德潜所分析的形势无疑乃是刘邦所意识、所焦虑的。"这样一分析，就使得我们对刘邦的感伤有了真切的体会。

杜甫的名作《自京赴奉先县咏怀五百字》中有"葵藿倾太阳"一句，许多注本都把"葵"解释为向日葵。这虽然对理解诗的大意没有太大的影响，但终与老杜原意不切合。霍先生指出："向日葵一名西番葵，一年生草本，原产美洲，十七世纪，我国才从南洋引进，杜甫怎会见到？杜甫所说的'葵'系锦葵科宿根草本，《花镜》说它'一名卫足葵，言其倾叶向阳，不令照其根也'。'藿'指豆叶，也向阳。曹植《求通亲亲表》：'若葵藿之倾叶，太阳虽不为之回光，然终向之者，诚也。臣窃自比葵藿；若降天地之施，垂三光之明者，实在陛下。'杜甫这句诗，实取义于此，既表现自己'倾太阳'的忠诚，也包含'太阳不为之回光'却仍然希望其'回光'的复杂内容，与上文'生逢尧舜君，不忍便永诀'和下文'终愧巢与由，未能易其节'有内在的联系。而希望太阳回光，又是为了实现稷契之志"。结合时代，确证名实；而后考证出处，通观全文，并联系作者的志向、作品的主旨，言而有据，十分切合原作原意。

中国幅员辽阔，地理环境复杂多样，所以，对有些具体的作品，还要联系具体的地理环境，而不能笼统地"一概而论"。温庭筠的名作《商山早行》有"鸡声茅店月，人迹板桥霜。槲叶落山路，枳花明驿墙"之句，不少人着眼于'板桥霜'和"槲叶落"，认为"这诗写的是秋景"；并说秋天"不当有'枳花'，想是误用。"作诗高手如温庭筠者，竟然会犯如此低级的错误，实在让人费解。对此，霍先生联系此诗的写作地点（陕西商洛一带的山区），指出："这其实是误解。不光是秋天才有'霜'，也不是任何树都在秋天'落叶'。商县、洛南一带，枳树、槲树很多。槲树的叶片很大，冬天虽干枯，却仍留枝上；直到第二年早春树枝将发嫩芽的时候，才纷纷脱落。而这时候，枳树的白花已在开放。"并举例说明"温庭筠对此很熟悉。他在《送洛南李主簿》里，也是用'槲叶晓迷路，枳花春满庭'的诗句描写商洛地区的早春景色的。"如果不联系具体的地理环境，就必然对此诗的理解产生很大的误差。

　　赏读、分析那些有特定内涵的作品，更要联系其创作背景、创作动机以及其他一些相关的资料，但有时做起来并不那么容易，人们往往会执著于某些表相的侧面而影响了对作品的理解。比如范仲淹的《岳阳楼记》，前人往往只从文体的角度着眼，指责其不合体裁，把"记"写成了"论"。早在北宋时期，陈师道就提出了这种批评。那么，作者为什么要这样写，即范仲淹的创作动机和意图是什么呢？一直没有人做过探究。霍先生广泛搜集资料，最后找到了范仲淹的后人范公偁《过庭录》、南宋周煇《清波杂志》、晚明袁中道《珂雪文集》以及《岳州府志》中的相关记载，才对此文做出了透彻的理解和合理的解释。《过庭录》载："滕子京负大才，为众所疾。自庆帅谪巴陵，愤郁颇见辞色。文正（范仲淹）与之同年友善，爱其才，恐后贻祸；然滕豪迈自负，罕受人言，正患无隙以规之。子京忽以书抵文正，求岳阳楼记，故记中云：'不以物喜，不以己悲'，'先天下之忧而忧，后天下之乐而乐。'其意盖有在矣。"《清波杂志》记"滕子京守巴陵，修岳阳楼，或赞其落成，答以'落甚成？只待凭栏大恸数场'"。袁中道《游岳阳记》谓"昔滕子京以庆帅左迁此地，郁郁不得志，增城楼为岳阳楼。既成，宾僚请大合乐落之。子京曰：'直须凭栏大哭一番乃快。'"在这些材料的基础上，霍先生指出："范仲淹并不是为原来的岳阳楼写记，而是为滕子京'重修'的岳阳楼写记。滕子京'重修岳阳楼'，为的是'凭栏大恸数场'，以发泄遭迫害、被贬谪的愤懑；范仲淹针对这一点写记，就不能用公式化的办法。明白了这一点，就可以看出范仲淹的这篇'别开生面'的文章，'议论虽多，何害为记'（王若虚语）！它是为滕子京'重修'岳阳楼写的记，是有的放矢的最贴切的记。"像这样的一些作品，如果仅仅局限于作品本身，就很难得出令人信服的结论。）

　　有的作品，表面看来只是一种即兴之作，无甚寓意。赏读这样的作品，往往需要考察更多的背景资料、考察作者之"全人"。如陆游《剑门道中遇微雨》一首，许多人把它看成是一首有情趣、有情调的生活小诗，而霍先生在联系陆游的遭际抱负、写这首诗之前的经历以及写这首诗之时的境遇和心情、并证以其他诗篇以后指出："在顾及'全人'的同时细读'全诗'，便于含蓄中见忧愤，于婉约中见感慨。惟其含蓄，忧愤更其深广；惟其婉约，感慨更其沉痛。"这样的鉴赏，在霍先生的鉴赏集中还有许多。

三

霍先生的文学鉴赏，融入了自己的生活经验与创作经验，以此为基础，充分地发挥合理的想象。

欣赏作品，需要想象和联想。对此，霍先生有着明确的自觉意识："作诗要用形象思维的方法，读诗亦然。诗歌虽有形象性，但并不像电影之类的视觉艺术那样具有形象的可见性，因而在读诗的时候，必须根据自己的生活经验和历史知识，想象出作者描写的那幅生活图画。诗的形象，有它的确定性，按照诗的形象所确定的范围去展开想象的翅膀，一般地说，是会加深对原诗的理解的。"读杜甫的"晓看红湿处，花重锦官城"，霍先生会想到："等到天明一看，整个锦官城（成都）杂花生树，一片'红湿'，一朵朵红艳艳、沉甸甸，汇成花的海洋。那么，田里的禾苗呢？山上的树林呢？一切的一切呢"。由花而联想到禾苗、山林，这正是生活经验的体现。

充分地发挥想象，对作品所描写的情景进行联想、补充，在霍先生的鉴赏文章中非常多见。如对陈与义《早行》一诗的赏析。原诗这样写道："露侵驼褐晓寒轻，星斗阑干分外明。寂寞小桥和梦过，稻田深处草虫鸣。"霍先生细致地分析了每一句诗所写的情景，并旁征博引，证明诗人的"和梦过"是在马上做梦，而且有人为他牵马。然后，霍先生对这四句诗所写的情景有一个这样的总体描述："第一句不诉诸视觉写早行之景，却诉诸触觉写寒意袭人，这是耐人寻味的。联系第三句，这'味'也不难寻。过'小桥'还在做梦，说明主人公起的太'早'，觉未睡醒，一上马就迷糊过去了。及至感到有点儿'寒'，才耸耸肩，醒了过来，原来身上湿漉漉的；一摸，露水已侵透了'驼褐'。接下去，其心理活动是：'嗬！已经走了这么久，天快亮了吧！'然而凭感觉，是无法准确地判断是否天亮的，自然要借助视觉；睁眼一看，大地一片幽暗；抬头看天，不是'长河渐落晓星沉'（李商隐《嫦娥》），而是'星斗阑干分外明'，离天亮还远呢！于是又合上惺忪睡眼，进入梦乡；既进入梦乡，又怎么知道在过桥呢？就因为他骑着马。马蹄踏在桥板上发出的响声惊动了他，意识到在过桥，于是略开睡眼，看见桥是个'小桥'，桥外是'稻'田，又朦朦胧胧，进入半睡眠状态。第一句写触觉，第二句写听觉；三、四两句，则视觉、触觉、听觉并写。先听见蹄声响亮，才略开睡眼；'小'桥和'稻'田，当然是看见的。而'稻田深处草虫鸣'，则是'和梦'过'小桥'时听见的。正像从响亮的马蹄声意识到过'桥'一样，'草虫'的鸣声不在桥边而在'稻田深处'，也是从听觉判断出来的。"这篇收入《唐宋诗文鉴赏举隅》的文章被纽约《海内外》1984年第10期转载，良非偶然。

生活经验的积累，使得霍先生能够对作品做出符合生活真实的解释。如祖咏《终南望馀雪》一首，霍先生指出，一"霁"字十分重要，"终南山距长安城南约六十华里，从长安城中遥望终南山，阴天固然看不清，就是在大晴天，一般看到的也是笼罩终南山的蒙蒙雾霭；只有在雨雪初晴之时，才能看清它的真面目。""所以，如果写从长安城中遥望终南而不下一个'霁'字，却说望见'阴岭'的'馀雪'如何如何，那就违反了客观真实"。霍先生在长安城南的陕西师范大学工作了半个多世纪，对这一自然现象自是十分熟悉。但若没有对生活的留心，正像绝大多数生活在长安城中的人一样，也不会有这样的理解的。对于诗中的"城中增暮寒"一句，霍先生用了俗谚"日暮天寒"和"下雪不冷消雪冷"，说明当时已寒上加寒。又用"望雪觉寒"的"通感"体验解释说：长安"城中"人"望终南馀雪"寒光闪闪而"打了一个寒颤"，更"增暮寒"，"终南望馀雪"的题目写到这种程度，意思即确完满了。善于借助生活体验，才能把那个"增"字分析得如此细致入微。

善于调动生活经验，是欣赏文学作品的一个重要基础；而联系自己的创作体验，则对作品的理解会更有超出常人的体会。霍先生的文学鉴赏正是这样。比如谈王勃的《送杜少府之任蜀川》，霍先生指出："首联对仗工整，为了避免板滞，次联以散调承之，文情跌宕"这正是霍先生自己创作经验的表达。谈陈与义《襄阳道中》"飞花两岸照船红，百里榆堤半日风"，霍先生指出这里对色彩的描写用了"显色字"与"隐色字"。对这一点，霍先生曾写有专门的论文《论诗的设色》[2]，有更充分地阐述。

一个热爱生活、富有创作经验的人，将生活经验与创作经验相融合，这样，对优秀的文学作品的理解，就能看出许多隐藏于字句之外的内容、洞悉笔墨之外的隐藏意与延伸意。霍先生讲杜甫《茅屋为秋风所破歌》"南村群童欺我老无力"，指出："只用一个'南'字，就把风向（由北而南）以及茅屋的位置（坐落在江北）点得一清二楚"。而讲"归来倚杖自叹息"，则谓此句"'一身而二任'，告诉我们在 '归来'（回到屋里）之前，诗人是挂着拐杖立在屋外的；大约是一听到北风狂叫，就担心盖得不够结实的茅屋发生危险，因而就挂杖出门，直到风吹屋破，茅草也无法收回，这才无可奈何地走回家中。'倚杖'，当然又与'老无力'照应。'自叹息'中的'自'字，下得很沉痛！诗人如此不幸的遭遇只有自己叹息，未引起别人的同情和帮助，则世风之浇薄，就意在言外了"。创作的经验，使得霍先生能够敏锐地体味到老杜仅用"南村"、"归来"四字暗示出许多情景；而由"自叹息"联想到世风的浇薄，则只有结合复杂丰富的生活阅历才能体会得出这种言外之意。

丰富的创作经验，使霍先生对作家的用笔技巧十分熟悉，如谈柳宗元《童区寄传》一文中的"行牧且荛"。看似平淡的四个字，却为下文埋下了伏笔，"不难设想，这个穷孩子正是在'行牧且荛'的平凡生活里得到了锻炼。他自然爬过峭壁、涉过急涧、砍过荆棘，也许驱逐过毒蛇猛兽。惟其如此，才可以做出下文要写的'奇'事来。"这，也正是先生调动了自己丰富的生活经验和创作经验，才能得出的理解和阐释。同样，自身创作的甘苦体会，使得霍先生常常能敏锐地发现诗人用墨的苦心，如对杜甫《石壕吏》一诗的分析："杜甫和后来修《新唐书》的宋祁不同，他删减字句，并不是一味求简。他在不很必要的地方惜墨如金，正是为了突出重要的地方，为了留出篇幅，以便在最重要的地方用墨如泼。《石壕吏》一诗，将老妪'前置辞'的内容写得多么感慨淋漓；而开头和结尾，却都着墨不多。在开头，用'逾墙走'三字将老翁推出诗篇之外，专写老妪。在结尾，用'独与老翁别'一句写自己离开石壕村，却将老妪终于被'捉'走以及老翁事后回家的情景，也透露出来了。如果是不善剪裁的人，光老妪的终于被'捉'以及老翁的事后归来，不知要费多少笔墨才能交代清楚；而在交代清楚之后，又必然分散重点，失掉含蓄之美。"读到这样的分析，不由得令我们拍掌称快、击节叫绝！

四

　　鉴赏，是"鉴"与"赏"的统一。首先要鉴，然后才能赏。鉴，先是要读懂原作，理解其原意，再是了解其构思布局、章法结构、意象意境，知其好坏，辨其高下，明其美丑，然后才能进入赏的层次，述其所以然。文学作品，特别是古典文学作品，由于时代变迁的原因，今天的人读起来总会有一些文字、名物等等方面的障碍，所以，要"鉴"，基本的语言阅读与理解能力、音韵、版本、校勘、训诂、考证等方面的基本知识，以及历史、地理乃至其他一切人文社会科学的基本知识当然是基础。对一般的文学作品，人们大都会有一个基本正确的理解，而对一些比较费解的作品就不同了。还有的作品，表面上看似简单，其实要做出正确的笺释也颇费笔墨。如白居易的名作《买花》中的"灼灼百朵红，戋戋五束素"两句，在全诗的章法上有着十分重要的作用，但对它的解释却颇有分歧。许多唐诗选本都把"戋戋"解释为"微少"，把"五束素"解释为"五把白牡丹"。霍先生认为这样解释不妥，且使下文的"一丛深色花，十户中人赋"两句失掉依据。《易·贲卦》："束帛戋戋。"旧注曰：束帛，五匹帛；戋戋，众多也。霍先生据此指出，白诗的"戋戋五束素"，显然从此化出。"素"也就是"帛"或者"绢"。"一束"是五匹，"五束"就是二十五匹。《新唐书·食货志》云："自初定两税时，钱轻货重……绢匹为钱三千二百。"白居易作此诗时正是"初定两税时"，一匹绢价值三千二百，则二十五匹绢的价值便是八万。与白居易同时的李肇在《国史补》（卷中）里说："京城贵游尚牡丹三十余年矣……一本有值数万者。"可证白居易的这两句诗是写实。当时长安崇尚红牡丹，而白牡丹则遭人贱视，故"灼灼百朵红"的价值是"戋戋五束素"。结尾的"一丛深色花"上承"灼灼百朵红"，而"十户中人赋"则上承"戋戋五束素"，可谓针线细密，章法谨严。此后出版的有关此诗注释或鉴赏的著作，大多都采用了霍先生的这种解释，还有的训诂学专著称此为"结合上下文进行训诂的范例"。

　　当然，读懂了作品的意思，并不等于就"鉴赏"或"欣赏"了作品，甚至还算不上真正的"鉴"。进一步，还要发现、分析、体悟作品的艺术技巧。文学作品的艺术技巧当然千变万化、丰富多彩；霍先生的文学鉴赏也有着多方面、多角度地赏析。这里，略举数例：黄庭坚的名作《寄黄几复》中"桃李春风一杯酒，江湖夜雨十年灯"，向来脍炙人口。霍先生细致地分析了这两句诗的对照手法："第一，下句所写，分明是别后十年来的情景，包括眼前的情景；那么，上句所写，自然是十年前的情景。因此，上句无须说'我们当年相会'，而这层意思已从与下句的对照中表现出来。第二，'江湖'除了能让人想起漂泊、怀人等等之外，还有与京城相对峙的意义，所谓'身在江湖，心存魏阙'就是明显的例证。'春风'一词，也另有含义。孟郊《登科后》诗云：'昔日龌龊不足夸，今朝放荡思无涯。春风得意马蹄疾，一日看尽长安花。'和下句对照，上句所写，时、地、景、事、情，都依稀可见：时，十年前的春季；地，北宋王朝的京城开封；景，春风吹拂，桃李盛开；事，友人'同学究出身'，把酒欢会；情，则洋溢于良辰美景、赏心乐事之中。'桃李春风'与'江湖夜雨'，这是'乐'与'哀'的对照；'一杯酒'与'十年灯'，这是'一'与'多'的对照。'桃李春风'而共饮'一杯酒'，欢会何其短促！'江湖夜雨'而各对'十年灯'，飘泊何其漫长！快意与失望，暂聚与久别，往日的交情与当前的思念，都从时、地、景、事、情的强烈对照中表现出来，令人寻味无穷。"像这样仔细地分析作品中的对比手法，在霍先生的赏析文章中很多见。（按，正如霍先生所说，美好的感情还须完美的艺术形式来体现，鉴赏诗美需要懂得艺术。同样，鉴赏作品也需要一定的方法技巧，比较、互证的方法，是霍先生文学鉴赏常用的一种重要方法，如对张九龄《感遇》、李白《送友人》、杜甫《闻官军收河南河北》、柳宗元《酬曹侍御过象县见寄》、白居易《赋得古原草送别》、白居易《杏园中枣树》、白居易《买花》、白居易《忆江南》、陈与义《早行》、叶绍翁《游园不值》等作品的赏析，都从不同的角度运用了对比的方法。）

对于艺术技巧的分析，在霍先生的鉴赏文章中比比皆是。如分析陆游的《游山西村》，指出该诗是用了倒叙的手法，按正常的位置，首联应在第三联之后。再如霍先生首先提出了"藏问于答"的表现手法，指出杜甫《石壕吏》一诗，只写了"妇"答，而实则是屡问屡答，"吏"问的内容，已在"妇"答中做了暗示。又如贾岛的《寻隐者不遇》，更是藏问于答："你的师父干什么去了？"上哪儿采药去了？"在哪一处？"这些问的内容都从童子的回答中暗示了出来。像这样的例子，不胜枚举。）

五

读懂了作品，发现了技巧，进一步，还要能领悟出作品潜在的"言外之意"，这才是鉴赏的目的。对此，霍先生指出："文艺鉴赏，乃是一种艺术的再创造，而不是对作品内容的刻板复述。文艺作品所描绘、所叙述的一切有其确定性的一面，这种确定性的东西愈是显而易见，读者的鉴赏就愈有一致性。正因为这样，古今中外的名作才能被不同时代、不同民族的读者共同欣赏。然而一切优秀的文艺作品都具有含蓄美，用接受美学的术语说，都具有'意义不确定性'和'意义空白'。鉴赏家的艺术再创造，就在于从作品实际出发，凭借自己的艺术敏感和审美经验，调动所有的生活阅历和知识库存，驰骋联想和想象，细致入微地阐明作品的象征、隐喻、暗示和含而未露、蓄而待发的种种内容与含意，并补充其'空白'，突现其隐秘，甚至发掘出作者本人压根儿没意识到的东西。"

杜甫诗《曲江二首》，乍看起来是写赏春行乐，而霍先生细细分析，却析出了诗中的"惜春、留春之情，洋溢于字里行间。因'仕不得志'而有感，故惜春、留春之情饱含深广的社会内容，耐人寻味"。韩愈的《送董邵南游河北序》，是一篇送行文章，霍先生仔细地分析了这篇"因难见巧"的文章，指出文中有巧妙的伏笔、有反话，而文章的主旨则是"词唯心否，明送实留"，"的确是一篇送行文字。但送之正所以留之，微情妙旨，全寄于笔墨之外"。此后学界对此文的分析，大都认同和接受了霍先生的观点，还有人为此写出了鸿篇巨制，但说到底也只是对霍先生的讲法加以发挥而已。

古人曾经提出了"状难状之景如在目前，含不尽之意见于言外"的观点（欧阳修《六一诗话》引梅尧臣语）。什么样的作品才算达到了这样的境界呢？霍先生举例分析了梅尧臣《秋日家居》中的两句："悬虫低复上，斗雀堕还飞。""从'悬虫'一联看，所展现的是这样的画面：悬在自己吐出的丝上的虫子，逐渐低垂，又逐渐上升；飞翔的鸟儿互相打斗，双双堕落，接着又逐一飞起。这当然是动景，但作者却在尾联说'无人知静景'。这'静'，可以从两方面看。一方面，以动的小景表现静的大景。鸟儿在眼前打斗，其'秋日家居'的环境之寂静，已不言可知；倘若是车马盈门、笑语喧哗，怎会有这般景象？另一方面，也是更重要的一方面，以景物之动表现心情之静。一个人能够循环地注视'悬虫低复上'，又注视'斗雀堕还飞'，其心情之闲静，也不言可知。至于那闲静之中究竟包含着愉悦之情、还是寂寞无聊之感，更是耐人寻味的。"

更有典型性的，如李白的《送友人》这样的作品，全诗如下："青山横北郭，白水绕东城。此地一为别，孤蓬万里征。浮云游子意，落日故人情。挥手自兹去，萧萧班马鸣。"此诗既未写友人姓名，也未写送别之地和友人要去的地方，读来让人摸不着头脑。霍先生分析此诗，一开始就和王维的《送梓州李使君》一诗做对比，王诗写李使君要去的梓州的景物是"万壑树参天，千山响杜鹃。山中一夜雨，树杪百重泉"。对此，霍先生指出："王维把被送者要去的地方写得那么优美，意在鼓励他愉快地去做一番事业；……李白写送别之地山横水绕，则表明'此地'尚堪留恋，笔端饱含惜别之情；所以以下六句，全都是惜别之情的自然流露。"进一步，霍先生分析道："从'孤蓬万里征'和'浮云游子意'等句看，那位'友人'行踪无定，渺无归宿；所以题目只说'送友人'，而不说送友人到什么地方去。诗中也只能写送别之地，至于友人要去的地方，那是无法作具体描写的。"而"从'此地一为别，孤蓬万里征'，'挥手自兹去，萧萧班马鸣'的语气看，又仿佛兼指自己，很有点'君向潇湘我向秦'的味道"，"只写人各西东，耳畔犹闻马鸣，就戛然而止"，而"不尽"之意，尽皆传出。

六

鉴赏前人的文学作品，说到底，是为了今天的社会和生活，除了要给当今的文学创作提供借鉴外，更重要的，是为了给当今的人们提供一些精神食粮，使生活在现在的人们得到一种愉悦的审美享受，进而构建一种和谐融洽的社会氛围。所以，文学作品中的意境美、感情美，是鉴赏者最终要探寻、领悟和研究的东西。

优秀的文学作品，尤其是中国古典诗词，总能创造出一种令人神往的优美意境。这种意境，有的十分醒目、很容易感觉到，而有的却需要用艺术审美的眼光去发现。霍先生的文学鉴赏，总能发掘出古典诗词优美意境。如曾几的纪行诗《三衢道中》"梅子黄时日日晴，小溪泛尽却山行。绿阴不减来时路，添得黄鹂四五声。"这首小诗，霍先生首先指出，此诗用了层折、回旋、递进等手法，曲曲传出诗人的欣喜之情，又使人读来宛如一气呵成。同时，霍先生又分析了此诗的意境，将诗人的游兴之浓厚，心情之愉悦，以及诗篇章法安排的妙趣横生、意境的优美迷人，尽皆托出。

不仅对完整的作品的整体意境，即便是一两句诗，霍先生也能还原出其优美的意境。如《诗经·关雎》中"关关雎鸠，在河之洲"二句，霍先生这样分析："只有八个字，却写景如在眼前，而且还有声有色。声，当然是'关关'和鸣；色呢？'雎鸠'有色，'河'有色，'洲'上总有沙石草木之类，不用说色彩很丰富。而作为这一切背景的，大约还有蓝天、白云和红艳艳的阳光哩。"这里，不仅描述了两句诗的声与色，而且也展现出了一种优美的意境。对王湾《次北固山下》一诗中"风正一帆悬"，霍先生也从这一小景中看出了"平野开阔、大江直流、波平浪静的大景"。而王昌龄的"秦时明月汉时关"一句，让霍先生读出了"一幅苍凉悲壮的历史画卷，便以雄关万道、蜿蜒起伏于崇山峻岭之间的万里长城为主线，在明月辉映下徐徐展开，每一道雄关，都有无数将士轮番戌守，望月思家；都爆发过无数次月夜激战，将士的安危生死，牵动着多少闺中少妇的心"。至于王维《终南山》一诗中的"白云回望合"一句，霍先生这样描述："诗人身在终南山中，朝前看，'白云'聚合，看不见路，也看不见其他景物；仿佛再走几步，就可以浮游于白云的海洋；然而继续前进，白云却继续分向两边，可望而不可即；回头看，分向两边的白云又合拢来，汇成茫茫云海。"这句诗所写的情景，是许多有游山经验的人都会有的体验，但难得的是，王维却用简短的语句把这种人人都会有而不一定人人都能描述出来的体验写得如此的真切，而霍先生又能从这简短的五个字中把这种奇妙的意境描绘得如此的生动。这，就不是一般人所能做到的了。

对意境美的探寻之外，霍先生的文学鉴赏，还十分重视对作品中感情美的发掘。霍先生曾有这样的表述："诗可以写景，可以叙事，也并不排斥特定情境下的说理。然而从本质上看，诗是抒情的。'情动于中而形于言'，而使诗人动情的一切自然景物、社会事件以及蕴藏其中的哲理，都从属于感情的抒发而通过艺术构思进入形象体系，融合而成完美的诗境。因此，鉴赏诗作，捕捉诗美，归根结底就是要充分领会体现于整个形象体系、整个诗的意境中的情感美和心灵美。"

霍先生的鉴赏实践，正是他这种主张的实现。对于描写自然的诗篇，如杜甫的《春夜喜雨》，霍先生充分地分析了诗中所写的雨的可喜、可爱，谓此诗"写出了典型春雨的也就是'好雨'的高尚品格，表现了诗人的也是一切'好人'的高尚人格"；并与李约《观祈雨》一诗中的"朱门几处看歌舞，犹恐春阴咽管弦"做对比，进而说明"杜甫对春雨'润物'的喜悦之情难道不是一种很崇高的感情吗？"

霍先生鉴赏诗文名篇，更注重发掘其中的感情美。读《诗经·静女》一诗中"静女其娈，贻我彤管"，霍先生指出，这彤管，"不过是'静女'顺手摘来的一株红草"罢了。"摘茅草以赠情人，似乎太寒伧；然而物微正为了表现情重。爱情，诗情，俱从此升华"。读隋代无名氏的《送别诗》（"杨柳青青着地垂"），霍先生指出："全诗借柳条、杨花的物象寄寓惜别、盼归的深情，凄婉动人。"读司空曙的诗"乍见翻疑梦，相悲各问年"，霍先生指出："老朋友的年龄，应该是彼此清楚的，明知故问，由'相悲'引起。彼此形容俱变，各显老态，与前度相逢时判若两人，故'相悲'而各问年龄，其阔别之长久、经历之辛酸，俱蕴含其中。"读白居易《邯郸冬至夜思家》，霍先生更是仔细地分析了全诗中盈溢的思家思亲之情，并赞其"以己之情动人之情"。读杜甫的《月夜》，霍先生细致地分析了该诗的"饱含激情，感人肺腑"，并指出诗中"'独看'的泪痕里浸透着天下乱离的悲哀，'双照'的清辉中闪耀着四海升平的理想"。而对杜甫的《闻官军那河南河北》一诗，霍先生更是仔细地分析了诗人老杜忽闻叛乱已平的捷报而急于奔回老家的喜悦之情。至于杜甫的名作《自京赴奉先县咏怀五百字》、《北征》、《石壕吏》等篇，霍先生则着重分析了诗圣的忧国忧民之情。

这里，我们重点来看看霍先生对孟郊《游子吟》一诗的分析。由于篇幅的关系，只引对前四句的分析："'慈母手中线，游子身上衣'，由于中间省掉'缝'字而留给第三句补出，便成为两个词组，从而使二者之间的关系更其紧密，恰切地表现了母子相依为命的骨肉之情。第三句'临行'上承'游子'；'缝'上承'线'与'衣'；'密密缝'三字，将慈母手眼相应、行针引线的神态及其对儿子的爱抚、担忧、祝愿和希冀，和盘托出，扣人心弦，催人泪下。这'密密缝'的情景是'游子''临行'之际亲眼看见的，他从那细针密线中体会出慈母的心意：她切盼儿子早早归来；又生怕儿子迟迟不归，衣服破了，拿什么换？所以才'密密缝'。'意恐迟迟归'的那个'意'，既出于儿子的意想，也正是慈母的真意，慈母的爱心与儿子的孝心交融互感，给'迟迟归'倾注了无声的情感波涛：母亲怕儿子'迟迟归'，当然有复杂的心理活动；儿子体贴母亲，下决心要早早归，然而世路难行，谋生不易，万一'迟迟归'呢？……"这一大段分析，细腻、真切（按，细腻、细致、周到，也是霍先生文学鉴赏的一个突出特点。这一特点，在前述陈与义《早行》等诗的分析中也显得尤其突出），融入了霍先生自己的真切体验、真切情感。霍先生早年在南京中央大学求学时，有一次接到父亲的亲笔信，内附诗一首，有"游子单衾系我情"之句，年轻的霍先生读了十分感动，和韵赋诗："长江滚滚到天明，入耳常疑渭水声。客里思亲频有梦，庭帏夜冷不胜情。""北雁南来月正明，遥传慈父唤儿声。旧衾儿已添新絮，为慰高堂念子情。"此后又作《思亲二十韵》："夜夜梦高堂，白发垂两肩。积雪迷天地，倚门眼欲穿。惊呼未出口，忽隔万里天。感叹还坐起，揽衣涕汍澜。"诗人对父母是如此的挂念，以至于常常在梦里见到高堂的慈容，而午夜梦回，居处凄冷，不由潸然泪下。读到妻子《慰母篇》，霍先生亦是"读君慰母篇，令我心悲酸。吁嗟天下母，鞠育同艰难。"同样是天伦至性，感人至深。百行孝为先，普天下儿女，哪个没有受过父母的辛勤哺育？谁人又能忘得了父母的养育之恩？然而，"谁言寸草心，报得三春晖？"父母的恩情，岂是儿女所能报答得了的？

正是如此，霍先生的文学鉴赏，由于深入、细致地发掘作品中的意境美、心灵美，使得原本就富有艺术感染力的古典名作，在先生的笔下，更透出人性的美好光芒；并且，通过先生优美的文笔，把这种美好的意境、美好的感情，传达给更多的读者。

以上，对霍先生的文学鉴赏粗略地谈了一点心得体会。霍先生是一位功力深厚的学者，又是一位灵气飞动的诗人。所以，他的文学鉴赏，有着学者的眼光、诗人的体会，是研究式的鉴赏、感悟式的体验，理论思辨与艺术感受融为一体，新见迭出而又文采斐然。读霍先生的鉴赏文章，本身就是一种美好的艺术享受。而且，多读一读像霍先生这样的老一辈专家的鉴赏精品，对提高我们的鉴赏能力，更是大有裨益！

（原载《陕西师范大学学报》2009 年第 5 期）